后浪

写作全指南

从读者到作家

〔美〕**乔·雷·麦奎恩-麦修利尔** 著

〔美〕**安东尼·C.温克勒** 著

吉文凯　瞿慧　译

四川人民出版社

目录
contents

第二部分　行文模式　157

第一部分

在阅读中学习写作

一位有经验的英文老师曾对我们说，她确实认识一些不是作家的读者，但她从未见过不读书的作家。我们也没有见过不读书的作家。所有的作家一开始都是如饥似渴的读者，而且一生中从未放弃阅读，阅读是他们的终生享受，只在因写作获得更大的乐趣时才稍减。

也许你不像作家那样以写作谋生，也许你不是每天都写作。但无论喜欢与否，你每天都在阅读，即便有时只是看看路过的公交车上的标志，或者是广告牌上的文字。除非你住在洞穴里或荒岛上，现代生活会强迫你进行阅读。

我们所有人一出生都不会阅读。阅读是儿时学会的一项技能，影响我们后期智力的发展，但这种发展的方式却依然未被完全理解。无论在相似还是在不同的环境中，我们或多或少都有过相似的阅读经历。

我们第一次学习阅读时都很兴奋。一旦能独立阅读，我们中很多人便发现自己被带进了曼妙的世界。书籍带着我们踏上异国之旅，去往纸上或是只能出现在头脑中的地方。我们见到了戴着帽子的几只猫，会说话的兔子，还有不会长大的孩子们。我们走在黄色砖块铺就的小路上，乘坐气球登上月球，跟随脾气暴躁的海盗去寻找远方小岛上埋藏的宝藏。阅读已经在我们的脑袋里植入了令人愉悦的被称为"想象力"的高清电视机，电视的色彩鲜艳绝伦，图像的清晰度也无与伦比。

随着我们的年纪越来越大，一件奇妙的事情发生了：阅读开始与学校的学业相关，我们被迫学习自己讨厌的课程，阅读自己不喜欢的教科书。翻开书本这件小事都变得痛苦费力。很快，我们看电视进行消遣，只有学校有作业要求时我们才去阅读。对于很多人，阅读不再有趣，而是变得索然无味。少数幸运的人保持了对阅读的挚爱，且持续终身。说起这些人，18世纪著名的英国历史学家爱德华·吉本在其《回忆录》一书中写道："我早年对阅读的无法抵挡的爱，就是用印度的财宝来交换我也绝不同意。"

想学会写作，你就要养成阅读的习惯。本质上而言，写作就是一种模仿，阅读不同作家的作品越多，我们可以选择模仿的对象也就越多。虽然如饥似渴的阅读并不一定保证你能写好文章，但只要保持阅读的热情，你很可能会越写越好。

本书第一部分——在阅读中学习写作——涵盖了写作课程最基本的话题。第一章讲述批判性阅读并介绍美国最高产的作家之一。该作家自己就是一位热情的读者，每年要读几百本书。第二章分析了"修辞"这一在现今备受误解的古老学科的作用。第三章阐释了"综合"这一将其他作者的思想融入自己文章的重要技能。第四章谈到了作者的语气，而在第五至第七章我们先讨论了选择文章主题和组织文章的具体问题，随后我们讲解了段落写作这一必不可少的话题。

本书第一部分要讲解的内容包括：写作绝非与人类智慧相隔绝的孤立的技巧。相反，写作植根于一个人的各个方面。阅读越广泛，你对于写作好坏的评价就越成熟。进而，你的写作能力很可能就会提高。你也可以重温当初自己阅读难忘的故事书时所体验到的乐趣——而享受这些乐趣，你无须在电影院买票，无须在人群中挤来挤去，也无须其他高档的硬件，你所需要的只是一张图书馆借书卡。

第一章
批判性阅读

■ 阅读的种类

至少有四种不同类型的阅读。**随意型阅读**最为常见，每个人都会这样阅读。随意型读者会随便看看杂志、报纸标题、信件、电子邮件以及路标。随意型读者阅读并非因为他们想读，而是不得不读。不说大多数，至少很多人都属于这一类型。

休闲型阅读是第二种常见的阅读方式——无论是读悬疑小说、爱情小说还是历险类小说。这一类型的阅读轻松自在，无须批判性思考。很多读者睡觉前会采取这种阅读方式来帮助他们入睡。休闲型读者不担心是否理解了作者的全部意义，只要他们能大致理解原文，并且能通过原文的文字去往一个想象中的世界即可。

获取信息型阅读，也就是第三种阅读方式，是把阅读当作工具来搜集信息的人所采用的阅读方式。这种阅读往往出现在工作中或者学校里。成功完成一件工作，或者按时完成一次作业，是获取信息型阅读的首要目的。这种阅读需要读者集中精力、理解文字并记忆内容。

最后一种阅读方式是**批判性阅读**——在大学课堂上你必须采用这种阅读方式，而在本书中我们也着重讲解这种阅读类型。批判性阅读是积极的阅读。阅读中，你尽力与作者进行精神交流。作者怎么说是一回事，你的答复则是，"也许是吧，可我这样理解行吗？"你把自己的反应和评价作为注释，写在你所读的书的空白处。你不仅试着理解作者的主要观点，还试图从中推测可能的结论。老师和家长们永远都在嘟嘟囔囔地抱怨学生们不会有效阅读——他们认识书中的文字，可他们不懂那些文字是什么意思。出于对学生头脑中这种真空的憎恶，精力充沛的课程设计人员近来也参与进来，为大一新生设计了写作课程。该课程鼓励学生进行批判性阅读。那么何谓批判性阅读呢？要解释这一术语，有一种方法就是解释批判性阅读不是什么样子。批判性阅读是不轻信作者——不尽信书上的内容。

1. 分析

首先，要鼓励学生分析自己所读内容，厘清思想是如何得以清晰表达，某种思想跟其他思想是如何相互关联，以及思想缘何常常基于偏见和成见的。在研究中，这意味着要搜集大量的支撑某个观点的资料。例如，一名学生要写一篇关于网络约会的论文，那他就需要查阅期刊文章、书籍、网络资源以了解婚姻顾问、心理学家以及普通大众对于网恋有过什么文字评述，或者他们对这个话题有什么看法。

2. 演绎推理

第二步要鼓励学生们进行演绎推理，也就是吸收并融合分析过的观点，继而形成新的、原创性的东西——这些东西只属于学生本人，反映学生的思想。换言之，批判性阅读的读者会在研究其他思想者的观点后形成自己的思想。从新资料中努力搜集新数据的过程，可以让学生有非同寻常的体验。然而，演绎分析最大的好处在于，它通过证明在大多数棘手的问题上，往往存在不止一种观点，遏制了学生的傲慢。例如，对于网恋这个话题，学生通过研究会发现，虽然网恋正以惊人的速度发展，成千上万的单身男女把个人信息挂在网上，可最终结果却并不一致。有些人最终获得了融洽长久的恋人关系，而有些人遇到的却只有性骚扰，甚至是危险的暧昧关系。阅读与这个话题相关的文章时，学生必须综合考虑各种不同态度和研究结果，而不能只考虑其中的某一个。

3. 评判

批判性阅读的最后一个步骤是评判。该步骤十分重要，因为这赋予学生对阅读内容进行评价并为阅读内容打分的权力。通过研究分析某个观点的正反两面，学生最终必须选择支持某一方。网恋是寻求伴侣的最佳方式吗？或者说网恋是否很危险呢？学生得出的结论也许是此时还无法得出确切结论，不能说通过网络安排的婚姻是好或者不好，要想证明还需进一步研究。正如一位教师在课堂上所说："走在路中间的人很幸福，因为他们可以避免极端。"

本书中，我们会一直鼓励读者进行批判性阅读，从而针对各种有争议的话题提出独到的见解。退休年龄是应该提高至70岁还是保留现今的65岁法定年龄？美国政府是应继续花费数十亿美金用于对外援助，还是应该将该费用用于解决自己国家的问题？我们是应该通过某种手段帮助非法移民获得合法公民资格，还是应该将他们遣返回国呢？对于这些话题，不同的作者看法不同，而此时通过批判性阅读你可以提出自己的独到见解，参与到跷跷板似的争论中。批判性阅读鼓励学生独立思考，因而在某种程度上这种阅读方式转换了教师和学生的角色。如今，并非所有的大学教授都赞同鼓励批判性思维。事实上，有些人甚至认为这样做有点危险，因为他们担心学生会因此怀疑或者拒绝接受所学的内容——包括时间已经证明的真理。还有一些批评家认为批判性思维之下隐藏的是革命的火种，正如法国大革命、肯特州的骚乱、1963年华盛顿大游行、波士顿倾茶事件一样。还有一些教授过于谨慎，担心学生会问一些问题，如"这门课重要吗？""有没有人看到学校政策之间的不一致性？""我凭什么听你的？""我能不能自己思考，自己给自己定规矩呢？"

本书将批判性阅读视为福利，而非祸害。我的目标之一是通过向读者演示分析过程——援引实例并将其与其他例子相对比，从而提炼（或总结）事实，让所有使用本书的学生掌握解决问题的方法。我们相信你有能力看明白自己所读内容的历史和文化语境。结合经验，你会意识到不能仅凭个人经验来判断自己所阅读的内容；相反，你应该将事实放在恰当的语境中加以理解。例如，如果一个自由主义论者坚持说美国当地的消防部门和警察局应该由私人老板经营，你必须明白：自由主义论者相信，不管怎样，政府对我们的生活干涉越少，我们就越成功。相反，如果某个支持文化改良的人坚持认为政府必须照顾好所有的贫穷和弱势群体，你也得清楚支持社会改良的人赞成政府增大投入，尤其是加大对无依无靠的人的资助。无论作者对于某一事件持有何种观点，如果能进行批判性阅读，你就可以写出更好的文章。下面的原则可以帮助你养成正确的批判性阅读习惯。

批判性阅读的原则：

　　1. 积极阅读。确定作者的主要观点以及任何由主要观点衍生的推断或结论。问问自己是否赞同作者的观点。如果你不同意，在空白处做笔记，说明缘由。如果作者有逻辑性错误或者事实表述错误，在错误处做笔记标明。

　　2. 切勿迷信作者。我们很多人易于将作家视为神圣，进而把作家所说的全都当作真理。然而，作家也是人，也像每个人一样可能会出错。批判性阅读一开始就要把作家拉下令公众仰望的神坛，把作家的作品跟普通人的作品一视同仁——也就是说，都可能存有错误。

　　3. 要理解所阅读的内容。反复阅读较难的篇章，用字典查阅所有不熟悉的字词。只有理解了作者所说的，你才能针对阅读内容形成自己的观点。有些学生发现遇到不易理解的难题时，大声总结出自己的观点是很有帮助的。遇到难懂的章节或者未能完全理解的文章，可以反复阅读。某个难以理解的地方往往在读第二遍时会变得清晰。以托尔斯泰的大部头小说《战争与和平》为例，第一遍阅读时，感觉情节复杂，场景交织和人物关系也理不清楚。然而，第二次阅读时，情节似乎更为清晰，场景和人物关系也清楚了不少。

　　4. 对于所有观点，设想一个相反的观点。如果作者说比起美国所采取的监禁的处罚方式，阿拉伯国家砍掉小偷双手的处罚方式更为人道，就可以将该论点反过来看看会怎么样。换句话说，找出支撑相反论点的理由。例如，如果一篇文章中作者严词反对将狗用于医学研究，试着看看相反的观点，也就是说这种研究将能惠及成百上千万遭受严重疾病困扰的患者。稍加研究就可以发现，胰岛素当初就是通过在狗身上做实验而发现的，而它的临床使用延长了数百万糖尿病患者的生命。争论汇集为一个问题：小狗是否与人类的婴儿同样珍贵？

　　5. 搜寻偏见和隐藏的假定。例如，一位支持堕胎的无神论者会说未出生的胚胎并没有灵魂；然而，一位虔诚的天主教徒则会持相反观点。要仔细搜寻可能存在的偏见和隐藏的假定，确定作者的年龄、性别、受教育程度以及种族文化背景。这些情况以及作者其他的背景有可能会影响其作品中所表达的观点，但如果你对作者缺乏了解，就不会知道影响到底有多大。（这就是在本书中我们鼓励大家在阅读材料时要坚持使用批注的逻辑依据。）

　　6. 区分情感与事实。有才能的作者频频使用充满情感的语言渲染一件事情，以尽可能好的方式表达自己的各种观点。例如，作者可能以同情的语言描述一名遭受谴责的谋杀犯，这样的语言会把人们的注意力从那令人发指的罪行引开。要警惕口号性语言，警惕针对复杂问题的自欺欺人（保险杠贴纸般）的夸夸其谈。对于持中立态度的观察者而言，很少会有像非黑即白那么简单的问题。堕胎比任何一方所陈述的观点都要复杂。死刑不是一个简单的恩怨相报或慈悲为怀的问题。公共讨论有一种倾向，就是会把对立观点妖魔化，把问题简化为情感化的标语。作为批判性读者，你必须通过调动逻辑和理性分析评判一个论点，而不被某一方的情感因素所左右。

7. 对于比较生疏的话题，要仔细查阅相关事实资料。 如果你正在阅读有关某个不熟悉的话题的文字，一定要勤于调查研究，填补自己相关知识方面的空白。例如，如果你正在读一篇社论，该社论提出对收养子女的家庭应该提高家庭保险费率，你自然就想知道其中原因。是因为收养的子女比其他孩子更易于破坏财物，还是因为亲生父母可能会起诉养父母？你可以通过询问受此影响的代表以找到问题的答案：国家社会服务部、常见的保险机构、养父母协会、县级福利指导者协会、某个儿童院外活动团体或其他团体。为了做出批判性判断，你必须了解并认真权衡实际情况。

8. 以从某个学科获得的洞见来阐明或修正另外一个学科。 准备好把已经了解的内容应用于你所阅读的内容。历史学可以为心理学提供信息；文学知识可以为地理学提供思考。例如，一位心理学领域的作者可能提出：大多数受压迫者会具有失败者的心态，因而他们会下意识地希望被征服，从而使自己沦为暴君的猎物，而你在美国历史方面的知识则会告诉你，事实并非如此。要证明受压迫人民常会殊死抵抗，你可以以 1794 年的"鹿寨战役"、1811 年的"蒂普卡努战役"以及 1832 年的"黑鹰战争"为例——这些冲突中，印第安人竭尽全力顽强抵抗以保护自己的领土，而不是乖乖地去居留地。换言之，你可以使用自己从历史学中学到的知识来反驳心理学的一个错误观点。

9. 评判证据的真伪。 批判性读者不因表面上有道理而随意接受证据。他们会追问证据的来源、可信度和适用性。下面是评判证据真伪的几条实用的小窍门：

● **反复核查其他来源以证实某个存疑观点。** 例如，如果一位医学作者要论证大量吸烟易使男性患严重的膀胱疾病，他会查阅医学杂志以确认观点是否成立。通过认真细致的调查研究往往可以发现专家在某个领域的共识。

● **查阅证据的日期。** 尤其在科学领域，证据每年都会更新。1976 年之前，没有人真正了解免疫系统的工作原理。后来，麻省理工学院的遗传学家利根川进发现了人体如何重新排列遗传物质并生成各种不同种类的抗体以保护我们不受外来物质的侵害。1976 年，在他刚刚开展研究时，某些抗体到底如何产生还是个谜，然而在十年之后就并非如此了。

● **使用常识评判证据的效力。** 例如，如果一位作者提出，通过一个孩子的笔迹可以准确预测他或她成年后的样子，你自己成长的经历便可以引导你认为：该结论值得怀疑。目前，没有有力证据可以证实这一观点。

10. 考虑某一个说法背后的价值观。在撰写《独立宣言》时，托马斯·杰斐逊提出的观点是建立在"所有人生来平等"这一价值观之上。而卡尔·马克思在《共产党宣言》中所提出的观点则建立在"劳动者是社会中最重要的组成部分"这一价值观之上。批判性阅读意味着要思考一个论点中隐含的各种价值观。例如，一个作者提出杀人犯应该在公众面前被执行绞刑以满足社会复仇的需求，那么他的价值观就是认为复仇比人格尊严更为重要。再如，一个作者提出只有言论自由才能保证民主，那么他的价值观就是推崇言论自由。

11. 甄别逻辑错误。逻辑对某个论断的真实与否并不感兴趣。逻辑看重的是得出某些结论所采用的方法。请看如下思路："所有意大利人都有音乐细胞。路易吉是意大利人，因此他一定有音乐才能。"逻辑上，这句话毫无问题，然而我们知道这句话不正确，原因是该论断的大前提有问题。"所有意大利人都有音乐细胞"这个说法不正确。跟其他任何民族一样，意大利人中也有人不会唱歌。换言之，有时，某个论断有证据支撑，而有时就缺乏证据。符合逻辑并非一定就正确无疑，然而防止逻辑性错误是批判性思维的先决条件。下列逻辑问题是论证中经常出现的问题：人身攻击（攻击某个人，而不是攻击其观点或者论断）；诉诸群情（使用简单的大众性口号以说服他人）；不当类比（将彼此不相干的情况进行类比）；脱离主题（集中关注与主题不相干的事情）；是／否判断（认为问题非黑即白，没有相互融合的中间灰色地带）；草草概括（采样分析或例证不足，急于下定结论）；不合逻辑的推断（结论与论证缺乏相关性）。关于逻辑思维，请参阅第十六章对逻辑思维更为详尽的探讨。

12. 不被伪命题所诱惑。不少论断常常基于未经证实的论点。譬如，某个作者可能会警告说："近来研究表明女性对男性的敌视态度越来越强烈。"或者，某个作者也许会声称："数据明确显示，大多数受过良好教育的男性反对控制枪支。"如果这些论断或者类似的说法缺乏强有力的证据支持，你就应该对其保持批判态度。一个恰当的论断往往会有真实可信的附加证据作为支持。

13. 阅读时随时注解。我们中很多人易于沦为懒惰的读者。我们拿着书，靠在某个地方，很快便进入昏昏然的状态。要避免成为一名懒惰的读者，一个方法就是阅读时要随时做笔记——在书的空白处做些注解。很多学生不愿意在书的空白处写写画画，因为他们想在期末时把自己的书转卖他人。但这样，顾小失大，捡到了芝麻，却丢掉了西瓜。不要想着变卖自己的书籍，要想着最大程度使用书籍。而读书时添加注解就是一种很好的方法。实际上，在书籍空白处做些笔记，在一定程度上就是与阅读的内容相互交流——就好似与作者在聊天。如果你还是不愿意直接在书上做注，我们建议你在另外的纸张上做笔记。下面，我们就如何做笔记提供一些建议：

● **写下你对一篇文章的第一印象。**

　　a. 主题是否引起你的兴趣？

　　b. 阅读是否让你感到振奋、忧虑、气愤、愉悦，或者可获得知识？

　　c. 阅读是否让你想起自己的经历？（可以援引自己的经历）

　　d. 你赞同还是反对作者的观点？（请写下具体段落）

　　e. 阅读是否让你产生新的思想？

● **写下作者的风格，尤其是作者所使用的文字和表达。**

　　a. 哪些具体的段落或部分让你有所思考？

　　b. 作者在何处使用了一个非常恰如其分的表达或者意象？具体是什么？为什么很恰当？

　　c. 作者所写的内容有没有"很难理解"的地方？如果有，是哪里？

　　d. 作者所针对的可能是什么样的读者群？你是否属于该读者群，或者感觉不属于该群体？

● **在书籍空白处做注释，表达自己对作者观点的反应：**

　　a. 对作者的观点或例证进行补充，写上自己的某种观点或某个例证。

　　b. 在支撑作者观点的重要段落或部分下面划线。

　　c. 写下自己若有可能跟作者坐在一起时想要向作者请教的问题。

　　d. 写下自己突然闪现的有深度的想法。

　　e. 写出自己与作者意见不一致的原因。

　　f. 在书籍空白处写出作者所引用的典故或者暗含的意思。譬如，在第一部分第四自然段，我们写道："我们见到了戴着帽子的几只猫，会说话的兔子，还有不会长大的孩子们。"你理解这里的三个引用吗？第一处指的是苏斯博士的《戴高帽子的猫》，第二个是《爱丽丝漫游仙境》，第三个是《彼得·潘》。

　　14. 最后，要确保自己理解作者写作的大背景。作品可能是正在进行的讨论的一部分，在你来之前讨论已经展开多时，等你离开书籍时该讨论还将继续。有些文章一开头就直奔正在进行的讨论，认为读者应该熟悉写作的相关背景。其结果可能是你自己云里雾里，不知所云，就像听到一个答案，但却不知道问题是什么。

　　下面是针对哥伦比亚广播公司时事评论员安迪·鲁尼的一篇小文章而提出的批判性阅读的原则。在书籍空白处的注释是我们认为任何一位批判性读者可能会提出的问题。在文章末尾，我们提供了答案。

1. 文章写作大背景是什么？
2. 福勒是谁？

3. 他的书有什么内容？

4. 该段中，我们对福勒的书有什么认识？

5. 此处，鲁尼在做什么？

6. 这条引用让我们对福勒有什么了解？

7. 这些术语是什么意思？

1　我想编写亨利·福勒的《现代英语用法》工具书。

2　我的书，可谓名声在外，流行甚广，它就是鲁尼的《现代英语用法》，其销售量与《圣经》不相上下，估计已经让我名声大噪，财源滚滚。不仅如此，如果我当时能有编纂该工具书所应有的语言的掌控力，我就不会再怀疑，到底是该用"further"还是"farther"，是"hung"还是"hanged"，是"dived"还是"dove"。当我感觉不舒服，想要写出来时，我就会知道应该说"I felt nauseous"还是"nauseated"。

3　如果我是语法大师，是那本大部头工具书的作者，我就会对语言使用提出新规则，比如：要求停止使用装腔作势的虚拟语气。不要使用"If I were"而要用"If I was"。

4　只要我自己乐意，我就会随意拆分不定式，因为我心中清楚，我是标准的制定者，知道何时可以，何时不行。如果有某个小语法家援引一本高中英语教材，我就会援引自己的说法，就像福勒那样，"那些想到分裂不定式的表达形式就心有疑虑的人应该记住，拿出所谓证据，恶意曲解，说分裂不定式现象不易理解的行为远比实际性语言错误更为严重，会严重影响他们在文学方面的卓越表现力。因为那样会显示出他们对英语句子正常的音韵美感悟不足"。

5　我再也不用为是否需要在"apropos"后面加上"of"而举棋不定，犹豫再三了。我也不用一年之中光一个"arcane"就查上八九次了。当要表达"such as"的意义时，我也不会再选用"like"了。

6　对于一些高深的语言用法之间细微的差别，比如一语双叙和轭式修饰法，我也会了然于心。——"She ate an omelet and her heart out（她艰难地咽下了煎蛋）"既不属于一语双叙也不是轭式修饰法。其实我真弄不清。

7　已经编写了有关英语用法的最好的书籍，我会痛斥新近出版的《纽约时报风格与用语手册》（*New York Times Manual of Style and Usage*），他们一直坚持认为"美国总统（President of the United States）"只需要使用"总统（president）"一词即可，除非总统头衔后要

8. 关于英语用法最好的书籍是哪本？

加上他的名字。在我的书中"总统"应该表达为"The President"，而公司的总裁们才是"president"。

8　我会进行全国范围的投票，以选择一个替代"he（他）"，"she（她）"，"him（他）"和"her（她）"等代词的一个大家满意的中性替代词汇。这样，写作的人就不会再苦苦纠结到底是写成"he/she（他或她）"，还是"him/her（他或她）"；也不必担心先行名词是单数时使用"they（他们）"或者"their（他们的）"会出现语法错误。

9. 这一段是什么意思？

10. "I nor me"有何重要性？

9　最后，我希望奥利弗·斯通购买鲁尼的《现代英语用法》的电影版权。他的电影将证明，绝不是"I"或者"me"扼杀了英语这种语言。

● 安迪·鲁尼文章批判性阅读问题答案

1. 如果不了解文章的写作背景，你就可能误解作者的意图，虽然你也许可以从其文章中归纳并推测该背景。鲁尼的文章最初刊登在 2000 年《电影编剧家协会杂志》年度评奖专刊上，是"作者的幻想——我希望自己写的一本书"专题中的一篇文章。当时，包括鲁尼在内的多位作家应邀选择一本希望是自己所编著的书籍，并说明缘由。

2. 亨利·华生·福勒（1858—1933），英语词典编纂家、语文学家。他潜心研究语言学，并与弟弟弗朗西斯合作，于 1906 年出版了《纯正之英语》（*The King's English*）一书。该书以风趣幽默的笔调对英语用法和错误用法进行了探讨和分析。其弟弟弗朗西斯去世后，福勒完成了经典著作，也就是鲁尼希望自己能完成的一本著作——《现代英语用法辞典》（*A Dictionary of Modern English Usage*，1962）。福勒对语法和文学表达方面态度明确，直言不讳，他也因此名声在外。他写道："要想成为好的作者，一个人应该尝试用直接、简单、凝练、有力、清晰的表达，之后再考虑是否学习别人更华丽的表达方法。"——显然，对于写作，这实属忠言。

3. 很多人认为《现代英语用法辞典》是关于英语用法和语法的权威词典。语法学家常常查阅该词典以解决人们在某些可以接受，但又存在细微差别的语言表达方面所存有的争议。

4. 在该段中我们了解到福勒著作的销量与《圣经》的销量不相上下，而如此之大的销量可以让作者声名大噪，收益丰厚。

5. 他在调侃虚拟语气的使用规则。在很多人看来，虚拟语气是拉丁文的遗留，令人生厌。

6. 此处让我们看到，福勒有时也会表达拘谨、刻板，在一页当中，福勒文风可以不断变换，从简约到平实，再到学究气十足的佶屈聱牙。

7. 这里是福勒在其书中探讨的晦涩难懂的话题的几个例证。一语双叙是指在一个语法结构中，一个词可以与另外两个词语搭配使用，另外两个词语在格、性、单复数和意义上相互并不一致，如 "Neither she nor they are coming.（她和他们都不来。）"。一语双叙也是一种修辞手法，是一个词语与其他两个意义不同的词语搭配使用，比如句子 "I write with enthusiasm and a pen.（我以激情和笔书写。）" 中的 "write"。轭式修饰法是指一个词语与两个词语搭配使用，而两个词语中有一个与之前的词在语法上并不一致，比如句子 "The seeds were devoured but the banana uneaten.（瓜子吃完了，不过香蕉没人吃。）" 中的 "were" 的使用。

8. 在鲁尼看来，显然是福勒的那本书。

9. 此处，鲁尼说的是寻找一个没有性别意义的第三人称代词，这样像 "A doctor should take care of his patients"（一个医生应该照顾他的患者）就可以避免 "his" 这样的代词所隐含的性别歧视。1858 年，宾夕法尼亚州伊利市的查尔斯·克罗扎特·康沃斯提出使用 "thon" 一词，该词是 "that one" 两个词语缩略而成，可以作为一个中性的第三人称代词。这样，就可以写成 "A doctor should take care of thon patients"，不过这一建议并未被广泛采用。

10. 此处，鲁尼再次调侃英语语法的另一个过时的规则——"be" 动词后面不能加宾格代词（object）。由于严格遵守该规则，于是后来出现了人们偶然在电话里听到的自以为是的表达，如 "It is I" 或者 "This is he"。

对于如何修改自己的作品，请参阅第 390 页 "编辑室" 中的小技巧。

第二章

修辞：说服的艺术

■ 修辞指南

修辞是以最有力、最恰当的方式表达个人观点的艺术。日常生活中，为了说服彼此，我们使用了各种书面或者口头的交际策略，这些都属于修辞。修辞一直以来被大家广泛使用，因而我们使用修辞但毫无意识。比如，打开一本流行的烹饪书时，我们就假定里面的内容会清晰地呈现出来，口头化表达的句式中夹杂着常用的词汇。我们并没有想着它会像法律文本那样复杂而冗长。由于修辞的原因，烹饪书的行文不会像法律合同，保险条例读起来不会像漫画里的玩笑，情书听起来也不会像国情咨文。

并没有任何一条法律规定就应该如此，然而修辞的作用——将读者的期待与作者取悦读者的愿望相结合——仿佛是自然发生的。毋庸置疑，总有一些表达拙劣的烹饪书，但这样的书鲜有出版；说话轻率的保险公司破产了，说话浮夸的人很难找到另一半。作者希望取悦读者，或者与读者交流，这是修辞的根本原则。

语法和修辞

在一些学生的头脑里，语法和修辞经常被混为一谈，但二者有着明显的区别。语法告诉作者如何使用词汇，组织句子，正如司机要遵守交通规则一样，作者要遵循语法规范。他们清楚，用"一个人"开始一个句子后，不应随后又突然切换成"你"，比如"一个人必须尽力为之，否则你就会遭遇尴尬"。这种情况叫作视角转换，像很多语法错误一样，会导致语义不清。

■ 语法规范的重要性

在理想化的世界里，语法完全中立、机械呆板，且不会暗示一个人的内心世界或者社会地位。而在我们这个世俗的世界里，语法经常沦为服务于语言势利化的武器。一些人偏执地认为，把"isn't"说成或写成"ain't"的人，不适合一起喝茶。然而，正如一位古代的明智演说家所言，"没有人会因为某个人语法正确而去赞美他，但人们会因为他整脚的语法而嘲笑他"，语法，简而言之，好似某种娴熟老练的手腕：未出现时我们会注意到它的缺席，而出现时我们却意识不到它的存在。

语法主要有两个流派：规定性语法和描述性语法。规定性语法假定语法规则是铁定的原则，且像地球引力一般有着最普遍的适用性。人们必须清楚如何正确地说话和写作——这对人们自身和语言均大有裨益。而描述性语法却没有这样的假设。它一开始就在询问：特定的人群是如何表达思想的？他们如何表述清楚这个和那个？规定性语法中，语言的用法是基于某个假定、某个判定标准的。与之不同，描述性语法学家不是凭某种普遍标准做出价值判断，而是根据某一社会群体中的作者和讲话者具体的语言使用方式去推断语法规则。描述性语法会说，在这些情况下人们就会使用"ain't"。他们就是如此表述，虽然与我们不同，但大家依然可以比邻而居。不属于规定性语法或描述性语法阵营的人往往介于这两种极端之间。

不过，在我们看来，语法的重要性应建立在其帮助我们进行交流的实用性上，而非作为标准，按照是否能正确使用语法把人们分为三六九等。在有些国家，是否拥有某种口音，是否使用学究气十足的正规语法，成为某个人能否赢得社会地位和认可的重要因素。在美国，也有一些人以同样的方式看待语法，但这样的想法绝非普遍。

每个人都知道语法大体上是什么，但对于某种结构到底正确与否，大家意见并不统一。英语的语法就处在这种混乱之中，这是因为英语语法的原则是拉丁语语法家们建立起来的，他们尽力把死语言的规则强加至英语这一新生语言之上。这就会出现一些愚蠢的规则。举例来说，所谓的分裂不定式的规则。在《星际迷航》的剧集中有一句大家熟悉的台词"to boldly go where no man has gone before"（勇敢地驶向人类前所未至之处）。然而，在很多老师、编辑和机构眼中，这句话是错误的。这个句子错就错在副词"boldly"被置于不定式"to go"之间。换言之，就像是把香蕉的皮剥下一样，这个副词将不定式分裂开了。按照正统的语法观点，应该是"to go boldly"或是"boldly to go"；但分开为什么就错了呢？因为在拉丁语中不定式是一个单独的词，是不可能被分开的，而在英语中相应的不定式尽管是由两个单词组成，但也应该像在拉丁语中一样绝对不能被随意分开。基于上述愚蠢的推理过程，一套语法规则就形成了，并且折磨了好几代作者和讲话者。

不管怎样，我们目前正处于这种令人困惑的境况中。事实是，语法确实是非常重要的，因为一般而言这个社会会根据你是否遵守语法规则而对你做出判断。更严重的情况是，如果你正在找工作，而应聘的公司对它自己的形象又格外在意，那么倘若你使用英语不符合语法规范，就很可能不会被录用。不管你喜欢与否，就像穿衣和举止一样，写作和说话的方式一定会透露出你的内在品质。评判一个人内在品质的这一思想可以追溯到古希腊时期。有这样一个故事：一个富商带着儿子去拜见一位哲学家，希望哲学家可以收他的儿子为学生。哲学家扫了一眼站在四英尺（约等于1.22米）外灿烂阳光下的男孩，说："请讲话，我看看你合不合适。"我们没有后续的故事内容，不过如果当时有两个男孩，其中的一个回答说："I ain't getting your point！（我没大听懂！）"而另一个说："I don't quite understand what you mean！（我没太听明白您的意思！）"，那么你觉得哲学家会选择谁呢？

■ 让有文化的作者的习惯作为最终的裁判

也许你认为这样的说法太过势利，会加剧社会阶层间的差异，但真实的情况是如果你想找到一流的工作，就得遵循人们心中的文人——给《时代》《哈泼斯杂志》《纽约客》等杂志写社论的人，或是给《纽约时报》《华尔街日报》《华盛顿邮报》之类影响大众想法的新闻报纸写社论的人——所采用的语法规则，这样，你成功的可能性就大一些。我们希望学生做的是，遵循最优秀的作家自发、规律性地写作时遵循的语法规则。再优秀的作家也会出现偶尔的语法错误，有人纠正时，他们会心存感激。一个人一旦违反某些规则便会被别人指责使用了非标准英文，而这些规则就是我们应该遵循的最重要的规则。下面是成千上万写作者所犯的最令人难以忍受的错误：

1. 双重否定：

错误：He had hardly no clothes to wear in cold weather.

正确：He had hardly any clothes to wear in cold weather.

错误：I don't know nothing about baseball.

正确：I don't know anything about baseball.

2. 不标准的动词：

错误：Pete knowed the name of each bird.

正确：Pete knew the name of each bird.

错误：Melanie should've wrote an apology.

正确：Melanie should've written an apology.

3. 双重比较级：

错误：If you climb over the fence，you'll get there more faster.

正确：If you climb over the fence，you'll get there faster.

4. 副词错用为形容词：

错误：That was a real stupid answer.

正确：That was a really stupid answer.

错误：She types good without looking at the keyboard.

正确：She types well without looking at the keyboard.

5. 代词错误：

> 错误：The coach never chooses him or I.

> 正确：The coach never chooses him or me.

> 错误：Her and me might get married.

> 正确：She and I might get married.

6. 主谓不一致：

> 错误：They was always late.

> 正确：They were always late.

> 错误：That don't matter in the least.

> 正确：That doesn't matter in the least.

这些错误，还有大量我们未列出的其他语法错误，都属于精通写作的人从来不会明知故犯的错误。不过，如果别的作者出现这样的错误，精通写作的人们立刻就会发现，只是在他们看来这样的错误本来就不应该出现。不要指望你没有出现语法错误就会有额外的奖赏。我们希望大家学习和遵循的规则可以帮你避免被视为"语言水平不高"。如果你拿不准语法正确与否，我们建议你购买一本简明语法手册，比如《语法问题》（*Grammar Matters*）或是《语法必知》（*The Least You Should Know About Grammar*），来回顾或复习这些规则。

● **练习**

1. 写一段话，表达你对熟悉的语法规则的看法。你认为遵循这样的语法规则很重要吗？你把它看作把人分为三六九等的依据吗？

2. 写一段话，表明你对那些似乎无视语法规则的人的看法。他们对语法的疏忽是否影响到你对他们的看法？

■ 修辞的重要性

语法是以规则呈现的，而修辞则是通过效果表达出来的，且是否有效只是相对而言。比如，你给一个孩子写信，如果你希望孩子能看懂你写的信，就必须使用简单的词汇和短小的句子。但是，要用一篇论文给专家们解释一个复杂的过程时，简单的词汇和短句很可能十分不妥。掌握了语法规则，你就很容易将某个写作作业的两个版本进行对比，并指出哪个版本比较符合语法规则。不过要指出哪一篇文章的表达效果更好就不那么容易了。

事实上，修辞主要就是要判断一篇文章是否有好的效果。请看学生写的一段文字：

高中的时候，我最喜欢的英语课是英语文学。文学课不仅有趣，还很生动。老师的讲解和活动的安排让我们饶有兴致地了解了过去的作家和诗人。老师把作者和他们生活的时代背景相关联，过去的文学作品也变得十分有趣，而通过这种方法，我不仅了解了英美作家，还学到了相关的历史知识。

从语法而言，这个段落没有问题；从修辞而言，却空洞无物。这个段落需要例子和具体的细节支撑。这个学生觉得哪个作家或诗人很有意思？老师安排了什么有趣的活动让学生们乐在其中？缺少这些细节，这个段落就显得空洞乏味。

下面是关于同一主题的另一个段落，是一个有着强烈的修辞感的学生写的：

看一看一个腼腆害羞的18岁的姑娘第一天从小镇来到城里的大学念书是什么样子吧！看到宽阔的校园里熙熙攘攘挤满了学生，她感到害怕。不过她却被一门叫作"英国文学概况"的课程所深深吸引，因为这个内向的小女孩从小就是一个书迷。大学对我这个校园里的异类而言，就是一个刚刚打开的崭新的魔幻世界。我可以读到很多伟大的文学巨著——弥尔顿的《失乐园》，莎士比亚的《奥赛罗》，还有简·奥斯丁的《傲慢与偏见》。在老师殷切的目光下，我还能在课堂上讨论这些巨著。老师鼓励我去深挖观点，并加以解读。老师提出了很多问题，同学们踊跃回答，这个过程中我听到了对世间万象深刻的见解：我理解了《无名的裘德》中的孤独之感，《雾都孤儿》中生活的艰辛，以及浪漫主义诗人笔下的自然之美。文学也引领我踏上历史中那宛如迷宫的道路。读到玫瑰战争，我了解了人们对政治权利的贪欲，我看到了英王约翰迟迟不愿签署的《大宪章》是如何影响了我们当下的民主。乔叟的故事让我相信自中世纪以来，人类的排场并未有太大改变。"英国文学"这门课让我在无意之间学到了知识。爱上了英国文学，我自然学得津津有味。

比起第一个段落，第二个段落修辞表现力更佳。通过丰富的细节呈现，我们知道英国文学课程是如何具体地影响作者的。

读者和目的

要想写好文章，你必须记住写作的两个事实：写作有针对的读者，而且有一定的目的。很多学生认为写作的读者就是老师，一定要满足老师的品味，但这种观点太过狭隘。老师只是象征性的读者。他的真正工作是作为受教育读者的替身。以这样的身份，老师代表今天写作的普遍标准。一位英语老师对好的和不好的写作都很了解，可以告诉你作品好在哪里，哪里仍需提高。以这样的身份，老师有点像报社的编辑，而你则是一名记者。

写作目的则是你希望通过写作实现的目的——你希望自己的作品给读者带来的影响。也许你觉得写作文就是为了一个分数，其实不然。分数可能是写作的结果，但绝不是写作的目的。一位自由作家坐下来写一篇文章，期望能通过努力获得稿费，但那也不是作家的首要目的。其实，目的指的是作者下笔之时心中的意图——可大可小。如果你要写自己曾经最有趣的暑假，你的目的就是让读者开心。如果你要阐释氨基酸是生命所需，你的写作目的就是将其阐释清楚。如果你写一篇文章，呼吁将售卖儿童色情读物的商贩绳之以法，判刑收监，那么你的写作目的就是要说服读者。

基于上述讨论，如果你希望找到判断自己用词和造句是否恰当的语境，你就必须了解某一次写作的目标读者和写作的目的。语境可以为哪些词句效果较好、哪些词句效果较差提供参照；可以警告作者哪种表达比较危险，哪种观点可能获得成功。每个人都知道，一封情书不应该像一份银行财务报告那样全是复杂难懂的句子；写给一位伤心失意的朋友，表达安慰的便条也不应该像讲笑话——此处的"每个人"，是考虑目标读者和写作目的的人。正如英国作家毛姆所言，"要想写出好的散文就得善于为人处世"，好的文章就像行为举止一样，要恰如其分。好的文章要符合读者喜好，实现写作目的。而文章能否满足读者喜好，实现其预期目的，正是修辞所最为关心的事情。

内在的读者 / 编辑

修辞教学最根本的目的是让你学会如何针对不同读者和不同写作目的区分恰当的文字和不恰当行文。让你慢慢形成一种第六感，知道英语老师布置的作文、给母亲的便条或是征询新室友的广告应该怎么写。我们把这种第六感称为内在的读者 / 编辑。有一位作家对这一感觉下了如此定义：像每一位作家一样，我的头脑中有两个人物：作者（我）和读者 / 编辑（也是我），他们代表了任何一个阅读我的作品的人，这两种人在对话。

你内心的读者 / 编辑是你用来判断写作是否得体有效的感觉依据。随着不断的练习和针对不同读者和目的的写作任务的积累，这样的感觉会越来越强。无论你是在完成一位心理学导师布置的论文，或是给一个债主写一封信，请求宽限还债日期，你内心的读者 / 编辑都在判断你所写的东西在修辞和语法方面是否恰当。

当你年龄足够大，可以读这本书时，你内心的读者 / 编辑已经就位，并发挥着一定的作用。比如，你的读者 / 编辑肯定知道论文中不能出现非正规词汇，知道"ain't"不应该出现在正式考试题目当中；同样，有关科学的客观性的论文中也不应该出现大量私下里的笑话和逸闻趣事。

不同正式程度的文体

按照正式程度，写作大体上可以分为三种类型：正式文体、非正式文体和科技写作。每一种风格在我们要完成的写作任务中都有着重要的地位。是你内心的读者 / 编辑做出决定，选择针对某个具体写作任务所应采用的风格。

正式文体的特点是句子完整、复杂，全文语法规范。正式文本中观点有序呈现，词汇正式严谨。文中避免出现"我"的视角，不会出现诸如"can't""don't""he'd"或

"wouldn't" 等缩略形式。下面是一个正式英语的例子：

> As the sun rose higher that morning, swarms of canoes, or *canoas* as they were called in the Arawak language, were pushed out to sea through the surf breaking over the glistening white sands of Long Bay. They were all full of excited, painted Indians carrying balls of cotton thread, spears and vividly colored parrots to trade with the vessels lying a short distance off-shore. The Indian craft, probably painted as colorfully as their occupants, must have given the atmosphere of a festive regatta, and trading was brisk and lasted all day until nightfall.
>
> ——D. J. R. Walker, *Columbus and the Golden World of the Island Arawaks*

> 那日清晨，太阳冉冉升起，海浪拍打着长湾白色的沙滩，人们把独木舟推入大海，准备离开长湾。独木舟上都是印第安人，他们个个兴致高昂，浑身涂着鲜艳的色彩，手里拿着棉线球、鱼叉，托着色彩艳丽的鹦鹉，准备去离岸不远的商船上进行交易。这些印第安工艺品，也许跟船上的主人一样色彩斑斓，一定给交易营造了喜庆的节日气氛，交易进行得如火如荼，从早晨一直延续到傍晚。
>
> ——D. J. R. 沃克，《哥伦布和阿拉瓦克岛的金色世界》

正式文体的写作目的是实事求是或客观地呈现论点，而不是就一个主题发表作者的个人看法。作者要时刻小心，避免出现"我"的指代；要谨慎细致，时刻隐身在后方。文中的例子或是概括性陈述，或是以第三人称出现，但绝对不能是主观性的。注意下面的区别：

概括性陈述："所有参与者均同意公开发表其实验室实验报告和记录。"

第三人称："实验的负责人默多克得出了不同的结论。"

个人主观性陈述："看到研究的结果我很开心，因为它给糖尿病患者带来了希望。"

在正式文体中，个人化的例子是不允许的，因为会显得有失偏颇或是情感化，因此会不科学。正式文体写作中，事实要不言自明，而作者的任务就是把这些事实客观地呈现出来。

正式文体写作是大学写作中最主要的部分。研究论文、学术论文、书面考试和严肃的信函都需要使用正式文体写作。除非有其他要求，平时写作中也应使用这种文体。

非正式文体写作是基于日常语言中熟悉的语法规则和语言结构而形成的。新闻、个人信件、日记和非严肃的文章中使用此种文体。下面是一篇典型的学生习作例文：

> I drive a truck for a living, and every other week I'm assigned to a senior driver called Harry. Now, Harry is the dirtiest person I've ever met. Let's start with the fact that he never takes a bath or shower. Sitting in the closed cab of a diesel truck on a hot August day with Harry is like being shut up in a rendering plant; in fact, the smell he emanates has, on many occasions, made my eyes water and my stomach turn. I always

thought Harry was just dark-complexioned until it rained one day and his arms started to streak—I mean, this guy is a self-inflicted mud slide. In fact, I could've sworn that once or twice I saw Harry scratch his head and a cloud of dust whirled up above him.

　　我是一名卡车司机，每隔一周我会被分配与一位资深司机哈利合作。目前，哈利是我见过的最脏的人。我先要说的是他从不洗澡，不管是泡澡还是淋浴。八月份大热天，跟哈利一起坐在柴油卡车密闭的驾驶室里简直像待在动物油提炼厂里。实际上，有时他身上的味道让我泪水直流，还直反胃。我总是想可能哈利就是皮肤黑一点，直到有一天下雨，他的胳膊变成白一条、黑一条——我的意思是说这家伙简直浑身像在爆发泥石流。实际上，我敢说有一两次，哈利挠头时，他的头顶上竟然出现一片灰尘形成的云。

这段文字的观点无疑是个人化的、轻松的。"我"的观点中夹杂着缩略语的用法，比如"I've""I'm"和"could've"。不过，在很多领域，使用正式文体而不是非正式文体的要求就不那么严格了。甚至今天，很多科学期刊允许调查者使用"我"进行指代，尤其当作者本人参与调查研究时。请思考下面这篇发表在《国家地理》上有关尼泊尔改革的文章中的段落：

　　从茶馆里，我能看到警察局，它现在是一个涂满毛派涂鸦的破损的水泥壳。警察已经逃离此处，就像他们从尼泊尔大多数农业地区逃离一样。现在村子成了前线，我见过的第一个居民区已经被反动分子公然控制。摄影师乔纳斯·本迪克森和我抵达巴比亚库尔时，我们发现一些毛派士兵正在为数百名新近招募的正在村子上方一座小山上训练的士兵购买铝制的盘子和成袋的大米。我们把我们的介绍信送到山上，要求见他，可是，似乎没人急着给我们回复。

总结：给老师提交的大部分的论文中使用正式文体。自己个人化的写作，或是在可以用自己的风格自由表达思想的场合，使用非正式文体。

科技写作是使用专业领域词汇进行写作的正式写作。工程师、技术人员和科学家们经常使用这种文体。此类文章常常由于词汇冗长、抽象名词使用过度、滥用被动语态、主从关系混乱而令人不忍卒读。尽管如此，一些技术写作人员技法高超，堪称专家。下面是一篇科技写作的例文：

使用样式设置改变整个文本的行间距

1. 找到首页"选项卡"，在样式设置里点击"更改样式"。

2. 把指针放在更改样式工具栏，选择不同风格的设置。使用实时预览，观察行间距根据不同风格设置所呈现的变化。

3. 看到自己喜欢的行间距时，点击该样式设置。

在具体的文章中应该使用何种正式程度的语言取决于文章的受众和写作目的；这是你的内在读者／编辑必须决定的。下面，我们看一个例子。你的英语老师要求你写一篇文章，讲述最令你难忘的一次约会。一个学生这样写道：

> 我最难忘的一次约会是与卡罗琳的那一次约会。那天，我带着她去了汽车影院。我之所以选择汽车影院作为我们约会的地点，是因为卡罗琳比我高差不多三十厘米，跟她一起站在外面我实在太尴尬了。我真害怕我的汽车会抛锚，否则，我不光得走出车门去修车，说不定还得像连环画里的默特和杰夫一样跟她肩并肩走回家啊！

接下来发生的故事很有意思，写的是作者和卡罗琳一起在汽车电影院的不幸经历。这个学生使用非正式文体进行写作，因为作业的要求就是如此。

但是，如果你的社会学老师要求你就"在美国，约会已经成为求偶的一个常见做法"写一篇文章，你就必须写成一篇正式的文章。文中必须说约会那天很有可能发生的事情，而不能描述约会那天在你身上发生的事情。你必须呈现研究中被调查者的想法和观点，而不是发表自己的个人观点。文中不能使用人称代词"我"指代自己，也不要试图将个人意志强加于文章材料之上。但这并不意味着不能有自己的观点——恰恰相反——你应该将自己想要表达的观点建立在切实可靠的论据之上，而不是个人化的经历或是毫无论据支撑的想法上。下面是一个学生的习作，遵循了客观化的原则：

> 在大多数美国年轻人的生活中，约会成为一种普遍的求爱经历。这种方式最早可以追溯到先前相互中意的情侣们在客厅会面时需要长者陪同的方式。慢慢地，这种方式演化成为今天一种社交性的外出活动。但随着这种仪式的不断发展，对约会产生最大影响的是汽车的引入和普及。

整篇文章中，作者使用了大量的数据、实例和专家的论证来支撑自己的论点——一直以来，在美国，汽车对约会方式产生了巨大的影响。她的例子是普遍性的，而非个人经历。文中，她写了美国人约会可能会发生的这样或那样的状况，而不是她在约会时所发生的这样或那样的事情。

所有的作者会遵守基于常识和传统修辞技巧的原则，对自己的语言做出相似的修改，以满足读者和自己写作目的的要求。虽然很多改动是下意识做出的，但真诚希望与读者交流的作者必须对语言进行调整。

写作是一个过程

你也许可以通过死记硬背记住鱼的机体结构，或者星云的构成与结构，但绝不能通过死记硬背学好写作。学习写作是学习一个过程，比起记忆一堆知识，这个过程总是要困难一些。你可以通过一本手册记住自行车的每个零部件，但不可能通过读一本教你骑车的书学会骑车的本领。有句拉丁谚语说得好："你在写作中学会写作。"下面是一些经实验室研究发现的有关写作过程的真理：

● **写作是一个艰难且不断反复的过程**

很多作者写作时都是时断时续，其间免不了跌跌撞撞。作者写几个句子就要停下来返回去修改，然后再写几个新句子，再停下来重新读一遍，然后进一步修改编辑，之后再继续写作。一位研究者说："在思考和写作的过程中，作者'返回去'是为了推进自己的思路。"

任何一个专业的作家都会承认这样一个过程确实存在，但往往这样的真相对于学生而言却成了意外的发现，毕竟写作过程中时断时续、反复修改往往令学生很担心。要知道，这一循环往复的过程是写作中健康而正常的部分。研究甚至显示：遇到必不可少的"等待、观望、探索"时，接受写作中断断续续、跌跌撞撞的本质的作者要比那些不接受这一本质的人更为轻松。由于写作中存在这一迂回状态，写作往往被描述为循环过程，也就是说写作并非一气呵成，而是要经历循环往复才能得到最终的写作结果。通常有必要重新回到先前的道路，回到工作一开始，或者修改早先完成的句子和段落，然后才继续写新的句子和段落。如果你发现自己写作时也是如此，请保持自信：大多数作家也是如此。你经历的只是写作中正常的过程而已。

● **话题能为你的作文带来改观**

不管专业还是业余作家，很少人能完全自由选择话题进行写作。大部分话题是由雇主和教授安排或是社会环境要求。然而，一旦有选择的余地，常识和研究得出的经验是：你应该选择自己最喜欢的话题。事实是，大部分人在写对自己有吸引力的话题时更得心应手。至于为什么会这样，确实没什么神秘可言。当我们从事一项自己热爱的劳动——不管是建造自己梦想中的房子还是进行写作时，我们都会加倍努力。不幸的是，在课堂上，很多学生仅满足于那些看起来非常容易进行调研或者写作的话题，不会考虑自己是否对该话题感兴趣。这是错误的。当你就自己喜爱的事物写作时，你就会像一名资深的作家一样进行创作，而不是强迫自己就一个无趣的话题进行写作。

● **你的写作水平不会随着每次的写作而不断进步**

并不是每写一篇新的文章，写作水平就自然而然地有所提高。关于写作的一个现实的比喻是箭术。第一箭有可能正中靶心，而第十箭却有可能会脱靶。一名弓箭手的命中率会随着练习的加强而越来越高，但是你绝不能说哪一次都能命中靶心。实际上，简单地说就是你不能因为这次的写作不如上一次，就烦闷不已。虽然你的进步不会反映在每一次独立的写作中，但练习得多了，你整体的写作技巧一定会有所提高。

本章的要点总结如下：写作能力是可以习得的，因为修辞可以教会你如何写好一篇文章。写好文章并不单单是把头脑中突然冒出的想法草草呈现在纸上，而是要一直思考读者的需求和自己的写作目的，并据此选择所应使用的语言类别；同时，你还要慢慢培养修辞感，使自己能够针对某个任务找到最好的表达技巧。所有这些技巧都可以通过研习修辞而习得。

针对视觉形象进行写作

视觉形象包括只有博物馆中才能看到的艺术作品，也包含报纸上的图片。像电视图像、线条画、素描、速写、电脑图表、令人着迷的异域风情画廊和广告中俊男靓女的图片，等等，都属于视觉图像。视觉图像传播广泛，影响巨大，很多老师会将其作为写作话题来使用。比如，这书第二部分每一章均引用了很多图片，要求你对这些图片所要表达的内容进行解读或评价。

如果之前你从未做过类似的写作练习，请不要担心。就一幅图片进行写作无异于就一头猪、一首诗或是一次冒险经历进行写作。下面是针对艺术作品、新闻照片、卡通漫画和广告画进行写作的一些技巧。

针对艺术作品的写作。 针对一幅艺术作品进行写作，你无须是艺术评论家，而且你也不必尽力做得像他们一样。无论是任何形式的写作，对一个作者而言，最佳的表达方式是遵循最真实的自我，而不是以任何其他人的口吻进行表达。换言之，无论是写一棵真实存在的李子树，还是一幅静物画，都要坚持自我。下面是针对艺术作品进行写作时大家可以遵循的步骤：

仔细揣摩作品。 这是现实主义的作品，还是展现扭曲、假想画面的抽象派作品？如果是现实主义的作品，比如一幅表现乡村美景的画作，注意颜色的运用和画作的表达方式。一个艺术家，通过单调的色彩和随意大胆的线条，就可以向我们传出对于景色的消极情绪。同样，明亮的色彩和细腻的笔法也可以使一幅美好的景色跃然纸上。细细揣摩作品之后，用一句话概括出你对作品的整体印象。这句话就会成为你文章的主题。

注意画作的标题。 很多表现主义画家会创作出纯想象中的形象，而这些形象是现实生活中所不存在的。这时，画作的标题就可以帮助我们理解这些形象的意思。图 2.1 的例子生动地说明了标题的重要性。该画作展示了一群男人，其中两个人有半个脑瓜里塞满了看似粪便和垃圾的东西。画作的背景是一个长相丑陋的教父和一名手持沾着鲜血利剑的纳粹士兵。看罢其标题《社会栋梁》，我们才能理解画中那些令人生厌的男人是正在出现的纳粹头目，而画家就是想讽刺挖苦这些人。

利用互联网查找有关艺术家和作品的背景资料。 比如，在对《社会栋梁》进行写作之前，我们在谷歌搜索画家乔治·格罗茨和他的作品的题目，随后我们就了解了这个作品及其创作者的相关信息。

依据艺术评论家的评价，检查你对于该画家作品的评价。 我们每个人都有独特的鉴赏力。如果说情人眼里出美人，艺术作品亦是如此。很多现代主义艺术家说，每个人针对某

■ 图 2.1《社会栋梁》，1926
作者：乔治·格罗茨
这些社会栋梁有多令人佩服？

个作品的评价都是有效的。而传统艺术家们则不这么认为，他们说艺术作品的评价应该有对错之分。很多时候真相往往介于两者之间。很有可能对一件艺术品的解读十分牵强、毫无根据，因为对它的解读是来自观察者的头脑，而非源于作品本身。也有可能对于同一件艺术品会存在两种相反的解读，而没有哪一个会更加"正确"。在这种情况下，艺术评论家就帮上忙了。他们在艺术品鉴定方面拥有丰富的经验和背景知识，能够鉴定出艺术品的独创之处和模仿借鉴的痕迹。

支撑你对艺术作品的观点或解读。 针对艺术作品的任何观点都需要画作本身的细节进行支撑。如果你说某人的肖像画反映出了忧郁的情感，你应该说清楚原因。为了支撑这样的观点，你可以从背景色彩的运用，画作中人物阴冷的表情，或许还有人物瘫坐的方式进行解读。

说明你对画作的感觉。 艺术作品不仅引发思考，还会引起情感体验。不要害怕表达自己对作品的感受，或是害怕说出作品对自己的影响。坦白相告可以帮助读者更好地理解你对作品的看法。当然，在阐释视觉形象的文章中也可以使用"我"。事实上，在如此个人化的写作中不使用第一人称"我"的话，你的写作会很难进行下去。毕竟，人们期望听到画作对你的影响，以及你对它的感受。你不必因为自己在就这幅画作进行写作，所以觉得就必须得喜欢它。你也许发现自己打心底里并不喜欢它。在这种情况下，你应该做的就是说明缘由。当然，如果你的确喜欢某一画作，你也应该说清原因。

下面，我们总结一下就艺术作品进行写作时可以遵循的步骤：

1. 用一句话表达你对作品的总体印象。
2. 从作品的细节入手阐释自己对作品的观点和印象。
3. 说明作品对自己的影响。

● **写作练习**

找到或者复印你喜欢的一幅艺术作品。针对该作品写一篇包含三个段落的文章，文章中你需要解读作品，谈谈画作中你最欣赏哪个方面。文中请附上该艺术作品的复印件。

针对新闻照片的写作。新闻照片是报纸和杂志的一个主要部分。它的表现方式可以是静谧的，也可以是令人恐惧的。在一个优秀的摄影师手中，相机似乎可以完全抓住某个主题。那种好似用 X 光线抓住灵魂的神秘魔力，加之其不像绘画那样正式艺术作品有所失实，使得照片成为一种人人皆懂的世界语。看到一张照片中人们从着火的摩天大楼纵身跳下的画面，无论我们讲什么语言，人人都能看懂，更能理解其中的悲凉。下面，我们针对如何就新闻照片进行写作给大家一些建议：

首先要研究并描述照片的背景。照片是谁拍摄的？是在什么情况下拍摄的？了解照片拍摄的环境可以让我们从历史的角度进行写作，同时也会影响到你对照片的解读。

阐明细节以描述新闻照片。尽自己所能，总结照片中所描绘的情景的重要性。例如，图 2.2 捕捉到登山营救过程中惊心动魄的一刻。

下面，我们对新闻照片写作的步骤进行总结：

1. 陈述照片拍摄的环境、时间、地点和原因。
2. 详细描述照片。
3. 拟定照片的主题。
4. 从照片及其拍摄背景提取论据以支撑主题。

● **写作练习**

针对一张新闻照片写两三个段落，解释清楚照片的拍摄背景，并对照片进行解读。文中请附上该照片的复印件。

针对漫画进行写作

　　经典漫画最能抓住那个时期的本质。漫画似乎以速记的方式总结了时代的特质。政治漫画，尤其是讽刺漫画——一种夸张地表现外在特征的漫画——可以展示某个时期人们对特定人物的看法。比如，想要了解在"泰迪"罗斯福总统执政期间，人们对他的看法，你只需看看当时有关他的漫画形象。下面，我们就基于漫画的写作给大家一些建议：

● **确保自己理解漫画所要传达的信息**。当然，一些漫画仅仅是为了娱乐，并没有什么特定的信息。很多漫画是糖（幽默）和药（信息）的混合物，如图 2.3。该漫画转载于加拿大法语报纸。图中，我们看到了一个小男孩的裤子脱掉了一半，露着屁股的上半部，形成了一个清

■ 图 2.2

直升机在法国阿尔卑斯山搜救一名失踪的男子

■ 图 2.3

这幅漫画讽刺了当下男孩子们流行的低腰裤。

晰的字母"Y"。小男孩的左侧，在图像前方是法语的单词"GENERATION（一代人）"。2008年 1 月 22 日，魁北克当地报纸《太阳报》用这样一幅漫画将人们根据年龄段分为若干代：

　　　　——沉默的一代，1945 年以前出生的人

　　　　——婴儿潮一代，1945—1961 年间出生的人

　　　　——X 一代，1962—1976 年间出生的人

　　　　——Y 一代，1977—1989 年间出生的人

　　为何称最后一组为"Y 一代"？漫画用极具说服力的讽刺给出了答案。同时，它巧妙地引发了读者的思考：为什么西方世界的孩子们，想要遵循这样一种着装规范，它的目的是让老人和其他人感到震惊，而不是为了时尚。

　　另一幅同样意义微妙的漫画展示的是一位英语教师，气势汹汹地站在学生们面前。老师背后的黑板上草草写着"今天交作业！"老师面前站着一个小男孩儿。男孩说："我的作业做完了，可是我的狗狗不小心同时按下了 Control、Alt 和 Delete 键。"以前，学生不做作业给出的借口是"我的狗狗吃了我的作业"，男孩的话正是这句话在计算机时代的新版本，因而十分搞笑。

● **留心漫画中颠倒的世界**。漫画往往通过颠倒世界来讽刺人们对社会的习以为常、见怪不怪的观点。比如，有这样一幅漫画，画中电影院的椅子上坐满一群带着翅膀的虫子在等待影片的开始。银幕上出现了即将上映的影片名字《杀手挡风玻璃归来》。另一个场景——我们最喜欢的漫画之一——是一个可怕的怪物在匆匆忙忙地穿衣服。他着急地看着手表，对妻子抱怨说自己已经迟到了，此时此刻它本应已经钻到某个孩子的衣橱里去的。漫画的文字说明是什么呢？"怪物的工作"。这两幅漫画的幽默都来自颠覆常态，而这样对常态的颠覆让我们对熟悉的情境有了不同的看法。

● **阐明漫画所要解释的道理**。很多漫画具有教育和警示意义。有时，这些道理显而易见，比如，有一幅漫画，上面画着两个男人被困在一个热带小岛上。一个人看着另一个，建议说或许他们俩应该组建一个简单的政府。这令我们想到建立政府是人们的一种政治本能。但有时道理就没有那么明显了。比如，一幅漫画描绘了面容可怜的人并排站在图书馆的过道里，看着两本不同的书，一本是《自我修养》，另一本是《专注自我》，这幅漫画反映了人们的自恋情结。不管怎样，你对漫画的解读中有一部分应该是对漫画要阐释的道理的解读——当然，前提是漫画应该确实蕴含道理。仔细分析漫画，直到看懂其蕴含的意义为止。

下面，我们对基于漫画进行写作时可以遵循的步骤进行总结：

1. 如果漫画具有隐含意义，确保你明白它所要传递的信息。
2. 留心漫画里那个颠倒的世界。
3. 分析漫画所要传达的道理。

● **写作练习**

就你所喜欢的任何一幅漫画写几段话。文中请附上该漫画的复印件。

针对广告的写作

尽管有时令人眼花缭乱，广告图片总有一种超脱现实的感觉。广告中人物、场景和物体均被美化；或者，广告中的所有产品似乎均对社会具有超乎寻常的影响力。

很多广告中的图片信息不是夸大其词就是鬼话连篇。我们知道不可能吃一片药就能顿时让阴天转为晴天；不可能一剂泻药下肚，烦恼立刻消失；不可能脸上抹上面霜后，过一个晚上皱纹就不复存在；买一个新床垫也不会让失眠症患者成为另一个瑞普·凡·温克[1]；开

1.《瑞普·凡·温克》是美国作家华盛顿·欧文（1783—1859）的浪漫主义短篇小说。小说背景是荷兰殖民时期的美国乡村。瑞普独自上山打猎，遇到仙人，喝了仙酒后睡了一觉，下山回家才发现已过整整二十年。——译注。如无特别说明，本书所有注释均为译注。

一辆新车也不会让你立刻桃花朵朵，一夜风流。

任何人针对广告图片进行写作时都要兼备常识和逻辑。常识让你看透玄机，而逻辑帮助你对夸张的言语进行筛选。针对广告图片进行写作时，你需要遵循下面的步骤：

● **确保你知道广告所针对的受众，了解广告所宣传的产品**。面向女性的广告，比如香水，总是和女性化的形象相联系。相反，经典男性的形象总会在啤酒的广告中出现，因为啤酒的目标群体是男性。可能看起来有点奇怪，但很多广告会拐弯抹角地粉饰自己的产品。最有名的例子可能就是日本某品牌的汽车广告。广告展示出了牧场、高山和溪流等美丽景致，附以似含哲理的不知所云的言语，但其实和买车没有什么关系。想一想，广告所宣传的产品是什么？产品的使用者是谁？产品有什么功能？用一句话概括出这些信息，你就有了主题。

● **留心图片所配的广告语**。广告语往往是只言片语，而非整句。比如，去威尔士旅行的广告搭配的广告语是："推荐行程：伦敦——极乐世界——伦敦。威尔士，中途停留的静谧之所。顺道去天堂走一遭。自然的奇观和家的舒适同在你身边。威尔士，距离伦敦仅两小时车程。"一个句子、五个词构成这段广告语。是否注意到广告中会用诗一般的语言来渲染图片。例如，有史以来最为成功的广告语由两个押韵的单词组成："Think Mink"（想穿貂）。广告语往往很是浪漫，毫不遮掩。比如下面这个例子："不知何时，你梦中的她成为你一生的爱人。钻石恒久远，一颗永流传。"

● **注意对现实的颠覆**。广告擅长于颠倒现实的世界。如果广告中的产品对你有害，广告就会用健康幸福将之包裹起来。比如，香烟广告中经常会呈现身强体健的吸烟者的形象。万宝路香烟广告中的经典图片，就是一个粗犷的牛仔在山脊上放牛，偶然间停下来吸一口"健康的"香烟。这些广告渐渐淡出我们视野后，取而代之的是一些商业广告，大肆兜售祛除粉刺、治疗秃头或阳痿的油。看到一名男子吞下希爱力或万艾可后迈着大步跨过春日的草地，打算在"时机成熟"时跟另一半翻云覆雨时，有谁不心生羡慕呢？

● **注意口号性宣传或者委婉语**。时髦语言是一个宣传口号或者与产品相关联的说法。某一个腋下除臭剂的宣传口号曾经是"足以盖住男士的体味，精心呵护女士的温柔"。委婉语是表达某一事物的更为平和的说法。比如，说"他去世了"是"他死了"的委婉语。例如，一条推销保险的广告语会说"减轻您的家人最后下决定时的压力和痛苦"——这意味着，找到一个埋葬你的地方，一个支付葬礼的方式。女士个人卫生用品在宣传时总会采用委婉语言。有时，图像或影像也可能较为委婉，像缓解便秘的药物的广告往往也是这样。

● **用逻辑判断广告意象夸张的言辞**。说广告常常谎话连篇，这绝不夸张。广告人可能会说他们从不说谎，只是强调自家产品的优点而已。然而，任何有常识的人听到像"三分之二的牙医都使用某某牙膏"的广告时，都不禁怀疑"到底有多少牙医参加过调查，最终得出如此结论？"也许，只有三名牙医参加了调查。那么，"温度感应防汗除味剂是依靠体温激发产生效果。人体的体温可以使其产生作用"，这一宣传到底是什么意思？当一种杀虫剂宣传说它可以让你"从害虫面前隐形",这一宣传语言是直白的意思表达,还是具有比喻意义?

● **提及任何与影像有关的幽默**。一则东芝复印机的广告展示了一台会讲话的复印机:"我每分钟打印 80 张,坐在男厕所旁边。她每分钟输入 80 个词语,却坐在街景办公室里。世上就没有公平可言吗?"要就这一意象展开讨论,你可能会从会讲话的打印机产生的幽默着手。

回顾前文,我们总结一下针对广告进行写作时涉及的几个步骤:

1. 确保你知晓广告涉及的产品和广告的目标群体。

2. 注意广告影像所配套的语言。

3. 留意任何颠倒现实的成分。

4. 注意流行语或者委婉语。

5. 调动逻辑思维,评价广告影像过度夸张的说法。

6. 提及与影像相关联的任何幽默。

● **写作练习**

就杂志或报纸上刊登的一则你最不喜欢的广告写两段文字。作业中请附上该广告的复印件。

社交网站文章写作

作文是大学里要求的正式的写作作业,然而博客、文本信息、电子邮件或者脸书则是针对某些话题和自己感兴趣的问题所发布的非正式网络讨论文字。在过去十年里,非正式网络写作快速流行,成为全世界人们乐此不疲的事情。世界各地,无论男女老幼,无论人们坐着、走着,还是坐车开车,都不忘在手机、平板电脑和笔记本电脑上发帖留言。住在洛杉矶的妻子给远在迪拜的丈夫发短信。在布鲁塞尔的公司老总正在使用笔记本电脑给身在芝加哥的五位同事群发邮件。

本书主要针对正式文章写作,但大多数学生花费很多时间用于网络写作,包括发短信、写博客、发推文,或是发电子邮件。本书中大多数章节将帮助您成为更好的博主,写出更好的电子邮件,因为良好的写作能力是所有通讯交流的基础。例如,清晰表达观点、有效支撑观点(参见第五章)的要求对于正式文章写作十分重要,但这些要求同样适用于博文或者电子邮件的写作。

当然,有些学校担心学生迷恋短信和博客的语言,不遵守传统句子结构、词语拼写和标点符号的规范,从而影响其写作能力。看到大学生习作中出现下列文字段落,老师们纷纷摇头:

@TEOTD(at the end of the day), most of my classmates prefer listening to rap lyrics by artists like Jayz, Ice Cube, or Kanye West than reading the secretive lines of classical poets. The way I see it, rappers tell it like it is whereas GOK（God only knows）what Robert Browning, T. S. Eliot, or Emily Dickinson is trying to say. %- ）

@TEOTD（在一天结束时），我大多数同学宁愿听像肖恩·科里·卡特，艾斯·库伯或者坎耶·维斯特的说唱，也不愿意读经典诗人深奥难懂的诗句。我之所以这样看，是因为说唱艺人直言不讳，可是 GOK（天知道）罗伯特·勃朗宁、T. S. 艾略特或是艾米莉·狄金森说的是哪国天书。

我们并非要小觑短信或是博客的文字，毕竟这些文字流行很广，没有衰减的趋势。我们相信短信和博客的文字极富生命力，因此我们建议大家借其提升自己的写作能力，而不是把自己变成随意写写画画的文盲。不要不顾正确的语法和拼写，在发推特或是在脸书上发帖时可以梳理一下相关的语法和拼写。总之，抓住社交网络发文的机会提升自己的写作能力。遵照下面的建议会有所帮助：

● **点击"发送"或"提交"前请再次阅读自己的邮件或帖子**。即使没有首字母缩略词，发手机短信所遵循的语法往往很不规范，因而读者很难跟上发信人的思路。下面，请看一位学生的一篇脸书帖子：

喜欢网上最新的护手霜 一个剑桥的科学家说自己发明了年龄专门抗老化面霜 一个犹太实业家在商场里出售来自死海的油 据说可以滋润双手无可替代 有些棕榈泉的美发师正在推销一种从蜂巢里提取的神奇配方制成的霜。

稍微再扫一眼这一随意书写的段落，作者一定可以发现，对标点和词语稍加分析，一定可以写出更好的文字：

我喜欢所有这些网上最新出售的护手霜。一位来自剑桥的科学家说自己发明了专门针对衰老的抗衰老护手霜。一位犹太实业家在商场出售一种来自死海的护手油，据说可以滋养手部皮肤。最吸引我的是棕榈泉的一些美发师正在推销的一种护手霜，该产品以蜂巢提取物为原料，精心配制，功效神奇。

切记一旦点击了"发送"，你的邮件将无法撤回，就会以当时的面目出现在网络空间。另外，请注意智能手机超乎寻常的智能输入功能，它会自动完成你还未完成的词句。我们见过未经检查直接发送的不忍卒读的信息。有个学生本来要发一条短信，内容是"我喜欢坐下来读书"，可是手机智能输入的结果是"我喜欢吐痰和造反"。另一个学生想发短信"我走到淋浴头下洗澡"，可是发出的短信却是"我走进了滚烫的雪地"。大致检查一遍就能马上发现并改正问题。拼写和语法错误在发电子邮件时也常常由于指头敲击过快屡见不鲜，但我们认为认真检查哪怕最不正式的文字也可以帮助你写出更好的文章。

● **想清楚说什么**。写作之前，在头脑中厘清自己写作的要点和结构。例如，如果你想要写便条提醒室友在你外出期间要注意的日常琐事，你就可以在头脑中列出：（1）要遛小狗；

（2）垃圾要及时扔；（3）记得取邮件。如果你想写一件敏感的事情，更应该提前在头脑中厘清头绪，做好规划，尤其是你的写作目的是要提出异议而又不至于得罪别人时。

● **生气时请不要发送邮件或短信**。愤怒时写出的文字往往会令自己在情绪平息后感到后悔。与其事后会心生遗憾，不断自责，倒不如不发送刻薄的言辞。原因是情绪激动容易影响逻辑条理和清晰表达，而这两点却是好文章的重要特征。

● **不管你是单指敲击，还是多个手指灵活运用，请降低键盘敲击速度**。风驰电掣般敲击键盘，如果最终的文字佶屈聱牙，错误百出，从长远来看，反而费时费力。保持较为舒适的速度，这样不用来回修改，不断删除，反而节省时间。

● **想说什么就写什么**。这并不意味着你可以随意使用庸俗低级的语言，而是要自然地写作，表达自己的心声。如果你喜欢"说脏话"，打字时请将脏字删除。

● **使用可以阐明自己观点的图表**，但不能使用过多，以防图表滥用成灾，而不再是亮点。人们是视觉动物，但你必须精挑细选，选择可以给读者带来冲击并有利于展示自己观点的图表。

● **不用首字母缩略语**。与好朋友关系亲密时，你可以使用自己喜欢的密语——只要自己愿意，采用缩写和暗语，比如下面的例子：

● AFAIC（As far as I am concerned，就我而言）

● ANFSCD（And now for something completely different，现在由于完全不同的原因）

● LOL（Laughing out loud，大声笑）

● NVNG（Nothing ventured, nothing gained，不入虎穴，焉得虎子）

然而，在课堂环境中，诸如此类的首字母缩略词被视为灾难。除非你是在与自己圈子里关系紧密的朋友交流，千万不要使用首字母缩略词，以防这些词汇对您与他人沟通的能力造成永久破坏。

● **使用推文以训练语言清晰度和简洁性**。本书鼓励日常写作的清晰和形象，不过我们只找到了一种社交网络支持我们的观点，那就是推特。因为，一条推文限制在140词左右的长度，因此，推文可以训练使用者更为精确，专注于表达自己的观点。如果博客界确立基调，鼓励激烈的书面情感表达，作者以歇斯底里的基调写作就好似歌剧演员飙到高音C。他们的写作往往变成半生不熟的思想或是含糊不清的言辞。写作中标点往往被淡忘，或者被视为无关紧要。我们认为推文不仅是一种实用的向世界展示自己思想的方式，它也强迫你必须如此，不能像博客里那样废话连篇。在本书第二部分，你可以看到"切题练习"标题下的一些写作作业，旨在指导你如何按照推文中140词的限制删减冗余的文字。必须用简洁的盎格鲁－撒克逊词替换晦涩难懂的拉丁词源的动词，比如用"spit（吐痰）"替换"expectorate"。一个有力的形容词要优于几个意义单一的形容词，比如应该使用"gleaming（闪亮的）"而不用"shining and well-polished"。彼此意义重复的词语必须删除，比如使用"outcome（结果）"而不用"final outcome"。与写作的多数其他技巧一样，熟能生巧。下面是四个采用高效的推文语言规则表达思想的例子。

2013 年，我听了音乐大师詹姆斯·莱文在脊柱骨折后接受采访时所说的话。他决定强忍疼痛完成在纽约大都会歌剧院的演出，令人激动。

菲利普·塞默·霍夫曼由于大剂量吸毒殒命。既然我们都有自己的恶魔，那么人们有什么资格说他自私？不要随口乱喷，以防引火烧身，自伤颜面。

市议会拒绝在市里建设自行车道，这让我怒火中烧。

您确实愿意穿成那样去工作？请上网注册并从"白皮书"下载"着装规则"。无须付费！

向自己赞赏的推文学习并尝试模仿作者的风格。这种练习就和认真分析并模仿自己喜欢的著名作家的作品一样。

下面，我们回顾总结一下社交网络写作的相关步骤：

1. 发送前注意检查所写文字。

2. 生气时请勿写作。

3. 头脑中对希望说的话进行梳理。

4. 避免打字过快。

5. 想说什么就写什么。

6. 用图表展示自己的观点。

7. 不要使用首字母缩略词或者缩写。

8. 练习写作推文，以提升语言清晰度和简洁性。

● **写作练习**

1. 写一篇文章，证明社交网络是我们所处社会的有益力量。请用实例证明社交网络曾经挽救生命，引起必要的革命，或者维护了家庭团结。

2. 写一篇文章，指出学生玩脸书、推特、油管、电子邮件或者其他社交网络上瘾所面临的危险。

💬 **切题练习**

写一篇推文，对下列任意一条评论进行回应：

"足球变得过于暴力，因此应该有更加严格的规则，以避免球员受重伤。"

"普通学生支付不起现行教科书的书费。"

"我们的法庭，应该像对待吸烟或饮酒一样对待吸食大麻。"

● **修辞理解练习**

　　1. 研读下列段落后请指出每一段文字的写作目的及针对的读者，给出符合目标读者语言需求的例证。

　　a. 一开始，我们的格雷格是一个乖宝宝。他小的时候，健康、快乐、从不发脾气，给我们带来了无限的快乐。一岁时，他认为爸爸妈妈让他做的事情都十分有趣。两岁生日过后，他也一直很听话，很可爱。啊，我觉得别人总说"讨厌的两岁娃"，一定是因为他们对孩子关心不足，管教不到。后来，等格雷格两岁九个月时，我家里突然间就出了一个令人生厌的恶魔。他最喜欢的词就是"不！"，而且随口就是"不！"稍微对他有点小要求，他就跺脚喊叫。让他穿上先前高高兴兴穿的衣服都像打仗一样费劲。先前爱吃的东西也被他打翻在地。带他去逛街购物简直不可能，因为他会躺在商店的地上，死活不走。家里总是气氛紧张，丈夫和我也动不动就生气。我们感觉自己好似躺在火山山坡上。我们开始对格雷格百依百顺，生怕一不小心火山就得喷发。

　　b. 其他人也会就争议话题进行争辩，不管国内还是国际话题，只要是引起大家不同见解的问题。不过，保持平静、镇定、超然，你就是国家的卫士，就是国际争端惊涛骇浪中的救生员，就是斗兽场的角斗士。一个半世纪以来，你一直保卫、守护、捍卫着其自由和公正的传统。

　　让平民的声音评判我们政府行政程序的优点和缺点：我们的力量是否被长期的财政赤字、过于强制的联邦管理作风和过于傲慢的权力群体困住；是否被腐败无能的政治、猖獗的犯罪、低级的社会道德规范耗尽；是否被过高的税费、过于暴力的极端分子羁住。我们个人享有的自由是否像其应有的那样坚实、完善。

　　这些重要的国家问题并非要您的专业参与，也不是要您做出军事决策。您提出的原则好似黑夜中十倍亮度的灯塔：责任、荣耀和家国情怀。

　　c. 要说埃莉诺自己有意与斯洛普先生亲近，这纯属猜忌。她想过嫁给主教，但从没想过嫁给斯洛普先生，也没有想过斯洛普先生会主动追求她。其实，公平点儿说，在丈夫去世后她从未想过会有追求者。然而，她已经克服了所有对于那个男人的憎恶，而格伦雷政党所有人都十分憎恶他。她已经饶恕了他的布道。她已经饶恕了他低级的宗教追求、他的安息日学校以及他清教徒式的仪式。她已经饶恕了他的法利赛人般的傲慢、道貌岸然，甚至他油腻的脸面和圆滑的为人处世，已经同意不在意诸如此类的负面的因素，可为什么她还是没有把斯洛普先生当作追求者呢？

　　d. 地震常常伴随着地球内部发出的轰隆声。这一现象已经被早期的地理学家所知晓。普林尼写道，地震"之前会有可怕的声响"。支撑大地的拱顶塌陷，好似大地发出叹息。这种声音被看作是神灵的声音，被称为显灵。

　　火山喷发也伴随着巨大的声响。1883 年冬，印度群岛的喀拉喀托火山发出的声响非常之大，在 3000 公里之外的日本都听到了。这也是人类记载的声音传播最远的距离。

e. 我请您原谅一位因自己的儿子而接近您的父亲。

我想说的是，我儿子 22 岁了，已经在苏黎世联邦理工学院上了四年大学，去年夏天成功通过数学和物理学毕业考试。自那以后，他几经尝试，想要找到一个助理的岗位，这样他就可以继续进行理论和实验物理的学习，但没有成功。每一位有辨别力的人都对他的才能称赞有加，而且在任何情况下，请您相信他都会勤奋刻苦，不遗余力，他对科学确实满怀热情。

f. 潜在客户写给供应商，要求提供免费资料、信息和日常服务的信件是最容易写的信件。供应商常常会接受他或她的要求，因为满足这些要求对于供应商有利可图。潜在客户仅需要表达清晰、谦恭有礼。书写日常请求信件时，要为供应商提供必要信息，帮助其清楚了解客户需要其提供何种服务。行文尽量言简意赅，但不能遗漏重要细节信息。表达自己愿望时要尽量诚恳并注意语言技巧。

2. 写两篇一页篇幅的文章，解释你希望追求某一职业的原因。先给一个可能雇佣你的公司的人力资源经理写一封信；第二封信写给你的父亲。比较两篇文章的语言和用词，并解释两者的差别。

3. 下面两封信拒绝给一个潜在客户提供赊账。在写作目的方面，第二封信与第一封信有什么区别？

a. 十分抱歉，我们不能给您提供 60 天的赊账，供贵公司于 2009 年 7 月在松苑酒店举行会议。去年您在此地召集会议，我们苦苦等了 6 个月，贵公司才付清全部贷款。我们不能再次冒险向信用如此差的公司赊账了，敬请理解！

b. 感谢您再次选择松苑酒店召开 2009 年会议。能为您提供服务，我们深感荣幸。不过我们不得不请您预先支付 25% 的定金，剩余款项也请在登记离店时一并付清。这是我们针对类似公司的标准做法。如果贵公司对这样的安排较为满意，我们一定会竭尽全力，保证贵公司在入住期间享受贴心细致的服务。

4. 一位饭店老板向饭店所有服务员发出下面的备忘录。请重写该备忘录，注意使语气更为肯定，而又不改变其目的。

致所有男女服务员：我受够你们这群懒惰的小丑了！与去年同期相比，这个月利润下降了 20%。现在，傻子都知道问题在于你们服务客人时慢慢吞吞，不是打碎瓷器就是打烂玻璃餐具，你们跑来跑去却不注意保持饭菜热乎，不注意餐桌餐具的摆放，不注意认真接待客人点菜等细节。在此，我警告各位：要么改变态度，做好本职，要么卷起铺盖走人！

5. 假想读者是受教育人群，请为下面每一段标注其写作目的：（1）启发；（2）鼓励行动；（3）娱乐；（4）告知。

a. 请在下周之内寄来支票，若有问题也请写明具体原因。期待与贵方合作。

b. 良心是一个圣殿，在那里只有上帝才是最终的裁判。

c. 身陷困境，希望渺茫时，最为果敢的建议就是最安全的建议。

d. 男人很少会招惹戴眼镜的女孩。

e. 你越是了解人，就越羡慕狗。

f. "土地均分制"是让不动产所有权人的儿子在所有权人死后平均享有该不动产的做法。英国的大多数土地在诺曼征服之前均以"土地均分制"的形式继承。

g. 不要争取大多数支持，多数支持很少可以通过诚实合法的手段获得；要征集极少数的证词；不看有多少声音，而是看哪种声音更有力。

h. 你这傻子！波提切利不是葡萄酒，是一种奶酪。

i. 印度河全长大约 1900 英里。它发源于中国西藏冈仁波齐峰，一路向西流经喀什米尔、印度，最后向西南方向注入阿拉伯海。

j. 激情四射的宣言和厄运的预言已经没什么意义，寻找替罪羊只能适得其反。感化和宣言的时代已经快要结束。如今，我们需要严谨分析，团结一致，共同努力，兢兢业业。

6. 请根据语言的正式程度为下列段落做出标注：正式、非正式或是技术类文字。在每种情况下，请写清能区分某种正式程度写作的特征。

a. 有时，我希望自己成为山中的溪流。如果我是，我将从雪山之巅一路流过美丽的山坡，苍翠的树林。我会以清冷融化的雪解渴。我一路流淌，阳光温暖我的身躯，我时而波光粼粼，时而闪闪发光。作为山中的溪流，我只吸引精挑细选的少数的人们——那些勇气可嘉，耐力过人，敢于穿越灌木丛，跨越山川河谷，攀越陡峭岩壁，来到我清冷而超凡的两岸的人们。那些非同一般的人可以坐在我的岸边，透过清澈的河水，探寻他们期盼已久的宁静与和平。

b. 北京人的骨骼化石遗迹均发现于周口店的一处石灰窑。该化石遗址中有 15 个头盖骨，6 块面部骨骼，12 块颌骨，各种颅后骨架，147 枚牙齿。步达生和魏敦瑞对这些骨骼的物理特征进行研究后发现，与爪哇岛猿人相比，北京人仍然处于人类发展的初期。

他们的骨骼四肢已经高度进化，十分类似现代人，意味着他们可以直立行走，但头盖骨穹窿较矮，骨骼粗壮，骨壁较厚，脑容量很小（914–1225cc 之间，平均值为 1043cc，与之对照的是，爪哇猿人脑容量为 860cc，而现代人脑容量为 1350cc）。

c. 在自然界中，根为植物提供营养；与自然界不同，在艺术中，尖塔也可以成为根基。如果没有很多不辞辛劳的普通作者在埃斯库罗斯和萨福克里斯之后不断努力，就不会有后来的戏剧。詹姆斯·米切纳和利昂·尤利斯的成绩，建立在狄更斯和乔伊斯的基础之上。理查德森、菲尔丁、斯特恩和斯摩莱特一开始就取得了很高的成就，也正是他们才使得杰奎琳·苏珊的成功成为可能，而非相反。与之类似，为文化传播提供公共资金确实很有必要，但除非个人层面最为艰难、最为需要的创作得到资助，仅凭将公共电视方面的投资投到电影《亚当斯编年史》上，的确无法防止文化和艺术慢慢衰亡或者地位越来越低，直至消亡的。

7. 回忆你最近一次重要的写作作业并回答下列问题：

a. 你的读者是谁？

b. 你的写作目的是什么？

c. 你用的语言正式程度如何？

8. 假设话题的选择会影响你写作的质量，请从下表中选择最令你感兴趣的话题。用两三个句子，阐明该话题吸引你的原因。说明你就该话题所写的文章所面对的读者的特点。

a. 职业女性的未来

b. 照顾老年人

c. 拥有房产的成本

d. 某个特定爱好给人带来的乐趣

e. 保护我们的环境

f. 用电脑工作的某一方面

g. 残疾儿童

h. 原始文明的某一方面

i. 自己喜欢的一位画家、雕刻家、舞蹈家或是音乐家

j. 商务道德

k. 政治改革

行文太过冗繁？
参见第 390—409 页"编辑室"栏目！

写作建议

没时间写作时写什么？如何写？

唐纳德·莫里（Donald Murray）

修辞图解

目的：为日常写作提供一些实务性技巧

读者：大学生和其他经常写作的人

语言：正式英语与非正式英语相结合，经常使用缩略词

策略：以自己平时写作的时限和日程安排为例

　　唐纳德·莫里（1924—2006），记者，普利策奖获得者，他利用业余时间教授别人写作，并将其视为自己工作的一部分。他为《波士顿环球报》撰写每周专栏文章，并为很多其他杂志撰写专题文章。很多写作教师参考莫里的书籍安排写作教学。他最具影响的书籍有：《不说外行话：跟作家学写作》（*Shoptalk : Learning to write with writers*，1990），《期待不期而遇：教我自己和他人读和写》（*Expecting the Unexpected : Teaching Myself and Others to Read and Write*，1989），《修改的技巧》（*The Craft of Revision*，2007），《精心规划充满美文、小说和诗歌的生活》（*Crafting a Life in Essay, Story, Poem*，1996），等等。莫里是新罕布什尔大学英语专业荣誉退休教授。

　　莫里最为知名的是他提出的实用写作方法。他提出一些明智的建议，并据此总结为"提升写作思路和技巧的十个小习惯"。虽然他的建议尤其适用于全职作家，但实用性很强，对学生也很有帮助。

　　我用于写作的时间越少，写东西就变得越重要。写作给了我必要的沉着冷静，用罗伯特·弗罗斯特的话就是"摆脱困惑的片刻宁静"。写作缓解了生活的匆忙，强迫一个人去发现，去思考。写作提升了我探索发现的能力，语言则可以将我的发现明确表达。找到词汇，我可以把模糊而笼统的思想变得更为具体。这些词汇与短语和句子中的其他词汇相互关联，将我的个人体验融入我生活的方方面面。在写作中，我阅读了关于我自己生活的故事，作为回报，我也得以静心做事；在一段段、一页页慢慢推进中，我避免了生活中纷繁复杂的问题。

　　我利用闲暇时间写一些只言片语，虽然总是断断续续，但回头看看，我惊讶地发现忙里偷闲写的文字竟然让我受益终身，创作能力不断提升。我已经意识到没有真正公开发表的作品往往是在未受打扰的连续的时间段中完成的作品。你必须安排自己的生活，保证自己的一半大脑随时都在写作；也是在这些时间里，写作的种子已被播撒，随后不断成长。写作就是在忙碌的日子里，在乱七八糟的日常琐事之中挤出的片刻时间中收获的结晶。

　　格雷厄姆·格林说："要想写作，一个人只需把自己的生活组织成一大堆小小习惯的集合。"以下，是回顾往昔时，我总结的可以提升写作思路和技巧的十个小习惯。借助这些小习惯，我虽然没有大段的无人打扰的写作时间，却成为高产的作家。

一、不要等待某个想法

　　如果知道自己想说什么，很可能是因为你之前曾经说过，或者根本不值一提。写作就是思考，而思考不是从结论开始，而是开始于一丝渴望、一个暗示、一条线索、一个问题、一个疑虑、一点惊诧、一个疑问、一个没有问题的答案或者一个无法忘却的意象。这些片段都是忙里偷闲的灵感，而也许当时我本来思考的是其他别的问题。

我四岁大的孙子告诉他的母亲："我知道爷爷是个作家，因为他总是在钱包里写写画画。"那不是一个钱包，而是装着 3×5 英寸大小的卡片和三支钢笔的小包，平时我就放在衬衣兜里。我还有一个小背包，不管白天黑夜都放在身旁，小包里放着一个线圈本，我时常在上面写写自己想说的话，把可以成为草稿的只言片语搜集整理，形成文字。

二、听听自己不同于他人的声音

想要写作的人在看不断出版的新书，可是已经有作品出版的作家却细细品读自己，品读自己对世界的观点，倾听自己的声音。桑德拉·希斯内罗丝说："写让你与众不同的地方。"

回顾以往，我发现让家人、同学、老师、朋友、邻居、同事和编辑们不理解我的地方，却成就了我最受欢迎的书。以艺术的奇妙方式，最有个性、个人化的却成为最受欢迎的。当我试着模仿别人时，我失败了；而当坚持自我时，我却取得了成功。

三、避免每次写很长时间

很多人相信写作时一定要有大段不受别人打扰的时间，我曾经也这样认为。可是，哪有这样的日子啊。生活总是充满各种干扰。我试着按照贺拉斯、普林尼和数百年来其他优秀作家的建议：每天都写几句。

我花费多长时间写文章？每周的专栏文章，我写了 71 年，但真正的写作时间也就大概每周 45 分钟时间。我有时写 20 分钟，有时 5 分钟，有时 15 分钟，30 分钟，60 分钟。90 分钟是我有效写作的最长时间。

我写了多少作品？我刚写完一本书，平均每天 300 个词。最近，我争取一天写 500 个词。最重要的不是写作时间，也不是一天写多少词，而是每天坚持写作的习惯。

四、把漫长的写作工作化解为每天短小的写作任务

书是一页一页完成的，我发现可以把一本书分成若干个小部分，每一部分只需要清晨很短时间即可完成，这样做很有帮助，也非常重要：第三章的引子，法庭的一个场景，描述一次实验，对消息源的采访，关于写作时间的专栏。

五、清晨写作

大多数作者在清晨写作，此时还没有日常生活琐事的干扰。他们收获了潜意识的成果。一天中，工作效率会越来越低，因为作者不时会受到干扰，还要不时考虑充斥脑际的来自职场和家庭的烦心事。清晨，我只需要 45 分钟就可以完成一篇 800 词的专栏文章，但在下午，同样的文字我需要花 3 个小时。

六、今天要知道明天的工作

我给自己设定一个写作任务，而且前一天晚上就已经做好规划。我不知道自己要写什么，不过清晨完成自己的写作任务后或是睡觉前，我潜意识里就为自己安排了写作问题，而忙于日常琐事时，我也会抽空想想这个问题。

七、从失败中汲取经验

有效的写作是有启发意义的失败的结晶。你尝试自己还无法说明白的事情，但是在尝试过程中，你通过对稿件的一次次修改，厘清自己要说什么，应该怎样说。失败不可或缺。当词汇走在思路之前，你的表达就会失败，不过这样的观点可以通过修改加以改善。作者应该尝试失败，不要说先前已经说过的，而是要说之前没有说过，又值得一提的事情。

八、关注有效的事

一旦从失败中厘清了想要说的内容，就应该展开话题，把焦点放在有效的方面，而不是急于修改错误。当你就有效内容展开写作后，大多数错误其实并不会出现。等草稿完成后，你再去修改遗留问题。大多数情况下，我都是分层次对写好的文字进行一遍遍的修改。

九、延迟评判

写作时，在草稿完成之前暂时不要进行批评性评价，这很重要。你可以数自己写了多少个字，多少页或者写了多少个小时，这样你就可以告诉自己你一直在写，但在完成之前不要对作品做任何评价。

十、任其自然

最难的是任其自然。草稿总是跟梦想存有距离。草稿可以表达自己的个人的观点和对世界的情感，但书籍出版之后，自己最担心别人说自己愚蠢的地方在读者看来却往往意义深刻。你说出了他们个人的思想和情感。

写作酝酿写作。在写作中你对世界更为关注，也更清楚自己对世界的反应。作为作者，你千百次重新感受自己的生活，等你到 70 多岁时，也就是到了我的年纪，来平时写作的书桌前，你会发现自己想说的比自己 7 岁时所能想象到的一个作家一生中能写的东西还要多。

■ 写作实例

我有一个梦想

马丁·路德·金（Martin Luther King, Jr.）

修辞图解

目的： 引起美国社会对黑人受压迫状况的注意

听众： 英语国家的人，尤其是美国人

语言： 高雅的、富有诗意的英语

策略： 使用具有强烈道德含义的措辞

马丁·路德·金（1929—1968），美国牧师，黑人民权运动领袖，出生于亚特兰大，先后毕业于莫尔豪斯学院、克罗泽神学院和波士顿大学，1955年获得博士学位。金博士一生提倡非暴力抵抗种族隔离事业，领导黑人在亚拉巴马州蒙哥马利市进行静坐示威，反对该市种族隔离的巴士系统。1963年，他在首都华盛顿组织了大规模游行示威。期间，他发表了著名的演说"我有一个梦想"。1964年，他获得诺贝尔和平奖。1968年4月4日，金博士在田纳西州孟菲斯的一家汽车旅馆的阳台上惨遭暗杀，当时，他前往支持该市举行罢工的清洁工。

1963年8月，超过20万黑人和白人在首都华盛顿和平集会，呼吁社会对黑人人权的关注。游行民众聚集在林肯纪念碑前，在那里金博士发表了这篇慷慨激昂的演讲。

1   一百年前，一位伟大的美国人签署了《解放黑奴宣言》，今天我们在他的雕像前集会。这一**庄严宣言**犹如灯塔之光芒，给千百万在那摧残生命的不义之火中煎熬的黑奴带来了希望。它的到来犹如欢乐的黎明，结束了束缚黑人的漫漫长夜。

2   然而一百年后的今天，黑人依然尚未得到自由。一百年后的今天，在种族隔离的**镣铐**和种族歧视的枷锁下，黑人依然备受压榨，生活悲惨。

3   一百年后的今天，黑人依然生活在物质充裕的海洋中一个穷困的孤岛上。一百年后的今天，黑人仍然畏缩在美国社会的角落里，发现自己在故土家园里流离失所。今天我们在这里集会，就是要把这种令人深感羞耻的情况公之于众。

4   就某种意义而言，今天我们汇集到我们国家的首都就是为了兑现承诺。我们共和国的缔造者草拟宪法和《独立宣言》的气壮山河的词句时，曾向每一个美国人许下了诺言。

他们承诺给予所有的人以生存、自由和追求幸福的**不可剥夺**的权利。

5　就有色公民而论，美国显然没有践行她的诺言。美国没有履行这项神圣的义务，只是给黑人开了一张空头支票，支票上盖着"资金不足"的印戳后便退了回来。

6　但是我们不相信正义的银行已经破产。我们不相信，在这个国家巨大的机会之库里已没有足够的资金储备。因此今天我们要求将支票兑现——这张支票将给予我们宝贵的自由和正义的保障。

7　我们来到这个**圣地**也是为了提醒美国，现在是非常急迫的时刻。现在绝非侈谈冷静下来或服用**渐进主义**的镇静剂的时候。现在是实现民主的诺言的时候。现在是从种族隔离的荒凉阴暗的深谷走上种族平等的光明大道的时候。现在是把我们的国家从种族不平等的流沙中拯救出来，置于兄弟情谊的磐石上的时候。现在是为上帝的所有儿女迎来公平与公正的时候。

8　如果美国无视本次运动的紧迫性，低估黑人的决心，那么，美国将遭到致命伤害。自由和平等的**爽朗**秋天如不到来，黑人义愤填膺的酷暑就不会过去。1963年并不意味着斗争的结束，而是开始。有人希望，黑人只要消消气就会满足；如果国家安之若素，毫无反应，这些人必会大失所望。

9　黑人得不到公民的权利，美国就不可能有安宁或平静。正义的光明一天不到来，叛乱的旋风就将继续动摇这个国家的基础。

10　但是对于等候在正义之宫门口的心急如焚的人们，有些话我是必须说的。在争取合法地位的过程中，我们不要采取错误的做法。

11　我们不要为了满足对自由的渴望而抱着敌对和仇恨之杯痛饮。我们斗争时必须举止得体，纪律严明。我们不能容许我们的具有崭新内容的抗议**蜕变**为暴力行动。我们要不断地升华到以精神力量对付武装力量的崇高境界中去。

12　现在黑人社会充满着了不起的新的**战斗精神**，但是我们却不能因此而不信任所有的白人。因为我们的许多白人兄弟已经认识到，他们的命运与我们的命运是紧密相连的，他们今天参加游行集会就是明证。他们的自由与我们的自由是**息息相关**的。我们不能单独行动。

13　当我们行动时，我们必须保证向前进。我们不能倒退。现在有人问热心民权运动的人："你们什么时候才能满足？"只要黑人仍然遭受警察难以形容的野蛮迫害，我们就绝不会满足。

14　只要我们在外奔波而疲乏的身躯不能在公路旁的汽车旅馆和城里的旅馆找到住宿之所，我们就绝不会满足。只要黑人的基本活动范围只是从少数民族聚居的小贫民区转移到大贫民区，我们就绝不会满足。

15　只要"白人专享"的标志依然存在，我们的孩子没有身份，没有尊严，我们绝不能满足。只要密西西比仍然有一个黑人不能参加选举，只要纽约有一个黑人认为他投票无济于事，我们就绝不会满足。不！我们现在并不满足，我们将来也不满足，除非正义和公正犹如江海之波涛，汹涌澎湃，滚滚而来。

16　我并非没有注意到，参加今天集会的人中，有些受尽苦难和**折磨**；有些刚刚走出窄小的牢房；有些由于寻求自由，曾在居住地惨遭疯狂迫害的打击，并在警察暴行的旋风中摇摇欲坠。你们是人为痛苦的长期受难者。坚持下去吧，要坚决相信，忍受不应得的痛苦是一种**赎罪**。

17　让我们回到密西西比去，回到阿拉巴马去，回到南卡罗来纳去，回到佐治亚去，回到路易斯安那去，回到我们北方城市的贫民区和少数民族居住区去，要心中有数，这种状况是能够也必将改变的。我们不要陷入绝望而不可自拔。

18　朋友们，我对你们说，今天明天我们虽然遭受种种困难和挫折，我仍然有一个梦想。这个梦想深深扎根于美国的梦想之中。我梦想有一天，这个国家会站立起来，真正实现其信条的真谛："我们认为这些真理是不言而喻的：人人生而平等。"

19　我梦想有一天，在佐治亚的红山上，昔日奴隶的儿子将能够和昔日奴隶主的儿子坐在一起，共叙兄弟情谊。

20　我梦想有一天，甚至连密西西比州这个正义**匿迹**，压迫成风，如同沙漠般的地方，也将变成自由和正义的绿洲。

21　我梦想有一天，我的四个孩子将在一个不是以他们的肤色，而是以他们的品格优劣来评价他们的国度里生活。我今天有一个梦想。

22　我梦想有一天，亚拉巴马州能够有所转变，尽管该州州长现在仍然满口**异议，反对联邦法令**，尽管那里现在还有一些邪恶的种族主义者，但有朝一日，那里的黑人男孩和女孩将能与白人男孩和女孩情同骨肉，携手并进。我今天有一个梦想。

23　我梦想有一天，幽谷上升，高山下降，坎坷曲折之路成坦途，圣光披露，满照人间。

24　这就是我们的希望。我怀着这种信念回到南方。

25　有了这个信念，我们将能从绝望之峰劈出一块希望之石。有了这个信念，我们将能把这个国家刺耳争吵的声音，改变成为一支洋溢手足之情的优美交响曲。

26　有了这个信念，我们将能一起工作，一起祈祷，一起斗争，一起坐牢，一起维护自由；因为我们知道，终有一天，我们是会自由的。在自由到来的那一天，上帝的所有儿女们将以新的含义高唱这支歌："我的祖国，美丽的自由之乡，我为您歌唱。您是父辈逝去的地方，您是最初移民的骄傲，让自由之声响彻每座山岗。"如果美国要成为一个伟大的国家，这个梦想必须实现。

27　让自由之声从新罕布什尔州的**巍峨**峰巅响起来！

28　让自由之声从纽约州的崇山峻岭响起来！

29 让自由之声从宾夕法尼亚州阿勒格尼山的顶峰响起来！

30 让自由之声从科罗拉多州冰雪覆盖的洛基山响起来！

31 让自由之声从加利福尼亚州**蜿蜒**的群峰响起来！

32 不仅如此。

33 还要让自由之声从佐治亚州的石山响起来！

34 让自由之声从田纳西州的瞭望山响起来！

35 让自由之声从密西西比的每一座丘陵响起来！让自由之声从每一片山坡响起来。

36 当我们让自由之声响起来，让自由之声从每一个大小村庄、每一个州和每一个城市响起来时，我们将能够加速这一天的到来，那时，上帝的所有儿女，黑人和白人，犹太教徒和非犹太教徒，耶稣教徒和天主教徒，都将手携手，合唱一首古老的黑人灵歌："终于自由啦！终于自由啦！感谢全能的上帝，我们终于自由啦！"

*译文参考《我有一个梦想》（中央编译出版社，2001），许立中译，有改动。

● **内容分析**

1. 演讲开头"100 年前"。为什么这一开头十分准确？

2. 在演讲第 2、第 3 段，金博士总结了美国黑人所遭受的什么苦难？

3. 金博士在第 11 段提醒听众注意什么？

4. 演讲者敦促听众对白人采取何种态度？

5. 虽然金博士主要讲的是美国南方黑人所遭受的不公正待遇，他对于北方也持批评态度。从演讲中，可以推断出美国北方黑人在 20 世纪 60 年代是何种生活状态？

● **方法分析**

1. 一个评论家曾经写道，演讲的目的是强化黑人运动的价值。你能指出该演讲的哪个风格特征有可能是为了实现这一目的？

2. 第 4 至第 6 段使用连续类比进行连接。这一类比是什么？

3. 该演讲频繁使用何种常见修辞手法强调其要点？

4. 人们常说演讲者与作家使用段落的方式不同。该演讲的各个段落如何组织以适合口头表达？这些段落与作家可能使用的段落最为明显的区别是什么？

5. 第 32 段那一短小段落的功能是什么？

● 问题讨论

1. "黑人"是美国广泛使用的一个用以指称皮肤为深棕色到红褐色的人的词汇；美国在说"黑人"时有什么隐含意义吗？

2. 在你看来，种族歧视的根源是什么？

3. 美国将来是否会有一位黑人女总统？请解释你的答案。

4. 美国黑人男性遭受的歧视是否与黑人女性遭受的歧视相当，或者更为明显？如果有差别，请加以解释，并阐释自己的答案。

5. 你对于其他种族的人有什么成见？写下这些成见，并解释自己是如何产生这些成见的。与同学交流自己的观点。

● 写作建议

1. 写一篇文章，分析上述演讲中暗喻的广泛使用。评论暗喻的有效性，考虑演讲所面对的受众。

2. 写一篇文章，分析上述演讲的口语风格。指出在短语使用、句型结构、段落组织等方面能体现该文章是演讲词的具体技巧。如果这篇文章是让人阅读而不是倾听的，那么作者会如何遣词造句？

林肯致贺拉斯·格利里

亚伯拉罕·林肯（Abraham Lincoln）

修辞图解

目的：解释作者要维护国家统一的政治决心

听众：不仅是格利里，还包括所有美国人

语言：老式的正式英语

策略：使用重复修辞手法，强调作者最主要的目的是要维护美国统一

亚伯拉罕·林肯（1809—1865）被很多历史学家看作是美国历史上最杰出的总统之一。出生在一个小木屋，在边疆农场里成长工作，林肯常常生活困顿，也几乎没有受过正式教育。在踏入政界之前，他做过磨坊管理员、杂货店店员、检测员、邮政局长和律师。1834年，林肯当选伊利诺斯州法官，政治生涯由此开始。1860年，经过与对手进行多轮辩论后，林肯当选第16任美国总统。

　　下面这封信写于美国南北战争战乱期间，是对林肯宪法责任的经典阐释。贺拉斯·格利里是极具影响的《纽约论坛报》(New York Tribune)的编辑，写了一篇社论，暗示林肯政府缺乏方向和决心。林肯的回应反映出他维护国家的坚定不移的决心。

行政大楼，华盛顿，

1862 年 8 月 22 日

尊敬的贺拉斯·格利里阁下：

　　1　您在《纽约论坛报》上写给我本人的信件已阅，若其中有我可以看出的任何表述或推断失误，此时此刻我本人不作**反驳**。若信中有任何有失偏颇的**推断**，此时此刻，我本人不加争论。如果您的信中**稍显**急躁和专横，出于对老友的尊重，知道老朋友心意是好的，我也不加追究。

　　2　至于您提到的"我似乎所推行"的政策，我不想让任何人有所疑惑。

　　3　我要挽救我们的国家。我会依照宪法，尽快挽救美国。国家的威严越是早日得以重塑，美国越能更早成为"它应该的样子"。如果有人认为只有保留奴隶制才愿意挽救我们的祖国，我不赞同他们的观点。如果有人认为只有击垮奴隶制才愿意挽救我们的祖国，我也不赞成他们的观点。在这场争斗中，我**最大的**目标就是挽救美国，而不是要么保留奴隶制，要么粉碎奴隶制。如果我能挽救美国，但同时并没有解放一个奴隶，我会选择去做；如果我能挽救美国，而且同时也解放所有奴隶，我会选择去做；如果我能挽救美国，但需要解放一部分奴隶，我也会选择去做。我对奴隶制和有色人种所做的一切是因为我相信这有助于挽救美国；我有所**克制**，是因为我相信我的克制有助于挽救美国。一旦我认为我的行为会损害挽救国家的事业，我会有所克制；而如果我认为我的行为有助于挽救国家之事业，我亦会大力推行。如果有问题，我会努力改正问题；一旦我发现某些想法是正确的，我也绝不迟疑，立刻实施。

　　4　我已经按照自己对自己职责的理解陈述了我的目的，与此同时，对我一次次表达的"任何地方，所有人都应该享有自由"的希望，我也绝无修改之意。

您诚挚的朋友

林肯

● 内容分析

　　1.林肯写这封信的动机是什么？

　　2.林肯在给格利里的信中表达了什么态度？这封信是什么语气？

　　3.林肯如何暗示自己发现格利里信中流露出焦躁不安的情绪？林肯对这一语气的反应如何？

　　4.在第二段中，林肯说自己不想让任何人对其政策心存疑虑。读完这封信后，你对林肯的政策是否还有疑虑？请解释自己的答案。

5. 信件的日期对你理解信件的内容有何帮助？

● 方法分析

1. 你认为林肯说"出于对老友的尊重，知道老朋友心意是好的，我也不加追究"时获得了什么？

2. 这封信的论题是什么？用自己的话，以一个清晰的句子表达该论题。

3. 这封信所使用的最明显的修辞技巧是什么？请给出该修辞技巧的具体例子。这样的修辞技巧效果如何？

4. 格利里使用了什么策略来批评林肯政府？他的方法是公正还是有点儿模棱两可？请解释自己的答案。

5. 林肯信中最后一段的目的是什么？这一段是否需要？为什么？

● 问题讨论

1. 林肯认为维护国家的统一比解放奴隶更重要，你怎么看待这一观点？今天，应如何评价该观点？

2. 在林肯信中最后一段，林肯提到自己的"分内职责"。他的分内职责是什么？在你看来，今天美国总统的"分内职责"是否已经改变？在你看来，总统任职期间首要的职责是什么？

3. 现在你可以回看美国历史，那么你对林肯对奴隶制的看法是何态度？

4. 林肯对错误和对新观点所持的态度是什么？你是支持他的态度还是认为他的说法空洞无力？

5. 林肯对格利里说他不计划反驳格利里任何错误的想法和推论，而且他会容忍格利里焦躁的言语和专横的姿态，你如何评价林肯的说法？林肯如此回应是否对其有利？有什么好处？

● 写作建议

1. 选择一个自己认识的人极度反对的政治观点。给他写一封信，用说理和证据向其阐释自己的观点。

2. 写一两段文字，分析林肯信件的语气。

■ 本章写作练习

1. 选择任意两段文字，一段选自《读者文摘》中的某篇文章，另一段选自《纽约客》中一篇文章。分析两段文字在语言方面的差异（包括选词、组句、句子风格和段落长度），并思考两本杂志各自针对什么样的读者。

2. 写一篇文章，谈一谈本章中修辞技巧的意义和具体使用问题。

■ 针对特定读者的写作作业

1. 以非洲裔美国人为目标读者，写一篇文章，支持或反对"金博士发表演说'我有一个梦想'后美国种族之间的关系已经得以改善"这一观点。

2. 写一篇文章，以八年级（初二）学生为目标读者，向其解释在随后高中和大学写作课程中他们可能会遇到的问题。

💬 专家支招

经常写作

一个没有掌握基本舞蹈技巧的人不可能进行舞蹈表演；没有练习过基本音阶的人不可能演奏莫扎特的名曲；没有进行过举重练习的人也不可能直接参加举重比赛。然而，5 岁，我们就开始阅读，于是我们自以为自己就会阅读；6 岁时我们就会草草画出自己的名字，于是我们扬扬得意，感觉自己也能写作。

——尼古拉斯·德尔班科，
"通过模仿学会咿呀学语"，摘自《作家论写作》第 47 页

所有真正想要学好写作的学生应该抓住每一次机会将思想付诸纸上，因为写作时越是有想要写好的冲动，你就越重视自己的写作技巧。

学生习作

来自萨摩亚的电子邮件

　　下面节选的是一名学生写给另一名学生的电子邮件。发信人马克是在南太平洋萨摩亚岛写的这封邮件。两个月之前，马克作为和平队志愿者来到萨摩亚岛。才到岛上一个月，他与另一位志愿者冒犯了当局，并被清出了和平队，他们觉得这有失公正。为了申诉，他们得去首都华盛顿一趟，而他们俩都承担不起这笔花销。他的朋友已经回家了，但马克不想如此，因此决定尽量多在岛上停留一段时间。他在当地一所学校教授英语，与此同时，他申请了签证，许可他可以在萨摩亚岛再驻留至少一年时间。马克给他的朋友亚当写了这封电子邮件。马克和亚当曾经是同学，他们学的都是英美研究领域的跨文化专业方向。

发信人：马克·史密斯

时间：2009 年 1 月 15 日，星期三，下午 4：14

收信人：亚当·约翰逊

主题：嗨！最近可好？

　　昨晚情况有些失控。昨天晚上，我的朋友塔乌伊·菲儿在俱乐部跳舞，我们玩得很尽兴。我猜我太困了，后来不知怎么的就来到了和平队办公室，几周来第一次我能发个电子邮件，于是我觉得总得发上一封邮件，随便发一封就行。酒喝得有点多，我肯定打字速度慢得很多。

　　我还没有收到工作许可的消息。护照的签证很快就要到期了。其实就是明天。也许，我早该料到，可是我没有。我只是去了移民局。也许他们会将我驱逐出境。不好说。

　　这个学年再过几周就结束了，之后，我有几个月假期，可没有什么想做的事情可以做。我会没钱的，那样我就哪也去不了了，不过在萨摩亚岛我还有很多不用花钱的地方可以去。

　　如果拿到工作许可，我打算买个鱼叉。这样，只要带上水下通气管，再把这个有四个尖、尾部有橡胶套的鱼叉挂在腰间就可以四处捕鱼了。要是每天划着小船外出，肯定很有意思。

　　我的萨摩亚语已经忘得差不多了。我没有好好学，因为我不想浪费自己宝贵的时间去学自己根本用不上的新词（毕竟，也许在这里也就再待一个来月了）。在大海里游泳，喝得烂醉如泥，说我熟悉的语言，要比这有趣得多。

　　不过，如果我留在岛上，我会重整旗鼓的。

一支新的和平队刚刚来到岛上。他们听到了关于我、我的队友，还有我倒下的同志的很多故事。

他们害怕了。我们来到岛上时，一些朋友告诉我说唯一被开除的方法是光着身子，嘴里抽着大麻，脚下蹬着摩托车，直接冲进指挥官的家中。

一度，确实如此。现在，有了新的管理人员，他们严厉打压萨摩亚岛上这个称为和平队的猖狂的夏令营。我并没有太在意。我依然我行我素，根本不管这个幼稚的组织。

对了……

不管手头有啥书，给我寄来一些。现在，我像个疯子似的在读书，而且写得也更多。我已经开始写自己的书。现在写得还不错。现在，是时候不再只是口头说说要当作家，而是要实实在在写点东西了。

如果连我们这样的人都不这样写，那谁还会写？

好的，告诉我你在家干点儿啥？

你已经不干洗地毯的那份工作了，是吗？英美文化专业毕业的人能找下什么样的工作？

嗨，珍重，小子。有电话卡的话，闲时给我打个电话。

马克，加油！

耶！太好了，为了万圣节，我留起了胡子。看起来肯定很可怕。

第三章

综合：融入外部资料

综合指南

　　综合就是把不同的部分和要素放置在一起，从而形成一个新的整体。"综合"是一个源于希腊语的单词，现代社会中这个词的流行要归功于心理学家本杰明·布鲁姆。尽管他的观点是在 20 世纪 50 年代提出的，但直到今天还很实用。布鲁姆认为，学习过程包含对于某个知识体的精通，直到你可以将其不同的部分综合为自己的一个新的整体。就好比，学习是一架梯子，学生需要每次爬一级。这个观点被称为"布鲁姆认知分层理论"或"布鲁姆学习分类法"。

　　布鲁姆的分类法已经以多种不同的方式呈现过。但是，就我们要探讨的问题而言，综合的过程可以通过以下三个重要步骤表现出来：

　　第一步：理解给出的多种观点；对不同观点有最基本的了解。

　　第二步：分析评价不同的观点；提出问题；反复思考相关信息，找出自己赞同或不赞同的点；开始形成你自己的想法和回应。

　　第三步：融合上述所有的内容，形成自己的正式反馈。

正如在前面文章中的简要阐释，三步法是所有批判性阅读和写作都会涉及的。下面，我们全文呈现亚伯拉罕·林肯的《葛底斯堡演说》，以探讨句子释义、总结和引用的具体使用问题。

葛底斯堡演说

亚伯拉罕·林肯

1863 年 11 月 19 日，林肯在宾夕法尼亚州葛底斯堡国家公墓揭幕式上发表此演说，哀悼葛底斯堡战役中阵亡的将士。

87 年前，我们的先辈们在这个大陆上创立了一个新的国家，它孕育于自由之中，奉行人人生来平等的理念。

现在我们正进行一场伟大的内战，以考验这个国家，或者任何一个孕育于自由和奉行人人生来平等信条的国家是否能够长久坚持下去。我们相聚在这场战争的一个伟大战场上，我们来到这里把这战场的一部分奉献给那些为国家生存而捐躯的人们，作为他们最后的安息之所。我们这样做是完全适合的、恰当的。

但是，从更广泛的意义上来说，这片土地我们不能够奉献，不能够圣化，不能够神化。那些曾在此地战斗过的勇士们，活着的和逝去的，已经将这片土地圣化，这远非我们微薄的力量所能增减。我们今天在这里所说的话，全世界不太会注意，也不会长久地记住，但勇士们在这里所做过的事，全世界将永远不会忘记。毋宁说，倒是我们这些还活着的人，应该在这里把自己奉献于勇士们已经如此崇高地向前推进但尚未完成的事业。倒是我们应该在这里将自己奉献于仍然留在我们面前的伟大任务——我们要从这些光荣的死者身上汲取更多的献身精神，来完成他们已经完全彻底为之献身的事业；我们要在这里下定最大的决心，不让这些死者白白牺牲；我们要使国家在上帝福佑下得到自由的新生，要使这个民有、民治、民享的政府永世长存。

* 译文参考《英汉翻译教程》上海外语教育出版社（1980），译者张培基，有改动。

释义

释义就是用自己的话对特定篇章进行详细的解释。被释义的篇章可以短到一个短语或是长到一个段落。不过，一般而言，释义是对一句话或是几句话进行解释。释义时，必须注意要使用自己的语言，而不是作者的原话：

原文：但是，从更广泛的意义上来说，这片土地我们不能够奉献，不能够圣化，不能够神化。那些曾在此地战斗过的勇士们，活着的和逝去的，已经将这片土地圣化，这远非我们微薄的力量所能增减。

释义：我们不能使之神圣化，因为那些曾战斗和牺牲的战士们已经令其神圣化了——远非我们微弱之力所能及。

另外，将释义融入自己的文章时，必须标明原文的出处：

我们不能使之神圣化，因为那些曾战斗和牺牲的战士们已经令其神圣化了——远非我们微弱之力所能及。（58）

● **练习**

《葛底斯堡演说》篇幅很短，全文只有十句之长，但却有着丰富的内涵和意义。自己将整篇演说进行释义，每次释义一句话。仿照前文分析过的例子，使用双引号先写下原文中的句子，然后，写出你对这句话的释义内容。如有必要，可借助字典或其他参考书查询自己不理解的单词或概念。

从读者和写作目的的角度（复习这些概念，见第16页）评价《葛底斯堡演说》第一段。你可以使用自己选取的材料。写一段话，支持自己的观点，段落中至少融入一个对演说原文进行释义的句子。

总结

总结就是缩短或压缩原作者的文章。你可以总结几乎所有的文章，无论长短；一首诗、一篇文章、一篇演讲、一整本书，甚至是一个作者一生的作品。释义是在句子层面对作品的重述，多少会反映出原文的语言结构——一篇总结却是作者或者说话人主要观点的简要概述。

总结时，必须注意要使用自己的语言（绝对不能是作者的原词），还要规范地注明原文的出处。下面是人们可能对林肯整个演说所做的总结：

林肯告诉大家，纪念葛底斯堡战役中牺牲士兵的最好的方式就是拯救美国，赢得战争。（58）

注意：如果我们要总结整本书，就无须出现书籍页码的引用：

《大卫·科波菲尔》描述了与书同名的主人公的追求，从满是辛酸的童年到成年后的拼搏和成功。

释义和总结是批判性阅读和研究中非常重要的技能。回顾复习批判性阅读技巧，请参见第一章。了解更多有关研究和笔记中释义和总结的相关问题，请参见第四部分。

● **练习**

1. 用一句话总结你最喜欢的一本小说，内容包括小说的主要情节、主题和体裁。写出两个不一样的一句话总结：一个用词适合大学课程，另一个用词适合一本书的封套。

2. 你读过的最有意思的或是最重要的一本书长度的非小说作品是什么？你如何向一位感兴趣的读者描述这本书？你如何把书中的主要观点压缩成一些要点？用一到三句话总结一本你喜欢的一本书长度的非小说作品，尽可能多地告诉读者这本书的主要观点。用词要适合当下期刊中书评的语言风格。

引用

引用就是一字一句地复制作者的作品，比如下面这个例子：

面对葛底斯堡战役中巨大的损失，尤其是战争中的巨大伤亡，林肯并没有退缩，正如他在十一月的一天在葛底斯堡公墓发表的哀悼阵亡将士的演说中那样："这片土地我们不能够奉献，不能够圣化，不能够神化。那些曾在此地战斗过的勇士们，活着的和逝去的，已经将这片土地圣化，这远非我们微薄的力量所能增减。"（58）

当原文非常醒目或者极富说服力时，仅仅解释原文字词的意思便显得苍白无力，这时，引用会非常有效。

将引文融入自己的文章时，一定要使用引号；一定要注意保留原文的标点、拼写和大小写；另外，一定要使用恰当的文献引用格式。对于细节和特殊情况需参考适合自己研究领域的参考文献格式（或请教老师，请其推荐参考文献格式）。

● **练习**

1. 找出《葛底斯堡演说》令你感兴趣的某个方面。查阅至少两份外部资料，找出可以支持你对于这篇演说的历史和文化背景的理解。然后，形成一个清晰的立场，并写出一篇由三个段落组成的文章。文中至少有一处引文出自《葛底斯堡演说》，有一个释义和一个总结。释义和总结可以基于该演说的内容，也可以基于外部资料的内容。

2. 写一篇由三个段落组成的书评，评价并描述所评书籍的体裁和内容。书评中至少有一个释义、一个总结和一段引自原书的引文。措辞要符合现行期刊语言要求，观点鲜明，力求能够吸引读者。

3. 选择一个当下令你感兴趣的话题，给编辑写一封包含一至三个段落的信（力求简短，比如《纽约时报》要求每封信不超过 150 个单词）。立场鲜明，有逻辑性，信中至少要融入两份外部资料。在你的信中注明资料来源，并建立一个独立的参考资料列表，其中包含所有的参考文献。信的内容要清晰、简洁、具有说服力。

■ 有效综合外部资料的原则

首先，为自己的想法留有余地。每一个作者都不时被围绕一个话题的大批专家冲昏头脑。一个可以避免不被这些专家吓着的方法，就是即便你对该话题还没有任何想法，也要给自己的想法预留出一些空间。给自己留出空间，参与讨论，这至少让你有了一定的发言权。

第二，跟材料发起对话。倾听自己和材料的声音，即便你对自己在讨论中的立场尚不明确，需要一个指南去探索发现。批判性阅读和写作应该是一次探索性的旅行，而非一味寻求预先假定的教条。

第三，思考、修改、重写。第一遍阅读完任何文本，你都不大可能很快对阅读的话题有清晰的理解，也不大可能神奇地形成自己独到的分析、评价和总结。对于很多人而言，写作本身开启了我们对于某个话题最深层次的参与和融入。因此，不要草率地写完一篇论文就上交。如果你想真正弄明白必须要说什么，想要找到最佳方式将其表达出来，就要给自己一些思考的时间。

综上所述，写作并非线性的过程，而是一个不断循环的过程。也就正如我们在第二章所说，写作是一个来回反复的过程。你经常发现自己会返回先前的步骤以推进自己的行文。其实，大多数作者会告诉你，在令他们满意的终稿成文之前，他们会以任何可能的顺序去重新尝试任何一个，甚至包括之前用过的所有步骤。

事实上，学生习作中最常见的问题大都源于学习者不能全身心投入到我们之前讲授的基本写作程序。本章一开头，我们就讨论了为什么能够成功将外部资料综合并融入自己的文章的能力是一项写作技能，也是批判性思维的技能。将外部资料融入自己写作时，你必须使用批判思维和写作的各项技能。处理外部资料和写作过程所花费的心思和精力越多，你的写作就会越清晰有趣。

谈及自己的文章《身体改造——三思而后行！》（参见第200—204页），学生作者雪莉·泰勒就这些过程给学习写作的同学提供了很多极好的建议：

> 开始写作之前，我思考了很多，并在头脑中进行了整理。我确定了文中要使用哪些信息，并且大致思考了应该采用何种顺序和形式来整合这些信息。通常，我会列出大纲，这样我能有章可循。完成这些工作之后，我会通读文章很多遍，以对初稿进行不断修改和调整。
>
> 在写这篇文章时，我利用互联网搜索与我写作主题相关的几个网站和文章，以了解最新研究方向、进展和其他人的观点，等等。接着，我从自己亲身经历中寻找一些和这个主题相关的事件。最后，我将所有相关信息综合并融入，形成了自己的想法、体会和见解。

想要回顾批判性阅读，写作过程，以及如何就视觉形象进行写作，参见第一章和第二章。

提升外部资料使用能力的原则

无论你是引用、释义或是总结外部资料，外部资料在你的写作中基本上具有两大功能：

1. 支撑论证过程

2. 为写作增添活力

不过，基于内容和阐释方式的不同，这两大功能可以通过不同的方式得以有效实现。就像别的写作任务一样，不同种类的写作，在融合外部资料方面需要不同的策略和技巧。你需要清楚自己的写作目的。你是在写一篇纯个人的文章，还是写一篇基于研究的论文？你是在为报纸、流行杂志，还是为学术期刊写作？你的措辞应该正式还是随意，幽默还是严谨？为了使文章有效，对外部资料的融入还取决于各种细节、观点和归纳重点的比重。

这样一来，我们就需要遵循一些原则：

确保文章中自己的论点处于主要位置。不论是何种写作，你的论点或论题均引导着文章的内容。你的论点决定着论述的方向、行文的方向（即便在记叙文写作中也是如此，只是"论证"成了"叙述故事"）。外部资料用来支撑你的论证，而不是取而代之。一篇研究性论文，即便其中所有的信息都来自外部，也需认真梳理，时刻围绕自己的观点。因为是你这个作者在规划利用这些资料。

将资料编织融入自己的论证过程中。学生写作最普遍的一个问题就是，外部信息被随意插入文中，有些信息与论点之间没有太大关系甚至毫无关系。正如我们之前讨论过的，资料和写作间的这种微弱的关系总能追根溯源到对资料理解的肤浅，和（或）对于自己论点思考的浅薄。而且，即便你知道自己想要说什么，也知道该如何使用外部信息支撑自己的观点，成功地将外部资料编织进论证过程的能力仍需不断学习和实践。这里一个比较恰当的比喻就是砂锅菜。假如没有美味的汤汁、肉末、切碎的蔬菜和精心挑选的香料，有人给了你一个碗、未经处理的大肉块、整棵的蔬菜和一罐子盐，你会怎样？你一定很是迷惘。当然，面对一大堆"未经处理的肉块和蔬菜"，读者也会有此同感。

考虑形式也要考虑功能。首先要尽量让自己的作品清晰，接着让其充满活力。我们说"充满活力"的意思是，所有可以帮助作品吸引读者的细节。一旦做到了清晰表达，就可以转而对自己的文章进行加工润色。也就是说，你会发现在下面例子中，一篇文章或者一部作品之所以写得好，有吸引力，作者之所以得以成功有效地融入外部资料，往往是因为作者所使用的方法就像其文章本身一样独具特色。不过，有几条宏观原则可供参考。好的文章通常是有变化的，但是不会太多。语调和措辞的改变、用词的变化、行文速度的改变、这些适当的变动往往会使文章更加生动。太多的变动就会杂乱无章；变动过小，文章会沉闷无聊。好的作者能够找到最佳的平衡点。好的作者知道如何使用幽默（如果他们希望文字幽默风趣）；他们知道如何让我们保持安静，默默跟随他们的想法；他们知道在他们想强调的时候如何使用强调引起读者的注意。要想弄明白如何可以写出读者喜闻乐见的作品，你需要学习和实践。

■ 写作实务：融合外部资料的策略

提升自身写作能力的一个最佳方式就是向有经验的作者学习。这些作者们在写作过程中会采用何种策略？他们如何使用引用、释义和总结（三者分开使用或是综合一起运用）写出一篇有说服力的文章，并使之充满活力？

写作实务：使用释义和总结

在你的文章中融入外部资料时，释义和总结是真正有效的工具。因为任何一个文本的释义或总结，其本身就是一种综合，你文中所使用的释义和总结——你的想法、回应和你独到的见解——始终处于你的掌控之中。通过解释一个短语、句子或是篇章，抑或是总结一本书、一个章节、一篇文章或一个想法（或长或短），你已经开始理解、分析、评价，进而综合这些信息。

释义和总结在某些方面有些相似，不过它们各自所起的作用却不甚相同。释义是用自己的话对一个具体的短语、句子或是篇章进行概括和重新表述。当原文不易记忆，使用了晦涩的语言，我们需要对其进行简化时，释义这个技巧就很有用。释义通常用以引入或总结某段引文。

在使用外部资料支撑自己的论证时，总结给了你最大的自由度。因为你可以总结任何内容，从一个篇章到一系列书籍。总结时，你可以自由控制所要总结的内容范围，或者对细节进行自由取舍，以阐释某个具体想法。请思考下面有关总结的例子：

《大卫·科波菲尔》中著名的暴风雨的场景结束了大卫儿时的玩伴，也是他心目中的英雄斯提福兹的故事。

《大卫·科波菲尔》描述了与书同名的主人公的追求，从满是辛酸的童年到成年后的拼搏和成功。

狄更斯后期的小说每每展现双重人生和社会的两面性。

在他漫长的写作生涯中——从他第二本小说中成为孤儿的奥利弗·特维斯特，到《荒凉山庄》里可怜的街头流浪儿乔，到《远大前程》中的皮普一生的追求，狄更斯不断地回到孩子们与野蛮而似乎无情的社会所做的斗争中。

相反，引用不仅限制你必须照搬原作的语言，还要遵循原作思想的节奏和范围。释义从一定程度上让你获得了自由，但因为它限于句子层面的操作，所以并没有让你自由得如做总结一样来回穿梭于文中。无论你是想给出一个宽泛的大视角还是聚焦某一微小细节，总结时都是你说了算。比起引用或是释义，总结还是给了你更多的空间，允许你按照自己的理解阐释某一外部观点。

接下来，我们通过下面几段例文，看看本书中的作者们是如何运用释义和总结来支撑他们的观点，并使之充满生气的。

学生雪莉·泰勒基于她最初对于时下人们对于身体修饰的狂热追求，对文身的历史从广度和深度做了概括总结。

> 事实上，纵观历史，不同文化背景的人们都曾使用穿孔和文身的方式来美化自己的身体。1992年，在奥地利的冰川发现了一具4000年前男性的尸体，身上有文身的痕迹。公元前4000年到公元前2000年，埃及人就用文身来展示自己的生育能力和贵族身份。人体穿孔曾被作为皇室和勇气的象征，也被用来代表其他让人赞美的特质。在有些民族和国家，人体穿孔和刺青很长时间以来一直被用于成年礼或作为社交符号。（201）

注意，因为这个学生正在总结那些可以被合理地视为常识的信息，所以她并没有以文献引用的方式提及每一个细节。（不过，这些信息可以列入参考书目。）

将释义以最有效、最幽默的方式使用的一个例子就是比尔·布莱森在其文章结束时使用的释义（下文强调的部分）。他的网络文章《开放空间》开篇即告诉我们"丹尼尔·布恩是个傻子"，布莱森一直让我们在猜测着他是什么意思，直到倒数第二段的释义：

> 当然，美国人总倾向于以不同的方式看待这些事情。据传闻，有一天，人们发现丹尼尔·布恩从他房子的窗户里向外望去，看到远处山上的房子上升起了一缕青烟，于是他就说要搬家，并不满地抱怨说住处越来越拥挤了。这就是我为什么说丹尼尔·布恩是个傻子。我只是不想看到其他人也变得跟他一样。

布莱森通过阐释布恩最有名的话（"人太多！太挤，太拥挤！我想要一点空间伸伸胳膊！"），用机智的语言总结了自己的文章。同时，也打压了这位深受大众喜爱的美国偶像的气焰——并让我们重新思考像布恩一样的人们的脑袋里不切实际的渴望与世隔绝的想法。

写作实务：使用引文

就像释义和总结一样，引用也可以用来提供证据。引用最经典的用法就是作者引用一个业内权威来支持他/她的论证。当然，引用也可以被简单地用于传递信息。但是，引用与释义和总结之间的区别在于，引用在展示文体风格方面更加有效，因为引用是在一字一句地复制另一个人的言辞或文章，引用可以让作者灵活且有效地强调某个想法，重拳出击，同时把你的段落、文章片段或是整篇文章带向有力的结论。因为这个原因，引用尤其可以被有效地用于段落的结尾处或者接近结尾的地方。不过，开篇和段落中间也完全可以有效地使用引用。

如果你想使论证更具广度与深度，或者你想要借助别人针对你所谈论的某个话题的思考引发读者更为深刻的思考时，引用则是你的不二选择。出于这样的目的，作者经常会引用来自著名作家、哲学家、艺术家或其他名人的话。比如，我们认为威廉·莎士比亚或阿尔伯特·爱因斯坦对人类的状况会有独到的见地。最后要注意：尽量少引用。由于引用自身的性质，引用的话语永不是你自己的声音。请思考下面的例子是如何有效使用引用的。

学生雪莉·泰勒在其《身体改造——三思而后行！》一文的结尾处用了一个经典的引用有力地总结了自己的论证。

> 记住，这个决定（文身或穿孔）很可能会影响你的后半生。你不觉得这个决定意义深远吗？无论你是一个青少年，一个年轻人，或是一个总想做点有趣且非同寻常的事情的中年人，不要忘记考虑问题的方方面面。前后思量虽然劳神但却有所裨益。冒着难脱俗套的危险，我想引用为大学黑板网写下睿智留言的一位匿名作者的话来结束我的文章，"穿孔请三思，文身需谨慎"（Ponder before you pierce, and think before you ink）。我没法说得更好了。（205）

读者很有可能放下这篇文章后至少几个小时里，脑袋里还不停地浮现着"think before you ink（文身需谨慎）"。这个引用有效地总结了泰勒的文章，首先就是因为它的位置（段落末尾）安排；其次，这个引用不仅读起来有意思，而且容易记忆（尤其是引文中押韵和头韵的使用）；另外，它恰当而机智地解释了文章的主题。该主题在文章的标题中已经完美展示，在整篇文章的论述过程中也已经得到了详细的阐释。

在网络文章《非法移民正在巩固数十亿人的社会稳定》中，爱德华多·波特引用专家的观点为自己的观点提供支撑和证据：

> 纽约大学移民研究室主任马塞尔·苏阿瑞兹-奥若兹科讽刺地发现非法移民能够提供"最快捷的方式来整合社会保障长期所需的资金"。

正如我们心目中一篇有关社会问题的文章中所应引用的专家，他引用的权威专家正是所谈论领域中大家公认的具有专业视角的这样一个人物。还要注意，波特使用这个引用（在一个由15个段落组成的文章里他仅用了两个引用，这是其中的一个）来结束他花费几个段落构建的论证。整个论证中他首先描述了一个外来移民普普通通的一天，他的薪水及他对社会保障所做的贡献。随后，他还提供了一段左右具有说服力的数据，以充实整个论证过程。

一个"专家"引用也可以来自一个谈论某个问题的非权威人士，他可以是这个问题的主体。在网络文章《身体形象》一文中，健康专家辛蒂·梅纳德主要从她作为健康专家的立场，谈了谈青少年的体型问题。不过她的谈话中包括了一段青少年对自己的看法：

> 一些运动项目对体型有负面效应。像摔跤或是拳击需要保持合适的体重，会

导致饮食紊乱。但也有一些男孩说运动让他们有更好的自我感觉。15 岁的男孩乔恩说："大家无处不在比赛，尤其在举重室里。一个说'我能举起 215 磅'，另一个家伙会说'我能举起 230 磅'，如果你比他更强壮的话，你的感觉是不是会更好呢？"16 岁的丹尼尔说："人们都希望自己的体型更完美。不过，是不是一个人对自己的体型感觉良好，自然就会对自己更加满意呢？"

通过这样的做法，梅纳德为自己的文章引入了另一种专业的观点。她从专家的视角转向个人的观点，从一个"专家"的声音切换到男孩自己的声音，这样她让自己的青少年读者们知道她不是在以专家的身份与他们说话；她愿意倾听读者的声音。

在显著个人化的文章《泥瓦匠的儿子》（见第 329—333 页）中，阿尔弗雷德·卢布拉诺也做了相似的声音切换，不过是朝着不同的方向。通篇 28 段中仅出现了两次简短的外部资料的使用。一次是在文章的结尾处，作者就父子等级划分的主题引用了男性问题专家的观点：

> 如今，我俩见面时，父亲仍问我能挣多少钱。有时他会读我写的报道，一般情况下他还是喜欢我的作品的，不过最近他批评说我的一篇报道有点儿过度煽情。"太矫情了。"他说。有些心理学家说父子间白领和蓝领的鸿沟会让彼此相互疏远，不过我更赞同华盛顿人力中心主任、临床心理学家阿尔·白瑞福博士的观点。白瑞福认为："相互关系的核心是建立在情感和遗传特征的基础之上的，阶层（差别）只是附加条件。如果子女从小与父亲的关系健康，相互之间的尊重便会持续。"（334）

通过引入白瑞福博士的观点，卢布拉诺从自己亲身经历出发，转而提出"诸如此类的父子关系均是如此"这一观点；作者从自己的自身经历——一个蓝领父亲的白领儿子——出发，拓展到对社会上这种关系的观察。专家观点的引用使他这种由点及面的转换经济而有力。

在叙述性的非小说作品中，引用也可以变成对话，以发挥其最大的作用。在网络文章《勇士不哭》的节选章节中，梅尔巴·帕蒂洛·比尔斯说到 30 年后被邀请去克林顿州长的府邸时的具体场景。想当年，前阿肯色州州长把他和一帮年轻的非裔美国人赶出阿肯色州高中，引发暴力冲突，激起人们的愤怒：

> 在所有的盛大典礼上，阿肯色州的一些最高官员和商人从很远的地方赶来欢迎我们。或许最让人惊讶的，能证明情况的确在往好的方向发展的证据，就是比尔·克林顿州长的态度。
>
> "叫我比尔，"他伸出了手，看着我的眼睛。"来，进来！到房间里坐一会儿"，他咧嘴一笑，那经典的笑容很是迷人。几分钟的交谈让我感受到他是真心实意邀请我们。毕竟，在我跟他共事多年的兄弟口中，他是个"好人"。

上例中对话的引用有力地展现了——而不是简单描述——时代的巨大变化。

■ 本章写作练习：写一篇综合性的文章

本练习要求你写一篇文章，综合至少三个外部资源支撑你的论证。

下面是文章的主题介绍。你会在后续几页看到三篇阅读材料。

收入差距，社会流动性和美国梦

引言

"美国梦"已经被人们当作陈词滥调而束之高阁，或是被奉为一种团结整个国家的凝胶。历史上，我们从各种角度探讨过这个话题。在过去十年里，有研究显示，最富有的美国人和其他收入群体间的收入差距不断加大；同时，美国大加宣扬的社会阶层流动性却在减弱。这样的发现令很多政策制定者、记者、研究者和普通民众们对我们长久以来奉行的社会流动性和美国梦心生怀疑。下面的阅读材料就这个话题给出了不同的观点。

说明

首先，阅读材料，并认真地对每篇材料进行批判性注解。尤其注意每篇文章观点的不同之处、在观点呈现方式方面的差异，以及每篇文章的修辞语境。

然后，参照第67—68页中的某项提示，写一篇文章，综合所读的材料支撑自己的论证。

确保以恰当的方式注明资料来源。尽力使自己的论证清晰而有说服力，使文章有力、易读。

霍雷肖·阿尔杰[1]之死

保罗·克鲁格曼（Paul Krugman）

在下面《国家》杂志的这篇文章中，保罗·克鲁格曼探讨了社会日益不平等给美国梦所带来的影响。克鲁格曼2008年获得了诺贝尔经济学奖；他是普林斯顿大学的经济学教授，也是经常为《纽约时报》撰稿的专栏作家。保罗·克鲁格曼还供职于里根政府白宫经济顾问委员会。

---

1. 小霍雷肖·阿尔杰（Horatio Alger Jr.，1832—1899），美国儿童小说作家。作品约130部，大多是穷孩子通过勤奋和诚实获得财富和社会成功的故事。

1   几天前我偶然看了一份对美国大加批评的左翼小报。报纸上说我们正在成为一个穷人无论多么努力只能穷困潦倒的国家。在现今美国，儿子更可能沿袭其父辈的社会经济地位，这种状况比上一代更为明显。

2   那份左翼小报叫什么？《商业周刊》，上面刊登了一篇文章，标题为"从美国梦中醒来"。文章总结了最近的研究，指出美国的社会阶层流动（根本没有传说中那么高）在过去几十年里显著下降。如果将该研究与其他表明收入剧增、财富显著不均的研究结合起来，你就会得到一个令人不安的结论"美国越来越像一个阶级分化的国家"。

3   你猜怎么的？我们的政治领袖们正在全力以赴加剧社会阶层的不平等，同时他们指责任何抱怨或者仅是指出现今社会真实情况的人，把他们称为"阶级战争"的始作俑者。

4   让我们先谈谈收入分配情况。30年前，我们相对而言是一个中产阶级的国度。但情况并非一直如此：镀金时代的美国曾经高度不平等，而且此种状况一直持续到20世纪20年代。然而，20世纪三四十年代，美国经历了经济史学家克劳迪娅·戈尔丁和罗伯特·马戈所说的"大紧缩"：也许是由于"新政"的影响，收入差距显著缩小。这一新经济秩序持续了超过一代人的时间：工会组织强大；继承财产、公司盈利和高收入均需缴税；国家对公司经营严格监管——所有这些措施均旨在确保收入差距相对较小。经济很难完全平等，然而就在一代人之前，20世纪20年代那巨大社会差距似乎距离大家很远很远。

5   现在，社会差距又回来了。经济学家托马斯·皮凯蒂和伊曼纽尔·赛斯依据1973年至2000年期间美国国会预算局的数据进行估算，美国纳税人中收入最低的90%的人群平均真实收入实际降低了7%。与此同时，收入最高的1%的人群收入增长了148%；而收入最高的0.1%的人群的收入增长了343%；收入最高的0.01%的人群收入增长了599%。（这些数字包括资本收入，因此，此数据并非股市泡沫所致）美国收入分配已经回到了极度不均的"镀金时代"。

6   有人辩解说"没事"，他们会想方设法在报纸上写一些文章，并冠以像2001年美国传统基金会所写的那篇题为"收入移动及阶级战争争论的谬误"的文章相类似的题目。他们说，美国不是一个世袭等级社会——今年收入高的人也许明年收入就会降低，反之亦然；财富的道路向所有美国民众开放。这一点正是那些共产主义者在《商业周刊》上所关注的：按照他们所说（有时经济学家和社会学家也会这样认为），美国实际上比我们想象的更偏向于一个世袭等级的社会，而且近来各个社会阶层之间的界限已经更为鲜明。

7   收入移动性新的神话总是超出现实。通常而言，30多岁时，人们在收入爬梯上就不再上上下下。保守人士常常引用一些研究，譬如格伦·哈伯德1992年的报告。格伦·哈伯德是老布什政府财务部官员，后来成为小布什的首席经济顾问。他的报告大致指出：大量美国人在工作期间从低收入人群变成高收入人群。不过，正如经济学家凯文·墨菲所言，这些研究中所涉及的大都是"在大学书店工作，而且刚过三十已经有了体面工作的人"。剔除这种虚假移动性的严肃的研究表明长期平均收入不均与年收入不均的情况都很严峻。

8　　不过，美国确实曾经是一个明显具有隔代移动性的国家：儿子通常要强于父亲。1978年一项具有代表性的调查发现，在父亲的社会和经济地位排在全国倒数25%的成年人中，23%的人最后涌入全国最富有的25%的人群。换言之，二战结束后的最初大约30年里，任何人都可以怀揣美国梦，真正实现不断上升的社会移动性。

9　　现在谁要实现了美国梦简直让人吃惊。《商业周刊》的文章引用一项新近面对成年男性的调查。据调查，现在实现移动性提升的人数已经下降到仅仅10%。也就是说，上一代人上升趋势流动性的可能性已经显著降低。中下等阶层的孩子中很少有人能成为较为富有的人。与此调查类似的其他研究也显示穷人变成有钱人的故事已经是凤毛麟角，父亲与儿子收入相近的状况在最近几十年里不断增大。似乎，在现代美国，你出生在哪个社会经济阶层，很可能以后就会保持在这一阶层。

10　　《商业周刊》把这一情况归因于经济的"沃尔玛化"，毫无转机的低收入工作的普遍化，和提供中产阶级准入机会的工作的消失。当然，这些因素可以部分解释这一现状。不过，公共政策作用明显，而且如果现行趋势持续不变，公共政策在未来将起到更大的作用。

11　　姑且如此表述：假设你实际上喜欢等级社会，而且你正在想办法使用自己对政府的控制进一步巩固有钱人较于穷人的相对优势。你会怎么做？

12　　有一件事你肯定会做，那就是取消遗产税，以便巨额财富可以传给下一代。再明显一点，你会降低企业利润和非劳动所得如红利和资本收入的税收，以便那些持有大额积累或继承财富的人可以更容易地积累更多财富。你也会试着设立仅对富人有利的税收保护机制。再明显一点，你会试着降低高收入者的税收，将负担转嫁给工资税和强压在较低收入者身上的其他财政收入来源。

13　　与此同时，在消费方面，你会削减穷人的社会卫生保健支出，降低公共教育质量，减少国家对高等教育的投资。这样，低收入家庭的人就更难爬出困境，更难在现代经济中接受对提升社会移动性至关重要的教育。

14　　为了尽量切断社会地位和经济地位上升的流动性的各种途径，你会千方百计削弱工会的权力，你还会将政府职能社会化，以便薪资丰厚的公务员可以被薪资微薄的私企雇员所替代。

15　　这些做法似曾相识，不是吗？

16　　这将把我们带向何方？托马斯·皮凯蒂与赛斯合作的研究形成了我们对于收入分配的理解，警告世人美国现行的政策将最终造就"一个食利阶层，因此少量富有但缺乏才能的孩子将控制美国经济的大多数部门；一文不名的有才能的孩子根本无法与他们相抗衡"。如果托马斯·皮凯蒂所言正确——我的担心是正确的——我们最终不仅遭受不公平之苦，而且还会造成人力潜能的大量浪费。

17　　再见了，霍雷肖·阿尔杰！再见了，美国梦！

通过自己的力量

W. 迈克尔·考克斯（W. Michael Cox），理查德·阿尔姆（Richard Alm）

下文节选自 W. 迈克尔·考克斯和理查德·阿尔姆的经典文章《富有和贫穷的神话：为什么我们比自己想的要富有》，本文道出了他们相信在为美国梦奋斗的过程中，机会和平等相调和的重要性。考克斯是美国南卫理公会大学全球市场与自由威廉·欧奈尔中心主任，也是达拉斯联邦储备银行前任首席经济学家。阿尔姆是《达拉斯晨报》商业板块的记者。

1　"机会之地"。在世界任何地方，这几个字只能让你想到一个地方：美利坚合众国。

2　机会决定着我们的传统。美国长篇故事讲述了农民、商铺店员、劳工和企业家如潮水般涌入美国，以寻求更加美好的生活。有一些人聚拢了巨额财富，像洛克菲勒家族、卡耐基家族、杜邦家族、福特家族、范德比尔特家族，成功者可谓不胜枚举。即便是在今天，美国的机会依然随处可见。电子计算机软件大亨比尔·盖茨、数据处理大亨罗斯·佩罗、娱乐业大亨比尔·科斯比和奥普拉·温弗莉、投资大亨沃伦·巴菲特、零售业大亨山姆·沃尔顿、体育巨星迈克尔·乔丹和化妆品行业大亨玫琳凯·艾施等为首的成千上万从社会较低层次或中等层次跃居最顶层的成功人士。还有数百万人，他们的祖先来到美国时除了身上的衣服和兜里的几美元零钱几乎一无所有，然而就是靠着美国开放的经济体制，通过自己的聪明才智和艰苦劳作他们改变了自己的命运。

3　那就是美国梦，一个机会之梦的内涵……

4　（然而）从公众争论评判，至少一些美国人更喜欢较为平均的收入分配体制，不喜欢不太平均的体制，也许是基于道德原因，也许是追求一种理想的社会美德。然而，喜欢某种收入分配，而不喜欢另一种分配体制，并没有经济原因。事实上，收入数据仅仅证明了一个显而易见的情况：美国不是一个平等主义社会。美国本来就不是这样的国家。我们中有些人不断上进，有些人则懒惰成性；有些人积极努力，兢兢业业，从而赢得了充裕的物质生活；有些人按部就班，不紧不慢，仅仅为自己挣得了安居之所、衣食住行的基本条件。因此，大家收入差距甚远，这不足为奇。

5　收入不均衡并非问题。恰恰相反，这正好符合自由商业体制背后的准则。在20世纪70年代初，三组失业的加拿大人自愿参与一个专门安排的项目，该项目中他们唯一的工作就是在小型手工织布机上纺织羊毛带。这些加拿大失业人员个个二十来岁，都上了12年学，工作中他们可以争分夺秒工作，也可以随时休息，每织成一条羊毛带挣得2.5美元工钱。98天之后，结果显然很不平等：公司收入的37.2%发给了工资最高的20%的工人。绩效最差的20%只获得了公司收入的6.6%。以小见大，这个例子告诉我们一个道理：即使是相似的人，完全相同的工作选择，有些工人的收入也要多于其他工人。

6　在现代经济中，人们的收入千差万别，但有很多因素与公平和平等关系甚微。比如，教育程度和经验常常为个人带来更高的收入。随着行业的日趋精细和复杂，有经验的员工工资待遇会不断上涨。这样，高收入员工的数目也会不断增长。地点也很重要。在纽约工作比在密西西比工作收入要高。生活方式的选择也起到一定的作用。多一个人工作，比如，两个人都工作的家庭就比仅仅有一个人工作的家庭收入要高。虽然很多老年人凭着自己的积蓄生活也还不错，但如果家中有退休在家的成员，家庭的收入就会降低。人口改变也会改变收入分配。随着"生育潮"那一批人到了挣钱的巅峰年龄，高收入的家庭应该会增多。经济力量会造成我们收入的波动。产业的兴衰会造成某个产业的工人向收入分配的极端流动。失业会使一些美国人沦为低收入者，至少暂时如此。有新产品和新技术的公司可以创造就业，在多数情况下，可以为员工提供更高的薪资。在技术产业，奖金和有限认股权越来越普遍。如恰逢牛市，高回报率的投资可以使家庭在金融市场大发横财。

　　7　再者，收入分配本身并不能太多说明经济的形势或者经济所给予的机会。逐渐增大的差距并不一定是失败的标志，缩小的差距也并不必然保证经济良好运转。事实上，在经济快速发展的时代，每个人的收入都在快速增长，收入分配差距增大十分常见。只是，劳动者中一部分人比另一部分人富得更快。然而，在艰难时代，由于公司企业发展受阻，需要解聘员工，减少工时，减缓涨薪，降低福利，收入分配差距也会随之缩小。实际上，我们常常发现在贫困地区收入才会缩减。

　　8　毫无疑问，我们的体制允许一部分美国人比其他人更为富有。我们必须接受这一状况，甚至要对其大加赞赏。是机会，而不是收入平等，才让美国经济不断增长，持续繁荣。最重要的是要机会均等，而不是结果均等。现在有足够的证据来推翻"美国经济已经不能为大多数美国人提供机会"的说法。20世纪末，社会地位和经济地位上升的流动性依然强劲。较低收入的家庭也分享了美国的发展。另外，数据显示，现在认为美国是一个贫富差距巨大、阶层分化明显的国家的民粹主义说法，是完全错误的。美国绝非种姓社会。

"美国梦"万岁

莎嘉·达尔米亚（Shikha Dalmia）

　　莎嘉·达尔米亚从印度新德里移民美国，现为理性基金会高级分析政策师。她的文章《美国梦万岁》2011年发表于TheDaily.com。达尔米亚分析了自己的移民国家美国的优势。

　　先是被外包当头一击，随后又遇到经济萧条，美国人已对自己国家能否在全球化的世界中维持经济领导地位而悲观。在接受《印度的呐喊》一书作者阿南德·格里哈拉达斯采访时，"美国的阿里斯托芬"乔恩·斯图尔特如此评价："美国梦依然鲜活——不过只是在印度"。同样，在十二月《国家》杂志发起的民意调查中有20%的美国人认为美国经济已经不是世界第一，还有一半接受调查者选择了中国。

但至少有五个原因可以解释为什么美国不会失去其经济地位，至少按照"能否为大多数人提供最好的生活"这一重要指标评判情况确实如此。

一、美国不浪费人才

一直以来，人们普遍认为美国的全球化竞争力是靠纷至沓来的人才创造出令人惊叹的成果而推动的。不过，美国真正的过人之处不是利用人才，而在于不分领域、不分阶层，充分发掘人们的才能。

2005 年世界银行的一项研究发现，人们收入主要部分并非源于原材料和基础设施这样的有形资产，而是源于高效的政府、安全的产权和有效的司法之类的无形资产。这些看不到的要素为每一位美国人提供了相当于 41.8 万美元的可支配财产（印度是 3738 美元）。

美国巨大的无形资产使得每一个人效率更高，更易于成功。个人的禀赋、天资、相貌和智慧所发挥的作用微乎其微。亲眼目睹很多印度移民的生活轨迹后，让我印象深刻的是，除个别例外，人们在印度时是自己行业的顶尖还是平庸之辈对他们后期的发展并没有影响。而在美国生活 10 到 15 年后，他们也会与其他美国人有着相似的生活。他们找到体面的工作，买得了住房，生儿育女并送孩子们去体面的中学和大学，最后还能攒钱养老。如果还在印度，他们的生活水平将相距甚远。

二、美国没有印度基础设施匮乏的问题

印度和美国的差距不仅体现在无形资产，有形资产也是如此。印度的基础设施、公路、饮水和排水系统均非常落后。例如，2010 年麦肯锡全球研究院的一份报告指出，印度仅可以处理 30% 的污水，然而国际标准却是 100%。印度提供的水是每人每天 105 升，而国际最低标准是每人每天 150 升。在今后十年中，印度需要花费现今支出两倍的资金才能提供基本的服务。

三、美国没有极度的贫困

尽管最近中国已成为世界第二大经济体，印度紧随其后，而事实上两国的人均国内生产总值——即便是通过购买力来衡量——都很低。美国大概是 47000 美元；中国，7500 美元；印度，3290 美元。印度还有 3 亿每天平均收入不到 1.25 美元的中等贫困人口。

印度 IT 业的繁荣令人瞩目，不过 IT 业——和它所带动的第三产业一起——只雇佣了 230 万人，即全国总人口的 0.2%。

从提供机会角度，任何一个国家都无法与美国相提并论。

四、美国教育质量首屈一指

尽管有很多报道危言耸听，称在标准化测试中美国孩子的表现不及虎妈们培养出的亚洲孩子的表现，事实上并非如此。印度受教育人群的比例是 66%。由于去年《教育权利法案》的颁布，印度的私立学校市场将受到打压。随后，印度将很可能会出现文盲人数增加的问题。在教育方面，印度的重要问题就是过于重视精英教育，忽视了其他人群。

此外，哈佛大学研究人员维韦克·瓦德瓦曾指出，美国培养的工程师的数量与印度和中国基本相当——不过，大多数美国工程师的水平更高，这与传统看法相反。

总之，除非更多印度的孩子可以享受良好的教育，否则印度不可能充分发挥其人才潜力，到达美国现在的水平。

五、美国不喜欢大肆宣传

说美国一片凄惨并无根据，其中一个重要原因恰恰就是美国并非一片凄惨。相比而言，美国人是严于律己的批评家——时刻吸取教训，以改善有效的做法，修正无效的做法。亚历西斯·德·托克维尔发现，虽然美国人最自由、最开化、生活环境也最为幸福，"但他们总是显得疑虑重重"。为什么呢？因为"他们总是担心找不到最佳路线以获得幸福生活"。

实际上，美国人有一种不畏艰险、迎难而上的品质，因此他们不会傻等着，盼着情况自己变好。如果公办学校行事独断，耽误孩子，他们就会让孩子在家里上学。（其实公立学校管理不善到处都有，但哪一个国家能像美国一样开展家庭教育运动？）政府对萧条反应消极，虽然依照历史标准经济萧条并不明显，但美国人已经进入焦虑模式。基层运动像"波士顿倾茶事件"爆发并影响了当局。贝宝创始人彼得·蒂尔甚至曾为海洋家园协会投资将近一百万美元，用于在海上建立新的国家，以推行新型政府。此举也许有些滑稽，但它为美国人容许其所在的国家机构的混乱程度设立了外部限制。

正是美国人的这一精神让我们相信"美国梦"依然鲜活，以后也将在美国持续鲜活。

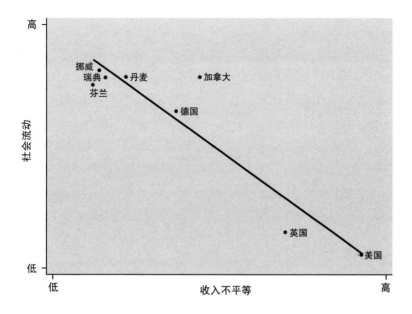

■ **本章写作练习**

从下列提示中选择一个，写一篇文章，综合三处引用以支持你的论点。切记除了使用引用，在融入资料时你也可以使用释义和总结的方法。

1. 使用阅读材料并援引你自己的信仰和经历，写一篇文章，支持、挑战或者证明"在当代美国，一个人只要愿意努力工作并持之以恒就一定能获得成功"这一说法。

2. 著名历史学家，"美国梦"这一概念的提出者詹姆斯·特拉斯洛（在 20 世纪 30 年代提出美国梦是"梦想有一种社会，在该社会中任何人，不管男女，都可以最大程度实现符合其内在能力所允许的发展目标"。这一理想在多大程度上依赖于个人主动性或社会支持？写一篇文章，讨论一个国家在何种程度上以及在哪些方面有责任为其所有公民创造公平的机会。

3.《独立宣言》声称："我们认为下述真理是不言而喻的：人人生而平等，造物主赋予他们若干不可让与的权利，其中包括生存权、自由权和追求幸福的权利。"考克斯和阿尔姆认为："美国不是一个平等主义的社会。美国本来就不是这样的国家。"作为你的文章的一部分，你也需要进行外部研究以定义"平等主义社会"并将该研究融入自己的文章。

4. 从文化和历史角度分析各种材料，形成个人观点，阐明"美国梦"是否，以及在何种程度上，是个人物质成功或者更高的国家层面的目标。如果是后者，请解释更高的国家层面的目标可能是什么？这两种目标相互冲突还是互为补充？如果二者有关系，那可能是何种关系？

5. 引用文献资料的思想和证据，形成自己的观点，阐释"美国梦"对自己意味着什么？论证自己的观点时，确保引用可以支撑个人观点的文献，同时考虑可以证明或挑战个人观点的文献资料。

6. 征得导师的同意后，展开后续研究以引入至少自己选择的两项外部资料或者从补充阅读材料中引用。基于自己的研究，写出写作提示，参照提示写一篇文章，其中综合引用阅读材料和自己独立的研究成果。

第四章

作者语气

■ 作者语气指南

大部分作者不会一坐下来就自觉地以某种风格写作。不过，他们的确试图将自己的某种语气呈现到纸上。有时作者有意采取某种语气写作，不过通常还是依据读者的心理预期和写作素材——或者根据作品存在的意义和具体情况来选择语气。

让我们看一个例子。假定你是老板。你坐在那里给你的雇员们写一份备忘录，但因为在你的脑子里你就是老板，所以你这样写：

最后一个人离开公司前，务必关掉所有顶部照明设备。

这句话告诉作为读者的雇员们两件事情：一是告诉雇员们，离开房间前要关掉顶部的电灯；二是告诉读者你是老板，而且是在命令他们这样做的。

不过，这并非你可能写的唯一一种通知。比如，你也可以这样写：最后一个人离开时必须关灯。这样说也表达清楚了，不过你会认为比起第一个版本，这样说会让你显得太谦卑了。

两个版本之间的区别不在于内容，而在于语气和风格。写备忘录时，语气很重要，因为你试图要做的不是以某种方式写作，而是要让自己听起来像一个老板；而对于读者来说，这就是你的风格。

很多写作老师认为写作语气或风格通常与作者的心理有关，这有一定的道理。如果作为老板，你对于自己手中的权力非常自信和满意，你就不觉得必须在每个备忘录中让自己听起来如同上帝。如果备忘录中你必须让自己听起来有无上权力，或许是因为你对于自己作为老板的身份并不自信。学生论文中也有很多类似的语气和文体上的问题，而这些可以追溯到他们内心对于写作材料的不确定，一种自我怀疑的态度，甚至是他们对于这次作业的想法。

情感和语气间的关系是难以捉摸但确实存在的。我们对某件事或某个人的情感必然会流露于字里行间，并影响到我们的语气。

亲爱的蒙特：

　　我受够了你的不拘小节。和朋友一起走进我们的房间是件让人十分尴尬的事情。你的床铺没有整理，地板上你的衣服扔得到处都是，桌子上是你喝过的啤酒瓶留下的黏糊糊的印子。之前我就跟你说过这些问题，可是现在我要让你知道，如果你不改变的话，我只能搬走。

鲍勃

你听出上面便条中愤怒的语气了吗？换个感受，我们听听下面这封信中的语气：

嗨，大家好：

　　我刚刚背包旅行了欧洲。你们不会相信这趟旅途有多棒。有一次，我把护照弄丢了，结果美国领事馆帮我很快申领到一个临时护照。我遇到一些有意思的新朋友，他们像我一样在户外露营，乘坐二等车厢。这个世界真棒。不管怎么说，下次见面时，我会当面告诉你们有关这次旅行的所有细节。十分想念你们！

艾琳

　　写作中语气的实际影响有时很明显，有时却不然。比如说，我们可以试想，如果我们给一个快要让我们发疯的室友写信，我们的语气会明显反映出我们的愤怒；可当我们厌倦一次作业时，我们却不会明显表现我们的消极情绪。符合逻辑的推测是，如果我们对于不喜欢某次作业的话题，认为是在浪费时间，我们的语气就会受到影响，稍显消极。这就是为什么老师总是鼓励学生写自己想写的话题。

　　另一个与语气相关的传统建议是，一直以来导师们总是告诫学生，写作时作者要保持自我——这的确是个好建议。不要试图用别人语气进行写作；不要在写作中装腔作势。如果这样做了，你的语气一定会被你的做作所影响。即便现在还没有发现，迟早你一定会发现，简单地写出自己的声音时，你的写作就是最好的。

　　除去这些心理方面的考虑，我们发现，从更实用的层面而言，写作中的语气受作者可以操控的三个因素的影响：（1）词汇；（2）句法；（3）态度。在分析这些因素前，我们来分析一个著名的以不同的语气来回答的问题。从中，我们可以体会到一丝幽默。

鸡为什么要过马路？

政客（自以为是）：

　　我的保守党的同仁们，这只鸡过马路是要去从一个体面的、勤劳的美国人手里抢饭碗。那就是这些轻率的左翼鸡们干的。

儿童读物作者（荒诞幼稚）：

　　鸡过马路了吗？他是和蟾蜍一起吗？是的，鸡过了马路，但为什么呢？我也不知道！

欧内斯特·海明威（坦率直白）：

去死。雨中。一个人。因为偏执。

爷爷（盛气凌人）：

在我年轻的时候，我们不问鸡为什么过马路。有人告诉我们说鸡过马路了，这就够了。

卡尔·马克思（富于哲理）：

这是历史的必然性。

西格蒙德·弗洛伊德（心理学意义）：

所有的鸡过马路只有一个原因：性。

阿尔伯特·爱因斯坦（模棱两可）：

是鸡真的过了马路，还是马路在鸡下面过去？

山德士上校（肯德基创始人）（恼火）：

见鬼！竟然从我眼皮子底下溜走一只！

词汇

英语这种语言是词汇的宝库。英语中充满了同义词——有着相同意思的单词。写作的时候，同样的想法可以用很多不同的方式来表达。通常，为了表达自己的思想，众多选择最后凝练为两种：简单和复杂。你可以不加修饰地、平静地陈述事实，或是登上讲坛，摆出教皇般的威严和姿态。

第二种方式我们不建议选择。写作中不摆架子，不佯装无所不知，便是对自己的读者表达友好。选择恰当的词汇去告知，而不是展示词汇量。在一个知者甚少的大词和一个小而常见的类似表达之间进行抉择，选小词，因为更多的人能够看得懂。你更重要的目的是告诉读者，对于这个主题你知道多少，而不是炫耀自我。（其实高雅的读者一般会对表达朴素、直击主题的文章印象深刻，这也有些出人意料。）

这里有一个例子，即便在当时也被看作言辞华丽：

It is the fate of those who toil at the lower employments of life, to be rather driven by the fear of evil, than attracted by the prospect of good; to be exposed to censure, without hope of praise; to be disgraced by miscarriage, or punished for neglect, where success would have been without applause, and diligence without reward.

— Samuel Johnson, *Preface to the Dictionary of the English Language* (1755)

此乃社会底层苦苦劳作之人命中注定之事，不为对邪恶的惧怕所驱使，而是被寻求善良之期许所吸引；呈现于世人，但求指摘，不求褒扬；如有失当遗漏，也请不吝指正。毕竟是否成功不在赞誉之词，勤奋努力也不求有所回报。

——《英语大词典》序言（1755），塞缪尔·约翰逊约翰逊是一位知名学者，也十分健谈，他在口头和书面语的用词华丽方面有很高的天赋。如果我们用一些更普通的表达替换原文中的词语，就会呈现出另一种语气：

> It is the lot of those who work at the lower jobs of life, to be rather driven by the fear of evil, than drawn by the likelihood of good; to be open to criticism, without hope of praise; to be shamed by mistakes, or punished for neglect, where success would have been without recognition, and hard work without reward.

> 这是生活在最底层的人命中注定要做的事，不被对邪恶的惧怕驱使，只受到被对善举的追求的吸引；不用各位赞扬，只求批评指正；水平有限，错误、遗漏在所难免；成功之处不图认可，努力更不期望回报。

即便是就词汇做了改变，这篇文章也很难看懂，其原因在于第二个问题——句法复杂。

句法

句法是指句子中所有单词的排列顺序。英语句法自由，相同的观点可以以不同的句子，不同的方式呈现。而严谨周到的作者会根据需要选择句子进行写作。这些句子中大多数都是简单的主—谓—宾结构。为了句子的多样性，只有少数句子会使用不同的结构，但大部分的句子会比较简短，易于阅读和理解。

造句时，你的目的应该是清晰地表达观点，而不是炫耀自己的学识。之前引用的约翰逊的那段文字中只有一个句子，使用逗号和分号将意群分开。下面这段文字句法上些许的变化——主要是使用更加简单的句子——使得引用部分意思更易理解：

> Those who work at the lower jobs of life are driven by the fear of doing wrong, rather than drawn by the likelihood of doing good. They are open to criticism yet have no hope of praise. They are both shamed by their mistakes and punished for their neglect; yet their success wins no recognition, and their hard work no reward.

> 在最低级的工作中劳作的人们总是担心做错事，而不是想着可能会做好某件事情。他们愿意接受批评，从不想着会受到赞扬；他们会为自己的错误和疏漏难过自责；而成功之时，他们也不图认可，他们的辛勤劳作也不求回报。

现在，我们更清楚约翰逊想要表达什么思想了。我们可以赞同，也可以反对，但至少我们看懂了意思。

那么，本来他可以更清楚地表达相同的观点，为什么约翰逊要用他的方式表达？答案是因为他的态度——也就是第三个影响作者语气的因素。

态度

你对于自己和工作的态度必然会影响你的语气。如果你把写作视为交流的一种方式，你就会尽力清晰阐释自己的观点。如果你把它视为你内在自我的映像，就很有可能会做出像有些人站在镜子前所做的动作：自我欣赏，自鸣得意。

约翰逊文章的问题在于他不相信自己所说的话，因为他知道那不是真的。事实上，他是装出他自己所没有的谦卑和谦虚。正是他对于工作的态度成就了他的风格：个性张扬和用词华丽。这里是这一序言中接下来的两段文字：

Among these unhappy mortals is the writer of dictionaries; whom mankind have considered, not as the pupil, but the slave of science, the pioneer of literature, doomed only to remove rubbish and clear obstructions from the paths of Learning and Genius, who press forward to conquest and glory, without bestowing a smile on the humble drudge that facilitates their progress. Every other author may aspire to praise; the lexicographer can only hope to escape reproach, and even this negative recompense has been yet granted to very few.

一个不如别人的职业就是词典编纂者，人类眼中，他不像小学生，更像科学的奴隶，文学的先驱，注定只能帮助帮助学习者和天才清扫沿途的垃圾和障碍。天才一路披荆斩棘，光荣无限，从不会向帮助他们一路向前默默无闻清除垃圾的苦力投去哪怕一丝的笑容。也许会有作家渴望赞美；编词典的人只能希望不被别人指摘批评，但就这个小要求也很少能够被满足。

I have, notwithstanding this discouragement, attempted a dictionary of the English language, which, while it was employed in the cultivation of every species of literature, has itself been hitherto neglected, suffered to spread, under the direction of chance, into wild exuberance, resigned to the tyranny of time and fashion, and exposed to the corruptions of ignorance, and caprices of innovation.

尽管处处受挫，我还是尝试编写一本英语词典。虽然人们使用我的词典帮助他们完成各种文学作品，但之后它就被人忘记，要么就是偶然被人随意滥用，形成纵横恣肆的文字；时而又被人用得过分谨慎，成为时态和风格的禁锢；时而被人粗略参考，形成不忍卒读，随意荒诞的文章。

约翰逊真的认为他是一个"苦工"，一个"科学的奴隶"，一个"垃圾清理工"，"命中注定只能搬运垃圾，清理学习和天才之路上的障碍"？没有任何有关这个人和他的生活经历的资料显示他应该用这些卑微的词语描述自己。呕心沥血九年后，他终于编成了这本词典，其中收录并定义了4.3万个单词，并且有来自文学作品的11.4万条引用作为支撑。约翰逊的这本词典并不是第一本英语词典，但时至今日依然被认为是最重要的一本。这本词典序言的问题在于约翰逊用词典的序言展示了自己的学识和才华，而不是介绍词典的具体情况。他的态度影响了他的语气。

词汇、句法和态度——这些因素是作者可控的。实际写作中，这些因素对于语气的表达十分重要。很自然，它们在其他一些作品中就没有那么重要了，比如诗歌和小说，因为这些作品的目的不仅仅是交流思想。我们所讲授的内容是针对实用性写作的，这类写作往往只是解释骆驼对于沙漠意味着什么。写此类文章时，如果你希望取悦读者，就必须努力让自己的文章清晰、易读。

● 练习

1. 在下面一位租客写给房东的信中，你如何描述文章中的语气呢？

> 如果你想要这个月的房租，最好把厨房中漏水的水龙头修好。这件事我已经向你提了不下五次了，可你一直不闻不问。晚上滴滴答答的滴水声快把我整疯了。我真想不通是中了哪门子邪，租了你这么一个猪圈似的破房子。如果你还是不管，我就上市里投诉，说你把一个全是蟑螂的垃圾堆租给了无辜的租客。

2. 改变上面这段文字的语气，使之反映出较为温和的语气。

3. 你如何描述下面节选片段中的语气？说一说每一篇中的词汇、句法和态度。

> a. 今天，我二十岁了。去年过得真不好——跟男朋友分手了，为当地汽车餐厅"荷兰小子"调酒的工作也丢了，在塞瑞亚学院夜校的数学课也挂科了。烦死啦！

> b. 互联网真是一个百宝箱，里面有数据、实事、统计数字、不同观点、各种猜测和观点——所有这些都属于信息。

> c. 在临床精神病学和精神心理分析工作中很少有这样的英雄，他们的聪明才智、同情心，尤其是他们的坦率，照亮了他们的行为、言语，以及他们不可避免要遭受的失败。

4. 就你在学校参加的任何校园活动写两封短信，一封写给父母或者学校领导，另一封写给你的朋友。

5. 写一到两段话，分析刚写过的两封信中语气的不同。

6. 下面这段话中对医生表现出怎样的态度？这段话会是什么样的人写的？

> 要是我得了癌症，我一定不会接受化疗。我亲眼看着妈妈接受化疗。化疗中，她非常难受，非常虚弱。她总说："我不能再做了。"我不明白把很明显大剂量的毒素注入一个人的体内会有什么好处。当然，比起化疗，大自然总能提供更好的办法治疗癌症。医生们目光狭隘，不知道用自然界的草药治疗癌症。他们认为只有你从制药公司拿到的药方才可能有效；然而，我知道，有些人通过每天喝一夸脱胡萝卜汁治好了乳腺癌。

7. 下面的两段陈述，哪一段反映出对于摄影展的更为理性和客观的语气？找出造成两篇陈述所存差异的词汇。

　　a. 这次摄影展很精彩，展出了不同人物肖像——政客、女裁缝、流浪汉、芭蕾舞演员、母亲，等等。每一幅肖像都是在纯白色背景下拍摄的，似乎人物没有任何地方躲藏，也因此表现出摄影师和主人公之间的面对面的亲密接触。由于逆光的影响，每个人物的头部都呈现出一圈光晕，与面部的阴影之间形成了强烈的反差，从而使得每一个人物的面部特征呈现令人陶醉的神秘感。

　　b. 盯着摄影展看了近一个小时，我认为这简直就是毫无意义的垃圾。谁会花时间看这种噩梦般的东西呢？这不是艺术，是头脑有问题的人搞出的东西。我所看到的就是一些男人和女人背靠白墙拍摄的照片。他们脑袋周围罩着怪异的光圈。但是他们的脸黑乎乎的，满是皱纹。这些丑陋的面庞让我很不舒服。想想这个万圣节类型的展览竟被视为一种伟大的现代艺术，还在地方博物馆进行展览，真让我感到沮丧。

■ 写作建议

语气：读者头脑中作者的声音

莫特·卡索尔（Mort Castle）

> **修辞图解**
>
> **目的：** 讲授写作中语气的使用
>
> **受众：** 进行写作的学生和老师
>
> **语言：** 适合一个写作专家的精炼的非正式英语
>
> **策略：** 从个人经历中寻找细节，从而给出更具说服力，
> 有助于理解"语气"的例子

　　莫特·卡索尔（1946—）是一位敬业的教师和小说家。他写了350篇短篇故事和十几本书，也因此为大家所熟知。他的作品包括《陌生人》（*The Strangers*，1984），《被诅咒的孩子》（*Cursed Be the Child*，1994）和《水上的月亮》（*Moon on the Water*，2000）。令卡索尔引以为傲的是，他教授的学生中有2000名，年龄跨度从6岁到93岁，都出版了自己的作品。卡索尔经常应邀在写作会议或写作工作坊中做主旨发言。他自己撰写并担任编辑的作品《写作焦虑》（*Writing Horror*，

1997）已经成为激励害怕写作的学习者的"圣经"。同时，他也是索比漫画公司（*Thorby Comics*）的执行编辑，该公司出版了著名的漫画《夜城》（*Night City*）、《死亡避难所》（*Death Asylum*）、《偷懒的人》（*The Skulker*）、《布莱思：夜景》（*Blythe : Nightvision*）、《乔尼漫画》（*Johnny Cosmic*）。

写作初学者经常认为，人们只是在讲话时采用某种语气，而写作中则不会。通过大量的例子和幽默的语调，卡索尔让我们相信，语气是构建读者与作者关系的一个极其重要的要素。

1　乔尼，一个新来的孩子，走进了三年级教室，向他的老师克拉斯女士随意挥了挥手说："嗨，混球！近来都好么？"

2　"我们不可以在教室里这样讲话，乔尼。"克拉斯女士说。根据第 101 条教育策略**"新型传统负面强化，但是不许打击"**，她让乔尼到角落罚站。

3　第二天，乔尼走进教室，说："嗨，最近怎么样，小妞？"

4　"站到角落去，乔尼。"克拉斯女士说。

5　第三天，乔尼来到教室。他说："早上好，克拉斯女士。"

6　"站到角落去，乔尼。"克拉斯女士说。

7　"嗯？"乔尼满腹怀疑，有点儿糊涂，"为什么你又让我站到角落？我没有叫你'混球'，没有叫你'小妞'，我也没有说大家认为**轻蔑贬损**的词！"

8　"是的，你没有说，"克拉斯女士说，"不过我不喜欢你今天的语气。"

9　我们和别人说话时，语调的重要性一点也不逊于话语内容的重要性。我们可以试验一下语气。叫你忠实的小狗菲多回房间。由于人类和犬类的交流艺术有所不同，下面的类比虽不十分**恰当**，但还是有一定的意义。

10　与你的爱犬交谈。保持语气温和，使用像"表扬小狗，我喜欢我最好的动物伙伴"之类的语言，但不要真正地夸赞。尝试："菲多，你真得好丑，好臭，你这只胆小如鼠的懦夫狗！"

11　菲多摇摇尾巴。没问题。我可能没听懂你说的啥，不过我明白你的意思。

12　说话时，令人紧张的声音，声音的**抑扬顿挫**、发音正确与否、节奏和停顿、重复、**音调高低**、**音色**和音量，等等，都有助于听话的人获取信息。用最真诚的语气告诉对方"我很抱歉"，会真实地表现出"我的确很抱歉"。然而，轻蔑的、嘲讽的语气，同样的话语则在暗示"真郁闷，我竟然没让你痛苦、难过。要是我再富有想象力一些，我肯定让你痛苦不堪！"

13　"听着"的语气是叫机修工听清楚，这次他最好找到燃油的漏点。

14　"精心准备的似乎没有内容的琐碎话语"的语气很适合求婚的前奏，不管是正式的求婚还是只是一番胡闹。

15　"你最好给我打住，这次我可是认真的！"大多数孩子都知道这样的语气意味着什么。

16　**密谋**的语气意味着"散布流言蜚语的时间"到了。

17　"嘻嘻哈哈"的语气适合讲笑话。

18　作者将语言呈现在纸上（或是电脑屏幕上或者网络空间），也会有语气。作者，当然，没有说话者所具备的独特的语气展示工具，如声带、口腔、嘴唇、舌头和鼻腔等。作者也没有扬起的眉毛来提供线索，或是一个微笑，使劲地挥手。不过，作者的语气是通过对我们最基本的语言构建材料——词语的选择和排列而实现的。

19　读者在阅读时听到——并且回应——文字传达的语气。

20　作者使用的语气和语调必须与写作材料相匹配。这样，读者能够清楚地理解意思，明白字面和**修辞**层面的意思。

21　T.S. 艾略特在《J. 阿尔弗瑞德·普鲁弗洛克的情歌》中，以"那么我们走吧，你我两个人"（"Let us go then, you and I"）开篇。语气更加忧郁和正式，因为文中作者故意犯了语法错误，使用了主格的"I"，而不是宾格的"me"，这样的错误经常出现在那些希望让自己听起来更"有文化"的人的文章中：在他们这些人的文章中，读者被邀请进行了一次**荒凉**而疲惫的旅途。文中的语气有助于定好整首歌曲的感情基调，使读者产生特殊的感觉。不过，如果艾略特是这样开篇的（也许会有，也许没有对雷蒙斯乐队表达歉意）："嗨！一起走！"（"Hey ho! Let's go!"）（这是雷蒙斯乐队的一首歌的名字）

22　或者他按照摇滚歌手杰瑞·刘易斯的经典风格，说："看，您愿意一起吗？哦，快来吧，好不好？"

23　或者按照当下"黄金时间网络电视"中常见的脏话："我们拍屁股走人吧！"

24　那么，我们与 J. 阿尔弗瑞德走开时，我们不会完全想到会犹豫和害怕，不是吗？

25　思考一下埃德加·爱伦·坡脍炙人口的小说《泄密的心》。

26　"真的！好紧张，非常紧张，前所未有，可是为什么你会说我疯了？"

27　第一个词和感叹号就营造一种紧迫感：令人发狂的紧迫感，一个疯子的紧迫感。你听到了主人公的反抗方法，一种让你觉得他神志绝非"过于"不正常的方法。使用今天的**伪艺术**词汇，该故事的"边棱音"已经设立：几近失控即将疯狂的语气。

28　恰当的语气，也就是读者心中期望的恰当的声音，让你用自己希望的方式说出想说的话。

29　那么，错误的语气……

30　在下面一篇本来就发表不了的短篇小说的场景中，患神经病的兄弟阿诺德来看望迈克。迈克认为阿诺德要杀了他，而且猜得没错。

31　阿诺德走进来说："迈克，一切可好？"

32　"还不错！"迈克脱口而出。

33　"那就好！"阿诺德说。

34　"你怎么样？"迈克问道。

35　"哦，我觉得还不错！"阿诺德回答，语气很平静。

36　"那就好！今天看着要下雪！"

37　"我觉得每个人都谈论天气，可是谁也管不了天气！"阿诺德说，"不管如何，我就是这样想！"

38　"我同意！"迈克说。

39　接着，阿诺德喊道："今天正好送你上西天，你这肮脏的耗子！"

40　要不是阿诺德最后爆发了，整段对话的语气**普普通通，平淡无奇**。与平时的，在牙医诊室里听到的日常对话相比并不显得令人紧张（或者有趣）。那样的语言完全不符合一个令人心惊胆寒的时刻所应使用的语言。

41　下面是另一段从一个"错误语气"的故事中截取的段落。主人公打算鼓起勇气，去参加一个饮酒者匿名聚会，并第一次开口说："我叫莎朗，我是一个酒鬼。"她坐在那里，咬着指甲，接着扭捏地站起身，"像一匹小母马甩开鬃毛一样把头发甩到了脑勺后面"。

42　哈哈。"甩鬃毛的小母马"让那个场合有了不恰当的语气，像是我的一个小姐妹福莉卡；无忧无虑的小浪漫：沿着埃文斯山谷一路前行，与他从东边来的勇敢的侄女曼达·卢埃林·特拉维斯见面……这种轻松和乐观主义让很多批评家认为是错误的语气。

43　当然，不是说"搞笑的语气"只能用于滑稽的写作，也不是说"浪漫的语气"一定要用于浪漫的写作，也不是说恐怖的语气必须使用在惊悚的作品中。

44　让我们花点时间考虑一下查理斯·布蒙特（Charles Beaumont）最新作品的语气。他是我最为钦佩的文学巨匠，写了很多经典的小小说，被看作是20世纪五六十年代"牛仔杂志恐怖小说"的典范。

45　布蒙特的短篇小说被称作"自由的污秽之物"。

46　它开篇便是："没有哪只禽类曾经看着**面若死灰**。"

47　寥寥数词，语气已经形成。"面若死灰"使句子读起来比较正式、大气。用"禽类"替代"鸡"，也同样显得正式。读者对句子的整体印象是机智的**嘲讽**，与阿尔弗雷德·希区柯克最新作品的语气极为相似。此处有一丝幽默，但是黑色幽默。这种笑声是我们趴在墓地才能听到的，非常符合简短但十分惊悚的小说，准确说叫"道德小说"：用**非说教**的方法讲授道理。

48　所以，恰当的语气是可以帮助作者向读者清晰陈述的语气。当然，其目标也是作者与读者关系的精髓：读者含蓄地说"我懂了"。

49　当你要求盖房子的工人雷诺按照规划图纸把前门放在前门的位置，而不要把前门放在屋顶上，你肯定不想让雷诺笑得前仰后合；同样，如果你给《圣诞颂歌》写续集，就不要写成小蒂姆撑死了，鲍勃·克兰切特被汉萨姆马车轧死了，或者斯克鲁奇被马利的鬼魂杀掉了，以免读者被你逗得哈哈大笑。

● **内容分析**

1. 通过对乔尼的描述，作者实际上是在说什么样的学生？你的班上如果有这样的学生，你会做何反应？

2. 乔尼的第三次问候为什么又错了？

3. 作者用了什么样的类比来阐明言辞中语气比词汇更重要？你还能不能给出其他的类比？

4. 什么样的元素不会出现在写作中，但是在与他人交流的谈话中会使用？

5. 为了形成语气，作者使用的唯一武器是什么？这个有限的武器是否会制约一个好的作者？用例子证明自己的观点。

● **方法分析**

1. 作者使用了什么样的修辞策略来说服我们相信他的观点是正确的？你被说服了吗？为什么？请为你的答案给出原因。

2. 在哪一段中，作者从说话的语气切换到写作的语气？你是否能跟上他的转换？如果不能，为什么？如果能，为什么？

3. 你认为作者为什么用 T.S. 艾略特在《J. 阿尔弗瑞德·普鲁弗洛克的情歌》中的开篇句作为例子来说明要设定一个明确的语气？你认为这个例子选得好吗？为什么？

4. 在第 29 段，作者没有写完句子，而是用省略号把你悬在那里。你该如何完成这句话？

5. 哪一段中，作者告诉你什么是恰当的语气？如果文章中作者使用了正确的语气，读者将会含蓄地说些什么？

● **问题讨论**

1. 写作中有没有不需要语气的时候？如果你认为有，请给出这类写作的例子。

2. 语气的熟练掌握如何帮助你进行写作？

3. 在修辞层面，语气和语调是如何与写作材料相匹配的？（见第 20 段）用例子解释这个观点。

4. 作者让我们相信，语气并非总是与写作体裁相匹配。比如说，滑稽的语气也有可能被用在一部爱情小说中，而浪漫的语气也可能会出现在喜剧作品中。请列举一个将语气和体裁相混搭的文学作品。

5. 下面的场合中何种语气更适合？

a. 一位母亲给他即将上战场的儿子写的临别信。

b. 一名大学生感谢学姐在她的婚礼前为自己举办单身女郎疯狂派对。

c. 一名牧师呼吁他的教徒为新的赞美诗集捐款。

● **写作建议**

1. 用适当的语气给下面列出的某个人写信：

a. 你的老板，说你因为新的任务要离开公司。

b. 你的父亲，向他要钱支付汽车保险。

c. 你最好的朋友，向其讲述你最近的一次露营。

d. 你的熟人，他曾问你借过钱，但拒不还钱。

2. 写一篇文章，基于现在你对于语气的理解，为"语气"下定义。

写作实例

救赎

兰斯顿·休斯（Langston Hughes）

修辞图解

目的：写他自己的自传

受众：普通读者

语言：标准英语

策略：回忆并再现了一次与宗教有关的亲身经历，

展示小时候他对于宗教的理解

　　兰斯顿·休斯（1902—1967）出生于密苏里州乔普林市，曾就读于位于纽约州的哥伦比亚大学和位于宾夕法尼亚州的林肯大学。在正式成为作家之前，他曾在宾夕法尼亚州和法国打零工。兰斯顿·休斯一生致力于宣扬黑人艺术、黑人历史和运动。除了多本诗集之外，休斯还出版了小说《不是没有笑声》（*Not Without Laughter*）（1930）和自传《茫茫大海》（*The Big Sea*）（1940）。

　　在这篇选自《茫茫大海》的文章中，休斯详细叙述了他童年时的一次戏剧性的事件。这件事是从一个12岁男孩的角度进行叙述的，孩子纯真语气的再现，展示出作者在语言使用方面精湛的技艺。

　　1　在我快13岁时，我的灵魂得到了拯救，然而并不是真正意义上的救赎。事情是这样的：那时我瑞德姑妈居住区的教堂举行了一场很大规模的宗教复兴布道会。那几个星期里，每天晚上都有很多人在那里传道、唱诗、祈祷或者大声呼喊。一些顽固的罪人也被带到这里接受耶稣的救赎，于是教堂的教徒一下子增加了很多。就在这一切快要结束的时候，他们专门为孩子们举办了一场特殊的仪式，"把小羊羔带回安全的羊圈"。姑妈几天前就曾提到过。于是那天晚上，我和其他还没有入教的孩子们一样，在大人的陪同下来到第一排，坐在了忏悔者的座位上。

　　2　姑妈告诉我说如果得到救赎就会看到一束灵光，灵魂会随之发生变化。你的生命里就有了耶稣！上帝从此将与你同在！她还说我会看到、听到并感受到灵魂中上帝的存在。我相信了姑妈的话。我以前听到很多老人说过同样的话，我觉得他们应该是知道的。于是尽管教堂里又热又拥挤，我还是安静地坐着，等待着耶稣的降临。

　　3　牧师抑扬顿挫，做了一场精彩的布道，言语中尽是呻吟、呐喊、寂寞的痛哭，还有地狱中令人恐怖的画面。然后，他唱了一首歌，歌中唱道，九十九只羊都安全地待在圈里，唯有一只迷失在外，饱受严寒。接着他说："你不来吗？不来到耶稣的身旁吗？小羊羔们，你们不来吗？"然后他向所有坐在忏悔席上的孩子伸出了双手。小女孩都被吓哭了，她们中的一些人立即跳离了座位，跑过去找耶稣了。不过，我们大多数孩子仍然坐在那里。

　　4　一大群老人来到我们身旁，开始跪地祈祷，我们看到了老奶奶漆黑的面容、梳成辫子的头发，还有老爷爷饱经风霜的双手，听着他们唱着圣歌，歌里唱道"点燃微弱的灯，让可怜的灵魂得到救赎"。整个教堂里都因为他们的祈祷和歌唱而晃动。

　　5　我继续等着，想看看耶稣。

　　6　最后除了我和另一个小男孩，其他所有的孩子都去圣坛接受救赎了。这个小男孩名叫威斯特雷，是个浪荡公子的儿子。修女和执事们的祈祷声包围了我们俩。教堂里实在是太热了，而且天色已经越来越晚。最后威斯特雷小声跟我说："该死的上帝。我实在不想再坐在这儿了，我们站起来过去被救赎吧！"说完，他就站了起来，接受了救赎。

　　7　祈祷席上只剩下我一个人孤零零的。姑妈走过来，跪在我身旁哭了起来。小小的教堂里，我被祈祷声和歌声所包围。所有人都在为我一个人祈祷，他们时而呻吟时而呼号。我仍安静地等着耶稣，等着，等着——但是耶稣却没有出现。我真的想看到他，可是什么也没有发生。什么也没有！我想有些事发生，可什么也没有发生。

　　8　我听到歌声和牧师的声音："为什么你不过来呢？我亲爱的孩子，为什么不来到耶稣身边？他在等着你。他需要你。为什么你不来呢？瑞德教友，这个孩子叫什么名字？"

9   "兰斯顿。"姑妈呜咽着说。

10   "兰斯顿，你为什么不过来，为什么不愿得到救赎呢？噢，上帝的羔羊，你为什么不过来呢？"

11   现在真的已经很晚了。我开始为自己感到羞愧，都是因为我，才把整件事拖得这么久。我开始猜想上帝会怎么看威斯特雷。他肯定也没有真正看到上帝，但他现在傲气十足地坐在讲坛上，晃着穿着灯笼裤的腿，咧着嘴笑我。而我的周围跪满了祈祷的执事和老妇。上帝并没有因为威斯特雷对他的不敬，或者在教堂里撒谎而让他永世不得超生。于是我决定，也许为了省去更多的麻烦，最好我也撒谎说已经见到了耶稣，然后站起来去接受救赎。

12   于是我站起身。

13   当她们看见我站起来时，整个屋子突然爆发成了欢呼的海洋，欢呼声一阵接着一阵，女人们跳了起来。姑妈立刻拥抱了我，牧师拉着我的手把我带到了讲坛上。

14   当一切静下来，只有偶尔传出的几声**狂喜**的"阿门"**打破**了这份宁静，所有的小羊羔们都得到了上帝的祝福。接着，教堂里充满了欢乐的歌声。

15   但那天晚上，我，一个12岁的男孩，第一次哭了。那是我一生倒数第二次哭泣。我独自一人躺在床上，哭个不停。我把头埋在被子下面，但姑妈还是听到了。她起来告诉姑父说我哭了，说一定是因为圣灵已经进入我的生命，我已经看到耶稣了。但我哭的真正原因是我无法告诉她我撒谎了，我欺骗了教堂里的每一个人。我并没有看见耶稣，并且我再也不相信有上帝的存在，因为他并没有来拯救我。

● 内容分析

1.威斯特雷的态度和叙述者的态度有什么区别？与叙述者相比，威斯特雷比较现实，不易上当受骗吗？还是他比较麻木，不太敏感？

2.叙述者一直坚持到最后一分钟不得不被救赎。他最后放弃坚持的动机是什么？

3.故事中谁被骗了？姑妈被叙述者骗了？叙述者被姑妈骗了？叙述者和姑妈被牧师骗了？所有的人都被宗教的要求骗了？

4.叙述者在故事的结尾领悟到什么？他学到了什么？

5.这篇故事回忆了休斯的少年时代，表现出他对于这段经历的何种态度？

● 方法分析

1.这篇故事是从一个12岁男孩的角度叙述的。为了表现出一个男孩的视角，故事中运用了什么样的语言技巧？故事中的词汇使用是如何符合男孩的身份的？

2.保罗·罗伯茨在《如何写500字却言之无物》中，极力主张写作要使用具体细节。休斯是如何使用这样的细节的？

3. 第 4 段的描写形象而简洁，休斯是如何达到这样的效果的？

● 问题讨论

1. 马克思写道："宗教……是精神上的鸦片。"对于这样的说法，你的观点是什么？这句话是否适用于上述节选文字？

2. 小姑娘们是最先被瓦解，随之主动接受救赎的。坚持到最后的两个是男孩子，你如何解释两性间的不同反应？

3. 如果当时叙述者不起身接受救赎，你认为很有可能会发生什么事情？

4. 宗教中经常会使用和绵羊有关的词语（绵羊、羊羔、羊群）来指代他们的教徒。你认为这种用法源于什么？对这些教徒，这样的用法意味着什么？

● 写作建议

1. 描述自己这样的一次经历，群体压力迫使你做一些你自己不相信的事情。

2. 给威斯特雷写一篇简单的传记，想象他会成长为什么样的人，会过着什么样的生活。

3. "想要有真正的影响，宗教信仰必须建立在情感之上"。对这样的观点进行辩解或质疑。

帕金森症与梦中之熊

安东尼·C.温克勒（Anthony C. Winkler）

修辞图解

目的： 表达身患一种可以最终让你失去行动、讲话和写字能力，无法保持镇定的神经中枢疾病会有什么表现

读者： 任何想了解人类疾患的读者

语言： 夹杂科技词汇和富有诗意的形象化语言

策略： 描述一名身患残酷疾病的患者与疾病抗争，时而失望、时而勇敢的过程

安东尼·C.温克勒（1942—），经常被描述为"你从未品读过的最优秀的作家"。他写了多部深受赞赏的小说。小说《彩色的独木舟》（The Painted Canoe，1983），讲述了一位倔强的牙买加渔夫泽卡赖亚为了在对他毫无尊重的、残酷的世界中维护尊严而不断抗争的史诗般的故事。其欢快的喜剧《疯子》（The Lunatic，1987）被一位批评家称之为"写作精巧、极富夸张的牙买加寓言"。温克勒与退休英语教授乔·雷·麦奎恩-麦修利尔合作编写了多本大学系列教材。这些关于修辞和写作的书籍中有部分书籍自1973年出版以来已经十几次改版印刷。温克勒写过电影脚本，也为戏剧写过剧本，曾经撰写舞台剧《夜贼》（Burglar），分别于1973年和1974年在牙买加和多伦多上演，并得到观众好评。他的作品《河马车》（Hippopotamus Car）作为广播剧在德国科隆一家电台播放。温克勒与妻子凯西结婚40年了，现在两人居住在亚特兰大。

1   50岁时，一头梦中的狗熊侵入了我的身体，想方设法**蹂躏**我的生活。狗熊奇怪的动作令我感到前所未有的疲惫。它让我浑身颤抖，好似得了流感。时而，它又像一只兔子，突然把我手中的酒杯**打翻**在地，摔个粉碎。我的左侧腋窝感觉像是长了一个高尔夫球大小的肿包。到目前，我的医生怀疑我的**中枢神经**出了问题，可能是得了帕金森症。

2   与其他很多疾病不同，现在还没有具体检测手段来判断一个病人是否患帕金森症。到目前为止，常见的诊断方法就是看患者对现有可控制帕金森症的药物有何反应。最主要的药物是多巴胺，多巴胺是大脑分泌的控制运动机能的化学物质。我服用多巴胺一周后，我的一个症状——写字过小症，奇迹般消失了。

3   帕金森症是巫师酝酿的灾难，至今没有治疗方法。相对而言这种疾病比较"年轻"，直到1817年才被大家所认识。当时，一位名叫詹姆士·帕金森的英国药剂师兼外科医生、古生物学者和政治活动家发表了一篇名为"震颤麻痹症研究"的文章。在那篇开篇之作发表之前，帕金森症很少出现在医学文献中，后来也只是一度被提及。然而，与其他病症对比综合考虑，帕金森症被疾病控制中心列为第十四大致命疾病。

4   帕金森症有各种夸张的症状，它们的医学名听起来简直像灭绝恐龙的名录。

嗅觉丧失症	嗅觉越来越差
记忆力减退症	失语
写字过小症	书写字体过小
流涎症	由于吞咽功能较弱引起的流涎症状
后倒症	容易向后方摔倒

以上仅是帕金森症的一部分症状的列表。值得庆幸的是，这些症状不会像机关枪似的**一股脑**发作，而是像狙击枪似的逐个发作。

5 帕金森症使各种事情更难完成，耗时更长。吃饭是每天例行的事情。各种日常事务中到处都是饵雷炸弹。**肌肉力量衰减严重，让你手脚笨拙**。在饭店吃牛排总是让人尴尬。你手臂没有力气，要想把牛排切成可以咀嚼的小块，你肯定让所有桌椅全都跟着你颤抖。先前简单的动作和反应突然间变得十分复杂。穿系鞋带的鞋子简直成了噩梦。上个厕所有时简直像在完成**即兴**地面体操练习。

6 帕金森症一般会越来越严重。我不时会见到晚期帕金森症患者。我曾见过的一位最可怜的患者当时就像一位穿着比赛服的骑马师，他想方设法才歪歪斜斜地直起身，这样他才能骑在枕头上，仿佛那个枕头就是他临时的马鞍。他困在床上，好似凝固成胜利的姿势，一动不动，他的妻子在旁边一边手忙脚乱地收拾被褥，一边不住地哭泣。我见过了另一个帕金森症晚期患者的整个身体都裹在被褥里，被褥乱七八糟，不住颤动。

7 帕金森症让人**毛骨悚然**，患病之后，病人不分男女都变得毫无力气，一个个面带**愠色**，难道一头面目狰狞的狗熊控制了他的灵魂？其实，根本没这回事。一旦确诊，帕金森症病人好似被判刑，几乎没有康复的可能。体育运动，尤其是固定自行车，似乎可以阻止帕金森症的破坏性。走路时，心中默数步数似乎可以减少跌倒的可能性。

8 如果你信教，那么赶紧祈祷吧。一天早晨我起床时嘴里念起了祈祷词。

哦，上帝，唤醒我去欣赏轻柔的细雨

像婴儿的眼泪坐在柔嫩的面颊

主啊！我已经懂得，已经害怕

你的力量我曾经亲身体验

在雷鸣闪电和狂风暴雨中

可是现在我渴望，我需要，我期待

看到**新的**一天里第一缕光芒

9 诗人写道"不要温和地走进那个良夜"，这句话对于身患帕金森症的患者应该是金玉良言。病房里的一个情况就是总有人比你病得严重。死于第十四大病症，总比死于第十三大病症要好些。

10 那么对于这头臭脾气狗熊应该如何呢？别管这畜生。或者当它**吼叫**时，朝着它的**屁股**狠狠踹一脚。

● 内容分析

1. 作者注意到这一病症最初的症状有哪些？作者用什么意象描述这一病症？

2. 帕金森症通常用什么方式诊断？帕金森症是何时被人们所认识的？该病症如何得名？

3. 帕金森症部分症状的列举中，"后倒症"是什么意思？你觉得为什么这一症状被列在最后？

4.医学认定帕金森病症发展趋势如何？作者自己经历的什么例子可以支持这样的趋势？

5.作者提出了什么治疗手段？

● 方法分析

1.作者如何在文章中表达可以听见的声音？在行文中，作者是否一直使用同一种声音，或者他表达了多种声音？请解释自己的答案。

2.与你曾经看到过的杂志或报纸上描述疾病的文章相比，温克勒对帕金森症的描述有何特殊之处？这一特殊写作风格如何影响文章整体的质量？

3.在你看来，为什么作者把帕金森症各种症状的医学名称比作"灭绝恐龙的名录"？这一比较是否恰当有效？请解释自己的答案。

4.第八段中，作者引入一段祈祷词。乍一看，从客观的科学性表达突然跃至祈求神灵保佑，似乎有些突兀。那么，作者为什么这样处理？请解释这一段祈祷词有什么作用。

5.最后一段中作者呈现了什么样的语气？为什么文章以这一语气结尾？与第九段相比，最后一段语气有什么不同？你觉得结尾是否令人满意？为什么？

● 问题讨论

1.今天，中枢神经疾病是否普遍？西方国家最为常见的三大中枢神经疾病有哪些？如果你对神经疾病不了解，请用谷歌搜索"中枢神经疾病"。

2.如果你被诊断患有无法治愈的神经性疾病，你将如何安排自己后续的时间？请写出自己的一些想法以及自己规划的一些活动。你认为什么样的体力活动自己最可能无法进行？

3.针对家境贫困、负担不起体面的生活设施的帕金森症患者，提供身体康复治疗的看护人员，帮助病人就医或者去往特殊养护中心的司机，还有保护患者避免其走失或者感到孤独的其他人员，政府是否应该提供支持？如果是，请提出政府可以提供支持的一些方面。

4.你觉得社会如何才能最终找到帕金森症的医治方法？资金雄厚的制药公司、政府基金、高校研究机构或是其他想不到的来源，你觉得哪一个最可能成为攻克帕金森症的资金来源？请阐释自己的观点。

5.你觉得从公民手中征税是否是为帕金森症研究提供资金支持的合理途径？或者，你能否想到更好的研究资金的来源？请用实例和证据证明自己的观点。

● 写作建议

1.选择一种夺取你某位亲人生命的疾病。参考温克勒的文章，对该疾病和你所经受的苦痛进行描述。

2. 你愿意投资多少金钱或是精力，用于攻克本世纪主要致命疾病？写一篇文章，探讨税收中有多大比例应该用于与攻克主要疾病相关的教育和科研。请引用至少三位专家的观点来支撑自己的论点。根据本书中第三章所建议的原则，将这些参考文献融入自己的文章。

■ 本章写作练习

1. 对比"帕金森症与梦中之熊"和"救赎"作者语气的异同。

2. 写作时，你是否发现自己针对某一特定读者会有意改变语气？用一两段文字阐释自己在不同语境中如何使用语气。

■ 针对特定读者的写作作业

1. 假设你的读者是初中生，写两三段文字，解释"作者写作语气"这一概念。

2. 给当地报纸的编辑写两封信，抱怨你所居住小区的一个问题。在第一封信中，尽量使自己的语气焦躁而气愤。在第二封信中，使自己听起来像一个理智而忧心忡忡的公民。请阐释你认为这两种语气中哪一种语气更为有效，更容易产生结果。

■ 学生习作

写给姑妈的感谢信

即使在依靠电话和电子邮件即时通信的时代，感谢信依然很是流行。没有什么其他方式可以比手写的信件更能传达自己的情感。例如，下面是一位学生在收到姑妈的毕业礼物后写给姑妈的感谢信。

感谢您！

亲爱的乔乔姑妈：

　　收到您送给我的 50 美元作为毕业礼物，我真是万分感谢。我没有把钱存在银行，因为您说要我买些自己需要的东西。不过，我觉得您肯定想知道我是否能把钱花到该花的地方。我去了我最喜欢的折扣连锁店 T. J.Maxx，在那里我总能淘到物美价廉的宝贝。您信不信，我用 50 美元买了一件有多色菱形花纹的唐可娜儿毛衣还有一条灯芯绒海军裤。我敢说我的朋友们肯定以为我在尼曼百货商场花了不少钱才买了这两件衣服。我真希望每一个大学生都能有您这么可爱的姑妈。您比玛咪姑妈[1]强多了。

　　爱您！

特鲁迪

　　另外，这张卡片是我亲手所画，希望您喜欢！

---

1. 玛咪姑妈（Auntie Mame），1958 年喜剧片《玛咪姑妈》中的女主角。

第五章
作者的论题

■ 论题指南

论题就是用一句话，确切地告诉读者你想要主张什么，证明什么，驳斥什么，描述什么，讲述什么，或是解释什么。传统写作中，论题通常是第一段中的最后一句话。当然，这也不是论题可以出现的唯一位置。不过，第一段的最后一句话已经成为课堂写作中论题的最佳位置，尤其在学生经常被要求完成的五百字的文章中。

论题是个老生常谈却又谈不厌的话题，原因在于确实有用。心中清楚自己必须说些什么的时候，作者一般会写得更好；读者了解一篇文章的主题时，很容易跟上作者的思路。结合下面例子，看看学生习作中的论题陈述：

> 我们的政府必须承担起照顾成千上万无家可归的精神病人的责任，因为政府政策的变化，这些人才被迫在街上游荡。

这个论题简要告诉我们这个学生想要表达的思想。文章中她可能会向我们展示政府政策的变化如何让成千上万精神病人无家可归。她也可能会从道德正义层面探讨帮助这些人的原因。

那么，论题就是用一句话概括出的自己文章的主要观点。通过论题，你告诉读者在文章中你对于某个问题的立场，你想要涵盖的子话题是什么，以及会以什么样的顺序对这些话题进行论述。

确定自己的论题

比如，我们说，你的作业是写一篇有关自己喜欢的体育运动或娱乐方式的文章。你想来想去，最终决定写帆船运动。这就是你的话题。这是一个可用的话题，因为它归属于一个普通话题之下。如果你决定写一篇有关马赛克或者罗马人修路技术的文章，你就会偏离主题，因为二者均不是运动或娱乐。

这样，帆船运动就是你的话题。你又想了想，决定写一篇有关帆船运动乐趣的文章。顺便说一下，你本可以选择写帆船运动的枯燥和原理，你也可以将你的文章偏向任何一个其他的方向。但是，因为你热爱帆船运动，并且认为它是很棒的一项运动，所以你决定在自己的文章中去歌颂它。帆船运动的乐趣将会是你的主要观点。

接下来，你必须在文章中阐释上述要点。一种方式是，在一页纸的最上方写下主要观点，一句话或是一个片语都可以——帆船运动是一项很棒的运动；驾驶帆船很棒；帆船运动是一种让人放松的娱乐活动——然后向自己提问，写下你想到的问题。或许你会想到这样一些问题：

主题：帆船运动是一项很棒的运动

我为什么会如此热爱这项运动？

帆船运动的好处是什么？

为什么帆船运动如此受欢迎？

为什么帆船运动如此令人放松？

帆船运动教会我们什么？

为了找到你的论题，选出一个看起来似乎和你的主题、读者和作业任务紧密相关的问题，并用单个的、细节化的句子回答这个问题。这就意味着你必须做出选择，老师希望你写一篇纯个人化的文章——文章中到处都是人称代词"我"，用以强调你自己在帆船运动方面的经历——抑或是一篇非个人化的文章，用一种客观的文体阐述你的观点。例如，你可能会这样回答最后一个问题：

帆船运动是一项令人愉悦的运动，可以培养自立能力、平衡能力和方向感。

现在，你有了一个论题，也大致列出一些子话题。首先，你要解释帆船运动如何培养自立能力；接着，如何培养平衡能力；最后，如何培养方向感。你要借助自己的个人驾驶帆船的经历和故事去充实这些观点。

很明显，回答某个不同的问题会给你带来新的论题。比如，如果老师明确要求你的文章必须基于个人的经历，回答第一个问题会给你一个与个人经历相吻合的论题：

我热爱帆船运动带来的兴奋、自由和冒险。

你现在有了一个论题，该论题凸显了你对帆船运动的个人观点。

有了自己的论题，就把它写在便签上，然后贴到你的电脑上。这个论题是你给读者的一个承诺，文章中你必须忠于这个承诺，按照该论题各个分话题的确切顺序将其一一呈现在文中。这就意味着，例如你要写一篇有关帆船运动的乐趣的文章，你必须首先讨论帆船运动带给你的乐趣，接着是自由，最后是冒险经历。除了这三点之外你不应该再讨论其他问题。

论题中的关键词

每一个论题都包含一个或多个关键词，用以呈现文章所要关注的观点。事实上，这些关键词本身就是一些观点，需要你在文章中用定义、实例和解释来进行详细论述。比如，下面的每一个论题都包含一个**高亮**显示的关键词：

猎捕野鸡是一项**令人疲惫**的运动。

我这个人**爱嫉妒**。

投资股市**是有风险的**。

不过，大多数情况下，论题会包含多个关键词：

好的英语**清晰、得体，而且生动**。

研究表明，我们社会中孩童群体中真正成功的是那些**独立性强并且精力旺盛**的人。

比起开车，骑车去上班**有很多优点**。

有时，论题中会包含一个命题，而这个命题与句中的每个词都是不可分割的。那么，这个论文就必须详细论述整个命题了。

应该建议学生尽量不要选择工作前景有限的专业。

美国要存在下去，美国人必须要学会珍惜自己国家的资源。

好论题的特点

论题措辞的准确与否会决定论文质量的高低。至少，好的论题能够预示、掌控并统领全文。

论题的预示作用 好的论题会包含一个可以讨论的论题，同时也会给作者提供阐释论题的方法。（更多有关论题阐释方法的讲解详见本书第二部分。）但是，有些命题，比如下面这些命题，是显而易见的，不需要更多的论述：

饮食过多和体重增加之间有一定的关系。

有钱人往往住大房子。

在美国，影星备受崇拜。

上面的这些论题中，没有一个含有可以讨论并可能在整篇文章中详细论述的观点；它们的措辞没能给出阐述论题的任何方式。因此，它们不会是好的论题。相反，下面的论题不但包含可以讨论的论断，而且还预示了一个有效的、可以展开论述的方式：

要想成为当地报纸的学生记者，意味着要在特殊的时间和陌生的地点进行采访。

人们立刻想知道，会是什么特殊的时间和陌生的地点？对于这个论题的论述最明显的方式是解释/举例论证（见第十一章）。读者期待有关在特殊的时间和陌生地点进行采访的具体细节。并且读者知道他/她必须找到这些例子，并把它们写进文章。这个句子可以成就一个好的论题。

结合下述实例，看看恰当措辞的论题是如何预示论文的论述过程：

　　　　由于电脑革命以及它给教育技术带来的附加福利，今天很多二十一岁以上的
年轻人正在大学求学。

　　这就是一个"分析原因"的论题，从该论题可以看出这篇论文的论述过程主要是因果
分析。

　　常识告诉我们，比起需要我们在具体写作过程中找出某种论述方式的写作任务，如果
论题的措辞可以预示出论述方式的话，这样的写作会更容易些。用恰当的语言表达自己的
论点，这样的论点不仅能预示你要说的内容，而且还预示你写作内容的呈现方式，这将有
助于你写出一篇好的论文。

　　论题掌控全文　论题可以限制你以某个特定顺序展开话题，或者给作者呈现清晰的组
织原则，从而操控整个文章。（更多关于文章组织方式的讲解详见第六章和第八章的导入部
分）。请思考下例中一篇学期论文的论题：

　　　　今天，宗教不再是一个毫无异议的中心，也不再控制人们的生活，因为新
　　教、科学和资本主义已经带来了一个世俗化的世界。

论题中含蓄地呈现的几个子话题及其排列顺序：

1. 中世纪社会的描述，那时宗教是人类生活的中心。

2. 解释新教是如何使世界世俗化的。

3. 解释科学是如何使世界世俗化的。

4. 解释资本主义是如何使世界世俗化的。

　　这个论题的优点是显而易见的。你无须费力思考接下来自己该说些什么，因为你知道
你的子话题是什么，并且清楚它们该以什么样的顺序出现在文中。不仅如此，论题的措辞
告诉你需要在图书馆查阅哪些信息。

　　有时论题通过给作者提供一个既成的组织方案来掌控整篇论文。请思考下例中的论题：

　　　　我一生中对宗教时而信奉，时而怀疑，明显分为三个阶段，这塑造了我现在
　　的宗教观。

　　这个论题需要按时间顺序组织文章，并且作者应该详细呈现从早期到现在的宗教信仰。
然而，要注意该论题仅适用于个人化的文章；要写成客观性的文章，你必须对论题措辞进
行较大程度的修改。

　　请大家再看看下面这个论题：

　　　　网球赢球策略要求网球运动员掌握比赛场地的几何形状，并想办法封杀住对
　　手击球的角度。

　　这个论题要求按空间顺序组织这篇论文。你可以把网球场地划分为三个区域——后场，
中场和网前——并说明一名运动员如何在场地中移动以封杀对手的击球角度才有可能赢球。

　　论题统领全文　作者偏离论题往往造成作品模糊不清，重点不明。如果你的论点是"交

警花在控制交通和提供交通信息方面的时间多于其花在交通执法上的时间",那么你就必须在你的论文中证明这样的观点。你不应该狂热地赞美警察的英雄主义,或是抱怨他们的野蛮执法。同样,如果你的观点是"与纽约州的大学生相比,加利福尼亚州的大学生性开放程度更高"。那么这个观点就是你应该讨论的唯一观点。你不应就备受争议的纽约州大学生的智力优势进行写作,或是关于加州的素食主义去网罗实事,除非这些事件与纽约州和加州的大学生的性行为或多或少有一定的联系。

不过,随之应该清楚的是在一篇观点明确的文章中,论题的措辞必须指引作者就唯一问题进行论述。考虑下例中这一论题:

淫秽的定义随着社会的变化而发生变化,而法庭就是否展开审查所做的决议反映了司法界人士对这一问题的困惑。

上述论题向两个方向发展。第一部分需要讨论淫秽的定义是如何随着社会的变化而发生变化;第二部分延伸到讨论司法界人士对于淫秽这一概念的困惑。以这一论题为基础的论文会分成不相匹配的两部分。学生应该重写论题,使其仅讨论某一个具体问题。下面,是这一论题的一个修改版本,供大家参考。修改后的论题可以统领两部分内容,并保证作者就一个观点进行写作。

由于淫秽的定义随着社会变化而变化,法庭继承延续了一些饱含争议的审查决定。

尽管很多学生担心他们的论题过于局限,但这样的问题很少发生在论文初学者身上。更为常见的问题是论题过于宽泛,无法在一篇短小的文章中分析透彻。例如,下列学生习作的议题均过于宽泛,无法在一篇短小的文章中分析清楚:

跳伞是不可思议的!

对伊拉克发起的战争是愚蠢的。

评估高校教师是一个有意思的想法。

显然,这些例子的措辞含糊不清,过于简略,加之限制性不强,不足以引导学生的写作。含糊不清的关键词像"不可思议的""愚蠢的""有意思的",需要更换。要去预示、掌控并统领一篇文章的行文,论题必须内容清晰、结构明确、有所限制。常识告诉我们,论题的涵盖范围必须与论文的长短相一致。宽泛的论题不适合短的文章;同样,狭窄的论题也不适合长篇大论。

拟定论题时应避免的九个错误

1. 论题不应是片语。片语指的是加了标点的一个看似完整句子的短语或独立分句。我们反对用片语作为论题,主要原因不是标点符号或是语法问题,而是在一篇文章中,作者就一个片语进行详述往往会过于狭隘或概略。一个片语不可能完全概括你的文章想要涵盖的内容，而能够概括文章想要涵盖的内容才是一个论题应该具备的特点。请看下面的例子：

不好：种族聚居区的人们的生活状况

较好：比起郊区的居民，种族聚居区的居民往往死亡率更高，其新生儿死亡率更高，失业率也较高。

2. 论点不能以问题的形式出现（通常对于该问题的回答就是论题）。论题的目的是阐明文章的主要观点，而以问题形式呈现虽然并非绝对不可能，但确实相当困难。

不好：美国人真的需要很大的冰箱吗？

较好：要是能像大部分欧洲人一样每天去市场采购的话，美国人就可以通过使用小型冰箱来节约能源。

3. 论题不应太过宽泛。论题过于宽泛，你在一篇短小的文章中便无法充分涵盖需要阐明的想法。这种情况下，解决办法就是重拟论题，重新开始写作。否则，无论你多么辛苦地写作，你的文章看起来都会矫揉造作，抽象难懂。

不好：神话文学作品中有很多关于复活的故事。

较好：最古老的有关复活的神话之一是埃及神奥西里斯的故事。

4. 论题不应该包含不相关的因素。拟定论题时首要目标是展示某一个统一的写作目的。拟定论题时，你在努力证明一个观点，呈现一个实例，渲染一种状况。当然，资深的作者可以在一篇文章中完成多项任务，但这个技巧需要大量实践后才能掌握。初学者最好把论题限制在某个范围内，全力分析一个问题或是完成一项任务。做到这点的一个办法就是避免使用复合句作为论题。

复合句是由连词连接的两个独立的分句构成。一个独立的分句是一个可以通过标点的使用呈现独立意义的语法结构。两个独立的分句自然意味着两个不同的观点，这样作者很难将二者分开，或者难以在一篇文章中平等处理两项内容，而又不引起混乱。请看下面的例子：

不好：所有的小说家都追求真相，很多小说家是优秀的心理学家。

该论题正确使用了标点，每一个分句表达一个不同的观点，且各自意思独立。一个是"所有的小说家都追求真相"，另一个则是"很多小说家是很好的心理学家"。就这个论题写文章的话，作者会需要证明两个不相关的点。

较好：在努力证明人类本性的过程中，很多小说家成为了优秀的心理学家。

5. 一个论题不应包含类似于"我想"或"在我看来"这样的短语，因为会削弱作者的论证。论题中要明确告知读者你的立场，你的想法，或文中你打算证明的内容。文中不能犹犹豫豫，模棱两可，好像你对自己的观点或是想法并不确定。实际上，如果你对于文中要表达的看法还不大确定，就应该再考虑考虑，直至考虑清楚为止。

不好：在我看来，考虑到被动吸烟对健康带来的负面影响，应立法禁止吸烟。

较好：考虑到被动吸烟对健康带来的不利影响，应立法禁止吸烟。

6. 论题不应该以模糊的语言表达。一般而言，除了极少数例外，模糊的论题会使文章论述不清。论题措辞不清，往往是因为作者对于要说的内容不大确定，或是对于统领全文的观点未进行充分的思考。遇到这种情况，你需要重新思考你对于该话题的观点。

不好：宗教不应被纳入学校的课程设置中，因为这样会带来麻烦。

较好：宗教不应被纳入学校的课程设置中，因为宗教是一种高度个人化的承诺。

7. 论题禁用混乱或不连贯的语言表述。如果论点缺乏逻辑，条理混乱，文章也会如此。在论题上下功夫，直到它可以确切地表达文章中你想要涵盖的想法或观点。

不好：统一语言的好处是使交流清晰而便利。这迫使一个国家采取法令，确保两种语言均可以使用，但同时又维持了确定一种官方语言以满足贸易往来和社会交流的需要。

较好：在一个国家里，唯一的官方语言使得交流清晰而便利，其好处也是引人注目且极具说服力的。

8. 论题不应以比喻性语言进行表述。比喻性语言在实际写作中占有一席之地，但不适合出现在论题陈述部分。就像我们曾经强调的，论题是你简单表达文中主要观点的地方。比喻性语言会削弱表达的简洁性，因此，绝对不要出现在论题中。

不好：今天的亚马逊女战士们正试着肃清我们语言中带有性别歧视的词语。

较好：今天的女性主义者正试图清除公文和出版物中带有性别歧视的词语。

9. 论题不能是毫无意义的。论题陈述首先必须有意义。你无法为站不住脚的说法进行辩解，或者说无法强行为无法争辩的事情进行争辩，你也不应该为一个荒谬的论题浪费笔墨。请考虑下面例句：

不好：好的大学教育是有用的，令人满意的，不要求学习的。

作为一个论题，这个论题实际上是无用的，尽管它的确可以预示、掌控，并且统领全文。问题在于它的命题是个荒谬的念头。我们无法想象好的大学教育会不要求学习，一篇孩子气的文章才可能基于这样一个论题。

较好：好的大学教育是有用的，令人满意的，并且是充满挑战的。

我们并非建议你的论题总要狭隘地提出正统的观点，或是无聊地给出传统的看法，但论题中包含的观点应该是合理的，值得理性的人们进行有意义的探讨。

明确与含糊的论题

一个人如果曾遇到过讲话者跑题，或是曾读过一篇漫无目的的文章，他一定可以立刻体会到清晰展示作者主要观点的议题是多么的重要。但是，不是所有的作者都能意识到应该清晰明确地表述自己的观点。资深作者知道如何提出论点，继而紧扣主题，而又无须在议题陈述中将其直白地表达出来。第十七章中的《重返湖畔》就是一个明显的例子。在这篇文章中，作者紧扣主题，却从未使用一个独立的句子将议题表述出来。

事实上，很多资深的作者都无须使用论题。然而，他们总是遵循一个内在的意义结构进行写作。他们不会偏离主题，或者偏离思路。清晰明确的论题诚然已经成为课堂写作的一项要求，不过对于缺乏经验的作者而言它虽是一件利器，但对于专业作者而言就显得过于简单——过于形式化了。以后，当你成长为一名熟练的作者，你也有可能无须写明清晰的论题。但是现在，清晰的论题是较为正统的要求，它有助于你写出更好的作品。

● **作业**

1. 为下面的话题拟定一个论题，使用本章概括出的循序渐进的方式。

a. 青春期 b. 女性和军队 c. 父母的义务 d. 娱乐世界 e. 观赏性体育运动

2. 找一幅反映当今社会某个方面的图片，比如学生的抗议，某个人正在用 Kindle 阅读电子书，电视节目《与星共舞》的一个场景，或是人们正在教堂做礼拜，然后写一个论题，使其可以作为针对该图片的、恰当的文字说明。

3. 用下划线标明下面论题的关键词：

a. 记忆涉及回想、识别和还原。

b. 论证过程必须呈现出所争论问题的两个方面。

c. 阿曼门诺派教徒抵制公众教育，因为他们相信简单的农村生活就是最好的，而正规教育会使他们的年轻人堕落。

d. 一个称职的农民懂得与天气、土地和种子合作。

e. 凯瑟琳·安妮·波特的作品《开花的犹大树》中的劳拉在质疑、愧疚和失望中备受煎熬。

f. 赛车场、棒球场、拳击场和橄榄球场吸引着越来越多的人。

4. 下面哪个论题最好？谈谈具体原因。

a. 森林火灾的破坏性是巨大的，因为它们毁坏土地，给洪水治理带来问题，烧掉了有用的木材。

b. 考虑到顾客可以边使用产品边付账，好似被迫存款，分期付款购物对于经济很有益处。

c. 电视有其缺陷。

5. 下面的论题措辞不当。基于之前讨论过的九种错误，对论题中存在的问题进行分析后重新写出更加清晰有效的论题。

a. 在我看来，当今世界亟需控制生育。

b. 法律对色情作品的容忍还能持续多久？

c. 基督教的传教士是如何被派往非洲的象牙海岸去介绍西方文明的。

d. 心理学的历史源于柏拉图，而弗洛伊德使之达到顶峰。

e. 露天开采虽然解决了燃料不足的问题，但是给自然环境带来了巨大的破坏，而且燃料不足的问题是我们政府的对外政策引起的。

f. 在美国，新闻界／报刊是社会的监督者。

g. 婚姻生活中的夫妻双方经历的不利于相互适应的三个因素是金钱、文化和教育。

h. 操持家务是一个女性能做的最有意义的工作。

i. 声音污染的问题是我们的耳朵能够容忍噪音多久。

j. 对话和印刷品中的语言禁忌现象的明显缓和。

k. 我的感觉是，与社会学家一样，教育家也迷恋他们的专业术语。

l. 养老院不需要成为通过商业活动把居民组织到一起来分享各自经历的令人沮丧的地方。

m. 纽约城一片混乱。

6. 从下面成对出现的论题中挑选出可以讨论的论题并说明原因。

a.（1）埃菲尔铁塔位于巴黎市中心附近。

　（2）巴黎埃菲尔铁塔附近发生了三起令人震惊的犯罪案件。

b.（1）米开朗琪罗的《大卫》代表了年轻男性的最佳品质。

　（2）米开朗琪罗的《大卫》是用卡拉拉的白色大理石雕刻而成的。

c.（1）福特 A 型车非常受欢迎，因为它可靠而简单。

　（2）近一百万人直到今天仍然开着福特 A 型车。

d.（1）海明威的小说《永别了，武器》中，费雷德里克·亨利膝盖的伤痛代表的是男性受伤的心灵。

　（2）海明威的小说《永别了，武器》中，费雷德里克·亨利在驾驶救护车的途中膝盖被子弹射中。

e.（1）希腊历史学家希罗多德声称，特洛伊城于公元前 1250 年被毁。

　（2）特洛伊是一个重要的城市，因为城池上修建的任何一个堡垒都可以控制所有通过达达内尔海峡的船运交通。

f.（1）好的语法就等同于好的教养。

　（2）根据语法的规则，"he don't" 被认为是不规范的语言现象。

■ 写作建议

论题

谢尔丹·贝克（Sheridan Baker）

修辞图解

目的： 讲解论题相关内容

读者： 写作课一年级学生

语言： 正式和非正式语言混合使用

策略： 使用简单、直接、清新的语言将读者称呼为"你"

　　谢尔丹·贝克（1918—2000）是密歇根大学名誉退休教授，曾为富布莱特访问学者。他编辑了19世纪小说家亨利·菲尔丁的《约瑟夫·安德鲁传》《莎美拉》《汤姆·琼斯》等多部作品。贝克的两本修辞学专著《实用文体学》（*The Practical Stylist*，1962）和《文体学通论》（*The Complete Stylist*，1976）在美国各地的大学里广泛使用。

在下面《文体学通论》节选中，贝克建议学生要以敏锐的论题清晰陈述文章的主要目的。

1　　通常，你可以把一篇低质量的文章归因于其失败的开头。如果你的文章支离破碎，有可能是因为文章缺乏主要观点以统一相关内容。"何为主要观点呢？"我们以前常常会问这个问题。这个问题时刻提醒自己在写作之前必须找到隐藏在多个较小的想法或思考背后的主要观点。正如《圣经》所言，一开头先说圣语——也就是"主要观点"或者写作计划——言简意赅。找到自己的"圣语"，进而就可以丰富自己的文章，展开行文。

2　　例如，对飞车族的大观点是：青少年飞车族极有可能对他人造成致命的影响。

3　　如果在文章中你没有聚焦于大观点，就有可能一开始便随意抓起一些想法，譬如：

　　　　每个人都觉得自己是个好司机。年轻司机引发的事故多于其他任何群体。驾驶员培训是个好的开始，然而后续的实践非常必要。反对驾驶员培训的人没有意识到由于郊区的不断发展，现代社会是围绕汽车而建立的。汽车成了一种生活方式和身份的象征。一个年轻人开车太快时，他可能只是效仿自己的父亲。

4　　为了找到好的主题句，稍加思考，可以将其修改为更为恰当的开头：

　　　　现代社会建立在汽车之上。每个孩子都盼望自己哪天可以开车；每个年轻人，都盼着父亲允许自己独自开车外出的那一天。不久之后，他会开得越来越快，想测试自己的技术，尤其是跟朋友们在一起时。通常，一次极速尝试足矣。

年轻人飙车，即使不会让自己丧命，可能也会让自己领略同龄人的致命速度。

5　　这样，中心观点，或者主题，就成了自己文章的生命和精神。如果你的议题足够严谨，足够清晰，它可能会直接告诉你如何组织自己的支撑材料，继而避免**煞费苦心**的规划。如果找不到议题，你的文章就好似一个人在杂物堆中穿行。一篇**充满**脚手架和狭窄通道的文章——"我们曾经见过这样的文章；那我们就说说它"——是**内在**观点薄弱或者缺失的文章。一篇纯说明文或描写文，比如一篇写"猫"的文章，只能靠外部脚手架支持（有时会按照一定顺序从波斯猫谈到暹罗猫），因为它确实根本没有什么思想。它只有写作主题，就是各种猫，而非关于各种猫的某个观点。

拓展的边缘
找到论题

6　　相关性使主题有了拓展的边缘。关于猫有话可说时，你就找到了基本思想。你有了需要捍卫的东西，你有了需要辩护的东西：不仅是"猫"，还有"猫确实是人类最好的朋友"。现在，养狗的人横眉倒竖，而你有一场辩论要忙。你有东西要证明。你有了论题。

7　　"麦克，大观点是什么？"人类恒久的实现自我满足的粗鲁行为提醒我们，最好的论题往往看似对某人的**冒犯**之举。没有人乐意听你随意篡改"狗是人类最好的朋友"这一主题。这一主题可谓人尽皆知。爱狗人士对你的论题也毫无兴趣，因为他们觉得自己比你更清楚这一点。可是，猫……

8　　因此，任何不常见的想法都是如此。观点越是超乎寻常，对规约的冲击也就越大，论题也就越有力，文章的生命力也会越强。而如果你觉得老观点确实有力，你可以向下挖掘土壤，找到根源，这样你可以完成一篇文章，因为你要对抗的影响你发挥能量的阻力是世界上最可怕的：无聊。也许最具生命力的论题——也是最有效的、内在的、能提纲挈领的议题——往往是老掉牙的古老真理，只是你可以为其赋予新的生命，让古老的大地再披苍翠。

9　　找到论题，用一句话将其浓缩，让你的话题缩小到可操控的范围。要写"猫"，你就必须涉及丛林中很多动物的特性。从你说猫是人类的朋友的那一刻起，你已经缩减了所有的分类和章节，只需要想出一些足以战胜反对观点的论证即可。因此，为自己的主题设一个拓展的边缘，你便找到了自己的论题。

10　　可以确定的是，简单的阐释是有用的。你可能想告诉某个人如何搭建狗窝，如何罐装芦笋，如何遵循相对的框架，或者如何写一篇文章。练习写一些简单说明文无疑可以帮助你更敏锐地思考一些问题，如哪种顺序最为合理，如何最有效引导读者克服困难，如何写出清晰准确的文字等。这些练习也可以展示出一个论点如何能更加精细，更加确切。

11　你会发现直接找到一个论题可以简化说明文中的一些复杂问题：下定义、分类和缩小主题。实际上，你可以在最平实无趣的说明性主题中添加论证，从而提升文章的感染力。"如何搭狗窝"也许可以变成"搭狗窝实际上也包含了建筑行业各项工作的入门知识，包括设计和施工。"罐装芦笋"也许就变成了"一块芦笋地就是一门经济学课程"。"相对论"也许就成了"相对论并非我们想象的那么晦涩难懂"。你仅仅是假设自己有了忠诚的反对派，包括没有听说过你的观点的人，对你的观点持鄙视态度的人，还有没听过也看不起你的观点的人。你给自己的主题赋予力量；你已经瞬间确定并组织了主题。选择一个论点，接着你自然而然就开始定义并缩小自己的主题，而自己不需要的一些分类就可以抛到一边。之后，你不用再考虑细节问题，不用在多个主题间徘徊，或者在凌乱的主题中筛选梳理，你只需考虑某个想法及这种想法所产生的影响。

优化自己的论题

12　确保主题鲜明有力。表明立场，做出价值判断。要通情达理，但不要胆小怯懦。把自己的主题和主要观点看作可以引发争论的问题会有所帮助。比如"决心已定：老龄补助必须落实"这一主题，当你确定要写下该主题时要删除"决心已定"。不过，如果你可以更清晰地表达自己的主题——"决心已定：老龄补助必须落实，因为……"你的文章就会更为清晰，更为精准。填补空白，你的忧虑也几近烟消云散。主要思想是用一句话表达自己全部的论点。

13　比如，可以尝试"老龄补助必须废除，因为补助会让人丧失责任心。"这一观点恰当与否，我不得而知，你也只有考虑了各种可能性，各种其他选择，各种反对观点，尤其是考虑了各种相关假设后，着手写作时才能知道该观点是否正确。事实上，人类的事务**错综复杂**，结果也是混乱纷繁，无尽无休，没有哪个人、哪位社会学大师或者将来的某位历史学家能确切判断这一观点是否正确。我再说一遍，没有人能确切说出该观点是否正确。但与此相同，你的猜测和另一个人的猜测可能都没有问题。无论如何，此时你已经做好准备，要写作了。你已经找到了自己的"逻各斯"。

14　现在，你可以把自己加工梳理好的主题句写在卡片上，贴在自己对面的墙上，以提醒自己不要偏离主题。不过，此时此刻你应该想要装点自己的论题，让自己的论题以更加鲜亮的形象面对公众。假设你试着这样写：

> 老龄补助或许比其他任何东西都更加削弱我们代代相传的个人责任心和家庭
> 责任感。

15　可是事实是这样吗？也许你最好改一改：

尽管有很多好处，老龄补助实际上会削弱我们代代相传的个人责任心和家庭责任感。

16　这才是你的主题，你也可以把它写在纸条上。

写作实例

就萨科生平和他自己即将逝去的生命和面临的刑罚所做的演讲

巴尔托洛梅奥·凡赛蒂（Bartolomeo Vanzetti）

修辞图解

目的：为自己和萨科的清白辩解

听众：20 世纪 20 年代公众舆论法庭

语言：不熟练的英文

策略：凡赛蒂的策略是证实自己和萨科富于人性；编辑的策略是要戏剧化呈现支离破碎的英文的力量

巴尔托洛梅奥·凡赛蒂（1888—1927），出生在意大利北部的农民家庭，在当地的一家面包店当学徒工。1908 年移民美国，在当地做苦工并成为一名公开的无政府主义者。1920 年，与另外一名移民至美国的意大利人尼古拉·萨科一起在抢夺工资款过程中因涉嫌谋杀一位安保人员被捕入狱。在狱中等待执行期间，他写了自传。至始至终，他们一直坚称无罪，世界各地的人也纷纷声援，然而最终还是于 1927 年 8 月 22 日被执行死刑。

这四段文字是从凡赛蒂的书中和口述的语言中抽取拼凑在一起的。前三段是一次演讲中的话，凡赛蒂打算在法院宣判其罪行时宣读，然而法官不允许他发表演说。最后一段是 1927 年 4 月北美报业联盟的记者菲利普·斯特朗采访凡赛蒂的文稿。

1　对自己，我已经说了很多，可我竟然把萨科给忘了。萨科也是从小就下苦力，有一技之长，热爱劳动。工作不错，工资不错，老婆贤惠可爱，两个孩子也很漂亮，一个树林边干净整洁的小窝，旁边是一条小河。萨科有良心，有信念，有个性，是条汉子；他热爱自然，热爱人类。他奉献了一切，为了自由和对人类的热爱他牺牲了一切。金钱、休息、世俗的追求、他的妻子、他的孩子、他自己，还有他的身家性命。萨科从来没有想过偷窃，从来没有想过要谋害哪个人。他和我从来没有为自己买过一口面包，从小时候一直到现如今，我们整天挥汗如雨，却一无所有。从来没有。支持他的人也很正直，很真诚。

2　是的，也许像有些人所言，我也许更会说话，比起他，我更会喋喋不休，但那么多，那么多次我听到他发自肺腑的声音，他令人赞叹的信念时时在我耳畔回荡。那么多次，我看到他大无畏的牺牲精神，看到他的英雄主义气概，看着他的伟大，我自己感觉是那么的渺小。我意识到自己必须发声，必须用力反击，我不能在这个被称作盗贼、谋杀犯、罪有应得的人面前流泪。可是，萨科的名字定会在人们的心中永生，当卡泽曼法官[1]的遗骨和你的遗骨为时光所淹没后；当你的名字，他的名字，你心中的法律、规则还有你相信的那个虚假的神灵回过头来可能诅咒过往，说那时人简直如恶狼般吃人时，人们依然对其心存感激。

3　要不是这些事情……我也许还可以逍遥自在，在街角跟蔑视一切的人们谈天。也许我会死去，没有印记，没有姓名，失败地逝去。现在，我们没有失败。这是我们的事业，是我们的胜利。我们一生中从未想过会做这样一件为了容忍、为了正义、为了人对自我的认识的事情，可我们偶然之间做到了。

4　我们的话语，我们的生命，我们的痛苦，统统无所谓。要我们的命，要一位善良的制鞋工和一位贫穷的渔夫的命，随便！最后的时刻属于我们，痛苦就是我们的胜利。

- **内容分析**

  1. 节选文字把萨科描述成什么样的人？

  2. 凡赛蒂说自己在哪些方面强于萨科？

  3. 根据凡赛蒂所言，若不是自己遭受审判和指控，他的妻子也许会如何？

- **方法分析**

  1. 作者是意大利人，美国演讲语言掌握不足。语法错误对他表达自己思想有什么影响？

  2. 这篇文章的用词有什么特点？是高雅？还是平实？

  3. 为什么一些编辑将摘录文字纳入诗歌集？这些文字有什么诗意？

- **问题讨论**

  1. 由于其信仰，凡赛蒂被贴以无政府主义哲人的标签。何为无政府主义哲人？

  2. 在最后一段，凡赛蒂将他与萨科所面临的审判称为"我们的胜利"。你觉得他的意思是什么？

---

1. 弗雷德里克·G.卡兹曼是审理该案件的地方法官。

3. 萨科和凡赛蒂审判由于媒体的持续关注成为有名的事件。如果有，你觉得对媒体引发公众情感反应的罪犯和审判的报道应该有什么限制？为什么？请说明理由。

● 写作建议

1. 复制节选文字，修改语法和拼写错误。如有需要，增加词语以使其符合语法规则。写一段文字，说明你觉得哪种文本更有效，是原文本还是修改后的文本？请说明理由。

2. 在不进行其他有关凡赛蒂的研究的基础上，仅仅将上述摘录文字作为自己的证据，写出自己主观上觉得他是一个什么样的人。请注明自己参考的节选文字的具体段落。

● 研究论文建议

就萨科和凡赛蒂审判写一篇研究论文。认真思考自己找到的证据和观点，展示自己对该审判公正与否的论断。请确保对自己所搜集的信息进行评价和综合。确保读者可以跟上你得出最终结论的批判性思考的过程。

好人难觅

弗兰纳里·奥康纳（Flannery O'Connor）

修辞图解

目的： 表达作者天主教的世界观

读者： 受教育的读者

语言： 南克里奥尔语，包含很多当地俚语

策略： 重点在于将两个孩子刻画成哥特族南方人的特点，
（以天主教神学为基础）顺理成章得出可怕的结论

弗兰纳里·奥康纳（1925—1964）是一位基督教人文主义作家，也是所谓美国文学"南方文艺复兴"的成员人物。奥康纳出生在佐治亚州萨凡纳市，先后就读于佐治亚女子学院和爱荷华州立大学。她最为知名的小说是从东正教视角撰写的作品，均收录于《好人难觅》（*A Good Man Is Hard to Find and Other Stories*，1953）和《上升的一切必将汇合》（*Everything That Rises Must Converge*，1956）中。

虽然通常而言，我们并不认为一个故事一定要有主题，但我们一般还是赞同一个故事总应该有个关注点。故事的点——也就是它的主题——可能暗含在题目之中。从题目出发，主题会按照严格的、

不容抗拒的逻辑展开。读者应注意，下面节选文字中所使用的带有种族偏见的文字中，有部分文字符合奥康纳"南方扭曲形象"故事的语言特征。另外，奥康纳的作品中，南方黑人常常遭受贬损和蔑视。

1　老奶奶不愿意去佛罗里达州，她想到东田纳西州去探望亲友，因而想方设法叫贝雷改变主意。贝雷是她唯一的儿子，老奶奶跟着他过日子。此时，贝雷正坐在紧贴桌子旁边的椅子上，聚精会神地看着报纸上橙色版面的体育新闻。"贝雷，你瞧，"她说，"快看这条消息！"她站在那里，一只手叉在瘦小的胯骨上，另一只手冲着贝雷的秃脑瓜子哗哗啦啦地抖着手里的报纸。"那个自称不合时宜的人，从联邦监狱里逃出来了，正向佛罗里达州窜逃呢。瞧这里说他对人们都干了些什么。有这样一个逃犯在州里窜来窜去，我可绝不带孩子朝那个方向。那样做，良心上怎么过得去啊！"

2　贝雷依旧津津有味地看报，头连抬都没抬一下。于是，老奶奶转身冲着孩子妈；孩子妈穿一条长裤，脸膛宽得像棵圆白菜，露出一副天真无邪的表情，头上裹着一块绿头巾，两角扎着，活像兔子的耳朵。她抱着婴儿坐在沙发上，从罐里拿杏仁儿喂着孩子。老奶奶说："孩子已经去过佛罗里达州了，该换个新鲜地方带他们去玩玩，让他们四处走走，长长见识嘛，他们可从来没去过东田纳西州。"

3　孩子妈好像没听见她的话，戴眼镜的八岁大的胖儿子约翰·韦斯利却插嘴说："您不愿意去佛罗里达，干脆待在家里呗？"他跟妹妹琼·斯塔正坐在地上看有趣的画报。

4　"就是让她在家里当一天女皇，她也不愿意待。"琼·斯塔说。长着金发的脑袋抬也没抬。

5　"是啊，要是那个不合时宜的人把你俩都逮住，该怎么办？"

6　"我捆他嘴巴子。"约翰·韦斯利说。

7　"就是给她一百万块钱，她也不愿意待在家里，"琼·斯塔又说，"她呀，总怕错过点什么没看见。反正咱们上哪儿，她必得跟着上哪儿。"

8　"好咧，小姐，"老奶奶说，"等下回你再叫我给你卷头发，咱们瞧着吧！"

9　琼·斯塔说自己的头发天然就是拳曲的。

10　第二天清晨，老奶奶头一个上了车，准备出发。她带上自己那个硕大的黑旅行袋，把它放在角落里，旅行袋看起来好似河马的脑袋；袋子里还藏着一只篮子，里面放着她的老猫咪，她可舍不得把猫孤零零地留在家里三天。猫会十分想念她的，况且她担心它会碰到煤气炉的开关，发生意外，**窒息而死**。说真的，她的儿子贝雷可不愿意带一只老猫走进汽车旅馆。

11　老奶奶在汽车后座正中间就坐，一边是约翰·韦斯利，一边是琼·斯塔。贝雷和孩子妈带着婴儿坐在前座。他们8点45分离开亚特兰大。启程时，里程表的里程数是55890，老奶奶把它记了下来，因为她觉得等旅行回来，能说出总共逛了多少英里，那才叫有意思呢。车子开了20分钟，才来到郊区。

12　于是，老奶奶舒舒服服地安顿下来，脱下雪白的棉手套，连同自己的手提包一起放在后窗户架子上。孩子妈照旧穿着长裤子，头上依然扎着绿头巾。老奶奶却戴了一顶海军蓝的硬边草帽，帽檐上有一束人造的白紫罗兰。她穿一身带小白点的深蓝色长裙，镶花边的领子和袖口全是白玻璃纱质地，领口那儿还别一枝布做的带**香囊**的紫罗兰。万一发生意外，过往行人看见她暴死在公路上，谁都能一眼辨认出她是一位高贵的夫人。

13　她说自己早就料到今天是开车外出的好日子，天气既不太热，也不太冷。她提醒贝雷，时速不得超过每小时55英里，巡警往往躲在广告牌和树**丛**后面，趁你还没来得及放慢速度就冷不防一下子把你逮住。一路上，老奶奶把奇物异景一一指出，石山啦、公路两旁不时出现的蓝色花岗石啦、微带紫纹惹人眼球的红土斜坡啦，还有地里一排排饰带般绿油油的庄稼啦。银白色的阳光普照树**丛**，几株长得顶不像样的树也熠熠生辉。孩子们还在看连环画报，妈妈已经进入梦乡。

14　"咱们快点穿过佐治亚州吧，省得没完没了地尽看它。"约翰·韦斯利说。

15　"我要是个小孩儿，"老奶奶说，"绝不用这种口气数落自己的家乡。田纳西有高山，佐治亚有小山，各有各的特点嘛！"

16　"田纳西不过是一块垃圾堆似的高低不平的山地罢了，"约翰·韦斯利说，"佐治亚也是个不起眼的地方。"

17　"说得对。"琼·斯塔帮腔道。

18　"我小时候，"老奶奶交叉着满带青筋的十指，说道："孩子对自己的家乡啦、自己的父母啦，还有别的一切一切，都比现在更尊重。那当儿，大伙儿都规规矩矩。嗨，快瞧那个怪可爱的黑崽子！"她指着一个站在一间棚屋门口的黑孩子说。"这不是一幅画吗？"她问道，大家都转过头来，从后窗户往外瞧。黑孩子冲他们招了招手。

19　"他光着屁股呐！"琼·斯塔说。

20　"没准儿他根本没有裤子可穿，"老奶奶解释道，"乡下的黑崽子可不像咱们样样都有。我要是会画画儿，一定把这一幕画下来。"

21　两个孩子交换连环画报看。

22　老奶奶要帮着抱抱婴儿，孩子妈就从前座靠背上方把孩子递了过来。她把孩子放在膝上轻轻颠着，给他讲沿途看见的东西。她转动眼珠，努起嘴唇，还把干瘪的老脸贴到婴儿光溜、**滑嫩**的脸蛋儿上。孩子偶尔恍恍惚惚地冲她微微一笑。这当儿，他们正路过一大块棉花地，当中用篱笆围着五六个坟头，好似一个小岛。"快瞧那块坟地！"老奶奶指着坟圈子说："那是某家人的祖坟，属于这个种植园的。"

23　"种植园在哪儿呐？"约翰·韦斯利问。

24　"飘走喽！"老奶奶说，"哈哈！"

25　孩子们看完了他们带的每一本连环画报，就打开自带的午饭吃了起来。老奶奶吃了一份花生酱夹心三明治，一枚橄榄；她不准孩子把纸盒和纸巾随便往窗外乱扔。他们没什么事可干，便玩起游戏来。每人选定天上一块云彩，让另外两个人猜它像什么。约翰·韦斯利挑了一块宛如一头牛似的云彩，琼·斯塔猜它像牛，可是约翰·韦斯利说不对，是辆汽车。琼·斯塔说他不公平，两人就隔着老奶奶，噼里啪啦对打起来。

26　老奶奶说要是他俩肯消停下来，就给他俩讲个故事。她一讲故事，眼珠就翻来翻去，晃头晃脑，活像在做戏。她说啊，在她还是个姑娘的时候，有一位先生来自佐治亚州贾斯珀，名叫埃德加·阿特金斯·蒂加登，一个劲儿追求她。她说他长得别提有多俊啦，是个绅士，每星期六下午都来看她，还必定给她带来一个西瓜，上面刻着他的姓名的缩写字母——"E.A.T."。嗯，她说有一个星期六，蒂加登先生又夹着西瓜来了，可巧没人在家，他就把西瓜留在屋前门廊上，乘坐他那辆晃里晃荡的旧汽车回贾斯珀了。她可从来没收到那个西瓜，因为有个过路的黑崽子看到西瓜上刻的三个字母意思是"吃掉它"，就把它给吃掉了！这个故事好像挠了约翰·韦斯利胳肢窝下的痒痒肉，使他格格地笑个没完，琼·斯塔却觉得没多大意思。她说她绝不会嫁给一个每逢星期六只给她带一个西瓜来的男人。老奶奶说当初她要是嫁给蒂加登先生，那才叫嫁对了，因为他是一位地地道道的绅士，可口可乐刚上市，他就买下不少股票。几年前他才去世，死的时候是个大阔佬。

27　他们在宝塔餐厅门前停下车来，进去吃烤肉三明治。这家餐厅坐落在蒂莫西郊外的一块旷地上，是用拉毛水泥和木料盖的，兼作加油站，里面还有一间舞厅。老板名叫红萨米·巴茨，是个大块头。整幢房子到处张贴着招徕顾客的广告，连好几英里以外的公路上都看得见这样的广告：

尝尝红萨米的名牌烤肉！红萨米的烤肉美味可口，名不虚传！红萨米！那个笑眯眯的胖小子！名副其实的烤肉专家！红萨米为您效劳！

28　此时，红萨米正躺在餐厅外面光秃秃的平地上，头钻在一辆卡车下面修车呐，旁边有只一英尺来高的小灰猴子作伴，它被铁链拴在一棵楝树上，叽叽咕咕地叫个不停。小猴子看见孩子跳下汽车，冲它跑来，立刻往回一蹿上了树，爬到最高的树梢上去了。

29　宝塔餐厅里面是间狭长的屋子，黑咕隆咚，一端有个柜台；另一端放着几张桌子，中间空地权当舞池。贝雷一家人拣了自动电唱机旁边的一张桌子，坐了下来。红萨米的老婆，一个肤色晒得通红的高个儿女人，眼睛和头发的颜色比肤色还要浅，走过来招呼，问他们想吃点什么。孩子妈往电唱机的投币孔投了一枚一角面值的硬币，顿时奏出《田纳西圆舞曲》，老奶奶说不知怎的，这支曲子让她有了跳舞的冲动。她问贝雷愿不愿意跳个舞，他只冷冷地回瞪了一眼。他可不像她那样性情开朗，旅行让他心困体乏。老奶奶棕色的眼睛闪闪发光，脑袋瓜子摆来摆去，做出一副坐在椅子上跳舞的姿态。琼·斯塔要换一支曲子，好跟着拍子跳跳，孩子妈又往电唱机里投进一枚硬币，放了一支节拍明快的曲子，琼·斯塔随即走进舞池，跳起了踢踏舞。

30　"多么可爱的小姑娘啊！"红萨米的老婆站在柜台后面探身说，"你愿不愿意做我的小女儿？"

31　"不，当然不愿意，"琼·斯塔说，"就是给我一百万，我也不愿意待在这样一个破烂的鬼地方！"她跑回自己的座位上去了。

32　"多么可爱的小姑娘！"那女人又重复了一句，彬彬有礼地做了个窘相。

33　"你不觉得不好意思吗？"老奶奶轻声责备道。

34　红萨米进来了，叫他的老婆少在柜台那儿磨蹭，赶紧招待顾客。他穿的那条卡其裤子，只齐到胯骨那儿，大肚子像袋粮食似的，奔拉在裤腰上，在衬衫里头颠来颠去。他走过来，在附近一张桌子旁坐下，一连叹了好几口气，嘴里嘟囔道："简直没法子！没法子！"他用一块灰不拉几的手帕擦了擦红通通的脸膛上的汗珠子。"这年头，您真不知道该相信谁才好，"他说，"是不是这么回事？"

35　"人确实没有从前那样好啦。"老奶奶说。

36　"上星期有两个家伙闯进来，"红萨米说，"他们开一辆克莱斯勒牌汽车，车子破旧不堪，不过没有多大毛病。这两个小伙子，依我看，也还规规矩矩，说是在工厂里干活的。于是，我就让几个小伙子加了油。唉，我干吗要那样做呢？"

37　"因为你是个热心肠嘛！"老奶奶当即答道。

38　"是啊，夫人，我想就是这么回事。"红萨米说，仿佛深受感动似的。

39　他的老婆端来菜品，没有托盘，居然一下子把五盘菜全都端来了，一手拿两盘，胳膊肘上还很悬乎地托着另一盘。"在上帝的这个花花绿绿的世界里，没有一个人能让你信得过，"她说，"没有一个人例外，没有一个人哟！"她瞧着红萨米，又重复了一句。

40　"报上提到那个越狱的、不合时宜的人的消息，你们看到了吗？"老奶奶问。

41　"他没有马上到这儿来抢劫，我一丁点儿也不感到奇怪，"红萨米的老婆说，"他要是听说有这个地方，准保会来的。他要是听说钱柜里只有两分钱，必定会……"

42　"得啦，得啦，"红萨米说，"快去把可口可乐给客人拿来吧。"那女人走开了，去端别的东西。

43　"好人难寻哟，"红萨米说，"样样事情都变得糟糕透顶。我记得当年外出，大门都可以不锁。再没那种好日子喽。"

44　他跟老奶奶谈论往昔美好的年月。老奶奶说，依她看来，如今出现这种情况，欧洲该负全部责任。她说欧洲那种做法，叫人以为我们全是钱做的咧。红萨米认为谈这些也都白搭，不过老奶奶的话还是千真万确。孩子跑到大太阳底下看条纹累累的楝树顶端那只猴子去了。它正忙着抓身上的跳蚤，用牙小心嗑着，像在吃什么珍馐美味。

45　酷热的午后，他们继续驱车前进。老奶奶打瞌睡了，每隔几分钟就让自己的呼噜声扰醒一次。到达图姆斯博罗郊外时，她醒过来了，想起当年她还是少女的时候参观过附近的一个古老的种植园。她说那栋房子前廊矗立着六根又大又白的柱子，有一条幽静的林荫道，两旁种着成排的栎树，直通到大门前。两边各有一个木格子的小凉亭，你跟情人在花园里散步累了，可以在那里歇歇脚。她记得清清楚楚从什么地方转弯就可以通到那里。她明明知道贝雷不愿意浪费一点时间去看一所老宅子，可是她越说越想去看看，瞧瞧那对小凉亭有没有坍掉。"那栋房子里还有一堵秘密的夹板墙咧！"她狡黠地说，说的并非实话，却希望人人相信，"传说当年谢尔曼将军带兵过来的时候，这家人把银器全都藏在里面了，可是后来再也没有找到。"

46　"嘿！"约翰·韦斯利说，"咱们去瞧瞧！准能找到！咱们把木板全都捅穿，准能找到！现在谁住在那儿？该从哪儿转弯？嘿，老爸，咱们能到那儿去转一下吗？"

47　"我们从来没见过带秘密夹板墙的房子！"琼·斯塔尖声喊道，"咱们到那栋带秘密夹板墙的房子去吧！嘿，老爸，咱们干吗不去看看那栋带夹板墙的房子呀？"

48　"反正离这儿也不太远，我知道，"老奶奶说，"用不了20分钟。"

49　贝雷直盯着前方，下巴颏儿板得像马蹄铁一般硬。"不去。"他说。

50　两个孩子喊喊喳喳乱叫起来，非要去看看那栋带夹板墙的房子不可。约翰·韦斯利使劲踹汽车前座的后背。琼·斯塔趴在妈妈的肩膀上，哼哼唧唧地诉说他们连假期都过得不开心，从来不能称心如意地干他们想做的事。婴儿也哇哇地嚎起来。约翰·韦斯利猛踢椅背，劲头之足，他爹连腰眼儿都感到了冲力。

51　"好，好，好！"他喊道，在路旁刹住车，"你们都给我住嘴，行不行？住嘴一秒钟，好不好？你们要是不消停下来，哪儿也不去啦。"

52　"去看一看，对孩子也很有教育意义嘛！"老奶奶喃喃地说。

53　"好啦，"贝雷说，"可是记住，只为这种破事儿停留一次。就此一次，下不为例。"

54　"车子倒回去差不多1英里，就到了那条该转弯的土路，"老奶奶指挥道，"刚才路过那儿，我记了一下。"

55　"一条土路！"贝雷嘟囔了一句。

56　于是，他们掉头朝那条土道驶去。老奶奶又想起那栋房子的其他特征，像前厅漂亮的玻璃门啦，大厅的烛灯啦，等等。约翰·韦斯利说秘密夹板墙没准儿藏在壁炉里头吧。

57　"那栋房子，你们根本进不去，"贝雷说，"你们不认识房主。"

58　"你们在前面跟主人谈话，我就绕到屋后去，跳窗户进去。"约翰·韦斯利建议道。

59　"我们宁愿待在汽车里。"妈妈说。

60　他们转到那条土道，汽车颠簸地驶了进去，顿时扬起一阵阵粉红色尘土。老奶奶想起当年没有铺设路面，一天至多能走30英里路。这条土道，一会儿上坡，一会儿下坡，不少地方还有积水，有时还得在险峻的堤上来个急转弯。霎时间，他们的车子行驶在山坡上，眺望得见几英里以外茫茫一片青里透灰的树梢；转瞬间，他们又陷入一个红土坑洼里，四处满布尘土的树木都在俯视他们。

61 "那个鬼地方最好马上出现，"贝雷说，"要不然我就要折回去了。"

62 这条土道像是一条长年累月没人走的路。

63 "没多远了。"老奶奶说，话刚一脱口，脑子里蓦地闪现一个糟心的念头，窘得她满面通红，两眼**圆睁**，两条腿一抬，把那个放在角落里的旅行袋碰翻了。旅行袋一倒，老猫咪"喵"的一声从那个盖着报纸的篮子里窜出来，蹦到贝雷的肩膀上去了。

64 孩子们摔倒在车厢里，孩子妈紧抱着婴儿被甩出车外，跌倒在路上；老奶奶也给甩到前座上去了。汽车翻了个跟头，朝左侧侧翻在路旁的沟里。贝雷仍然坐在驾驶座上。那只猫——宽白脸、橙色鼻头、一身灰条的狸花猫——像条肉虫子似的紧盘在他的脖子上。

65 孩子们一发现脚还能动弹，便从车厢里爬出来，嘴里嚷道："出车祸喽！"老奶奶蜷缩在前车厢的踏板上，但愿自己受了点伤，免得贝雷的火气全冲她一人发来。车祸发生前，她脑子里猛地闪现的那个糟心的念头，是她方才记得一清二楚的那栋房子并不在佐治亚州，而是在田纳西州。

66 贝雷用两只手把猫从脖子上揪下来，往窗外面一棵松树那边狠狠扔过去。接着，他下了汽车，先找孩子妈；她抱着哇哇哭的婴儿，呆坐在红黏土的沟沿上，幸好只是脸上划破一个口子，肩膀有点扭伤。"出车祸喽！"孩子们狂热地吱哇乱叫。

67 老奶奶瘸着腿从车厢里钻出来，琼·斯塔失望地说："真可惜谁也没死！"老奶奶的帽子依然扣在脑袋上，可是前檐断裂了，往上翘起，形成一个挺时髦的褶边，边上还耷拉着那朵紫罗兰的花蕊。除了两个孩子，他们三个人都在沟里坐下来，从惊吓中慢慢苏醒过来，浑身直颤。

68 "也许会有辆汽车路过吧。"孩子妈声音沙哑地说。

69 "我的内脏不定哪儿受了伤。"老奶奶说，手直揉肋骨，可是没人搭理她。贝雷气得上下牙直磕。他穿一件黄运动衫，上面印着亮蓝色的鹦鹉，脸色跟运动衫一般蜡黄。老奶奶决定不提那栋房子是在田纳西州了。

70 路面要比他们坐的地方高出10英尺，他们只能望见路那边的树梢。还有更多的树木，在他们陷进去的那个沟壑后面，苍郁而挺拔。几分钟过后，他们看见远方山坡上有辆汽车朝他们这个方向慢慢驶来；车里的人好像注视着他们。老奶奶站起身，使劲挥动两只胳膊，以引起他们的注意。汽车继续慢吞吞地开过来，时而在转角处隐没，时而又冒出来，驶到他们刚才路过的那个山坡时，开得愈发慢了。它就像一辆又黑又大、破旧不堪的枢车，里面坐着三个男人。

71 车在他们头顶上方的土道上停下来。司机毫无表情地凝视着他们所坐的地方，一言不发。接着，他回头跟另外两个人嘀咕了几句，三人便一块儿从汽车里下来。一个是胖胖的小伙子，穿一条黑裤子，上身是件红运动衫，胸前印着一匹飞驰的银色骏马。他溜达到这家人的右边，站在那里，半咧着嘴，狞笑地盯视着他们。另一个小伙子，穿一条卡其色裤子和一件蓝条的外衣，头戴一顶灰礼帽，帽檐拉得很低，几乎遮住了大半个脸。他慢吞吞地踱到这家人的左边。两个人一句话也没说。

72　司机下了车，站在车旁低头瞧着他们。他比另外两个人年纪大，头发有点灰白了，戴一副**银丝边**眼镜，显出一副堂堂学者的派头。他生就一张马脸，皱纹挺多，没穿衬衫，也没穿背心，下身是条绷得很紧的蓝色劳动布裤子，手里拿一顶黑帽子和一把手枪。两个小伙子手里也有枪。

73　"我们出车祸啦！"孩子们扯着嗓门喊道。

74　老奶奶有股奇特的感觉，好像认识那个戴眼镜的人，面熟得很，仿佛已经跟他认识一辈子了，可就是想不起他到底是谁。那人离开汽车，从路沿朝沟下走来，小心翼翼地迈着步子，免得滑倒。他穿一双棕白两色的皮鞋，没穿袜子，脚腕子又红又瘦。"你们好，"他说，"我瞧见你们翻了一个滚。"

75　"翻了两个滚。"老奶奶答道。

76　"不，一个滚，"他纠正道，"我们看得一清二楚。海勒姆，你去试试他们的车子还能开动不。"他悄声对戴灰帽子的小伙子说。

77　"你干吗拿把手枪？"约翰·韦斯利问，"干吗拿枪啊？"

78　"太太，"那人对孩子妈说，"你能不能叫两个孩子挨着你坐下来？我一见孩子就心烦。我要你们一块儿坐在原地不动。"

79　"你凭什么支使我们？"琼·斯塔问。

80　他们身后的树林像一张咧开的大黑嘴。"过来。"孩子妈说。

81　"你瞧，"贝雷突然开口了，"我们现在处境十分尴尬。我们……"

82　老奶奶啊的尖叫一声，猛地爬起来，瞪着两只大眼。"你敢情是那个不合时宜的人！"她说，"我一眼就把你认出来了！"

83　"老太太，"那人微微一笑，虽然被人认出但好像还有几分得意，"不过，老太太，要是您没认出我是谁，也许对您全家倒会更有利些。"

84　贝雷很快掉过头来，跟他妈嘟哝了几句，连孩子们听见都吓了一大跳。老奶奶呜咽起来。那个不合时宜的人脸涨得通红。

85　"老太太，"他说，"别难过。有时一个人说话并非出自本意。我想他原本没打算跟您这样说话。"

86　"你不会杀害一个妇道人家吧？"老奶奶一边说，一边从袖口里掏出一块干净手绢使劲擦了擦眼睛。

87　不合时宜的人用脚尖在地上钻了个洞，又用脚把洞填平。"除非万不得已，我是不愿意下毒手的。"他说。

88　"听我说，"老奶奶几乎是在尖叫，"我知道你是个好人。你看上去一点也不像匪徒之辈。我知道你准是好人家出身！"

89　"对了，老太太，"他说，"世界上最好的人家。"他笑了，露出一排整齐而结实的白牙齿。"上帝再也没造出比我妈更好的女人了，我爹心地也跟赤金一样纯洁。"他说。那个穿红运动衫的家伙绕到这家人的背后站住，手枪别在胯骨那儿。不合时宜的人蹲了下来。"博比·李，看住这两个孩子，"他说，"你晓得他俩搅得我心神不定。"他瞧着面前挤作一堆的六口人，似乎有点发窘，仿佛不知道该说什么才好。"咦，天上一点云彩也没有，"他抬头看了一眼说。"不见太阳，可也没有云彩。"

90　"是啊，今儿天多好，"老奶奶说，"听我说，你不该管自己叫不合时宜的人，因为我知道你是个好心眼的人。我一眼就看出来了。"

91　"别说话！"贝雷嚷道，"全都闭上嘴，让我一个人来应付这局面！"他像运动员那样蹲伏在地上，仿佛要起跑，可是并没动窝。

92　"谢谢您的恭维，老太太。"不合时宜的人用枪托在地上画个小圆圈。

93　"这辆车修好，起码得花半个小时。"海勒姆望着汽车凸起来的顶篷，提醒了一句。

94　"那你和博比·李先把他跟那个男孩带到那边去吧！"不合时宜的人指着贝雷和约翰·韦斯利说。"这两个小伙子要问你点事，"他又对贝雷说，"请跟他们到那边树林里走一趟吧。"

95　"您瞧，"贝雷说，"我们现在处境非常尴尬，稀里糊涂得还闹不清怎么回事呐！"他的声音嘶哑，两眼跟他衬衫上的蓝鹦鹉一般蓝，一般殷切。他一动也没动。

96　老奶奶抬手整理整理帽檐，好像也要跟儿子一块儿进入树林，可是帽檐不幸脱落在手中，她愣在那里，瞪着手里拎着的帽檐，过了半晌才松手让它落在地上。海勒姆揪住贝雷的胳膊，像搀老头儿那样把他搀扶起来。约翰·韦斯利紧拉着爸爸的手，博比·李跟在后头，他们朝树林走去。刚要进入阴森森的树林，贝雷一转身，靠在一棵光秃秃、灰暗的松树干上，喊道："妈，我一会儿就回来，等着我！"

97　"现在就回来吧！"老奶奶尖声喊道，但是他们还是消逝在树林里了。

98　"贝雷，我的儿啊！"老奶奶凄惨地嚷道，可是她发现自己正在瞧着蹲在她面前的不合时宜的人，便绝望地对他说："我知道您是个好人，您可一点也不像坏人！"

99　"不，我不是一个好人，"不合时宜的人好像仔细掂量了一下她的话，然后说道，"可我也不是世界上最坏的人。我爹说我跟我的兄弟姐妹不一样，是另一个品种的狗崽子。'你知道，'我爹说，'有人一辈子也没问过一个为什么，可是另有一些人总爱刨根问底。这孩子就属于后一种人。他将来准会到处惹是生非！'"他戴上黑帽子，突然仰视天空，又朝树林深处张望一下，仿佛又有点发窘。"很抱歉，我在你们两位太太面前光着上身，"他说，稍稍耸了耸肩膀，"我们一逃出来，就把囚犯衣服埋掉了。没有更好的衣服之前，只好凑合有什么穿什么。这几件衣服也是向几位遇到的人借来的呢。"他解释道。

100　"没什么关系，"老奶奶说，"贝雷的箱子里也许还有件替换的衬衫。"

101　"我这就去看看。"不合时宜的人说。

102　"他们把他带到哪儿去啦？"孩子妈嚷道。

103　"我爹是个了不起的人，"不合时宜的人说，"你怎么也抓不着他的把柄，他从来没跟当局发生过什么过节。他就是有办法对付他们。"

104　"你要是肯试着那样办，也可以成为一个堂堂的正人君子，"老奶奶说，"想想看，要是能安顿下来，舒舒服服过日子，不用成天想着有人在追捕你，那该多好啊！"

105　不合时宜的人一个劲儿用枪托在地上刮土，仿佛在考虑这个问题。"是啊，老太太，总是有人在追捕你。"他喃喃说。

106　老奶奶站在那里瞧着他，发现他帽子下面的肩胛骨挺瘦。"你祷告吗？"她问。

107　他摇摇头。老奶奶只看见那顶黑帽子在他的两块肩胛骨之间晃来晃去。"不祷告。"他说。

108　树林里传来一声枪响，紧跟着又是一响。随后一片静寂。老奶奶猛地扭过头去。她听得见风从树梢吹来，像是心满意足地吸了口长气似的。"贝雷儿啊！"她叫唤道。

109　"我在唱诗班里唱过一阵子，"不合时宜的人说，"我什么都干过。服过兵役、陆军啦、海军啦，国内国外都驻扎过，结过两次婚，在殡仪馆里当过差，铁路上干过一阵子。此外，种过庄稼，遇到过龙卷风，还见过一个男人活活给烧死。"他抬头瞧着孩子妈和小姑娘，她俩紧紧偎在一起，脸色惨白，目光发呆。"我还见过一个女人让人鞭打呐！"他说。

110　"祈祷吧，"老奶奶说，"祈祷吧……"

111　"我记得自己从来也不是个坏孩子，"不合时宜的人用一种近乎轻柔的声调说，"可不知在哪里做了点错事，就被送进重罪监狱，活活给埋没了。"他抬头注视着她，好让她注意听。

112　"那正是你该祷告的时候，"她说，"头一次你被送进监狱，是为了什么呀？"

113　"你向右转是堵墙，"不合时宜的人又仰起头来，凝视万里无云的天空，说道，"你向左转，还是堵墙。抬头是天花板，低头是地板。我忘了自己干了什么，老太太。我坐在那儿，冥思苦想，想想自己到底干了什么错事，可直到今天也没想起来。有时觉得快想起来了，可是总没个结果。"

114　"他们可能错判了吧？"老奶奶含含糊糊地问。

115　"没有，"他说，"没弄错。他们有白纸黑字的证据。"

116　"你别是偷了什么东西吧？"她问道。

117　不合时宜的人冷笑一声。"谁也没有什么我想要的东西，"他说，"监狱的主任医师说我犯的罪是杀死了亲生父亲，可我知道那是瞎说八道。我爹是 1919 年闹流行性感冒时死的，跟我一点关系也没有。他葬在霍普韦尔山浸礼会教堂的墓地，你不信可以自己去看看。"

118　"你要是祈祷，"老奶奶说，"耶稣会帮助你的。"

119　"说的是。"不合时宜的人说。

120　"那你干吗不祈祷啊？"她问道，突然高兴得浑身颤抖。

121　"我什么帮助也不要，"他说，"我自己干得蛮好。"

122　博比·李和海勒姆从树林里**从容地**走出来。博比·李手里还拎着一件印着蓝鹦鹉的黄衬衫。

123　"博比·李，把那件衬衫扔过来。"不合时宜的人说。衬衫嗖地飞过来，落在他的肩膀上，他就把它穿上了。老奶奶说不出这件衬衫给她带来了什么回忆。"不，老太太，"不合时宜的人一边说，一边扣扣子。"我发现犯罪没什么了不起。可以干这件事，也可以干另一件事，杀人啦，从他的车上拆下一个轮胎啦，都一个样，因为迟早你总会忘掉自己干了些什么，而且要为这受到惩罚。"

124　孩子妈呼哧呼哧地喘气，好像上气不接下气似的。

125　"太太，"他问道，"你和小姑娘愿不愿意跟随博比·李和海勒姆到那边去同你丈夫会合？"

126　"行，谢谢。"孩子妈有气无力地说。她的左胳膊不听使唤地来回晃悠，另一只胳膊抱着睡熟了的婴儿。她吃力地往沟坡上爬，不合时宜的人说："海勒姆，搀一把那个女人。博比·李，你拉着小姑娘的手。"

127　"我不要他拉着，"琼·斯塔说，"他那副模样让我想起一头猪。"

128　胖小子脸涨红了，笑了笑，抓住小姑娘的胳臂，紧跟在她妈妈和海勒姆身后，把她拖进树林。

129　老奶奶发现如今只剩下她和不合时宜的人单独在一起，反倒说不出话来了。天空既没有一块云彩，也没有太阳。她周围除了树林，什么也没有。她想告诉他应该祷告，张了几次嘴，又闭上了，没吭一声。最后，她发现自己在念叨"耶稣啊！耶稣啊！"意思是说耶稣会帮助你，可是从她那种口气听来，倒像是在咒骂。

130　"是啊，老太太，"不合时宜的人仿佛同意似的说，"耶稣把一切都搅得乱七八糟。他的处境跟我差不离儿，只不过没犯什么罪罢了，而他们却能证明我犯过罪，因为他们有我犯罪的白纸黑字的证据。当然啦，"他说，"他们从来也没有给我看过我的罪证，这就是干吗现在我干脆自己签字。我老早就说过自己签字，好汉做事好汉当，然后自己保存一份原件。这样你就知道自己到底干过啥，可以衡量一下所受的惩罚跟所犯的罪是否合情合理，最后你可以拿出点凭据证明自己被惩罚得一点也不公平。我管自己叫不合时宜的人，"他说，"因为我不认为自己被处罚得合情合理，罪有应得。"

131   树林里传来一声尖叫，紧跟着是声枪响。"老太太，有人没完没了地受惩罚，而别人却从来也没挨过罚，您认为这合乎情理吗？"

132   "耶稣啊！"老奶奶喊道，"你出身高贵，我知道你不会枪杀一个妇道人家的！我知道你是好人家抚养大的！耶稣啊！你不该枪杀一个妇道人家。我可以把我带的钱都给你！"

133   "老太太，"不合时宜的人说，望着树林深处，"从来也没听说过死尸赏小费给抬棺材的人的。"

134   又传来两声枪响，老奶奶像一只讨水喝的**喉咙干燥**的老火鸡那样扬起头来啼叫，"贝雷儿啊，贝雷宝贝儿啊！"心似乎都快碎了。

135   "只有耶稣能叫人起死回生，"不合时宜的人接着说，"他不该那么做。他把一切都搅得乱七八糟。如果他照他所说的那样做，那你最好抛弃一切，追随他去吧。如果他没有那么做，那你最好尽情享受一下生命的最后几分钟吧——杀个把人啦，放把火烧掉那人的住房啦，要不然对他干些丧尽天良的事。除了伤天害理，别无其他乐趣。"他说着，嗓音几乎变得像是在嗥叫。

136   "也许耶稣没有叫人起死回生过。"老奶奶喃喃说，连自己也不知道在说什么。她头晕眼花，扑通一下坐倒在沟里，两腿歪扭着。

137   "我没在场，所以不敢说他没干过，"不合时宜的人说，"我真希望当时在场就好了，"他一边说，一边用拳头捶地。"我没在场，确实不对，因为要是在场，就会知道是怎么回事啦。听着，老太太，"他提高嗓门说，"我要是在场，就会知道怎么回事啦，我也不会变成如今这个样儿了。"他的嗓音好像要炸裂了，老奶奶头脑突然清醒了一下。她看见那家伙的脸歪扭着，离她自己的脑袋不太远，仿佛要哭似的，她便小声说道："唉，你也是我的一个孩子，我的一个亲生儿哟！"她伸出双手，抚摸他的肩膀。不合时宜的人猛地闪开，好像让毒蛇咬了一口似的，朝她胸口砰砰砰连开三枪。然后，他把枪放在地上，摘下眼镜擦了擦灰。

138   海勒姆和博比·李从树林里走出来，站在沟渠上面俯视着老奶奶，她半躺半坐在一摊鲜血里，像孩子那样盘着腿，脸上还挂着一丝微笑，仰视着万里无云的晴空。

139   不合时宜的人不戴眼镜，两眼显得暗淡无神，现出一圈通红的眼窝。"把她弄走，跟其他几个人扔到一块儿去！"他一边说，一边把那只在他脚边磨蹭的猫拎起来。

140   "这位老太太真够贫嘴的，是不是？"博比·李说，哼着小调从沟渠上滑下来。

141   "她要是一辈子每分钟都有人没完没了地冲她开枪射击，"不合时宜的人说，"她也会成为一个好女人的。"

142   "挺有趣！"博比·李说。

143   "住嘴，博比·李，"不合时宜的人说，"人生根本没有真正的乐趣。"

*译文参考《公园深处》，[美]弗兰纳里·奥康纳著，主万、屠珍等译，上海译文出版社（1986），有改动。

● 内容分析

　　1. 为什么老奶奶不愿意去佛罗里达？她本想去哪里？

　　2. 为什么一家人转而踏上荒凉的土路？

　　3. 是什么引起了事故？

　　4. "不合时宜的人"由于何种罪行被送进宗教审判所？

　　5. 他缘何称自己为"不合时宜的人（The Misfit）"？

● 方法分析

　　1. 文章第一段中提到"不合时宜的人"。为什么奥康纳这么早提到他？

　　2. 老奶奶与孩子们一开始的对话有何作用？

　　3. 在第 70 段，"不合时宜的人"的汽车被描述为"一辆又黑又大、破旧不堪的枢车"。在这一描述中奥康纳有何意图？

　　4. 在故事的高潮部分，祖母突然戏剧性地意识到自己的责任。是什么时候？涉及何人？

　　5. 在第 80 段，奥康纳写道："他们身后的树林像一张咧开的大黑嘴。"该描述有何效果？通过描述，作者想要给读者什么暗示？

● 问题讨论

　　1. "不合时宜的人"和他的同伙残忍杀害了一家六口。一个人在杀人前会不会有先期原因？如果有，会是什么？如果没有，那你是否觉得任何人都可能成为冷血的杀人犯？请证明自己的观点。

　　2. 你觉得对于"不合时宜的人"和他的帮凶应该如何处置才公平合理？

　　3. 有些评论者认为孩子们调皮但天真朴实，而也有人认为他们很有代表性。你如何看待孩子们以及他们的言行举止？

　　4. 一种观点认为"不合时宜的人"代表着恶魔，而祖母就是面对恶魔的基督徒。你是否赞同这一观点？

　　5. 祖母对"不合时宜的人"说"唉，你也是我的一个孩子，我的一个亲生儿哟！"听到这样的话，"不合时宜的人"为什么会对她痛下杀手？

● **写作建议**

1. 写一篇文章，探讨作者要预示一家人最终遭遇"不合时宜的人"的厄运所采用的写作技巧。写作中，请尽量引用文中场景和意象并尽量援引原文以证实自己的观点。

2. 写一篇文章，对故事进行解读。文章开头你可以问自己：这个故事想要讲述什么样的人生道理？是不是有些人天生邪恶？是什么原因让一个人成为故事中"不合时宜的人"？由于罪犯人格问题会引起很多难以解决的难题，尽量批判性分析自己所遇到的任何观点。请阐释故事的各个要点。

■ **本章写作练习**

1. 将下列笼统的话题改为恰当的写作主题：

a. 大学生活

b. 父母与子女的关系

c. 青少年怀孕

d. 电视中对犯罪、战争和自然灾害的报道

e. 找到一份有意义的工作

f. 青春与年龄

g. 今天的英雄

h. 言论自由

2. 选择当地报纸中报道的任意话题，写一篇文章，表达自己对于该话题的立场，并解释、支持自己的观点。

■ **针对特定读者的写作作业**

1. 针对初中生读者，写一篇文章，解释什么是文章的主题以及自己如何在写作中利用主题。提示：注意使用简单词汇。

2. 向公司管理人员解释自己目前所接受的英语教育如何能保证自己成为更为出色的雇员。

学生习作

悼念车祸中离去的好友

学生有时不得不在朋友、亲人或者同学的葬礼或是纪念仪式上说一些话。下面是一个小伙子在最好的朋友遭遇车祸离世后写的一篇简短的悼词。

他是我最好的朋友。小学时我们就是同学，当时我们一起调皮捣蛋，让老师们不得安宁。我们在北好莱坞一起长大，都喜欢旧金山巨人队、旧金山淘金者队和湖人队。我们从不错过电视上任意一场玫瑰碗大赛。在内华达山脉，我们在小帐篷里平安地度过了暴风雨之夜。在我父母的泳池里，我们一起玩捉人游戏。我们偷偷潜入自己女友的家中；我们一起学吉他，一起读了很多科幻小说。当我生父母气时，布雷特会安慰我。期末考试我紧张时，布雷特会给我鼓励。

到底是什么邪恶的力量突然带走了布雷特？不错，我恨把他撞倒的司机；我恨上帝没有挽救他的生命。可我也知道，生气并不能让他复生。所以，我只能在心中时时挂念布雷特，他是一个忠诚、乐观、大度的好朋友。我不会忘记我们与他在一起的欢乐时光。我们之中那些相信有另一个世界的人，则希望有朝一日能与他重逢，希望到时能听到他说："好久不见，还好吧！"

对于名词短语罗列还有疑问？
请参见第 396 页"编辑室"。

第六章
组织个人观点

■ 文章脉络组织指南

作家及他们的写作方式可以分为两大阵营：灵活组织的作家和机械组织的作家。灵活组织的作家基于自己的潜意识进行写作。他们往往睡觉的时候思考着一项任务，第二天醒来时就知道应该写什么了。而机械组织的作家，就像木工盖房子一般，他们基于自己的蓝图或计划进行写作。这样的作家在写作前会组织自己的思想，而且在没有理顺想法和观点前，他们不会轻易落笔。我们之所以提到这两种不同类型的作家和他们的写作方式，只是想说明规划文章脉络并不适用于每一个人。这只是一个更适用于机械型作家的写作技巧。对于那些大量工作需要靠潜意识完成的灵活组织思路的作家而言，规划文章脉络起到的作用微乎其微，甚至会影响他们的写作。

组织短小的文章

短文（大概 300 词的长度）经常是在课堂上有限时间内完成。老师可能会让你就课堂上研究分析的某个主题写一篇三段论的文章，或者要求你就一个话题写一篇非正式文章，比如为什么不了解情况的人应该或不应该选举投票。显然，你不可能花费很长的时间规划该写些什么。不过你觉得一些预先想好的框架还是会很有帮助的。你能怎么做？

列出提要　提要正如其名称所言，是一个列表，里面包含文章中你想涵盖的内容。写提要，首先要快速写下自己的主要观点或论题。在文章中，你认为对一个不知情的人而言，弃权要比随意瞎投好得多。你可以用含有自己论题的句子表达自己的立场：

论题：选一个你毫无了解的人还不如不选。

接下来，添加一些你认为应该涵盖的内容：

1. 如果我不投票，那些了解这些候选人的选民会帮我做出选择。

2. 约翰叔叔投票时是闭着眼睛用指头随意在投票纸上戳出来的。

3. 毫不知情的投票是对民主的亵渎。

4. 如果我对一个候选人或者议题毫不了解，我是不会投票的。至少这样我把决定权留给了那些了解情况的人。

提要没有既定的格式。你不需要把它交给老师。你可以按照自己喜欢的方式列举条目或组织这些条目。写完文章后，只要高兴，你甚至可以用写提要的纸叠纸飞机。它只不过是你规划自己文章的一个粗略的大纲而已。

勾勒文章的段落　组织段落这一步与写提要同样简单。

一开始先草草写下文章的主题：

主题：电影是现代社会流行文化的最有意思、最娱乐化的产物。

接着，写下前几段的主题句：

第一段：有意思的电影，像《卢旺达饭店》《医疗内幕》《帝企鹅日记》等。对我而言为什么这些电影这么有意思。

第二段：娱乐性的电影。《机器人总动员》《钢木兰》《欲望都市》。为何我觉得这些电影令人愉悦。

第三段：我们的电影具有全球影响力。比起文学作品，它们能更广泛地传播我们的文化和生活方式。

你无须列得很长，因为你还要写一篇真实的文章。不过，至少你知道在即将要写的段落中你会涉及哪些话题。

画流程图　流程图以图形展示基本内容。使用不同形状的框格将支撑细节和主要观点表达清晰，帮助自己简要规划整篇文章。在给定的例子中（图 6.1），三角形用来支撑细节。长方形意味着要点，菱形表示需要插入过渡的位置。

组织长文章

长篇文章有可能是需要一周时间完成的写作作业，或是需要数周才能完成的研究论文。也许你会被要求就"为什么鲸是成功的掠食者""艺术疗法"或是"对亨利·米勒小说的批判性思考"之类的话题写一篇 5 到 10 页篇幅的文章，文中要有恰当且较为准确的文献引用。就上述主题写作时，你不仅需要在图书馆和网络上搜索资料，还需要阅读期刊或者从亲朋好友那里借来的书籍。

针对这种文章的写作规划就如同一个向导，不仅引导你如何写作，同时也引导你展开写作前应做的研究。写作之前的调研和具体写作中你均应不时地参考写作规划——不过写作规划可能需要在你搜集支撑素材的过程中做相应调整，而且你也可能会改变头脑中已有的想法。在真实写作中，如果你发现自己偏离了原有规划的方向，不必在意，追随灵感。文章写完之后，回过头看看最初的草稿，与你刚完成的初稿比对一番，确保自己清楚为什么要做相应的调整。

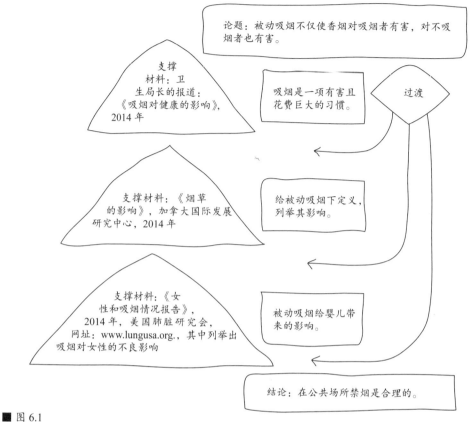

■ 图 6.1
文章流程表示例

列举支撑细节进行规划

确定话题之后，你往往可以列举自己需要参考的各个支撑细节，从而形成一个最初的大纲。那么，如何知道你需要什么样的支撑细节呢？你可以就该话题问一些常识性问题并借此找到答案，因为这类问题也正是感兴趣的读者想要求证的问题。

这里有一个例子：暑假，A 学生和父母一起去了英国的巨石阵，于是决定就该地区神秘的大块巨石写一篇文章。她手头的旅游宣传册以及先前在大学图书馆里读到的先期背景知识帮助她得出文章的主题：

论题： 英国巨石阵的游历让我知道了，历史给我们留下了很多未解的谜团。思考要援引哪些具体支撑材料时，这些问题自然出现在她的头脑中。

- 巨石阵在哪里？给出其具体地理位置。
- 巨石阵是什么？对巨石加以描述，这样读者可以"看到"其大小和布局安排。试着描述这些巨石令人敬畏的本质。

● 巨石阵是用来做什么的？该用途背后的理论又是什么？

● 总结一下与巨石阵历史有关的民间传说：

1. 巨石阵作为德鲁伊人的避难所或圣所。在百科全书中查阅德鲁伊人。看看他们在英国早期历史（可能是凯尔特人时期）所发挥的作用。

2. 恶魔与修道士之间的对抗。找一找这个神话传说是如何出现的。

3. 为纪念亚瑟王那些被杀害的骑士而建造。

4. 为了观测天象，尤其是月亮的运行轨迹而建的天文台。这个看上去是一个更切实际的解释。认真查阅，看看是否有很多资料提到这样的理论。

● 为何巨石阵在今天依旧备受青睐？解释其原因。

这些都是很直接的问题，它们可以给作者提供支撑材料，帮助其完成写作任务。而提出这些问题也同样有助于形成论文的最初大纲。

形成正式大纲

大纲是你在文中想说的内容的总结。大纲告诉你应该做什么，你要走向何方，以及何时能够到达。如果你容易被细节带离话题，或是面对大量的信息容易茫然无措，起草大纲就是一个得力的方法，会给整篇文章设定好整体框架。

对于正式的大纲，应遵守的最基本做法是使其一目了然，便于阅读。题目位于纸张上方居中的位置，题目下面是文章主题。一级思想（主要思想）用罗马数字标注。附属于一级思想的二级思想需要缩进，用大写字母标注。二级思想的支撑例子继续缩进，用阿拉伯数字标注。例子下方继续缩进的是细节，用小写字母标注。理论上，这样的划分还可以继续下去；但在实际写作中，很少有超过四级的大纲。下面是一个正式大纲的框架：

题目

主题

　I. 一级思想

　　A. 二级思想

　　　1. 二级思想的例子

　　　　a. 二级思想例子的细节

大纲中省去了导入素材、过渡、例子、说明和细节；它仅仅列出了文章的一级和二级观点。当你记得大纲的主要目的是把整篇文章的主要想法压缩成一种一目了然的形式时，这样的实践就会有意义。把大纲列得和文章本身一样长，并且细节烦琐，则弄巧成拙，毫无意义。

起草一份大纲，首先从你的论题入手，将其分割为更细节的观点。分割的依据是分到不能再分的地步。接下来，在每一个被分离出的主要观点下列出至少两个二级观点。换言之，每一个 I 后面至少得有一个 II ；每一个 A 后面至少得有一个 B。请看下例：

温度和登山者

论题：极端温度会给登山者带来不利影响

I. 温度过高的严重影响

　　A. 中暑衰竭

　　B. 心脏病发作

II. 温度过低的严重影响

　　A. 表皮冻伤

　　B. 肢体麻木

有逻辑的划分会形成一个很匀称的大纲。这种匀称所带来的还有对所有话题的平等对待。也要注意到，每一个条目大体上都是基于平行结构组织的语言。这样的行文意味着每个条目具有同等重要性，强化了整个大纲中的分层分类。

拟定大纲 大纲的拟定是对文章的系统的思考。你以读者的身份检查文章，看看你可能或是想要呈现的观点，以何种顺序呈现，以使得主题清晰易懂。比如，假定你正打算就下面的论题写一篇文章：

论题：听力是一项十分重要，但训练不足的交际技能，因此学校应该就如何提高听力提供相应的课程。

读者很可能会问的第一个问题是"为什么听力很重要？"针对这个问题的答案应该是你文章主体部分的第一个要点。

I. 听力是一项非常重要的交流技能。

"训练不足"是什么意思？常识告诉我们这一点很可能是读者感兴趣的第二个问题。对该问题的回答将会是你文章的第二个主要点。

II. 听力是一项训练不足的交流技能。

给这两个主要标题添加二级观点作为相应的答案，就完成了大纲的第一部分。

I. 听力是一项非常重要的交流技能。

　　A. 交流中我们花费大量的时间听取信息。

　　B. 大多数的政治信息是从广播和电视中获取。

II. 听力是一项训练不足的交流技能。

　　A. 我们往往只听懂一半的内容。

　　B. 我们通常只能回想起所听信息中 1/4 的内容。

顺着这个思路继续，我们可以推出其他相关问题，这些都是常识告诉我们读者很可能感兴趣的问题：你所谓的听力是指什么？所有类型的听力都是一样的？这两个问题的答案又可以给我们提供两个主题：

III. 听力是一项积极的交际技能，主要包含四个部分。

    A. 获取信息意味着要解码信息。

    B. 参与意味着要分析信息。

    C. 赋予意义意味着要解读信息。

    D. 记忆意味着要存储和检索信息。

IV. 听力可以分为五种类型。

    A. 欣赏性聆听——接受。

    B. 辨别性聆听——选取。

    C. 理解性聆听——概括。

    D. 治疗性聆听——放松。

    E. 批判性聆听——判断。

思考写作练习的目的以及读者可能提出的问题，你就会发现文章的逻辑分层。

拟定大纲的指导原则 拟定大纲时你应该遵循以下原则：

1. 大纲不宜过长。1 页的大纲适用于 5 页的文章。你的目的是做一个文章模板，这样你可以一眼看到文章结构存在的问题。

2. 大纲中不要堆满句子。大纲的条目要简洁，这样做是为了使之一目了然。

3. 若有可能，次级条目使用平行结构组织语言。平行结构的语言比非平行结构的语言更易读。

4. 对齐条目。参照第一行位置，不要让第二行的条目距离左侧页边距过远。

遵循这些简单的原则，你做出的大纲应该会简洁易读。你可以快速扫到主要条目，并能一眼看出文章结构存在的疏漏。

基于话题的大纲／基于句子的大纲 有些大纲是由话题构成，这种大纲的条目都不是完整的句子，而是片语总结出的话题。也有些大纲由句子构成，大纲里的条目都是完整的句子。是使用话题大纲还是句子大纲取决于你对列表完整性的要求。如果你的主题比较简单，你所需要的只是关键词来指示你不要偏离主题；如果你仅仅希望列出一些主要的方向、条目或阶段时，你应该使用由话题构成的大纲；如果你的主题有点难度，或是它所处的领域对你来说尚属全新，你则需要使用由句子构成的大纲。请看下面由话题构成的大纲：

我们城市的未来

论题： 针对我们城市未来的评价透露出两个新兴的趋势

I. 大都市

  A. 定义

      1. 集群

      2. 体系

    B. 组织结构方面的两个主要问题

      1. 卓越

      2. 协调

II. 决策制定的转移

    A. 地方决定

      1. 未知因素

      2. 外部机构

    B. 联邦政府

      1. 权力增强

      2. 地方限制

    这个由话题构成的大纲对于一个对政府部门不熟悉的人而言是没有任何意义的。学生基于如此神秘的大纲进行写作的话，一定会困难重重。不妨看看下面同样话题的大纲，这个大纲是由句子构成的：

我们城市的未来

论题： 针对我们城市未来的评价透露出两个新兴的趋势

I. 大都市正在取代城市。

    A. 从两方面去界定大都市的概念。

      1. 大都市是城市的集群。

      2. 大都市是城市和郊区的交织体。

    B. 需要解决的两大结构组织问题。

      1. 一个问题是如何解决超出城市区域范围的问题。

      2. 另一个问题是如何协调大都市里的众多活动。

II. 政策制定正由地方管控向更高层次的公共和私人机构转移。

    A. 城市规模不断扩大，常常使得地方政策与本地的相关性不断降低。

      1. 当地机构也许并不是什么事情都了解。

      2. 国家政策可能会取代地方决策。

    B. 联邦政府走进视野。

      1. 随着城市规模的扩大，联邦政府的干预有增强趋势。

        a. 联邦政府长期改进计划付诸实施。

        b. 财政补贴项目成为必需。

      2. 联邦政府援助形成制约。

　　　　a. 联邦政策确保在住房、就业和教育方面没有歧视或不公。

　　　　b. 联邦政府代表审核当地机构以确保其符合联邦政府标准。

　　一个好的构架可以提供你完成论文所需的所有基本信息。缺少构架，你有可能会错把主题思想当作细节，而把细节当作主题思想对待。另外，你可能会发现自己一会儿前进，一会儿又原路返回，接着又再次前进，最终整篇文章逻辑不清，缺乏连贯。由于缜密的句子架构考虑了各种思想及其重要程度，新手可以借此避免写出混乱无序的文章。

　　我们不希望你受到误导，误认为每次写文章都能列出我们所提供的样例那样详细的框架；当然，列出那样的框架本来也并非那么容易。事实上，你常常会发现框架经常需要修改。有时你甚至会发现修改三四次后你才会满意最终的框架。在列出框架时，新的想法不断出现，这些想法很重要，应该放在文中某个地方。先前列出的一些标题式句子又明显不应列在其中。无论是列出正式框架，还是简单勾勒出文章的架构，你都很可能要做数次修改才能做出满意的规划。

● 写作练习

1. 为下列任一主题写出段落梗概：

　　a. 通货膨胀严重影响美元的购买力。

　　b. 与客观测试相比，主观测试有多个优点。

　　c. 初生儿出生后的前三个月对其后期性格发展至关重要。

2. 就下列某个主题给出流程图：

　　a. 某个社会常常使用语言以表达对性别的偏爱。

　　b. 通货膨胀会导致政治后果。

　　c. 教师应该享有更高的工资待遇。

　　d. 英语应该成为美国的官方语言。

3. 请就下列话题列出自己写作中可能需要的支撑材料。

　　a. 为什么危难之时人们常常不愿意伸出援手？

　　b. 多项选择题 / 论述题应该成为教育测试手段。

　　c. 有社会价值的连环画。

　　d. 为什么现代产品常常粗制滥造？

4. 找出下列论题的关键词并给出其可以详细划分的两到三个分话题：

　　a. 与中国保持紧密外交关系对美国而言有很多好处。

　　b. 在美国任何一个主要城市实施灯火管制都会带来灾难性后果。

　　c. 三个词语 disinterested，inflammable 和 fortuitous 常常被错误理解。

5. 删除下列句子构架中引起逻辑混乱的项目。

a. 主题：由于其特有的文化特征，多布人与其他原始部落的居民不大相同。

    I. 由于多布岛的地理位置和自然环境，多布人很难找到充足的食物。

    II. 婚礼仪式使得多布人与其他原始部落居民有所不同。

    III. 多布人依赖巫术使得他们比其他原始部落更为迷信。

    IV. 多布人崇尚叛逆，这使得多布不同于其他原始部落。

b. 主题：加利福尼亚传教团旨在向当地印第安人传布基督教义，强化西班牙对加利福尼亚的统治。

    I. 传教团的传教士向印第安人传布基督道德。

    II. 传教士全心全意挽救印第安人的灵魂。

    III. 教区以小型城市的模式出现。

    IV. 如果没有加利福尼亚的殖民者，西班牙对该地区的统治便被削弱。

    V. 西班牙与俄罗斯和英格兰争抢加利福尼亚的疆土。

c. 主题：美国政治刺客已经撩动了非政治人士的神经。

    I. 他们是可怜的独行侠。

    II. 他们活在虚幻世界中。

    III. 受害者通常就是一个代孕父母的形象。

    IV. 刺客希望与受害者同样"有名"。

    V. 欧洲的刺杀行动与我们的不同，都是经过精心策划的。

6. 请认真检查并指出下列提纲中形式和内容错误。改正错误并提供两个修改后的版本——一个句子架构，一个主题架构。

a. 主题：成年摩西是《旧约》中地位最高、最能鼓舞人心的人物。

    I. 摩西是一个深信上帝的人。

      A. 摩西相信上帝。

      B. 他为希伯来人创立了一个宗教信仰，该信仰在国家消亡后依然延续。

        1. 巴比伦和波斯统治。

        2. 在希腊征服期间，该信仰依然延续。

        3. 在罗马征服期间，该信仰依然延续。

        4. 尽管有这一信仰，希伯来人常常也拜谒其他神灵。

        5. 离散在外的犹太人依然有这一信仰。

    II. 摩西是一位无与伦比的导游。

      A. 在野外长期逗留期间，摩西表现了无穷的耐力。

        1. 容忍了部落民众无休止的唠叨。

        2. 在荒漠中漫无边际的行走象征了任何成长中的民族所经历的纯真年代。

3. 他以巨大的耐心解决了争端。

  B. 他早期杀了一个埃及人，为了逃脱惩罚而只身外逃，这段经历让他对西奈沙漠十分熟悉。

1. 他知道在哪里取水。

2. 他知道如何绕过危险敌人的领地。

3. 白天他总是跟着一片神奇的云彩，晚上则跟着一束火焰。

III 摩西创立了复杂的法律系统。

  A. 他给希伯来人创造了律法。

1. 律法的某些部分阐释了人与上帝的关系。

2. 律法的某些部分处理了人与人的关系。

  B. 他给希伯来人创造了法令。

1. 有些法令涉及社会公正方面。

2. 根据某部法令，打坏奴隶牙齿的人必须将该奴隶释放。

3. 法令的其他部分涉及宗教仪式。

4. 有些法令阐释了建设圣殿教堂的计划。

■ 写作建议

写作旨在让读者理解

吉姆·斯泰勒（Jim Staylor）

修辞图解

目的： 讲授平实写作的艺术

受众： 任何工作中涉及写作的人

语言： 主要是标准英语，但也会夹杂行文古板的写作样例

策略： 通过夸张幽默的例证讲授朴实写作的规则

    吉姆·斯泰勒（1958—），媒体制作人，先后毕业于圣地亚哥州立大学和加州大学富勒顿分校。2000 年被《影视多媒体》杂志评为"制作人百强人物"。斯泰勒担任一家媒体制作公司的总裁，该公司主要经营高新技术、医疗保健、为人

处世、自我防卫、餐饮服务、零售企业等相关媒体业务。斯泰勒是一位极富感染力的演说家。

本文谈论了文字简洁与文章架构的关系，可谓字字精准。遵循其所提倡的朴实规约，你的文章必然与读者毫无距离。

使用清晰、直白、简单的文字以保证文字简单易读。换言之，身为简约文风支持者，个人应力戒模糊晦涩之文风。

好的文章（与上面这个句子相反）应该清晰、简洁、和谐并具有亲和力。文章结构布局和格局设计可以帮助组织内容，引导读者理解重要信息，不过词汇及其具体使用最终常常决定交流的成败。下述清晰行文的六条指导建议可以帮助你在写作时表达更为清晰易懂。

简要明晰是你的目标

简要明晰意味着表述清晰，易懂。

文章题目、主要标题、副标题、题注以及正文中的文字有可能让人费解，也有可能有助于阐释语义。

查询一些大家认可的为文体风格提供指导的书籍或网络文献以了解更多提升写作能力的信息。

表述清晰

根据哈特利（Hartley，1996）[1]的观点，写作时注意六个方面可以保证文字清晰易懂。

第一、使用简单句子结构

从句繁多，修饰成分复杂的句子更难理解。可以遵循简化原则：尽量简单，平铺直叙。尽量用最少的文字表达自己的观点。

可以简单表述时，绝对不要喋喋不休。

第二、使用主动句式，避免被动语态

与被动语态相比，主动语态通常更为直接，更为有力。写作时使用主动语态可以保证句子短小、有力。主语施动比宾语被动结构更能引起读者的兴趣。"我所拥有的帽子被作为我兄弟的比德扔到了房顶上"最好改为"我兄弟比德把我的帽子扔到了房顶上"。后者比前者减少了很多词语，然而效果却远远优于前者。

第三、选择积极正面的词汇

使用积极正面的词汇有助于读者理解概念，在头脑中形成更为清晰的画面。读者想知道是什么，而非不是什么。因此，即使是消极负面的意义，我们最好以积极正面的形式去表述。

1.Hartley，J.（1996）"Text Design." In D.H. Jonassen（ed.）Handbook of research for educational communication and technology.

不诚实	狡诈
不重要	琐碎
不记得	忘记
不注意	忽视
不信任	猜忌

第四、避免多重否定

双重否定、三重否定常常让人不知所云。哈罗德·埃文斯（Harold Evans，1972）曾经举例对比了"数据未表明如果竞争不被限制成本可能不会降低"和"数据未表明竞争可以降低成本"的差别。

第五、个性化文本

将文本**个性化**处理或者以故事形式表述可以帮助学生记忆信息。例如，描述医疗处置程序的好处时，从接受治疗的患者角度讲述就会比按部就班的临床步骤讲述更为生动形象。"我叫苏西，我给大家讲讲我当时是如何发现自己患病了，以及后来我的医生史蒂夫是如何处置我的病情的"。

第六、表述要有趣味性

鲜活的例证和生动的**故事**也可以使文章有趣，易于记忆。切记避免细节过于**引人入胜**而导致读者偏离主题。

以上六条原则可以帮你逐步提升习作水平。祝君好运。

清晰表达思想是你的权力，因而写作时要尽力清晰表达思想。

● 内容分析

1. 作者想让他的读者写出哪种类型的文章？他以哪三个形容词作为一篇好文章的指导原则？

2. 作者认为与文章结构布局和格局设计相比，什么更重要？为什么？

3. 为了写出易于理解的文章，我们应该遵循何种规则？作者指出是谁提出的这些规则？

4. 哪些规则旨在避免写作中出现迂回表述？这些原则为什么重要？

● 方法分析

1. 这篇文章的文章结构布局和格局设计是如何帮助读者跟随作者思想的？你认为作者是否做到了？解释你的想法。

2. 在文章的开篇部分，作者是如何吸引读者注意力的？你认为这个策略有效吗？为什么？

3. 文中提到哈特利，该部分内容对文章有什么好处？为了省出空间，能否把它从文中删掉？

4. 在给指导写作的规则编号时，作者是如何保留自己的想法的？请具体解释你的想法。

5. 作者的论题是什么？用一句话进行陈述。如果作者在文中用到写作策略，哪一项策略最能帮助你理解这篇文章？

● 问题讨论

1. 你同意作者说好文章是"清晰、简洁、和谐并具有亲和力"吗？你是否在书中或是从杂志上读到过这种文章：文章很好，但却说不上"简洁、清晰"？从你的阅读经历中举例。你在哪里找到了与作者对好文章的描述最为符合的文章？读到这种文章时，你作何反应？

2. 是否有些情况下使用被动语态比主动语态效果更好？是什么情况？举例说明。

3. 作者鼓励从事写作的人们使用生动的例子和鲜活的逸闻趣事来提高写作质量。为什么例子和趣闻在写作中是有用的工具？引用自己或者他人写作中使用的例子或趣闻作为例证进行阐释。

4. 作者说可以简单表述时，绝对不要喋喋不休，他想要表达什么观点？他强调了什么？

5. 斯泰勒文章末尾黑体部分有什么特殊效果？目的是什么？你觉得该结尾是否有力？请阐释自己的观点。

● 写作建议

1. 该文强调平实写作是保证文章易懂的关键所在。写一篇简短的文章，分析读者在遇到矫揉造作的复杂句子或者繁文缛节的文字时会有何表现。

2. 请选择下列一个话题，写一篇文章，使用生动的故事使自己的文章生动有趣：

a. 一次不太顺利的面试。

b. 一次成为灾难的约会。

c. 一次令我勃然大怒的电话交流。

d. 我最好的朋友给我的生活带来的影响。

■ 写作实例

衰老的准则

罗杰·罗森布拉特（Roger Rosenblatt）

修辞图解

目的： 娱乐

受众： 受教育的读者

语言： 标准英语

策略： 以一个睿智的咨询师的口吻针对衰老给的
一些建议

　　罗杰·罗森布拉特（1940—）是《时代周刊》最值得敬仰的社论作家之一。
他对政治和社会的独到见解，以及他出众的幽默感，影响了读者将近20年时间。
罗森布拉特毕业于哈佛大学，获得了博士学位。他曾短期教授过英语，并曾因在
电视上阅读自己在《时代周刊》上刊登的具有说服力的文章而为大众所熟知。

　　1　既然人们年龄越大越是趋于人生的完美，我觉得时不时利用这段时间给比自己年纪
小的人一些建议，帮助他们更成功地衰老，实属慷慨之举。衰老的艺术仅仅要求做积极的
事情，因此必然涉及一系列"不要"和"不能"。

　　2　不必在意。不管多么重要的事情，不必在意。这条准则相当可靠，**遵守**这条规则，
你便可多活几十年。不必在意你是否因为任何事情迟到了；不必在意你今天的发型好不好，
也不必在意有没有头发；不必在意你的车是否打得着火；不必在意你的上司是否鄙夷地看
着你；不必在意你的女朋友或男朋友是否斜着眼睛看你；不必在意你自己是否斜着眼睛
看别人；不必在意自己是否获得晋升；不必在意牙缝里是否塞着菠菜，也不必在意你是否
根本嚼不了菠菜。一切的一切，都不必在意。

　　3　没有人念着你。是的，我知道。你很确定你的朋友们正慢慢成为你的敌人；你的敌
人们正在使用核武器；你的食品商、倒垃圾的人、牧师、表姊妹和你的爱犬都认为你胖了；
而且，每一个人都花费2/3的时间，品评你的**人格缺陷**，**诋毁**你的工作，想着怎么整死你。
我发誓：没有人老念着你。他们只管自己，就像你一样。

　　4　不要向左侧移动。向左侧移动，或者努力向左侧移动。这是篮球运动的一个业内说
法，意思是弥补了一个人的弱点。一个习惯右手的球员如果学习用左手运球，用左手投篮，

在球场上向左侧移动，他的球技必然提升。但这样的做法适合篮球运动，而不适合日常生活。在生活中，你努力弥补自己的弱点，反而只能让自己更弱。相反，如果你继续发挥自己的特长，人们便不会注意到你的弱点。当然，你不相信我的说法。你会继续我行我素，继续上唱歌课，或者继续写自己的那本小说。可是，要信任我。

5 不要老老实实，直言不讳，公开批评任何人，千万不要。下面的情况经常发生在你的周围：有一个朋友、一个亲戚、一个下属、一个上司或是一个同事，他有些毛病很明显，几乎除了他自己所有人都有目共睹。你知道只要直言不讳，跟他们倾心交流，便可以让他们发现自己的问题。他们会豁然开朗，也就你这样的人才会善意大胆地直接将问题告诉他本人，他定会对你这个善良、直率的人感激终生。

6 较好的情况是，自从你告知其不良的餐桌习惯、穿衣打扮不拘小节、不注意个人卫生、说话大吵大嚷、对别人的建议充耳不闻、狂妄自大后，他们立刻会发生改变。他们会大有改观，他们会因为全新的自我和后期的幸福而感激你当时的诚恳和坦率。

7 我求求你，还是放弃这一想法吧。当耳畔传来声音提醒你**直言不讳**地指责别人时，快赶走它，出去走一会儿，洗个凉水澡，清醒清醒。这一原则与原则二相关。没有人会念着你，除非你指出他的问题。此时，你可以确信他们会记着你。他们记着要杀了你。

8 这足以解决当下的问题。我知道年轻一些的人不会在意我的建议。因此，我给你的原则就是：不要理我。走自己的路，请保持清醒，小心别人对你的看法，改善自己的弱点，批评自己的朋友。没关系。

● 内容分析

1. 关于衰老，罗森布拉特提出了几条规则？这些规则以什么形式存在？

2. 第一条规则以权威的语句"无所谓"来呈现。作者以该规则告诉我们什么道理？

3. 第二条规则与第一条规则有什么相关性？

4. 以"向左侧移动"这一意象，作者表明了什么意义？

5. 规则四的隐含意义是什么？

● 方法分析

1. 你如何描述该文的语气？该文的语气如何影响到文章的目的？本文是否有主题？如果有，主题在文章中哪个位置得以呈现？

2. 对于本文的第一个句子你有何想法？他对你有何冲击？思考作者的语态、语气和写作目的。

3. 第 3 段开始处"是的，我知道"一句话有何效果？

4. 作者在何处使用平行结构实现了文字的平衡和和谐？请结合具体段落说明。

5. 作者在第 7 段用"耳畔传来声音，提醒你直言不讳地指责别人"表达了什么意思？

● **问题讨论**

1. 作者在文中说"没关系"，你对其有何见解？请具体阐释。

2. 假如大多数人对自己的问题比对别人的问题更上心，然而为什么他们总是感觉邻居在想方设法折腾自己或者在背后说自己的坏话？

3. 下面列出了 20 世纪最受敬仰的几个人物，请从中选出一个自己能够写出主题清晰的文章的人物。结合第三章讲述的方法，融入任何可用的外部材料。

特蕾莎修女　　　　海伦·凯勒　　　　　莫罕达斯·卡拉姆昌德·甘地

马丁·路德·金　　阿尔伯特·爱因斯坦　纳尔逊·曼德拉

4. 你觉得罗森布拉特所提出的哪一条规则最难遵循？为什么？

5. 作者在给出第三条规则时，你觉得是在鼓励大家避免涉足新的、更精彩的领域吗？这条规则是否会打消老年人尝试新的爱好或者承担新的责任以丰富其老年生活？请解释原因。

● **写作建议**

1. 写一篇文章，为老年人提出规则。你可以学习罗森布拉特的风趣幽默，也可以使用严肃的语言，但要确保文章架构清晰。

2. 选择下列某个评价性观点，作为你文章的主题，完成一篇小作文。请保证架构清晰。

a. 不要让别人的思想左右自己的生活。

b. 对别人主动给予的建议要决定如何对待。

那年今日（十四行诗之 73）

威廉·莎士比亚

威廉·莎士比亚（1564—1616）是英国文学史上最杰出的文学巨匠。莎士比亚出生于英国埃文河畔斯特拉特福一个富裕的市民家庭，父亲是一名商人。据说他是在当地的一个文法学校读书。1582 年，莎士比亚与一名大他八岁的名叫安妮·海瑟薇的姑娘结婚，婚后他们生育了三个孩子。他给我们留下了一笔宝贵的财富，包括 36 部戏剧、154 首十四行诗和 5 首长诗。

英国十四行诗，或莎士比亚十四行诗是由三段四行和结尾一副对句组成，韵脚为：abab，cdcd，efef，gg。以韵脚分割的三段间相互照应，思想逐层展开。例如，三段的四行诗，可能代表了三个不同的意象，或是三个不同的问题，而最后的一副对句则是对问题的解答。总之，十四行诗是格律较为严谨的诗歌形式之一。

　　　　你在我身上会看见这种景致：
　　　　黄叶全无，或者是三三两两
　　　　牵系着那些迎风颤抖的枯枝——
　　　　唱诗廊废墟，再不见好鸟歌唱。
　5　　你在我身上会看见这样的黄昏：
　　　　夕阳在西天消退到不留痕迹，
　　　　黑夜逐渐来把暮色收拾干净——
　　　　死亡的影子把一切封进了安息。
　　　　你在我身上会看见炉火微红，
　10　半明不灭的枕着它青春的死灰，
　　　　像躺在垂死的榻上，就只待送终，
　　　　滋养了它的也就在把它销毁。
　　　　你看出这一点，也就使你的爱更坚强，
　　　　好好地爱你不久要离开的对象。

　　　　　　　　　　　　　　　* 卞之琳译

● **内容分析**

　1. 第 1 行诗中诗人聚焦于何种意象？它和诗人间有什么关系？

　2. 诗人在第 2 行诗中转向另一意象的描述，它是什么？和诗人有什么关系？

　3. 第 3 行诗中诗人又引入了一个意象，它是什么？又怎样和诗人产生关系？此中又蕴含着一个怎样的复杂的哲学悖论？

　4. 最后一组对句说明了该诗的论题（或主题），它是什么？用自己的话解释。

● **方法分析**

　1. 整首诗围绕三个类比组织。用三句话简洁地阐述。

　2. 诗中的三个意象以一定的顺序呈现出来。为什么要按照这个顺序？

　3. 第 3 行和第 4 行里的"迎风颤抖的枯枝，唱诗廊废墟"（cold, / Bare ruined choirs）对诗歌的节奏和韵律有什么作用？

　4. 第 2 行中（When yellow leaves, or none, or few, do hang），用"hang"替换掉原句中的"do hang"，结果会如何？

5. 第 13 行中的"这一点（this）"指代上文中的什么？

● **问题讨论**

1. 通过这首诗你能否推测出有关诗人及其想法的一些信息？

2. 有人曾说过："青春孤掷于年少。"这样的妙语如何运用于这首诗？

3. 为什么一个学生即便专业不是文学，比如他学的是商科，而且对文学也不感兴趣，也得学习类似于讲授这首诗的课程？

4. 人们认为莎士比亚眼光现代，出乎寻常。这首诗如何印证了这样的观点？

● **写作建议**

1. 精心组织两到三段文字，驳斥或是支持下面的说法：过多的钱被用到了延长老年人的寿命上。

2. 就一位让你不能忘却的长者写一篇文章。

■ **本章写作练习**

1. 精心组织一篇文章，文中就社会中某些令你困惑或是自己不甚清楚的方面阐述自己内心矛盾的想法。

2. 精心组织一篇按时间顺序撰写的自传。

3. 写一篇文章，文中细致地描写你完成一项写作任务的每一个步骤。

4. 写一篇布局紧凑的文章，文中请详细描写你非常熟悉的任一步骤或过程（比如，如何通过电子邮件发送数字照片）。

■ **针对特定读者的写作任务**

1. 写一篇文章，赞美你最喜爱的一位老师，说一说他／她对你人生的具体影响。

2. 进行必要的调研后写一篇文章，分享给中学辍学的学生，帮助他们了解继续学习的机会。

■ 学生习作

一名研究生给学院秘书的便条

下面的便条出自名叫詹妮弗的学生之手，她就读于一所著名天主教大学的研究生学院。卡蒂是该校商学院的秘书。詹妮弗给卡蒂写了便条，想要就数字课堂注册事宜向其寻求帮助。注意詹妮弗在说明她的真实意图前所使用的社交礼貌用语。杰夫是卡蒂的新任丈夫。贝利是詹妮弗的男朋友。

卡蒂：

您好！

欢迎您蜜月归来，也祝您婚姻生活幸福！贝利说他昨晚碰到了你们，杰夫的假发看上去真吓人，多希望我当时也在场啊！

露辛达介绍我联系您解决我的问题。我一直尝试登录商学院下学期课程网站，但系统显示登录失败！露辛达说他们更改了相关标准。我在想是不是我的密码不正确。我听说密码更新的时间快到了，不过我还没有看到任何信息提示我密码已修改。另外，我需要尽快注册商务统计课程。您是学院秘书，可是我最后的希望了。

不知您是否可以帮我解决问题？

感激不尽！

詹妮弗

第七章

写出成功的段落

段落写作指南

自古以来，段落主要用于引出一个新的观点或是对原有观点做进一步延伸。下面段落实例便引出了一个新的观点：

在现代较为正式的斗牛比赛中通常由三个人将六头公牛刺死。每一个人刺死两头公牛。根据法律规定，斗牛中的公牛需4到5岁，身体上没有缺陷，牛角锋利。比赛前，兽医会给公牛体检，淘汰掉那些年龄不足、战斗力欠佳，或是视力、牛角有问题的，或是有其他明显疾病或创伤，比如跛脚的公牛。

要去刺死公牛的人被称为斗牛士，具体刺死哪一头公牛要通过抽签决定。每一个斗牛士都有一个团队，由五到六人组成，这些人受雇于该斗牛士，并服从他的命令。其中三个人在地面上用斗篷协助他，并依照他的命令给牛刺入花镖，花镖长三英尺，是一种前端带有利钩的木质尖状物。其余两人会骑马入场，被称为骑马斗牛士。

——欧内斯特·海明威，《斗牛》

第一段和第二段之间的转换是非常明确的：第一段关于公牛；第二段关于与公牛相斗并将其刺死的斗牛士。

段落的第二个作用是为先前段落补充信息或是对其进行阐释。请看下例：

非洲的公牛承载着推动欧洲文明的重任。无论在哪里，只要有新土地的开垦就有它们的身影，它们拖着沉重的耕犁在没膝深的土地里喘息着，长长的鞭子在它们头顶上方舞动着。修路的地方有它们；它们佩戴着铁制工具穿过陆地艰难地跋涉着，冲着赶牛人"哞哞"着，它们在尘埃中寻路前进，在大平原上踏草前行，在从未有过道路的地方一直向前。天不亮它们就被套上牛轭，汗流满面地上下于高山，穿过山峡和河床，度过了一天中炎热的时段。长鞭在他们身上留下了长长的印痕，你经常会发现它们因为刺痛的鞭笞而被夺去一只或两只眼睛。很多印第安人和白人承包商拉车的牛每天不停地工作，它们没有一天休息过，不知何为休息日。

我们如此对待公牛真是不可思议。公牛总是不断地暴怒，瞪圆眼睛，铲起地上的尘土，它会为出现在它视野内的任何东西而发怒——不过它仍然有着自己的生命，怒火从它的鼻孔中喷出，新的生命力从腰眼之间迸发；它的日子都充满着它的渴望和满足。所有这些都已经被我们剥夺，我们给它们的回报是要它们为我们而活。公牛们行走在我们的日常生活中，它们有着湿润的、通透的、紫罗兰色的眼睛，柔软的口鼻，柔滑的耳朵；它们会以特有的方式展示自己的耐心和迟钝；有时它们似乎若有所思。

——伊萨克·迪内森，《走出非洲》

第一段中，作者指出公牛在非洲大陆的文明进程中所扮演的重要角色。第二段中，作者对第一段的内容进行了阐释，提醒我们公牛耐心而顺从，但也为此付出了代价。

段落中的部分

通常，一个段落包含两个部分：主题句和支撑细节。

主题句

主题句告诉我们作者要提出的思想，议论的话题或描述的事物。在下述段落中，主题句以**高亮**显示。

对于以英语为母语的国家的人们而言，《圣经》是国家性的、神圣的丰碑，因为以英语为母语的民族的历史大都植根于《圣经》，与其休戚相关。 在 17 世纪英格兰，《圣经》孕育了清教徒革命，为后期《人权法案》铺平了道路。在 17 和 18 世纪的美国，《圣经》不仅为我们的祖先提供了名字，更为他们制定了严格的生活戒律。他们在《圣经》的引领下前行；秉承着对《圣经》、对未来的美好愿景，他们把崎岖的山地变为平原。《圣经》是行脚的路灯，是照路的明灯，是白天的云柱，是夜间的明火。《圣经》是信念之源，支撑他们建立了自己的国家，支撑他们度过了新英格兰最初的数个严冬，随后一路向西，开拓边疆。《圣经》奠定了我们教育制度的基础，帮助我们建立了最初的大学，指导了我们的家庭教育。用杰弗逊、帕特里克·亨利、约翰·昆西·亚当斯和富兰克林的话而言，《圣经》提醒每一位美国人谨记自己的责任、自己的尊严、自己与同胞们同等的地位，为美国塑造了更多有用的人才。《圣经》已经牢牢嵌入美国精神之中，忽视其地位就意味着背叛自己的国家，在今天，我们不惜一切代价来保障人权和个人自由，不知道《圣经》，不理解《圣经》就意味着对人类的蔑视。

——玛丽·艾伦·蔡司，《〈圣经〉与普通读者》

隐含的主题句

有些段落的主题句，也称为中心思想，隐含在文中，请看下面例子：

在墓地旁，棺材被放到地下。曾几何时，逝者的友人才有资格将其安葬，现如今，这光荣的使命却由获得专利的机器设备来完成。一块"绿色永恒"的人造草皮正等着去遮盖干枯的土地，头顶之上一个便携式灵棚（抵抗了夏日的燥热与潮湿，冬季的狂风与暴雨，而且还有银灰、玫瑰、葱绿等多种颜色可供选择）遮盖了头顶的天空。接着要为棺木上盖上泥土，正如祭司诵读的祭文中肃穆的词句那样"回归大地，化作尘埃"。只需手腕轻轻一动，戈尔登防撒漏泥土铺设机便可轻松完成这一礼仪程序，无须触碰土地，更不会满手泥土。简单、庄重、美丽而虔诚，尽显新潮气象！戈尔登泥土铺设机（只需5美元）精铜制作，镀镍防锈，"形象出众，且经久耐用"。如果你把这样的机器当作"非商业化礼物"送给一位牧师，肯定可以让你跟他"关系更上一层楼"。这个机器活像个大号的撒盐罐。

——杰西卡·米特福德，《美国人的死亡方式》

这段话的中心思想是殡葬行业商业气息浓郁，十分低俗。文中细节信息足以支持该观点，虽然没有主题句，但作者的中心思想已经很是清晰。只要各项细节能通过主旨意义或中心观点联系在一起，作者无须使用明确的主题句呈现段落大意。

支撑细节

好的段落包含丰富的事实依据、例子和细节。一旦中心思想确定，随后就要竭尽所能去支撑中心思想。这些细节并非死死围绕主题，也不会对作者已经说过的话进行简单的概括性重复。下面有两个例子，两个例子中，主题句均以突出显示。第一个例子是我们根据常见的、低级的段落夸张处理后给出的一个凸显简单重复这一写作问题的例子。句子中，主题思想被一再简单重复。

写作潦草，司空见惯，绝非新问题。人们总是字写不好。有些手稿放置时间较长后很难认识，原因就是写得太草了。陈年的信件常常也无法认读。有些书稿写得就像小鸡喝醉后划拉下的，虽然你努力辨识，但还是弄不懂作者的意思。各种各样的铭文也一样难以阅读。

上述段落的主题——"写作潦草，司空见惯，绝非新问题"是否被说清楚？没有。该段落仅仅说了很多人书写潦草，但并未给出具体实例和事实，因此无法使其主题令人信服。

下面这段中，作者也给出了概括性的主题句，接着用具体事实和实例来证明主题句：

书写潦草，司空见惯，绝非新问题。《独立宣言》的原始手稿写得十分潦草，打眼一看很难看出其众所周知的"优雅"的言辞。19世纪《纽约论坛报》备受敬仰的主编贺拉斯·格里利书写十分潦草。他写给一位记者声明其由于重大失职被解雇的解雇函字迹潦草，竟然被该记者当作推荐信用了好多年。美国新英格兰最负盛名的诗人罗伯特·弗罗斯特字迹潦草，手稿常常难以辨识，影响阅读。据说，威廉·巴特勒·叶芝字迹潦草，有时自己都难以辨认。为了识别著名作家如亨利·戴维·梭罗、亨利·詹姆斯等人的手稿，学者们花费了多年时间。在印刷品的校样中呈现的错误足以证明解读书写潦草的句子所花费的巨大人力。要辨识重要作家潦草的字迹，常常需要很多双眼睛才能完成工作。

——杰佛里·O. 索伦森

含有段尾总结句的段落

有些段落开头和结尾各有一个总结性的句子。第一个总结性的句子是主题句；第二个就是总结句。请看下例：

人们在生活中不断遇到新的事物，语言也会随之发生变化。如果我们能想象到不可能发生的事情——也就是在一个什么都不会发生的社会里——语言便不会发生变化。然而，这种情况只可能出现在墓地，除此之外，人们总会不断经历新的事物：他们吃、喝、睡觉、谈话、遇见生人、与自然界的危险斗争或者彼此打斗。慢慢地，人们要让自己的语言符合生活环境的变化。虽然一代人的语言变化可能很小，然而十几代人经历的变化可能就会对语言产生影响。历史上重要或不大重要的阶段，时尚，流行趋势，发明创造，某个领袖的影响，一两次战争，一两次入侵，到外地旅游，商务交往的需求，所有这些都可能会引起语言的变化，有时变化之大，瑞普·凡·温克尔睡上 300 年，睡醒之后，很可能所说的话别人就听不懂了。**即使是在一个相对安静的社会，语言也一直在改变，无法阻挡。**

——J.N. 胡克，E.G. 马修斯，《现代美国语法与用法》

主题句贯穿多个段落

一个主题句也可以贯穿两个或多个段落。这种行文常常是由于主题句太过宽泛或太过复杂，无法用一个段落充分阐释，或是由于阐释或者支撑细节以多个段落安排更为有力。在下例中，一个主题句贯穿了两个段落。突出显示部分为主题句：

肥胖这一问题一直引起人们的兴趣，世界各国的人们、不同层次的学者以及罗普大众都对肥胖的程度、肥胖的诱因、减重等方面提出了各自的观点。说到肥胖这一话题，莎士比亚笔下的人物最为雄辩："清减你的身形，增添你的优雅。"当然，在尤利乌斯·凯撒看来，巴德证明肥胖的伙伴没有威胁，不像那"瘦骨嶙峋，一脸饿相"的卡西乌斯。

在《上来透口气》中，乔治·奥威尔让其书中的讲述人，一个胖子，做出总结："他们都觉得一个胖子跟其他人不大相同。他活在轻喜剧的层面……也就是一场闹剧。"有时情况很令人悲伤，无法容忍。豪威尔斯担任美国驻威尼斯领事时，听一个瘦高个儿男人说，"要是我跟你这样肥，我干脆上吊算了。"奥斯本在其讽刺照片评论集《俗人》中大放厥词："胖子跟傻子差不多。"

——吉恩·梅耶，《肥胖：原因、成本与控制》

以多个段落阐释主题句可以让大意得到更为全面的阐释，但也容易让作者偏离主题。初学写作的人会发现每一段使用单独主题句更为稳妥。

主题句的位置

作为一段文字大意的总结，主题句自然应该出现在醒目位置。在之前我们提供的例子中，主题句均出现在句首。这样的段落采用的是由总到分的安排方式：先说大意，进而详细阐释。与这种安排相反的就是由分到总的方式：先列出支撑细节，然后在句末给出主题句。请看下例：

全世界人口已经超过40亿，以现有的增长速度，这一数字在38年后将会翻倍。如果现有的人口增长速度不加控制，200年后世界人口将达到1500亿。然而，地球上现有的居民的2/3仍然营养不良或营养失调，每年由饥饿导致的死亡人数超过1000万。**几乎毫无疑问，人口不加遏制的增长是现今世界面临的最重要的社会问题，该问题可能引起的人类的苦难是难以想象的。**

—— 伊恩·罗伯逊，《社会学》

这样的安排不太常见，甚至有些不太自然。在用细节支撑观点前，你必须首先清楚自己的观点是什么。因此，作者们习惯于在段落中首先陈述整体观点，继而用细节进行支撑。这样的方式符合人们习惯性的思考方式。有时，段落中的主题句也会出现在细节支撑句之后，但这样的安排是节奏的需要，而非自然而然。

另外，一些段落的主题句没有出现在段末或段首，而是第二句或第三句。这样的段落往往出现在文章的中间部分。段落开头的句子是用以保证从之前段落自然过渡，接着主题句登场。在下面的例子中，主题句被突出显示：

我们以自己的方式，尽自己努力尽量遵循自然的其他方面。**讣告反面印刷更为精美，注明了我们出生的各项信息，这些信息注定会不复存在；讣告正面的文字告知我们自己正在消亡，可即便如此，我们并没有从中看到更为可怕的情况。**地球上像我们一样的人有3亿之多，而这3亿人终有一日要离开人世。死亡人数相当之多，每年有超过5000万人悄然离世。我们只知道家中亲人的去世，或者朋友的离世，这些死亡我们认为不同于其他，我们称之为非正常事件、异常死亡、暴行等。谈及自己的死亡，我们会压低声音。我们会说实属意外，似乎可见的死亡都是有原因的，比如生病或者遭受暴力，或者寿终正寝了。我们献花，悲痛，举行葬礼，抛洒骨灰，忘了同样必有一死的还有 3 亿人呢。一旦归于尘土，那一大堆肉体和骨架，连同意识，全然消失，暂时活着的人们也不再认得这个人了。

——刘易斯·托马斯，《死得其所》

第一个句子是过渡句，旨在保证本段与前段的衔接。第二句是主题句，其中包含细节支撑句所要证明的观点。

段落模式

段落的写作往往符合某种抽象的模式，这样的模式一方面是为了修辞的需要，一方面是基于思考过程。比如说，你可能写了一段话以对比两种动物、两个物体，或是两个人。抑或是，你可能写一段来解释事故发生的原因，或预测如果有些事做了或没有做的话可能会产生何种后果。对于第一个例子，你就要基于对比和比较展开你的段落，而第二个例子则需要基于因果分析。

本书第二部分中，我们将会通过类似的模式，重点讲解段落的写作，以及文章的写作。我们将会解释段落写作技巧，涉及比较和对比、原因分析、叙述、描写、阐释、下定义、分类和过程解释等写作模式。不过现在，我们提到这些模式是想强调：不管段落的展开遵循何种模式，你所写的任何一个段落都必须用具体的细节支撑其核心思想。

好段落的特点

好段落的特点是一致性、连贯性和完整性。

一致性　段落的一致性表现在段落中的句子忠于主题，不会偏离到二级话题或是讨论不相关的问题。下面请看一个缺乏一致性的段落：

（1）童话故事是一个由主人公和幸福结局构成的严肃的故事。（2）童话故事中的主人公和悲剧中的主人公的区别在于，主人公的发展是从厄运到好运，而非从好运到厄运。**（3）比如说希腊悲剧《俄狄浦斯王》，主人公从至高无上变得卑微至极，最后他承认了自己判断上的错误，尽管遭受了种种艰辛还是维护了其高贵的地位。（4）观众们看着他通过亚里士多德的"净化"洗涤了遗憾和恐惧。**（5）童话故事中的主人公往往是悲剧的开始。（6）他 / 她要么地位卑微，要么是被别人看作愚钝不堪，不具备主人公的德行。（7）但是，到了结局，童话的主人公往往展示出非凡的勇气，震惊众人，而最终他 / 她也赢得了荣誉、财富和爱情。（8）这种从厄运到好运的转变过程可以从故事《灰姑娘》《睡美人》和《青蛙王子》中清晰地看到。

该段的主题句承诺要给出童话故事的定义，但是后面部分偏离了该定义。第三句和第四句话（突出显示部分）则完全脱离了主题。作者第五句话又继续之前给童话故事下定义的意图。

导致偏离主题的原因有很多，有些跑题可以追溯到作者思想的游离；有时是因为所写话题的乏味；有时是因为作者想通过引入新颖但不相关的话题使读者印象深刻。解决的办法并不容易找到，不过缺乏经验的作者需要谨记的是，段落的目的在主题句中已经陈述清楚，段落中的其他句子必须围绕该目的而展开。

连贯性 段落的连贯性表现在句子间有序的逻辑关系。不过，句子并不会仅仅因为在纸上一个挨着一个排列便自动相互联系。四个技巧可以确保段落的连贯性：

1. 过渡词语和短语
2. 代词指代
3. 重复关键词
4. 平行结构

引导段落发展方向的过渡词语和短语被用以连接句子。下述例子中过渡语已经突出显示：

> 学校里**除了**教学内容传统陈旧以外，还有一些其他问题。**首先**，就是如何协调学校教育和现实职场中具体要求的关系。**其次**，就是学制长短的问题。**尽管有相反的证据**，我们还是能发现我们不仅对孩子们进行过度教育，而且在此方面还花费了过多的时间。

突出显示的字词和短语给段落增添了连贯性。它们将句子和有序的观点连接起来，表达出清晰的逻辑关系。若不使用过渡词或短语，文章读起来就会支离破碎，句子间的关系也会含混不清。

连贯亦可以通过代词指代得以实现。一个简单句或者从句中出现了某个名词，在接下来的简单句或者从句中，该名词则换以某个代词进行指代。在下面的段落中，这样使用的代词被突出显示：

> 20年前，女性占到人口的大多数，但是我们却像对待少数群体一样看待**她们**。人们对她们的歧视根深蒂固，因而大部分人会无视其存在，这说起来着实有些荒谬。事实上，大多数女性选择对这种状况保持沉默，而不是奋起反抗。**她们**默许了与男性干同样的活儿却拿很少的薪酬。如果有位女性做出有悖于男性指定给女性角色的事情（玩偶和苦工），**她们**会和任何一名男性一样立刻去谴责她：干不好活儿的女人。

关键词 可以在段落中多次重复从而起到连接句子的作用。下面段落中的关键短语被突出显示：

幻想并不局限于南加州生活方式的某个方面；它无所不在。洛杉矶的饭店及其停车场就是这样的花费百万美元建成的，因为那里是充满幻想的地方，在这里上进的人们实现着他/她们从大众媒体上的偶像身上学到的自我成功的神话。经常看到的是，拉辛尼伦吉大道上一排排的饭店以其独特的建筑风格展示着历史的幻想。

平行结构也被用以确保连贯性的实现，尽管不如前面三个技巧常用。平行结构背后的原则是，相似的观点用结构相似的句式表达出来。下述段落使用平行结构以确保连贯性的实现：

> 我暂时并不否认，走在邻居的前面会给你带来快乐，但人类并不是只能感受这一种快乐，有很多事情是没有竞争性的。比如，很可能你在品味食品和酒菜时，并不会想着你的厨师和酒水销售商的技术比你现在冷待的旧友的厨师和酒商的技术高明。很可能你与妻小享受天伦时，并不会想着自己的老婆比那家的老婆穿得好、自己的孩子比那个固执的先生的孩子竞技水平高；有些人在欣赏音乐时，可能并不在意妇女俱乐部的太太们是否会评判他们有无文化。甚至有些人会快乐地享受着一日的阳光，尽管太阳也照耀在每一个人身上。所有这些平常的快乐一旦受竞争主宰，其快乐感便荡然无存了。
>
> ——伯特兰·罗素，《不幸福的美国方式》

"很可能（It is possible）"和"有些人（There are）"的重复像桥梁一样把作者的想法连接起来，使过渡更为自然。

完整性　一个段落中提供了足量的细节支撑其主题句，这个段落便是完整的。段落中的主题句如果没有得到扩展或仅是简单地重复，这样的段落便是不完整的。在上述任何一种情况下，读者均会因为无用的概括而感到困惑。下面的段落是不完整的：

> 代扣所得税不是一种好的征税方法，因为这一体制的假定是美国人是无能的。

这样的段落暗示了一个论点但是很快便转向了终结。读者自然会问："为什么或凭什么说代扣所得税的制度会假定美国人是无能的？"没有进一步的证据，这个段落无法继续写下去。请阅读下面的段落：

> 就征收税金而言，尽管数字也许可以告诉我们这样做是有效的，但代扣所得税并非好的做法。它之所以不好是因为这样的制度暗示了公民无法自己处理个人事务。我们知道，政府部门总是说如果让自己处理个税会浪费钱财，最终缴税日期截止的那一天，我们会无钱上缴。政府也会这样说：我们不会老实坦白自己的收入，因此我们会赶在工资到你手中之前先把钱扣掉，这样你就不用再纠结要不要坦白自己的收入了。传播开的话，这样的暗示是不健康的，是与美国肯定个体能力的理念相背离的。我们民主政府建立之时便认定公民是光明正直的，至少像

普通股一样稳固。如果你开始小瞧他，你就有麻烦了。代扣税机制巧妙地将个体界定为粗心、浪费、不成熟、无能或不诚实的，或兼有上述所有特质，因此不允许个体看到、嗅到或是摸到自己的某部分薪资，然后把那部分钱财充归国有。这样，人们赚钱时就有了负面的心理影响，认为自己永远无法触碰自己挣的薪金。我们相信这样的影响比政府意识到的要严重得多。不管怎样，如果美国人确实不能自己缴纳税金的话，那么他也应该被认定为无法亲自进行选举，财政部长应该陪着他到投票间告诉他应该在哪里打叉。

——E.B. 怀特，《代扣所得税》

也许读者不太同意上述观点，不过作者已经说清了自己要说的问题，他告诉我们为什么他不喜欢代扣所得税。他给出了清晰的例子，从宏观到具体，他一直跟随自己主题句的指引，因而他的段落是完整的。因此，要使用足够的细节支撑主题句，这样你的段落才能完整。

作者所做工作的一个核心部分就是挖掘保证文章完整性的必要细节。当然，这些细节的一个来源就是图书馆，另一个来源是互联网以及网上的各种电子数据库。

写自己的段落

写出好的段落其实并不神秘。段落一开始用一个主题句陈述你的观点或是提出一个想法。之后用足量的细节支撑这句话。自始至终坚持主题句中的观点。段落中适当地加入一些过渡，使文章具有连贯性。这些就是所有的奥秘了。

伴随段落写作出现的问题通常是内容的问题而非写作技巧的问题。换言之，如果写作前作者还没有做足够的调查，或是没有理解要写的话题，写作过程势必受其影响。即便是有天赋的作家，对于自己不太懂的话题也会遇到写作困难。你坐在键盘前时，写作其实并未开始。只有你对自己的话题做了相应的调查研究后，写作才真正开始。一旦你全力以赴，认真考虑支撑自己主题所需的各种细节，你会发现写一段话其实相当容易。

● **练习**

1. 为包含以下细节内容的段落写一个主题句：

a.（1）培养最棒的作者。

（2）不要觉得印刷出版了就一定写得很好。

（3）如果你习惯于阅读一些平庸的作家或是遣词用句呆板木讷的作家的作品，那么你就不能把自己打造成一个思想新颖、见解独到的写作者。

（4）读一读《纽约客》上作家的作品，或者在诸如《时代周刊》之类的杂志上获得好评的作家的作品，还有那些并非写了一本书或一部戏之后就没了声响的作家的作品。

b.（1）在原始部落时期，这样的顾虑仅限于部落成员。如果一个人不是部落成员，他就无须担心自己的行为是否符合道德规范。

（2）但是，一个人开始反思自己的行为及其对他人的影响时，他便慢慢意识到他的社会顾虑——他自己要遵守的伦理道德——必须关乎他所接触的所有的人。

（3）因此，可以这样说，道德伦理体系的发展是为了保证每一个人可以和自身和平相处。

c.（1）接种风疹疫苗实际上根除了出生缺陷和其他的因此疾病所引发的并发症的几率。

（2）牛痘接种对预防天花非常有效，使得天花病毒仅存活于特殊的实验室内。

（3）在过去的 30 年里，美国疫苗接种已经基本上消除了小儿麻痹症。

（4）尽管会有一些人担心一些新型的可怕的疾病会突袭人类，而我们却没有足够有效的疫苗，我们还是欣喜地看到，至少以前夺去儿童生命的主要疾病已经被消灭掉了。

2. 给下面列出的每一个主题句提供四个细节支撑句。（与主题句相比，确保细节要更加具体。）

a. 许多人对待宠物缺乏尊重。

b. 购买促销商品意味着购买次品。

c. 有人说信用卡可以提升学生的身份，因此是有必要让学生办理信用卡，这种说法是错误的，让我告诉你是为什么。

d. 上下班路途遥远也有一些好处。

e. 今天报纸漫画直击社会关注之焦点。

3. 选择下面所列的某个主题，基于主题思想而非主题句写一个段落。

a. 残疾儿童的夏令营

b. 典型的班级聚会

c. 贫困家庭的优点或富裕家庭的缺点

d. 电影中所反映的老套做法

e. 个人层面控制污染的努力

4. 从下列成对的句子中挑选出一个更明显包含支撑细节的句子。

a.（1）关于年老的苦恼已经有很多文章。

（2）随着年龄的增长，最糟糕的情况是听力和视力的衰退。

b.（1）滑雪全套装备的平均费用是 1000 美元。

（2）一些流行运动非常昂贵，很少有人能承担得起。

c.（1）在《小红帽》里，大灰狼抓住了小红帽，把她吃掉了。

（2）童话故事中有可怕暴力的存在。

d.（1）女性妇科医生会比男性妇科医生更令女患者感到自在。

（2）对于很多较为保守的女性而言，检查子宫或是乳腺癌之类的问题，医师是女性的话会感到更自在一些。

e.（1）如今很多下厨的人不知道如何在家做出玉米面包，不知道如何做出肉砂锅或是清炒豌豆。

（2）真正美味的食物正在被市场的"半成品"或"速冻品"所取代，而这些食品对于美食者的味蕾而言几乎没有任何吸引力。

5. 在下面的段落中划出任何一句你认为会削弱段落整体性的句子。

a. 我赞同托马斯·杰弗逊的观点，他认为人类基于其德行和才干，自然会形成上层社会。一个自然而然的上流人士会真切关心自己的同胞，有智慧也有能力帮助同胞提升其生活水平。对于上流人士，你愿意倾吐自己最为关心的问题，因为他的决定实实在在，非徒为一己之利。自然而成的上流人士无法用金钱收买，也不会受人支配。一旦做出承诺，他会竭尽全力，而且也有能力履行自己的承诺。然而，不幸的是今天鲜有政客是自然的上流人士，因为从当初野心十足步入政坛之时，他们一心追逐的就是帮着他们步步高升的政治阶梯。

b. 在中世纪社会，政治力量和动物的阴险狡诈就是人类最令人称颂的特征。然而，自从火药发明以来，我们更重视其他品质。如今，只要手中有枪或者其他标志英雄人物的装备，一个身体孱弱的人也可以变得强壮。当然，拳击需要强壮的身体和动物所拥有的阴险与狡诈，然而更多人今天依然喜欢优秀的拳击手。今天最令人看中的品质是聪明敏锐、领导才能、艺术天赋和适应能力。看到我们没有足够重视善良品质，我不禁失落。毕竟，林肯最出色的品质就是善良。一个人本性不善，他就不值得尊重。锦标赛和格斗已经被大学、政坛、演艺界、人格调查机构等检验英雄的平台所取代。

6. 找出下面段落中明显用于关联段落的方式。

a. 总体而言，职业相关性是培训而非教育的一个特质。法学院讲授的是当地现行的法律而非《拿破仑法典》或者从法令汇编中摘取的更为古老的法律。同样，医学院讲授的是现代医务实践，是与现行条件相一致的医务操作。水暖工、木匠、电工、石匠学的也都是利用现有的、符合当今建筑行业标准的材料和工具进行与其各自行当现今情况相一致的技术操作。

——哈里·凯莫曼，《教育中的常识》

b. 个人隐私有不同的级别，但可以确认四个级别的个人隐私。有时个人不想让别人看见，也不想被人听见自己的声音，希望独处；独自一人时，他享有了最放松的隐私。第二种情况是个人选择与亲信——家人、朋友、自己信任的、可以分享自己的想法和情感的人——共处。但无论是对亲信还是公众他依然有一些事情不愿意吐露。无论是自己解释还是遵照社会惯例，他可能会表明至少在特定时刻他不希望被人谈及或注意到自己的某些方面。当他的要求得到周围人们的尊重时，他享有了第三级别的隐私，也就是有所保留。有时，一个人会去公共场合寻求个人隐私，他们跟不认识自己的人走到一起，此时他隐名埋姓，别人能看见他但不认识他。这种在街头、酒吧、影院、公园中获得的放松状态是个人寻求的另一个级别的隐私状态。

——艾伦 E. 威斯汀，《隐私》

　　c. 汽车比任何其他事物更能表达一个国家的个性和这个国家的梦想。从波浪式翼子板、闪亮耀眼的镀铬格栅、流体控制装备、不断加宽的前座，我们看到了我们认识的蒸蒸日上的美国。就在那个秋天，手摇玻璃升降手柄被丢弃了，取而代之的是简单的按键（驾驶员最后一个需要费力的事情也没了），也是那个秋天，一千六百万服役年龄的小伙子登记参军，这引起了学者和历史学家的兴趣。就在同一周，日本加入了轴心国，而德索托汽车将其离合器踏板向左侧移了两英寸，而两则通告都引起了人们的热烈议论。

——E.B. 怀特，《汽车》

7. 就下列某个话题写一个引人入胜的开头段落。

a. 战争中的女兵

b. 定量配给饮水或汽油

c. 对绑架人质的恐怖分子直接执行死刑

d. 大四学生的就业前景

e. 今天城市中最为严重的某个问题

8. 写一个短小的段落，使其能成为下面某两段之间的过渡段：

a.（1）第一段列举一位男性管理人员各项与家庭主妇常常被人指责的相同的行为（煲电话粥，与同事喝咖啡聊天，不必要的奢华午餐）

　　（2）第二段阐明两类行为之间的差异。

b.（1）第一段提供数据表明成千上万的美国穷人只能以宠物食物为食。

　　（2）第二段论证我们必须做一些事情以解决美国的饥饿和营养不良问题。

c.（1）第一段提出很多国家认为美国人喜欢开大型车，说明他们奢侈浪费，自私自利。

　　（2）第二段认为是汽车产业影响了美国人选择汽车的品位。

■ 写作建议

写出成功的段落

阿诺德·M.蒂贝茨（A. M. Tibbetts），夏琳·蒂贝茨（Charlene Tibbetts）

> **修辞图解**
>
> **目的：** 讲授段落写作方法
>
> **受众：** 一年级写作课学生
>
> **语言：** 标准英语
>
> **策略：** 以具体实例讲授段落写作技巧

　　阿诺德·M.蒂贝茨（1927—）曾在爱荷华大学、西伊利诺斯大学、范德堡大学和伊利诺斯大学乌尔班纳分校教授英语。他的妻子夏琳·蒂贝茨（1921—）也曾在伊利诺斯大学乌尔班纳分校兼职任教。蒂贝茨夫妇合作编写了《修辞策略》（1969）一书，下面文字即引自该书。

　　"莫做过分承诺" 这条谚语适用于日常生活，也适用于写作实践。书的作者说，一个成功段落的基础是主题句做出承诺，随后该承诺借助具体细节得以实现。在下面摘录文字中，该书作者以实例展示了如何做出 **"段落承诺"** 并履行该承诺。

　　段落就是几个帮助你履行承诺的句子的集合。作为"小主题"，一个段落应该表意清晰准确；段落不应四处游离，不应有无关的言语。每一个句子都应与主题承诺有某种联系。下面几条建议有助于写出成功的段落：

一、快速准确，直击主题。

　　不要浪费时间或者用太多词语陈述段落承诺。下面是一个典型的直击主题的段落，作者讲述了古罗马人用于征服世界的技术：

> 　　扩张的技术很简单。分裂并征服：与某个邻国庄严签署协议，从内部**制造混乱**，进而干预并支持相对弱小的一方，托词说该事件关乎罗马荣耀，以傀儡代替合法国君并赋予其臣属盟国地位。之后，刺激其发动暴乱，随后拿下城池、烧毁**神殿**，掠走被俘的神像以装点其胜利。被攻占的疆土随后由省级总督监管。总督

也就是当时攻打城池的总司令，他负责征税，设立简要司法法庭，修建所谓的罗马大道将新的疆土与罗马之前的领土相连接。这些大道往往都是逼迫希腊建筑师和当地的苦力建设而成。只要不威胁罗马政府或者背离心胸宽广的罗马人良好品味的标准，先前的社会和宗教活动依然允许进行。新吞并的省份此时已经成为罗马进一步扩张的跳板。

——罗伯特·格雷夫斯，《那是个稳定的世界》

格雷夫斯一开始用九个词表达了自己的承诺，指出罗马人的技术"简单"，就是"分裂"与"征服"，从而扩张帝国版图。我们思考如果格雷夫斯在段落一开始按照下面的写法会是什么效果：

> 扩张的技术挺有意思。它基于一个罗马人自创的有关人类本性的理论。该理论主要探讨人们对某些政治和军事设施或手腕的反应，比如……

你发现问题了吗？上述段落初始句表意模糊，无法继续。作者无法兑现自己的承诺，原因是他根本就没有做出承诺。下面是另一个失败的段落实例：

> 第一步涉及高尔夫球杆头这个部件。球杆头有些部分可以拆卸，其中部分零件是金属制成。在维修高尔夫球杆时必须考虑这些零部件。

找出段落的初始句，尽快直击主题：

> 维修高尔夫球杆头的第一步是卸掉用飞利浦螺丝固定的金属板。

这个具体而有力的段落开头句可以给读者一个清晰的承诺，而这个承诺无须浪费字词便可以轻松兑现。（另外，请注意上例中阐明作者立场的方式有助于写出清晰的段落开头句。）

二、实现你的读者通过段落承诺所建立的期待

使用具体细节和实例实现上述目标——尽力全面解释：

> 下一步是为自己的文章规划形式。这一步本应该很明显，但其实并非如此。我最初还是从一位经验丰富的新闻记者那里学会的。上大学期间，我为一家报纸撰写了几篇专栏文章以挣点零花钱和书报费。我的文章常常紧跟形势，不拘一格，想方设法表述诙谐机智，（最重要的是）从不会逾期交稿。可是有一次我去交稿时，一位编辑叫住了我。他说："读者好像已经喜欢上你的文章；不过我们觉得你的文章还有些不专业。"为了表现自己的谦虚，我说："是啊，我本来就是业余的。那怎么办呢？"他说："你的文章不够连贯，只是一大堆句子和妙语堆砌而成，看着就像篮子里的一大堆晾衣架。每一篇文章都应该有个基本形式，比如这样（他随手在纸上画了一个大大的S）或者这样（他画了一条向下的直线，直线在末尾突然向上折回）或者这样（他认真画了一个点，然而从那个中心点伸出五六条向外的直线），还可以这样（他画了两个针锋相对的大箭头）。"后来我

再也没有见过他，不过我一直对他的智慧和善良心存感激。一篇文章必须有个形式。你可以在第一段提出一个问题，探讨几个不同的答案，最终得出一个你觉得最令人信服的答案。你可以呈现一个自己好奇的事实，然后对其进行解释：一个人的性格、一座建筑、一本书、一次难忘的冒险、一个特别的风俗等。一篇文章还可以采取很多其他的形式，不过那位编辑所指出的原则都是适用的。写作前，头脑中必须有个基本形式，这一形式应该由段落或部分构成而非由词语或句子构成。这样，如果需要，你可以用一行文字总结每一段文字，然后把整篇文章写在明信片上。

——吉尔伯特·海厄特，《如何写作》

海厄特在段落的前三个句子做出了承诺，继而在后续句子中逐步兑现了自己的承诺。

三、避免支离破碎的段落

支离破碎的段落没有发展自己的话题或者无法兑现自己的承诺。一系列支离破碎的段落从一个观点跳到另一个观点，毫无章法，苍白无力：

> 我大学一年级的修辞课与高中高年级英语课有一些相似之处，但也有很大的不同。
>
> 在英语课上我们通常每天都有作业，然后在课堂上讨论家庭作业。如果我们正在学习语法，作业就是修改文章语法错误。如果正在学习文学，我们就会阅读相关材料并理解意义。
>
> 在修辞课上，我们基本上也做了同样的事情，只不过在阅读课堂材料时，我们会读得更加深刻细致，以便解读作者的写作目的。
>
> 在我的英语课上……

支离破碎的段落常常是作者立场不坚定所致。

四、避免段落中出现无关内容

斜体的句子与下列段落的脉络不一致：

> 在雷斯迪克工具公司我们需要更好的工作环境。员工应该感觉自己是团队的成员而非独立的个体。如果大家感觉自己是团队的一份子，就不会滥用特殊机器设备。*如今，这些机器需要花费先前两倍的工作才能打磨锋利。管理层对工会的态度也有待改善。*新产品的漏洞还未解决就开始投产，团队的努力也因此受到影响。人们尚未适应一种工作模式，突然又引入新的工作模式，大家精心培育的团队严重受损。

与支离破碎的段落相似，段落中出现无关信息的问题常常也是因为作者立场不够鲜明。

上述段落似乎看不出具体针对什么样的读者。

■ 写作实例

主题句位于句首的段落

《以史为鉴》节选

依迪丝·汉密尔顿（Edith Hamilton）

依迪丝·汉密尔顿（1867—1963），美国古典主义者、教育家、作家。她的写作生涯开始于退休之后。80岁时，她开始公开演讲和做讲座。90岁时，她成为希腊荣誉市民。她的作品主要有《希腊精神》（*The Greek Way*，1942）、《罗马精神》（*The Roman Way*，1932）和《见证真理——耶稣和他的阐释者们》（*Witness to the Truth: Christ and His Interpreters*，1948）。

希腊成就的基础是自由，雅典人是世界上唯一享有自由的人。古代帝国——埃及、巴比伦、亚述帝国、波斯——都曾盛极一时，拥有**数不胜数**的财富和至高无上的权力，但自由却鲜有提及。对于这些帝国，自由的想法还未出现。自由生根于希腊这个贫穷小国。但有了自由，希腊变得无敌，无论对手的人力和财力如何**凌驾其上**。在**马拉松**和**萨拉米斯**，具有绝对人数优势的波斯军队却被规模悬殊的希腊军队所击败。一个自由的人要远远胜过一位**暴君**所拥有的一大群**唯唯诺诺**、百般顺从的臣民。雅典成功取得了令人震惊的胜利，而对于雅典人来说，自由是其最为珍贵的财产。**狄摩西尼斯**说如果没有自由，他们宁愿不虚度此生。几年之后，一位伟大的老师说："如果你剥夺了雅典人的自由，他们毋宁去死。"

● 内容分析

1. 阅读整段文字后你是否赞同本段主题句？如果是，那么是什么让你赞同该主题句？
2. 享有自由的人在哪些方面强于那些对暴君百般听从的人？

● 方法分析

1. 本段的主题句是哪一句？
2. "伟大的老师"说得是谁？

● **问题讨论**

　　1. 汉密尔顿写道：希腊成就的基础是自由。对你而言，政治语篇中自由指什么？

　　2. 根据汉密尔顿所言，"一个自由的人要远远胜过一位暴君所拥有的一大群唯唯诺诺、百般顺从的臣民"。为什么是这样？

主题句位于文末的段落

走出黑暗

沃尔特·特伦斯·斯泰斯（W. T. Stace）

　　沃尔特·特伦斯·斯泰斯（1886—1967），英国自然主义者，哲学家，因成功将复杂的理论以普通读者喜爱的方式阐释而闻名。作为研究黑格尔的权威，斯泰斯撰写了多部著作，包括《批评的希腊哲学史》（*A Critical History of Greek Philosophy*，1920），《黑格尔哲学思想》（*The Philosophy of Hegel*，1924）

　　我认为，很多现代艺术和文学作品的核心主题是描写一个毫无意义的世界，揭露毫无意义的人生。当然，这也是现代哲学的基本主题。根据现代最具代表性的哲学思想，从 18 世纪的休谟到今天所谓的**实证主义哲学家**，世界就是其本来面目，所有的研究都可以终了。世界如何，毫无缘由。万物可以其他面目呈现于世，同样也毫无缘由。当你指出物质是什么，世界由何种物质组成后，再也没有其他什么可以说的了，即便是**无所不知**的人也是如此。为什么物质会是如此？它们的存在有什么用处？这样的问题毫无意义，因为他们的存在没有任何缘由。譬如，现代哲学不谈远古的有关罪恶的问题。因为这一名噪一时的问题的前提是，痛苦虽然无法解释，甚至荒诞无聊，但其必然是**为了**某种理性的目的，因此必然存在于宇宙空间。然而，这纯属无稽之谈。宇宙中并没有这样一个放之四海而皆准的推理方式。相信任何事物最终均无法解释正是所谓的"现代思想"的精髓。

● **内容分析**

　　1. 现代艺术和文本的基本主题是什么？

　　2. 现代最具代表性的哲学思想如何看待世界？

　　3. 为什么现代哲学不探讨远古的关于罪恶的问题？

● **方法分析**

　　1. 斯泰斯善于用清晰的方式阐释复杂的思想。在本例中，他是如何清晰阐释现代哲学复杂的观点的？

2. 本段主要从何种视角写作？你是如何发现的？

3. "主观臆断"是一个逻辑学术语，指的是把尚未证实的问题当作前提真理。现代哲学对于罪恶的观点是否属于"主观臆断"？为什么？

● **问题讨论**

1. 按照斯泰斯总结的，现代哲学认为万物的存在毫无缘由。对现代哲学你有何看法？该哲学观点与你的观点有何异同？

2. 就你了解，各种不同的信仰，对于罪恶起源最为广泛的看法是什么？

3. 罪恶可能会服务于何种目的？如果罪恶不存在，人们是否会创造罪恶？请证实自己的观点。

■ **本章写作练习**

1. 请从下列话题中选择一个话题，并就该话题写一个连贯、统一、完整的段落。

a. 粗心大意比知识匮乏害处更大。

b. 今天我们经济中最常见的想法是（填入你认为合适的词语）。

c. 全球定位系统（GPS）是最有用的现代发明之一。

d. 亲吻是一种奇怪而过度浪漫的行为。

e. 女性驾驶员可能会面临男性驾驶员不会遇到的困难。

f. 从商业渠道购买科研论文不道德。

2. 请列出就下列主题句写出具有说服力的段落所需的具体细节：

a. 尖酸刻薄的人会令身边人不悦。

b. 我喜欢与同一个人约会，这样有安全感。或者：我希望与不同人约会，这样更自由。

c. 很多当今有名的说唱歌手遭遇负面报道，名声不好，这不公平。

d. 从印度雇佣计算机技术专家对美国经济有益；或者，从印度雇佣计算机技术专家对美国经济有害。

e. 常识指（给出定义）……

■ 针对特定读者的写作任务

1. 写一篇文章，目标读者是路易斯安那州失业渔民，论证政府不应该为燃油泄漏事故承担经济责任。

或者写一篇文章，目标读者为环保主义者，论证为了保护鱼类和禽类的自然栖息地，应该提供经济补偿，清理燃油泄漏。

2. 写一篇博客，回应下面博客的博主："谁要投资伯纳德·麦道夫的庞氏计划，那他一定傻到家了，注定最终血本无归。对于这样一个贪婪的傻子，我一点都不觉得难过。"

■ 学生习作

荣誉课程申请函

学生要申请大学入学资格、大学荣誉课程、研究生入学资格和奖学金时，通常都需要提交个人申请书，阐明自己的目标、动因、自己的兴趣等内容。下面的文章是申请社区大学荣誉课程申请书的一部分内容。如果你觉得文字有点过于正式呆板，别忘了学生是想完美展示自我，因而必然有些紧张。

作业：写一篇简短的文章，阐明自己求学的目标及自己申请该荣誉课程的原因。

有朝一日我想像父亲以及他的父亲那样做一位劳动法律师。要实现这一目标需要毅力和专注。我发现我得放弃兄弟会那些琐碎的事务，如啤酒狂欢会、扑克游戏及结伴外出。我已经努力养成考取高分的好习惯，不仅是为了能考取好的法学院，还因为我真的很想了解重要历史事件的前因后果，比如林肯是如何赢得南北战争，"水门事件"到底是怎么回事，工会缘何变得如此脆弱。我也想读几部莎士比亚的戏剧，甚至再学法语。我短期的目标是获得历史学学士学位和商务管理辅修学位。有两个理由促使我申请荣誉课程。首先，在荣誉课程中我周围的同学都积极上进，认真学习。这样，我觉得课堂讨论将会比普通课程中的讨论更具挑战性。第二，我知道国内顶尖院校会优先录取上过荣誉课程的学生。有些大学同学认为荣誉课程是精英教育，而我觉得荣誉课程可以激励学生重视学习和学术研究。感谢您阅读我的申请。

—— 菲尔·安德逊

第二部分

行文模式

　　也许你已经在其他课堂中听说过修辞模式，或者已经做过相应的练习，这当然很好。不过，本书中第二部分将主要讲述八种修辞模式和议论文写作。

　　作文修辞模式背后的思想很简单：就一个话题进行写作，你必须首先思考这个话题，这种系统的思考过程可以转化为理想的写作模式。例如，你可能会选择就自己的话题讲一个故事（记叙）；进行描述（描写）；解释它是如何发生的（过程分析）；就有关该话题举出实例（举例说明）；对其进行定义（下定义）；将其与他物相比对（比较与对比）；将其分割为不同部分（分类）；列举其相关原因和结果（因果分析）。把上述八种抽象模式或类型与你的话题结合，写作将更加容易。

　　上述每种修辞模式均包含可以独立讲授的写作和行文技巧。所有的记叙文都一样，不管是讲述火星上的外星人的故事还是直面恶霸的故事。无论描写什么内容，所有的描写文都采用相同的文本组织和重点描写技巧。如果你要写一篇比较和对比的文章，你知道自己必须在要对照的事物之间来回转换，而且要添加恰当的过渡文字以便读者能跟上你的转换。如果你在下定义，你知道下定义时需要使用一些具体技巧。知道从某个方面处理所要讨论的话题可以让作者豁然开朗，将问题简化，因为令作者痛苦的不完全是话题的复杂性，而是面对一张白纸，文章可以从各种可能的角度完成。

　　老师们经常给写作初学者的建议是"缩小话题"。按照修辞模式写作可以让你限制并确定某个话题的处理方式。当你说，"我要将主题划分或分类"时，你的头脑中便有了一个抽象的、可以遵循的模式。当你说"我要分析原因"时，你也有了一个抽象的模式可以遵循。在两种情况下，你均不会进退不定，问自己"我应该说些什么？"或者"我应该怎样说？"。你知道如何抽象地表达该主题。剩下的就是如何将理想的模式应用于自己选定的主题。

　　下面是一个例子。就"罪恶"这一主题以最为常用的八种修辞模式展开写作。请注意作者的关注点在使用不同修辞模式时发生了何种改变。

关于"罪恶"这一话题的行文模式

1. 记叙

　　七岁时，我第一次认识到罪恶的可怕力量。由于我们把玩具放回到了玩具箱中，母亲给了哥哥和我每人五个闪闪发亮的便士作为奖励。要是我得到十便士而非五便士，我就可以买一个姜饼小人儿，小人儿脸上有一双用葡萄干做的眼睛，小人儿的头发是糖霜做成。那一天我头脑中浮现的都是那个姜饼小人儿，最后我偷偷走进哥哥的房间，偷走了他的五便士。第二天早上，哥哥和我穿衣服准备上学时，我偷偷地把那十便士放到了我的衣兜里，上面塞上了父亲的手绢。当哥哥和我排队跟母亲亲亲吻道别时，母亲惊讶地看着我鼓鼓囊囊的口袋。"你衣兜里究竟放了什么？""啥也没有！"我脱口而出，"啥都没有！"母亲觉得有点奇怪，但没有时间深究，便与我亲吻道别。我快步跑出房门，在鹅卵石铺就的小路上我快步如飞。可离家越远，我心里越是难受。衣兜里闪闪发亮的硬币好似一吨重的巨石，我觉得自己成了小偷。姜饼小人儿此时已经抛到脑后——不正是为了它我才偷了哥哥的五便士吗！我愧疚难熬，实在受不了了，等回到家中我把自己的罪恶一股脑儿告诉母亲。

2. 描写

　　之前佩德罗从未体会过如此的失落和无助。他开始逃避那些最为亲近的人，对他们友好的问候他也冷言相对或是不予理睬。他常常独坐屋中，两眼直勾勾盯着前方。大多数时间，他双手冰凉潮湿，然而他的额头却诡异地发热。一睡着他就做噩梦，常常大半夜从梦中惊醒，猛然起身，恐惧异常。商店里陌生人问他诸如"绳子在哪里？""有没有蜜糖？"时，他会从他们眼中看到无声的谴责，他的双手也随即颤抖。他已经成了一个被愧疚折磨的人了。

3. 过程分析

　　当朋友成为自己的债务人时，你知道最为有效的处理方法吗？那就是让他愧疚。比如，你借给朋友汤姆 500 美元帮他购买摩托车，可后来他不想还钱了。第一步就是先假意表扬他道德高尚。可以说："汤姆，你一直都是一个了不起的人啊。可为什么不想还我的钱呢？"如果这一招不管用，第二步就是道明自己的态度，表明他不还钱让自己很失望。你可以说："你对我还不如对一个陌生人，真令我失望。你还了银行的贷款，还了信用卡，可就是不还我的钱。我可是你最好的朋友啊，现在我需要用钱了。"除非欠你钱的朋友不通人情世故，他必定会因为让你难过而觉得愧疚。最后一招就是威胁他以后不相往来，要让他觉得是他造成这个后果。你可以说："汤姆，如果你一周之内不还钱，我只能认为你不在意我们往日的友情。"这样一说，你好似打翻了愧疚晴雨表。事实上，让欠债人心生愧疚是追债过程中一件强有力的武器。

4. 举例说明 / 例证

塞内卡曾经说过："每一个罪人都是自己的刽子手。"这一说法可以通过无数恶棍的生命来阐释。一个例证就是莎士比亚同名悲剧中的人物麦克白。在其妻子的教唆下，麦克白杀死了苏格兰国王并篡夺王位，这一叛逆行为让麦克白和妻子遭受罪恶的折磨。麦克白的妻子总觉得自己手上沾满了血渍，她在城堡里精神恍惚地四处游走，想要让自己的双手干净，可终究无法摆脱。后来，在他的刺客谋杀了班柯后，麦克白总是产生幻觉，遇到班柯的鬼魂，备受折磨。最终麦克白的妻子自杀了。麦克白也在贵族的叛乱中葬送性命，而那次叛乱也基本上是他的罪恶所最终导致的。

5. 下定义

负罪感是意识到做了错事之后产生的懊悔情绪。罪恶感源于心理原因。从儿时起，我们都会受到家庭和社会的约束，依照设定的关于人情事理和礼貌体面的标准行事。渐渐地，数年之后，这些标准便会内化，修正，进而转换为我们称为"良心"的内核。当我们做了有悖于内在标准的事情，我们就会感到愧疚。如果我们在宗教环境中长大，当我们违背了我们认为的神圣的戒令时我们就会倍感愧疚。当我们没有按照内在规则行事时，我们感到痛苦，而这种痛苦便是负罪感。

6. 比较与对比

虽然两个词有共同的内涵，但愧疚与过错并非同义词。愧疚必须感觉，而过错必须衡量。愧疚是由于自己意识到错误而进行的自我谴责；过错是外在评价认定的失误。一个人可以不受罪责惩罚，但内心却被愧疚感折磨。相反，他也可以受到责罚，却不感到有愧。简而言之，愧疚是一种感觉，谴责是一种判断，这就是二者的主要区别。

7. 分类

《圣经》界定了三种罪恶：无法饶恕之罪恶，可救赎之罪恶，无辜之罪恶。首先，无法饶恕之罪恶属于那些坠入罪恶之深渊、不可能改变的人。撒旦据说就是铸就这样的罪恶，于是永远与善良的化身耶和华相背离。第二种可救赎之罪恶还可以消除，因为它属于那些内心还未完全腐坏，只是一时受到外力蛊惑而不够坚定的人。例如，为了抢走尤莱亚的妻子，大卫王谋害了尤莱亚。但除了这件事，大卫还是一个追求正义的正人君子。因此，大卫之罪恶是可以救赎的。最后一种无辜之罪恶是耶稣在决定了为了全人类的过错而被钉在十字架上时所背负的罪责，尽管他是所有人之中最无辜的。换句话说，耶稣死了，似乎他犯了罪，但实际上他毫无过错。

8. 因果分析

罪恶感产生的原因是意志的溃败。根据弗洛伊德学说，人类思想所处的平衡状态极为脆弱，一方面是源于本我的，即时满足的动力；一方面是源于超我的，对于规则和延缓的渴望，而后者有时被界定为我们所说的良心的范畴。意志的功能就是在两种欲望之间协调。当一个人屈从于诱惑时，本我的力量便战胜了超我的压制，但超我会反击，以遗憾，或者简单而言就是激发愧疚感来折磨这个人。超我或者良心越是严厉，罪恶感的折磨就越是痛苦，那个人也就会承受更大的苦痛。因此，一个人如果任由意志崩溃就必须为罪恶感生命力的狂涨而付出代价。

以上八种修辞模式帮助我们讲解理想的写作模式和技巧。你不会总使用这些模式，而且随着你对写作技巧的娴熟掌握，你很可能意识不到自己在使用这些行文模式。不过，在初始阶段，你会发现以一个特定的模式完成一份写作作业要比每次写作都创造一个全新的模式简单一些。

第八章

记叙

■ 记叙文写作指南

记叙文做什么?

记叙就是讲故事。记叙并非必须讲杜撰的故事。事实上,记叙文是以某种渐进的方式把一系列事件关联在一起。不管你关联在一起的事件是想象的还是真实的,叙述技巧大体相同。第七章结尾处第 158 页,第一种修辞模式关于罪恶感的那个段落就是一段记叙文。

如果有一种修辞模式可以看作是某些人与生俱来的,那就是记叙。我们中很多人认为自己会讲故事,而且几乎所有人都试着讲过故事。

的确,我们的故事可能是在前厅口头讲给亲人或朋友的,不过口头与笔头讲述故事及其技巧本质上是相同的。

何时使用记叙?

记叙最常出现在小说中,无论是短篇小说还是长篇小说。记叙也会出现在散文、商务会议纪要、科学实验报告、新闻或是个人病例中。简短的记叙,也称为趣闻轶事,常常被用以有效阐明某个观点或者使某个观点更为鲜活。无论何时需要,可以使用记叙将先前的经验或者当前的信息以戏剧化的顺序或是有目的的顺序联系在一起。

如何写记叙文?

记叙文在内容、篇幅长短和观点方面彼此不同,不过所使用的技巧却极为相似。写一篇引人入胜的记叙文,你需要做到如下几点:

要有主题 一则故事的主题可以推进故事的进展——开头、发展和结尾。如果你的故事没有主题,它也就似乎没有进展,没有方向,就会陷入困境,停滞不前。好的故事讲述者头脑中总会有一个主题。他们想展示米奇叔叔已经变得多么心不在焉;他们希望证明"欲速则不达"的道理。从一开始,故事就应该一气呵成,没有停顿或偏离。有时一个故事讲述人甚至一开始就会揭示故事的主题,这样直述主题常常对作者和读者都有帮助。一个经典的直述主题的例子就是乔治·奥威尔的《猎象记》：

> 有一天，发生了一件事情，那件事以拐弯抹角的方式给我以启示。那件事本
> 来微不足道，但它让我更好地看清了帝国主义的本质，看清了暴虐政府所作所为
> 的真实动机。

这个导入告诉我们后面会有什么内容。往后读，我们期待奥威尔向我们展示他宣称的内容。

"确定主题，紧扣主题"，这句写作老师每每提及的老话无疑也适用于记叙文。

调整故事的步调　小说对时间撒谎——只能如此。真实的日子并非总令人激动，不能总让我们眼花缭乱或者让我们感受到生活的悸动。事实上，真实生活中的时间通常很单调。但哪个读者都不希望看到故事中几个小时都那样平凡无奇。读者希望看到的是句子里没有无聊的叙述，希望看到故事的焦点永不偏离，也就是总是那么离奇而激动人心。实现这一目的的技术称为调整步调。

所有的故事讲述者都会调整故事的步调以关注引人入胜的时间段，忽略重要情节之间不重要的过渡时间。下述实例选自题为"我们是穷人"的故事，在其中一段，整整一个季节都消失了。

> 那个秋天我没有回学校。母亲说是因为我生病了。开学的那一周我确实感冒
> 了。之前我一直在水沟里玩，因为鞋子上有洞，我的脚湿透了……不过，由于只
> 能待在家里，我的病全好了。我待在家里，哪儿也去不了，也没人跟我玩……

在《我们是穷人》这篇文章中，作者弗洛伊德·戴尔从一次圣诞节知道自家很穷。因此，故事在圣诞前夜的高潮部分花了很多时间和笔墨，因为正是在那段时间里讲述者发现了自己是穷人，可是之前秋天的几个月时间并不重要，因此就用一段文字轻轻带过。

以一致的视角讲述故事　故事的视角是讲述故事的角度。这个角度可以是个人的或是亲密的，以第一人称代词"我"来指代讲述人，也可以从全知视角展开。以这种视角讲述时，讲述人就像一台摄像机，掠过场景，遇到重要人物时稍作停留，描述他们的外表，他们的言辞，他们的感觉。通常，这种全知视角的观察者会选择一个中心角色，凸显该角色，这样他或者她就可以牢牢抓住读者的注意力。无论采取何种视角，作者在讲述故事时不能片刻脱离角色，要保证自己讲述故事的视角前后一致。

下面是一个以全知视角展开的故事。乔伊斯·卡洛尔·奥兹以全知视角的讲述者讲述了一对师生间复杂的关系。故事讲述过程中，作者娴熟地从一个角色转换至另一个角色，似乎清晰而真实地看到了方方面面。对于主要的女性角色，讲述者这样描述：

> 修女艾琳刚过三十，身材高挑，干练麻利。她表情严肃，坚毅的灰色双眸，
> 挺直的鼻梁，总是若有所思的冷峻的面容，让人一见难忘。在她之前的几次教师
> 岗位上，她都展示了自己的年轻、聪慧以及修女的个性，可之后她慢慢开始改变。

随着故事的进一步推进，讲述者从修女艾琳转向了男主角，一个看透自己也看透修女艾琳的学生。

> 新学期开学大约两周后，修女艾琳发现班里出现了一位新学生。他身材消瘦，满头金发，一脸茫然，但不是偶尔茫然，而是故意为之。他寡言少语，很是压抑，看着有点儿歇斯底里。

之后，故事开始同时讲述学生和老师。虽然修女艾琳是整个故事的核心人物，学生艾伦·温斯坦则成为故事主要冲突的核心部分。作者忠实地记录了他的所作所为、话语言辞、感觉体会，就像她记录修女艾琳的点点滴滴那样详细。事实上，在这个故事中，讲述者甚至也记录了小角色的行为和言辞，这些细节让作者成为一个典型的全知视角叙述者。

下面段落节选自柏瑞尔·马卡姆作品《夜航西飞》中对于儿时记忆的生动的记叙，供大家参考：

> 我在我的长矛上靠了一会儿，凝视着外面，其实我什么也没有看，随后，我又把目光转到我的荆棘上。
>
> "拉科瓦尼，你在吗？"阿拉普·马伊娜的声音像树荫下岩石上的水一样冰冷。
>
> "我在，马伊娜。"他高高的个儿，光着身子，黑乎乎的，站在我的身旁。他的横条布绑在左侧小臂上，以保证自己可以随时跑动。
>
> "你一个人，一定受苦了，我的孩子。"
>
> "我好着呢，马伊娜，不过我担心布勒，我担心他会死。"
>
> 阿拉普跪在地上，一只手在布勒身上抚摸着。
>
> **"他伤得很重，也许危在旦夕，拉科瓦尼，不过不要老觉得是自己的过错，不要太过自责了。我相信你的长矛已经救了他，让他免于丧命，上帝会报答你的……"**

如果最后一段让你觉得奇怪，觉得与节选文字语境有出入，那就对了。我们修改了对话（字体换成了黑体，以使之与马卡姆的言辞相区别），以夸张地突出我们所说的一致性出现偏差的问题。在最后一段，马伊娜突然莫名其妙地从一个非洲当地人的简单语言变成一位英国乡绅华丽而复杂的语言。叙述中人物必须大体上语言风格一致，不能随意转变风格，就像我们故意让马伊娜做的那样。让自己的角色前后一致，这样你的叙述听起来才可信。

插入恰当的细节 细节对于叙述性写作必不可少，可以让读者从备感枯燥变得乐趣横生。没有人能教会你加入引人入胜细节的艺术，不过常识告诉我们如果你所记叙的内容自己确实清楚，那你很可能会插入恰当的细节。下面的例子中，柏瑞尔·马卡姆描述了一只疣猪，她的描述让我们感觉作者似乎真的接触过这种动物：

> 我知道一些比非洲疣猪更为彪悍的动物，但没有哪种动物比它更勇猛。它是

平原地区的农夫——一身土黄，不拘衣着，大地上的耕耘者。它是家庭、家园和资产阶级传统的相貌丑陋但勇猛无畏的守护者，谁敢侵扰自己自鸣得意的生活，不管强弱，它都会奋力反击。它的武器也是那样平庸低级——弯曲的獠牙，锋利，致命，却不漂亮，不管是刨地还是打斗，用起来都毫无优雅之感。

如果不可能总写自己了解的事物，接下来最重要的就是了解自己要写的事物。就某个主题写作之前要进行研究，这个建议再强调也不为过。老练的小说家在没有做必要的基础调查以确保写作真实可信之前，绝不会轻易下笔。虽然亲身经历也许是记叙最好的基础，但足够的细节调查研究也同样有效。

记叙文习作热身练习

1. 选择自己熟悉的一个最有趣的人，简要勾画一次你与他或她的冲突。列出导致冲突的事件并指出冲突如何得以解决。在叙述整个冲突过程之前，从你列出的事件中删除任何可能包含冗余或不相干内容的影响叙述进度的项目。之后，写出自己记叙的主题——也就是事件的意义，或者你从中学到的生活经验，或者与人相处的经验。

2. 试着回忆生活中五个可以从某种角度定义自我的时刻。可以是在一次重要比赛中失败的经历，你直面一个欺凌他人的人，或者第一次认识到父母的重要性的经历。列出自己经历的每一个瞬间。现在，从这些瞬间中选择最适合记叙的一个瞬间。不要忘记写明那一刻是如何让你成为今天的自己的。

3. 你自己经历过的最令人兴奋、最非同寻常的事情是什么？试着回忆那件事的具体细节。在笔记本上随便写写，不用注意具体顺序，也不用注意那次经历的所有具体事件。写下那次经历所有能回忆起的情况。之后，在思考自己所列内容后，选择那些顺序混乱的记忆碎片，然后以某种逐步推进的顺序重新排列。如果这不是你经常使用的方法，那么这种回忆个人经历然后基于经历进行写作的方法对你是否有效？

写作实例

我叫玛格丽特

玛雅·安吉罗（Maya Angelou）

> **修辞图略**
>
> **目的**：描述南方种族歧视社会中的生活状况
> **受众**：普通受教育读者
> **语言**：南方英语，尤其是在对话中
> **策略**：大体呈现种族歧视如何令长期备受歧视的种族
> 无法喘息

玛雅·安吉罗（1928—2014），小说家、诗人、剧作家、演员、作曲家、歌唱家。多方面的成就使她进入了公众的视线。她基于自己的作品发表演说，以读者身份进行讲解，使其备受敬仰。她最为知名的是她全身心致力于族群容忍的事业。她的很多小说所讲述的故事中的主人公都在充满歧视的世界中为维持自身的身份而奋力抗争。玛雅·安吉罗的代表作包括《我知道笼中鸟为何歌唱》（*I Know Why the Caged Bird Sings*，1970）（本文即选自该作品）、《以我之名相聚》（*Gather Together in My Name*，1974）、《唱啊，跳啊，就像过圣诞一样快乐》（*Singin' and Swingin' and Gettin' Merry Like Christmas*，1976）、《女人心语》（*The Heart of a Woman*，1981）、《上帝的孩子都需要旅游鞋》（*All God's Children Need Traveling Shoes*，1986）。玛雅·安吉罗也写了很多诗集，包括《但求我的翅膀能合身》（*Oh Pray My Wings Are Gonna Fit Me Well*，1975）和《我不会动摇》（*I Shall Not Be Moved*，1990）。她已经成为少数族裔背景的有抱负的女性作家的楷模。

玛雅·安吉罗身为黑人作家，撰写了多部描写黑人自尊心和自豪感遭受冒犯的小说，也因为这些作品她备受推崇。下文中，她讲述了自己当初为一位白人女子工作时，那位白人女子竟然试图改变她的姓名的故事。

1　最近，一名得克萨斯州的白人女子问我从哪儿来。她一开口总是先说自己是自由主义者。当我告诉她我的祖母自上世纪末就在斯坦普斯开着当地唯一一家黑人日用品商

店，她大声惊呼："哦，你还是个**正式进入社交界的少女**！"滑稽，而且**荒唐**。不过即便在南方的小城镇，不管是贫穷的还是勉强能维持生计的小城镇，黑人女孩也会与杂志中富有的白人女孩一样要完成将来步入成人阶段的各种准备工作，哪怕这些准备广泛或者无关紧要。当然，培训的内容不尽相同。白人女孩要学习华尔兹，要把茶杯放在膝盖上以学习优雅的坐姿；我们稍微落后，学些维多利亚中期的礼节，这样不用花太多的钱财。（来看看艾德娜·洛马克斯，她把自己摘棉花挣的钱花在了五团淡褐色的梭织毛线上。她的手指肯定搞不定那件事儿，肯定得织了拆，拆了再织。不过，买线时她已经知道会是什么样子了。）

2   我们被要求学会刺绣，我绣了好几筐五颜六色的擦碟巾、枕套、餐桌饰带、手绢之类。我掌握了钩织和梭织技术，编织了一辈子都用不完的精致小巧的小桌巾，不过人们从不会把那些桌巾铺**放有香囊**的梳妆台上。不用说，所有的女孩都会熨烫和洗衣，不过家中更精细的活儿，如摆放餐桌银器、烤制面包、素菜烹饪，则必须到其他地方去学习。通常是到有这些习惯的地方去学。在我 10 岁那年，一个白人女子的厨房成了我的女子精修学校。

3   维奥拉·卡利南夫人胖乎乎的，住在一座拥有三间卧室的房子里，房前是当地的邮局。她长相平平，只有微笑时眼睛和嘴巴周围的皱纹才能让她一直狰狞的面容稍作改变，让她的脸变得像淘气鬼的面具。通常她的笑容一直休息到她的女性朋友下午晚些时候拜访时才再次浮现，届时厨师格洛里小姐会把冷饮端到狭小的走廊里。

4   在她的房子里，一切都那么精确，简直泯灭人性。玻璃杯除了这儿哪也不去。那个杯子总放在固定位置，似乎换个地方都是对它的**亵渎**。12 点时桌子摆好了。12 点 15 分，卡利南女士就座，开始吃正餐（不管她的丈夫是否已经就座）。12 点 16 分，格洛里小姐端出食物。

5   光区分沙拉盘、面包盘和甜点盘就花了我一周时间。

6   卡利南女士继承了她有钱的父母的传统。她来自弗吉尼亚。格洛里小姐是为卡利南一家工作的奴隶的后裔，曾给我讲过卡利南的身世。她下嫁给她的丈夫（据格洛里小姐所言）。她的丈夫的家庭很快就穷困潦倒，就是有点家资，"也算不上有钱了"。

7   我私下里觉得她那么丑，能找个人嫁就不错了，不管是比她家境殷实的还是不如她家有钱的人。可是格洛里小姐不允许我说她女主人任何坏话。不过，干家务时，她还是对我很有耐心的。她给我讲解餐具、银器和侍者响铃的具体使用方法。盛汤的碗根本不是汤碗，而是一个深底盖碗。还有高脚杯、盛放果子露的玻璃杯、冰激凌杯、葡萄酒杯、绿色的玻璃咖啡杯和配套的托碟，以及玻璃水杯。我有一个喝水的玻璃杯，跟格洛里小姐的杯子一起放在另外一个架子上。汤匙、船型肉汁盘、黄油刀、沙拉叉、肉片盛放盘，都是我没听过的名词，其实它们简直是一种新的语言。新奇的事物、翩翩飞舞的卡利南女士还有她那爱丽丝漫游仙境般的房子都让我为之着迷。

8　我记不清她的丈夫到底长什么样子。他跟我曾经见过又尽量不去看的白人男子长相差不多。

9　一天傍晚在回家的路上，格洛里小姐告诉我说卡利南夫人不能生育。她说她的骨架太过脆弱。真难想象那一层层肥肉下的骨头会是什么样子。格洛里小姐又说医生已经把她身上所有的女性器官摘除了。我质疑说一头猪身上的器官有肺、心脏和肝脏，那么难道卡利南女士身上没有这些器官还能走来走去，难怪她一瓶子一瓶子地喝酒，原来是防止身体腐烂啊。

10　当我跟贝利说起这些时，他同意我的说法，不过他也告诉我说卡利南先生有两个女儿，是跟一个有色女子生的，而且他跟她们很熟。他还说两个小姑娘跟她们的父亲长得很像。虽然几个小时前刚刚见过，可我还是记不起他到底长什么样子，不过我想到了科尔曼的女儿。她们的肤色很浅，当然也不会像她们的母亲（没有人提过科尔曼先生）。

11　第二天我对卡利南夫人的怜悯之情犹如柴郡猫的微笑一般无法克制。那两个可能是她女儿的小姑娘长得挺漂亮。她们不需要烫直头发。即便淋了雨，她们的辫子还是像驯服的蛇般直直地垂下。她们的嘴巴像小丘比特的弓箭一般噘着。卡利南夫人不知道自己少了什么。也许她知道。可怜的卡利南夫人。

12　后来几周时间，我早到晚走，尽量消除她**不能生育的苦痛**。如果她能有自己的孩子，她就不会让我从她家后门到她的朋友的后门跑上一千次腿。可怜的老卡利南夫人。

13　后来一天傍晚格洛里小姐叫我去露台服侍几位女士。我把托盘放下，转身回厨房时，一个女人问道："姑娘，你叫什么名字？"那个女人满脸雀斑。卡利南夫人说："她不爱讲话。她叫玛格丽特。"

14　"她是哑巴吗？"

15　"不，就我看来，她想说话时就会说，只是大多时候安静得像只小耗子。对吧？玛格丽特。"

16　我朝她笑了笑。可怜虫，没有器官，还念不对我的名字。

17　"不过，她还蛮可爱的！"

18　"咳，也许吧。不过名字太长了。我才不费那劲呢，我要是你，就干脆叫她玛丽！"

19　我气冲冲地回到厨房。那个可恶的女人绝对不会有机会叫我玛丽的，因为即便饿死我也不会给她干活的。我下定决心，就是她心头着火我也不会朝她撒尿。从露台传来的咯咯的笑声，一直传到格洛里小姐的锅里。我真想不通她们到底笑什么。

20　白人总是这么奇怪。他们是在谈论我吗？大家都知道他们比黑人更容易抱团。可能卡利南夫人在圣路易斯有朋友，那位朋友听说一个从斯坦普斯到当地的小姑娘卷入了官司，于是写信给她。也许她知道弗里曼先生。

21   我又吃起午餐。我走出去在紫茉莉花床上休息。格洛里小姐觉得我可能是身体不舒服，叫我回家休息，妈妈可能会给我喂点草药，她则去主人那里替我解释。

22   来到池塘跟前我才意识到自己是多么愚蠢。当然卡利南夫人不知道，否则她肯定不会把妈妈裁短的两条漂亮裙子给我了，当然也就不会叫我"小可爱"了。我的肚子舒服多了，我也没有把这件事告诉妈妈。。

23   那个傍晚我决定写一首诗，谢谢生不了孩子的、肥胖的白人老女人。我的诗将会是一首带有悲剧色彩的**叙事诗**。我会认真观察，抓住她孤独、痛苦的本质。

24   第二天，她把我的名字叫错了。格洛里小姐和我正要去洗午餐的碟子，卡利南女士走到门廊叫了声"玛丽"。

25   格洛里小姐问："叫谁？"

26   一身赘肉的卡利南女士知道，我也知道。"我想让玛丽下楼去兰德尔夫人家，给她送点汤。这几天她身体一直不好。"

27   格洛里小姐一脸好奇："夫人，您是叫玛格丽特吗？她叫玛格丽特啊。"

28   "名字太长了。以后就叫玛丽吧。把昨晚剩的汤热一下，装到带盖的瓷汤碗里，玛丽，你要小心端好啊！"

29   我认识的人在"被人叫错自己的名字"时，都有一种毛骨悚然的恐惧。用一个没有什么意义的、粗俗蔑视的名字称呼黑人是很危险的，因为几个世纪以来，他们的名字就是黑鬼、乌鸦、皮靴、幽灵之类的。

30   格洛里小姐为我感到片刻的难过。之后，她把热汤碗递给我时说："别介意，别在乎。棍子、石头也许能把骨头砸断，可几个字嘛……对吧，我都伺候她20年了。"

31   她帮我推开后门。"20年了。我也不比你大多少。我以前叫哈利路亚。是我妈给我取的名字，可是女主人给我改成了格洛里。后来就叫格洛里了。我还更喜欢这个名字呢。"

32   我已经踏上了房后的小路，只听见格洛里小姐在身后喊道："这个名字也短一点儿。"

33   有几秒钟时间我一直在纠结到底是应该笑（想想自己要是叫哈利路亚）还是应该哭（想想一个白人女人为了方便竟然把我的名字给改了）。我气得是欲笑不能，欲哭无泪。我得辞掉这份工作，可问题是如何辞掉呢。妈妈绝对不会让我以任何理由辞掉工作的。

34   "她真是个好人。那个女人真不错。"从我手中接过汤时，兰德尔夫人的仆人嘴里嘟囔着。我心中暗想她之前的名字是什么，现在别人叫她啥名字。

35   有一周时间每当卡利南夫人叫我玛丽时我都直勾勾盯着她的脸。我去她家里迟到早退她也视而不见。格洛里小姐有点儿恼火，因为我洗的盘子上还留有蛋黄没洗干净，擦洗银器时也不太用心。我希望她能向我们的老板告状，可她没有。

36   后来，贝利解决了我的两难境地。他让我描述碗柜中有什么以及她最喜欢哪些盘子。她最喜欢的是一个鱼形的砂锅和绿色的玻璃咖啡杯。我把他告诉我的话谨记在心。第二天格洛里小姐往外晾晒衣服，我又被安排去服侍露台上的那些臭婆娘。趁此机会，我把空托盘扔到了地上。当我听到卡利南夫人大声喊"玛丽"时，我赶紧抓起了砂锅和两只绿色的玻璃杯子，做好准备。等她一转过厨房门，我便把砂锅和玻璃杯扔到了铺着地砖的地面上。

37　我永远无法向贝利准确描述随后发生的一切，因为每次讲到她趴到地上，丑陋的脸上老泪纵横，我们就忍不住笑了起来。当时她在地板上爬来爬去，捡起杯子**碎片**，哭诉道："哦，妈妈，哦，上帝，这可是妈妈从弗吉尼亚带来的瓷器啊。哦，妈妈，真对不起。"

38　格洛里小姐从院子里跑进屋，几个女人也从露台围了过来。格洛里小姐跟她的主人一样悲痛欲绝。"你说，她竟然打碎了我们弗吉尼亚的盘子？怎么办啊？"

39　卡利南夫人大声哭道："这个笨拙的黑鬼。笨拙的小黑鬼！"

40　老雀斑脸凑过来问："是谁干的？是玛丽吗？是谁？"

41　事情发生得那么快，我记不得到底是说话在先还是动作在先，只知道卡利南女士说："她叫玛格丽特，他妈的，她叫玛格丽特。"接着她把一块盘子残片砸向了我。也许是太过神经质，她竟然扔偏了。飞来的**瓷片**正好砸中格洛里的耳朵，只听她哇哇直叫。

42　我把前门大开，这样所有邻居都能听到屋里的声响。

43　卡利南夫人有一件事做对了。我的名字不是玛丽。

● 内容分析

1. 在为成年做准备时，白人女孩和黑人女孩有什么共同之处？

2. 黑人女孩在哪里学习摆放餐桌和烹饪？

3. 维奥拉·卡利南夫人是什么样的主妇？讲述者如何看待她的习惯？

4. 为什么讲述者为卡利南夫人感到难过？

5. 为什么讲述者对卡利南夫人感到愤怒？讲述者做了什么事情以宣泄愤怒？

● 方法分析

1. 本故事是从谁的角度写的？这样的视角对故事的讲述有何影响？故事讲述的步调如何？

2. 讲述人称卡利南夫人的房子为"爱丽丝漫游仙境般的房子"。这样的称呼能让人产生什么样的想象？在故事中哪个地方讲述者也使用了刘易斯·卡罗尔的《爱丽丝漫游仙境》中的意象？为了什么目的？

3. 虽然关于玛格丽特名字的故事本来是个严肃的事情，但讲述的过程却有一些幽默元素。你能指出其中一些幽默的事件吗？请指出具体段落。

4. 第 11 段中哪个地方讲述者使用了形象的语言？这样的语言效果如何？

5. 为什么讲述者一直没有解释贝利和弗里曼先生是什么人？结合整个故事，你觉得他们可能是谁？

● **问题讨论**

1. 讲述者对自己的名字极为敏感。为什么？你对自己的名字有什么感受？如果别人误读或叫错你的名字，你会不高兴吗？

2. 讲述人留了一个开放性故事结尾。你觉得之后玛格丽特会怎么样？

3. 玛格丽特决定写一首关于卡利南夫人的诗，这个细节说明了什么？

4. 格洛里小姐和卡利南夫人之间是什么关系？

5. 请描述格洛里小姐。你觉得玛格丽特将来会像她一样吗？

6. 卡利南夫人在露台上叫玛格丽特"玛丽"时，格洛里小姐试图安慰玛格丽特，对此你有什么看法？（详见第 30—32 段）她的反应与贝利的反应有何不同？对你而言，哪种反应更适合？

● **写作建议**

1. 讲述一个故事，讲你是如何对待一个对你傲慢无礼或吝啬的人。使用对话和形象的细节，确保自己的讲述更为生动。

2. 讲讲年轻时你在种族、宗教、性别、社会地位或者社会的其他方面忍辱负重的过程中让你受到启发的某个事件。把握故事的节奏，使用形象的细节。

羞愧

迪克·格雷戈里（Dick Gregory）

修辞图解

目的：讲述他早年的生活

受众：普通读者

语言：孩子所使用的简单语言，尤其是对话

策略：以"我"的视角回顾了在学校里让自己感到羞愧的经历

迪克·格雷戈里，生于 1932 年，政治活动家、喜剧演员、作家。他曾就读于南伊利诺伊大学，在校期间，于 1953 年获得杰出运动员称号。格雷戈里因自己对社会问题——比如世界饥荒——极其关注而为大家所熟知。他还因出众的个人能力成为出色的喜剧演员。1966 年，他竞选芝加哥市市长。1968 年，他成为自由和平党总统候选人。他曾出版多部作品，包括《从公共汽车后排》(*From the Back of the Bus*，1962)，《怎么啦？》(*What's Happening?*，1965)，《让我害怕的影子》(*The Shadow That Scares Me*，1968)，《迪克·格雷戈里的圣经故事》(*Dick Gregory's Bible Tales*，1974)，以及他的自传《从黑鬼一路走来》(*Up from Nigger*，1976)。格雷戈里是第一个打破"肤色限制"为白人表演的黑人喜剧演员。他广受欢迎，是因为他对种族关系问题冷嘲热讽而又不会让白人感到不快的能力。

即便你从未感受到故事叙述者所描述的贫困，你也可以想到你童年或是青年时期的某个人，她或他代表了你所有对于美和浪漫的幻想。细细品读细节，看看细节是如何使他的经历如此刻骨铭心的。

1 我在家从未有过憎恶感、羞耻感，而自从去了学校，我就有了这样的感受。记得大约 7 岁那年，我得到了一次深刻的教训。那时，我喜欢上一个叫海琳·塔克的小女孩，她肤色白皙，扎着马尾辫，举止也很优雅。她在校总是衣着整洁，成绩优异。我觉得我去学校主要就是为了见到她。我会梳理好自己的头发并带上一块旧的小手帕。尽管这手帕是女人用的，可我不想让海琳看到我用手擦鼻涕的样子。天很冷，水管再次冰冻，尽管家里没有水，但我仍会在每天晚上清洗我的袜子和衬衣。我会拿上一个罐子去本先生的食品杂货店，将它放在苏打水冷藏柜下面，然后往罐子里刮一些碎冰屑。到了晚上，我就可以用那些冰化成的水来洗衣服。那年冬天我常常生病，因为在夜晚炉火会在衣服烘干之前熄灭。到第二天早晨，不管那衣服是湿是干，我都会穿上，因为那是我唯一的衣服。

2 每个人的心中都有一个海琳·塔克，她就是你追求的一切事物的代表。我喜欢她，因为她善良、整洁、人缘好。如果回家路上遇到她，我的兄弟姐妹就会大声叫道"海琳来了"，然后我会将网球鞋的鞋面在裤脚后面擦几下，希望我的头发不那么拳曲，希望我那普通的白色衬衣更加服帖。接着我冲到路上，如果我知趣的话，便不会走得太近，这时她就会向我眨眼并问好。那是一种很不错的感觉。有时候，我会一直跟在她后面走，铲去她回家路上的积雪，并试图和她的妈妈、阿姨、姑婶们做朋友。晚上很晚了，我会在从小旅馆擦鞋回来的路上将钱放在她家的门廊。她有个爸爸，工作不错，是个糊墙纸工人。

3 我猜想到夏天我便会把海琳忘却，但是此后的 22 年，因为在那间教室发生的事情，她的身影总是出现在我的面前，挥之不去。高中时，我参加了击鼓活动，那是为了海琳；在大学期间，我打破了某项记录，也是为了海琳；当我站在台上，在麦克风旁边听到掌声响起时，我也希望她能够听到这一切。一直到 29 岁，我结婚了，工作赚钱了，她才终于从我的生命中淡去，不再影响我。毕竟，当我第一次感到羞愧时，海琳就坐在那间教室里。

4　那个周四，我坐在教室后面的座位上，座位周围被人用粉笔画了个圈，代表这儿坐着的是个白痴，是个麻烦制造者。

5　老师认为我是个笨蛋。我不会拼写，不会朗读，不会算术。我就是个笨蛋！老师从来不会花心思去注意到你因为没有吃早饭、因为肚子很饿而没有集中注意力。你所能想到的也就是中午，中午会来吗？也许你可以溜进衣帽间，偷一些孩子大衣口袋里的午饭来吃。一点儿吃的，比如糨糊。你不可能真的拿糨糊当饭，或者将它们涂在面包上当三明治；但是有时候，我还是会从教室后面的浆缸里舀几匙糨糊。怀着宝宝的孕妇口味很怪，而我却是满怀着贫困，满怀着污垢和令人掩鼻的臭味，满怀着凄凉和寒冷。我从来没穿过专为我买的鞋子，我的床上还挤着另外 5 个人，可是隔壁房间里没有爸爸。饥饿一直与我同在。当我非常饿的时候，糨糊吃起来也就不那么难以下咽了。

6　老师认为我是一个麻烦制造者。她总是在教室前面看见一个黑人小男孩如坐针毡地在座位上扭来扭去，东张西望，制造噪音影响其他孩子，却看不见这个孩子之所以弄出声音是想引起老师的注意。

7　那一天是周四，黑人发薪日的前一天。福利金通常是在周五发放。老师要求每一位学生问他们的父亲可以为社区福利基金捐多少钱。在周五晚上，每位孩子都会从他们父亲那儿拿到钱，并在周一将钱带到学校。我决定我要给自己买一个爸爸。我口袋里的钱是靠擦皮鞋、卖报纸挣来的。并且无论海琳·塔克从她爸爸那儿拿多少钱，我都要超过。我现在手里有钱，我等不及了，周一才能以爸爸的名义拿出来。

8　我有点发抖，紧张得要死。老师打开花名册，开始按字母顺序叫名字。

9　"海琳·塔克？"

10　"我爸爸说他会给 2 美元 50 美分。"

11　"那太好了。海琳，非常，非常好。"

12　这让我感觉非常好。我不用花太多钱就可以超过。我口袋里有好多一角硬币和 25 分硬币，总共差不多 3 美元。我把手放进口袋里，牢牢地抓住钱，等待她叫我的名字。但是老师喊了班上其他所有人的名字后合上了花名册。

13　我站起身，举手示意。

14　"怎么啦？"

15　"您忘了问我了。"

16　她转过身面朝着黑板："我没有时间陪你玩，理查德。"

17　"我爸爸说他可以……"

18   "坐下，理查德，你在扰乱课堂秩序。"

19   "我爸爸说他可以捐……捐 15 美元。"

20   她转过来，看起来十分生气："我们是在为你还有和你一样的人募捐，迪克·格雷戈里。如果你的爸爸能捐出 15 美元，那你还需要什么政府扶助金？"

21   "我现在就带着呢，我现在带着呢，我爸爸把钱给我让我今天交的，他说……"

22   "还有……"她盯着我说，她的鼻孔在扩张，嘴唇越抿越紧，眼睛也瞪得圆圆的，"我们都知道你没有爸爸。"

23   海琳·塔克转过头来，她的眼睛里噙满泪水。她为我感到难过。然后我就看不清她了，因为我也哭了。

24   "坐下，理查德。"

25   我一直以为老师是有点儿喜欢我的，她总是在星期五放学后让我擦洗黑板。那曾使我很激动，觉得自己很重要。如果我不擦洗黑板，也许下周一学校就不能正常上课了。

26   "你要去哪儿，理查德？"

27   那天我走出了学校，此后很长一段时间我都没怎么回去。因为那里曾让我感到羞耻。

28   现在我觉得羞愧得无地自容，教室就像我的整个世界，每个人都听到了老师的话，每个人都面带歉意地看着我。参加年度获赠儿童圣诞晚宴也让我觉得羞愧，因为所有人都知道这个"获赠儿童"是什么。为什么他们不能直接叫年度儿童晚宴？为什么他们非要那么叫它？我为穿着福利院给 3000 个孩子的棕色、橙色和白色格子**花彩格厚呢外衣**而感到羞愧，为什么每个人穿得都一样？以至于你一走在大街上，人们就知道你是靠救济生活的人。那件外衣是件很好的、暖和的衣服，它还带有一个风帽，当我妈妈在塞满垃圾的桶底找到它的时候，她打了我一顿，还骂我是不懂事的兔崽子。我为每天晚上跑去本先生家要他的腐烂的桃子感到羞愧，我为向西蒙先生要一勺糖而羞耻，我为跑向救济车而感到自卑。我恨那辆救济车，装满了给你和跟你一类的人的食物。当车再次来的时候我跑到屋子里藏了起来。随后，我穿过小巷子背着别人跑回家里，这样去白人餐厅的人们就不会看到我。是啊，那天整个世界都听到了老师说了什么——我们都知道你没有爸爸。

* 译文参考 https://www.docin.com/p-1898378769.html，译者不详，有改动。

● **内容分析**

1. 叙述者在哪里懂得了羞愧？

2. 叙述者为海琳·塔克做了些什么？她对他的人生有多重要？

3. 按照叙述者的说法，他为什么在学校学不好？老师又是如何认为的？

4. 学校发生的什么事情令叙述者在人生中一段很长时间里一直有羞愧之感？总结一下所发生的事情。

5. 叙述者不喜欢年度获赠孩子圣诞晚宴的哪些方面？

● **方法分析**

1. 这篇记叙文的叙述部分从第 3 段开始，有两段用于赞美海琳·塔克，叙述者所迷恋的一个小姑娘。这两段的作用是什么？

2. 这篇记叙文背景中最主要的感觉是什么？为什么？

3. 从第 9 段开始，叙述者增加了对话。这个技巧的作用是什么？

4. 这个故事揭示的主题（有关生活的道理）是什么？这个主题是暗含的还是清晰阐明的？

5. 第 5 段中，叙述者重复"满怀"这一词语的意图是什么？他的意思是什么？

● **问题讨论**

1. 你同意小男孩的观点说"每个人都有自己的海琳·塔克"吗？海琳·塔克象征着什么？找出自身经历中的海琳·塔克。

2. 老师认为小男孩是一个捣蛋的孩子。他是真的捣蛋吗，或是有其他理由让老师关注他？

3. 为什么小男孩说自己的父亲可以捐出 15 美元时，老师会羞辱他？你认为老师是否应该用另一种方式处理这件事情？如果是，那么她该如何回应小男孩的话？

4. 小男孩说他认为老师是喜欢他的，因为每周五她总是让他来擦黑板。你认为老师为什么会这么做？

5. 你认为小男孩在每次遇到令其感到羞辱的事情后都选择不去学校的做法对吗？是什么让他远离学校的？你是同情小男孩还是觉得他有点过于敏感了？

● **写作建议**

1. 叙述一件令你或你所爱的人感到羞愧的事情。运用调整步调的技巧，叙述中要主题明确并有生动的细节。

2. 写一篇文章，表达你对于贫穷对小学生心理影响的看法。

批判性思维与辩论图库：
恐怖主义

2001 年 9 月 11 日，发生在纽约世贸中心和华盛顿特区五角大楼的自杀式恐怖袭击令西方震惊，对西方国家来说邪恶至极。然而对某些人而言，这是以上帝之名所行义举，可助他们登上天堂。袭击过后，当搜救人员在残砖碎石间搜寻，当电视上接受采访的人努力分析为什么、是什么，我们和恐怖分子间的鸿沟就愈加清晰。我们为遇难者哀悼，为其家人祈祷，而在世界上某个地方，人们却因我们的悲痛而欢呼雀跃。即便是现在，一想到杀人犯的冷血，想到他们穷凶极恶地策划、狂热地自我牺牲，我们中很多人都无法明白，是何种程度的仇恨，会让他们花费这么多时间和精力，发起对无辜的人的杀戮。

他们为何如此憎恨我们？——由于物质财富和生活方式我们习惯了受世人羡慕和尊重。我们的历史不止一次告诉我们要成为慷慨的人，我们捐献数十亿财富帮助那些饱受战争、饥饿、瘟疫之苦，或是经济备受摧残的不发达国家。赢得战争后，我们也一直努力帮助曾经的敌人重建，而不是占领他们的家园。然而有几百万人对我们有深仇大恨，竟愿意甚至渴望牺牲自己去参加对我们发动的蓄意或是大规模随意性的袭击。基地组织在本·拉登 2011 年被铲除之前一直都受他领导，直至今日依然有报道称，该组织还在训练刺客和破坏分子，这些人不惜粉身碎骨也要伤害我们。让大多数美国人震惊的是，这些人认为他们实施恐怖袭击是上帝的旨意。我们中很少有人会把大规模屠杀与上帝联系在一起，更难以理解他们竟然相信天堂的福祉会降临到杀人犯头上。

我们的图片集详细阐释了自双子塔坍塌后美国所经历的恐怖主义的三个方面。第一张图片呈现出恐怖分子口颂经文，打算伤害任何一个异教徒。第二张照片是 2012 年 12 月 14 日科罗拉多州牛顿市的桑迪·胡克小学枪击事件，凶手是亚当·兰扎，一个有精神问题、不满现状的人，这起枪击事件共造成 20 名小学生和 7 名成年人死亡。最后一张照片是焦哈尔·察尔纳耶夫。他是和车臣恐怖分子相关的两兄弟中的弟弟，曾于 2013 年 4 月 15 日在临近波士顿马拉松比赛的终点线附近，在 12 分钟间隔的时间内引爆了两枚用高压锅自制的炸弹。这起恐怖袭击共造成了 3 人死亡、264 名运动员和观看比赛的人受伤，在全世界造成恐慌。

一名大学生写了一篇文章，表达了自己对恐怖主义的总体看法，并解释为何 9 月 11 日现在已经成了耻辱日，警醒我们要时刻提防。

"切题练习"部分的作业将进一步分析这一议题。

研读下面和恐怖主义相关的图片。选取其中令你印象深刻的一张，回答问题，并完成写作练习。

图片分析

　　1. 这张照片反映了人们对于亚当·兰扎恐怖行径的最初反应，请用一个陈述句表达出这张照片留给你的最深印象。

　　2. 照片中母亲眼中和脸部传递出了何种感觉？有细节支撑这种感觉吗？对于那个紧紧抓住母亲的孩子你有何看法？他此刻正在想些什么？

　　3. 照片中的警车可以告诉我们什么相关信息？

　　4. 看到照片中两个女孩手拉着手走路，你的反应是什么？你认为她们的关系是什么？两个女孩中较大的那个女孩的 T 恤上印着的大大的心型图案有何讽刺意味？

写作练习

　　用你刚才回答问题 1 的陈述句作主题句写一段话，描述图片中的场景。选择可以支撑主题句的细节，保证段落的整体性，确保不要偏离主题句。

图片分析

1. 你猜测照片中的焦哈尔有多大年龄? 什么细节会让你这样猜测? 你在看照片时想到什么, 尤其是看到人物的面部表情? 他左肩上别着的玫瑰花给这幅相片增添了些什么?

2. 当得知这个年轻人将会有一天帮助他哥哥在波士顿马拉松比赛的终点线附近引爆炸弹, 而那里聚集数千名为运动员欢呼的无辜旁观者, 你的反应是什么? 你认为什么力量会强大到塑造出他这样的人生观? 如果有必要, 做一个小调查了解一下察尔纳耶夫家族、他们的亲属关系或者信仰。

3. 2014 年 1 月 30 日, 美国总检察长埃里克·霍尔德宣布联邦政府正在争取判处焦哈尔·察尔纳耶夫死刑。对他的惩罚, 你的观点是什么? 你觉得公平吗?

4. 如果你同情他们, 你会如何评价焦哈尔的行为? 这是否会改变你对于他应该处以同谋罪的判断? 解释你的想法。

写作练习

研究车臣的塔梅尔兰·察尔纳耶夫和焦哈尔·察尔纳耶夫兄弟俩共谋实施 2013 年 4 月 15 日波士顿恐怖袭击的案例, 基于我们现在所知道的有关他们俩袭击当天的活动, 叙述他们是如何密谋此次袭击, 以及随后两天焦哈尔被绳之于法的具体情况。请标明支撑你叙述的外部材料的出处。

还搞不清哪些是冗余词汇吗?
请参见第 394—398 页 "编辑室"。

标点工作坊：句号

句号（.）

句号的使用准则：

1. 句末使用句号。

错误：We made a dash for the bus we almost missed it.（这是一个缺乏连接词或标点符号的长句。）

正确：We made a dash for the bus. We almost missed it.

错误：I never knew my grandfather, he died when I was three years old.（这是一个以逗号把两个或两个以上的独立句子连接在一起的句子。）

正确：I never knew my grandfather. He died when I was three years old.

2. 大部分缩略词后使用句号。

Mr.　A.D.　Dr.　Wed.　sq. ft.

Ms.　etc.　Jan.　P.M.　lbs.

例外：mph, FM, TV, VCR, NBC, NATO, IRS, DMV

字典有时会给出可选表达：U.S.A. 或者 USA。

不确定时，请查阅字典或请教老师。

学生角

恐怖主义：恐惧下的美国

杰弗里·梅萨里尔

爱达荷州立大学

　　1941 年 12 月 7 日，美国位于珍珠港的海军基地遭到日本皇家海军的野蛮袭击，损失惨重。袭击发生时美日两国正在谈判，而更令人感到讽刺的是，直到袭击发生后的第二天美方才收到日方的正式宣战声明，此举引发了美国的强烈抗议。美国总统富兰克林·罗斯福也就此发表了严厉的谴责，他说 12 月 7 日将会成为"美国的耻辱之日"。也确实如此，"记住珍珠港"成为军队集结的呼号，这次袭击也成为卑鄙和阴谋的代名词。接着，日期来到了 2001 年 9 月 11 日，那天发生的恐怖袭击立刻让 1941 年 12 月 7 日发生的袭击黯然失色，成为过去。顷刻间，背信弃义有了新的纪念日，9 月 11 日现在成为了美国的国耻日。

　　两次袭击间有着诡异的相似性。很明显，两次袭击都让美国目瞪口呆；两次袭击都发生在美国领土之内（整个事件因此更令人震惊）。除了物质损伤（战舰失踪，高楼被毁），死亡人数也接近：珍珠港袭击造成2402人死亡，9·11恐怖袭击中有2977名无辜民众丧生。两次袭击都把美国拖入战争。两次袭击过后都是接二连三的仇恨事件，种族刻板印象和种族迫害。虽然可以认为两次事件中遭受的重创均是广泛传播的恐惧，但在这点上两起事件还是有所不同。珍珠港事件过后，我们美国人知道敌人是谁，他们长什么样子，也基本知道他们在哪里；可是9·11之后，对于上述情况我们一无所知。这也是为什么1941年12月7日之后的几年里，我们一直都是"战斗中的美国"，但自9·11之后，我们却成了"恐惧中的美国"。

　　无名的恐惧是最让人害怕的。我们在与无形的、不知身份的敌人斗争，这些人就在我们周边生活或工作。可能是社区大学里一群激进的学生，可能是一名心怀不满的独行者，或者是一名大巴司机，他轻声细语的说话方式迷惑了所有民众。恐怖分子不会从黑暗的小巷里突然跳出来，戴着圣战头巾或帮派面具。敌军不会大游行般地穿着统一的笔挺的制服，举着飘扬的标语旗帜，步调一致地行进，展示番号和武器。没有日内瓦公约、约定的规则，或是任何形式的骑士制度。不仅如此，我们并非是与一个觊觎权力、领土或有强烈征服欲望、欺凌邻国的国家在战斗。相反，我们是在与一种意识形态———一种宗教热情，一种对古经文疯狂、创新的曲解的产物———斗争。我们发现了"二战"时神风敢死队队员和基地组织自杀式炸弹袭击者之间的相似之处。神风敢死队队员驾驶飞机直接冲向轮船甲板，他们坚定的决心令美国海军胆战心惊。他们抱着为天皇牺牲一切的想法，在他们心中，天皇就是他们的上帝，是太阳女神的后裔。敢死队员们以能为日本神圣的皇帝牺牲而自豪，基地组织成员也是如此，他们以能够为清除亵渎真主和先知的异教徒这一光辉使命而献身为荣。神风敢死队队员一心要为他们上帝般的天皇英勇献身，但是恐怖分子有着额外的驱动力——死后的回报是可以立刻升入天堂，和72位性感的青春少女为伴，永世不朽。神风敢死队队员和恐怖分子的斗志显出了极端主义特质，而恐怖分子的殉道精神则又为其增加了一个更令人不寒而栗的特点：自9·11后，恐怖主义不再仅限于袭击军事设施和军队。事实上，他们往往针对民用设施，因为恐怖氛围才是他们最终的，也是最主要的目标。

　　珍珠港事件已经过去70年了，70年就是一代人。1941年12月7日更大程度上是一个历史记忆，不会让我们有过多的内心反应。9·11事件过去已经有十多年了，但那一天却与珍珠港事件完全不同。那个日子无人不晓，那天的恐惧仍旧在我们头脑中挥之不去，白色恐怖仍旧笼罩着我们的国家。我们是恐惧中的美国。

我是如何写作的？

出于我的个性，我是一个"不循常规写写画画"的人。当然，这并不是说我一定就公然违抗所有规则。不过，我确实发现自己的强项是创造力，而非墨守成规。这种个性如何应用于我的写作呢？怎么说呢，我们姑且称之为焦点的问题吧。如果我专门关注于如何写作，我就会感到手脚受到约束。而如果我让创造力的血液流淌，而后将规则应用于某些点上，我便会更为高效。我姐姐是小学老师，她告诉我她鼓励小学生写作时可以先写个"松垮的草稿"。我觉得这个建议很有用，就像黑巧克力对健康有益一样。至于后者我听一次足矣，但我靠"松垮的草稿"活着（实际上绝非仅仅一次）。一般而言，如果创造力血液停止流淌，墨汁也就僵滞了。总而言之，我明目张胆地打破了写作的经典规则。我鼓励就某个话题进行创造性写作，接着把这些思想转化为文字，随后再把思想缝制在一起，确保自己遵守先前提出的方法论。这是一种倒退，但对我很奏效。

我的写作小妙招

我意识到自己似乎把自己搞得有点儿像哲学博士，不过我最重要的建议是"要保持自我"。换句话说，如果你本来就是有创造力的，"不循常规随便写写画画"的人，那即使在写作时也要保持自我。不要让写作的规则和所谓正确的方法束缚了手脚！写好之后，再考虑参考规则来规范自己的写作，或者将自己的写作由随随便便变得井然有序，逻辑清晰。

切题练习

回复下面这段文字："恐怖主义出现时，往往只有两个原因：感觉到某种不公正和相信暴力将有效解决这种不公正。"

■ 本章写作练习

写一篇文章，记叙一件可以证明下述某一论题的事情：

a. 人们常常很偏执

b. 拥有好邻居很重要

c. 宠物常常非常忠诚

d. 困难可能是通往成功的阶梯

■ 进阶写作练习

1. 写一则日记，以时间顺序列出你一天中主要的事情。将日记视为自己亲密的、可以吐露内心情感的值得信任的朋友。

2. 给父母写一封信，讲述最近发生的一件在某种程度上影响了你对他人态度的事。

💬 专家支招

力求简洁

一个大学班级里的学生被要求用尽可能少的字词写一篇小小说。写作要求是必须包含以下三个方面：

1. 宗教

2. 性

3. 神秘

下面的是这个班里得分为 A+ 学生写的故事。

"上帝，我怀孕了！我弄不清孩子是谁的。"

——引自 Popcorntom@aol.com

（于 2010 年 11 月 20 日检索）

我们忍不住收录了这个特例，原因是幽默和夸张的修辞手法立刻让我们看到了那简明扼要的特点。

第九章

描写

描写的目的

描写是用文字描绘的画卷。作者努力用文字捕捉某个场景、某个人物或是某件事的核心和感觉。不管你听到什么相反的说法，画面鲜明的描写的每个细节都像照片一样生动感人。要想描写生动形象，焦点明确、重点突出显然要比炫耀词汇量或毫无目的地堆砌形容词更为重要。下例展示的就是这个观点。下文选自查尔斯·里德的《修道院与壁炉》，文中作者描述了一个舟车劳顿的游客看到的，或者更多是鼻子嗅到的一家中世纪小酒馆：

> 在一个角落里是一个外出旅行的家庭，是一个大家庭，一大群无人管教的调皮的孩子，全身散发着难闻的气味。空气中弥漫着大蒜的气味。窗户全都关着，交织着屋中央的火炉的热气，还有至少四十多个人呼出的废气。
>
> 他们刚刚喝完。
>
> 现在杰拉德像很多艺术家一样，有着敏锐的器官，浓重的废气让他很是忧郁。但屋外大雨倾盆，屋里的灯火诱使他走了进来。
>
> 那么浓重的气味使他无法一下子逼迫自己走进屋子，可他还是像飞蛾般一次次扑向灯火。最后，他发现各种各样的气味并不完全相互融合，没有恶魔在那里把它们搅浑。有两个角落充斥着家庭的气味；屋子中间蒸腾着浓郁的乡土气味；窗户旁是叽叽喳喳的人们身上的大蒜气味。草草分析之后，他发现在诸多气味之中，大蒜的气味辐射范围最小，乡野农夫身上的臭味扩散的范围较大——那种气味犹如原始山羊身上的馊味或是狐狸祖先身上的狐臭，顺着河流一路飘来，凝滞在这个巨大酒瓶中。

这篇描写的主要特点就是其鲜明的焦点。作者将焦点拉近到这个脏兮兮的酒馆的味道上，而不是对其肮脏的环境进行笼统的描写。

酒馆里的恶臭是这篇描写留给读者的主要印象，作者的每一个词、每一个形象、每一个比喻都是为了让我们嗅到这股恶臭的味道。

何时使用描写?

除了叙述,描写恐怕是所有修辞模式中使用最为广泛的了。信件、日志、报告和备忘录中,我们描述我们去过的地方、见过的人、经历过的冒险。对于任意一周内所发生的事情,我们都有可能会用语言描绘一幅图片,要么写出来,要么说出来。

如何描写?

有些常用的描写文写作技巧是作者们都会使用的。我们建议大家在写作时进行相应的练习。

聚焦于主要印象 形象生动的描写会始终聚焦于某一个主要印象,并全力传达这一印象。无论如何,作者始终不能偏离这个主要印象:每一个词语、每一个意象都是为了更加清晰准确地表达这一印象。主要印象是指某个场景的具有代表性的特点。并不是所有的场景都有令人印象深刻的特点,要想找到这个特点并能将之升华为一个主要印象,作者通常必须首先要认真观察并分析某个场景。不过,也有些场景会立即向你展示出某个主要印象。比如,高峰时段的高速路简直是嘈杂混乱,车水马龙,到处是想要从一条车道别进另一条车道的车辆。描述高峰时段的高速路,你应该令你的主体印象中包含司机的滑稽动作、汽车的尾气、疯狂的鸣笛和车流的喧嚣。对于描写对象的主体印象你可能会写:"高峰时段圣地亚哥的高速路乱成了一锅粥,到处是车辆的喧嚣、令人窒息的汽车尾气和冲动暴躁的司机。"接着你要用具体的形象和细节支撑这个主要印象。

下面的段落描写了西班牙的夜晚,文中便运用了上述技巧:

> 西班牙的夜晚深沉而浮华,它吓退了日间的喧嚣与光亮。各种建筑物平时看来轮廓分明,犹如刚刚建成一般,在夜幕的重压之下个个清冷飘摇,好似玻璃般脆弱。白色的建筑高高矗立,一列排开;波浪般傲视一切的高墙让人不寒而栗。在每一个角落里,在黑乎乎的大树身后,是深深的、幽静的河流。从河底深处,浪花四溅而出,你追我赶,积攒力气,猛然间以雄狮般的气力向你扑来,根本无视你娇小的身躯。接着,它向后退去,而另一朵闪闪发光的浪花再一次猛地向清冷的月光下散步的你扑来。你慢慢走过小城,不时会遇到各种饥饿的黑影向你伸来戴着金属护手的巨手。
>
> ——萨谢弗雷尔·西特韦尔,《南部巴洛克艺术》

这个段落生动地捕捉到西班牙小镇日暮时分的景象和感觉。文章的核心是唯一的,那就是这个夜晚给我们的强烈的印象是"深沉而浮华,吓退了日间的喧嚣与光亮",而段落中的所有的细节均服务于这一主要印象。

描写中的主要印象应该是你所描写的一个人、一个地方或是场景的灵魂。描写一个有些木讷的年长的阿姨，她的木讷可以成为你的主要印象。描写一个圣诞购物场景，你的主要印象就是展示那些疲惫不堪的购物者，忙碌不堪的销售员，还有闪烁的圣诞彩灯。

不过，在呈现主要印象时，你不能将场景中的每一个细节都说得清清楚楚。比如，圣诞节期间，百货商店蜂拥的人群中，总有几个非常沉着冷静的购物者，他们似乎丝毫不受周围购物热情的影响。因为这些少数的幸运儿并不是整个场景的代表，你应该剔除他们，不然就会削弱你描写的效果 。同样，如果你的姐姐整体而言是神经极度紧张的人，你就该把这种性格描写出来，尽管你也曾窥视到过她偶然有过一丝平静。

描写中使用形象　我们基本上都了解形象化描述的基本方法，尤其是明喻和暗喻。我们清楚明喻就是基于显性比拟的形象的呈现。比如，在弗兰纳里·奥康纳的《鸟禽之王》中，作者运用比喻的手法描绘了白喉带鹀的冠："乍一眼看上去像昆虫的触角，再看又像是印第安人头上插着的羽毛。"我们也知道，暗喻是基于间接比拟的形象的呈现，而且没有"像（like）""似的（as）"之类将本体和喻体相连接的词汇。比如，在《重游缅湖》中，E. B. 怀特运用暗喻的手法描述了一场雷雨风暴。"定音鼓、小鼓、低音鼓、小铙大钹，之后闪电咔咔嚓嚓照亮黑夜，各路神仙个个咧嘴诡笑，吐着舌头，舔舐着山峰间的排骨。"这就是作者眼中的雷雨风暴——雷声像阵阵鼓响；闪电照亮大小山峰，像各路神仙舔舐着排骨。尽管作者没有使用"像"使其比拟更加明确，我们仍然可以感受到这幅画面。

除了这些最基本的、作者偶然都会用到的形象化的表达，有关形象化描写还有一些珍贵的经验分享给大家，不过，这些经验需要大家下功夫才能领悟。第一个就是，形象化的描写并非偶然笔尖奇迹般的流露，往往是作者反复加工材料的结果。你想写出一段描写，已经在桌前坐了好几分钟可还是没有任何新颖独特的东西闪现在脑海，那只是因为你坐得还不够久，或者功夫还没下到。反复阅读你所写的文字，努力将头脑中你想要描述的人物、地点或事物形象化。这里去掉一个单词，那里替换掉一个，对你自己写的内容反复修改，不久你就会为自己的进步而惊讶。

第二个经验体现在"似少实多"这一谚语中。过分描述不仅容易出现，而且极有可能。你不满意自己写的描写文字时，切记不要再往里面塞形容词了，而是要试着删减一些。下面是一个过分描述的例子，摘自阿曼达·麦基特里克·罗斯写的《德利娜·德兰尼》。作者尽其所能描述他和心上人分手时的内心感受：

> 我恰好听到了分手之钟沉闷的声响，它低沉而有力，狠狠地撞击着一颗爱慕之心的脆弱的神经纤维，挑逗着它深沉的睡梦，将离别的利刃深深地扎进他脆弱的血管，煽风点火，将小小的火苗化为炙热的烈焰。

当然，这些东西很是拙劣。可以看出作者借笔消愁，想方设法为其笔下人物增添情感。然而，过犹不及，很费力，但效果不佳。

调动读者的多种感官 我们中大多数人都毫不掩饰地重视视觉冲击，描写中我们总是试图通过视觉进行展示。然而，一个场景仅靠视觉展示往往是不够的；你还可以写一写那个场景听起来、闻起来或者摸起来是什么样子。最好的描写会利用各种形象，调动尽可能多的感官。下面是选自埃尔斯佩思·赫胥黎的《锡卡的火焰树》的片段，描述了一战时期军用运输车在夜间从非洲车站把士兵送往前线的场景。

> 男人们唱起了当时最为流行的小曲——《进军塔波拉》。人们的喊声、欢笑声、汽笛声、机车突突的声响，让整个车站犹如水壶烧开时憋满蒸汽。一切似乎沸腾了；男人们透过窗户招手；迪克号叫着好似要捕猎；先驱者玛丽的红头发在灯光下好似燃着一般；保安跳进了开动着的面包车里；我们看着最后一节车厢的尾灯慢慢消失，听着突突的机车声慢慢消失在远方。一束火花，一群萤火虫在空中飞舞，拖出一道长长的弧线，铺盖在麦那盖伊火山口黝黑古老的肩膀；慢慢地，非洲消融一切的黑暗吞噬了那无畏的昆虫留下的所有痕迹，还有那匆忙赶路的火车。

上述描述同时调动了我们的视觉和听觉。男人们唱着，欢呼着，机车发出的突突声和汽笛声。我们看见先驱者玛丽红色的头发，火车机车上溅起的火星。我们看到了巧妙的比喻，"整个车站犹如水壶烧开时憋满蒸汽"，又看到了引人注目的情景，"非洲消融一切的黑暗吞噬了那无畏的昆虫留下的所有痕迹，还有那匆忙赶路的火车"。作者真的就是坐在那里，毫不费力就能静静挖掘出如此形象的描写脉络吗？我们不得而知，但很可能并非如此。如果她的经历具有代表性，那她也是经过长期不懈的努力挖掘才最终掘到主矿脉。

描写文写作热身

1. 训练自我，提升观察力。回到自己的房间或者其他熟悉的地方，拿出笔记本和铅笔或者笔记本电脑，把自己放在可以全面观察整个地方的角度。写下或者打出那个地方的具体细节。看到所有细节后，提炼出该地的最重要的印象，写在笔记本上或者打在笔记本电脑上。你可能会写道，"我的房间总让我感到舒适惬意，因为那里充满了从儿时到现在的回忆"，或者，"老家餐厅是距离我住处五个街区外的一家饭店，在那里可以嗅到各种气味，听到各种噪音，看到各色人等"。接着，只写出能支撑这一主要印象的细节。

2. 开车穿过你所在的小城或小区，注意观察你认为当地政府应该处置的碍眼的细节。比如，一家受大家欢迎的咖啡屋门口赫然放着一个大垃圾桶，一家地产销售大厅旁边花坛中的花儿竟然枯萎了，或者某家前院里到处放着破烂的汽车和汽车配件。记下视觉、听觉、味觉和触觉所能感知的碍眼的细节。

3. 改写下面枯燥乏味、描写欠佳的句子，使其更为形象。如有需要，请使用修辞性语言。

a. 这家疗养院的气味让人倒胃口。

b. 他的脸上有很多标志显示他老了。

c. 抗议者们很吵闹，很活跃。

d. 落在小溪里的雪很可爱。

作为附加练习，请将下列句子补充完整，使其更为形象：

e. 松鼠在树上你追我赶，好似……

f. 贾丝明有着深绿色的双眸，看着好似……

g. 手提箱从我们汽车的载物架上掉落，啪的一声砸在高速路上，引起了……

h. 冷风从北方吹来，撼动树木，把树干吹得前后摇摆，从远处看，白杨林好似……

写作实例

爱丑之欲

亨利·路易斯·门肯（H.L. Mencken）

> **修辞图解**
>
> **目的：** 描述匹兹堡周围其丑无比的建筑
>
> **受众：** 杂志读者
>
> **语言：** 雄辩的语言
>
> **策略：** 以乘火车穿越匹兹堡郊外游客的视角进行描写

亨利·路易斯·门肯（1880—1956），编辑、作家、评论家。他的记者生涯始于《巴尔的摩先驱晨报》，后成为该报的编辑。1906 年后，他一直供职于《巴尔的摩太阳报》。1924 年，门肯和乔治·纳桑共同创办了《美国信使》杂志，并于 1925 年至 1933 年担任该报的编辑。门肯的作品主要以犀利的笔触炮轰美国中产阶级保守自满的情绪。在他众多作品之中，《美国语言》（*The American Language*）一书是针对美国习语的重要研究著作，于 1919 年出版。

鲜有作者具有门肯那样善于捕捉色彩细节的眼睛，在他抱怨建筑物的丑陋或是批判他所不喜欢的传统时，这双眼睛的功能发挥到了极致。在下面的文章中，门肯以其犀利的笔触揭示了 20 世纪 20 年代美国核心工业区的丑陋。

1 　几年前的一个冬日，我乘坐宾夕法尼亚铁路公司的一列快车离开匹兹堡，一路向东。火车穿越了威斯特摩兰县的煤城和钢都，花了差不多一个小时。这是我熟悉的地方。无论是童年时期还是成年时期，我常常路过这一带。可不知为何，以前我从来没有觉得这个地方竟会如此荒凉。这里是工业化美国的核心地带，是其最赚钱、最具代表性的经济活动的中心，是世界上最富裕、最伟大的国家的自豪和骄傲——然而这儿的一切却丑陋异常，阴郁暗淡，凄凉悲惨得令人无法忍受，以至于个人的抱负和壮志在这儿都成了令人毛骨悚然、沮丧失望的笑料。这儿的财富多得无法计算，简直都无法想象——也是在这儿，人们的居住条件又是如此之恶劣，连那些流浪街头的野猫也为之汗颜。

2 　我说的不仅仅是肮脏的环境。钢铁城镇的肮脏是人们意料之中的事。我说的是所看到的房子没有一幢不是丑陋得令人难受，畸形古怪得让人作呕的。从东自由镇到格林斯堡，在这全长25英里的路上，从火车上看去，没有一幢房子不让人们的眼睛感到难受。有的房子糟得吓人，却又那么自命不凡——教堂、商店、仓库等。人们惊愕地看着这些房子，就像是看见一个面部被子弹毁容的人。有的留在记忆里，甚至回忆起来也是可怕的：珍尼特西面的一所样子稀奇古怪的小教堂，就像一扇老虎窗贴在一面光秃秃的、似有麻风病的山坡上；海外战争退伍军人协会总部，设在珍尼特过去不远的另一个凄凉的小镇上。沿铁路线向东不远处的一座钢结构体育馆，好似一个巨大的捕鼠器。在我记忆中，小镇只有一个总体印象——连绵不断的丑陋。从匹兹堡到格林斯堡火车调度场，目之所及，没有一幢像样的房子。没有一幢不是歪歪扭扭的，没有一幢不是破破烂烂的。

3 　尽管到处是林立的工厂，遍地弥漫着烟尘，这一地区的自然条件并不差。就地形而论，这儿是一条狭窄的山谷，山谷中流淌着一条条源自山间的深溪。这儿人口虽然稠密，但并无过分拥挤的迹象，即使在一些较大的城镇中，建筑方面也还大有发展的余地。这儿很少见到有高密度排列的楼群，几乎每一幢房屋，无论大小，四周都还有剩余的空地。显然，如果这一地区有几个稍有职业责任感或荣誉感的建筑师的话，他们准会紧依山坡建造一些美观雅致的瑞士式山地小木屋——一种有着便于冬季排除积雪的陡坡屋顶，宽度大于高度，依山而建的低矮的小木屋。可是，他们实际上是怎么做的呢？他们把直立的砖块作为造房的模式，造出了一种用肮脏的护墙板围成的不伦不类的房屋，屋顶又窄又平，蹲在一些单薄的、奇形怪状的砖垛上。这种丑陋不堪的房屋成百上千地散布在一个个光秃秃的山坡上，好似墓碑矗立在广阔荒凉的坟场之上。这些房屋高的一侧有三四层甚至五层楼高，而低的一侧看去却像一头埋在烂泥潭里的猪猡。垂直式的房屋不到1/5，大部分房屋都是东倒西歪，在地基上摇摇欲坠。每幢房屋上都积有一道道尘垢印痕，而那一道道垢痕的间隙中，还隐隐约约露出一些像湿疹痂般的油漆斑痕。

4 　偶尔也可以看到一幢砖房，可那叫什么砖啊！初建成时，它的颜色像油煎鸡蛋，然而一经工厂排放出来的烟尘熏染，蒙上一层绿锈时，它的颜色便像那早已无人问津的臭蛋一样了。难道一定得采用这种糟糕的颜色吗？这就与把房屋都建成直立式一样毫无必要。若是用红砖造房，便可以越古老陈旧越气派，即使在钢铁城镇中也是如此。红砖就算被染得漆黑，看起来还是赏心悦目，尤其是如果用白石镶边，经雨水洗刷后，凹处烟垢残存，凸处本色外露，红黑映衬，更显美观。可是在威斯特摩兰县，人们却偏偏喜欢用那血尿般的黄色，因此便有了这种世界上最丑陋不堪、最刺痛人眼的城镇和乡村。

5　我是在经过一番苦心探究和不断祈祷后，才将这顶丑陋之最的桂冠封赠于威斯特摩兰县的。我自信我已见到世界上所有的最不好看的城镇，它们全都在美国。我目睹了日趋衰落的新英格兰地区的工业城镇，也目睹了犹他州、亚利桑那州和得克萨斯州的荒漠城市。我熟悉纽瓦克、布鲁克林和芝加哥的偏街僻巷，并曾对新泽西州的卡姆登和弗吉尼亚州的纽波特纽斯作过科学的考察。我曾安安稳稳地坐着普尔曼轿车，周游了艾奥瓦州和堪萨斯州那些昏暗凄凉的村镇以及佐治亚州那些乌烟瘴气的沿海渔村。我到过康涅狄格州的布里奇港，还去过洛杉矶市。然而，在世界上的任何一个地方，无论国内国外，我从未见到过任何东西可以与那些拥挤在宾夕法尼亚铁路从匹兹堡车辆调度场到格林斯堡路段沿线的村庄相比。它们无论在色彩上还是在样式上都是无与伦比的。仿佛有什么与人类不共戴天的、能力超常的鬼才，费尽心机，动员魔鬼王国里的鬼斧神工，才造出这些丑陋无比的房屋来。这些房屋不仅丑陋而且奇形怪状，使人回头一看，顿觉它们已变成一个个青面獠牙的恶魔。人们无法想象单凭人的力量如何能造出如此可怕的东西来，也很难想象居然还有人类栖居其中，生儿育女，繁衍生息。

6　这些房屋如此丑陋，难道是因为该河谷地区住满了愚蠢迟钝、麻木不仁、毫无爱美之心的外国蛮子吗？若果然如此，为什么那些外国蛮子并没有在自己的故土上造出这样丑恶的东西来呢？事实上，在欧洲绝对找不到这种丑恶的东西——英国的某些破败的地区也许例外。整个欧洲大陆很难找到一个丑陋的村落。欧洲那儿的农民，不论怎么穷，都会想方设法将自己的居室修造得美观雅致，即使在西班牙也是如此。而在美国的乡村和小城镇里，人们千方百计地追求的目标是丑陋，尤其在那个威斯特摩兰河谷地区，人们对丑的追求已达到几近狂热的程度。如果说单凭愚昧无知就能造就这样令人毛骨悚然的杰作，那是无法让人信服的。

7　美国某些阶层的人们当中似乎的的确确存在着一种爱丑之欲，就像在另一些不那么虔诚的基督徒中存在着一种爱美之心一样。那些把一般美国中下层家庭的住宅打扮得像丑八怪的糊墙纸绝不能归咎于选购者的疏忽大意，也不能归咎于制造商的鄙俗的幽默感。很显然，那些糊墙纸上的丑陋图案确实能使具有某种心理的人觉得赏心悦目。它们以某种莫名其妙的方式满足了这种人的某种晦涩难解的心理需要。这些人对丑陋的倾心呵护好似人们对于某些诗集、电影和爵士乐的青睐。人们对这类丑陋图案的欣赏，就同某些人对教条主义神学和埃德加·A.格斯特的诗歌的迷恋一样，既不可思议，又让人习以为常。

8　因此，我相信（尽管坦白地说，我不敢断然肯定），威斯特摩兰县绝大多数正直诚实的人，尤其是其中那些纯正的美国人，确实很欣赏他们居住的房屋并引以为豪。虽然他们可以用同样多的建筑成本造出好得多的房屋，他们却宁愿要现有的那种丑陋不堪的房屋。可以肯定地说，海外战争退伍军人协会总部将自己的旗帜插在那样一幢丑陋的大楼上绝非迫于无奈，因为铁路沿线闲置未用的建筑还很多，而且许多建筑都比他们那幢大楼要好得多。如果愿意的话，他们也完全可以自己建造一幢像样的大楼。然而，他们却眼睁睁地选择了那幢用护墙板造起来的丑陋的大楼，而且选定之后，还要让它发展演变成现在这副破烂相。他们喜欢的就是这种丑怪样子，如果有人在那附近立起一座像希腊巴特农神殿那样的漂亮建筑，他们一定会非常恼火。前面提到的那座形如捕鼠器的钢结构体育馆的设计建造者们也是有意地做了一个深思熟虑的选择。在费尽心血、辛辛苦苦地设计并建成那个运动场之后，又想进一步美化完善它，于是便在建筑平项上加造了一间极不协调的小棚屋，并涂上鲜艳夺目的黄色油漆。这样的效果便是，整个建筑看起来好似一个有黑眼圈的肥胖女人，也可以说活像一位长老会牧师脸上挤出的一丝笑容。但他们喜欢的就是这副模样。

9　这里涉及一个心理学家迄今未加重视的问题，即为了丑本身的价值而爱丑（非因其他利益驱动而爱丑），急欲将世界打扮得丑不可耐的欲望。这种心理的孳生地就是美国。从美国这个大熔炉中产生出了一个新的种族，他们像仇视真理一样地仇视美。这种变态心理的病理值得进行更多的研究，它的背后一定隐藏着某些原因，其产生和发展肯定受到某些生物学规律的制约，而不能简单地看成是自然天成。那么，这些规律的具体内容究竟是什么呢？为什么它们在美国比在其他任何地方更为盛行？这个问题还是让某位德国大学的研究社会病理学的兼职讲师去研究吧。

* 译文参考 https://ishare.iask.sina.com.cn/f/1e7YQLnzrxH.html，译者不详，有改动。

● 内容分析

1. 这篇文章描写的是美国的哪个地方？

2. 这个地方的支柱性产业是什么？

3. 门肯不仅批判了这个地区的建筑，他同样给出了更好的选择。他认为什么样的建筑更适合这个地区？

4. 门肯是基于什么对这个地方的丑陋进行批判的？

5. 门肯眼中欧洲的村落是什么样的？在他看来，它们能和美国的村落相比吗？

● 方法分析

1. 一篇好的描写关注于一个最主要的印象，将其展开并形成文章。研读第2段，其中最主要的印象是什么？

2. 研读第 3 段，门肯在描写建筑物时聚焦于哪一个主要印象？

3. 第 4 段分析了"丑陋"的哪个方面？

4. "我自信我已见到过世界上所有的最不好看的城镇，它们全都在美国。"为什么作者使用"不好看（unlovely）"而不是"丑陋（ugly）"？哪个词的表现力更强，为什么？

5. "每幢房屋上都积有一道道的尘垢印痕，而那一道道垢痕的间隙中，还隐隐约约露出一些像湿疹痂般的油漆斑痕。"这句中作者是如何运用比喻的？

● 问题讨论

1. 环境保护分子是今天美国社会中最有警惕性的公民组织之一，他们坚定地守卫着历史建筑、荒野地区、海岸和公园。你认为他们努力的重要性是什么？如果他们不再关注曾关注的问题，会发生什么事情？

2. 门肯似乎感到，尽管无论任何规模的建筑物，它的丑陋都是值得同情的，但是如果该建筑物体量巨大的话，那它的丑陋就是粗鲁无礼的。你同意他的看法吗，为什么？

3. 美国哪里的高速路格外迷人，却与他所描述的威斯特摩兰县的房屋形成了鲜明的对比？用细节描述这条高速路，重点突出其周边建筑的特点。

4. 你同意门肯说美国人心理上喜好丑陋吗？如果同意的话，找到这种喜好的原因。如果不同意，用表现美国人崇尚美和追求品位的例子证明门肯是错误的。

5. 如果你要去监督一所漂亮房屋的建造过程，审美上你会坚持什么样的要求？将建造的过程逐条描述清楚。

● 写作建议

1. 写一篇文章，描绘你所居住的地方。

2. 分析本文中门肯的措辞并写一篇文章，重点关注其形容词的使用。

地狱

詹姆斯·乔伊斯（James Joyce）

修辞图解

目的： 以你能想象的最生动、最具体的方式描写地狱

读者： 受教育的小说读者

语言： 标准英语

策略： 引用圣经及其他神学参考书目，用文字描述地狱的状况

詹姆斯·乔伊斯（1882—1941）被很多人视为 20 世纪最为成功的小说家之一。他出生在爱尔兰都柏林，毕业于都柏林大学学院。乔伊斯将语言表达力发挥至极致，文字简单易读，作品包括诗歌、短篇小说、长篇小说等。他的主要长篇小说有《一个青年艺术家的肖像》（*A Portrait of the Artist as a Young Man*，1916）、《尤利西斯》（*Ulysses*，写于 1914—1921 年，1933 年在美国出版）和《芬尼根守灵夜》（*Finnegan's Wake*，1939）等。

在下面《一个青年艺术家的肖像》摘录片段中，乔伊斯向我们展示了地狱中弥漫的烈焰，让我们嗅到硫磺和罪恶的恶臭。下面的描述部分生动形象，详实具体，那让人不寒而栗的画面，好像有人从那可怕的地方回来后向我们讲述他的所见所闻一般。

1　　地狱是个又窄又黑的监牢，散发着恶臭，是恶魔和堕落灵魂的居所，充满了烟和火。上帝特地设计出这座牢房的窄度，就为惩罚那些拒绝服从他的法度的人。在人间的牢房中，可怜的囚犯至少还有某些行动的自由，虽然只是局限在囚室的四堵墙内，或者只是局限在阴沉沉的监狱庭院中。地狱里可不是这样。在那里，因为下地狱的人数众多，囚犯们就堆聚在他们可怕的牢房中，牢房的墙壁据说有四千英里厚：下地狱的人们都被捆得死死的，无依无靠，就像得赐天福的圣人圣安塞尔姆在其书中打的比方一样，他们甚至都无力把正在咬嚙自己眼睛的虫子赶开。

2　　他们躺在那里，外面是一片漆黑。因为地狱的火是没有光亮的。烧巴比伦人的火窑，听从上帝的旨意，虽有亮光，却没有炙热；同样，听从上帝的旨意，地狱之火，虽然保持了浓烈的热度，却永远在黑暗中燃烧。那是永不会结束的黑暗风暴，硫磺在燃烧，散发出黑暗的火苗和黑暗的烟雾，尸体一具接一具地堆在其中，看不到一丝空隙。法老的领地曾经遭受的种种灾害中，只有一种灾害被称作是可怕至极的，那就是黑暗之灾。地狱中

的黑暗，不是只持续三天，而是直到永远，那么我们该怎样称呼它呢？

3　　这又窄又黑的牢房，难闻的恶臭使其更加可怕。我们知道，末日那恐怖的大火涤荡过这个世界之后，这个世界所有的碎屑残渣都流向那里，就像流入一个臭气熏天的巨大的污水池。还有在那里充分燃烧的硫磺，也会使整个地狱充满那令人难以忍受的刺鼻味道；遭天谴下地狱的人们散发出瘟疫一样的恶臭，就像圣波拿文都拉说的那样，这些人中一个就足够让全世界都染上瘟疫。这个世界本身的空气是纯净的元素，但是倘若闭塞了很长时间，就会变得肮脏，让人无法呼吸。那么，可想而知，地狱的空气会是多么的污秽不堪。想想看，秽烂的腐尸在坟墓中分解糜烂，变成黏稠稀烂的一大团腐败物质。想想看，这样一具尸首再遭火焚烧，被硫磺燃烧的火焰吞噬，分崩离析的时候会散发怎样令人窒息的浓烟啊。再想想看，臭气熏天的黑暗中还有上百万的死尸臭烘烘地堆在一起，活像一只硕大无朋、正在腐烂的人蘑菇，于是这股子令人作呕的恶臭还要成百万倍地增加。想到这些，你们就会对地狱那可怕的恶臭有些认识了。

4　　恶臭虽然可怕，却还不是下地狱的人要遭受的最可怕的肉体折磨。暴君使他的同类遭受的折磨中，火刑是最厉害的了。把手指在蜡烛的火苗中搁一会儿，你就会感到火烧的痛。可是上帝创造尘世的火焰还是为了服务我们人类，是为了让人保持住生命的火苗，帮助人类做好实用性手艺；可是地狱之火的本质却有所不同，上帝创造它，是为了折磨惩罚那些不知悔罪的罪人。尘世的火，根据遭火烧的物质的可燃性的大小，会相应地改变燃烧的速度，人类甚至用自己的聪明才智发明出化学物品，来控制或遏制火势；可是地狱中燃烧的硫磺却设计特别，能够永远燃烧，而且火势熊熊。还有，尘世的火在燃烧的时候也在毁灭被燃烧的物体，而且火势越烈，火期越短；可是地狱之火的属性却是：它燃烧的同时还在保留，而且尽管火势猛烈得出乎人的意料，火势却能永远维持下去。

5　　再者，尘世的火，无论火势多凶猛，蔓延范围有多广，总会有个限度；可是地狱的火湖却是无边、无岸、无底。根据记载，有位战士问那魔头本人的时候，那魔头不得已承认说，如果整座大山都扔到燃烧的地狱火海中，那也不过一会儿工夫，就会像一小块蜡一样被烧个精光。这可怕的火焰不仅仅从外部折磨着下地狱的人的肉体，而且每一个堕落的灵魂都会成为本身的地狱，五脏六腑都会有无边的火焰疯狂燃烧。哦，那些悲惨的人啊，他们的命运是多么恐怖啊！血液在血管中沸腾翻滚，大脑在脑壳中沸腾，心脏在胸腔内烧得血红，快要迸裂了，肠子成了通红燃烧的一团烂浆，从前温柔的双眼现在却像熔化的火球。

6　　然而，关于这火的力量和本质以及它的无边无际，我所说的这一切，跟火势猛烈比起来，就算不了什么了。那火恰是因为猛烈，才会被神意选来作为惩罚肉体也惩罚灵魂的工具。那是从上帝的震怒直接喷涌出来的怒火，它发生作用不是因为自身的活动，而是因为它承载了神的报复。正如洗礼用的水冲过肉体，就洗净了灵魂，惩罚的火焰也通过虐待肉体而折磨了灵魂。肉体的每一种直觉都遭受着折磨，灵魂的每一种功能都遭受着同样的折磨：眼睛看到的是无法穿透的绝对黑暗，鼻子闻到的是难忍的恶臭，耳朵听到的是哀号和咒骂，味觉尝到的是肮脏的东西，麻风病状的烂块，难以名状的噎人垃圾，触碰到的是火烫的刺棒和矛尖，全都吞吐着狠毒的火舌。知觉如此遭受着几样酷刑，而不死的灵魂就痛彻心扉地置身于熊熊燃烧的火焰中，永远遭受折磨。全能的上帝的威严被冒犯，就在深渊中点起这样的火焰，绵延数海里，还用神性之震怒吹旺火势，把它扇动成为永不熄灭而且越烧越猛的火海。

　　7　　最后，再想想，这地狱牢房里的酷刑，因为有下地狱者同伴的存在，而更加剧烈。邪恶的同伴在尘世就已经叫人深恶痛绝，就连植物都仿佛出于本能，会从有害的同伴身旁抽身逃开。到了地狱，所有的法则都被推翻了——没有了家庭或祖国的概念，也没有了亲友的概念。下了地狱的人彼此呼号叫骂，眼前有跟他们一样遭受酷刑痛苦的发疯的人们的怒号。下了地狱的人，满嘴都是亵渎上帝的鬼话，满嘴都是对受苦受难的同伴的刻骨仇恨，满嘴都是他们对作恶为歹时的狼狈为奸之辈发出的诅咒。古时候，犯了弑父罪的人，也就是对父亲下毒手的人，惯例要遭受这样的刑罚：他将和公鸡、猴子和毒蛇一起被装到一个袋子里，抛到深深的海洋中。立法者制定这样的法律，乃是要迫使罪犯跟有害可恨的畜生待在一起，使他受到惩治。可是下了地狱的人，在受苦受难的同伴中，看到了自己作恶时在一旁助纣为虐煽风点火的人，看到了花言巧语在他们心灵中播下最初邪恶念头和邪恶生活的种子的人，看到用妄念痴想引诱他们犯罪的人，看到用目光诱惑他们背离贞洁和道德的人，他们干裂的嘴唇和疼痛的喉咙中就会爆发出愤怒的咒骂，跟这些比起来，那些哑巴畜生的狂躁又算得了什么呀？下了地狱的人会朝与自己狼狈为奸之辈大声咒骂。可是他们无依无靠，毫无希望：现在悔罪已经太迟。

* 译文参考《都柏林人：一个青年艺术家的肖像》，译林出版社（2003），徐晓雯译，有改动。

● **内容分析**

　　1. 地狱的墙壁有多厚？

　　2. 地狱之火有什么独特的特征？

　　3. 下地狱的人所遭受的最严厉的肉体折磨是什么？

　　4. 地狱之火的根源是什么？

　　5. 在古代弑父罪会受到何种惩罚？

● **方法分析**

　　1. 仔细研读对地狱的描述。整体结构如何？段落是如何安排的？

2. 研读第 4 段。该段落是如何发展的？其目的是什么？

3. 第 1 段中提及"人间的牢房"，其目的是什么？

4. 仔细研读第 5 段。该段的结构如何？作者使用了何种技巧以实现形象的描写？

5. 在小说《一个青年艺术家的肖像》中，牧师在一次布道中对地狱做出了这样的描述。请找出牧师使用的至少一个可以吸引听众认真听其描述的技巧。

● **问题讨论**

1. 在很大程度上，现代人已经不相信中世纪对地狱的观点，不相信下地狱的人会遭受炙热、严寒、恶臭、撕裂、恶魔的严刑拷打等刑罚。如果有，那么取而代之的关于地狱的观点是什么？

2. 在你看来，为什么很多人相信天堂和地狱？不相信有天堂和地狱的存在会有什么好处或不足？

3. 在你看来，对地狱如此的描述对年青的听众而言有什么效果？你如何看待其中的写作技巧？

4. 在文明社会，酷刑是不是一种合适的惩罚方式？为什么？

5. 但丁笔下的地狱的一部分被留出来，专门接受那些教唆他人铸成罪过的人。在上述摘录文字中，乔伊斯在何处表达了类似的观点？为什么但丁和乔伊斯都呼吁要对那些协助或教唆他人作恶的人处以极刑？

● **写作建议**

1. 就上述文字中描述的地狱写一篇文章，就是否应该相信地狱的存在表达支持或反对的观点。

2. 参考摘录文字的写作方法，对天堂做一个简短的描述。

批判性思维与辩论图库：
自我形象

无论在哪里我们都会看到一些人过于肥胖，我们也会看到一些男男女女似乎是要为马戏团代言：绿色的头发高高耸起，文身遍布全身，鼻子、耳朵和嘴唇到处打满了孔。人们十分在意自己的形象，试图以怪异的相貌吸引他人的关注。电影和电视屏幕上以及流行杂志里偶像的装束引发了一种别样的崇尚。你能看到他们在健身器械上挥汗如雨，通过吃豆腐节食，或者用辛苦钱换得私人教练教他们如何对腹部和肩部进行塑形。我们知道普通美国人每天要看 1500 条广告，每周花费好几个小时看商业广告，而这些广告声称可以保证把他们塑造成媚俗的公众眼中的男神或女神。不过，你可能会想到推销商品的时候，媒体会尽量展示商品的一般样貌，但事实并非如此。与城市或乡村的普通女性相比，绝大多数女模特都过于消瘦。同样，比起我们在超市或购物中心的过道里看到的男性而言，男性模特的身材又过于健壮和结实。

由于媒体过于美化这些怪异的形象，并将其在电子屏幕、印刷品和广告板等媒体上到处展示，成长过程中的年轻人就会认为，如果他们不按照这些模特的样子做就会沦为失败者。青春期的孩子本来就对自己在社会中的地位感到不安，广告却给他们造成了巨大的焦虑，担心自己体重和体形不够完美。一些大学毕业生推迟找工作，等自己哪天能达到"最佳体重"或"最佳身材"再找工作。大众心中这种幻想确实有助于大幅提升某些产品的销量，但同时也引发了自卑感和严重的抑郁。

整形已经成为价值几十亿美元的行业。在过去十年中，很多大公司已经形成看重第一印象的心理，他们更加关注迷人的长相而非聪明才智或是人格魅力。汇聚了各种整形医生、美容牙医和私人教练的电视节目"改头换面"，在屏幕上把一只只丑小鸭打造成了白天鹅。这场无休止的美体盛宴将会给任何一个远在他国的观众传递错误的信息，认为大多数美国人长相迷人，身材健康匀称，而非长期肥胖，疾病缠身。有人不禁会想，期望自己能达到某种程度的美的压力给我们带来的不是自我提升而是自我毁灭。

我们"图库"部分聚焦于两种人：一种人想要塑造出非凡的个人形象；另一种人因为无法实现广告所宣传的形象，而不得不放弃这个念头。我们第一页中是一幅卡通漫画，展示了一些人为了有自己理想的长相是如何对自己的外貌百般折腾。第二页的图片呈现了两个名人的图片，他们希望让自己看上去非常怪异。一张是迈克·泰森和他脸上有名的文身；另一张是 Lady Gaga，那令人惊诧的服装让我们看到她那无尽的想象力。第三页展示了四个人，他们个个肥胖异常，这个问题让美国的医生和卫生保健部门官员忧心忡忡。孰好孰坏，此处没有定论，其实人们也不想要什么定论。比起别人如何看待自己，我们如何看待自己显得更加复杂。最终，唯一的结论可能会源于那句古老的格言：自己就是自己，无论是胖，是瘦，不胖不瘦，或是帅哥辣妹。

学生习作提醒学生在下决心文身或者穿孔前要考虑再三，因为一旦时尚不再，或是被视为荒诞之举，这些身体上的变动很难复原。

"切题练习"的作业将解决这一议题。

看看下面三组与自我形象有关的图片。选择一组最吸引你的图片，回答后面的问题，并完成写作练习。

"不，你的眼睛很完美，不过一副平光眼镜可以让你看上去更睿智。"

图片分析

1. 医生的回答告诉我们，在一些人看来，什么会彻底改变一个人的性格和个性特点？你赞同这样的观点吗？

2. 你认为塑造令人满意的个性特点的最佳方式是什么？这种方法的成功率有多大？给出一到两个例子。

3. 在个性的形成过程中，"真诚"的作用是什么？比如，你假装与同学友好相处，但实际上却认为他们不如你，那么诸如肩膀上轻轻的一拍或故作姿态的微笑这样的举动会不会帮你赢得真正的朋友？

4. 在青少年心中，相貌和自我形象之间是否有关系？如果有的话，是什么关系？比如，男孩子们非要把自己的头都剪成莫西干式的发型并染成亮绿色，他们传递出了对自我的何种看法？或是当女孩子们穿着厚底的松糕鞋，而鞋底的厚度会令路人担心她们是否会摔倒时，她们又传递出了对自我的何种看法？

写作练习

写一篇文章，表明你支持或反对允许青少年选择自己喜欢的相貌或装束。文章要符合常理和逻辑，并用生活中的实例支撑你的观点。

迈克·泰森

Lady Gaga

图片分析

1. 细节化地描述迈克·泰森的脸和 Lady Gaga 的服装。确保你的描述形象生动，使任何一个不熟悉这两位名人的读者通过你的描述就可以看到他们的相貌。

2. 很多年前，HULIQ 新闻刊登了这样的标题："迈克·泰森脸部的文身成为热衷时尚的单身一族所追求的最新时尚。"你认为是什么原因使得迈克·泰森在脸部文了这样一个图案？你如何评价泰森文身的艺术价值？文身已经流行了很长一段时间了，你认为它的未来发展会怎样？这是一种永恒的艺术形式，还是会走向没落？

3. 自 Lady Gaga 在娱乐圈出名以来，她已经成了极具个性的话题人物。粉丝们狂热地崇拜她，不喜欢她的人尖声批判她的疯狂。泰森和 Gaga 都展示出了一些被粉丝们看作怪异的形象，你认为是他们认为自己的粉丝们的形象过于传统他们才这样做，还是他们的怪异形象会展示出他们个性中的独特方面？解释你的想法。

4. 年轻人展现感受到自我价值的自我形象，这样做有多么重要？一个人背景中的哪些方面会对他的个人形象产生很大的影响？

5. 像电影明星、运动员或政治领导人这样的名人，他们是否应为自己给年轻人所展示的让其竞相模仿的个人形象承担责任？还是你认为每一个人都应该自由地按照自己的本能或想法行事？给出理由。

写作练习

就你对自我形象的看法写一篇文章，文中表明在你看来，成就今天的你的主要原因是什么？用具体例子阐明自己的观点。

公共场合的肥胖：长椅上的三个人和穿着黑色短裤在街上溜达的一个年轻男子

图片分析

1. 图片中长椅上坐着的三个人或穿着黑色短裤在街上溜达的那位年轻男子，给你在视觉和情感上带来了何种影响？你如何向一个好朋友描述图中的内容？

2. 我们所处的文化对这些肥胖的人持何种态度？分析你听到过的对此问题的态度——尤其是一些不太敏感的年轻人所做过的评论——所产生的影响。

3. 电影或时尚杂志在展示理想化男性或女性的形象塑造过程中起到什么样的作用？当某个人无法实现这些理想形象时，会发生什么事情？

4. 在学校的低年级里，过胖的孩子往往受人欺负，被叫作"胖子""大屁股""胖气球"。我们能做些什么以制止霸凌事件的发生？如果你是一个肥胖孩子的父亲或母亲，你会采取何种措施控制孩子的饮食以改善他／她的个人形象？给出可行性方案。

5. 尽管最近电视中一直在强调可以通过特殊饮食、使用药品、器械运动和心理咨询减肥，很多美国人还是会一直胖下去，主要原因是什么？我们社会在扭转肥胖这个趋势方面是否做出足够的努力？在控制肥胖方面，谁应该承担更多的责任？

写作练习

写一篇文章，描述理想的女性或者男性身材是什么样子。然后，给出一个你个人所推崇的可以保持这种身材的建议。如需引用外部资料，请将外部资源融入自己的文章，并注明出处。

标点工作坊：逗号

逗号（,）

1. 在 and，but, for, or, nor, yet 和 so 之前使用逗号，以连接两个独立的分句：

He played the guitar, and his brother played the saxophone.

（以前，他弹吉他，而他的兄弟吹萨克斯。）

2. 在两个以上条目中使用逗号：

Isaac ordered a salami sandwich, a salad, and ice cream.

（艾萨克点了一个意大利腊肠三明治、一份沙拉和一个冰激凌。）

将地址或日期视为一系列条目中的一个条目：

He was born March 5, 1951, in Stoneham, Massachusetts.

（1951 年 3 月 5 日，他出生在马萨诸塞州史东罕镇。）

如果日期中仅有月份和年，省略逗号：

The revolution began in May 1980.

（革命爆发于 1980 年 5 月。）

3. 在介绍性表达或者事后思考之后使用逗号：

Well, that certainly was stressful.

（嗨，那件事的确很有压力。）

4. 引入某个句子的独立分句之后使用逗号：

While she was skating across the pond, she fell and broke her ankle.

（从池塘冰面上滑过时，她不幸跌倒，摔坏了脚踝。）

5. 讲话针对的对象的姓名前后使用逗号：

Be careful, Professor Gomez, not to slip.

（小心，戈麦斯教授，小心滑倒。）

6. 句子中插入成分前后使用逗号：

The poor, however, can't live only on food stamps.

（穷人，却，不能仅靠食品救济券活着啊。）

7. 不影响句子整体意义的补充信息前后使用逗号：

Joseph Pendecost, who is a tile expert, will lecture on artistic kitchens.

（约瑟夫·宾得科斯特，一名专家级泥瓦工，将就艺术性厨房设计进行讲解。）

但是，如果这个分句对句意至关重要，则不需要使用逗号：

The man who is a tile expert will lecture on artistic kitchens. No other man will lecture except the tile except.

[这个专家级泥瓦工将就艺术性厨房设计进行讲解。（不是别人，正是这个专家级瓦工发表讲话。）]

8. 说话人和所讲内容之间用逗号隔开：

"Forget him," the mother said.

（"别管他了，"母亲说。）

9. 为了避免误读，使用逗号：

Woman: without her, man is nothing.

（没有了女人，男人什么也不是。）

Woman, without her man, is nothing.

（没有了男人的女人，什么也不是。）

学生角

身体改造——三思而后行！

雪莉·泰勒

奥斯威戈，纽约州大学

不久前，我听说几代女孩子们最钟爱的玩具、也是她们的时尚偶像"芭比"，会在她四十岁或者四十五岁生日之时文一个蝴蝶的文身图案。好吧，没关系，她从来没有长大过。她必须紧跟最新的时尚。但毕竟，她的未来和名声将会受到影响。

这些天，几乎无论何处，你都可以看到一些人对身体进行过改造。其中最多的是穿孔和文身。比如，从校园或商场里走过，你一定会看到一些人，他们耳朵上装饰着各式各样的饰品，珠宝一层层从眉毛上垂下来，鼻子上穿着亮闪闪的装饰钉。他们的脚踝上印着阴阳标志，胳膊上文着卡通人物的形象，手腕处时不时看到一朵朵玫瑰花和爱人们的名字（有些图片真的不漂亮），这些仅仅是你看到的一点点；很多身体部位，包括舌头、肚脐（是的，我想你看到过的）和生殖器上都无不被穿孔，而文身更是随处可见了。

事实上，纵观历史，不同文化背景的人们都曾使用穿孔和文身的方式来美化自己的身体。1992 年，在奥地利的冰川发现了一具 4000 年前男性的尸体，身上有文身的痕迹。公元前4000年到公元前2000年，埃及人就用文身来展示自己的生育能力和贵族身份。人体穿孔曾被作为皇室和勇气的象征，也被用来代表其他让人赞美的特质。在有些民族和国家，人体穿孔和刺青很长时间从来都被用于成年礼或作为社交符号。

穿孔无须麻醉，使用弹簧驱动的穿耳枪或各种打孔针，穿出的孔径为1到4毫米范围的孔洞。文身时采用电子针，将颜料注射到皮肤上很小很深的孔中。多数情况下，文身和穿孔所采用的方法较为简陋，不够卫生。即便是在最好的条件下，整个过程也十分痛苦。文身带来的不适感往往与电针去除毛发的感觉不相上下。

可是，身体改造为何如此盛行？人们为什么要这样做？常见的解释是：人们需要一种新颖独特的方式来展现自我。他们想要告诉这个世界"他们是谁"（或他们希望自己是谁）。进行身体穿孔和文身的绝大多数人都是青少年，他们中很多人认为穿着和形象就像食物和水一样重要。改造身体是他们不拘传统和展示"个性"的方式。

但有趣的是，个性却又是他们最不想要的。看到同龄人，尤其是那些"圈内人"做某些事情的时候，他们会感到自己也需要跟风效仿。他们希望与那些人有相同的身份，希望属于并融入这个群体。在这个过程中，媒体的作用十分重要。杂志、电视和电影中总能看到模特、体育偶像，以及年轻人所追捧的乐队中的成员，这些人个个骄傲地展示着自己身上的穿孔和文身，并将其视为最潮、最酷的潮流风尚。

青少年努力想要与父母或是老一辈的人们有所不同。身体穿孔就是他们用来告诉别人"我长大了，可以自己做决定了"的一种方式。从某方面而言，这变成了一种成长仪式，宣告他们在不断变化，变得更为成熟了。他们正在社会中寻找自己的位置和自信。他们是在庆祝自己的成长，庆祝自己即将成年。

很多人会说，年轻人希望彰显自我并探索不甚传统的道路，因而才选择改变自己的相貌，这样的做法相对而言并无大碍。毕竟，流行的发型、破洞的牛仔和肚脐上闪闪发光的饰品很难与吸毒和打架斗殴相提并论。穿衣的方式变来变去，就像过去的几百年一样，时尚至少可以继续让这个世界更加有趣，不那么无聊。

但事实是时尚来得快，走得也快，在决定改造身体之前，一定要再三思考。头发的颜色和衣服可以轻易更换，而穿孔或文身却很难去除。长远来看，身体穿孔可以是相对暂时性的，除非继发感染或是结了疤，不过它短暂的存在却可以带来长期的后果。相比而言，文身是永久的，当它不再流行或你不想要它时，文身不是个人可以说去掉就可以去掉，说扔掉就可以扔掉的东西。显然，事实告诉我们，把男朋友或女朋友（或是配偶）的名字文在身体上简直愚蠢至极。想一想，你的未来该会有多麻烦啊！

外貌十分重要。无论喜欢与否，我们都不可能不在乎别人对我们的看法。生活中，外貌和形象会让人有完全不同的境遇。一个人10到15秒的时间内所塑造的第一印象会影响其未来的很多年。这条法则在职场上屡屡应验。在给你机会回答问题或自我介绍之前，潜在的雇主会记住你的相貌。文身和身体穿孔与传统商界所看重的形象信息并不一致。结果就是，与没有进行身体改造的求职者相比，有文身或者穿孔的人的求职成功率更低。

健康是需要考虑的一个重要问题。身体穿孔和文身的最初阶段都会存在潜在的健康风险。以舌头为例，刚打完孔时，舌头会肿胀至正常两倍大小，会影响正常饮食，导致呼吸不畅。感染、血块、流口水、味蕾及神经损伤等症状也可能随之出现。其他部位的穿孔也会造成各种问题。肚脐穿孔需要12个月才能愈合，而且异常疼痛，尤其是不小心被皮带碰着的时候。乳头穿孔可能会造成感染和对金属的过敏，而一旦乳腺管结痂则会永久性影响以后的哺乳。上耳处软骨的愈合非常缓慢，还可能会继发感染。穿孔可能会造成永久性结痂和瘢痕瘤。另外，对金属的过敏反应也会引起接触性皮炎。

这才是刚刚开始。更严重的副作用还在后面。穿孔会引发心内膜炎，尿道破裂，严重的阴茎包皮感染，进而可能会导致残疾甚至死亡。穿孔和文身造成的潜在威胁是慢性感染、乙肝、丙肝、破伤风。理论上还会传染艾滋病，尤其是实施过程没有遵循正确的消毒程序或未采用安全的方式。黑色指甲花文身彩绘可以造成严重的皮疹和过敏，从而造成肾脏衰竭甚至死亡。这些情况对儿童尤为危险。

这又让我想到另外一点。在未征得其父母或监护人同意之前，给未满18岁者文身或穿孔的经营行为属于违法行为。可是，针对该法律条文也有对策，那就是"自助"文身和穿孔。很多青少年在朋友或其他非职业人员那里，以钢笔、橡皮和回形针作为替代工具，在不符合卫生要求的条件下进行身体改造。很小的孩子也受到影响，觉得年长的孩子很酷，于是试图模仿，结果往往以悲剧告终。不久前，在得克萨斯州沃斯堡的一所小学里，十名三年级学生竟然尝试用剃须刀片给自己文身。

因此，确切地讲，身体改造是关乎生死的问题。从另一方面说也是如此，但是很多人并没有意识到这一点。就像我之前间接提及的，文身和穿孔是某种群体身份的象征，经常和帮派联系在一起。帮派中的成员用称呼或是标记显示其所归属的团体。中学生（五年级到八年级）用很多诸如此类的标签作为入会仪式的一部分。特定的颜色和服饰的组合，还有文身，都是为自己贴上标签的具体做法。文身往往被帮派成员所使用。

我曾在青少年收容所里工作过一段时间，这里关押的是经过法庭裁决，至少有过一次案底的 12 至 18 岁的青少年。我们所参加的培训中有一项内容是参加一个由检察官主持的研讨会，而那位检察官曾经花数年时间研究帮派对其个体成员的操纵和针对成员的工作机制。他告诉我们说，涂鸦、艺术作品、特定的颜色、衣着方式、音乐和舞蹈都是帮派释放给帮派成员和竞争对手的部分信息内容。

他们确立自己的领地，一旦地盘受到亵渎，他们就会用武力去警告对方。另外，舞蹈动作和手势甚至也都有一定的意义。他告诉我们有一个摇滚乐的表演者惨遭"血帮"杀害，而原因却是该表演者在一个公共舞台上做了一个"特殊行走动作"（也许是反着做的），同时做出了一个"不敬"的手势。闻听此事，我立刻想到成千上万的孩子，想到他们长期被帮派文身所影响，想到文身和穿孔给他们带来的威胁。众所周知的是，当与敌对帮派中锒铛入狱的罪犯关在一起时，有文身的犯人们肯定会整天提心吊胆，担心生命受到威胁。

担心帮派的报复，考虑到潜在雇主的想法，以及检察官会把文身图案与违法犯罪相关联，很多人希望清除身上的文身。往往这些人都是希望从帮派中全身而退的人。在一千万个有文身的美国人之中，有一半的人想要去掉文身，不过他们的原因五花八门。现在清除文身的业务如雨后春笋般在各地冒了出来，不仅在美国，其他国家亦是如此，尤其是中美和南美国家。现在这样的需求依然无法得以充分满足。祛除文身花费巨大，且过程耗时，十分痛苦。激光祛除文身每次花费上千美元，整个过程被比作油脂顺着炙热的培根表面慢慢流淌。几个疗程之后，皮肤上依旧会有一块阴影，那是激光传输的颜料进入到了淋巴系统。其他祛除的方法包括手术切除有文身的皮肤，或是用钢丝刷磨掉文身。多次尝试后会发现，彻底清除文身根本无法做到。

因此，你如何确定何种做法较为恰当？切记要三思而后行。正如你所看到的那样，有很多事情需要考虑，切莫仓促决定。在做一些极端行为之前，一定要问自己几个问题。你是为了自己这样做，还是因为你想像朋友一样？毕竟，身体是自己的。你因此而获得的是否值得你所承担的风险？要不要考虑一下将来从事什么工作？你觉得十年后的你会是什么样子？这倒提醒了我，如果你决定了要这样做，千万不要吃胖了。假如在 4 码的肚皮上文了一只可爱的小青蛙，随后肚皮不断变胖变大 20 磅

（1 磅约等于 0.45 千克）、30 磅，甚至更多磅后，这个文身看起来会多么恐怖。

记住，这个决定很可能会影响你的后半生。你不觉得这个决定意义深远吗？无论你是一个少年，一个年轻人，或是一个总想做点有趣且非同寻常的事情的中年人，不要忘记要考虑问题的方方面面。前后思量虽然劳神但却有所裨益。冒着难脱俗套的危险，我想引用为大学黑板网写下睿智留言的一位匿名作者的话来结束我的文章，"穿孔请三思，文身需谨慎（Ponder before you pierce, and think before you ink）"。我没法说得更好了。

我的写作心得

开始写作之前，我思考了很多，并在头脑中进行了整理。我确定了文中要使用哪些信息，并且大致思考了应该用何种顺序和形式来整合这些信息。通常，我会列出大纲，这样我能有章可循。完成这些工作之后，我会通读文章很多遍，以对初稿进行不断修改和调整。

我的写作小妙招

● 用一些能够吸引读者的材料开头，比如一个有趣的故事，一段有趣的说明性文字，一个令人惊讶的事件，或是一句形象生动的陈述。

● 要富有想象力，描写生动，内容独到新颖。

● 避免使用冗赘的字词或短语。

● 确保语法和拼写正确，思想表述尽可能清晰。

● 要真诚，要始终将自己呈现在文章当中。任何一个人都可以写下大量的事实，但只有你自己的见解和个性才能使文字充满活力。

● 给读者思考的空间。（我个人认为前言导入和结论部分是文章最重要的部分。）

 切题练习

回复下面针对推文的留言，假想文字是写给自己的：

"你基本上算是班里最失败的人了。你该在你妈的背上文一个哭脸。"

■ **本章写作练习**

1.写一篇文章，描述下列某一个地方：

　　a.你知道的最宁静的一个地方

　　b.你曾去过的最乱的地方

　　c.你知道的最无聊的地方

2. 写一篇文章，描述一个极其生动的梦境。一开始思考并写出你在梦中看到的场景给你留下的主要印象。将这一主要印象作为自己文章的主题，写一篇描写文，用具体的细节支撑你的描写。

■ **进阶写作练习**

1.写一则日记，描述自己一天中所做的主要事情。将日记视为最亲近的密友，你可以向它吐露你最真实的想法。

2.给家人写一封信，描述你所就读的大学中的生活区，或者给朋友写一封信，描述你所在大学校园里最喜欢的一个地方。

💬 **专家支招**

写最熟悉的事物

　　我会写让我讨厌的事情，让我无法一个人独处的事情，凌晨三点脑袋里不停琢磨的事情，颠覆我世界的事情。有时这些仅是我看到的事情；有时只是只言片语；有时是一些场景；有时是一篇篇完整的记叙文。反复思考这些事情，直到自己不得不把它们写出来，将它们摆脱。于是，我坐定，着手开始写作。

　　　　　　　　——罗克萨·鲁滨孙，《写作中的作家》

　　其个中道理就是当你为自己的写作感到激动时，你的思想会散发光芒；当你无动于衷时，你的作品就会像你的观点一样沉闷无趣。

第十章
过程分析

■ 过程分析指南

什么是过程分析?

一篇旨在解释如何做一件事情或者描述一件事情是如何做成的文章,通常会使用到过程分析。很多畅销书都运用了"如何"这个模式,往往冠以《如何在地产界成为百万富翁》或《如何轻松学会西班牙语》这样的书名。像威尔·杜兰特这样的历史学家,他们用过程分析告诉我们斯巴达的勇士们是如何练成的,基督教如何成为西方文明的最主要的宗教,诺曼底战役是如何获胜的。像记叙文一样,过程分析以时间顺序呈现信息,大多数情况下就像说明书的文字那样。下面引文中,学生便在解释如何使用微波炉烹饪蔬菜:

按照下面七个简单的步骤,你便可以享受到烹饪好的口感脆爽的蔬菜,就像菜品频频出新的顶级饭店里的一样。

首先,选择三种烹饪时间大体相当的蔬菜(比如胡萝卜、西兰花、西葫芦等)。为了视觉上的美感,建议选择颜色不一的。

第二,将蔬菜切成一口就能吃掉的块或片,具体如何切取决于你更擅长什么。

第三,将切好的蔬菜在陶瓷盘子里依次摆成圆圈。

第四,放入黄油、盐和胡椒粉提味。

第五,往蔬菜上浇半杯水。

第六,用塑料盖把盘子盖好并密封。

最后,高火烹饪四分钟。

蔬菜将会鲜脆美味,等待味蕾挑剔的美食家的品鉴。最棒的是,蔬菜中的维生素会被完好地保留。

尽管过程分析是一种比较简单的修辞方式,而且写起来比较直接,但此类文章往往写得不尽如人意,读来令人痛苦。任何人只要曾绞尽脑汁去搞懂一份写得不好的手册,对清晰的过程写作的重要性就有切身的体会。

何时使用过程分析?

在各种写作中几乎都会有过程分析,尤其在科技文中,它可以以各种形式呈现:讲解如何测试酸性的简单实验的实验说明书,告诉你如何使用超声波诊断高危妊娠的操作说明书,等等。很多课程都会要求你写各种各样的过程解释。政治老师可能会要求你描述议案在国会中是如何通过的;地理老师会要求你解释冰川是如何形成的;植物学老师会让你解释花是如何繁殖的。从历史学中有关卡斯特最后一战的详尽报道到人类学解释古老部落如何埋葬去世族人,过程解释应用广泛。

如何撰写过程分析?

过程写作的第一步,也是至关重要的一步,是选取恰当的主题。想一想你的主要目的是要给出具体说明,还是要告知某件事情。如果你的目的是告诉读者如何组织一个志愿者团队去抓那些涂鸦者,或是如何准备 SAT 考试,你的目的就是给予指导,写出指导说明;如果你想列出导致某网络公司于 2001 年倒闭的具体情况或是把尼克松拉下总统宝座的一系列事件,那么你的目的就是告知。无论是写哪种文章,你必须知道,而且必须能够使用恰当的细节。

用清晰的论题陈述你的目的 过程写作的第二步就是用一个论题清晰地陈述自己的总体目标。"你很有可能学会一种比赛精神",这样的论题会让你的读者不知所云,而且对你——文章的作者——也毫无帮助。相反,"你可以通过五种人格特点的练习获得比赛精神",这个论题给作者创建了一个议题,并且告知读者将会看到的内容——也就是对这五个特点的描述或陈述。同样,"我想告诉你青少年是如何被监禁的",也没有告知读者任何实质性的信息。与之完全不同的论题是"被监禁前青少年要面临四个法律程序"。相比而言,这个论题则更有意义。

一个更便捷、更简单的让你的阐释更为高效的方式是用1、2、3等进行排列。比如,给不会游泳的人解释如何防止溺水事件,符合逻辑的步骤是:

1. 深吸一口气;

2. 水中垂直漂浮;

3. 将双臂抬高至肩膀高度,双臂上下摆动击水,双脚做剪式打水动作;

4. 将头伸出水面,呼气。

这几步如此依序排列方可奏效,因此你的解释也必须准确地涵盖每一个步骤。

有序地组织每一个步骤 接下来,你应该用最符合逻辑的顺序排列各个步骤。文章内容如果仅仅涉及一系列"如何",比如如何换轮胎,或如何烘烤出最美味的蛋糕,这样的文章一般是按照时间顺序。不过,内容更加宽泛的文章,比如如何帮助孩子树立自尊心,如何经营婚姻,这样的文章最好按照重要性顺序安排各个步骤。

无论使用何种方式组织文章，你应该明确阐明每一个步骤。可以将所有的步骤按照自己需要的顺序简单列出。假设你的父母打赢了一场状告房东的官司，因为他对他们有种族歧视。利用你对案件的熟悉，结合进一步的调查研究，你决定写一篇关于如何提出反歧视住房诉讼的文章。下面是你按照时间顺序组织的每一个步骤：

1. 向当地的公平住房委员会投诉；

2. 向听取投诉的调查人员解释你的原因；

3. 若调查找到了歧视的证据，州政府或联邦政府会正式以歧视罪对房东提起诉讼（若你的案件没有道理，事情到此就结束了）；

4. 选择亲自出庭面对行政听证官，或者聘请律师在法庭上提起诉讼；

5. 不管怎样，案件都会有审理结果，或是败诉或是州政府判处对方缴纳罚金以补偿原告方所遭受的损失。

一旦清晰列出各个步骤，随后你要做的就是用必要的事实和细节充实自己的文章。

解释每一点　据说，魔鬼藏身于细节之中，过程中也确实如此。永远把读者假想为对于你的文章主题一无所知，尽力解释方方面面。不能模棱两可，不要像那些令人发狂的毫无用处的手册一样。如果你的文章旨在具体指导如何完成某件事请，你可以像发布命令那样直接告知读者："接下来，请沿虚线将纸折叠……随后，在左上角写下自己的个人编号。"

用诸如"第一""第二""接着""然后""最后"之类的词语也有助于你清晰列举所说的每一个步骤。每一步中，使用诸如"之前""之后"和"同时"这样的词语有助于读者跟上所说的内容。在进入下一个步骤前提及先前的步骤也是有用的。例如，关于青少年如何被监禁的文章里，第一步可能是警察将年轻人带到隔离审讯室。如果是这样的话，你要说的第二步可能就是"如果在审讯室中，案件通过非正式手段未能有效解决，则第二个步骤就是安排时间进行法庭听证"。

就像我们之前所说，过程写作往往直截了当，而且写起来相对简单。大多数过程写作不需要诗意的或是比喻性的语言——诗意盎然的手册会令消费者摸不着头脑——过程写作所需要的往往仅仅是对事实的理性捕捉，以及通过逻辑化的方式将其解释的能力。

过程分析写作热身

1. 在下面"如何做"的过程中选择一个，以时间顺序或按照轻重缓急的顺序安排每一步，完成一篇过程写作。请勿漏掉某个步骤。

a. 如何修剪圣诞树？

b. 如何读报纸才是明智的？

c. 如何让你的大学教授喜欢你？

d. 如何为长距离自行车比赛做赛前准备？

e. 如何邀请别人共进晚餐，或如何拒绝别人共进晚餐的邀请？

2. 在下面"如何发生"的过程中选择一项，写出使之发生的重要步骤。如有必要，到网上搜索相关参考资料。

    a. 你的一个朋友是如何染上违禁药品的，比如可卡因或迷幻药？

    b. 与你或你最爱的人有关的一场严重的事故是如何发生的？

    c. 萨达姆·侯赛因最后是如何被抓获、扣押并最终处决的？

    d. 艾滋病的每一个阶段。

3. 从每组中选一个话题写一篇过程分析的文章。

    a.（1）如何驾驶商业飞机？

       （2）如何洗车？

       （3）如何写小说？

       （4）如何学习说汉语？

    b.（1）世界是怎样形成的？

       （2）你的祖父是怎样成为百万富翁的？

       （3）国际经济破产的每一个步骤。

       （4）联合国是如何发挥作用的？

■ 写作实例

我磕磕绊绊的演讲

丹·斯莱特（Dan Slater）

修辞图解

目的：列出克服严重结巴的步骤，进而鼓励其他说话结巴的人努力克服自己的问题

受众：任何说话结巴的人，有朋友患口吃的人，或者有兴趣研究口吃原因的人

语言：含有科技语的正式英语

策略：形象地描述口吃，以方法论的视角阐释作者在克服给自己带来人格侮辱，让自己蒙羞的口吃时所采用的步骤

丹·斯莱特（1977—），律师，成功将律师职业与自由作家职业相结合。在科尔盖特大学获国际关系学士学位，曾留学马德里和伦敦。之后在布鲁克林法学院获得法学博士学位。其后在凯寿律师事务所任诉讼律师，主要处理商务和知识产权案件。自 2009 年起，在《纽约时报》《华盛顿时报》《纽约杂志》《绅士季刊》和《美国律师》等知名期刊发表多篇文章。下文即转引自《华盛顿邮报》。

文中以令人痛苦的细节描述了说话结巴的人所经受的痛苦。从四岁起，作者说话就结结巴巴，就是今天，在发一些比较难的辅音时还是难免有些底气不足，因而在听众眼中他还是经常被当作笑柄。阅读过程中，请找出说话结巴的人内心的羞愧感和与恐惧所做的艰苦的斗争。努力理解口吃的根源，学习作者一生中所采取的能保证自己自由流畅地进行公众演讲的克服口吃的步骤。

1   关于我的口吃，我记得最清楚的不是那失去知觉的声带麻痹、抽动的双眼，也不是每天因自己的语言矫正而呕吐的折磨，那些声音从我的牙齿后面弹跳，就像硬币试图从小猪存钱罐里逃出来一样。这些都只是说话结巴的细微表现，是结巴的人努力调整自己以适应生活要求的各种现实状态。其实，口吃对我最大的影响，是在我如何看待别人、如何看待你这方面所起的奇怪作用。

2   我的口吃成了你在场时我自信心的检测仪。在我心中你是否友好、耐心、善良？或是傲慢无礼，咄咄逼人？你的微笑有多真诚？你欣赏我的才能，还是在意我不合时宜的特征？这样一来，我将世界上的人分为两种类型：看到他们我会口吃的人，和看到他们我也许不会口吃的人。

3   我的口吃在特定的环境中发作：当时我四岁，而我的父亲一直到成年还在口吃；当时，我的父母在里根时代陷入了一场痛苦而漫长的离婚，似乎注定两败俱伤。

4   母亲从那时起便在她的日记里按时间顺序记录了我说话时的问题。1981 年 9 月 26 日，"几周来，达尼尔一直在啃指甲，说话也结结巴巴。"1982 年 7 月 8 日，"（跟他爸爸）打完电话后，丹尼说话有点儿结巴，有些词说不出来。"

5   实际上，我父亲和我的口吃并不相同。父亲的口吃按照言语诊疗师的说法属于更为传统的类型，重复每个单词的第一个音节。"巴斯（Bus，公交车）"可能听起来像"啊巴 - 啊巴 - 啊巴斯（aba-aba-abus）。"我的口吃属于言语障碍，是《国王的演讲》中科林·费斯扮演的国王乔治四世必须纠正的那种不很极端的口吃。

6   我的声带会阻碍一些声音。比较难的辅音如 K，D，还有 C 和 G，简直把我打入地狱。小时候为期一年的语言治疗帮助我形成了一整套克服语言障碍的模式，或者至少可以恰当地掩盖自己的发音问题，在大多数时候蒙骗大多数人。与其他口吃的人一样，我也逐步训练了自己发音的敏捷度。说一个句子简直像传球或是带球闯过封锁线。

7   我会带着 5 到 10 个词一路向前，如果看到一个来者不善的词语，比如"Camping

（野营）"，我就伸臂把它挡开，然后后撤以寻找阻力更小的路径，也许会选择一个更为直接的说法，比如："这周末我想睡在森林里。"

8　　不过这种换词或是绕着说的策略绝非屡试不爽。结巴的小耗子总是潜伏四周。14岁时，我想邀请一个女孩一起参加中学的舞会。可令我痛苦的是她叫金姆（Kim）。好几天，我都心焦如焚，只希望到时能一举成功。结果，我打电话到金姆家时，是她妈妈接的电话。

9　　"啊，不知道，啊，啊……"

10　　我需要迅速绕过那个"K"，可是我能做的只是啊啊不停，呼吸急促，那个"K"就挂在嘴巴上方，简直像只困在树上的猫那样。

11　　我做了个深呼吸，马上说："呀，不知金姆在家吗？"

12　　"金姆？"她妈妈笑着说，"你确定吗？"

13　　我又做了个深呼吸，"哦，是，我确定是金姆。"

14　　金姆接电话时告诉我，她家人觉得我打电话时竟然忘了要打给谁，简直太搞笑了。当然，我跟他们一起大笑，原因是忘了自己喜欢的女孩叫啥总比被人看作傻子好多了。

15　　美国有300多万口吃患者，约占总人口的1%。男性患口吃的比率是女性的四倍之多。学龄前儿童中有5%的人在正常发育的过程中会出现口吃，而后无须治疗，口吃自行消除。虽然尚未发现某种特定诱因，人们认为口吃是基因（60%的口吃患者家族成员中有人口吃）、神经生理原因、家庭动态（如历代家族成员有很高的成就，则与之相随而来的持续的压力）等因素综合导致。

16　　与其他疑难杂症一样，口吃也有曲折多变的历史。从大概两千多年前开始，各种荒诞的理论便接踵而至。亚里士多德可能患有口吃，他认为口吃者舌头过厚，因而"太过迟缓，跟不上想象力的步伐"。希腊名医伽林认为口吃者的舌头太过潮湿；罗马医师塞尔苏斯提出用漱口和按摩的方法强化柔弱的舌头。这种江湖医术在19世纪达到逻辑顶峰，当时普鲁士整形外科医生约翰·弗雷德里希·迪芬巴赫认定人们口吃的原因是舌头太过笨重。有几个病例中，他把病人的舌头削得更加短小。

17　　直至20世纪初，人们才采取了严肃的措施来理解和治疗口吃。治疗专家倾向于关注口吃发展的青少年时期。波士顿大学言语病理学家阿尔伯特·墨菲提出了一种精神起因理论，认为口吃的根源在于"人际关系困顿和口吃患者破裂的自我形象"。

18　　这一理论是《国王的演讲》的核心。该影片的编剧大卫·塞德勒患有口吃，他重点关注了信任构建过程，通过这一过程澳大利亚言语理疗师诱导乔治国王说出了其记忆中早期的经历。在突破性的场景中，国王讲授了自己儿时因其兄长爱德华而遭受的折磨，不断的讥讽，以及在皇家保姆手中所受到的虐待。

19　　这种精神起因理论可以是诱导性的——我的父母想办法帮我矫正！但那种方法早已过时，取而代之的是生理疗法，需要诸如呼吸训练和使用可以回放口吃者言语的助听器似的设备延迟听觉反馈的方法。

20　对于口吃患者而言，言语困难都让其丧失更多的自信，继而留给他的则是越来越深的羞愧感和自我仇恨。一个口吃的孩子也许在科学方面很出色，可能博览群书，可能会扔出漂亮的旋转弧线，或者表现出忠诚的友谊。然而在他头脑中他就是口吃，这太麻烦了。每一次口吃的经历都加深其头脑中的挫败感——"所有人都觉得我是个傻子"——这样他的下一次言语表达就更加困难。

21　不过，些许的成功——哪怕只是某一个流利的句子——同样令人振奋，因为口吃患者有着强大的信念。"我得继续尝试说话，"他想，"也许明天我就能说好了。"对我而言，我心中总是在两个话语间循环，从"哦，不，怎么又说不成了"到"调整呼吸，放松，说吧！"。

22　8岁时，母亲带我去见一位言语理疗师。他慷慨大度，耐心十足，我跟他一起度过很多个下午时光，探讨我最喜欢的事情：足球、电影和我收集的棒球卡片。他教我练习纽约大学医学中心马丁·舒华兹教授提出的"气流"技术。舒华兹认为口吃是声带紧闭所致。为了放松声带，口吃者要学习在说话之前叹气，而且不能发出声音。我的言语理疗师说，我的话语可以顺着气流像坐过山车一样自由而出。

23　经过一年的治疗，我虽然不能完全流利说话，但至少重拾自信，也有了克服自己口吃的各种工具。其中一个工具就是通过模仿训练流利讲话，不管是跟着唱歌还是跟兄弟们一起滔滔不绝地说电影台词。

24　这其实就是在改变失败的反馈回路：从心理学角度，我可能会慢慢变成另外一个人，不会再想着讨厌自己发出的声音。从生理学角度，模仿可以为我的呼吸和发声机制带来新的反馈：不同的音高，不同的清晰度，还可以自行调整讲话速度以稳定语流。

25　然而，正如词语替换法一样不可能没有纰漏，模仿法也不是万能的。16岁时，讨厌的结巴又出现了。

26　在一次讲解司法体制的课堂中，我被安排担任模拟凶杀案审判的公诉人。为此，我必须撰写并宣读开庭陈词。当时一部关于军事审判的电影《义海雄风》刚刚在影院热映。我喜欢凯文·培根在陪审团面前趾高气扬的陈词，面对被告他总是那样的沉着和自信。于是我也模仿了他的说话方式，甚至还把他陈词的最后一句话写进了自己的陈词。

27　第二天上午，登上讲台后，我努力放松，调整呼吸。谁知紧张情绪像紧身衣似的勒住我，喉咙里、胸腔里的肌肉阻塞了气流。多亏我的执着，我坚持着说完自己的陈词，一共500个字，我每隔五个字就要停顿一下。当最后要说出凯文·培根的台词"这就是整个案件的全部事实，无可争辩"时，我已经说不出完整的句子了。

28　两三天后，老师在楼道里叫住我说："丹，我不知该怎么说。你敢于尝试就很有胆量！"她是个可爱的女士，可那句话我真的不想听到。被人听出口吃跟自己口吃同样令人汗颜。我露馅了。

29　大学期间有两三次课堂陈述我没有做好，不过其余的两三次做得还不错。在法学院，有好几次我曾当着大家的面流利讲话，但我拒绝了模拟法庭俱乐部的邀请。在新闻界的六年中，包括在《华尔街日报》的那段时间里，我发现电台采访要比录像采访简单得多。

30　如今，我已经33岁了。我相信自己已经基本治好口吃。然而，最近拜访在纽约的一位言语理疗师并与之交谈时，他并不这样认为。他说，我们会面时我的话语中没有一句话讲得不流利。可是当我坦白说自己一天中要多次考虑更换词汇，经常想起自己口吃时，他说："你花了很多精力用于掩盖口吃，希望别人听不出来。你总在想它。我不认为这是康复的标志。"总在想它？可是，没办法啊。

31　尽管设身处地为患者考虑可以让优秀的言语理疗师有效地抑制口吃，但有一件事是不口吃的人所难以理解的：去看医生时，我们会想着自己结巴；不去看医生时，我们还是想着自己会结巴。口吃就在那里。要么我们结结巴巴，要么就想办法与口吃同在，想方设法与之和平共处，继续想办法叫出"金姆"和"卡蒂"之类的名字。

● 内容分析

1. 根据作者所言，他口吃最持久的方面是什么？为什么这一方面令人迷惑？你如何解释其中的讽刺？

2. 从作者的评价中，人们可以推测出引发口吃的典型环境是什么？如果情况如此，在养育孩子的过程中，父母应该避免何种行为？

3. 哪些字词最容易引起口吃？作者如何回避这些字词？你觉得这一技能有什么要求？

4. 马丁·舒华兹教授教给作者的最为重要的应对机制是什么？用自己的话描述该技巧。你认为这样的技巧有效性如何？它的优点是什么？

5. 纽约的言语理疗师（见第30段）是基于什么认为作者的口吃尚未完全治愈？你同意他的说法吗？这个理疗师提出判断时是否明智？请解释自己的观点。

● 方法分析

1. 本文的题目与内容是如何联系的？作者的行文过程中这一联系是否清晰？请描述自己对标题的看法。

2. 在第5段作者引用了哪个历史文献？这一引用是否有助于文章目的的实现？如果你没有发现这一引用，请上网查阅。

3. 作者使用了何种策略以描述口吃者约会女孩时所经历的极度紧张？这一策略有何优势？

4. 作者寻求克服自己口吃的过程中涉及哪几个主要步骤？请按照它们出现的先后顺序列出这些步骤。在你看来，哪一个步骤最为成功？如果有，你会建议哪个额外步骤？

5. 第15—19段综合描述了治疗口吃的历史，包括一些统计数据。这些信息对文章有什么帮助？这些信息对你理解作者的口吃有何帮助？解释自己的答案。

● 问题讨论

1. 作者提供的最为重要的心理学观点是什么？敏感的读者可以吸收什么信息并使用在与存在言语问题的人的交流中？请描述你不知道该如何与口吃者交谈的具体场合。探讨解决这一困境的有用的方法。

2. 按照作者的观点，口吃不能归结于某个单独的原因，而是可能由基因、神经生理原因和家庭状况等多种因素综合导致。如果科学可以发现这一疑难病症的某个特定病因，如何尽快找出治疗方法？你认为口吃对一个人的事业发展有多么严重的影响？请解释自己的答案。

3. 你是否赞同作者所说的口吃的精神起因理论可能是一个诱导性理论？（见第19段）。请基于自己的经历或者自己认识的人的经历列举具体实例，支持或反对这一理论。

4. 作者在模拟谋杀案审判中作为公诉人发表开庭陈词后与作者讲话的那位老师哪里做错了？毕竟，她明显表达了同情和赞赏。结合作者的反应，分析她的评价。你会建议老师作何回应？

5. 本文的主题是什么？在哪里呈现？从文中你看到的最为明显的关于口吃的观点是什么？请指出本文对你将来与患有口吃的人交流时会有什么帮助。

● 写作建议

1. 上网查询后，写一篇报告，阐释当今言语理疗专家对于口吃问题的主流思想。注意参考翔实可信的资料。

2. 以斯莱特的文章为范本，写一篇文章，阐明自己处理先前或当前遇到的学习问题时所采取的具体步骤。

在吉尔伯特群岛猎杀章鱼

亚瑟·格林布尔爵士（Sir Arthur Grimble）

修辞图解

目的： 愉悦受众

受众： 通俗文章的读者和听众

语言： 标准英语

策略： 使用符合电台广播的对话英语

亚瑟·格林布尔爵士（1888—1956），英国殖民政府官员，作家。在剑桥大学玛格达莱妮学院毕业后，亚瑟·格林布尔入职英国太平洋殖民政府并被派驻吉尔伯特群岛和埃利斯群岛。在当地，自 1914 年至 1933 年他曾担任多个职位。1933 年至 1948 年，他先后担任温德华群岛行政官员和总督。1948 年退休后，格林布尔在英国广播公司 BBC 电台讲述他在岛上的经历。后来，因为他讲述的故事很受欢迎，最终结集成《岛上的生活》（*A Pattern of Islands*，1952）一书出版，下面摘录部分即选自该书。

格林布尔讲述了自己看两个小伙子在吉尔伯特群岛暗礁附近捕猎的有趣的故事。他对小伙子们所做的事情很是好奇，结果自己深陷困境，不得不加入他们的捕猎。在讲述这个引人入胜的故事的过程中，格林布尔给我们一步步阐释了吉尔伯特群岛岛民捕杀章鱼的方式。

1   吉尔伯特群岛岛民不知为何很喜欢把章鱼的一些器官作为食物，他们捕杀章鱼的方法很酷，主要的原理就是章鱼会用触须死死缠住东西，毫不放松。他们两人一组，结伴捕猎。一个人充当诱饵，而同伴则充当猎手。首先，他们在暗礁附近潮水低的水域俯身潜入水中，搜寻水下岩缝中是否有触须伸出抓取猎物。发现猎物后，他们会登上暗礁，为下一步做准备。随后，人饵开始正式捕猎，他潜入水中，在岩缝周围，章鱼猎杀范围之外扑腾，以吸引潜伏在岩缝中的怪物。之后，他猛地转身，然后径直游向岩缝，自投罗网，游向触须。有时毫无结果。章鱼并不总会对诱饵做出反应，不过通常它会袭击。

2   在暗礁上的同伴透过清澈的海水向下观察，等待时机。他的牙齿就是他唯一的武器。捕杀的效率取决于他能否避开每一根准备缠绕的触须。他必须等待，直到同伴的身体被拽到岩缝口。岩缝里的怪物此时正在用自己角质的嘴探寻着猎物的肉，除此之外一切都熟视无睹。人饵跳入海里，最多 30 秒后，时机到来。此时，捕杀者潜入水中，他抓住被死死缠住的伙伴，保持一臂的距离，然后猛地把他拽离岩缝。受到大力拉扯后，章鱼腕足前端的吸盘反而更加死命地吸住猎物。与此同时，人饵使劲一蹬，把自己连同猎物一起带出水面。他转过身，依然屏住呼吸以确保更好的浮力，而他突然转身也把野兽暴露出来供同伴猎杀。猎手慢慢靠近，从后方抓住恶魔的脑袋，用力猛扯，把它和它的食物分开。猎手把猎物的面部转向自己，猛地咬住章鱼鼓鼓的双眼中间的位置，使出最大力气奋力啃咬。捕猎到此结束。章鱼顷刻毙命；它的嘴巴放松了，它的触须耷拉下来；两位渔夫在欢声笑语中游回暗礁，把猎物穿到一根杆子上，继续准备下一次捕杀。

3　随便两个 17 岁的小伙子，每周任何一天都会外出，然后捕杀六七条章鱼，仅仅为了好玩。这就是整个故事的重点。这种捕杀，用最通俗的话讲，就是吉尔伯特群岛孩子们的游戏。

4　有一天，我在塔拉瓦潟湖湖堤的一头站着，正好看到两个附近村子的小伙子扛着一个杆子，杆子上悬着一串章鱼。于是，我便向他们走去，可是还没来得及打招呼，他们便停了下来，把扛着的杆子竖直插到一个岩缝里，随后游泳离开岸边。很明显，他们脸朝下潜在水里，找寻着什么东西。当时，我初到塔拉瓦才几个月，那是我第一次近距离观看捕杀章鱼。我仔细观察着每一个步骤，从人饵潜入水中，直到他们最后把捕杀的猎物拖回岸上。看着他们完成了整个捕杀过程，我走到他们身边。真不敢相信，就那么几秒钟时间，也几乎没有看到水花溅出水面，他们竟然完成了搜寻、捕获和猎杀的整个过程。他们兴高采烈地跟我解释整个过程是多么简单而有趣。

5　他们告诉我："做诱饵的人有一个技巧绝对不能忘记，不过说来也不难。如果没有戴'马当男人'潜水镜，在靠近章鱼时必须用一只手捂住双眼，否则章鱼吸盘会弄瞎他的双眼。"显然，眼睛的命运并不是需要担心的问题；最直接的问题是，章鱼的吸盘猛地夹紧眼球时，人饵会由于剧痛而憋不住气，吸入海水；那样，他就丧失了浮力，结果只能让他的伙伴错失良机。

6　随后他们彼此耳语了一番。在令人毛骨悚然的一瞬间，我突然明白他们在说些什么。他们还没回过头来跟我说话，我便被吓得心惊胆战。我令人生厌的好奇心把我推进了无法逃脱的陷阱。他们准备提议让我当一次诱饵，好亲身体验一下这是多么简单好玩。

7　他们就这样做了，根本没有考虑我也许不会接受这样的要求。那里的村民已经知道我是个喜欢游泳、捕鱼、说说笑笑的马当年轻人。我也表明自己对这种特殊的捕猎方式挺感兴趣。这样一来，我自然应该体验一把他们捕猎的乐趣。还没等我回答，他们已经从暗礁边上高兴地下了水，去寻找章鱼了——那是一只又肥又大的章鱼。我一个人站在暗礁上，再次目睹他们的捕猎过程。

8　黄昏降临村庄。渔夫们回到家中，我看到土黄色小屋子之间橘红色的炊火。女人们在做晚饭，人们有说有笑，然而笑声里充满了蔑视。"啥？害怕章鱼？就是那个马当年轻人？真不可思议，连小孩子都不怕章鱼的！"屋子里的窗帘放下又卷起；一位老者说："还是头儿呢？就你？连小孩子游戏都不敢尝试的人？还是别在我们这里管人了。"那一幕也传到了那些叔伯处："空手而归！"他们说，"我们就知道你抓不到章鱼，怎么样，空手回来了吧！"

9　当然，这有点儿夸张，不过有一点确定无疑：吉尔伯特群岛岛民保留着对胆小懦弱的最粗俗的幽默感。一个人如果被抓住笑柄，看作懦夫，那他就别想当首领。还是直面章鱼为妙。

10　当时我穿着卡其色休闲裤、帆布鞋、短袖汗衫。我脱掉鞋子，决定只要他们要求，我就脱掉汗衫；不过我坚决不脱裤子。不管是死是活，我心中一个声音告诉我，一名官员不穿裤子也太可笑了，我觉得自己无法面对那种额外的恐惧。然而，没有人让我脱掉任何衣物。

11　站在暗礁上跳入水中时我感觉自己面色蜡黄，真希望自己不是那个样子。我从来没有因为恐惧而脸色如此难看。"记住，一只手要捂住双眼。"有人从千里之外告诉我，接着我便潜入水中。

12　真不敢相信章鱼的眼睛在黑暗里闪闪发光；要知道，在清澈的水下，六英尺深的地方还是大白天。不过我发誓，当我靠近章鱼所在的岩缝时，那畜生的眼睛热辣辣地盯着我。当我用左手捂住双眼，游近它的触手时，我看到黑暗中亮闪闪的不知是它的哪个器官的东西。接着，我只记得它使劲把我黏住，不知什么东西缠住我的左小臂和我的背部，然后死扣在一起。与此同时，另一个不知什么东西击中我的额头，我感觉它慢慢滑到我的背心里。当时，我的想法就是赶紧用右手把它拨开，可是只感觉那个触手缠住了我的肋骨。千钧一发之际，我头脑中清清楚楚，很是镇定。那不是意外，因为我知道自己很是安全。可是儿时的噩梦又向我袭来。当我感觉那些恶心的触手迅速拢住我的脑袋和肩膀，把我拽向暗礁时，我的头脑一片空白，只感觉自己跟钻在缝隙里的那个恶心胖脑袋挨在一起。一张嘴开始在我喉咙下面的锁骨关节处蹭来蹭去。我忘了有人会救我，可是仍然下意识地知道要憋住气。

13　当自己的肩膀被用力急速地拽离岩缝时，我才从害怕和恍惚中猛地惊醒。身上紧缩的锁链令我痛苦，我只知道自己已经浮出水面，离开岩壁。我脚一蹬，浮出水面，转过身，那畜生此时就像一个肿瘤似的黏在我的胸膛上。我的嘴被一些松软的、移动的恐怖东西堵住了。章鱼的吸盘就像炙热的吸环，揪扯起我的皮肤。从那一刻到拯救者前来，好像也就两秒钟时间，但恶心的感觉就像持续了一个世纪。

14　我的朋友来到我和礁石之间。他扑过来，拉过去，一口咬下去，一切都结束了——除了我。章鱼触手松开的那一刻，我美美松了一口气，然后在水下喝了口水。两个小伙子合力把我拖出水面时，我连咳带喘，强颜欢笑地跟他们一起回到礁石上。在那里，我不得不加入他们围着我跳的庆功舞，那只动物的尸体在我头上嗖嗖地被从这头抛到那头。偶然间，我发现那家伙并不像想象中的巨大，也就是普通个头罢了。这样我的自豪之情就不那么高涨了。我急匆匆地回到码头，结果生病了。

● 内容分析

1. 猎杀章鱼时，两个合作者如何分工？

2. 吉尔伯特群岛岛民捕杀章鱼使用什么武器？

3. 充当诱饵的人在捕杀章鱼时面临什么危险？

4. 作者为何同意自己去捕杀章鱼？

5. 捕杀章鱼后，作者做了什么？

● 方法分析

1. 本文最明显的风格特征是什么？

2. 你能从格林布尔对章鱼的描述中推断出他的态度吗？

3. 在描述如果拒绝参与捕猎后别人可能的反应（主要参看第8段）时，格林布尔使用了何种简单的写作手法使整个场景变得幽默？

4. 第13段中，格林布尔写道自己"从害怕和恍惚中猛地惊醒"。你如何看待这一描述？这一描述以及其他自嘲的言辞对整个故事的语气有何效果？

5. 吉尔伯特群岛岛民捕杀章鱼的过程描述包括两个部分。是哪两个部分？你觉得描述是否有效？

● 问题讨论

1. 尽管在描述自己缺乏勇气时语气充满了自嘲，整个故事中作者展示了什么样的形象？

2. 格林布尔对章鱼的描述与你自己对章鱼的了解是否一致？

3. 如果格林布尔不是派驻基尔伯特群岛的殖民官员，当基尔伯特小伙子邀请他一起捕猎章鱼时他会有何反应？

4. 基于本故事，你从吉尔伯特群岛岛民和他们的文化中能推断出什么？

5. 想象自己就是格林布尔，当吉尔伯特群岛小伙子邀请你一起捕猎章鱼时你会怎么做？

● 写作建议

1. 写一篇描写过程的文章，描述自己参加过的任意一项体育运动的步骤。

2. 写一篇文章，描述自己如何卷入自己不情愿做的某件事。

批判性思维与辩论图库：
欺凌

如果仅仅因为最近透过网络空间看到以大欺小的事件，你便认为欺凌是现代社会问题，那就再思考一下吧。还记得像《白雪公主》《灰姑娘》《糖果屋历险记》之类的童话故事吗？在这些经典的故事中，这种不可动摇的力量就是某个欺凌弱小的家伙，他/她总是气势汹汹，喜好争吵，威胁那些试图削弱自己统治的人。也许观察本性是我们理解欺凌事件的一个不错的起点。比如，如果你曾经看到一群山蓝鸟，你会注意到，一旦有两三只小鸟飞下来，啄食那些慷慨的观鸟者提供的花生时，鸟群中的大鸟就会用强劲的翅膀拍打这些小家伙，直到它们放弃花生，躲回附近的冷杉林中。对你而言，那就是欺凌。像狮子或大象之类的动物往往会因为食物或权力而欺凌，但是为何人类间也会如此？最简单的答案就是他们之所以这样做，是因为他们伤痕累累；不过更为微妙的答案是，他们在自己所处的环境中没有自我成就感。大部分心理学家承认说，他们还没有确切得知为何欺凌事件都是以残忍的方式进行的。不过，由于科学家们正在对欺凌性格特征进行细致的研究，人们还是找到了一些有价值的成果。比如，在英国布鲁内尔大学，研究者伊恩·利弗尔发现，欺凌事件不可避免，反应了某种社会态度，而这种态度在学校的环境中得以显现。基于666名学生（来自14个学校的12岁至16岁的学生）的研究是一个有价值的开端，已经发现了一些事实情况。比如研究发现，人类中的欺凌者挑选那些缺乏保护的年幼的孩子，这些人往往没有融入自己的社会系统。西方文化中的典型的例子就是同性恋、不喜欢运动的人和独行者，这些人透露出更多的信息是一个人远离群体，而不是融入群体之中。另一类受害者是那些长相不符合正常标准的人。他们可能太胖或是太矮，或身体残疾，因此他们遭到排挤甚至遭受迫害。总之，每一个社会在行为、态度，甚至是相貌上都有着特定的标准，不满足这些标准的人就会被孤立出来，受人欺负。

尽管欺凌是一个古老的话题，社会变化、科技进步都使得这个问题在不断演变，而且变得越来越危险。除了校园里古来有之的欺凌事件，我们现在要面对的是网络欺凌，这是所有欺凌当中最为危险的，因为他们迂回地使用了巧妙的方式去毁灭受害者。因此，不仅仅是那些弱小的书生气的九年级的孩子被肌肉健硕的人所欺凌，被他们打得鼻青脸肿，眼冒金星，鼻子血流不止，还有青春期的十几岁女孩在脸书上被说成"极其丑陋"，这会使这个女孩本已动摇的自尊心彻底崩溃。遭到多次奚落后，她割腕自杀。换句话说，这样的情况已经成为敌对帮派的一个战场，人们需要赶紧坐到桌前，尽力商讨出一个和平的解决办法。

有些人认为制止欺凌的唯一方法是以其人之道还治其人之身，即便这意味着"打得他们满地找牙"。其他人的态度则更为慷慨，他们认为应该同情这些人，因为他们的自我形象不好，因此欺负了别人时他们的自我感觉会好一些。我们相信任何一个被贴上恶霸标签的人都可以解释自己的行为，甚至给出解决方法。我们的图库部分给学生提供机会。通过研读下面的图片后，学生可以思考欺凌的影响。第一张图片是一张海报，很多学校以此作为制止校园欺凌的有力武器。这种海报可以让看到的海报的人想到其他方法以确保学生们为那些弱小的同学提供保护，使其免受恶霸的欺凌。第二张图片是泰勒·克莱蒙泰的照片，他因备受欺凌差点儿自杀。最后一张图片是一个小姑娘，她受到其他两个女孩的威胁，好像在呼救，希望有人把她从困境中解救出来。

"学生角"是一名大一新生的作品，文中他支持了这样的观点：在一个像我们这样民主的国家中，欺凌是不应存在的，因为他们蔑视了自己的同胞。

"切题练习"部分详细探讨这一议题。

研读下面与欺凌相关的三张图片，从中选一张给自己留下深刻印象的图片，回答问题，并完成写作练习。

图片分析

1. 看到这样的标语，读者会读出什么样的延伸信息？用自己的话表述。

2. 为了发挥其最大的作用，你会将这样的标语张贴在校园的什么地方？

3. 你认为孩子在一个对欺凌零容忍的环境中长大是否很重要？或者你认为欺凌有助于年轻人将来面对成年之后可能遭遇到的不可避免的粗暴的对待？

4. 如果有的话，父母是否告诉过你如何对待家中、街区和学校里弱小的孩子？这样的指导是如何影响你对欺凌的看法的？

写作练习

1. 写一篇文章，讲述你看到过的令人烦恼的欺凌事件。确保按照事情实际经过进行描写，并描述其后续影响。

图片分析

1. 图片上的文字"泰勒·克莱蒙泰，里奇-伍德交响乐团，助理首席小提琴手"告诉我们有关克莱蒙泰的什么信息？什么是首席小提琴手？

2. 2010年9月22日，泰勒·克莱蒙泰从纽约乔治华盛顿大桥跳河自尽。他是一名罗格斯大学的学生，热爱小提琴演奏。他是一名同性恋。两名室友在他的宿舍房间秘密安装一部摄录机，偷拍他与一名男子的性爱过程。之后两人将录像曝光互联网，随后他选择了自杀，并在脸书上留下遗言说打算从乔治华盛顿大桥上跳下。即便你不知道或是没有亲眼见到过克莱蒙泰，看到这样的信息，你会作何反应？

3. 为什么年轻的男性经常取笑他们圈子里的一些人——这些人往往看上去有些艺术或是有点过于精致，缺乏典型的足球英雄所应具有的威猛和粗俗？

4. 为什么女性经常不喜欢举止酷似男性、不符合传统女性特征的女性？社会如何停止对性取向非传统的人的公然的残忍行为？

写作练习

写一篇不少于500字的指导原则，使之能保证你所在的校园遵循"零欺凌"的原则，保证在校园里同学们不会针对同性恋或是任何其他被压制的少数群体实施不公平的或是令人恐惧的行为。

图片分析

　　1.仔细观察这三个女孩子的衣着。你猜测她们的社会背景是什么？

　　2.你想对实施欺凌的女孩子们说些什么？你会给被欺负的女孩什么建议，让她做出反击？

　　3.如果这样的场景发生在校园中，而你又亲眼见到，对于这起事件你负有什么责任（如果有的话）？你会告发，还是置之不理？还是你会为被欺负的女孩子出面声援？

　　4.如果图片中被欺负的小女孩总是觉得自己是被挖苦和被嘲弄的对象的话，长大后她的性格会有什么变化？

写作练习

　　你打算在某个公共场所，如图书馆或者学生会，张贴一张海报，为学生对待同学的态度制定规则。写出十项规则，呼吁同学们依照相应规则对待自己的同学，以杜绝校园中各种欺凌事件的发生。

标点工作坊：分号

分号（；）

1. 在两个关系紧密但未使用 "and"、"but"、"for"、"or"、"nor"、"yet" 和 "so" 等词语连接的独立分句间使用分号。

The bakery was closed on Sunday; we settled for crackers.

（面包店星期天关门；我们找点饼干吃吧。）

Oatmeal contains antioxidants; it is good for the heart.

（燕麦含有抗氧化物；它对心脏有好处。）

The scout lifted his binoculars; a yellow object was floating in the water.

（这名侦查员举起他的望远镜；水里漂着一个黄色物体。）

Some grapes are seedless; others are not.

（一些葡萄没有籽；另一些则不然。）

2. 当 "however"、"therefore"、"nevertheless"、"then" 和 "and therefore" 等起连接作用的副词用于连接两个独立分句时，在这些词前使用分号。

I love email; however, I don't want just anyone to have access to my email address.

（我喜欢邮件；但是，我不想任何人都知道我的邮箱地址。）

Most people have bad habits they constantly try to break; therefore, psychologists keep getting new patients.

（很多人都有他们一直想要戒掉的坏习惯；因此，心理医生那里总会不断有新的病人。）

The gate gave a tired squeak; then, it suddenly flew open.

（门慵懒地吱扭一声；随后，猛然间敞开了。）

注意，分号用在起连接作用的副词前，逗号则用在其后。事实上，写作中不使用分号也是可以接受的，因为句号可以代替分号。

3. 在已使用过逗号的一系列项目中继续排序时，使用分号进行分割。

Her garden consists of flowers, common and exotic; vegetables, native as well as imported; and species of herbs found nowhere else on the island.

（她的花园里有各种各样的花，普通的，不凡的；有各种蔬菜，本地的，外来的；还有只有这个岛上才有的各种草本植物。）

学生角

备受欺凌

甘纳·纽曼

瓦拉瓦拉大学，华盛顿

在我们国家，孩子们每天都在遭受欺凌。换言之，一些软弱无力的人正在被强悍的人欺负。但是我们很多人没有意识到的是，任何人都会遭受欺凌，因为总有人会利用自己因地位所获得的权力欺压地位低于自己的人。想到朋友或是心爱的人被欺凌你会烦恼，但是除非你自己也受到同样的对待，不然你真的能够理解被欺凌的人所遭受的伤痛吗？是的，当我们看到 YouTube 上的照片，或是看到电视新闻节目报道称一个小伙子或一个姑娘因无法再容忍在校园或是脸书上遭人蔑视、嘲弄，羞愧难当而最终选择自杀结束自己的生命，我们才惊诧于事件的残忍。但是我在这里要说的是，欺凌事件比我们能想到的要普遍得多。看看自己的过去，你一定会想起曾遭受欺凌的事件。

生活在人人都有平等机会的国土上，我们倍感骄傲。若果真如此，那为什么我们要通过不公正地对待他人而不停地给自己带来深深的苦痛？我们需要看到，每一天各种欺凌事件都在我们这个美丽的国度里上演着。黄昏时分，一位老先生正费力地找寻停放在车场的汽车，而他的车已经被一些恶徒掀翻在地。一个上小学的腼腆小女孩被她的同学说是"奇丑无比"，还说她不应该来上学。一个第一天上班的泥瓦小工被工头叫作"傻子"，因为他把一块墙砖算错了一英寸。从个人经历而言，我可以证实被人欺负是我们要去克服的最痛苦的心理感受。我喜爱像冰球这样的体育运动，但开始运动时，总有一些比我技艺更加娴熟的人会对我说些难听的话，这让我感到很难堪，觉得自己学东西很慢。听到了最令人难堪的嘲笑，我会坐在自己的房间里问自己："我真的对任何人都不重要吗？我就一定要遭受这样刻薄的对待吗？"真相是，这样的自卑感不停地咬噬着我的勇气，一想到他们说过的话，我就会十分痛苦，还会思考他们说的是否正确。想想自己的未来，这样的痛苦绝不是我想看到的。一些哲学家相信，痛苦和苦难是人类境况中的一部分，因此就像战争一样，欺凌是一定会存在的；但是，如果我们决定将欺凌彻底清除，等待我们的便是美好的未来。

欺凌不再仅限于校园之内。事实上，最恶毒的欺凌发生在网络上，这里欺凌正愈演愈烈。我们称之为"网络欺凌"。现在，不是面对面的欺凌，一个人可以通过电子邮件、博客、推特或其他各种媒体去折磨另一个人。在曾受到欺凌的孩子中，有 43% 的孩子遭受过网络欺凌；另外，受害者中仅有 1/10 的人会向父母或是可以信赖的成年人告知他们的遭遇。讽刺的是，很多时候这些孩子的父母们还没有意识到自己的孩子正在遭受欺凌。根据 2013 年公共卫生服务部（DHHS）的研究，"在中学生中，有 29.3% 的人曾经在教室中遭受欺凌；29% 的人在楼道里或是寄存柜附近受到欺凌；23.4% 的人在自助餐厅受到欺凌；19.5% 的人在体育课期间受到欺凌，12.2% 的学生甚至没能逃脱浴室里的欺凌。"

对于很多人而言，往往很难理解的是，父母也能成为欺凌者。孩子们向自己的父母亲寻求指导意见。在我的成长过程中，我向父母寻求如何生活的基本原则。他们会随时告诉我说，只有通过辛勤努力，通过爱自己和你周围的人，幸福才会来到身边。他教会我要与人为善，接受对方本来的样子，而不是我希望他们成为的样子。不幸的是，今天大多数孩子并未接受过这样的教育。

既然在我们的社会中欺凌是如此普遍，我们可能就会想："为什么会有人骚扰别人呢？想要欺凌别人的想法是如何形成的？"值得考虑的答案是，一个孩子受到了来自父母的虐待，欺凌就开始了。当父母因为孩子稍稍不听话，就不分青红皂白，冲孩子吼叫、打骂，他们便在欺凌孩子。公认的事实就是，与成长中受到父母尊重和关爱的孩子相比，儿童时期经历过虐待的孩子更容易成为欺凌者，甚至变成罪犯。我相信这个事实很重要，不应被轻描淡写。让我们正视这个问题，如果在我们国家，人们在儿童时期所遭遇的虐待能够得到大幅度减少，欺凌事件就能快速减少，并最终消除。

那么，把我们从欺凌恶魔手中解救的关键是什么？就是珍视我们身边的人，就像我们希望得到尊重那样去尊重他们。要成为能发现所有人身上价值的人，这需要耐心和努力，但是最终我们还是会收获回报。不断看到突发新闻报道说又有欺凌事件发生，我们真的想要一个这样的国家吗？答案如何，你自己选择。我个人认为，我们可以做得更好。从制止欺凌的那一刻起，我们已朝着我们的公民所宣扬的平等迈出了一大步。

写作心得

对我来说写作往往要比说话容易得多，因为写作时，我可以思考自己想说的主要观点。要完成一篇文章，我先写一个涵盖文章内容要点的大纲，接着梳理排列自己要说的点，这样读者就可跟随我的思想了。我不仅努力用事实或证据支撑我的论证过程，还会运用自己的想象力吸引读者的注意力，不让他们因为无聊而瞌睡。口头语往往会不经思考就脱口而出，而且是随机任意的，而一个句子是可以精雕细琢，以逻辑清晰的论证说服读者。我努力将灵活的形式和切实的内容相结合，因为我相信二者融合才能成就一篇好的文章。

我的写作小妙招

要让我给出一条写作建议，我会说，"坚持本色"。不要试图偷窃别的作家的想象力。相反，根据自己的观察，创造出自己的词语。运用老师教过的批判性思维技巧，并确保你的论证过程有坚实的论据支撑。没有人想读充斥着无意义词语的句子。顺便说一下，结合个人经历会让你的信息光芒四射，真实可信。

 切题练习

请回复下列推文：
"与他人不同不应该意味着遭受欺凌。"

■ **本章写作练习**

1. 如何烹饪你最喜爱的菜肴？

2. 你是如何庆祝自己最喜爱的节日的？

3. 你是如何调解两个相互间不说话的朋友之间的关系的？

4. 你是如何准备重要考试的？

■ **进阶写作练习**

1. 向父母描述一下你平时工作日的一天，这样他们不会感到你在浪费太多的时间。

2. 向一名商业行政主管说明，目前你所接受的英语教育将会如何帮助你成为一名好的雇员。

 专家支招

要态度真诚

我将他视为可厌之人

看作地狱之门

因为他言之凿凿，却在心中

藏了其他言语，谎言深深

——荷马（公元前 850 年）

　　试图在纸面上呈现一个与现实生活中截然不同的自己会让你难以成为一名作家。诚然，真诚与否很难证实，因为我们不可能看到别人的心灵；然而，谎话会因为其夸张或者矛盾的表达而不证自明。如果你想写好的话，就应该反复问自己："我真的是这个意思吗？或者，我这样说是为了看上去很了不起吗？"

第十一章
举例说明 / 例证

■ 举例说明 / 例证指南

举例说明 / 例证有什么作用？

举例说明就是用实例阐明自己想说的内容。不论长短，举例说明有助于阐释抽象观点或者阐明模棱两可的概括性意义。举例说明可能包含一个或一系列条目，用于解释某些内容。比如，下面段落便解释说明了作者要阐释的"自然或现实的规律"。

> 一个孩子在成长过程中可能会遇到并习得三种不同的纪律。第一种也是最为重要的一种，我们可以称之为自然之纪律或者现实之纪律。试着做一些真实的事情时，小孩一旦做错了，或者没有做好，就得不到自己期待的结果。如果他没有把一块积木平稳地放在另一块上，或者尝试在一个斜面上搭积木，他的积木塔就会倒塌。如果他按错了琴键，他听到的音符也就不对了。如果锤子没有正面击中钉子帽，钉子就会变弯，他只能拔出来，再换一个钉子。如果他没有规划好自己想做的事，东西就无法打开，合上，修好，站起来，放飞，漂浮，发出哨音，或者实现他期望的结果。如果出脚时闭着双眼，他就踢不到球。每次尝试一件事，小孩就会遇到这种纪律的约束，这就是为什么学校里要注重给孩子更多机会去尝试，而非只是要求其阅读或倾听他人说辞（或者假意听从）。

——约翰·霍尔特，《不同种类的纪律》

另一方面，举例说明可能包含一个延伸性的例子，而不是一系列例子。请看下例：

> 即便是最聪明的人也并不总能判断出什么是有用的，什么是无用的。从来没有像托马斯·阿尔瓦·爱迪生这样实用型的智者，他的确是我所见过的最伟大的发明家，是我们的楷模。

> 1896年，爱迪生为自己的第一项发明申请了专利。那是一个可以自动记录选票的装置。使用时，国会议员按下按钮，所有的选票便会立刻记录并计算出来。毫无疑问，这项发明十分有用，但结果却是没有销路。爱迪生向一

位国会议员请教缘由，得到的回答是：这项发明交织着喜悦和恐怖，虽然真的有用，但没有人会接受。

有时，缓慢地投票也是一种政治要求。一些国会议员可能在缓慢地投票过程中改变自己的想法，而快速投票有可能会因为一时冲动，致使国会得到不想要的结果。

有点沮丧的爱迪生从此事中吸取了教训。之后，爱迪生决定再也不会发明任何没用的东西，除非他确信人们确实需要，也想要某个东西，而不是它是否能用。

——艾萨克·阿西莫夫，《什么是有用的？》

何时使用举例说明？

举例说明经常用于支撑某个主张或观点。在一页书中，或者几乎在每一段文字中，希望阐明个人想法的作者必须使用恰当的例子支撑自己的主张。像平时说话那样大致说说是远远不够的。为了让自己的主张更为可信，你必须以具体的例子作为支撑。举例说明常常和其他的写作方式结合使用，比如下定义、描写、分类、因果分析等。比如，在下面的段落中所举的两个例子都用于为"浪漫认知"下定义。

浪漫认知。两个例子可以将其阐释清楚。我们从阿米尼亚的首都埃里温飞往黑海的苏呼米，一位讲英语的苏联科学家拍了拍我的肩膀，指着一处令人畏惧的岩壁。漫漫严冬，巨石如铜墙铁壁，巍然屹立。"那个，"他说，"就是普罗米修斯被锁链捆绑的地方。"那一刻，我在俄罗斯飞机上因为飞过高加索山脉而产生的莫名的恐惧一下子被好奇和喜悦所取代。之前高空飞行算是对我勇气的考验和折磨，而此时此刻恐惧已经烟消云散，好似一束光芒在黑暗中突然亮起。很多年前，1914 年的秋天，当我们部队行军至萨里时，我碰巧与所在连队的连长并排前行。连长聪明睿智，临时借调到我们军营工作才一两个月。我们从一位瘦小的老妇人身边走过，她正从敞篷马车里看着我们，车子正往大楼入口方向驶去。"你知道她是谁？"连长问；我当然不知道了。"是欧仁妮皇后，"他说。虽然当时的我年少无知，但第二帝国的辉煌和蠢行还是闪现在我的脑际，令我分外兴奋，我知道，我们每个普普通通的人都曾经活在历史之中，也知道历史就是那样，不容改变。

——J.B. 普利斯特里，《浪漫认知》

下列文字通过举例说明描述了英国诗人约翰·梅斯菲尔德的谦卑：

那一晚，他的所作所为将他的这一品质展现得淋漓尽致。轮到他读诗时，他不会站在任何显眼的位置，而是藏在沙发的后面，坐在一盏老灯的灯影之下。从那里，他送给人们一首首诗，像《永恒的宽恕》（*The Everlasting Mercy*），《多宝》（*Dauber*），《南的悲剧》（*The Tragedy of Nan*）和《庞贝大帝的悲剧》（*Pompey the Great*）。另外，他讲话时声音悦耳，每一个句子说完后都似乎有一个问号，好像在问"对吗？我有资格这样说吗？"等他说完，我们便开始讨论他所说的内容，每个人都以自己最高的声音，毫无疑问，这样做很是做作，不过确实很有激情。但得知梅斯菲尔德曾经带着一丝腼腆，坐在地板上，在极其微弱的光线中阅读一位年轻的、名不见经传的作家的诗歌时，我着实猛地一惊。

—— 比弗利·尼克斯，《二十五》

以举例说明来支撑有说服力的论证是非常有效的。比如，为了科技的进步，有必要在动物身上做实验，这样的观点较为乏味；但如果能辅以实例，比如因为从动物实验得到启发，人们改进了手术操作，帮助新生儿延续了生命，这样的文章会更具说服力。

举例说明也可以视觉化：图片、表格、地图、素描、图表或者电子表格均可。这类视觉化的描述往往广泛地应用于技术写作当中。

如何使用例证？

1. **举例说明必须真实具体。** 举例说明不能简单地重复自己先前表达的观点。下面段落中，举例说明仅仅重复了文中先前陈述的某个观点：

在被卖往美国殖民地之前，很多奴隶已经学习了一些沃洛夫语和曼丁哥语，这种混合了其他语言的英语已经作为一种贸易语言在沿几内亚海岸得以使用。比如，很多奴隶可以用这两种语言交谈。

尽管作者使用了"比如"，但随后的内容并非真正举例说明，而仅仅是进一步陈述观点。下面是改进后的文字：

在被卖往美国殖民地之前，很多奴隶已经学习了一些沃洛夫语和曼丁哥语，这种混合了其他语言的英语已经作为一种贸易语言在沿几内亚海岸使用。例如，一个不会讲英语的奴隶逃跑了，随后于1731年在宾夕法尼亚被抓获，他的白人审讯官会毫不费力地找到一个会说沃洛夫语的奴隶担任他与被捕奴隶之间的翻译。

这样的实例阐释就很好地支撑了很多要去美国的奴隶已经通晓了混合了其他语言的英语这一观点。

2. **举例说明应清晰表达，并与其所支撑的观点自然衔接。** 重新阅读本书之前的段落，你会发现作者通常会使用一些介绍性的短语，如"以他为例""有两个例子可以说明""例如"等。当段落内容无法提醒读者下文中会有实例进行说明时，这样的短语是需要的。相反，如果从上下文可以清晰看出下文会有实例阐释，那么介绍性的短语最好不要出现。

在当今现代化世界中，人类所遭受的普通疾病绝大多数是由细菌和病毒引起的。尽管如此，在不发达的热带地区，原生动物仍是当地疾病的主要元凶。在当地所有疾病中，传播最为广泛的就是疟疾、变形虫性痢疾和非洲昏睡病。

文中第一个句子清晰阐明，疟疾、阿米巴痢疾和非洲昏睡病等都是由热带地区的原生动物所引发的疾病的具体实例。

不过，切忌草率引入举例说明：

艺术在低等动物身上是不存在的，这一观点已经过时。澳大利亚的园丁鸟会使用贝壳、彩色玻璃和闪光的物体装饰自己的鸟巢。还有一些园丁鸟会用果浆、木炭粉或是咀嚼过的草团混合唾液粉饰墙壁。有一种园丁鸟甚至用小块树皮做刷子来涂抹墙壁。

注意如何通过过渡句的使用来改进这个段落的行文：

艺术在低等动物身上是不存在的，这一观点已经过时。能够说明鸟儿王国中也存在艺术的绝佳例证就是令人惊叹的澳大利亚园丁鸟。它们会使用贝壳、彩色玻璃和闪光的物体装饰自己的鸟巢。还有一些园丁鸟会用果浆、木炭粉或是咀嚼过的草团混合一些唾液粉饰墙壁。有一种园丁鸟甚至用一块小树皮做刷子来涂抹墙壁。

一些举例说明之后需要通过进一步解释向读者阐释具体实例。请看下例：

1796 年，爱德华·詹纳发现感染过牛痘的病人可以抵抗天花这种极其严重的传染病；因此他决定通过注射牛痘帮助人们抵抗天花病毒。1881 年，路易·巴斯德无意中将培养出的鸡霍乱菌留在了器皿台上。两周之后，度假回来后，他把这些鸡霍乱菌注射到实验室的动物体内，惊喜地发现被注射了这些菌的动物不仅没有感染霍乱，反而对霍乱产生了免疫。这两个实验开启了基因工程，而现在这一学科正尝试从毒性微生物中提取分离致病基因。如今，数百万重症患者有望通过基因工程的奇迹战胜致命病毒。

该段文字最后两句话向读者阐明了所引用的实例开启了早期的基因工程。至于你是应该使用介绍性短语，或是结论性短语，或是简单地将自己的阐释融入段落之中，这全凭直觉。必要时才使用具体短语进行阐释。写作时，你应该问自己，你是否已经解释清楚，让读者一目了然。若没有，那你就有必要添加所需的句子或短语，以清晰阐释所用实例的意义。

3.**举例说明应与所表达的观点保持一致**。若实例与观点关系不大，你就应将其删除。当然，判断一致与否还是要靠常识。但有时我们会遇到这样的段落：

我的继父是一个古板的家伙。比如，他每年给奥杜邦基金捐钱。他在教会中给人引座，他还是我们霍尔兄弟部队的童子军团长。他还积极参加我们镇上一个修复古建筑的俱乐部。

作者给出的例子与"古板"关系不大，因此并不能支撑作者的观点"古板"。最好的办法就是宁愿不使用例证，也不要引用不相关的、无法支撑观点的例子。

举例说明写作热身练习

1.下面是 5 个不同的论题，每个论题均可以借助实例很好地展开论述。选择下列任意两个论题，并分别为其列出 3 个实例。确保每个例子都可以支撑其相应的论点。

a. 如果理性购物的话，你可以节省一大笔钱。

b. 我爸爸和妈妈所看到的、听到的是不尽相同的。

c. 有时不完美也是一种美。

d. 没有购买医疗保险是很可怕的。

e. 我的男朋友（女朋友或配偶）总是想一些浪漫的事情去做。

2. 通过某个实例，清晰地回答下面的问题。

a. 什么让雪景美丽？

b. 青少年群体所反抗的权威有什么典型的特点？

c. 为什么很多人崇拜消防员？

d. 什么令我们的国家公园如此珍贵？

e. 思乡病最可怕的问题有哪些？

3. 用一个恰当的实例解释说明下面每一个事实。

a. 牙医需要极度的耐心。

b. 美国总统并不总是模范楷模。

c. 电子邮件是过去 10 年中最伟大的发明之一。

d. 现代医学在治愈方面创造了奇迹。

e. 离别有时令人心痛。

写作实例

对拉丁女性的迷思：我见到一个叫玛利亚的女孩

朱迪思·奥蒂兹·科佛尔（Judith Ortiz Cofer）

修辞图解

目的： 形象描述不经思考的刻板行为令人痛苦的影响

受众： 对人存有好奇心的受教育的读者

语言： 标准英语中夹杂少量西班牙语表达以凸显作者的背景

策略： 使用形象的实例，指明基于一个人的民族背景而非其身为美国公民的身份来看待别人的做法很是愚蠢朱迪思·奥蒂兹·科佛尔，美国诗人，小说家，她的作品将其儿时在热带地区波多黎各的生活和其成年之后在新泽西的生活联系在一起。由于这个双重背景，科佛尔从未把自己完全归属于拉美或是主流美国文化。在波多黎各，她被人看作是个"外国娘儿们"，而在新泽西，人们则讥笑她"有西班牙腔"。长期被两种文化困扰使科佛尔的作品中透露出这位拉美人努力克服疏离感的情怀。在此过程中，她激励了其他面临同样被社会疏远、视为外人的年轻女士。科佛尔的作品有小说《太阳的光圈》(*The Line of the Sun*，1989)、散文诗歌集《无声的舞蹈》(*Silent Dancing*，1990)；两本诗集《活着的条件》(*Terms of Survival*，1987)和《触碰大陆》(*Reaching for the Mainland*，1987)。其最新作品有诗歌集《爱的故事开始于西班牙》(*A Love Story Beginning in Spanish: Poems*，2005)。下面文章选自其散文诗歌集《拉丁谷》(*The Latin Dell: Prose and Poetry*，1993)。

由于每一个社会中对人的冷遇都有其关于美丑、行为和成就的标准，虽然刚加入某国国籍的移民都被看成外国人，但并非每个人都会感到不受欢迎或是备受排斥。当然，儿童最容易遭受社会的冷遇。过胖、残疾、学习不好的孩子很快就会成为霸凌的对象，有些孩子就喜欢折磨外人、欺凌弱小。阅读下文时，请思考如果你去一个不讲自己母语、传统习俗不同的地方将会是什么状况。发挥想象力，制订一个在不熟悉的环境中培养自信心、成功应对相关问题从而取得成功的计划。

1　　那个暑假我在牛津大学修了几个研究生课程学分，坐公交车从牛津大学去伦敦的途中，一个刚刚在酒吧里喝过酒的年轻人看见了我，好像是灵感突发，他突然跪在了汽车的通道里，双手捂住心口，唱起了爱尔兰男高音版本的《西区故事》中的"玛利亚"。听到他那可爱的歌声，同车的乘客很是开心，出于礼貌，大家报以掌声。虽然我倒没觉得歌声好听，但还是回以英国式的微笑：笑不露齿，脸部肌肉也没有明显的扭曲——当时我正在学着克制和冷酷。哦，英式自控，我多么期待能学会啊。可是"玛利亚"已经跟我来到了伦敦，提醒我一个重要的事实：你可以离开小岛，学会英语，想走多远走多远，不过如果你是拉美裔的女人，尤其是像我这样有强大的丽塔·莫雷诺[1]基因的人，小岛会一路与你同行。

2　　这有时候是件好事——也许会让你比别人多引来一分钟的关注。不过与某些人在一起，同样的事情可能会把你变成一个小岛——不是热带天堂，而是一个恶魔岛，一个没有人愿意踏上的小岛。作为一个生活在美国的波多黎各姑娘，我跟其他孩子一样希望"融入"，我痛恨看到我西班牙的面孔时很多人心中那固有的刻板印象。

---

1. 丽塔·莫雷诺（1931—），出生于波多黎各，1961年以《西区故事》获得金球奖最佳女配角和第34届奥斯卡奖最佳女配角。

3　20世纪60年代在新泽西州一个大型都市的中心商业区长大，我遭受了自己心中的"文化分裂症"。我们的生活由父母设定，就在小岛上他们自家的那个小环境中。我们用西班牙语对话，吃从西班牙杂货铺里买来的波多黎各食物，在一所每周匀给我们一小时的教堂里做礼拜，主持礼拜的是一个经过培训的、专门为拉美人做礼拜的中国神父，整个仪式使用西班牙语。

4　作为一个女孩，我受到父母的严格监管，因为按照他们的文化理念，我的美德和谦卑就是他们的荣耀。十几岁时，他们就总是教我举手投足要像个姑娘。但这一信息跟我知道的信息相矛盾，因为波多黎各母亲们也会鼓励女儿要像个女人，要穿戴像样的衣装，而那样的衣服在我们白人朋友和他们母亲眼中则"太过成熟"，太过艳俗。这一差别体现在文化上，过去如此，现在依然如此；然而，当我穿着更适合半正式场合而非孩子们生日聚会应该穿戴的服饰出现在美国朋友的生日聚会上时，我会感到无地自容。在波多黎各的节日庆典上，我们的音乐和色彩简直都不能更花哨了。

5　我记得上中学时，在职业规划日那天，老师要求我们像参加求职面试那样穿戴。结果不出所料，波多黎各小女孩个个把"正装出席"理解成戴上母亲的首饰，穿上母亲的衣装，而（按照主流标准）那样的装束更符合公司圣诞节聚会而非日常职业装束。那天早上，我站在衣橱前痛苦不堪，冥思苦想一个"职业女孩"到底应该如何穿戴。我知道上学该穿什么衣服（在我上的天主教学校，学生都要身着校服），我也知道主日弥撒应该如何穿戴，而且我也知道去亲戚家参加聚会应该穿什么衣服。虽然我记不清职业规划日那天我究竟穿了什么衣服，但肯定是这些选择的综合体。我记得一个朋友（一个意大利裔的美国人）几年后对我当时穿戴的评价，她的评价加深了我对那天的记忆。她说在她上学的商学院，波多黎各女孩每次"能穿的全穿在身上"，这一点很是特别。当然，她的意思是，戴着太多珠宝、太多装饰物件。那一天，学校的修女们竟然把我们当作反面典型，虽然她们自己也不是我们眼中的时尚专家。不过，我痛苦地看到，其他孩子个个穿着合体的裙装或丝质女装，在她们看来我们一定是"俗不可耐""毫无希望"了。虽然现在我知道很多青少年很多时候都会感觉有些不合拍，我也知道对于我那一代波多黎各女孩，那样的感觉被强化了。但老师和同学们在学校职业规划日那天看我们的眼神让我感受到真实世界里等待我们的文化冲突。在现实世界中，未来的雇主和街头的男人常常会误解我们紧紧裹在身上的裙子和叮当作响的手链，以为那是在"招惹"别人。

6　融合的文化信号已经铸就了某些刻板印象，比如西班牙裔的妇女被看作是招摇过市的"性感女郎"。这是媒体容易推广的刻板看法。在他们特有的词汇中，广告人会用"咝咝作响"和"热辣酸爽"之类的形容词来修饰美食和拉美裔妇女。我记得在家里经常听说波多黎各妇女在工厂受到骚扰，"男头儿"们跟她们讲黄段子，好像她们天生就乐意听似的，更糟的是有时候是否顺从往往伴随着是获得升迁还是遭到解雇。

7　然而，是习俗而非染色体让我们选择鲜红而非淡粉色。还是小姑娘的时候，是母亲影响了我们对衣装和色彩的选择。我们的母亲生活在热带小岛，当地自然环境就是色彩斑斓的，裸露肌肤在看着性感的同时，更重要的是可以保持凉爽。更何况，在岛上，妇女或许穿戴更自由、行动也更大胆，原因是很多情况下妇女受到传统、民俗和法律的保护，因为按照西班牙/天主教道德体系和大男子主义的影响，有一条铁律就是"你可以看看你的姐妹，但不要动手动脚，否则小心小命"。大家庭和教会组织可以让小姑娘在岛上的小村庄有个安全的圈子；如果哪个男子对某个姑娘"打歪主意"，每个人都会上前维护她家族的荣耀。

8　母亲告诉我，周六晚上带着闺蜜到镇上的购物中心去见自己心仪的男子时，要穿上最漂亮的节日盛装。在那里，男孩子有机会向其心仪的女子表达爱意：献上他当场编好的情感热烈的告白诗。（在岛上旅游时，我也遇到了几次献诗表白，他们胆量非凡，虽然按照习俗他们不能跨越雷区，不能有任何猥亵的言语行为。）按照我的理解，这一习俗也显示了妇女思考周全、不放任随便的态度；如果她"很正派"，她一定听不懂男子那激情洋溢的言辞。所以我确实可以理解翻译时有些东西是会损失的。一个波多黎各姑娘穿上她自认为漂亮的衣服见到一位来自主流文化的男子时，这个男子由于其自身所受的相关训练，必然把这样的衣装看作性暗示，此时文化冲突便产生了。记得那个带我参加我平生第一次正式舞会的小伙子，当时，他俯身草率而热烈地亲吻我，我很痛苦。看到我没有热情回应，他气急败坏地说："我还说你们拉美女孩子成熟更早呢。"好像我就像一颗水果或一棵蔬菜会自然成熟，而不像其他女孩会慢慢长大，成为女人。

9　可是现在，依然有些人，包括一些本应该更清楚实际情况的人，按照"自己的观点"看待别人，对此，我职场的朋友觉得很不可思议。就在最近，同事举行婚礼选择了位于大都市的一家高级宾馆，我也在那里暂住了几日。一天晚上看完电影后时间已经很晚，我与一位同事（当时我正与她合作一个艺术项目）正往房间走去，迎面走来一个身穿晚礼服的中年男子，身旁是一个穿着丝质服装、戴手链的小姑娘。男子把手中的香槟杯伸到我面前，大声说："艾维塔！"

10　我们被拦住了去路，那个男的连说带吼地唱着"别为我哭泣，阿根廷"，同事和我只能听着。他唱完后，小姑娘说"快给我爹鼓个掌吧！"我们鼓了掌，希望可以结束眼前的闹剧。我意识到我们几个人引起了其他客人的注意。"爹地"一定也发现了，于是他再一次挡住我们的去路。他按着墨西哥民谣《拉邦巴》的曲调又吼了一首小曲，只是歌词讲的是一个叫作玛利亚的女孩得了性病的故事。小姑娘再三说着"得了，爹地"，同时以央求的眼神看着我们。她想让我们跟别人一起笑笑算了。同事和我静静地站在一旁，一直听那个男人唱完他那带有挑衅性的歌曲。等他唱完，我没有看他，而是看着他的女儿。我很镇定地告诉她千万别问她父亲当兵时干了什么事儿。说完，我从他们之间走过去回到自己的房间。我的朋友表扬我能冷静处理局面，不过坦白说我当时真想一下子把那畜生推进泳池。那个男人可能是一个企业高管，受过良好教育，按照大多数标准他也应该精通世俗准则，绝不会在公共场合向一个盎格鲁－撒克逊女子唱一首下流小调。他肯定得先思量思量，也许她就是某个人的妻子或是母亲，至少那个人可能会反抗。可在他眼中，我就是一个"艾维塔"或是"玛利亚"，就是他卡通世界里的某个人物而已。

11　在美国，对拉美裔妇女的另一个迷思就是作为女仆或售货员的"卑微的家庭妇女玛利亚"。当然，英语水平不高、技能有限的妇女只能从事家政服务、做招待或是女工。不过，正像《飘》中的"妈咪"成为数代美国人眼中的黑人女子的典型形象一样，媒体对拉美裔美国人的另一个迷思，就是常常因发音错误而在富丽堂皇的加利福尼亚餐厅里引起一片哗然的唯唯诺诺的可笑女招待。我不可能天天把自己的毕业证书挂在脖子上卖弄，有时我也会被送进"那个餐厅"，因为在有些人看来我明显应该在那里。

12　有一件事我一直难以忘却，虽然我知道那只是轻微的冒犯。我第一次面对公众读诗是在迈阿密的一家饭店，开场之前人们会共进午餐。拿着笔记本进场时我很兴奋，也很紧张。一个年长一些的女士示意我到她的桌前。（我很傻）以为她是想让我给自己刚刚出版的小书签名，于是便走上前去，结果她说要一杯咖啡。原来她是把我当成了服务员。（也许是把我手中的诗集错看成了菜单）我知道她并非有意冒犯。然而虽然后来有那么多美好的记忆，可唯独那一幕我却记忆犹新，因为这让我认识到我必须克服一些事情才能让别人认真对待我。回头想想，正是我的愤怒才让我读诗时满怀激情。实际上，自己是否有能力挑战别人？对此，我总是心存疑虑。不过结果却常常是我欣喜地看到，自己最终成功地改变了别人的看法，听完我的朗读，冷酷挑剔的眼睛变得温和，人们的体态语言发生了变化，他们的笑容说明我为相互交流提供了一定的平台。于是，那天我读诗时，我一直盯着那位女士。她的双眼则死死盯着地板，说明她为自己的无礼感到些许的惭愧。后来我让她抬头看我时，她很感激，愿意接受我的任何惩罚。阅读会后我们握了握手，之后我再也没有见过她。也许她已经忘了那一切，不过也许并没有忘记。

13　不过，我是较为幸运的少数人。成千上万的拉美人没有机会上学，也不能像我这样成功进入我所进入的圈子。他们生活中一直都在跟社会上固有的对拉美裔美国人所存有的谬见和误解做斗争。我的目标就是用更为有趣的生活实例扭转人们心中对我们传统而刻板的印象。每次读书读诗时，我希望我的故事，我的作品中蕴含的梦想和泪水，可以让更多读者认识到一个普遍真理，那就是不要总盯着我的肤色，我的口音，或是我的衣装。

14　我曾经写过一首诗，诗中我把所有拉美人称为"上帝棕色皮肤的女儿"。这首诗实际上充满各种祈祷，希望通过人与人之间沟通的艺术，呼吁情况的改善。我祈祷交流与尊重。在诗中，拉美妇女"用西班牙语向英国上帝／也是犹太人的后裔"祈祷，自己"真心希望／即便他不是万能／但至少能讲两种语言"。

● 内容分析

1. 题目中的"迷思（myth）"是什么意思？还可以使用什么术语？这个词源自哪里？它还有什么内涵意义？

2. 为了模仿英国人的做法，作者在坐车从牛津去伦敦时做了什么？你怎么看待她描述的英国人的微笑？

3. 为什么中学职业规划日那一天，作者很纠结究竟该如何穿戴？如果本周就是职业规划日，那你会如何穿戴？请详细说明自己的衣装和配饰。你希望自己呈现什么样的形象？

4. 为什么波多黎各女孩喜欢穿色彩鲜艳的衣装，而且会裸露肌肤？是什么阻止波多黎各男子对衣装招摇的女子意图不轨？

5. 作者第一次读诗会上发生的什么事情凸显了全社会对拉美人所具有的刻板印象？思考自己曾目睹的相似的例子。

● 方法分析

1. 作者本可以写一篇文章，定义何为刻板印象，并有力抨击那些给别人烙上刻板文化烙印、伤害他人的人。她本来可以以抽象逻辑的方式探讨相关问题，然而作者却举了几个实例，说明作为典型的拉美妇女，自己曾经遭受歧视，而不是被看成有才华的个人。如果有值得借鉴之处，那作者的方法有什么优点？你对她的个人故事有什么看法？

2. 作者以前经历过哪种文化分裂症？请用自己的语言加以阐释。你是否认为主流文化的人也会经历相似的文化分裂症？请论证自己的观点。

3. 第2段段首的"这"指代什么？这一不定代词如何能指代清晰？你觉得这一技巧是否有效？请解释自己的观点。

4. 那个中年男子唱完"不要为我哭泣，阿根廷"，后来又连吼带叫唱了含有猥亵歌词的小曲后，你如何看待那个男人？如果你站在讲述人的立场上，会如何处理当时的情况？叙述者写作方法的主要意图是什么？

5. 为什么作者最后才讲了拉美女子被看作是唯唯诺诺的家庭妇女的类型？评价这一策略如何支撑了文章的主题。

● 问题讨论

1. 按照作者的说法，如果你长得像丽塔·莫雷诺，"小岛会一路与你同行"（见第1段）。这一说法的重要性如何？除了西班牙裔基因，是否还有其他基因会确定一个人在美国的地位？请以具体例子证明具体基因会带来的好的或者不好的结果。

2. 作者认为母亲可以把矛盾的信息传达给女儿，你是否赞同该观点？如果赞同，按照自己的亲身经历，你在自己成长环境中会看到什么样的信息？有什么样的结果？请给出具体例子。

3. 在本文中，作者鲜有提及父亲的影响。如果有，那么父亲对于女孩在社会中的形象塑造有何影响？请解释自己经历过或者留意到的相关影响。

4. 大多数移民都感觉到自己与自己后来生活的国家存在这样或者那样的疏离感。为什么如此？美国应该如何做才能让移民更易于实现从一种文化到另一种文化的过渡？请给出具体计划或态度。

5. 基于作者在第二段中所透露的"进入一种新的文化可能是一件好事情"这一信息，哪些正面例子可以帮助移民顺利进入新的国家？考虑诸如讲两种语言，理解对于宗教、礼仪和异性的不同态度；不惧怕旅行；乐意接受各种传统习俗而非固守美国所遵守的传统等。

● **写作建议**

1. 写一篇文章，文中想象自己是一个到法国、俄罗斯、中国或墨西哥居住生活的学生。调动想象力和常识积累，以自己可能会遇到的具体困难以及解决困难的过程和方法作为实例。

2. 写一篇文章，讲一讲在其他国家长大，后来成为令人钦佩的美国公民的知名美国男女。可以考虑亚历山大·汉密尔顿、阿尔伯特·爱因斯坦、福拉乃甘神父、费利克斯·弗兰克福特、米凯亚·巴瑞辛尼科夫、弗拉基米尔·纳博科夫、纪哈·纪伯伦、萨米·索萨、哈基姆·奥拉朱旺、玛丽·安亭、格洛丽亚·艾斯塔凡、马德琳·奥尔布赖特、鲁比·基勒等人。亦可上网查询其他合适的人选。

镜子，镜子，墙上之物

约翰·利奥（John Leo）

修辞图解

目的：让我们熟悉美的标准

受众：受教育的杂志读者

语言：非正式杂志英语

策略：结合历史实例论证美是一个相对的概念

约翰·利奥（1935—），《时代周刊》副主编，出生在新泽西州霍博肯市，毕业于多伦多大学。他曾供职于《公众福利》(*Commonweal*)、《纽约时报》(*The New York Times*)、《村声》(*Village Voice*)等杂志，最近担任《美国新闻和世界报道》(*U.S. News and World Report*)编辑兼专栏作家。

下面短文选自《时代周刊》，其中利奥讨论并举出实例探讨美的相对意义。他以生动的实例告诉我们在过去数年中，美的标准发生了何种变化。

1   诗人说情人眼里出西施；历史学家也许会说各种社会创造了他们需要的完美女性的形象。关于上述两种观点，均有很多证据。马丁·路德觉得漂亮的长发是必备要素。埃德蒙·伯克觉得女人要小巧羸弱。歌德的观点是"盆骨宽而不肥，胸部丰满而不胖"；霍屯督人喜欢高高翘起的臀部。鲁宾斯喜欢丰满的屁股，巴布亚人喜欢大鼻子。玻利尼西亚群岛的曼盖亚人则不关心胖瘦、脸、胸部或是屁股。对于这些部落人，性感的唯一标准是阴部外形是否漂亮。

2   懂得人类学的人如今都知道年龄不同、文化不同，关于个人魅力的概念也有所不同。一个时代的花在另一个时代就成了草。原始社会，人们应该主要考虑生儿育女，因而完美的女性就是能生育的、肥胖的妇女。现存最为古老的雕塑，石器时代的维伦多尔夫的维纳斯刻画的是一个蹲坐的女性，她的三维达到96—89—96厘米。这一肥胖的标准在后世也一次次成为美的标准。14世纪一部关于美的论著呼吁"肩膀狭窄，乳房小巧，大肚子，宽屁股，大腿要粗，腿脚短小，脑袋要小"。如今，有些东方文化转而推崇西蒙娜·德·波伏娃所说的充满游泳圈似的"多余的、无用的、累赘的"脂肪。

3   希腊人非常注重美的准确比例，所以雕刻家普拉克西特利斯坚持认为女性的肚脐必须严格位于乳房和外阴之间距离的中间点。长着黑发的希腊人认为金发女子有异域情调，也许从那时起便形成了金发碧眼更招人待见的观念。他们也提供了早期证据，证明美妙的双乳所具有的好处。当普拉克西特利斯的著名情妇和模特芙丽涅被指控叛逆罪时，辩护律师让其脱掉身上的细纱，露出传奇的双乳。结果法官目瞪口呆，当场判其无罪。

4   与希腊人相比，罗马人更喜欢独立、能说会道的女人。不过，该标准依然有其局限。尤维纳利斯控诉妇女"对诗人和诗歌说三道四，竟然把维吉尔与荷马作比较……家庭妇女不应该读太多经典作品，有些东西女人还是不懂为妙"。

5   在古代埃及，妇女要花数小时精心打扮：整理头发，涂抹口红，画眼影，涂指甲油，用小磨石磨掉汗毛和阴毛。不过，这样做很奏效：只要愿意，纳芙蒂蒂王后可以保证每个月都登上《时尚》杂志封面；而对古代性感尤物克里奥帕特拉来说，风骚迷人是要下苦工的。她并非天生美人，而是努力学习卖弄风情，阿谀奉承，据说还在奴隶身上不断提升自己的性爱技术。

6　　如果说克里奥帕特拉得如此努力才能美丽动人，那么普通女子可能不用努力吗？当然不能。在美人形象的漫长的历史演变中，有一个主要的话题就是男人总是会找女人身上的瑕疵，而女人就得不断努力，忍痛粉饰自己的瑕疵。在中世纪，外表粗壮的女子把牛粪和红酒和在一起擦洗身体。当人们喜欢更白皙的皮肤时，女人们便用蚂蟥把身上的血色去除。乳房被勒平，后来又扶起来，挤在一起，又被分开，又是涂油，又是充硅胶，在 16 世纪的威尼斯，人们还用羊毛或是毛发做的衬垫，好让自己的"鸭胸"性感十足，从紧身胸衣到腹股沟形成完美的曲线。女权主义者伊丽莎白·古尔德·戴维斯（Elizabeth Gould Davis）认为，长期来看，平胸的女性是进化过程中的失败者。她说："女人能因为双峰在现代社会受到热捧，这要归功于男人的偏好。"

7　　不过，即便丰乳肥臀的女子在文化风向突变时也会突然失宠。如美国的摩登女郎时代（Flapper era）就是一个实例。欧洲的浪漫主义时代也是如此，那时候欣赏的是苍白、无血色的容颜。在 19 世纪 20 年代，女性有时会喝醋或熬夜以让自己看着面色苍白，性感迷人。在那个时代，虚弱才是硬道理。济慈写道："天啦！她好似一头奶白色的绵羊，咩咩细语／央求男子的呵护！"

8　　维多利亚时代理想的形象就是羞答答、依赖男子、贤惠矜持的家庭妇女。据一个知名的维多利亚时代的医生说，谁要说某个女子有性冲动，那绝对是"恶意中伤"。确实，那个严格的时代要求妇女使劲束腰，不在乎乳房或者臀部的形状，束缚了妇女的体型。

9　　在世纪之交，女性的曲线被重新提起。在沙漏身材热的时代，演员莉莉·兰翠以其傲人的三维 38—18—38 英寸被视为完美化身。自那时起，西方文化理想的女性便不断瘦身。白石女孩赛克[1]身高 5.4 英尺，臀部丰满，1893 年首度出现在饮料瓶上时体重 140 磅。如今，皮下脂肪没了，她身高长了 4 英寸，体重却减少了 22 磅。

10　　按照心理学说法，当今瘦小的臀部相当于对男权的反抗。束腰紧身衣相当于男人对女人身体的控制，臀部瘦小意味着不愿意生儿育女。英国《时尚》杂志前任编辑玛姬·格兰德说："1500 年来，女性的自然体型从未像如今这样得以显露，获得自由。"奥登曾抱怨说西方历史上大多数时间里，美丽性感的女子似乎都存在于"小说里"，与现实生活相脱离。如今是崇尚自然长相的时代，美女就应该像刚刚从马里布海滩散步归来一般——像超模谢丽尔·提格丝（Cheryl Tiegs）那样。

● **内容分析**

1. 原始社会中男人喜欢哪种女人？

2. 希腊人眼中的美女标准是什么？

---

1. 从 19 世纪以来，女孩赛克（Psyche）是白石牌软饮料和混合饮料的形象代言人。

3. 根据女性主义者伊丽莎白·古尔德·戴维斯，女人能因为双峰在现代社会受到热捧，这要归功于什么？

4. 在欧洲浪漫主义时代，什么样的女性美受到推崇？

5. 现代社会瘦小的臀部在心理学上意味着什么？

● 方法分析

1. 文章中大多数实例支持了什么观点？该观点在文中哪里提出？

2. 关于美女的很多细节并没有以详细的实例展示，而是援引名人的些许观点。这样的引用称为什么？

3. 在第 3 段，关于芙丽涅的事件说明了什么？

4. 作者引用歌德、西蒙娜·德·波伏娃、尤维纳利斯、伊丽莎白·古尔德·戴维斯、约翰·济慈、玛姬·格兰德、奥登等名人的言辞，这些观点对文章的语气有何影响？

5. 在第 6 段中，作者写道："在美人形象的漫长的历史演变中，有一个主要的话题就是男人总是会找女人身上的瑕疵，而女人就得不断努力，忍痛粉饰自己的瑕疵。"作者是如何进而支持并阐释这一观点的？

● 问题讨论

1. 第 2 段提到一个"人类学的世界"。你如何定义这一世界？这个标签有什么重要意义？

2. 对你而言，美女有什么特征？帅哥呢？请援引历史上、当今社会或者你自己遇到的具体实例进行阐释。

3. 你对当今社会看重的健美的女性形体有何感想？这种标准是恰当的，还是磨灭女性其他内在的特征？请解释自己的答案。

4. 即便你同意诗人"情人眼里出西施"的说法，请分析真正的美丽必须有一定的标准。如果用于评判一幅画或是一尊雕塑，这些标准应该如何使用？

5. 第 8 段中，作者将典型的维多利亚时代妇女描写成没有性冲动的人。这样典型的维多利亚时代的女性形象与当今电影电视中看到的女性形象有何不同？请以实例阐释自己的观点。

● 写作建议

1. 写一篇文章，阐释自己对于人类美貌的观点。请以有力的实例阐释自己的观点。

2. 写一篇文章，支持"情人眼里出西施"这一观点。

批判性思维与辩论图库：
毒品与社会

毒品如潮涌般淹没了整个美国社会。我们一觉醒来就是咖啡因的刺激，我们用烟草抚平我们的神经，用阿司匹林缓解头痛，用酒精来消磨时日，服用抗组胺药帮助我们睡个好觉——一切都合情合法，不失体面，甚至备受期待。

但是毒品使用的盛行有其黑暗的一面。美国每年有超过40万人因烟草而离开人世；还有2300万人经常性服用违禁药品，包括大麻、可卡因和海洛因。毒瘾和犯罪之间存在着因果关联。这里有一些数字值得思考：根据美国司法部（司法统计局）统计，目前美国有60万人吸食海洛因上瘾，这是自20世纪80年代那个臭名昭著的毒品泛滥时代以来的大幅增长。每年接触并吸食大麻的人数已经增至230万。脱氧麻黄碱的使用人数也在增长，同样，服用所谓的"酒吧药品"，如氯胺酮、安眠酮、赞安诺、摇头丸、迷幻药的人数也在增长，这些毒品往往是那些有几分魅力的年轻人使用，而他们却成为普通年轻人模仿的偶像。

最值得我们警惕的是年轻人中非法使用烟草和酒精的趋势。这些物质的使用增加了孩子终身依赖毒品的可能性，存在严重的健康隐患。每天，有3000名孩子开始经常性地吸烟。结果就是，这些年轻人中有1/3的寿命会因此而缩短。药物滥用和精神卫生服务管理局已经发出声明，高中生中有一半的人在毕业前使用过违禁药品。这些数据向我们透露有关未来的什么信息呢？未来很可怕：1. 母亲滥用药物会导致新生儿畸形；2. 慢性毒瘾会导致性传播疾病的流行；3. 未成年人使用烟草和酒精会导致英年早逝；4. 毒品的使用会降低生产率，进而给工作场所增加负担。

美国的监禁机构面临着噩梦般的情况：被捕犯人中占最大比率的（75.1%）人员是与毒品相关的违法犯罪。涉毒犯罪分子不断塞满我们的监狱。其数量不断增加，而联邦监狱中不断增加的收押人员中有近3/4的是吸毒人员。毒品走私同样也在增加，并引发暴力犯罪活动。报纸的头版头条上醒目地登着来自墨西哥、古巴、危地马拉的贩毒集团所犯下的恐怖罪行。不幸的是，通过像瘸子帮、血帮、多米尼加或是牙买加的"地方武装"之类的帮派，违禁药品依然可以轻松购得。总之，问题不仅未被消除，反而呈蔓延之势。

对于非法毒品蔓延的问题，各政党的回应也早在意料之中：保守党敦促加大力度制止非法毒品，强制毒品检测，针对贩毒人员制定严格的收监制度，强制取缔娱乐场所的吸毒活动。自由党和自由主义者则呼吁教育和康复手段的介入，可能最具争议的举措就是，毒品使用的合法化，以及在某些州大麻买卖的合法化。

在图库部分，我们一开始提出了一个发人深思的问题：作为药品，大麻是否可以随意买卖？毕竟大麻可以用于治疗某些疾病，但同时也存在一些问题。我们第一张图片展示了一家诊所的广告，上面写着欢迎词，并保证一定有医生为病人提供咨询。第二张图片试图让学生想到，吸食毒品虽可以给他们带来短暂的兴奋，但必须要当心的是随之而来的还有不可避免的暴力、堕落以及其他与帮派推销行为并行的危险，这些帮派向年轻人兜售毒品，诱使其上瘾，这样他们便无法继续工作或者为社会做出贡献。第三张图片看起来令人痛心，照片中两个小男孩摆弄着老式的毒品——香烟。他们会不会为此付出代价，成为烟鬼呢？

我们的学生习作紧跟时代脉搏，文中提出建议，认为是时候重新考虑将某种毒品合法出售，因为在市场上毒品可以自然得到有效控制。

"切题练习"部分将详细探讨这一议题。

研读下面三幅与毒品和社会有关的图片，从中选取令你印象深刻的一张，回答问题并完成相关写作作业。

图片分析

1. 你会如何描述路人看到宣传医用大麻广告的反应？尽管事实是科罗拉多州已经通过了大麻使用合法化的法律，考虑到美国社会中普遍存在的两极分化的态度，什么情绪似乎未被提及？这样的态度可能暗示了什么？

2. 当你看到"欢迎光临"这样的文字，你想到在购物中心或是附近的商圈中最红火的生意是什么？这样的话语传递出什么样的语气？这样的语气有什么目的？

3. "内有医生"这样的话语给这则广告增添了什么内容？为什么没有提到具体医生的名字，比如"医学博士欧内斯特·W. 史密斯"？猜测一下什么样的病人会走入这样的诊所？

4. 你认为医用大麻与药用植物或处方止痛药一样吗？或者你认为大麻仍旧属于街头毒品？用确凿的证据支撑你的观点。

写作练习

就支持或反对在全美 50 个州内对大麻使用合法化这一问题发表自己的观点。无论你持何种观点，找到至少三个专家观点来支撑你的论述。使用 MLA 格式来规范你的引用。

图片分析

　　1. 看到这幅有关执法与犯罪之间的冲突的图片，你的反应是什么？对于这种危险情景下被抓的人你是否会表示同情？或者说你认为他们是因贪婪而犯罪，因而是罪有应得吗？

　　2. 最近，有些世界级领导人、专栏作家或电视评论员发表言论，支持吸食毒品的非刑事化，就如抽烟和喝酒一样。比如他们认为，毒瘾的戒除依靠的是康复治疗而非监狱的禁闭，因此使某些毒品合法化可以制止犯罪或防止疾病的流行。你如何看待这样的观点？如果我们为这样的立场而投票，我们可能会面临什么样的新问题？

　　3. 很多人知道他们社交圈子中的某个人因为毒瘾而需要接受康复治疗。致使美国吸毒上瘾的人数持续走高的主要原因是什么？我们怎样做才能不让毒瘾毁掉这么多的生命？

　　4. 戒除酒瘾或毒瘾有多难？以你知道的某个人为例，他染毒后至少有五年时间一直努力自我克制。描述一下这个人是如何与毒瘾抗争并最终战胜毒瘾的。

写作练习

　　写一篇文章表明自己的观点，谈谈如何保护那些有吸毒上瘾父母的孩子们，因为这些父母根本无暇顾及自己的孩子。如果有的话，政府在这件事情上应该扮演何种角色？你能提出什么样的补救措施？花时间上网搜索，研究专家们就儿童滥用毒品问题所发表的观点中哪些观点有助于你完成这次写作练习。

图片分析

1. 有关吸烟的危害，媒体上有这么多的公开信息，你认为是什么使得小孩子们不顾这些警告而吸烟？

2. 仔细看看两个男孩子脸上的表情，穿红色格纹衬衫的男孩在想什么？穿蓝衬衫的男孩在说什么？

3. 在预防青少年吸烟或者青少年烟民增长方面，成年人起到什么作用？

4. 在过去的 40 年里，在公共场所，比如饭店、大学操场或写字楼吸烟的情况已显著减少。但数据依然显示青少年中吸烟人数正在增长。尽管有反吸烟的环保法规，青少年烟民数量却不断增长的潜在原因是什么？

写作练习

各种各样的商业广告都在尽力劝说孩子们不要加入吸烟一族，但成效一般。写一篇文章，阐明香烟是如何损害某位知名人士或某个你最爱的人的健康的，并呼吁年轻人不要吸烟。

标点工作坊：破折号

破折号（——）

一种可以灵活运用的标点，不要与连字符混淆。

1. 使用破折号表明思想的突然停顿或改变。

All of us need redemption—or is it acceptance?

（我们都需要拯救——或者称为接纳？）

Light reveals the world to us—a world often tarnished.

（光把世界展现给我们——但往往是一个黯淡的世界。）

Let me tell you about kayaking—no, I mean canoeing.

（让我给你说说皮艇——不，我的意思是独木舟。）

2. 使用破折号分割插入你想要强调的补充元素。

The new Pope—with the help of the Vatican—repeatedly emphasizes religious liberty.

（新的教皇——在梵蒂冈的帮助下——再强调宗教自由。）

Strong personal feelings— love, admiration, fear—are often easier to admit in a letter rather than face to face.

（强烈的个人情感——爱、羡慕，或是害怕——往往更容易在信中坦露，而不是面对面表达。）

3. 使用破折号强调一系列项目。

Tortured, undecided, fearful—my father embodied all of these character traits.

（煎熬、犹豫、害怕——我爸爸具备了所有这些性格特点。）

不要随意用破折号替代逗号、句号或其他标点符号，这样会出现滥用的问题。

学生角

解决美国的毒品问题

乔丹·杜比尼

瓦拉瓦拉大学，华盛顿

今天的美国面对诸多冲突：打击恐怖袭击的战争，解决医疗危机的战争，维持国家财政良好运行的战争，还有打击毒品的战争。比起任何一场战斗，与毒品的战争持续最久，我们也饱受摧残。这场战斗已经导致很多人的死亡，而且不仅在美国，在全世界这一问题都呈现扩散之势。尽管对于如何解决这一不断加深的危机，权威人士在学术殿堂和电视上已经争论很久，但依然未得出有效结论。问题仍在继续。解决这个问题的唯一办法就是政府要改变对麻醉药品和毒品的管制方法，因为由贩卖不洁毒品和危险毒品的集团直接导致的死亡事件太多太多，这是任何一个有人道主义思想的公民所不能容忍的。我们需要大刀阔斧的改变，需要对麻醉药品去刑事化。

某些常用麻醉药品是法律禁止公开买卖的，于是人们开始走私、流通，并在黑市上售卖毒品。这样的非法路径在全美非常猖獗，并且引发大量死亡事件。按照《管制药品法》，美国缉毒局列出了一大串毒品或其他禁用物质。根据缉毒局的网站显示，"所有物质被分门别类，归列不同组别，其划分依据是目前在美国这些物质是否被应用于医疗，是否有相对滥用的可能性，以及一旦滥用是否会造成药物依赖等标准。"比如，海洛因和大麻被列为一级名录，而羟考酮和吗啡被列为二级名录。

引发广泛争论的一个解决方法就是首先将这些毒品去刑事化，后续再逐步将此类药品售卖合法化。支持观点称去刑事化和合法化将大幅度减少危险毒品集团的贩卖活动，从而营造一个安全的药品买卖体系。联邦政府可以修订物品管制法规，按照药品分级灵活变通，一方面严格管制某些药品，同时允许某些药品的自由买卖。这样可以反过来营造一种社会氛围，使那些想要购买并使用某种药品的人买得到相关药品，但同时也知道他所购买的药品是受食品药品管理局严格监管的，因此是未受污染的。这种新的方式将有助于粉碎毒品集团，要知道他们曾暗地里非法将毒品卖给饥渴的吸毒者而夺取了很多人的性命。

对这一观点的反对声音集中而强烈。反对人士认为这将导致更多人毒品成瘾，会有更多的人因此而丧命。但是，或许事情并非如此。以酒精为例，酒精的售卖是合法的，并受到管制。一些人会适度饮酒，还有一些人因为过量饮酒而上瘾，给自身健康甚至是生命健康带来威胁。药品也是一样的，一些人能理智地使用药品，也有一些人会滥用药品。但是，新的管制体系将会给那些需要使用药品并用它治病救人的人营造一个安全的用药环境。

要对药品相关法律做相应修改，全社会必须行动起来，以具体的行动支持这些改变。无论做何改变，其目的应该是挽救生命。非法药品在美国已经夺取了太多人的生命，而且悲剧还在继续上演。毒品的去刑事化将会成为一项最佳举措，可以确保需要使用药品的人在市面上买到放心的药品。随之，毒品之战将不战而胜，很多生命也不会无辜陨灭。

写作心得

我有一套独特的写作方法。每次写作时，一开始我会盯着面前电脑屏幕上的空白文档搜集想法。明确自己的论题后，我便开始写作。我会一直写下去，直到我感觉已经把支撑观点所需的信息全部输入到电脑。接下来，我会回顾自己的文章，调整句子，增加证据并校对文字。这样做，我可以将自己的想法顺利地写出来，不用在意初稿写到纸上会是什么样子。因为，随后我可以再行修改，保持整洁。

我的写作小妙招

拿到老师批改的文章后发现上面有一些愚蠢的小问题，这着实令人苦恼。这就是为什么我建议你要不停地来回检查自己的文章，不管你认为它是多么完美。你总会发现自己漏掉一个逗号或是用词不恰当。我建议你完成一篇文章后，放一个晚上沉淀一下想法。第二天可以用崭新的视角再次审视自己的文章，这样便可以避免整天困扰无数作家的错误。你甚至可以找一个朋友帮你看看文章。一个客观的读者可能会发现你没有注意到的错误，因为你卷入太深，往往也太过主观。也许，读完你的文章，朋友可以给你一些有益的反馈，帮助你改进文章。

 切题练习

对在某人脸书页面上看到的下述观点回复推文："大麻太酷了，可以让你学习数学或化学时集中精力。为什么一直要严打大麻而不是在各地将其合法化呢？"

■ 本章写作练习

1. 写一篇文章，用历史、物理、生物、心理学或文学中的例子证明下面的格言：

a. "每个人都是自己命运的缔造者。"（塞内加）

b. "无度则失，纵欲则败。"（孔子）

c. "一个国家的根基在于对青年的教育。"（第欧根尼）

d. "地球引力的作用远远超出我们的想象。"（匿名）

e. "讽刺是政治斗争中游击队员的武器。"（霍勒斯·格里利）

2. 从下面的词条中选出一个，就该词条写一篇文章，用例子证明。

　　a. 浪漫　　　　d. 谦卑

　　b. 独裁　　　　e. 偏见

　　c. 教育　　　　f. 法律

■ 进阶写作练习

1. 设想自己在给一群八年级的学生做演讲，写一篇有关远离毒品的文章，以自己了解的事实为例，可以是你熟悉的人、朋友或者某位专家。

2. 用例子证明这样的说法："自由往往需要付出高昂的代价。"

 专家支招

力求清晰

首先要清晰；其次是清晰；最后还是清晰。

——阿纳托尔·法朗士

（当被问及成功的写作最重要的因素是什么时）诗歌和形而上学中可能包含了太多的奥秘和晦涩，但最为重要的观点都会以清晰的语言表达出来。写作中清晰的表达就如同清新的空气一样，而缺乏清晰表达的作品如同浓烟一般。你更愿意呼吸哪一种呢？

第十二章
下定义

■ 下定义指南

何为下定义?

下定义意味着准确地解释某个单词或短语的意思。文章、短文以及整本书籍,其目的仅仅是为一个抽象的或是有争议的单词、词条,或短语下定义。下面的段落便为戏剧下了定义。

> 让我们来为情节下个定义。我们曾经这样定义故事——以时间顺序叙述事件。情节同样也是事件的叙述,只是重点落在了因果关系上。"国王死了,接着王后也死了。"这是一个故事。"国王死了,王后悲伤过度,不久也死了。"这就是情节。时间顺序被保留了下来,但是因果关系的色彩更为浓厚。"王后死了,没有人知道原因,直到后来人们才发现她因为国王离世郁郁而终。"这是一个具有神秘色彩的情节,这种形式可以更好地展开故事。它将时间顺序暂停了,尽可能在许可的范围内一下子走到了故事的结局。想一想王后的死亡。如果这是一个故事,我们会说:"那接下来呢?如果这是一个情节,我们会问:"为什么呢?"这就是小说中这两个方面之间最为本质的区别。情节不适合讲给瞪着双眼、一脸茫然的穴居人、残暴的苏丹,或是他们在现代社会的子孙后代——电影大众。要让这些人不打瞌睡,只能不停地展示"接下来……接下来……",毕竟他们只是有点好奇心,而情节的展开还需要智慧和记忆力。
>
> ——E.M. 福斯特,《小说面面观》

上面段落中,作者不仅定义了情节,还将它与故事进行区分。这样做,我们不仅知道了情节是什么,也清楚了它不是什么。

何时下定义？

某些字词和短语是什么意思？尤其是遇到抽象的字词和短语，回答这个问题往往不是那么简单。有时可能要给火星人解释铅笔是什么，不过这个简单，毕竟实在没办法，我们最后一招也可以是拿一支铅笔放到他的天线跟前。但是我们该如何给这样的外星人解释"爱""人权"甚至"国家主权"的意思呢？这些词语并非指代某件物品或实物。它们要么是一个想法，要么是一个概念，只能通过经历或者使用语言进行定义。可问题是要想找到两个对于"爱""人权"或"国家主权"有着完全相同经历，因而可以立即认可同一个释义的两个人，虽然并非不可能，但却很困难。此时，就急需字词来填补空白了。

当你的文章专注于这些极富争议的抽象表达时，下定义就十分有用了。举例说明，假如你在就"爱"写一篇文章，就不能想当然认为自己的读者已经知道"爱"是什么意思。此时，你可能就必须为其下定义。你应该尽可能给自己特定的读者提供一个清晰明了的定义。

如何下定义？

1. 下定义之初告诉我们该词条的意思。传统的方法是首先将该词条放置于某一宽泛义项，然后将其与周围其他词条进行比对，发现差异。这种定义被广泛应用于字典当中，称为词义。请看下例：

　　图书馆是艺术品和文学作品的存放处。

"存放处"在这里被用来定义图书馆所归属的宽泛义项，不过"图书馆"是专门针对艺术品和文学作品的存放之处，这是该处与其他"存放处"的不同之处。

下面大家再看几个词汇的定义：

"小型摩托车"是一种两轮驱动的车辆，它有两个小轮子，后轮由一台低功率汽油发动机驱动。

"寡头政府"是指由少数人，尤其是一小群人，比如某个家族所统治的政府。

"教育"是以传授知识或技能为目的的系统的教授过程。

"仁慈"是对冒犯自己的人的友好、富于同情心的态度。

释义是对某个词条含义的适用的、初步的定义。首先，说出词条的归属，接着在其所归属的宽泛义项中与其他词条进行区分。我们每天都在有意识或无意识地使用这样的方法下定义。

2. 如有必要，用所定义词条的词源分析扩展你的定义。一个单词的词源就是它的词根，亦即其最初的释义，词源分析有助于解释今天这个词条的含义的演化过程。下例中，词源分析帮助解释了"圣经"这个词的意思。

"圣经"（Bible）的定义在于起源。它来自希腊词"biblion"[1]，复数形式是 biblia，意思是"小书"。而 Bible 就是不同种类和类别的小书的合集，这些书时间跨度很大，至少一部分是写于公元前 1200 年，或甚至更早的时候；最晚的也是在公元 150 年。基于其丰富而多元的内容，圣经或许可以被称为希伯来文化的图书馆；经过几个世纪的慢慢积累，它也可以被定义为相关文学作品的概览，就像我们所说的英语文学概论一样，我们可以看到从盎格鲁 - 撒克逊时代一直到我们所处时代的英语散文和诗歌的不同类型。

——玛莉·艾伦·切斯，《圣经溯源》

3. **通过陈述这个单词的意思是什么或不是什么，阐明自己的定义**。例如，"神话"的含义可以这样阐释——它不仅仅是"充满谎言的故事"。同样，也可以这样定义"自由"——"自由"不仅仅是"任何时候你想做什么就做什么"。在下面段落中，"经验医学"的定义中一部分内容便在阐释"它不是什么"。

"经验医学"是指基于经验和观察而得出的医学结论。诊断和治疗的判断是经验的结果。经验医学不是基于科学的理论或知识，而是基于它们的效果。因为它低估了科学的知识，经验医学往往被学者们视为江湖医术。

在文章中，下定义的段落最为重要的目的就是要澄清某个词条的含义。不过，有时一个单词或短语的科学定义或字典释义可能并非作者想要传达的。实际上，一些定义可能会更加哲学化，更加诗意，就像下面的这个例子：

家是你可以依赖的地方。或者家是你可以度过儿时时光的地方，那些年每天清晨睁开双眼便满心兴奋，那些日子总有些情景让你不能忘怀，有些事情让你激动落泪，有些时光让你惊喜交加。家或者那个地方是不是就是你爱的人生活的地方？是你埋葬去世亲人的地方？还是你百年之后想要把自己埋葬的地方呢？还是你绝望无奈，最终结束自己生命的地方？当时你十分纠结，到底是不是应该随便选个车库、选个谷仓或者选个小柴房结束自己，省得把房子搞得乱七八糟，但思前想后最终还是回到那个庇护所，安静地结束了自己的生命。

——瓦勒斯·斯蒂格纳，《巨石糖果山》

4. **用例子扩展你的定义**。一个精心挑选的例子可以帮助你进行阐释。在下面段落中，作者告诉我们在她看来美国男子气概所具有的意义：

美国已经为每个人应该承担的角色下了定义。它将"男子气概"按照其自身内容进行了定义，同样也以此原则对"女性特质"进行了定义。一个人有一份体

---

1. 很可能莎草纸的内皮上写着它的名字"Biblos"，而单词"Biblion"的意思就是莎草纸卷，Bible 最初就是在这种材料上写的。——原注

面的工作，挣大把的钱，开着凯迪拉克跑车，他就是一条真汉子；相反，一个缺乏这些"特质"的人就不够男人味。美国的广告媒体不断向美国男性灌输各种不可或缺的男子气概的标志，如牛仔青睐的香烟品牌，有男人味的威士忌，或者运动员佩戴的某个品牌的护身三角绷带。

——弗朗西斯·M.比尔，《双重危险：女性黑人》

无论你是否赞同这样的定义，但至少可以通过具体事例了解作者所给出的定义。

5. 要恰当定义一个复杂的术语，你可能需要一系列技巧的综合使用：你可能需要提供一个词语解释，引用实例，分析含义。下面段落是作者使用上述三种机制为"自我形象"这一术语所下的定义：

词语解释	自我形象指一个人对自我价值的看法——就像把自己的钱款和财产加起来计算个人财富额，从而确定自己属于某个收入群体一样。在这一自我形象的定义中，性格特征似乎起了主导作用。虽然每个人都赞同形成良好的自我形象很重要，但很少人知道如何获得良好的自我形象。事实上，你从小就开始塑造自己的自我形象。在生活中与各种重要的人接触时，你便从他们身上获取了他们对你的看法。经年累月，这些信息会在你的潜意识里沉积并形成你的自我形象。
实例	例如，如果你的父亲经常对你大喊大叫"你个傻子，将来肯定成不了大气"，或者你的母亲经常在你身边唠唠叨叨"别整天无精打采、病病殃殃的，将来没人爱搭理你"，这些信息就会像胶水一样黏在你的潜意识里。如果它们没有融化或是未被清除，便会转化为坚如水泥的信念，最终形成你对自我的评价。因此，如果你觉得自己很丑、很无聊、很笨、不可能成功，那么，不管你相信与否，你就会不由地把这些想法固化在自己身上。
实际定义	如不加以克制，你的自我形象将决定你将来能否成功，因为你会成为自己认为的那种人。

——科莱特·威特，《何谓自我形象》

切记，如果你的定义还有语义空缺，或者不能明确回答"这是什么意思？"这个问题，那么你的定义就不完整。下定义时请时刻想着这一问题，尽力回答，直到你的解释能让读者清晰理解。

写下定义的文章时，请注意学生最常犯的错误——循环定义。说"征税就是征收税收的行为"就是简单重复。更好的说法是"征税就是要通过征收各种税款以支持基本政府服务设施的做法。"提供实例和细节直至自己能回答"是什么？"这一问题。

下定义热身练习

1. 与三四个同学坐在一起，共同探讨下列术语的最佳定义。如果需要，你也可以使用字典。一旦几个人对最佳定义达成共识，将其用一句话写在纸上。修改写好的定义，直至其可以作为文章的主题句为止。

a. 盗窃癖

b. 占卜术

c. 精神错乱

d. 恐怖主义

e. 驱逐出境

2. 在下面段落中，"文艺复兴"一词需要定义，以帮助不熟悉这一术语的读者。请使用段中解释该术语的至少三个词汇来定义文艺复兴。写下自己的定义，使其可以作为一篇描写经历过哈莱姆区所经历的一切事件的任意一个社区的文章的主题。

> 哈莱姆是曼哈顿北部的一个社区，20 世纪 80 年代跌入低谷，生活贫苦，房舍破败，涉毒案件频发，现如今经历了第二次文艺复兴。一些哈莱姆人对此次好转并不看好，觉得只是房地产业的虚华罢了，因为周边 19 世纪富丽堂皇的连排别墅正在被快速拆除。你也可以听到文化的发展，但与哈莱姆 20 世纪由于政治、文艺尤其是文学卓越的创新发展带来的第一次繁荣无法比拟。诚然，今天已经找不到狂热的威廉·爱德华·伯格哈特·杜波依斯，温文尔雅的兰斯顿·休斯，或是极富贵族气息的艾灵顿公爵，但第二次文艺复兴已初露端倪……知识分子的、主流的、流行的、嘻哈的、前卫的哈莱姆文化与艺术复兴已经出现在几乎每一个街区。

—— 转引自彼得·海尔曼 "崛起的哈莱姆"，《史密森尼博物院》，2002（11）

3. 在下面空白处，标出错误的定义，并给出正确的定义。

a. ____ "魅力超凡" 就是令人作呕。

b. ____ "忧伤" 是指情感的低落。

c. ____ "怀疑论者" 是容易轻信他人的人。

d. ____ "郊区" 是城市外的乡村。

e. ____ "角楼" 就是塔楼或是尖塔

f. ____ "表达敬意" 就是嘲笑。

g. ____ "人渣" 是邪恶的公民。

h. ____ "基因" 就是遗传获得。

i. ____ "认真检查" 就是研读或是仔细思考。

j. ____ "统治" 就是恣意骄横 。

4. 改写下面的定义，消除循环重复的意义。

a. 恐怖分子简单而言就是一个试图让别人恐惧的人。

b. 卖淫是卖淫者所做的工作。

c. 自由就是自由得像只小鸟。

d. 爱国主义就是热爱自己国家的行为。

e. 有普遍的吸引力就是一个人对公众有吸引力。

写作实例

熵

柯尔（K.C. Cole）

修辞图解

目的： 定义并阐释"熵"，以帮助普通读者理解该概念

受众： 有时间思考和阅读写作水平很高的报刊专栏文章的读者

语言： 标准英语，以能够拉近作者与读者距离的随意的口吻写作

策略： 解释"熵"，以便读者在看到其周围的杂乱无序时不会感到无望，而是能意识到人的力量如果能在恰当的时间和地点运用得当则可以避免陷入无序和堕落

柯尔，作家，为《洛杉矶时报》撰写自然科学方面文章，同时也写"人生的思考"专栏文章。柯尔儿时生活在里约热内卢，后来在华盛顿港、纽约和俄亥俄州榭柯高地长大。科尔在巴纳德学院获得政治学学士，毕业后在自由欧洲电台任编辑，并相继在前捷克斯洛伐克、苏联和匈牙利等国家工作。她为《纽约时报》撰写的有关苏联进军捷克斯洛伐克的文章广受欢迎，也因此成为知名记者。在旧金山《周六评论》担任作家和编辑的同时，柯尔对弗兰克·奥本海默的旧金山探索馆深感兴趣，并开始撰写科学文章。柯尔写了很多风靡美国的畅销书。主要作品包括：《只有母亲可以告诉你的关于生孩子的秘密》(*What Only a Mother Can Tell You About Having a Baby*, 1982)，《字里行间》(*Between the Lines*, 1984)，《数学与头脑相遇的地方》(*The Universe and the Teacup: The Mathematics of Truth and*

Beauty，1999 ），《物理与头脑相遇的地方》（ *First You Build a Cloud: Reflections on Physics as a Way of Life*，1999 ）。下面摘录文字最初登载于《纽约时报》"她的文章"个人专栏。

　　阅读柯尔的文章会让你对一位可以将物理学用如此简单清晰的语言表述的作家心存感激。虽然"熵"可以让人不知所云，柯尔却用日常生活中的细节和实例将该概念解释清楚。通过其解释，读者认识到"熵"不过就是我们在身边看到的正常的衰退和分解——这样的情况我们一定会遇到，看到，进而还得解决。

　　1　大概两个月之前，我意识到"熵"正在击垮我。就在那一天，我的车（又）抛锚了，我的冰箱坏了，而我右侧的磨牙需要进行根管治疗。每次下雨，卧室的窗户总是漏雨，儿子的保姆在我需要时总不能来。我的头发开始发白，我的打字机也快不能用了。房间需要粉刷，我需要一副眼镜。我儿子的运动鞋磨出了破洞，我感觉自己真的是忙乱不堪，碌碌无为。

　　2　再说，下周五衣服还是会脏，干吗非要浪费周六半天时间泡在自助洗衣房里？

　　3　嗨，无序就是自然界最自然的秩序，甚至还有精确计量无序程度的单位，叫作"熵"。与所有其他物理性质（运动、重力、能量）几乎都不同，"熵"并非双向作用，它只会增加。一旦产生，"熵"永远无法消除。通往无序的道路是条单行道。

　　4　由于其令人不寒而栗的不可逆性，"熵"也被称作时间之矢。其实理解起来也十分容易。若放任不管，孩子的房间就会乱七八糟，而不会整整齐齐。木头会腐烂，金属会生锈，人会长出皱纹，花儿会凋谢。就连山脉也会降低；原子核同样会衰变。在城市里，我们看到老旧的地铁、破旧的人行道和破败的大楼，生活中的一切日渐无序。无须询问，我们都知道什么是旧的。如果我们突然发现油漆又跳回到一栋破旧的大楼，我们知道不太对头。如果我们看到一颗打破的鸡蛋恢复原状，又变得完完整整，我们肯定会笑，就像看到电影胶片倒带一样。

　　5　然而，"熵"并非笑料，因为随着"熵"的增加，能量会损耗，机会就会丧失。水沿着山坡一路流淌，在其流动过程中可以被用来做一些有用的工作。但水全在同一水平面上，就不能做功了。这就是"熵"。我的冰箱运转时，它让冷空气井然有序，固定在厨房的某一个空间，而热空气被隔离在另一个空间。冰箱坏了，冷热空气混合在一起，成了温和的一团，我的黄油会因此融化，牛奶会变质，冷藏的蔬菜也会腐烂。

　　6　当然，能量没有真正损失，不过它被消解，被耗散，变得乱七八糟，毫无秩序，对我们也毫无用处。"熵"就是无序，是目标的缺失。

　　7　人们往往会被"熵"搞得心烦意乱，似乎看到了自己生活中的杂乱无章。就像我温暖的厨房中诸多的分子一样，它们四处乱撞，感觉失去了方向感，感觉自己在浪费青春和每一次到手的机会。在婚姻中很容易看到"熵"，当夫妻双方太过认真地计较鸡毛蒜皮的小事，婚姻就会自然崩溃。在我们国家中也会出现"熵"，国与国之间的友谊也会出现"熵"——也就是错过了处理随时可能吞没我们的、引起雪崩般无序状态的机会。

8　　然而，"熵"并非什么地方都不可避免。水晶、雪花和星系就是随意事件之中的不可思议的有序的精美小岛。如果没有"熵"的例外，天空就会漆黑一片，我们就不能看到星星好多天出现在同一个地方；正是因为空气分子有序的排列，天空看起来才是一片湛蓝。

9　　"熵"最为深奥的例外就是生命的出现。一颗种子钻进土壤，吸收一些碳，一些阳光，一些水分，随后就整合成了一株玫瑰。吸收一点氧气，吃点比萨，喝点牛奶，子宫内一颗种子竟然变成了一个婴儿。

10　　关键在于需要很多能量才能长成一个婴儿；也需要很多能量才能长成大树。通往无序的道路一路下坡，然而通往创造的道路却一路坎坷。虽然战胜"熵"是可能的，但代价也不可避免。这就是为什么振作起来似乎这么困难，而颓废起来却那么容易。

11　　更糟的是，在宇宙中的某个角落营造秩序，在另一个角落却会变得更为无序。我们用石油和煤来创造有秩序的能量，代价就是毫无秩序的烟雾。

12　　几个月没摸了，最近我再次拿起长笛演奏。当不均匀的震动发出的噪音响彻房间时，我的儿子捂住耳朵说："妈妈，你的笛子怎么了？"其实，笛子没问题，是我的演奏水平下降了，或者"熵化"了。唯一阻止这一过程的方法就是每天练习，这样我的曲调自然更动听，不过代价就是要不断练习。像其他事物一样，当我们停止对其施以能量时，我们的能力也在降低。

13　　这就是为什么"熵"令人沮丧。似乎就连消长相抵都意味着要迎难而上。不过也确实如此，完全可以理解。"熵"的机理是机会的问题。把任意一个冷空气分子放入我的厨房，它向我的冰箱流动的机会就是50对50。它与我的冰箱反方向流动的几率也是50对50，但是把数百万暖空气和冷空气分子混合在一起，所有冷空气分子向我的冰箱移动，而所有暖空气分子向相反方向移动的几率就是零。

14　　"熵"的胜出并非因为无法营造有序，而是因为通往无序的道路远比通往有序的道路多得多。懈怠的方式多种多样，但做好一件工作的方式只有一个，想搞得乱七八糟的方式有很多，但整理起来却只有一种方式。生活中的障碍和事故可以确保持续的撞击可以把我们弹到任何一条路上，或者把我们撞出跑道。无序是阻力最小的道路，是最好走的道路，但不是必经之路。

15　　像很多其他人一样，看到今天周围的"熵"，我也沮丧万分。我害怕看到国际事务的杂乱无序，害怕看到世界缺乏共同的目标。想到这样的状况可能导致核战之熵我恐惧万分。生活在一个城市却不能把孩子送到公立学校令我很是难过；人们失业，通货膨胀失控；性别和种族之间的冲突似乎越来越严重；世界各地人们的关系似乎越来越疏远。

16 社会机构就像原子和星星，没有施加能量以确保秩序就会不断衰败。只有不断努力，细心呵护，友谊、家庭和经济体才能保持完整。似乎在我看来，愿意为维持秩序而做出不懈努力的人太少了。

17 当然，情况越复杂，过程也越艰难。如果厨房里只有十几个分子，我等一年半载，也许在某一刻有六七个最冷的分子正好就集结到冰箱里了。然而等式中参数越多——游戏中人员越多——他们朝着某一个有序的道路前行的几率就越小。拼图游戏中碎片越多，秩序一旦被打乱，重新恢复的过程就越艰难。"不可逆性"，一位物理学家说，"就是我们为复杂性所付出的代价。"

● 内容分析

1. 什么细节给我们提供了线索，帮助我们推断文章的写作时间？该时间对文章主题的阐释是否必要？请解释自己的答案。

2. 文章中哪里第一次解释了"熵"这一术语？作者遵守了下定义的哪些规则？该定义是否让你清晰理解这一术语？如果没有，缺少什么？你能给出更好的定义吗？

3. 根据作者的观点，宇宙中几乎所有事物均受"熵"的影响，不过是否也有些例外？这些例外有什么明显特征？结合自身经历给出一些例子。

4. 你在身边什么地方可以看到"熵"起了作用？如果有过，那你会采取什么措施来防止"熵"升级为彻底的混乱？哪些国家容易受到"熵"的影响？解释自己的选择。

5. 根据作者的观点，为什么"熵"在无序和有序的竞争中占了上风？你赞成还是反对作者的观点？结合自身经历阐释答案。

● 方法分析

1. 为什么作者会选取"熵"而非其他常见题目如"无序"作为文章的题目？柯尔如何以"熵"这样的科学概念抓住读者的兴趣？

2. 文章的主题是什么？该主题在哪里提出？该主题对读者有什么意义？这一主题解决了什么问题？

3. 第 5 段开头句有什么目的？删除该句，文章会发生什么变化？试着换作自己的句子，看看文章的行文有何变化？

4. 在文章中哪个地方，作者重点关注了她对"熵"这一概念最为关心的方面？该焦点的出现时机是否符合写作策略？阐释自己的答案。

5. 作者在文中最后一段使用了哪三个比喻？它们有什么共同之处？它们强调了什么？

● **问题讨论**

1. 文中蕴含的什么观点真正刺痛了你，或者引发了你对周围有序与无序的思考？从文中找出两到三段文字，解释自己对这些段落的看法。

2. 作者认为"熵"之所以胜出是因为通往无序的道路远比通往有序的道路多得多，你赞同吗？引用自身经历支持或反对她的论断。

3. 分析自己的生活方式，你是想成为有序的还是无序的人？你对秩序的感觉是如何影响你看待自己的方式？如果有，你希望在针对身边的秩序或杂乱无章的方式上做出什么调整？

4. "熵"和能量之间存在什么样的关系？解释如果"熵"战胜了能量，我们国家会发生什么？请用实例阐释自己的观点。

5. 第16段中提到的社会机构中，你认为哪一个机构对整个社会的稳定至关重要？你如何用能量来保证其不陷入混乱？请具体阐释。

● **写作建议**

1. 下列每个术语的定义均取决于使用该定义的人，选择某个术语，写出你认为该术语的意思。使用几个恰当的实例，努力让读者相信你的定义是正确的：

　　　　　　　　a. 女性的　　　　　b. 色情

　　　　　　　　c. 激进　　　　　　d. 种族主义者

　　　　　　　　e. 宽容

2. 柯尔认为"当我们停止对其施加能量时，我们的能力也在降低"。写一篇文章，使用这个概念作为主题，努力让读者相信其正确性。使用数据、具体实例、引用或者其他可以支持自己论点的方法。

看不到的伤亡

大卫·芬柯（David Finkel）

> **修辞图解**
>
> **目的：**定义伤后应激障碍（PTSD）以帮助非专业人士理解该病症所引起的恐惧
>
> **受众：**受教育的读者
>
> **语言：**标准英语，使用一名老兵真实生活中戏剧性的实例
>
> **策略：**描述一名老兵为期八年的生活，突出某些事件，如与妻子初入爱河，战争中地狱般的时刻，战后两年内经受的精神苦痛

　　大卫·芬柯生于1955年，记者，2006年作为《华盛顿邮报》职业作家，因说明性报道获得普利策奖。由于在新闻报道方面出色的表现，他还获得多个其他奖项，如涉及非法移民问题的《看不见的旅程》（2001）获得罗伯特·肯尼迪图书奖。芬柯最为知名的是他两本关于战争的著作：《优秀士兵》（The Good Soldier，2010），是他2013年担任战地记者时，与"216特攻队"在巴格达一个据点相处数月的所见所闻；另一本是《感谢您为国效力》（Thank you for your Service），下列文字即摘自本书。如今，芬柯担任《华盛顿邮报》国内企业版块记者。

1　　亚当把婴儿掉落在地上。婴儿才出生4天，是他的儿子，在婴儿落地的那一瞬间，他来到的这个家就像世界上最和平的地方。屋外，堪萨斯州11月底的深夜，凌晨3点，冷得要死；屋里亮着灯，弥漫着新生儿温暖的气息。亚当的妻子，萨斯基亚，美丽的萨斯基亚，就在几分钟前刚刚问过自己的丈夫是否能照看一下孩子，让她休息一会儿。"好的。"他说。她蜷缩在床的正中，睡着之前最后看到的是亚当在床边斜躺着，背靠着床头，孩子抱在怀里。他面带笑容，这个受伤的男子似乎终于有了一点让自己感到满足的事情。她相信没问题，于是闭上了眼睛，之后他也闭上了眼睛。他的双臂放松了。胳膊耷拉下来。孩子从他的怀里滚落到床边，随后在半空中享受了最后一个平静的时刻。那一刻稍纵即逝，紧接着就是后面发生的一切。

2　　萨斯基亚听到了。声音不大，但能听得清楚。她的眼睛一下子睁开。她看见亚当紧闭双眼，怀里什么也没有，而他在听到大喊大叫、感觉有人从他身上爬过、被硬硬的胳膊肘和膝盖顶撞后，才醒了过来，尽管他说自己绝对不会睡着的。他迟疑了一两秒钟才知道自己做了什么。

3　　他一句话没说。他没什么可说的。他很抱歉。现在他总是抱歉。自打从战场上逃回家之后，两年来他一直心存歉意。他穿好衣服，离开房间。他在黑暗中坐了一会儿，听她安抚孩子，接着他走了出去，坐进自己的皮卡，装好霰弹枪，把枪对准自己的面颊。就这样，他开动汽车，而在屋里，萨斯基亚正在思考到底发生了什么。婴儿，身体很柔韧，正平稳呼吸，身上没有伤。还好！怎么可能？可是他受了伤。也许他是少数生下来就没问题的幸运儿。

4　　两年了。他如今28岁，退伍了，体重又增加了不少。离开战场时他是伟大的舒曼中士，当时他几乎骨瘦如柴。增重25（约等于11千克）磅后，他又变得很结实，至少身体结实。不过，精神上，他还停留在当时离队回家的状态。头部中弹身亡的埃默里还耷拉在他的背上，埃默里头部涌出的鲜血还在往他嘴里流淌。多斯特可能是他最喜欢的战友，在一次执行任务时被路边的炸弹炸得血肉横飞。当时亚当本来也要同去执行该任务，听说多斯特死了，另一个战友告诉他："如果你在场，也许就不会这样了。"战友们总夸奖亚当眼睛敏锐，总能发现隐藏的炸弹，每个人都信赖亚当——不过当时他没有听到，也许后来才听说。这些语言让他很受伤，就像被榴霰弹片击中一般。当时是他的过错。现在也是他的过错。愧疚太深，难以自救。他一直都是个好人，人们这样看待亚当。他很有人缘，聪明、体面、善良，值得敬佩。可现在？"我感觉自己彻底崩溃了。"亚当说。

5 "他还是一个好人，"萨斯基亚这样说，"只不过成了一个崩溃的好人。"

6 似乎不是他自己引起的，与他无关。似乎他并非不想改变，他试过。虽然有些时候，它更像碑文，对亚当如此，对别人亦是如此。跟他一起并肩作战的所有士兵，跟他在一个排的30个战友，一个连队的120位战友，一个营的800位战友，回家后都或多或少受了伤，包括那些看着健健康康的退伍老兵。"我觉得从战场上回来的没有哪个人没有某种心结。"一位曾跟亚当一起并肩作战的士兵说。

7 "一个个噩梦，一次次暴怒，每次去公共场所我都想知道每个人在干什么。"另一个战士说。

8 "感觉压抑，会梦见自己的牙齿掉落。"另一个说。

9 一位看着没什么外伤的士兵说，妻子告诉他说，他每天晚上睡着了都会尖叫，说完他不好意思地笑了笑，说："不光这些。"他听起来对自己的情况有些困惑，他们都是这样。

10 200万美国人被派往伊拉克和阿富汗打仗。现在回家了，其中多数人说自己身体和心理都健康。他们继续往前，他们的战争慢慢走远。有些人因为战争变得更加强壮。然而，对其中一些人，战争却还在延续。研究表明，两百万士兵中有20%到30%回家后依然受到伤后应激障碍（PTSD）的困扰。伤后应激障碍是由于某种恐惧或者大脑受到剧烈震荡时与头骨碰撞而引起心理损伤，继而引发心理健康问题。意志消沉、焦虑、梦魇、记忆损伤、个性改变、自杀倾向：每场战争都会有战后阶段，伊拉克和阿富汗的战争也是如此，战争使得50万美国老兵遭受心理创伤。

11 他不相信自己有问题，这只是部分症状。在家里，他会盯着镜子里的自己，看不到自己发红的眼睛，只能遗憾地看到他还有那两个战友在身边，一起整理库房。两只眼睛，两个耳朵，两条胳膊，两条腿，两只手，两只脚。一样不少，像以前一样匀称。他身上没有伤痕，怎么可能受伤？答案一定是没有受伤。可为什么他被诊断患有严重伤后应激障碍而被遣返回家呢？答案肯定是身体虚弱。可回家后为什么还是被一次次诊断有病呢？为什么会生气呢？为什么记不住事情呢？为什么总是紧张不安呢？为什么总不清醒，哪怕睡上12个小时？为什么还是尝到埃默里鲜血的味道呢？因为他身体虚弱，因为他胆小，因为他就是一个……

12 萨斯基亚找到了房子，在亚当最后一次执行任务时买了下来，而那次任务把他搞成这样。参军前，这里本是他们希望过上自己期望的生活的地方：一个家，有孩子、爱犬、院子、钱财、稳定，还有想象中的未来。她知道回家时他会生病，但她也知道一旦远离战争，回到自己身边，他会慢慢康复。有她在，他会好的。"童话般的凯旋"是她希望的。"大家都开开心心。一派'之前的事情再也不会发生'的气象。"可他回家时并不开心，她告诉他：她理解；他说自己还没有做好准备面对身边那么多人时，她也说自己理解。她相信自己有十足的耐心。萨斯基亚在卧室里的墙上喷涂了漂亮的文字"每天亲吻我入睡"。

13　他照做了。后来，焦虑、抑郁、战战兢兢、困倦、头疼让他麻木，他不做了。后来她也不做了，一开始隔三岔五，后来就越来越少了。

14　现在他们一起去位于托皮卡东郊60英里（约96.6千米）外的退伍军人医院去看医生。战争留给他伤后应激障碍、抑郁、梦魇、头痛、耳鸣、轻度脑震荡，那是一次迫击炮轰击，炮弹毫无征兆从湛蓝的天空落下，就在附近炸开了花，距离太近，足以把他炸傻。政府发的每月800美金的伤残补助，加上自己找的工作每年36 000美金的工资，他的收入只有当兵时收入的大概三分之二。

15　他们认识已经8年了。那是在北达科他州的麦诺特市。当时她刚刚高中毕业，从来不会夜不归宿。当时，她一个人在一家便宜的地下百货商店购物。走出百货商店时，她看见了一个当地的混小子，光着上半身坐在太阳地里。亚当看见的是一个女孩盯着自己，她太漂亮了，似乎就是他梦寐以求的美女，而女孩似乎也看到了自己的梦中情人。后来，两个人结婚了，随后就成了现在这个样子。

16　有时争执过后，她会清点药丸，以确认他没有多吃药，会检查枪支，以确认没有问题。一想到他可能不会康复，现在又确实如此，她有时会感到害怕；一想到他可能会自杀，就让她感觉五脏六腑被扭曲，直至无法呼吸。

17　事实是他一直想着自杀，这种想法越来越频繁。不过他没有告诉她，也没有告诉任何人，最近没有，因为告诉她又有什么意义呢？他跟多少位精神病专家和理疗专家谈过？他说过多少次了，可又能怎么样呢？

18　"你有自杀的想法：你说过平时想过自杀，想好了计划和方法。可是，你一次次否认有伤害自己的想法，原因是你爱惜家人，"一位精神病专家这样写道，后面又接着写道，"你有能力维持最低程度的个人卫生。"

19　好吧，至少这样，亚当看到那份报告时这样想着。疯狂，但也算健康。在翻阅纸张，寻找看医生时需要带的东西时他翻出了这份报告。他的病历很厚，基本是同样字眼的重复，让他烦恼，于是他转而看到了几箱子信件，都是他在国外时与萨斯基亚来往的信件，全是情书。他们几乎天天写信。当年他们就是如此。他读了几封信，感觉信件让自己因为两人之间失去的东西而忧伤时，他转向了其他箱子。

20　现在，他来到了医院。亚当走进去见医生，之前已经递上了这两年来自己病况的基本情况。萨斯基亚在外面等候。有时她跟他一起进去，有时不进去。她知道大夫肯定又会说亚当受伤了。亚当有病。亚当需要继续吃药。亚当需要一个知恩图报的国家的感谢。

● **内容分析**

1.什么事件推动了文章的发展？考虑到后来我们对亚当·苏曼的了解，该事件的重要作用是什么？

2.萨斯基亚找到自己与亚当居住的房子，他们追求什么样的典型的美国梦？这个梦想的哪个部分没有实现？为什么没有实现？

3.你如何知道把孩子掉到地上不是亚当从战场回家后做的唯一的错事？对自己的错误他作何反应？这样的反应表明了什么？

4.萨斯基亚如何看待自己说亚当是个"好人"的判断？这让我们对萨斯基亚和亚当有何了解？

5.在自己和亚当争执后，萨斯基亚有时会做些什么？这样做是否明智，还是她应该选择一种不同的方法？解释自己的答案。

● **方法分析**

1.作者如何表述时间的进展？请指出具体段落。你是否容易跟上这一过程？为什么？

2.第11段中提出很多问题，有何目的？这些问题的答案是什么？这一问答部分为什么很重要？若将该部分删除，是否会有损失？有什么损失？

3."伤后应激障碍"的科学定义是什么？文中在哪里对其进行定义？对该病症的统计数字说明了什么？

4.作者如何给读者设置悬念？这一悬念是否合理？请解释自己的答案。

5.最后一段如何描述亚当的状况？该段文字有何讽刺意义？

6.你如何评价最后一段文字？

● **问题讨论**

1.第10段中"每场战争都有战后阶段"是什么意思？你可以找出历史中什么具体实例以支持该论点？

2."他身上没有伤痕，怎么可能受伤呢？"，这个问题是否重要？暗示了什么？（见第11段）

3.你如何阐释萨斯基亚在墙上喷涂的文字？（见第12段）你能想出另一句可以喷涂在墙上的恰当的文字吗？

4.基于文中证据，亚当与伤后应激障碍抗争可能的结果是什么？你觉得会发生什么？社会能否影响亚当所经历的那种事情所引起的结果？

5. 你认为战争带来的最为严重的附加伤害是什么？如何避免这种伤害？对于将来的战争你最担心什么？为什么？如何避免？

● **写作建议**

1. 写一篇文章，描述一位自己熟悉的伤残老兵的经历。参考芬柯的文章以激发自己的灵感。

2. 对自己熟悉的病症进行定义。使用实例阐明自己的定义。如果使用外部资料，参考第三章提出的原则将其融入文中。

批判性思维与辩论图库：
移民

几年前，我们登上瑞士航空公司的航班飞往瑞士的苏黎世。在漫长旅途中，我同情可怜的飞行员。空乘人员用瑞士方言相互交谈。每次播通知，他都得用英语、法语、德语、瑞士德语进行多次重复。在八个小时的航程中，飞行员基本保持沉默，这还算可以接受。可是他的行为让我想到了美国人最担心的移民效应——新来的人倾向于在可以讲母语而不用学习英语的社区居住。迈阿密、佛罗里达州的大部分地区，已经几乎变成双语地区，在那里西班牙语成了主要语言。加利福尼亚和得克萨斯州也是如此。国民讲多种语言而非只讲一种通用语言的国家容易基于语言群体而产生深刻的分歧和差异。想想魁北克地区讲法语的人和讲英语的人之间严重的对立就可以理解这一问题。欧盟一直无法联合四分五裂的欧洲大陆，一个原因就是没有统一的语言。

说到移民和移民问题，美国人确实内心十分矛盾。我们中大多数人都是移民的后代，有些人的父亲或母亲来自他国，有些人更早的祖先来自国外。很少能见到哪个美国人，往前追溯一代、两代或三代不是从其他国家移民而来。

例如，本书一位作者就是牙买加移民，多年前他按照移民政策成为美国公民。另一位作者的父母是身居国外的美国人，成长过程中讲的是法语，十几岁时回美国上大学。

一位作者的妻子的外祖母是波兰移民，主要讲波兰语，去世时英语讲得也是支离破碎。作者妻子的母亲讲波兰语和英语；作者的妻子本人只会讲英语，因为没有学会外祖母的语言还有些遗憾。

在这一语言演变过程中，家庭几乎总是一成不变的，这样的经历在数百万美国家庭中一次次重复。

移民对美国有益吗？你得到的答案取决于你询问的对象。2004 年，美国国内公用无线电台与哈佛大学肯尼迪政府学院和凯撒家庭基金会共同对 1100 名本土美国人和近 800 位移民进行了调查，发现被调查的人存有很深的分歧，其中37%的受访者赞同美国继续保持现有移民政策，41%的受访者认为应该停止接收移民，只有18%的受访者认为应该增加移民数量。与移民团体有直接联系的美国人整体而言对移民较少持否定态度。本土人最大的担心是移民会与美国人争抢工作机会。另一个担心是美国会因为涌入的移民而发生改变。

自"9·11事件"之后，很多美国人表达了担忧，认为筛查不严，恐怖分子可能混在移民当中。不过，即便对移民最强烈的反对者也必须承认移民承担了社区里最脏的工作，如清理下水道、清洁房间、清扫街道、采摘水果以及其他本土人不愿做的体力工作。

移民给美国带来了福祉，至少带来了多种多样的美食和独特的前景。如果没有法国焦糖布丁、意大利比萨、中国的炒面、希腊的皮塔三明治、中东的沙拉三明治，或是墨西哥的什锦菜卷，美国菜会是什么样子？各种文化样式融入大熔炉正是持续的移民浪潮对美国的主要贡献。当然，还有其他的好处，作家爱德华多·波特便指出了其中一个好处。移民中很多人都没有稳定的合法地位，为社会保障贡献了数十亿美金，但是他们没有得到好处。没有他们，社会保障状况将比现在更糟糕。关于美国移民泛滥成灾的说法，作家比尔·布莱森指出了一个常常被人忽视的事实：美洲大陆实际上人口不足，与法国和英格兰相比，移民人数还很少。我们自己就是移民的子孙，然而我们中那么多人对于大多数美国人本来就是移民的后代这一普遍背景竟然持否定态度，这着实令人费解。

除了对工作技能和食物的贡献，移民还带来了充满新奇感的视角，敢于创新实验正是美国的特色。他们不会像本土人那样发牢骚，因为他们没有见过那么多商业、教育和社会进步的机会。这些机会面向勤劳的新人，而对于这些机会，本土人却见怪不怪，不以为然。这也许是移民身上最大的禀赋，然而却常常并不被人赏识：也就是以新鲜的眼光去探索新的东西，提醒我们不管面临何种困难，曾经历过什么伤心与失望，我们总体上十分幸福。

图库部分可以让学生有机会看到移民的过去和现在，鼓励学生思考老一辈当时来美国的情况和自己未来的发展。第一幅图画面不堪入目，提醒我们移民偷渡的风险：外国人试图通过夜间翻越隔墙，或者跟随贪财的蛇头，蛇头许诺只要肯花钱便可以带着他们穿越灌木，跨越干旱草原，穿越边界，偷渡进入美国。第二幅图是一张照片，展示了早期踏上埃利斯岛的移民等待获取美国公民身份的第一道手续。最后一幅图是一张现代照片，照片中一位金发女士高兴地抱着自己在国外合法领养的小姑娘。

我们的学生习作采取的立场是移民对美国有益。在所提的原因中有我们的国家可以从别国人才流失中获益，因为我们获得了跨入美国海岸线的智慧和人才，他们在自己的国家遭受迫害，不得已才来到美国。

"切题练习"部分将进一步深入探讨这一议题。

研读下面三幅涉及移民问题的图片，选择一幅最吸引你的图片。回答问题，并完成写作作业。

图片分析

　　1. 哪些细节为图片增添了超现实的特质?

　　2. 照片如何隐藏非法移民的具体身份?

　　3. 你个人如何看待这些男人，是优秀的劳动力，还是不受欢迎的入侵者，或者其他?
请阐释。

　　4. 除了为美国输入体力劳动力，非法移民对美国社会还有什么好处? 考虑无形资产，
比如严格的职业操守、对家庭的忠诚和宗教热情。

写作练习

　　写一篇文章定义"移民"这个词，并解释一些人冒着生命危险进入美国的原因。文中
请尽量排除自己的个人偏见。

图片分析

1. 这张老照片让你对这些移民产生什么样的总体印象？

2. 为什么这些移民，甚至包括孩子，看起来个个表情忧郁？排队的人为什么没有激动，没有急躁？

3. 将照片中的平静与非法移民翻越阻止他们进入美国的高墙的狂热（见前页）进行对比。这些人和那些人之间有什么不同？在移民进入一个新的地方的相关体系方面移民移入国起着什么作用？

4. 埃利斯岛在哪里？历史上，在处理移民方面埃利斯岛有什么样的名声？

写作练习

写一篇文章，比较并对比埃利斯岛移民与今天进入美国的非法移民。考虑国家历史、种族差异、贫穷水平等各方面情况。

图片分析

 1. 为什么一些个人和家庭去国外收养孩子？你对这一选择有何看法？

 2. 跨种族收养有何优势和弊端？领养妇女应如何处理种族之间的差异，使其成功融入家庭？

 3. 上图中母亲和收养子女之间的关系怎样？

写作练习

 写一篇文章，阐明自己对选择到其他国家收养子女的感受。在评价跨国领养存在的困难和回报时尽量公正，考虑相关因素，如亲生父母、孩子的未来、孩子出生的国家以及领养人所在社会等情况。

还不会为文章收尾？
请查阅第 404 页"编辑室"！

标点工作坊：撇号

撇号（'）

撇号表明所属关系和缩写词语的省略，也用于某些名词的复数形式。

1. 使用撇号 +s 表示所属关系。

Pete's baseball bat（皮特的棒球拍）

Someone's mistake（某人的错误）

This bicycle is Katie's.（这辆自行车是卡蒂的。）（所有格可以紧跟其所属词语）

Venus's beauty（维纳斯的美貌）

以"s"结尾的复数形式，省略添加的"s"。

The Dodgers' baseball camp（道奇队的棒球营）（而非 Dodgers's）

2. 使用撇号表达缩写形式中的省略部分。

don't（do not 缩写形式）

can't（cannot 缩写形式）

High school class of '52（1952 缩写形式）

 请不要混淆缩写形式 who's 和代词 whose。

3. 使用撇号表达某些复数形式。

He crossed all of his t's and dotted all of his i's.

（他划掉了所有的"t"并在所有的"i"下面点点。）

I love to read about the 1800s

（我喜欢读 19 世纪的作品）（有时也可以写成 1800's 。）

Her l's are written in bold strokes（她的"L"都加粗书写了）

 不表达所属意义的复数名词不能使用撇号变为复数。

（The lions were restless 而不是 lion's；The Goldmans were out of town 而不是 Goldman's.）

学生角

美国移民

戴夫·赫尔曼

乔治亚州立大学

移民就是祖籍在另外一个国家的人。按照此定义，几乎所有的美国人都是移民或者是移民的后代。就连美国本土人，所谓的美国印第安人，也是移民，他们的祖先跨越白令海峡来到新大陆。地质学家告诉我们白令海峡曾经通过大陆桥与北美相连。不管你喜欢与否，我们的国家就是一个移民的国家。

美国移民众多，这一状况所造成的影响之一就是有些美国公民所表现出的势利的态度，这取决于他们的祖先是何时来到美国。最为明显的一个例子就是一个叫作"美国革命女儿会"的组织。为了成为这一自命不凡的组织的成员，你必须证明自己曾有祖先在美国革命中战斗。其成员资格获取原则是申请者能证明自己"是与帮助美国独立的某个人有直系关系"的女性，其附加条件是申请者"必须提供出生、婚姻和死亡等相关证明"（"入会条件"）。

移民的孩子有时对父母表现出高高在上或是尴尬的态度，尤其当父母有明显的外国口音时。孩子们也常常为父母用错词或语法不规范百般辩解。到了第三代时，第一代的语言通常就忘掉了，只会保留一些引起回忆的支离破碎的俚语或者奇怪的表达。

例如，在我家里，外祖母讲她的母语西班牙语，我母亲也一样。一两个姨妈懂几个英文单词。不过只有我的母亲学会了英语，可能是她听力好。第三代，也就是我这一代，根本不会西班牙语。要是讲话者说得慢，说得清晰，我的一个表兄能时不时听懂一两个句子。但整体而言，对我们这一代人来说，西班牙语就和希腊语一样听不懂。因为那个时候，文化方面强调的是要迅速融入一个新的社会，就得鼓励孩子们在任何地方都讲英语，包括在家里。那些担心移民会坚持讲自己的母语并把外语带入美国的人根本不了解移民和他们的子女所承受的美国社会给他们施加的巨大压力。迈阿密有很多西班牙裔移民，很多人讲西班牙语，可依然有一部分人英语和西班牙语都讲得很流利。

我认为移民带给美国很多好处。不管世界上哪个国家出现人才流失，那些人才很可能就会流入美国。例如，我的叔父的一个同学后来就成了美国国家航空航天局的天体物理学家。当时他对一项航天项目至关重要，返回他和我父亲的农村老家时还有两个特工陪在身边，保护安全。

我家周边有三个家庭，来自前亚美尼亚的某个地方。孩子们大学学习成绩优秀。一个当了神经外科医生，一个当了妇科医生，一个成为成功的商人。另外几个孩子还在大学读更高的学位。这三家对社会的贡献是不可能用美金估算的，而他们的父母就是从亚美尼亚移民到美国的。

我们的国家是一个移民国家。因为有移民我们变得更加富有。与移民给美国带来的财富和福祉相比，适应一个新文化的问题，或者一个新文化适应移民涌入的相关问题显得微乎其微。在自由女神像的底座上刻着的文字很有道理：

把你，

那劳瘁贫贱的流民

那向往自由呼吸，又被无情抛弃

那拥挤于彼岸悲惨哀吟

那骤雨暴风中翻覆的惊魂

全都给我！

我高举灯盏伫立金门！

参考文献

"Become a Member: Eligibility." *National Society Daughters of the American Revolution. DAR* , 2005. Web. 7 July 2005

我的写作心得

我在深夜和清晨写作。白天我写不了，因为写作速度跟不上我的思绪。我必须慢下来才能写好。通常，我会重写两三次，以确保文字流畅。

我的写作小妙招

反复阅读自己的文字。有的地方一开始写得不好，而在回看过程中有时会灵感突现。我知道这听起来很枯燥，但这个方法适用于我。

切题练习

　　有些人认为反移民运动实际上是借种族主义之名阻止某些文化群体进入美国，争抢我们宝贵的自由。写一篇推文，论证种族主义是移民的障碍，应该受到谴责。

■ 本章写作练习

　　1.写一篇文章，对"历史"进行定义，并把自己所做的定义作为文章的主题。

　　2.写一篇文章，对自己的个性进行界定，并以生活中具体证据支持自己对自己个性的界定。下面是一位同学对自己个性的界定："我是一位十足的悲观主义者，因为我总是想到所有可能的结果中最为阴暗的方面。"

　　3.对"迷信"进行定义，保证读者能清晰理解该术语的具体含义。

　　4.选择以下某个术语，写一篇文章，首先参照字典定义方式对其进行定义。然后，给出复杂定义，使用最能回答"是什么"这个问题的行文方式。

　　好奇心　　　善变的
　　基因的　　　出丑

■ 进阶写作练习

　　1.以七岁的儿童为目标读者，为"权威"下定义。

　　2.以同龄人为目标读者，为"失败"下定义。

 专家支招

让你的文章推陈出新

　　我们是自己作品质量的拙劣的评判者，尤其是作品完成之时。我们写作时哪些地方感觉不错，哪些地方感觉不好，这种感觉往往并不是文章质量的准确评价指标。

——迪克·戈伦

　　通常而言，在写作和检查自己文章之间空出一个晚上，你将会对自己的文章有个全新的认识，因为睡觉时，在潜意识中，你还在写作、编辑和修改。

第十三章
比较和对比

■ 比较和对比指南

何为比较和对比？

　　比较旨在指出两个事物的相同之处；对比则强调二者的区别。说约翰·加尔文和马丁·路德都是被天主教迫害，违背了保守的神学，而且也节制个人的物欲，这就是比较。如果要对比两个人，则可以强调路德想让教堂回归传道者最原始的纯朴，而加尔文从心底里支持资本主义的进步。下面学生习作的段落将埃及神学和希腊神学进行了对比，特点是使用了对比性词汇和表达：

　　　　只要将埃及神学与希腊神学进行简单对比，就足以让我们相信，随着时代的变化，思想一定也发生了变革。埃及的神不似真实世界中的任何事物，而希腊的神仙都是按照现实中希腊人的样子塑造的。在埃及，人们通常建造高大的巨像来祭拜神，它们恒定不动，巨大到失真，无法想象他们要是存在于现实中会是什么样子。一个女人长着猫头，显示出顽固的非人类的残忍；一个怪物似的神秘的狮身人面像，跟人相差太远了。埃及艺术家阐释出的神圣样貌是可怕的怪兽形状，人头鸟身或是长有鹰隼翅膀的狮子——它们都是只有在噩梦中才得一见的怪兽。埃及人所崇尚的神就是这样一些存在于不可见世界中的怪物。

　　　　希腊人对神的阐释与这一黑暗的画面**不同**。希腊人专注于可见的现实世界。**与埃及人不同**，他们在自己可以看到的世界中实现自己的欲望。例如，古老的阿波罗神像一看就像奥林匹克运动会中身材健壮的运动员。荷马笔下的赫尔墨斯就像一个卓越的希腊公民。一般而言，希腊艺术家在真实人类身上存在的美貌和智慧的最理想形态中构建出他们的神的样貌。**与埃及人形成直接对比的是**，他们不想创造可怕的幻想并名之为神。

　　相反，下面段落找出了鲸和人类的相似之处：

　　　　鲸和人就像两个国家的人，二者有一些**共同的**特征。作为哺乳动物，鲸和人**都是**恒温动物，分泌乳汁，呼吸空气。作为社会中的生物，二者**都**有基本的对隐私和兄弟情义的诉求。作为力求繁衍生息的物种，鲸和人在求偶期**都会**表现出攻击性，雄性努力获取雌性的注意，雌性做出回应。最后，作为神秘的生物，二者**都**被困在生命与时间的网里，是地球上为荣耀、工作和各种秘密所困的狱友。

以连续类比形式出现的比较常常被用以阐明抽象复杂的思想。这种手法最有名的例子就是《圣经》里耶稣的话语：

> 天国好像一粒芥菜种，有人拿去种在田里。这原是百种里最小的，等到长起来，却比各样的菜都大，且成了树，天上的飞鸟来宿在它的枝上。

> ——《马太福音》13:31-32

通过将天国比作一颗芥菜种这一农耕听众所熟悉的事物，耶稣阐释了献给上帝的生命能够释放的能量和影响力。

何时使用比较和对比？

上大学期间你多半会被要求写比较或对比的文字，也许是考试中的论述题，也许是写一篇研究论文。英语文学考试题目常常会要求你对比俄狄浦斯和奥赛罗的悲剧情节。社会学考题可能会要求你比较女性主义者的诉求和民权运动。你也许被要求列出有机化学和无机化学的差别，也许被要求写一篇文章，对比笼养的猩猩和自然界中猩猩的特征。事实上，比较或对比的考题经常出现在任何可以想象到的科目中。

如何使用比较和对比？

1. 使用对比的逻辑基础。假如你想就主要思想"我的大学生涯让我知道好老师与不好的老师属于不同类型"进行写作。你必须首先决定要对比的基础。你必须问自己要在教学的哪些方面对比好老师和不好的老师的各项活动。下面三点可能是你可以选择的：（1）备课所花费的时间；（2）是否愿意容忍争议；（3）与学生的个人关系。选择好对比的基础之后，将三个需要考虑的方面写在一张纸的左侧，然后安排两列空白位置（一列是好老师，一列是不好的老师），写出自己的评价，就像下面这样：

	好老师	不好的老师
1. 备课花的时间	好老师经常对课程进行修改，加入最新评论、报纸摘抄、研究结果和其他相关内容。他们参考多种资料，会建议学生补充阅读。授课内容和课堂讨论都会有明确的目标。	不好的老师每年都讲同样的内容，连笑话都不改。他们只会把基本内容读给学生，学生逐字背诵后参加考试就行了。他们的课堂就是讲枯燥的书本作业。他们会放很多电影，学生看电影时他们在打盹。
2. 是否容忍争议	好老师欢迎学生争论，认为争论可以活跃课堂气氛，还可以给课堂带入新的观点。就像苏格拉底，他们相信课堂辩论是有效的教学方法。	不好的老师认为争辩和讨论是无视纪律和自己的权威，所以他们避免争辩和讨论。他们只有一言堂或照本宣科才感觉安全。
3. 与同学的个人关系	好老师除了办公时间还会花时间听取学生的问题和抱怨。他们愿意分析难题。他们从来不会为难学生或者小看学生。	不好的老师常常一下课就很忙，根本无暇与学生交流。有学生请求帮助，他们会让学生感到低人一等。

2. 可以使用交替对比或者整体对比的方式。一旦写出草稿，就可以加入一些过渡词语形成文字，比如下面段落的写法（过渡词以粗体标出）

我的大学生涯让我知道好老师与不好的老师属于不同类型。**在备课时间方面，**好老师经常对课程进行修改，加入最新评论、报纸摘抄、研究结果和其他相关内容。他们参考多种资料，会建议学生补充阅读。授课内容和课堂讨论都会有明确的目标。**相反，**不好的老师每年都讲同样的内容，连笑话都不加改变。他们只会把基本内容读给学生，学生逐字背诵后参加考试就行了。他们课堂上就是讲枯燥的书本作业。他们会放很多电影，学生看电影时他们在打盹。

好老师和不好的老师之间的另一个明显的区别是能否容忍学生的争议。好老师欢迎学生争论，认为争论可以活跃课堂气氛，还可以给课堂带入新的观点。就像苏格拉底，他们相信课堂辩论是有效的教学方法。不好的老师**则完全相反。**他们认为争辩和讨论是无视纪律和自己的权威，所以他们避免争辩和讨论。他们只有一言堂或照本宣科才感觉安全。

在与同学的私人关系方面，好老师与不好的老师差距很大。好老师除了办公时间还会花时间听学生的问题和抱怨。他们愿意分析难题。他们从来不会为难学生或者看不起学生。不好的老师**则恰恰相反，**他们常常一下课就很忙，根本无暇与学生交流。有学生请求帮助，他们会让学生感到低人一等。

上述范例展示了交替比较或对比的方式。每个段落均在某件事的两个方面之间转换，先写一方面，再写另一方面。另一个方法叫作整体对比，就是一个段落只涉及某件事的一个方面，下面对比犹太人历史的两种观点就采取了这一方式：

一方面，流散的犹太人可能会说，这种什么前世姻缘的说法是胡说八道。所发生的一切不过是有趣的巧合，个人无法控制的事件，经过某些人与现实比对加以扭曲而成。他们会说，我们战败了，失去了土地，我们流落他乡，现在我们要消失了，就像那些苏美尔人、希泰人、巴比伦人、亚述人，还有波斯人、以色列王国的犹太人一样消失了。

另一方面，他们会说他们的祖先不可能两千年里只追逐了一个幻想。他们可能会说如果像祖先所说，是上帝选择了我们；如果我们流亡在外是为了完成先知预测的神圣使命，而且我们确实收到了摩西五经，那么我们必须活下来去，履行我们与上帝的盟约。

——麦克斯·迪蒙特，《坚不可摧的犹太人》

关于交替对比和整体对比的方式，我们以下面丰田凯美瑞汽车和大众捷达汽车在成本、性能和外形方面的对比提纲进行阐释：

交替对比提纲		整体对比提纲	
第一段	I 成本	第一段	I. 凯美瑞
	A. 凯美瑞		A. 成本
	B. 捷达		B. 性能
第二段	II. 性能		C. 外形
	A. 凯美瑞	第二段	II. 捷达
	B. 捷达		A. 成本
第三段	III. 外形		B. 性能
	A. 凯美瑞		C. 外形
	B. 捷达		

3. 在事物之间必须有共同点，比较或对比才有意义。例如把蜂鸟和水泥搅拌机对比，或者把西洋陆战棋和荷兰去垢粉进行对比，就会很傻。换句话说，把汉语和日语进行对比，或是把高尔夫和网球进行对比——也就是把属于共同组别的两种事物进行对比就有一定的意义：一组同属亚洲语言，另一组同属体育运动。另外，比较或对比的表达必须语法正确；

错误： 我们的电话系统比俄罗斯好。

这句话将电话系统跟整个俄罗斯进行对比。

正确： 我们的电话系统优于俄罗斯的电话系统。

错误：　　　　艾德的收入比他妻子少。

　　　　　　　　这句话里，艾德的收入跟他妻子比。

正确：　　　　艾德的收入比他妻子的收入少。

4. 分析问题的两个方面。所有比较和对比均涉及两个方面，必须平等对待二者。不要只提一个方面，自认为读者可以补充另一个方面。如果你把死谷夏季的天气与唐纳山口夏季的天气进行对比，就不能说：

　　　　在死谷，天气太热，蜥蜴都被晒成干儿了。

　　然后自认为读者就可以补充上"然而，在唐纳山谷，夏季依然凉爽"。你必须写出完整的对比，如下例：

　　　　在死谷，天气太热，蜥蜴都被晒成干儿了；然而，在唐纳山谷，一股小风吹过，天气再热也让人神清气爽。

5. 使用表明比较或对比的表达。虽然比较不像对比那样需要来回穿梭，但你必须考虑两个方面，说清楚二者有何共同特征。例如，要指出中学在某些方面就像监狱，你不能限于讨论骄横跋扈的校长，爱管闲事的检查员，离开校园还得开通行证，或者惩罚性的评分制度。你必须兼顾两个方面，指出骄横跋扈的中学校长就像监狱里严厉的典狱官；爱管闲事的检查学生出勤的检查员就像监狱里的看守，整天看犯人是否在房间里；离开校园还得出示通行证，就像要离开紧锁的监牢还得获得官方批准；中学惩罚性的评分制度就像监狱里的扣分制度。这些表达是你的文章的路标，告知读者不同的点之间有何相关性。

下面的表达可以表明比较关系：

also（也）	as well as（同样）
bears resemblance to both（与……相同）	and in common with（有共同点）
in like manner（相似）	like（像）
likewise（同样）	neither..., nor（既不……也不）
similar（相似的）	too（也）

下面的表达表明了对比关系：

although this may be true（虽然可能如此）	at the same time（与此同时）
but（但是）	for all that（尽管）
however（然而）	in contrast to（与……不同）
in opposition to（相反）	nevertheless（然而）
on the contrary（相反）	on the one hand, on the other hand（一方面，另一方面）
otherwise（否则）	still（依然）
unlike（不同）	whereas（然而）
yet（然而）	

对比通过尽量分离一个事件的对立面来强调这些对立面，以便阐明两个方面的区别，比较则不太强调两个方面，因为比较力求把一个事件的两个方面放在一起以揭示二者存在的共同之处。简而言之，对比要分离，比较要合并。回到第 274 页对比的例子，注意埃及神话和希腊神话被分离，于是两种意识形态的区别就得以显现。同样要注意，黑体部分表明对比的文字明确展示了文章将从一个方面转换到另一个方面。

比较和对比写作热身

比较和对比是人们正常的思维方法，因而完成下列练习应该不难。

1. 就每一列左边的项目，写出三四个描述特征；随后，就右列中每个项写出几个对比性的特征。

实例：

史密斯老师	**布朗老师**
高兴的	不高兴的
总是准备充分	有时条理混乱
讲课很吸引人	通常很无聊

a.历史传奇	神话
b.龙卷风	旋风
c.道德败坏的朋友	道德高尚的朋友
d.在饭店工作	在医院工作
e.在电视上看电影	在电影院看电影

2. 就下列每一个话题写出三个对比（非比较）的基准。

a. 两个亲密的朋友

b. 两种教堂仪式

c. 两个假期

d. 两个体育队（或者运动员）

e. 对工作的两种态度

3. 就下列每一对词语或表达写出至少三个相似的方面。

a. 农场和花园

b. 风暴和情人的争吵

c. 蚂蚁窝和市政府

d. 钓鱼和找老婆

e. 鹰和狮子

■ 写作实例

真正的工作

里克·布拉格（Rick Bragg）

> **修辞图解**
>
> **目的：** 让读者知道，与挥动板斧、驾驶推土机或前端装载机的工人相比，作家的生活像天鹅绒一般惬意
>
> **受众：** 任何认为白领的工作比汗水直流、又脏又累的体力劳动要辛苦的人
>
> **语言：** 标准英语，偶然引用语法松散的街头谈话
>
> **策略：** 以作者自己成长过程中帮助叔叔在建筑工地清理垃圾的辛苦工作为实例

　　里克·布拉格（1959— ），普利策奖获得者，以短篇小说和描写当代美国典型社会问题而知名。除了写短篇小说，布拉格也在大学和报社新闻编辑部讲授写作。作为记者，其最知名的新闻作品是其供职《纽约时报》时的作品，涉及海地动荡、俄克拉何马爆炸事件、琼斯波罗谋杀案、苏珊·史密斯案件等。其主要作品包括：《只有枪声依然在》（*All Over But the Shoutin'*，1999），《木头教堂：一次庆典》（*Wooden Churches: A Celebration*，1999），《有人告诉我：新闻报道集》（*Somebody Told Me: The Newspaper Stories*，2001），《爱福斯的男人》（*Avas's Man*，2002），《我也是个军人：杰西卡·林奇的故事》（*I Am a Soldier Too: The Jessica Lynch Story*，2003），《青蛙镇王子》（*The Prince of Frogtown*，2008），《他们曾经拥有最多的东西》（*The Most They Ever Had*，2009）。布拉格现担任阿拉巴马大学新闻学专业写作教师。

1　　我相信，我一生中都会感觉到那种冲击，那种力量，穿过我的手掌，感觉它爬过我的手腕，我的胳膊肘，一直到我脖子和脸上紧张的肌肉。甚至几十年后，我依然梦见它，醒来时我的双手颤抖。在清晨黯淡的光线之中，我把双手放到面前，担心最坏的结果出现，好在双手还在，颤抖着，不过还没有扭曲、变形，也没有残缺。有时在写作时，我的键盘上的手指会感觉僵硬，于是我开始思考——要知道，穿着卡其色工装裤的人哪怕仅仅失误过

一次将会是什么后果，可如此简单机械的事情怎么对我这么艰难。可是他从来没有失误过。我又敲了一个键，然后又敲了一个，笨拙的手指搜寻着词语，我知道我都不及半个他。我在前面扶着东倒西歪的凿子，他在后面挥动着大锤，哪怕一千次都不会失手，一万次，更多次也不会。我要做的无非就是敲一个该死的按键，可我常常一下子敲不对。

2　"万一你砸偏了怎么办？"我问他，就问过一次。

3　"不会的，孩子。"他回答说。

4　11岁时，我第一次握着那把凿子，对准大型自动卸货卡车轮胎与钢制轮圈接触的黑色橡胶。要用大锤才能把瘪掉的轮胎封圈卸掉，在各种工作中我就做这个工作，直到我18岁才终于站起身，把凿子扔到地上，找到一份体面的工作。

5　身穿卡其色工装的是我叔叔爱德华·费尔，他给了我一份工作，那份工作我年轻时一直干着，虽然很累很脏，有时还很危险。那些年，是他让我挣到了钱，可我却忘了跟他道谢。我把钱浪费在危险场所、冒牌的金发女郎、街头酒吧、朗姆酒、可乐和珍珠母纽扣衬衫上——不过，我觉得自己一毛钱也没浪费。可是一路上，他给了我很多免费的建议，我也为此不止一次向他道谢。

6　把一些工具挂在墙上，他告诉我，包括链锯、凿子以及可以一下子铲起70磅石头的大叉子。"挂高点，可以看得清楚，"他告诉我，"找到一份轻松一点儿的工作后，每次感到痛苦时，就好好地盯着它们看一会儿。"

7　我从来没有把一把大锤挂在墙上，但每当我感到难过，我确实会想起他对我说的话。有时我会有点儿不好意思，有时我会哈哈大笑。

8　我们这些以写作谋生的人想让其他人觉得写作很累很累。我们编造故事，让写作看起来像富有男子气概的工作。我一直很喜欢战斗的、寻欢作乐的、酗酒的、斗牛的、跳进散兵坑的作家，捕杀剑鱼的、猎艳的、捕杀大型猛兽的作家，还有与丈夫作斗争的作家。我告诉自己我跟他们一样，不像那些苦恼的、前途渺茫的作家那样还得一周去看两次医生，与他们内心不成熟的孩子沟通。可是我见过的、听说过的最厉害的作家在我叔父爱德华的工队也就顶多能坚持一个星期左右。

9　听说他们心目中的大名鼎鼎的作家还比不上一个乡巴佬，那些作家的粉丝们一定很是生气。可事实的确如此。你觉得海明威要是跟拿着轮胎撬棒的屋顶工人对抗能坚持多久？

10　与工友们在一起时，我从未把自己看成坚强的人，但出了工人队伍我就是一个坚强的人。我能够坚强，能够有现在的意志，这要归功于我的叔叔。不过我从叔叔爱德华那里得到的最主要的是一种视角。当时一次要铲满一铲子，想起当初，即便最艰难的时期我依然感觉十分轻松。

11　我的叔叔爱德华是他自己的老板。他全身心经营了一台推土机、一台前端装载机，铲路基，清理垃圾，为建筑工地处理土方。我曾见他只用一个下午便推平山顶，挖出湖泊。

12　他需要我们，需要我的兄弟们和我在机器无法进入的狭窄空间做一些敲敲打打的工作。我们挖水渠，拉链锯，徒手装木料，不过干这些活儿只能挣最低的工资。

13　10岁时，我在工程队干了第一份工作，就是清理推土机履带上的泥土和草根。巨大的黄色机器会咆哮着在红土地上扭来扭去，势不可当，直到履带上卡满了乱七八糟的东西。司机会很不耐烦地停下来，我则开始从履带上抠出杂物，直到履带可以再次自由转动。

14　这件工作没有什么收入，连最低工资都没有，但凭着这份工作我得以加入兄弟会。其实，兄弟会也就是一群学徒工，大家一旦彼此不和就用拳头、折断的树枝或者地上可以找到的任何东西解决争端。

15　我曾经认为，混得最好就是能成为机器上那个男人。

16　要不是他经常会爬下来和我们一起站在泥土地上，让我们羞愧不堪，我们真会憎恨叔叔，毕竟他坐在那台大机器上，那么高大，那么有范儿。他比工程队里大多数年轻人干得多，干得快。让我们汗颜的是他拖着受伤的双腿比我们干活还要快。十几岁时，一辆轿车压坏了他腰部以下的身子，他的双腿都打着钢板。当一个人用假肢踢你的屁股、装更多的石块、挖更多的土方、堆更多的木料时，你真的不好意思有太多的抱怨。

17　不过，那种工作还是让人生厌。它没有培养我的性格，只是让我更加强壮，告诉自己我可以把腰弯得更低，比别人更愿意吃苦。

18　那份工作最糟糕的就是处理原木。我从未见过哪个处理原木的工人的手指或脚趾是完好的，可清理工地、建房修路时总得有人干这个活儿。把木头堆在地上就好比在土地上烧钱。

19　我们不用伐树。推土机会把松树铲倒，把树桩、树干和相互纠缠的树枝推到一起。我们尽力走进去，手里拿着大型链锯，锯掉树枝，然后把木头砍成原木。

20　最大的问题是很难找到落脚之地。树木沾满了泥土，相互堆在一起，树枝被成千上万磅的重量压在底下。最好的情况是你骑在树上，或站在树上，那棵树突然活了，扭来扭去，然后把你压在底下。

21　而最坏的情况则是一根像转仓卡车那么长、像你的腰那么粗的树枝突然甩出来，打得你脑浆迸裂。

22　我经常被打得很重，得一分钟才能记起自己叫什么名字。有一次，我在我兄弟山姆身旁干活，一根树枝一下子把我甩到他的身上，我的锯子嗡嗡作响，离他也就几英寸，差点把他像鱼一样开膛破肚。

23　你要不停地工作，因为大型机器在你身旁哪怕只休息一分钟，无法接近你脚下的或者你要清理的树木下的土地，金钱就在白白流失。你不能停歇，除非要用几秒钟时间把眼睛里的树皮渣滓弄出来。就是看到蛇也不能停。

24　尽管木材公司不时警告，长满松树的贫瘠土地上除了老鼠和蛇倒也没有什么其他生物。成熟的原始树林，也就是真正的森林，往往住着各种各样的生物，但阿拉巴马越来越多的地方长满了松树。人们种植松树是为了防止砍伐后的水土流失，没有什么温暖可爱的生物喜欢生活在黏糊糊的、酸性的松树林里。

25　树木一倒，老鼠跑了，可蛇却变得野性十足。我在树枝、树根和泥土中见过几十条响尾蛇了，但结果总是一样的。

26　问题是，你听不见警告，锯子声音太大，你根本听不见蛇尾的响动。你只能看到有东西在动，一根树枝比正常动静要大，于是你把锯子靠近，慢慢挑起树枝，然后蛇就坚持不住了。它直接扑向锯齿，然后蛇头就不见了，只看见一股红色的液体。

27　一旦树木被砍倒，接着就要把树枝堆起来烧掉，这样卡车就能开进木头堆，然后你就可以徒手装原木了。细小的原木比较轻，可以直接扔到车上，粗壮的原木每一根重达几百磅，倒也不是很重，因为你比别人都强壮。于是你搬起比自己还要重的松树原木，然后举起来放到卡车上。

28　一天下来，你看起来都没有人样了，从头到脚全是树皮，头发里全是树液，皮肤上每一道纹理都塞满了污垢。一天挣的钱都不够换身上被树枝划破的衬衣和裤子。

29　第二天也许会轻松些。也许你只需拉走一些垃圾，或者指引老旧的雪佛兰自动卸货卡车开过山崖，希望磨平的轮胎和刹车能坚持得住，直到自己安全下车返回。或者一天到晚握着铲把或洋镐。

30　我曾经有一个朋友，他老跟着我去健身房，而每次我都忍不住笑出声来。

31　最有意思的工作就是拿叉子。叉子有半人高，有粗大的铁叉，看着就像一个巨大的沙拉叉。拿着铁叉，你可以铲起提前用耙子整理或堆在一起的石块、土块等杂物，要么堆到手推车上，要么扔到自卸式卡车上。

32　这个活儿很滑稽，因为卡车的高度很尴尬。它不够高，铁叉也不够长，所以我无法把石块和杂物扔过车的侧板。我得先准备好奔跑的架势，然后一跳，希望能借力把杂物扔过卡车的侧板。如果跳得够高，铁叉上的杂物便飞过卡车侧板边缘，然后咣的一声重重地撞在铁板上。

33　如果没成功，你咣的一声重重地撞在铁板上，然后七十磅中的岩石泥块会散落在你的脑袋上。这种活干上几天后，你会感觉自己好像被大卸八块。

34　不过也只是发发牢骚罢了。这个活儿没有要了我的命，虽然有些人为此丢了性命。

35　我知道并非每个傻子都能成为作家。不过我也知道也不是哪个傻子都能抓起那个铁叉，把杂物扔进卡车车厢。

36　如今，我知道哪份工作更加令我自豪了。

● 内容分析

1. 关于"穿着卡其色工装裤的人"的哪个记忆仍然让讲述人不寒而栗？讲述人跟那个人是什么关系？

2. 年轻时，讲述人干什么工作？讲述人如何评价那份工作？这种效果好还是不好？请说明具体原因。

3. 为什么作者喜欢听关于战斗的、酗酒的、捕鱼的、狩猎的或花天酒地的作家的故事？请解释这些故事为什么吸引作者。

4. 作者说他从叔父那里获得的最重要的礼物是一种"视角"。你如何理解这一说法？你是否赞同作者的说法？请解释具体原因。

5. 作者写道："这种活儿干上几天后，你会感觉自己好像被大卸八块。"这说法是什么意思？请解释其中的修辞手法。

● 方法分析

1. 1—5 段如何支撑作者的观点？作者有什么观点？

2. 为什么作者认为作家们编造了关于伟大作家的神话？到底是神话还是传记故事？如果你不确定该如何回答，请用谷歌搜索一位知名作家，如欧内斯特·海明威、威廉·福克纳、田纳西·威廉斯、司各特·菲茨杰拉德。

3. 为什么文章的标题是"真正的工作"？如果你把题目改成"危险的工作"会有什么结果？这样修改对布拉格的文章的主题有何影响？

4. 为什么作者在第 14 段使用"兄弟会"一词？"工会"这个词是不是更合适？为什么？

5. "卡其色"一词在文中有何内涵意义？关于工作服还有什么词语或表达？

● 问题讨论

1. 根据作者的说法，叔父做的工作没有培养他的品格，只是让他学会坚强。对于这一观点你有何看法？你是否满意一份只让自己学会坚强的工作？只做这份工作会有什么内在危险？

2. 对律师、医生、计算机顾问、工程师或老师之类的白领工作你有何看法？这些工作是否会把人变成软弱无力的人？

3. 你如何定义"坚强"？请用实例阐释自己的定义。

4. 你是否干过自己"讨厌"的工作？如果有，那份工作让你学会了什么（有益的东西）？对于年轻人，你会给出什么建议帮助他们应对令自己生厌的工作？

5. 布拉格一直没有直接阐释或告诉我们作家和用铁叉往卡车里扔杂物两份工作中哪份工作更令其自豪。为文章补充一个结尾句，使其清晰明了。

● **写作建议**

1. 参照布拉格"真正的工作"的写作方法，写一篇文章，描述自己曾做过的第一份工作，阐释那份工作让你学到什么。使用形象具体的例子使文字生动。

2. 写一篇文章，证明一份白领工作可能要求思想的坚强，而思想的坚强与体格的坚强同样重要。

格兰特和李的对比研究

布鲁斯·卡顿（Bruce Catton）

> **修辞图解**
>
> **目的：**比较／对比南北战争中的两位首领
> **受众：**历史爱好者
> **语言：**标准英语
> **策略：**累积细节，形成对比

　　布鲁斯·卡顿（1899—1978），被誉为20世纪最出色的南北战争史学家之一。其著作包括《林肯先生的军队》（*Mr. Lincoln's Army*，1951），《光荣之路》（*Glory Road*，1952），《沉寂的阿波麦托克斯》（*A Stillness at Appomattox*，1953，获普利策奖）和《这块神圣的土地》（*This Hallowed Ground*，1956）。

下面文章对比了美国南北战争中两位有名的人物：北方同盟军总司令，之后担任美国第十八任总统（1869—1877）的尤利西斯·辛普森·格兰特和他在南北战争中最主要的敌人，南方军统帅罗伯特·李。李在1865年带领其队伍向格兰特投降。本文采用的是段落间的比较／对比，而非段内比较／对比。

1　1865年4月9日，在位于弗吉尼亚州阿波托克斯的一栋不起眼的房子的会客厅里，格兰特和李达成协议：弗吉尼亚北部李的军队投降，这意味着在美国历史上一个伟大的篇章已经宣告结束，一个新的盛大篇章即将拉开序幕。

2　这些人将美国内战推向了终点。诚然，还有一些军队在负隅抵抗。在接下来的一段时间，逃亡的南部联邦政府试图东山再起，然而主力部队已被消灭，最终的努力也无济于事。事实上，格兰特和李在签署文件时一切就已经宣告结束了。他们达成协议的那个小房间却成了美国历史上凸显辛酸、有强烈反差的纪念之地。

3　他们都是很强大的人，分属不同的团体，代表了两股相互对抗的洪流。而通过他们二人，两股洪流最终相互碰撞。

4　罗伯特·E.李代表的是旧的贵族势力，在某种程度上它可能存活，并在美国人的生活之中占优势。

5　李出生于弗吉尼亚的海滨地区，家庭、文化和传统等相互关联，构成他的背景。他所处的时代正是由骑士时代向新世纪转变的时代，人们开始写自己的故事和神话而不再崇拜骑士。他代表了来源于骑士和英国乡绅时代的生活方式。美国是一块完全重新开始的大陆，建立于众生平等、机会均等这个简单而又朦胧的理念之上。在这片大地上，李却有这样的想法：在社会结构上存在一种明显的不平等，在某种程度上对社会有益。应该有悠闲的阶层，他们受土地拥有者的支持。反过来，社会也会以土地作为其财富和权力的主要源泉。这将形成一个社会阶层，该阶层对社会有着强烈的责任感；他们不再仅为自己谋利益，而是尽心尽力履行赋予自身特权的那份庄严的义务；从这些人当中，国家可以选出有能力的领导人；在他们身上，国家将能够找到思想、行为及个人举止上的更崇高的价值观，进而为这个国家赋予力量和美德。

6　李代表了这种贵族理想中的最高境界。通过他，拥有土地的贵族能证明自己的所作所为有理有据。四年来，联邦政府曾竭力发动了一场战争以支持李所赞同的观点。最后，联邦政府看起来好似为李而战，而李本身也似乎就代表了南部联邦……似乎李的成就也就是联邦政府所支持的生活方式的最佳代言。在阿波马托克斯会面之前李已经成为传奇人物。成千上万疲惫不堪、食难果腹、衣衫褴褛的联邦士兵，之所以在战争初期能持久保持忠诚和热情，从某种程度上讲，都是因为把李当作随时可以为之牺牲的精神领袖。这份情感与激情，他们不会用言语表达。可是，事业注定失败，却被他们英勇无畏、不畏牺牲的行为神圣化，那理由就是：为了李将军。

7　格兰特是西部边疆一个制革匠的儿子，和李完全不同。他成长的道路是艰辛的，除了永恒的顽强和山里长大的孩子的强壮体格，他一无所有。他代表了这样一个群体：从不崇拜或者臣服于任何人，甚至对错误也充满自信，他不在乎过去，总是放眼未来，眼光敏锐。

8　这些来自边疆的人和生活在海滨地区的贵族截然相反。由于对日久形成的陈规深深的、彻底的不满，他们纷纷翻越阿勒格尼山脉，洪水一般涌入正在开发的西部地区。他们代表民主，不是因为他们据理力争，分析总结了人类社会应如何有序运转，而是因为成长于民主国家，该做什么，他们心知肚明。在他们所处的社会，也许会有特权的存在，但这些特权需要每个公民平等努力而获得。对他们而言，一切模式和规矩均一文不值。没有人天生就拥有什么，出生之时，每个人拥有的只有展示自我潜能的机会。生活就是竞争。

9　但是与这种思想同时存在的是一种深深的国民归属感。西部人开垦了自己的农场，经营着自己的商店，或者做点买卖，因为他们明白社区强自己才能强的道理。于是，他们的社区开始从大西洋扩展到太平洋，从加拿大延伸到墨西哥。哪一天疆土稳定了，土地上建设了城镇，高速公路和可以随时交易的市场了，他们一定能发展得更好。他懂得个人命运和国家命运息息相关的道理。随着视野的开阔，他也随之行动起来了。换句话说，这个国家的持续成长和发展对于他有着实实在在的益处。

10　或许，这就是格兰特和李之间显著的差别吧，弗吉尼亚贵族不可避免地把自己与其所生活的地域联系在一起，他生活在一个稳定的社会中，除了变革，其他事情他都能忍耐。从本能上讲，生活在这个社会中的人首先需要的忠诚便是维护这种社会状况的存在。他将不遗余力地维护这种社会模式，因为只有保护好这种社会模式，他拥有的一切才有保障，这也是他生活的最深刻的含义。

11　相反，西部人对社会这个概念的理解则要开阔得多，而他们也会同样不遗余力地为这样的社会而奋斗。他们竭尽全力，是因为他们所仰仗和依赖的每一件事都围绕着发展、扩张和不断开阔的眼界；他赖以生存的一切都与国家共存亡。看到有人企图分裂联邦政府，他不可能坐视不管。他愿意不惜一切代价与之作战，因为他把这种分裂看作是铲除他的根基的企图。

12　因此，格兰特和李是完全不同的。在美国历史上，他们代表截然不同的两种人。格兰特是以现代人的形象出现的。继他之后，准备要登上历史舞台的便是伟大的钢铁和机器时代，拥挤的城市和永不停息的、萌动的生命力。而李好像是从骑士时代骑马赶来，手握长枪，丝绸旗在头上飘扬。他们两个都是自己事业中完美的斗士，从他们所带领的群众可以窥见两者的力量与弱点。

13　不过，两个人也有共同之处。尽管有背景、性格及志向方面的差别，这两个伟大的军人也有许多共同之处。抛开表面的差异，他们都是伟大的战士，而且他们作为斗士的品质也非常相似。

14　首先，两位均具有坚强的意志和赤胆忠心。在个人深受挫败和军事上处于严重不利的局面下，格兰特率军沿密西西比河一路挺进。而李在希望破灭后依然冒着生命危险坚持在彼得斯堡的战壕里作战。有此共同之处，只因为这两个人都具有百折不挠的品质……两个天生的斗士，只要一息尚存，绝不会放弃战斗。

15　二人都骁勇善战，足智多谋，二人都思维敏捷，行动快速。这样的品质为李在马那沙斯战役和切斯罗维尔战役中赢得荣誉，同时也为格兰特在维克斯堡赢得了胜利。

16　最后一点，或许也是最伟大的一点，就是战争结束之后能迅速从战争状态转为和平状态的能力。由于两位男士在阿波马托克斯的所作所为，才有了和解之后实现和平的可能。在随后很多年，那依然只是一个没有完全实现的可能，但正是那种可能性，最终帮助南北再次统一，成为一个国家……那次战争痛苦不堪，似乎统一已经不再可能。在阿波马托克斯郡府的麦克林房子里的简单会晤成为两位勇士人生中的巅峰时刻。他们在那里的会面让一代代美国人对其感恩戴德。格兰特和李都是伟大的美国人，虽然两位差别很大，但骨子里却极其相似。他们在阿波马托克斯的会面成为美国历史上一个最伟大的时刻。

● 内容分析

1. 李的背景是什么？他代表了什么样的理想？

2. 格兰特的背景是什么？他代表了什么？

3. 格兰特对过去有何看法？他对社会和民主有何态度？

4. 格兰特和李最大的区别是什么？

5. 卡顿在文中写道，格兰特和李在阿波马托克斯的所作所为让一代代美国人对其感恩戴德"（第16段），为什么？

● 方法分析

1. 虽然文章的标题是"格兰特和李的对比研究"，卡顿一开始先分析了李代表了什么。为什么？这一顺序的逻辑是什么？

2. 第4段有什么作用？为什么那一句话要单独成段？

3. 第11段中使用了哪些常见的表达对比意义的短语？

4. 在第8段中，作者写道："这些来自边疆的人和生活在海滨地区的贵族截然相反。"这两种不同的类型与格兰特和李的对比有什么联系？

5. 第8段有什么作用？

● 问题讨论

1. 在多元文化的美国，贵族是否依然存在？如果你认为存在，请说明是什么人，在哪里；如果你认为贵族已经消失，请说明发生了什么。

2. 你最羡慕哪种公民——贵族还是边疆开拓者？为了今天的美国更加强盛，你认为最需要哪种人？请解释自己的答案。

3. 贵族看中形式和传统。在你看来，这些思想重要吗？你希望自己摈弃什么传统？保留什么传统？

4. 历史上哪两位女性代表了两种文化的有趣的冲突？描写这两位女性以及她们代表的对立的文化。

5. 除了尤利西斯·格兰特之外，还有哪位美国总统也以支持经济增长和发展闻名？你是否看中持续增长和发展，或者还有其他自己更看中的方面？

● **写作建议**

1. 研究分析本文中的对比。作者在哪些方面将格兰特和李进行了对比？卡顿如何安排自己的对比？

2. 讨论"一个国家可以从特权阶层的存在中获益"这一观点。或者，与之相反，分析"一个国家可以从贫穷阶层的存在中获益"。

批判性思维与辩论图库：
网恋

从前，人们绝对不敢想象，有一天青年男女竟然通过某种电子设备谈恋爱。回到从前，上流社会会组织正式的社交舞会。在那里，姑娘可以遇到心仪的男子，最终找到心上人，成为妻子。社区里高雅的老妇人会确保只有最优秀的绅士才能接触到庄园里的大家闺秀。要一次次鞠躬，盘根问底，递交卡片，父母才开始评判某个小伙子是否有机会为自己的女儿献上含有爱意的微笑。

如今，人们通过计算机寻找爱情和人生伴侣。渴望约会的人可以在知名的网络求偶服务机构注册，如 eHarmony.com，Match.com，Perfectmatch.com，Chemistry.com 或 Spark.com。填好相关表格，支付一笔费用，然后开始发送邮件，寻找合适的对象。

斯坦福大学等高校开展的研究表明，网上约会逐渐成为一个蓬勃发展的行业，并成为可以接受的寻找婚姻的方式。朋友、家人、教堂、社区依然是年轻人见面和交流的场所，不过互联网正通过各种层面的社交圈快速取代这些地方。读一读关于网恋服务的博客和推文，你就会意识到一股巨大的求偶浪潮正在网络空间出现。寂寞的寡妇、忙碌的高管、灰心失意的年轻人，就连不大受人关注的家庭主妇也在填写个人介绍，推销自我，寻找约会的机会。

不久前，我听一个离异后带着两个十几岁孩子的母亲抱怨每次见到的男人不是流氓就是傻瓜。"我想要找心灵伴侣、知心好友，但能找到的男人都没有文化，谈不到一起。谁愿意坐在酒吧里听人只因为某人跟某俱乐部签约就像孩子般发牢骚，或者看满屋子人因为老鹰王触地得分而大呼小叫？我宁愿待在家里，读一本好书！"

男人也会看破红尘。"我喜欢政治，"一个学法律的男生说，"可我是自由主义者，我受不了约会时听到对方大加谴责全球医疗保健问题。"

网络约会旨在尽量减少错误配对。要实现该目标，需确保网上提交的所有个人介绍都能清晰展示宗教信仰、文化品位、教育程度等重要信息。附带照片的目的是让别人真实了解对方的长相（目前最大的抱怨就是很多个人介绍失实或刻意粉饰，让申请者看起来比实际情况更具魅力。）

网上约会杂志指出，每年有超过 12 万桩婚姻是通过网络约会成功的，而且很多夫妻生活比较幸福。据估计，这一数字还将持续稳定增长。通过这一新型的反映未来的镜头，我们想看看那些评论家和新时代的长舌妇还会说什么。

图库部分中第一幅图片是一幅夸张的象征性图片"玫瑰人生"，图中渴望找到爱情的女孩因为听朋友们屡屡怂恿，幻想通过网络找到白马王子。第二幅图呈现的是最受欢迎、最成功的网络约会服务平台 eHarmony，该平台要求寻求爱情的用户利用自己的智慧和常识作出取舍。最后一张照片中是一对夫妇，他们通过网络约会，并在两年后走进了婚姻殿堂。他们看着满意吗？看图的人一定可以判断。

我们的学生习作抱怨说网络约会很危险，另外，寻求爱情的人也无法深入了解一个人，因为面对面相处可以让人更为深入地了解彼此，而这是网络聊天无法取代的。

"切题练习"部分将深入讨论这一议题。

研读下面三幅涉及网络约会的图片，选择其中最具吸引力的一幅。回答相关问题并完成写作作业。

图片分析

　　1.这幅漫画反映了网络约会的哪些情感方面的内容？这幅图画中反映了什么幻想？

　　2.如果你是单身，想找一个伴侣，你会考虑网络约会吗？为什么？

　　3.网络约会的一个常见原因是单身男女忙于事业，无暇寻找合适的约会对象。你对这一因果分析作何评判？

　　4.广告是如何促进网上寻找伴侣的人数的增长的？这是否是一个良性趋势？给出答案并解释。

写作练习

　　写一篇文章，支持或反对网上约会日渐流行这一趋势。分析并援引至少两份外部资料。

图片分析

1. 这则广告想要在观众中实现什么效果？考虑忠实度、激情、获得爱情和找到伴侣的可能性等方面。

2. 广告中的那一对伴侣的姿态是否重要？你如何向一个看不到这幅广告的人描述它？

3. 标题"请随意浏览你的对象的个人材料"是什么意思？那种自由度如何促成网络约会服务的成功？

4. 这一网络约会的新趋势是否已经取代传统的通过朋友或可信的熟人介绍对象的约会方式？这一新趋势会在哪些方面重新定型我们的社会？这是好事还是坏事？

写作练习

询问自己的祖父母或者其他老一辈的夫妇，写一篇文章，阐明自己对网恋这一现代趋势的态度。

图片分析

1. 上图中的中年夫妇名叫拉里和谢丽尔·邦德，他们于 2007 年在网上相识，并于 2009 年结婚。仔细观察他们的表情和仪态，你如何评价这对夫妻？他们是惬意、自信，还是有点儿紧张和焦虑？他们的衣装透露了他们什么信息？发挥想象力，用文字描绘这对夫妻。

2. 拉里和谢丽尔·邦德属于五十多岁的网络约会群体，据说这个希望通过网络找到伴侣和恋情的群体正在快速扩大。这一增长趋势造就了"我们的时光"这一专门针对该年龄段的网络约会平台的创设。年龄对网恋的安全系数有何影响？权衡年轻和成熟各自的优缺点。

3. 是什么原因导致单身男女急切上网，放心地把自己所有的个人信息交给代理人，让他们帮自己找到合适的伴侣？这个趋势是好是坏？为什么？

4. 网络上、报纸上、杂志上，到处都有如何避免碰到危险网络伴侣的警示。在列出的所有原则当中，你觉得哪一条对个人安全，尤其对易受伤害的女性的安全至关重要？

写作练习

基于详细的调查写一篇文章，解释网络约会有助于个人找到与自己社会身份、文化兴趣和娱乐品位相一致的对象。如果你觉得网络约会一无是处，写一篇文章，阐明自己的否定观点，并用自身经历或者专家的证据支撑观点。

标点工作坊：问号

问号（？）

直接问句后需添加问号，间接问句后则无须使用问号，请看下例：

直接：What is keeping the catcher from reading the pitcher's signals?

（是什么让接球手没有理解投球手的信号？）

间接：We asked what was keeping the catcher from reading the pitcher's signals.

（我问道，是什么让接球手没有理解投球手的信号。）

直接：Did you understand the insulting question, "Do you have a low I.Q.?"

（你是否理解这个侮辱人的问题："你智商是不是很低？"）

当问句中套有问句时，只需要一个问号，放在引号内。

间接：别人问他是否理解这个侮辱人的问题。

一系列主语相同的直接问句可以按照下例处理：

What on earth is little Freddy doing? Laughing? Crying? Screaming?

（小弗雷迪到底在做什么？在笑？在哭？还是在嚎？）

有时候包含直接问句的陈述句也需要问号：

He asked his neighbor, "Have you seen the raccoon?"

（他问邻居："您见过那只浣熊吗？"）问号在引号里。

 请注意：

不要把间接问句写成直接问句的形式。

错误：He asked her would she join the team?

（他问她愿意入队吗？）

正确：He asked her if she would join the team.

（他问她是否愿意入队。）

学生角

"天啦我也爱你！！"网络约会就是在冒险

金德拉·诺伊曼

华盛顿沃拉沃拉大学

今天的世界与一个世纪之前已经大大不同。很多方面发生了改变，比如交通、娱乐、通讯、风格等。也许最令人吃惊的改变就是现代人约会方式的改变。在以前，人们通过亲戚朋友介绍、大学同学而相互了解，或因参加共同感兴趣的活动而认识。然而，在过去十年里，约会方式发生了巨大的变化，越来越多的人开始在网上约会。尽管有些人反对，认为传统的约会方式已经逐渐向偷懒的、危险的、迫不及待的求爱方式转变。

很多原因让网络约会令人反感。其中一个原因很简单，那就是网络约会不真实。网络约会的世界中骗局四伏。把电脑作为宣传自己的广告媒体，把自己变成跟真实自我全然不同的另一个人，然后把自己推销给一个易受欺骗的受害者，其实并不难。当然，你自己也许不会那么不诚实，但还有很多其他人会那样做啊。网上约会常常就是一条不归路，被骗后方才知晓其中苦痛。杂志文章和博客网站揭露了无数案例，很多姑娘看到网上小伙儿不错，于是约会见面，结果发现对方根本不是简历中所说的长相英俊、热爱健身、令人着迷，而是惹人生厌、举止粗野。另外，还有很多姑娘本以为可以见到自己可以信任的男友，结果却陷入危险境地。我住在一所私立大学的宿舍里，在那里约会还算安全，但室友和朋友们经常听到女孩只身与网友见面却惨遭强奸的事例。网上交往可能会十分危险。你眼睛盯着的电脑屏幕也许并非白马王子所住的城堡的大门，而是一道栅栏，对面是用邪恶的眼神注视着你的怪兽。

网络约会杂志提供了一些避免遭遇危险的妙招。首先，千万不要泄露住址及其他家庭信息。泄露这些信息是最可怕的，因为坏人会跟踪你。第二，如果你坚持选择网上约会，使用自己的交通工具，而且要在公共场所见面。如果情况不妙，你总不希望困在没有交通工具的黑暗街道吧。第三，不要自认为约会很安全，要有警惕之心。切记要时刻与自己头脑中那个小声音保持沟通。如果你觉得不舒服或有所警觉，不要把这种感觉外露。对女性的特别建议是约会时自己买单。通常男性会主动买单，但会希望有性方面的回报。这样，仅仅吃顿饭却要和对方对你身体的觊觎斗争。每次都要告诉身边人你要去哪里。那样，如果你到时间没有回家，知道你行踪的人会注意你是否回来，如果情况不妙便会打电话报警。网上约会杂志之所以刊登这些妙招，是因为很多意外甚至危险的情况会发生，但如果当时遵守了上述原则，也许这些危险本可以避免。

除了令人大失所望或者不太安全，网络约会还剥夺了你深入了解别人的机会。你可能会在漫无目的、朦胧模糊的网络"聊天"中浪费大量的时间，而通过正常的一次约会，也许你就知道自己根本不想跟他继续交流。与他人面对面交流锻炼社交能力，可以帮助你判断一个人的动机、兴趣和生活方式。与人面对面交流比通过电子途经更能读懂对方的想法和观点，因为面对面交流时你会问一些相关问题，而通过这样的问题可以判断他们是否确实有某种想法。

博客、推文、短信和电邮可以隐藏自己不喜欢的东西。同样，网络聊天也可以让你改变真实的自我。你也许会发现自己会在网上说出自己面对对方时不会说的话。研究表明，很多人在网上呈现的自我要比生活中更加鲜亮。胖子会把自己说得瘦一些；不读书的人会表现出好像经常读书的样子；男人（尤其）会表现得比现实中更为成功，更为富有。有电脑屏幕把你跟对话的另一方相互隔离，你很容易伪装成另外一个人。

网上约会相对更轻松，也就不像传统的约会那么特别。发给某人一条短信或电邮确实方便快捷，但花点时间与他出去走走往往意义大很多。在对方身上花费时间和精力体现了自己的关心。涉及人际关系时最好尽量少用网络。人天生就是要跟有血有肉的真人打交道，而非在虚拟空间里隔空交流。

网上约会剥夺你生活中一个最大的乐趣，那就是从周围茫茫人海中找到自己的心灵伴侣并与之对面而坐，度过宝贵的时间。清清楚楚知道自己是在跟一个即将进入自己的世界，等着你去了解的人面对面交流，这种体验和网络约会绝对不可相提并论。传统约会中，你可以在关系不断升温的过程中感受真正的意义和情感。别在eHarmony网站上随便填写一份求偶简历，然后拼命地寻找爱情了。真爱，一定会找到你。

我的写作心得

写文章时我使用很多不同的方法。有时我会抓起一张纸，写下打算写的几个点。不过，大多数时候我只是坐在书桌前写文章。不知怎么的，头脑中就有了思绪，于是我就写了下来。我很幸运，似乎很有想法，从来不觉得无话可说。写完文章后，我会通读全文，检查明显的语法和拼写错误。然后，我会把看着不太清晰或者蹩脚的句子加以调整。完成文章后，我常常会交给爸爸看一看。他常会帮我看出语法问题。先前我还很讨厌他给我的文章"打分"，可后来我逐渐欣赏他的建设性批评。也许我的写作策略跟你的不大相同，但对我奏效。我可以在合理的时间内完成一篇文章。

我的写作小妙招

　　我的小妙招就是要欣赏自己的想法。想法可以让文章趣味横生，发现自己的观点，然后找资料支撑自己的观点。另外，找出对你完成文章最有用的资料。如果你觉得有必要，也可以写一个分步提纲。也许你习惯先有一个闪存卡才能开始写作。或者也许你跟我一样，可以坐下来就写。不管采取哪种方式，只要能让你进入状态，只管使用。一旦确定了自己的模式，就可以开始写作了。之后，天马行空吧。

💬 **切题练习**

　　给一个打算在约会网站上提交个人资料的人写一篇推文，基于自己对网络约会的了解，给他／她一些有帮助的建议。

■ **本章写作练习**

　　1. 写一篇文章，对比下面某一对概念。

　　a. 听到——听

　　b. 自由——放纵

　　c. 服务员——奴隶

　　d. 民主——散布谣言

　　e. 艺术——手艺

　　f. 有想法——固执己见

　　g. 天资——能力

　　2. 使用互联网作为自己的搜索工具，写一篇文章，比较两个行业的工作满意度。考虑个人发展、经济收入、未来前景、与同事关系等因素。请确保按照第二章和第三章所讲述的原则和方法援引外部资料。

■ 针对特定读者的写作练习

1. 给一个弟弟或妹妹，或者假想的某个人写一封信，对比大学和高中的区别。请确保选择恰当的对比基础，比如，学业严格程度、社会生活、与老师的关系以及独立性等。

2. 借助网络搜索，写一篇文章，比较使用 eHarmony.com 和 Match.com 网络约会平台的客户满意度。请确保比较时要态度公正，不偏不倚。

💬 专家支招

克服写作障碍

有写作障碍的人不是因为不会写，而是怕写得不够流畅。

——安娜·昆德兰

快到作业提交期限时，大学生尤其容易遇到这种突然的思路僵滞的状态。下面三条建议供您参考：

1. 不要小看自己了；你不像自己认为的那样傻。

2. 相信自己，因为你的思想很有价值。

3. 出去走走，听听音乐，或者跟他人聊聊天，让头脑放松一下。

然后，回去重新以全新的视角审视自己的写作作业。在纸上写一些词——随便什么词都行。最终，你的思路一定会打开，自然就写出东西了。

第十四章
分类与归类

■ 分类与归类指南

何为分类与归类?

写一篇分类与归类的文章意味着把一个话题分解为不同的子类型。如果你写了一段话，介绍图书馆里藏书种类，或者自己汽车模型收藏库里不同类型的车模，或者马克·吐温作品中不同类型的幽默，此时你就在分类。分类与归类的一个主要目的就是通过对部分、对部分与整体之间的关系阐明某个话题的性质。比如，下面段落就试图通过将人分为两个不同的大类，分析和理解人类。

> 通过一个简单的实验便可以区分两种人的本质。把一群人聚在一起，然后让他们一起去渡船。等船开到河中间，你会发现一部分人已经不惜费力，爬上楼梯，想到甲板上看看沿途的风景。剩下的人则会待在船舱，想象到达彼岸后要做些什么，或者干脆发呆，消磨时间或是抽烟解闷。不过，姑且不谈人们是冷淡无趣，还是一味追求享受，我们可以把船上所有意识清醒的乘客分为两类：对到达对岸感兴趣的乘客和只对乘船过河的过程感兴趣的乘客。我们也可以按照同样的方法将全世界所有人或所有人的情绪进行分类。有些人只是一心要获得结果，有些人则看重过程中的经历。如果我们把第一类人称为实用型，第二种人称为诗意型，那么二者的区分就更加明显了，因为人们通常认为富有诗意的人或情绪比较诗意的人脱离实际，而实用型的人则受不了做作的诗意。

> —— 马科斯·伊斯特曼，《诗意的人》

分类与归类是我们常见的思维方式。我们将植物和动物王国加以区分并分类为门、属、科、种；我们把军队分为陆军、海军、空军、海军陆战队、海岸警卫队等。我们把人区分为不同种类和类型。当我们问"他属于哪种人"，我们是询问基于分类的信息。要求写一篇以分类为主线的文章的写作练习，其实也是对最常见的思维模式进行训练。

何时使用分类与归类

　　分类／归类有助于大的、复杂的问题的分析。为了理解身边的世界，我们会利用分类的方法——有些是准确分类，有些则是存在偏见的分类。我们思考某个男人或女人属于哪种类型的人，觉得弄清楚之后，我们可以因人而异，做出相应的回应。这并非一定不好，只要我们不用错误、有偏见的分类对待别人就好。我们思考自己偶然的经历，然后试着把它们划分为可以理解的类型。我们说昨天是怎样的一天，去年是怎样的一年。我们有关于不同类型的爱情、朋友、性格的理论。科学、哲学，就连实用工艺也会有一定的分类。生物学把动物和植物分门别类；医学把不同病症区分类型；化学划分不同的物质；文学区分不同的写作风格。类型的概念防止我们一味地认为万事都独一无二，让我们不用再费力研究每一个事件、每一个客体、每一个人或每一件事物。没有类型的概念告诉我们这个和那个类似，实验便失去了预测性价值，我们就只能无奈地观察每一只蝴蝶、每一次暴雨或者每一次爱情。

如何使用分类与归类

　　1. 所有好的写作都基于清晰的思维，而分类和归类更是如此。进行分类就是要思考和分析，要找出个体项目之间不太明显的相互关系。在某种意义上讲，你是在把自己头脑中的档案柜应用于现实世界。为了准确分类，你的分类和划分必须基于某个原则。分类必须有准则，否则就会乱七八糟。

　　一个简单的例子就是你想按照是否有身体接触将体育运动进行分类，却把网球和足球放在了一起。显然，网球是非接触性运动，所以分类就不准确。同样，如果你正在写一篇关于塞缪尔·约翰逊作品的文章，然后列出了下面的列表：

　　　a. 约翰逊的诗歌

　　　b. 约翰逊的散文

　　　c. 约翰逊的词典

　　　d. 博斯威尔撰写的约翰逊传记

　　你的分类／归类也不恰当。博斯威尔撰写的《约翰逊传记》并非约翰逊的著作，而是关于他的传记作品，因此不应在列表之中。在一个更为正式的语境中，我们在下面段落中看到了同样的错误，也就是分类并非基于某一固定原则：

　　美国工业的大规模生产包含四个要素：工种划分，基于精密工具的标准化，生产线和消费大众。首先，工种划分就是复杂的生产过程被划分为专业、独立的工作，这些工作由专门承担这些工作的人或机器完成。第二，由于精密工具的使用而导致的零部件的标准化。这意味着每一个由机器加工而成的零部件都可以相互替换，半熟练工人可以任意拼装。第三是生产线，也就是通过持续运行的工作链条，把工作从一个人传送到另一个人手中，直至产品最终产出。这个方法把工作送给工人，而非让工人去找寻工作。最后一个要素是消费大众。如果没有消费大众，大规模生产就失去了意义，因为正是消费大众才保证了产品一下生产线，立刻被采购一空。

显然，这一分类并非基于一个原则。劳动力分工、精密工具导致的标准化、生产线的使用也许是大规模生产过程的一部分，而消费大众则显然不是。只有生产结束后，产品进入市场销售时，消费者才出现。所以，上述段落没有准确列出大规模生产的要素。

2. 要保证分类的完整性。分类的完整性是指分类包含了所有的组成部分。如果你基于是否需要球来划分体育运动，却忘了足球，你的分类就不完整。如果你要分类文学作品，文章中却漏掉了短篇小说，也不恰当。同样，如果你要将马科分类，就得包括马、驴和斑马。漏掉其中任何一个，你的分类／归类都不完整。

3. 避免分类的重叠。下面根据体裁对文学作品进行的分类是一个重叠分类的例子：

a. 诗歌

b. 短篇小说

c. 幽默

d. 戏剧

e. 长篇小说

幽默并非一个体裁而是诗歌、短篇小说、戏剧或者长篇小说的一个特征，因此不属于这个分类列表。

分类与归类写作热身

1. 下面的练习可以让你开动脑筋，思考如何分类，很有意义。该练习要求大家将某一主题分为几个不同的类别，然后在每一个类别中填入具体项目。请以最快的速度将下列话题合理地分为不同类型。重读自己的列表后，如果发现某个分类不合理，则将该类别从列表中删除即可。

a. 书籍　　　　　　　e. 电脑游戏

b. 衣服　　　　　　　f. 宠物

c. 现代发明　　　　　g. 音乐

d. 天气　　　　　　　h. 饭食

2. 在下列分类中，找出不恰当的属类并写明其应该排除的原因。

a. 梦　　　　　　　　b. 载客汽车

_____ 1. 性感的　　　_____ 1. SUV

_____ 2. 使人瘫痪的　_____ 2. 卡车

_____ 3. 想象的　　　　_____ 3. 轿车

_____ 4. 白天的回放　　_____ 4. 电动汽车

c. 家庭游戏	d. 居住的房子
_____ 1. 纸牌游戏	_____ 1. 棚屋
_____ 2. 乒乓球	_____ 2. 村舍
_____ 3. 多米诺骨牌	_____ 3. 大厦
_____ 4. 桌上游戏	_____ 4. 排屋

e. 工作

_____ 1. 技术员

_____ 2. 服务员

_____ 3. 专业人员

_____ 4. 苦工

3. 回看练习 1，选择自己曾做过分类的某一个话题，然后选择某一个分类并填入至少三个项目。例如，如果你把饭食分为冷盘、主菜、配菜和饭后甜点，就可以选择"主菜"这一类别，然后列出其所属的项目，如：肉菜、家禽、鱼和素菜。请确保自己列出的项目与该类别关系密切。

写作实例

一封电子邮件的六个阶段

诺拉·艾芙隆（Nora Ephron）

修辞图解

目的： 就典型的"电邮狂"幡然醒悟的实例写一篇滑稽的仿拟作品

受众： 同样使用电子邮件的、有十足幽默感的读者

语言： 标准英语

策略： 仿照伊丽莎白·库伯勒的著名作品《死亡的六个阶段》，以幽默的讽刺文字，描写收到邮件后从心醉神迷到最终死亡的过程

诺拉·艾芙隆（1941—2012），记者、剧作家、编剧、小说家。她因习钻古怪的幽默感广受读者赞誉，即使在与癌症斗争时也保持幽默感。她写的爱情幽默剧一次次获得高票房，如《丝克伍事件》（*Silkwood*），《当哈里遇见萨利》（*When Harry Met Sally*），《西雅图不眠夜》（*Sleepless in Seattle*）等作品吸引了大量的观众并为其赢得三项奥斯卡大奖。她的主要作品有：《狂欢节壁花》（*Wallflower at the Orgy*，1970），《乱涂乱画：媒体随笔》（*Scribble, Scribble: Notes on the Media*，1978），《心火》（*Heartburn*）（1983），《我的脖子让我很不爽》（*I Feel Bad About My Neck: And Other Thoughts On Being a Woman*，2006），《我什么都没记住》（*I Remember Nothing: And Other Reflections*，2010）。艾芙隆出生在犹太人家庭，家人大都从事写作或电影制片相关工作，在比佛利山庄长大。1962年从威尔斯利学院毕业之后，艾芙隆进入《纽约邮报》工作，在那里当了5年记者。由于其评论影响广泛，艾芙隆受《时尚先生》杂志邀请专门开设女性专栏。当她的第二任丈夫卡尔·伯恩斯坦和鲍勃·伍德沃德（两人同为《华盛顿邮报》的记者）在20世纪70年代揭露了臭名昭著的水门事件后，艾芙隆上了头版头条。2012年，艾芙隆因粒细胞性白血病去世。其实在6年之前她已经被诊断患病，但她一直没有对外透露。

阶段一：心醉

我有电子邮箱了！太不可思议啦！太棒了！这是我的地盘！写给我！谁说没人写信了？他们错了吧！多少年来我第一次像疯了一样写信。我回到家，不顾爱我的亲人，径直走到电脑前，开始给素不相识的人写信。"美国在线"怎么这么棒？太简单了。太友好了，像个社区一样。耶！……我收到邮件了！

阶段二：澄清

嗨，我开始知道电邮不是写信，而是完全另外一回事。它刚刚出现，刚刚出生，一夜之间就有了形式，一套规则，还有了自己的语言。印刷机出现时如此，电视机出现时也是如此。它是革命性的，改变生活的，是速记，是开门见山，是切中主题。

它节省了很多时间。写一封电子邮件只需5秒钟，同样的事情在电话上就要5分钟。打电话时你得交流，得问候，得道别，还得装作跟电话另一端的人有**共同爱好**。最糟糕的是，虽然你根本不打算见对方，电话却时不时强迫你违背本意做出实际计划，邀请对方共进午餐或晚餐。而电子邮件却没有那样的危险。

电子邮件是全新的交友方式：亲密吧，不是；啰啰唆唆吧，不是；经常沟通吧，也不是，简而言之，也就是像朋友吧，其实也不是。多么大的突破啊！当初没有它时，我们是怎么活的啊？对于此话题我还有很多话没有讲，不过，我得赶快给一个好像认识的人发条短信。

阶段三：困惑

我没做错什么啊，干吗让我受此惩罚啊？

伟哥！！！！万诺的最好网络资源。坎昆一周游！来一块绿油油的草坪！阿斯特丽德希望成为您的好友！XXXXXX级视频！阴茎增长3英寸！民主党全国委员会邀请您加入！小心病毒！转寄：这让你大笑不止；转寄：太好笑了！转寄：太滑稽了；转寄：毒死野狗的葡萄和葡萄干；转寄：加西亚·马尔克斯最后的告别；转寄：库特·冯内古特毕业演说；转寄：内曼·马库斯巧克力屑曲奇配方；美国在线的成员，我们希望听到您的建议。来自希拉里·克林顿的消息；需要更低的抵押贷款吗；诺拉，诺拉，你出彩的时间到了！诺拉，还为付账烦恼吗？伊薇特请求成为你的好友！与美国在线连接失败！

阶段四：醒悟

救命啊！我要淹死啦！我有152封邮件未回复。我是一个作家——想象一下，要是我有一份真正的工作，那得有多少封邮件待回复啊。想象一下如果我不回复这些邮件，我能写出多少东西啊！我的眼睛模糊了。我已经得了轻度腕管综合征。我也有了注意力缺陷紊乱，因为每次要写东西时，电子邮件的图标就开始上下闪动，我不得不检查有什么好的或者有趣的邮件到了。没有！可是，随时还是可能有的。确实如此——在电子邮件上只需几秒钟就能搞定的事情，在电话上需要更长时间才能说完；可是大多数信息都来自没有我电话号码或者根本不可能主动给我打电话的人。就在我写完这么一小段文字的空档里，又来了3条信息。现在我有115封邮件未回复。马上就116条了。

阶段五：适应

是的！哦，不、不、不。没门。也许，我怀疑。对不起。真对不起。谢谢。哦，不用谢。不是我的事情。你开玩笑吧。滚出小镇。一个月后再跟我联系。秋天联系。一年后联系。NoraE@aol.com 现在改为 NoraE81082@gmail.com。

阶段六：死亡

给我打电话！

● **内容分析**

1. 这个电子邮件的使用者经历了哪六个阶段？每个阶段的标题是什么意思？

2. 第1段中艾芙隆提到的"地盘（handle）"是什么？还有其他什么称呼吗？

3. 为什么阶段三的标题是"困惑"？是什么让作者"困惑"？你理解她的困惑吗？在整理不同来源的邮件时你有过困惑的经历吗？请举出实例。

4. 第4段最后一句说明了什么？它主要揭示了作者的什么态度？对于作者描述的那种情感，你会用什么句子或词汇描述呢？

5. 在最后一个阶段，"死亡"表明了什么？为什么作者使用这样一个偏激的词汇？你认为还可以使用其他什么词汇？

● 方法分析

1. 艾芙隆如何用电子邮件的六个阶段增强其文章的幽默感？瑞士精神病学家伊丽莎白·库伯勒的著作《论死亡与濒亡》（*On Death and Dying*）使美国医学院课程设置发生了革命性的改变，加强了对医生在处理绝症患者方面的培训。除非你熟悉该科学著作，否则你无法理解艾芙隆幽默的文章中所采用的戏仿。在回答问题之前，上网搜索伊丽莎白·库伯勒和她著名的缩略词 DABDA（否认、愤怒、讨价还价、抑郁和接受）。了解之后，你就能更好地理解艾芙隆的文章了。

2. 对阶段三你有什么印象？为什么提到希拉里·克林顿？对于艾芙隆列出的项目你能添加什么？

3. 阶段五的标题"适应"是否恰当？作者是在适应接收如此之多的邮件，还是另有想法？请解释该术语在文中的意思。

4. 作者如何给自己的邮件以致命一击？你如何阐释"死亡"在艾芙隆文中的具体意义？

5. 为什么艾芙隆使用分类／归类的方法而非使用过程分析的方法来分析邮件在她生活中的作用？请解释她的说理过程。

● 问题讨论

1. 你认为应该如何应对电子邮件对我们生活的控制？如何避免邮箱越来越满，塞满成百上千的邮件？

2. 如果你有权力，是否会废除电子邮件在自己国家的使用？保留还是废除电子邮件，请说明自己的具体理由。电子邮件有什么好处和坏处？使用具体实例支持自己的观点。

3. 如果你热衷于电子邮件或手机短信，那么是否有时你偶然发现自己不喜欢电子通讯了？请给出具体例子。

4. 电子邮件已经出现好多年。自 1993 年电子邮件出现以来，有没有其他电子通讯手段也曾让你同样或更加痛苦？如果你发现还有其他方面的危险，那么是什么？请解释其威胁，并说明如何避免。

5. 你能提出什么指导建议避免青少年沉溺于电脑、平板电脑、智能手机或者其他电子设备所提供的社交网络？你觉得什么样的应用程序最危险？请解释自己的答案。

● 写作建议

1. 写一篇文章，坚决支持电子邮件是节省时间的现代通讯工具。你可能会提到不用使用文具、信封、邮票，也不用去邮局寄信等便利。

2. 写一篇分类 / 归类的文章，描述你对一开始让你痴迷的某人或某物逐渐失望的过程。可以考虑如下实例：学开车，谈恋爱，学做美味的早餐，在滑雪坡上学转弯或者寻找你钦佩的某个人身上的严重品行缺陷。

不同种类的纪律

约翰·霍尔特（John Holt）

> **修辞图解**
>
> **目的：** 讲述信息
> **受众：** 教育专业学生
> **语言：** 学术英语
> **策略：** 将纪律分为三种主要类型

约翰·霍尔特（1923—1985），教育理论家，出生在纽约。他曾在哈佛大学和加利福尼亚大学伯克利分校任教。其作品有《孩子是如何失败的？》（*How Children Fail*，1964），《孩子如何学习？》（*How Children Learn*，1967），《自由及其他》（*Freedom and Beyond*，1972），《走出儿童期》（*Escape from Childhood*，1974），《教育之外》（*Instead of Education*，1976）和《教育自己》（*Teach Your Own*，1981）。本文选自《自由及其他》一书。由于纪律一词语义不明晰，常常被误解，作者试图通过关注三种不同的纪律，从而给其中一个更为清晰的阐释。

1. 一个孩子在成长过程中可能会遇到并习得三种不同的纪律。第一种也是最为重要的一种，我们可以称之为自然之纪律或者现实之纪律。试着做一些真实的事情时，小孩一旦做错了，或者没有做好，就得不到自己期待的结果。如果他没有把一块积木平稳地放在另一块上，或者尝试在一个斜面上搭积木，他的积木塔就会倒塌。如果他按错了琴键，他听到的音符也就不对了。如果锤子没有正面击中钉子帽，钉子就会变弯，他只能拔出来，再换一个钉子。如果他没有规划好自己想做的事，东西就无法打开，合上，修好，站起来，放飞，漂浮，发出哨音，或者实现他期望的结果。如果出脚时闭着双眼，他就踢不到球。每次尝试一件事，小孩就会遇到这种纪律的约束，这就是为什么学校里要注重给孩子更多机会去尝试，而非只是要求其阅读或倾听他人说辞（或者假意听从）。这种纪律是最好的老师。学习者无须长时间等待便可知道答案；它往往突然到来，常常是顷刻之间。此外，它很清晰，常常直指正确的方向；从所发生的一切，孩子不仅知道自己做错了什么，而且知道为什么，也知道应该怎么做才合适。最后，也是最为重要的一点就是：答案的提供者，可以称之为"自然"，毫无人情，公正不阿，而且不管不顾。她不会给出自己的观点，或者评判；她也不会被控制、被欺负或者被愚弄；她不会生气，也不会失望；她不表扬也不会批评；她不会记住你过去的失败，也不会心存嫉恨；跟她在一起，你每一次尝试都是新的开始，只有这一次才真正算数。

2. 第二种纪律我们可以称之为文化之纪律，社会之纪律，或者人为之纪律。人乃社会之人，文化之动物。孩子在其周围感受到这种文化——这一以契约、习俗、习惯、规则交织而成的将成人捆束在一起的大网。他们想要理解它，并成为它的一部分。他们认真观察周围的人们的所作所为，并期望他们能做同样的事情。他们希望自己做好，除非他们相信自己根本做不好。因此，在教堂里孩子们很少会胡作非为，而是尽量安静地坐着。成人的所作所为具有感染力。虽说弄不清什么神圣的仪式正在进行，孩子们天生喜欢仪式，也自然希望融入其中。同样，在电影院或剧院，小孩子虽然也会烦躁不安，可能不时打个盹儿，但也很少会影响他人。看到旁边的大人都安安静静坐在那里，孩子们很自然会学习模仿。孩子们周围的大人平时平易近人，客客气气，孩子们很快就学会礼貌待人。孩子们周围的人都以某种态度说话，虽然我们努力告诉他们不能那样说，他们还是会学会那种讲话的方式。

3. 第三种纪律是人们所说的那种纪律——上级的命令，中士对列兵的要求："你按照我说的去做，否则自己考虑后果吧！"孩子一生中一定会遇到这样的纪律。在我们的生活中，到处是可能伤害孩子或者孩子可能损坏的事物，我们无法避免。我们不可能让孩子自己冒险在繁忙的街道玩耍，或者在炉子上随意乱动饭锅，或者自己把药箱里的药都吞下，从而获得经验。所以，我们会提前警告，我们会说："不要在大街上玩耍，不要乱碰炉子上的东西，不要乱翻药箱，否则要你好看。"在孩子与过大的危险之间，我们给他一个不那么危险的选择，但这个危险是他可以想象出并希望可以避免的。他也许想不到被车撞有多么可怕，但他知道被骂、被打或者关进屋子的可怕。他在二者之间选择了避免不那么可怕的事情，直到有一天他自己知道更加可怕的到底是什么，而且也可以自己避免危险了。但这种纪律我们必须在保护孩子自身生命安全、身体健康、个人安全、他人或其他生物的安全，或者防止人们关心的事物受到破坏时才能使用。我们不应认为孩子一直都无法理解我们希望他们避免的真实的危险，然而通常我们却不能自己。孩子越早自己理解危险并加以避免越好。他们的学习速度比我们想象得要快很多。例如，在墨西哥，人们开车很有激情。我看到很多四五岁模样的孩子独自在街上走动。他们知道汽车的可怕，知道该如何避免。一个生活中充满威胁、担心被惩罚的小孩永远不可能长大。他们没有机会成长，没有机会为自己的生命和行为负责。更为重要的是，切勿认为懂得屈从更为强大的力量对孩子性格的培养会有好处。相反，那种状态对任何人的性格培养都没有好处。屈从于更为强大的力量让我们自觉无能、懦弱，因为我们没有力量和胆量去反抗。更糟糕的是，它让我们充满憎恨。我们恨不得早点儿长大，早点儿让哪个人听从自己，好一雪前耻。不，如果我们不能完全避免使用上级命令式的纪律要求，我们至少尽量别用。

4. 还有些地方三种纪律相互叠加。任何高要求的人类行为都会融合上级命令式的纪律、文化之纪律和自然之纪律。新手经常听到别人说："就这样做，别问为什么，就这么做，我们一直都是这么做的。"不过，也许确实他们都是这么做的，通常道理也很简单，那就是他们发现这样做才能做好。例如，芭蕾舞的训练。班里的学生被要求完成这个练习、那个练习或者这样的站位；头、胳膊、肩膀、小腹、臀部、双腿、双脚要这样或者那样。他不时被纠正，没有争执。但在老师这些看似专横独断的要求的背后，却是数十年来留下的习俗和传统，而习俗和传统的背后又是舞蹈自身的要求。没有多年来习得的技巧和日复一日的反复训练，你根本无法完成芭蕾舞的经典动作。同样，没有先期学习成百上千简单的动作，你也不可能完成复杂的动作，并让自己看着那么自如。舞蹈教师也许并非都采取一模一样的力量和技巧训练。但新人不可能自己学会所有的细节。你不可能花一两个晚上去观看芭蕾舞表演，然后在没有任何知识的情况下，自学芭蕾舞。同样，你也不可能不借鉴更了解某项活动的人的经验，便学会复杂而有难度的活动。不过，我们要说的重点是那些专家和老师的权威源于他们更大的能力和更丰富的经验，源于他们亲身体验过那项工作，而非他们偶然成了老师，便有了把学生逐出教室的权力。更重要的是，孩子们无论何时，无论何地都会被那种能力所吸引，愿意并积极屈从于源于那种能力的纪律。我们经常听到孩子们只有威逼利诱才能做好一件事情的说法。但在生活中，或者在课外活动中，在体育运动、音乐、戏剧、艺术、运营报纸等方面，孩子们却常常自愿接受严格的纪律要求。原因很简单，就是他们想把那件事做好。我们经常听说那些小拿破仑足球教练的做法，这让我们误以为成百上千万孩子无须教练员的吼叫和训斥就能踢好球，打好比赛。

● 内容分析

1. 霍尔特进行分类的原则或基础是什么？

2. 霍尔特如何向读者阐释清楚他所说的"自然之纪律或者现实之纪律"？这一阐释方法是否有效？为什么？

3. 从自然或现实中学习的优点是什么？

4. 基于作者观点，上级命令式的纪律应该何时使用？你是否赞同？

5. 在文章末尾，霍尔特提出的保证纪律约束效果的最有效的动因是什么？

● 方法分析

1. 在第 1 段最后一个句子，作者使用了阴性人称代词"她"来指代自然。他的目的是什么?

2. 为了保证文章行文连贯，逻辑清晰，作者使用了哪些表达转折意义的标志词汇?

3. 把某些足球教练称为"小拿破仑"有什么效果?

● 问题讨论

1. 你能举出其他什么例子，说明孩子会服从于文化之纪律或社会之纪律?

2. 对于大学课程中不守纪律的人你能给出什么妙招? 什么方法对自己的效果最好?

3. 霍尔特提醒成人使用家长权威惩罚孩子对孩子的性格培养并无益处，因此应尽量少用。在你看来，在教育孩子过程中从来不使用家长权威会有什么结果? 以实例支撑自己的观点。

4. 在美国，年轻人滥用各种毒品毁灭自我的情况十分常见。这种滥用毒品的情况与霍尔特所说的纪律有何关系?

5. 纪律在你生活中有多么重要? 你选择朋友时是喜欢严格自律的人还是那些"闲散"的人? 请解释自己的答案。

● 写作建议

1. 写一篇文章，根据其产生的效果将纪律分类：比如，可以产生优良学习习惯的纪律。

2. 基于下面的主题句，写一篇包含三个段落的文章："要获得成功，一个人必须遵守三种纪律：智慧之纪律，情感之纪律和身体之纪律。"请参照霍尔特的文章的结构。

批判性思维与辩论图库：
种族主义

即便对旁观者而言，美国的种族主义依然是一个不断恶化的问题。其流毒随处可见，从房产市场把少数外族群体专门划入特定街区的公开歧视，到工作中仅因肤色问题，虽能力足够而不能获得升迁的微妙做法。黑人比白人寿命短，挣钱少，在美国谋杀案中有一半受害者是黑人（94%的人死于其他黑人之手）。与白人相比，黑人更容易入狱，更容易遭受刑事处罚。

为了解决白人与黑人所遭受的不公正待遇，美国国会 1964 年通过了《民权法案》，以法律的形式保证切实行为的实施。这一法案实施后，黑人与白人受教育的差距得以缩小。如今，注册就读中心学前教育机构的黑人儿童已经超出白人和西班牙裔的儿童。不过，还要清醒认识到，将近 1/3 的黑人家庭和将近一半的黑人儿童依然生活贫困。据美国城市联盟（The National Urban League）2005 年估算，与白人相比，黑人的相对平等指数只有 73%，与 2004 年相比仅有微小改善。该联盟 2014 年所估算的平等指数明确表明，拉美裔美国人和黑人在就业率方面依然落后于白人。黑人的失业率为 13.1%，拉美裔美国人失业率为 9.1%，而白人的失业率仅为 6.5%。

因此，不平等的幽灵依然盘旋在美国的城市上空。对这一不平等状态所持的观点很大程度上取决于观察者的种族。自由派和保守派对不平等状态有不同的解释。自由派批评白人的种族主义及其流毒，认为要解决种族不平等问题，需要政府的干预。保守派会说是时候通过种族平等的法律了，而不会采取支持少数外族人的明确行动。两方都不否认种族主义的历史影响，但保守派认为历史已经过去，现在机会均等，而自由派则坚持认为过去的不公正待遇给黑人自身意识的损害是不可能轻易消除的。

我们的图库部分展示了两幅经典的关于农奴制及其影响的图片。第一幅图是那段臭名昭彰的历史的旧照——黑奴在拍卖台上被卖出，与家人分离。第二幅是诺曼·洛克威尔（Norman Rockwell）的名画《鲁比·布里奇斯》（*Ruby Bridges*）。鲁比·布里奇斯是第一个无视白人的强烈反对，坚持要去废除种族隔离的小学上学的姑娘。第三幅图展示了一位年迈的黑人老太太坐着轮椅去机场安检站。问题是，她是否会被看作威胁公共安全的人呢？

学生习作调查了要上大学的非洲裔美国人必须面对的特殊的战斗，不过文章也指出他们不要期望不付出白人希望他们所付出的努力，学校就会轻易授予他们大学学位。学生的主要论点是在种族不平等被消除之前，现行的大学资助项目和奖学金应该面向少数族裔群体，尤其是黑人。

"切题练习"部分将深入分析该议题。

研读下面三幅有关种族主义的图片，选择最吸引你的图片，回答相关问题，并完成写作作业。

图片分析

1. 如果你是某个种族的成员，历史上你所在种族曾经遭受奴役，经历过图中描述的场景，你会对图做何反应？如果你的祖先曾经是奴隶，你对图会有什么感想？

2. 你觉得孩子依靠在身上的那位女子有何感受？她的体态语透露了什么？艺术家想要表达什么信息？

3. 美国南部很多白人女子认为她们常常像对待家人一样对待家奴。基于图中隐含的事实，你如何看待这一说法？为什么图中没有白人女子？

4. 被奴役的历史可能对奴隶的后代产生什么影响？我们国家的立法机关经常提起议案，建议对祖先曾经身为奴隶的人进行经济补偿，你如何看待这样的提议？

写作练习

写一篇文章，描述在美国哪些微妙的方面依然存在种族歧视。如果你认为种族歧视已经消除，请给出自己的证据。

图片分析

　　1. 这幅画的作者是美国人最喜爱的艺术家之一，他以现实主义画风和画作中对美国人民和事件所展示的爱国情怀而闻名。但这幅画初次进入公众视野时，激怒了很多观众。你觉得那些曾经喜欢洛克威尔的人被画作中的什么内容激怒了？

　　2. 陪同鲁比·布里奇斯的男人是谁？为什么看不到他们的头？不露出他们的头的意义是什么？

　　3. 基于她的体态语，你如何描述小姑娘的态度？她的相貌有何特殊之处？

　　4. 这幅画对种族隔离是支持、反对还是保持中立态度？基于你对这一问题的回答，你会给这幅画作加一个什么题目？

写作练习

　　写一篇文章，分析种族隔离公立学校对社会的影响。不用担心自己对该话题的姿态。想一想种族隔离给黑人和其他少数族群造成了什么影响，鼓励民族多样性的公立学校有什么优势？

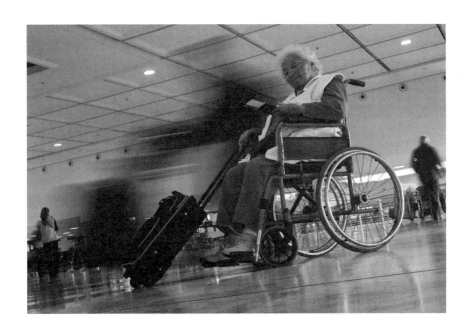

图片分析

1. 上图中年迈的女士到达机场安检处，会对其他乘客的安全带来多大威胁？安检人员应该花多少时间对她和她的行李进行安全检查？

2. 时间常常等同于金钱，什么样的乘客应该在机场进行严密检查？请进行大致描述。

3. "9·11"之后，对恐怖主义的担心已经成为全国性的思潮，旅客的什么特征在机场应该详细检查——种族，举止，年龄，衣着，或者其他特征？

4. 你如何评价美国机场现行的安全规则？你觉这些规则会让我们更加安全吗，值得我们交那么多税吗？为什么？

写作练习

写一篇文章，对美国机场在乘客登机前在每位乘客安全检查方面应该花费的时间提出改进建议。你可以对其他国家在遇到恐怖主义威胁时在机场安检处或入境口岸的做法进行调查。如果你认为美国的安全措施无懈可击，请写一篇文章，支持继续坚持现行的安全措施。

标点工作坊：冒号

冒号（：）

1. 在一个完整的陈述句后有一系列或者一条较长的引用时，请使用冒号：

These are the reading assignments for next week: Hawthorne's Scarlet Letter, two magazine articles about women today, and three books about feminism. This is what Stanley J. Randall said about perfection: "The closest to perfection a person ever comes is when he fills out an application form."

（下面是下周阅读作业：霍桑的《红字》，两篇关于当今妇女的杂志文章，三本关于女性主义的书籍。下面是斯坦利·J·兰德尔关于完美的论断："一个人最接近完美的时候就是他填完申请表的时候。"）

如果引出引文的不是完整的陈述句，请使用逗号而非冒号：

It was Thomas Jefferson who said, "One generation cannot bind another."

（是托马斯·杰斐逊说，"一代人控制不了另一代人"。）

在动词和宾语之间或者"例如"之后不用冒号，如：

错误：The contest winners were: Jerry Meyer, Ani-Hossein, and Franco Sanchez.

（竞赛获奖者有：杰瑞·迈耶、阿尼-侯赛因和弗兰科·桑切斯。）

正确：The contest winners were Jerry Meyer, Ani-Hossein, and Franco Sanchez.

（竞赛获奖者有杰瑞·迈耶、阿尼-侯赛因和弗兰科·桑切斯。）

错误：People no longer believe in evil spirits, such as: ghosts, witches, and devils.

（人们不再相信邪恶的灵魂，如：鬼、女巫和恶魔。）

正确：People no longer believe in evil spirits, such as ghosts, witches, and devils.

（人们不再相信邪恶的灵魂，如鬼、女巫和恶魔。）

2. 在表达时间的数字之间使用冒号：

Professor Stern entered the classroom at exactly 2:10 P.M.

（施特恩教授下午 2 点 10 分准时走进教室。）

3. 在标题和副标题之间使用冒号：

The Golden Years: Telling the Truth about Aging

（金色年华：讲讲真实的老年）

4. 在正式信件的称呼语后使用冒号：

Dear Mrs. Smith:

（尊敬的史密斯先生：）

冒号也出现在参考文献中（详见第 315 页学生论文）。

学生角

皮肤的颜色和他们的性格

凯莉·摩尔

钱布利特许高中

马丁·路德·金在他著名的演讲中说他希望自己的孩子生活在一个国家,在那个国家里人们"不是以肤色的深浅,而是以品格的优劣评价他们"。但如果深色皮肤的人有优势上大学,那他的想法是否会发生改变呢? 让我们思考这一问题。

现在非洲裔美国人有各种各样的机会获得大学学位——国家成就奖学金,平权法案,少数族群学生奖学金——但似乎对一些观察者而言,少数族群的学生在申请大学时依然处于不利地位。所有这些高等教育机会都貌似"不公平地专门设置",以便向非洲裔美国学生倾斜。

近年来,虽然确实为非洲裔美国人和其他少数族群的美国人提供了不少机会,以帮助其获得大学学位,但这些做法并不能被看作是向非洲裔美国人的倾斜。是的,人们可以说上大学不可能人人平等,但除了特殊情况,大学招生并不存在不公正现象。我并非说这些机会是对早已成为历史的农奴制的补偿,我也不是说非洲裔美国学生比其他种族的学生更笨,因此就需要降低标准以为其提供生活的便利。

作为一名成功晋级国家学生成就奖学金半决赛的中产阶级,技术上而言我没有拿到符合国家优秀奖学金的学业能力倾向初步测试分数(PSAT)(虽然我想指出本年度有两位非洲裔美国学生的成绩达到了两项奖学金的要求),因而我感觉有必要陈述自己的观点,谈谈不利于非洲裔美国学生的环境。

问题开始于家庭当中。研究已经表明婴儿期和学步期所接受的影响会影响其后续的发展。例如,儿童早期比成人更容易学习外语和掌握某种乐器。另外,跟小孩以成人的方式讲话可以让孩子更好地学习语言和交流。让孩子接触各种音乐可以刺激孩子大脑的发育。

很多非洲裔美国人是第一代大学生或者刚刚成为第二代、第三代大学生(自约翰逊总统执政期间开始实施的平权法案,让拥有本科学历的非洲裔美国学生的数量持续稳定增长),可以肯定,这些孩子早期的发展肯定不如那些父母均为大学学历的人进行得顺利。这不是说非洲裔美国人的父母失败了。他们只是没能接受到基础教育。毕竟,没有大学学历的父母,谁会给自己的孩子读乔叟或演奏莫扎特呢? 没上过大学、不知道乔叟和莫扎特的父母,当然不会如此。

同样，如果这些父母没有大学学历，他们很可能累死累活，也就挣点微薄的工资，也就意味着他们根本没有时间跟孩子坐在一起讨论希腊哲学，学习法语，或者阅读有关西班牙内战的书籍或文章。2009 年，14.3% 的美国人处于贫困线之下，其中 25.8% 是黑人，比其他任何族群的比例都要高。

如果这些年已经证明大学学历可以让一个人获得更高的收入，我们也可以肯定，非洲裔美国人的贫困与他们取得大学学历的低比率有很大的相关性。

虽然这些看来不重要的细微问题可能不会影响第一代非洲裔美国大学生的整体"智商"，但势必会影响标准化测试比如 SAT 的结果。2009 年，非洲裔美国学生的 SAT 平均成绩为 1276 分，为所有族群学生中最低。

即便非洲裔美国学生十分幸运，有上过大学的父母，他们依然无法与其白皮肤的同龄人享有完全的平等。如果一个人不申请传统黑人学院或者大学，那么他们所选择的学校对非洲裔美国文化的欣赏就会大打折扣。虽然今天很少人会对非洲裔美国人说他们低人一等（其实有时确实如此），但也没有人让他们为自己的历史自豪。历史课上总是对欧洲和非黑人的进步高谈阔论，即便偶然提及少数族群的功绩（比如发明交通信号灯和空调），但也只是草草提过罢了。

再者，当谈起非洲裔美国人的功劳，常常说到的都是所谓的"第一位"。托妮·莫里森是第一位获得诺贝尔奖的非洲裔美国人。哈蒂·麦克丹尼尔 1941 年成为第一位获得奥斯卡最佳女配角的非洲裔演员。巴拉克·奥巴马是第一位成为美国总统的非洲裔美国人。并非这些不可以被称为成就，但为什么不先承认非洲裔美国人都做了些什么呢？

这些只是非洲裔美国人上大学时要面对的一些问题。当然，他们可以选择待在关注自己文化的课堂上，但还是让我们面对现实吧：拿一个非洲裔美国文化研究的学位能找到什么工作呢？

说这些并非是要把非洲裔美国人要的东西统统给予，直到成绩的差距被彻底消除。国家统计数据表明只有 43% 的非洲裔美国人顺利从大学毕业，这个数据足以反驳这一观点。非洲裔美国学生必须做出显而易见的、全面的努力，才能拿到大学学位，拥有了学位，他们才可以与其他同学在就业市场争夺最好的、工资最高的工作。

国家成就奖学金和少数族群奖学金这类对 GPA 要求打折扣的奖学金，奖励了那些希望降低要求的非洲裔美国人和少数族群学生。因此，现行的、关于非洲裔美国人入学和奖学金申请的要求是公平的。直到一个非洲裔美国学生可以毫不费力、仅靠自己的历史身份以 2.75 的 GPA 拿到哈佛大学的通知书，这些项目应该一直存在。

参考文献

Marklein, Mary Beth. "SAT Scores Show Disparities by Race, Gender, Family Income." *USATODAY*.com. USA TODAY, 26 Aug. 2009. Web. 18 May 2015.

United States. Census Bureau. *Income, Poverty, and Health Insurance Coverage in the United States: 2009*. By Carmen DeNavas-Walt, Bernadette D. Proctor, and Jessica C. Smith. Washington: GPO, 2010. Print.

我的写作心得

读书时，我的眼睛看到每一页上的词语，我的想象力则把这些词语转换为栩栩如生的图像、场景和细节——这个过程很简单。然而，写作时，那个曾经简单的过程反过来却更加复杂。细节最先出现：无趣的物件，或者先前对话的一个小片段，然后我的头脑会形成一个关于它的故事、一首诗、一篇散文，增加一些味道、颜色、增加点激情，就像一个厨子为一道简单的菜品精心打扮一番再端给别人。也许这就是写作最有趣的一个方面：一开始脑子里有想法时，你根本想不到那个想法会变成一篇散文、一则故事，或者一篇文学作品。只有你理解了"嘿！我可以做这样的事情"，最难的部分才出现；你得提笔写下，不断修改，把头脑中的图像变成可以理解的词语，呈献给赞同你的观点或不同意你的观点的人们。因此，写作时，我会使用电脑，而且写得很快。我敲击键盘的手都快睡着了，但我还是逼着自己继续写，生怕忘了自己先前的想法。如果敲击速度不够快，思想就会变得陈旧，我就容易产生新的想法，丢弃先前的想法。如果我的写作速度足够快，坐在电脑旁几回就可以写完草稿。随后，我就不再是作者，而成了修改者了。我一遍遍修改，直到文章跟自己最初的梦想相似。幸运的话，也许还可以得到别人的赞同。

我的写作小妙招

要为自己写作，也就是写自己愿意阅读的东西。写一写自己感兴趣的东西，你会立刻引起读者的兴趣。总有人与你的想法一致，或者发现你的作品有趣，因为你总能代表一些人或者一些观点。这样的作品就不会失败。但如果作家试图模仿别人，或者写作只是因为自以为某种作品可能会受欢迎，最终的写作只能以失败告终。

切题练习

为朋友们写一篇语气婉转的推文，告诉他们在某一段时间不要用电邮或手机跟你联系，因为你得好好准备期末考试了（或者你自己选择的其他原因）。

■ 本章写作练习

1. 写一篇文章，将下面任意一个主题进行分类或归类：

a. 你的朋友

b. 你的亲属

c. 让你快乐的事物或活动

d. 你喜欢上的课

e. 你不喜欢上的课

2. 写一篇文章，将这些年你所使用过的提升自己写作水平的各种技巧进行分类或者归类。

■ 进阶写作练习

1. 假定你给一个招聘单位写信，把自己到目前的生活分为几个阶段。

2. 给自己钦佩的某个人写一封信，将自己从小一直到现在在职业梦想方面所经历的改变分为几个阶段。

专家支招

使用明确、具体、实在的语言

　　如果研究过写作艺术的人有某项共识，那就是：引起读者兴趣，抓住读者注意力的最可靠的方法就是要独特、明确、具体。最伟大的作家——荷马、但丁、莎士比亚——写作水平高超，主要原因是他们注重独特的东西，只写有用的细节。他们的文字可以让你身临其境。

　　注意左列和右列例子的区别：

　　　　一段不好的天气开始了。　　　　　　一周来天天下雨。

　　　　拿着自己辛苦挣来的硬币他表现　　　拿着自己挣来的钱，
　　　　得很满足。　　　　　　　　　　　他咧开了嘴。

　　　　　　　　——小威廉·斯特伦克　　　　　　　——E.B. 怀特

第十五章
因果分析

■ 因果分析指南

因果分析做什么?

因果分析所关注的是如何解释某个情况及其因果关系。它要么回答"为什么这件事会发生?"要么回答"这有什么结果?"对于第一个问题的回答就是解释原因;对于第二个问题的回答,就是预测结果。一篇文章如果中心思想是"缺乏严格的防止污染的法规是美国各种疾病包括癌症的诱因"就是分析原因。如果一篇文章的中心思想是"一部严惩有毒污染排放的法律将有助于清除饮用水中所含有的致癌物质",这篇文章就是预测结果。

如下所示,原因指向过去的事件,而效果预测了将来的结果。

原因 ← 情况 → 效果

例如,下面是一个因果分析的例子,回答了"为什么如此众多的夫妻避免谈及婚姻问题?"

丈夫与妻子之间的障碍常常是羞怯引起的。很多夫妇羞于讨论亲密的问题,比如性失调、个人卫生或者宗教信仰问题。他们宁愿让问题慢慢滋长,也不愿意公开面对。一位妻子说:"我不愿意对丈夫说他的脏手让我很不舒服,因为我怕伤害他。"一位丈夫说:"我不喜欢妻子动不动就拿我跟他爸爸比较,从割草坪到抽烟袋,不过我不会告诉她。"内疚感可以强化这种羞怯感。比如,如果一位妻子或者丈夫知道直言问题会翻开旧账,他或她就会避免直言,可能是由于自己愧疚,或者是担心知道对方的过去。这种沉默时间越长,其程度就越强,破坏力也越大。很多婚姻的破裂可以追溯到沟通的障碍。

另一方面,对这一话题的处理方法稍作修改,自然就引出了关于结果的讨论。一篇基于"两个人不再谈论婚姻问题后会产生什么后果?"这个问题的文章将关注婚姻中没有交流的结果,而非原因。

　　丈夫与妻子之间的壁垒会让家中气氛紧张。当婚姻双方不断忽略某个问题，或者假装问题不存在，他们最终会灰心失望，心中愤怒。愿望得不到满足，导致令人痛苦的饥渴，最终他们会产生孤立或者反对情绪。缺乏沟通，婚姻缺乏情感安全阀门，无法宣泄被压抑的愤懑情绪。心怀愤怒的双方会采取隐蔽的、内敛的方式把憎恨发泄到孩子身上，把孩子当成他们自己的出气筒和替罪羊，而夫妻双方的紧张关系也会愈演愈烈。起初，双方的紧张只体现在轻度的不理解或者暂时的赌气，但二人之间的壁垒依然存在，这些小的痛苦会逐渐变成大的伤痕。丈夫可能会对妻子滥发脾气，在她朋友面前随意贬低，或者在冷战时不理不睬，除非妻子首先做出让步。妻子可能会感觉失望、卑贱，于是会寻找其他男人寻求慰藉或者激情。紧张气氛越来越严重，最后家成了痛苦敌对之地，爱情和温暖再也无法寻觅了。

何时使用因果分析？

　　当你试图解释一件事情为什么发生或者预测一件事发生或者不发生会有什么可能的结果时，请使用因果分析。大学学习过程中，你可能会遇到很多要求以因果分析为基本写作模式的作业。历史课的课程论文可能会要求你分析1803年路易斯安那购地的原因；天文学考试会要求你解释北极光的产生原理；经济学中，会要求你预测如果原油价格上涨，美国经济会有何变化；心理学考试可能会要求你调查研究卡尔·荣格与西格蒙德·弗洛伊德分道扬镳后他的作品的三个改变。因果分析也常常应用于各个领域和学科的论文当中。

如何使用因果分析？

了解必要原因、充分原因和附带原因的区别

　　三种原因可以造成某一个结果：

　　1. 必要原因是结果出现必须存在的原因，但只有该原因也不能产生结果。例如，灌溉是葡萄丰收的必要原因，但只灌溉并不能保证好收成。足够的光照、正确的修剪、适当的杀虫剂和优良的土壤都不可或缺。

　　2. 充分原因是能够独立产生某种结果的原因。比如，油箱没油了，车就无法开动，虽然其他问题，如火花塞损坏、油管断裂或者点火失败等问题也可能同时存在。

　　3. 附带原因是有助于导致某种结果的原因，但其本身无法导致该结果。例如，维生素E可能会帮助一名长跑运动员赢得比赛，但如果运动员起跑失败，训练不严谨，或者状态不好，仅凭维生素E本身也无法保证他赢得比赛。

　　理解三种原因的区别有助于分析原因和结果，避免写出武断的论断，比如：

　　吃素食可以防止癌症的发生。

针灸可以解决美国麻醉的问题。

电视上的暴力画面造成了今天暴力犯罪的增长。

其实，你可以通过加入一些短语让自己的表达不那么武断，如，"可能""是一个诱因""是其中一个原因"或者"是一个主要原因"等。仔细研究因果关系，我们可以发现很少有充分原因，大多数只是必要原因和附带原因。

将自己的目的阐释清晰

亨利·梭罗的散文集《瓦尔登湖》的节选片段一开头便提出清晰的陈述："我到林中去，因为我希望谨慎地生活，只面对生活的基本事实，看看我是否学得到生活要教给我的东西，免得临死时才发现我根本就没有生活过。"接着，梭罗解释了让他到林中生活的原因。文中开头所采用的这种清晰的陈述为原因的解释提供了明确的指引。

选择主题需谦虚

分析引起简单结果的原因，不因为选择宽泛的主题而把自己的问题变得复杂，这已经很难了。学生要写一篇文章，分析战争的诱因，肯定困难重重；这一复杂的现象有成千上万种诱因。选择一个能够操控的分析原因的主题可以让写作容易一些。

关注最直接的原因而非间接原因

在分析原因时很容易纠结于不确定的原因。在一系列因果关系中，最容易引发结果的原因常常也是最贴近的原因。例如，一个叫约翰·多伊的学生考试分数很低。为什么呢？也许是因为他没有好好学习。另一方面，也许约翰没好好学习是他觉得自己学不学都注定考不及格，因此觉得努力学习也没意义。为什么呢？也许是因为老师上课时说她的课程要求很高，通过课程考试很难，这样的说法把他吓住了。老师为什么这么说呢？也许是因为校务委员给她施压，说她和她所在的学院评分太过宽松。为什么会这样呢？校务委员之所以那么严格，可能是报纸上刊登了一篇批评他们学院学业标准的文章，文章出自一位初出茅庐、喜欢随意发挥的新闻记者。他的新闻稿，又获得了一位编辑的批准，那位编辑的牙没补好，当时牙正疼呢。然而，尽管有这一系列事件，要说约翰·多伊没考好是因为牙快掉了，那就扯得有点儿远了。不过，即便是解释为什么某个人买了一根冰棍，原因也有远有近，因此一般而言，最保险的还是只说直接原因，忽略关系较远的原因。

避免武断理解因果关系

教学机构会严格要求学生在分析原因时要谨慎认真。其道理很简单：

学院和大学往往会竭尽全力让学生了解世界的复杂性。因此，在说明原因时会尽量谦虚谨慎。你很容易在自己的说法中加入修饰词语，从而形成武断的说法：

美国的暴力是充满暴力的电视节目引起的。

你可以更加谨慎，写成：

美国的暴力是受到电视节目的影响。

学生若写出下面这样一段文字，必然会遭到老师的批评：

> 由此可见，美国人不幸福的主要原因是大多数美国人不是凭意念而是凭原则行事，而这些原则往往又建立在错误的心理和道德观之上。人们普遍持有的如何得到幸福的理论其实是一个完全错误的理论。生活是充满竞争的搏击，其幸福在于你能超越邻里。不含竞争关系的快乐早已被人们所遗忘。

可是，这一段文字引自伯特兰·罗素的文章《不幸福的美国方式》。阅读时，读者深有同感，频频点头。伯特兰·罗素是诺贝尔奖得主，还是数学家和知名的哲学家。这种论断显然不合常理，但他显赫的成就让他得以暂时摆脱不要太过武断的规则。然而，学生还没有这样的资格，因此我们建议，无论如何，暂时还是要谦虚地总结原因。

使用常识判断因果关系

多数作家并不会严格遵守因果分析的原则，除非他们在讨论一个技术问题，必须严格按照逻辑规则进行分析。下面段落中作者自由使用了因果分析的多个原则：

> 中世纪爱情诗中爱与通奸的联系有两个原因。其一在于封建社会的结构。当时的婚姻是经济和社会利益的问题，与情欲并无关系。当婚姻关系不再符合贵族的利益，他便像抛弃骡马那样把自己的女人扔到一边。结果，女人就像自己丈夫的一件可有可无的物品，被抛弃后便被丈夫的臣子看中。第二个原因在于中世纪教堂的态度，教堂把情欲和对浪漫爱情的渴望视为邪恶，是亚当在伊甸园中所犯罪过之结果。教堂的牧师们给人的整体印象就是所有的情欲都是邪恶的。这一印象，加上封建婚姻的本质，让温文尔雅的诗人产生违反常理的欲望，刻意强调他们被要求抵制的那种激情。

写这一段文字的学生没有依照准确的规则说明原因，而是以自己研究中所发现的近乎常识的结果解释了中世纪诗歌之所以强调偷情的原因。

因果分析写作热身练习

切记原因是追溯一件事的缘由，而结果是预测后果和影响。以下热身练习将有助于大家学习因果分析的具体方法：

1. 为下列每个情况列出至少三个原因：

a. 青少年抽烟

b. 近来肥胖人数的增长

c. 管理人员和强有力的工会之间的僵持

d. 离婚过程中孩子的负疚感

e. 成年人不会使用电脑或手机

2. 为下面情况列出至少三个结果：

a. 年轻时失去父亲或母亲

b. 自己的汽车被偷

c. 美国和其他国家对恐怖主义再次袭击的担心

d. 聆听经典音乐

e. 在地下室发现老鼠肆虐

3. 基于你在练习一中所给出的每一个答案写一个主题句，选择一个你认为自己最有把握写出一篇好文章的主题。

4. 基于你在练习二中所给的每一个答案写一个主题句，选择一个你认为自己最有把握写出一篇好文章的主题。

■ 写作实例

一个爱好和平的女人为什么要拿枪

琳达·M. 海瑟斯托姆（Linda M. Hasselstrom）

修辞图解

目的：解释为什么作者这样一个热爱和平的女子却拿着枪

受众：普通读者，尤其是独自居住，感觉易受攻击的女士

语言：标准英语

策略：呈现合理的个人形象，提及因持有枪支而成功自救的紧张事件

琳达·M. 海瑟斯托姆（1943—），作家、教师，在南达科他州农村长大。其代表作品有个人诗集《死在路上的动物》（*Roadkill*，1984）和散文集《地圈》（*Land Circle*，1991）。

对于热爱自然和喜欢独处的人而言，一个人待在偏远的农场里似乎很浪漫，但对于一个身无寸铁的女子而言就很是危险。本故事涉及的问题就是如果允许部分人持枪，那么谁应该可以合法持有枪支呢？

1　　我是一个热爱和平的女人，可是过去 10 年里发生的几件事情让我相信，拿上手

枪，我才更加安全。这仅是个人一己之见，但是否可以持有枪支仍存争议，也许我的论述会引起他人的兴趣。

2　我生活在南达科他州西部的一个农场里，农场周围最近的小镇在25英里之外；很多年来我一个人在那里度过冬天。作为自由作家，在过去的四年中我独自驾车走过了10万英里的路程。随着独自出游的女性人数的大幅增加，遇到麻烦的可能性似乎也随之增大了。路途遥远，道路荒僻，地形太过暴露，无处藏身。

3　通常人们（尤其是男士）会建议独自出游的女士尽量避免前往酒吧或其他"危险场所"，要像印度侦探一样走近自己的汽车，要锁紧门窗以保护个人安全。但有时这些防范措施依然不够。多年来我都遵守这些规则，但还是会陷入危险。因为自己是个女人，所以得加倍小心，这个想法让我很是气愤。

4　几年前，我跟另外一位女士一起在美国西部露营了几个礼拜。我们谈到了自我保护，可是我俩都没有上过相关课程。她不赞成使用武器，而且当地警方告诉我们狼牙棒也禁止携带。于是，我们就把防臭喷雾塞在睡袋里做防身武器。我们没用到临时凑数的"狼牙棒"，因为坏人骚扰我们时，旁边帐篷里的邻居出手相助，我们真是幸运。可是有一次在国家公园，我们的营地与其他营地距离只有不到15英尺远。散步回来后，我们发现最近的邻居是两个小伙子。我们准备炊具时，他们喝着啤酒，大声商量着晚上怎么欺负我们。旁边帐篷里的人，甚至几个家庭，都对他们的做法熟视无睹；公园管理员从身边走过，也好像事不关己。我们直接问管理员是否可以为我们提供保护，其中一个人拍着我的肩膀说："别担心，小姑娘。他们只是开开玩笑罢了！"黄昏时分，我们开车出了公园，把帐篷藏到了几英里外的树林里。这个非法的位置倒是景色宜人，但我们在公园里的好心情却被搞没了。那次旅游回来，我决心重新考虑使用保护自己的各种方法。

5　那时候，我一个人住在农场，在小镇上教授夜校课程。在我经常走过的市内街道上，曾经有一位女士汽车轮胎漏气了，便使用民用波段无线电请求帮助，结果遇到一个色魔把她强奸后暴打一顿。她不敢再次寻求帮助，一直待在车里等待天亮。由于那个原因，也由于民用波段无线电在一览无余的地方最为有效，而在延绵起伏的山区则起不到多大作用，我放弃了民用波段无线电设备。

6　一天夜里我开车回家，一辆汽车一直尾随。在一座狭窄的小桥上，那辆车超了我的车，车里一个人拿着强光手电照到我的脸上。我赶紧刹车。那辆车停了下来，掉头横在桥上，4个男人从车上跳了下来。我意识到锁住车门也无济于事，因为他们可以打碎我的皮卡车的玻璃。我加速冲向前方，希望能把他们的车撞开，借机逃离。就在那时，另一辆车出现了，几个男人仓皇回到自己的车上。他们继续跟踪我，一次次超车。我不敢回家，因为家里也没人。一路上也看不到亮灯的房子。最后，他们在路边停了车，我决定使用他们的策略：恐吓。于是，我猛踩油门，使劲按响喇叭，皮卡连吼带叫，我紧贴着他们猛地打了方向，车子从他们身边呼啸而过。果然奏效：他们开出了公路，可是我却心有余悸，怒火难息。即便是在车里，我还是容易受到威胁。

7　这些年还发生了一些事情。有一天，我从住处向下面的田间望去，结果看到一个男人拿着手枪朝着全是鸭子的池塘走去。我驾车过去，解释说这块地是有主土地。我很礼貌地要求他离开。结果他两眼盯着我，然后将枪口慢慢抬起。猛然间，我意识到农场里只有我一人，他可能会杀了我然后驾车离开。还好那一刻过去了：那个男人离开了。

8　一天夜里，我在夜校上完课回家后发现院子里潮湿的地上有深深的轮胎印，车道上堆着垃圾，还有一个大油桶。房子里有光亮：我记得我离开时并没有开灯。当时驾车去临近的农场叫醒别人也很是尴尬。仔细查看了一个小时后，我确认房子安全，但走进房间，锁上房门后，我还是心有余悸。我在黑暗的房间里踱来踱去，一直思考自己是多么易受攻击啊。

9　我采取的第一步是上功夫课，课上教授的，是别人在未经允许时进入自己的空间时可以采取的逃避和保护性措施。我学会了走动要自信，识别潜在的袭击者。我学会了如何评价危险和以非对抗方式避免危险的方法。

10　我还知道要想学会功夫，一个人必须每天练习几个小时。当时我已经跟乔治结了婚：跟他练习时，我知道跟袭击者多近距离时才可以使用武术，也知道一个体重120磅的女士不能让一个身高6英尺、体重220磅的袭击者离自己那么近，除非她防身本领相当过硬。我读过几位女士写的文章，她们武术精湛，但还是遭遇强奸和殴打。

11　我回想这么多年来自己遭遇袭击或威胁的经历，努力要现实地对待自己的行为，寻找任何可能使我沦为受害者的潜在原因。总体而言，我深信自己没有错。我觉得自己没有胡思乱想，也没有刻意挑战危险，但我需要更多的保护。

12　虽带几分犹豫，我还是决定试着随身携带一把手枪。乔治虽然体型高大，还会武术，但他一直带着枪。我练习射击，直至我确信自己可以击中近距离威胁我人身安全的袭击者。随后，我在县长那里缴费办理了持枪执照，这样我就可以合法持有枪支，无须偷偷摸摸了。

13　不过我还没做好自卫的决定。乔治告诉我，最重要的是思想上做好准备：说服自己可以射杀一个人。我们中很少人希望伤害或者杀死另外一个人。但那样拿枪就没有意义了；事实上拥有枪支可能会增加自己的危险系数，除非你知道如何使用枪支。于是我养成了一个习惯，那就是开车或者散步时总是想象着什么情况下我要开枪打死一个人。

14　在成长过程中没有想过能自我防卫的人，或者说，大多数女士可能需要更加努力让自己相信自己有能力，也有必要实施自我防卫。持有枪支并不是要把我们变成持枪歹徒，但它让我们相信能够自保。

15　为了起到作用，手枪必须随时放在手边。在车里，手枪可以放在伸手够得着的地方，在偏僻的休息站过夜时，手枪可以放在手包里，而手则一直握着枪托。从黑暗的停车场走到汽车酒店的途中，手枪就在我手里，上面盖着一件衣服。在家里，手枪放在床头板上。总之，我只身一人在什么地方，手枪就跟到什么地方。

16　只拿着手枪并不能保护自己；遇到麻烦最好的方式还是尽量避开。由于潜意识观察危险的迹象，我觉得自己变得更加警觉。使用手枪，跟开车也差不多，成了自然而然的事情。虽然每次拿出枪，但我从来没有对哪个人开过枪。我只是确保枪在手中。

17　一天，我驱车半英里去公路上一个邮箱时看到一辆车停在半路。几个男人站在路边沟渠里解手。我不反对人尿急了在路边解手，但我发现他们往路中间扔了几十个啤酒罐。一方面看着难受，另外啤酒罐可能会割伤牛蹄或是牛肚子。

18　快解决完内急时，几个男子看见了我，他们一边拉着裤子的拉链，一边摇摇晃晃向我走过来。四个家伙一起围住了我这辆外地牌照的汽车，其中一个问我到底要干什么。

19　"这是私人地界，请你们捡回扔掉的啤酒罐。"

20　"什么啤酒罐啊？"一个好事的家伙把两只手搭在我的车门上，身子靠在我的车窗。他的脸距离我也就几英寸，酒味很浓。其他几个人哈哈大笑。一个试着打开车的后门，发现门锁着；另一个把脚放在引擎盖上，晃了晃我的车。他们围着我，轻轻敲了敲我的车顶，互相说着遇到他们是我的幸运，还说要我享享福。我感觉自己很渺小，很被动，而他们也心知肚明。

21　"就是你们刚刚扔到路上的罐子！"我礼貌地回答。

22　"我没有看到啊？亲爱的，要不你下车给我们找找？"那个气势汹汹的家伙说着，伸手拽我的车门手柄。

23　"就在那儿，"我依然保持礼貌，"就在那边。"我从大腿下面掏出手枪指了指。不到一分钟，几个家伙乖乖地把路上的啤酒罐捡起，放回车里，一溜烟儿沿路离开。

24　我觉得这件事情说明了几个重要的原则。几个男子私闯他人领地，而且心知肚明：他们的判断力也许受到酒精的影响。他们对一位女士的礼貌要求所做的回应就是仗着自己的身材、人数和性别优势使对方害怕。手枪就是用同样的语言做出回应。礼貌不起作用：我无法在身材和人数上与他们相抗衡。一旦走到车外我就更加易受侵害。手枪改变了力量的悬殊。最近，我驱车进入怀俄明州的一个偏僻的地区时手枪再次起到作用。一名男子一直跟我玩猫捉老鼠的游戏，他一路尾随我开了有30英里，总想把我赶出公路。当他的车从我旁边仅有两英寸的距离擦过时，我掏出了手枪，之后他就消失了。

25　拿到手枪时，我把柯尔特公司的宣传语稍加修改，告诉丈夫："上帝创造了男人和女人，但萨姆·柯尔特创造了男人和女人的平等。"最近，我见到一家枪支制造商的广告也透露出同样的情感。也许这样想的时代应该已经到来，但如果只有靠拿着武器才能赢得平等，我内心深处的爱好和平的自我深感难过。

26　我们必须谨慎对待武器的力量。正如某人（阿克顿勋爵）所言，"力量可能会垮掉，而绝对力量则注定会垮掉"。在当今世界，手枪并非避免被强奸或被杀害的唯一方式，但使用合理，手枪可以扭转力量之悬殊，成为确保安全的措施。

● 内容分析

1. 作者实际上使用了几次手枪？每一次使用时，手枪的作用是什么？你对她使用手枪有何感想？

2. 为什么独自出游的女士比独自出游的男士更易受到侵害？除了不去酒吧、谨慎小心靠近自己的汽车、锁紧门窗外，一个独自出游的女士还应该采取什么防范措施？

3. 作者住在乡下农场里，为什么必须夜里去小镇上？她是否可以避免经常去镇上？

4. 根据作者所说，功夫为什么不是吓退有犯罪企图的人的理想方法？

5. 为什么作者在练习射击，购买枪支后，又在县长那里缴费办理持枪执照？你觉得是否所有持有枪支的人都应该按照她的方法去做？为什么？

● 方法分析

1. 文中何处道明了文章的主题？请评价这一立场的优点。

2. 作者使用了什么修辞策略让读者相信她购买可以隐藏起来的手枪是一件正确的事情？你是否也相信了她的论断？为什么？

3. 文中什么地方作者似乎面临最大的危险？请解释自己的答案。

4. 文中哪些段落引人入胜，将文章推向高潮并最终形成令人愉快的结尾？是什么技巧让本文趣味横生？

5. 引用阿克顿勋爵的名言有什么目的？这一名言常用于什么语境？为什么该名言也符合本文的语境？

● 问题讨论

1. 你如何阐释作者对柯尔特公司的老广告词"上帝创造了男人和女人，但萨姆·柯尔特创造了男人和女人的平等"所做的修改？你如何考虑"拿着枪使女人与男士平等"这一思想？想到持枪可能是女人能获得与男人平等的唯一方法，作者表达了伤心，为什么？

2. 你觉得作者是偏执狂或者总是自寻危险吗？在农场居住时，她是否自己给自己带来了不安全？如果有，她可以采取什么措施以保护自己？

3. 女士不得不处于可能沦为犯罪行为受害者的环境时，一般可以采取什么样的方法保护自我？

4. 你遇到过最危险的事情是什么？如果你是受害者，你会如何处置危险？

5. 你对枪支控制有何看法？使用逻辑和强有力的证据支持自己的观点？

● 写作建议

1. 写一篇文章，提出强奸案的有效解决方式。

2. 针对海瑟斯托姆的文章提出相反观点，写一篇文章，标题为"持有枪支的危险"。

泥瓦匠的儿子

阿尔佛雷德·卢布拉诺（Alfred Lubrano）

修辞图解

目的： 指出并探讨一个小伙子和他的父亲是如何受到身份差异的影响

受众： 受教育的读者

语言： 有新闻语言特征的标准英语

策略： 如实描述儿子与父亲如何因为各自从事的工作而产生隔阂

阿尔佛雷德·卢布拉诺，《费城询问报》记者。他曾为很多杂志供稿，如《绅士季刊》，也经常受公共电台邀请担任评论员。作品《边缘：蓝领根，白领梦》（*Limbo : Blue-Collar Roots, White-Collar Dreams*，2003）分析了备受忽视、很少被人理解的文化问题——在蓝领家庭长大，后来从事白领工作的人的内心矛盾。

想象蓝领父亲和白领儿子之间可能存在的鸿沟。两者之间不仅工作和收入差别巨大，他们所享有的尊重和周围世界对他们行为的期待也存在微妙的差别。卢布拉诺谈论了很多人不愿讨论的美国社会的阶层问题。

1 20世纪70年代中期，我和父亲同在一所大学里。我在哥伦比亚大学奋力研读神秘的书刊，他在同一条街上不远处的脚手架上砌砖，为校园的一处建筑工地干活。

2 有时我两一起坐地铁回家，他提着工具，我拿着书本。我俩不怎么聊白天的事。

我父亲对但丁没有兴趣，我也不懂拱门什么的。我俩同看一份《纽约邮报》，谈论大都会棒球队的比赛情况。

3   我爸爸建造纽约市的许多他进不去的建筑：大学，公寓，办公大楼。他在建筑物的外面谋生。一旦高墙耸起，这建筑给他的感受就变了，他好像不再受到欢迎。不过他对此并不在意。挣点钱好让我进入一所高档的、用砖墙围起来的大学就读让父亲心满意足，就像他自己进去了一样。

4   当时我俩并未意识到这一点，但那就是我们之间开始拉开距离的日子，是开始在家庭内部重新界定劳动者的意义的日子。我们父子血脉相连，却分属不同的阶层。一个蓝领工人的白领儿子就像是连接两种不同生活方式之间的大门上的铰链。

5   仅在一代人的时间里，从旧的意大利生活方式一跃而成为美国的雅皮士并非易事。虽说美国有社会阶层流动的神话，专家们却指出，真实的情况是，穷者穷，富者富。或许有 10% 的人从工人阶级爬到专业技术阶层。我父亲好不容易才接受了我当一名普通报纸记者的决定，因为这个行当的收入只略高于建筑行业。他不明白，我为什么不利用他砌砖赚钱付学费让我获得的大学教育找一份诸如律师那种收入丰厚的工作。我父亲砌了 30 年的墙，他发誓不让我靠砌墙谋生。他以为我受过教育就能一步登天，加入向上流社会流动的行列，赚上大把的钞票，把衣兜装得鼓鼓囊囊。可他没有想到的是，他的大儿子打破了蓝领规则的第一条：赚尽可能多的钱，过尽可能好的生活。

6   我 19 岁时他就跟我这么说了，那时我的衣领已经开始褪色变白。我是大学生，周六在家里帮忙时递给他的扳手总是不对。站在拆开的洗碗机前，我不会修理，也不愿动手，我心灵手巧的蓝领父亲告诫道："你最好赚好多好多钱，将来你连墙上钉个钉子也要雇人帮忙。"

7   1980 年，我念完本科和硕士后，俄亥俄州哥伦比亚市的一份日报给了我第一份工作，如今那份报纸已经停办了。我在厨房里说了这事，因为家里的事都是在厨房里谈论的。我母亲哭了，好像我是去越南打仗似的。我父亲问了几个问题："俄亥俄？俄亥俄到底在他妈哪儿？"

8   我说在纽约市的西边的某个地方，就像宾夕法尼亚一样，只是更远一点。我告诉父亲自己喜欢写作，而那家报社是唯一愿意接受我的单位。

9   "为什么你就不能找个收入高一点的好工作呢，比如在纽约做广告，边工作边写作？"

10   "广告全是谎言，我要报道事实。"我油腔滑调地回答，摆出自鸣得意、道貌岸然的大学生的姿态。

11   "事实？"老头子气炸了，脸涨得通红，好似顶着狂风站在 20 层楼高的地方。"什么是事实？"我说就是真实的生活，报道真实的生活会使我幸福。"你跟家人一起就是幸福，"我父亲说着，无意中又道出了蓝领规则的第二条，"那才是让你幸福的东西。除了这，一切都归结为美元、美分。除了你的家还有什么能给你安慰？钱，只有钱。"

12　临行前的两个星期里，他提醒我说，报纸新闻是个行将消亡的行当，我完全可以有个更好的前程。接着他又使劲儿夸广告，虽然我们俩对那个行业都一无所知，只知道那样可以留在曼哈顿那个满是浮华的地方，那个用金钱打扮得漂漂亮亮的小岛。我解释不清，只能满心疑惑，灰溜溜地打包离开。我不再是那个用功听话的孩子，不是那个虎头虎脑、摆弄工具的小可爱。我让大家大失所望。

13　可是，一天晚上，我父亲带回家一些粗胶带和透明塑料泡沫材料，就是人家用来装母亲那些备用餐具的那种。"看来你做不了这事。"父亲对我说。接着他封好箱子并帮我把箱子拿到联邦快运公司。"这是他要做的事，"坐在父亲开了 11 年的灰色凯迪拉克里动身去哥伦比亚那天，父亲对母亲说，"你有什么办法呢？"我道别后，父亲把我拉到一边，往我手里塞了 5 张 100 元的票子。我稍微推让了一下，不过父亲说："拿着吧，别告诉你妈就是了。"

14　当我跟他们说了报社给我多少薪水时，父亲建议我找份兼职以弥补工资的不足。"也许你可以开出租车。"有一次，为了件小事我被当地新闻编辑责骂。我错不该回家时把这事跟父亲讲了。"他们不付你工钱，还把你差来差去，欺人太甚了，"他说着说着，火气就上来了，"下一次，你要卡着那家伙的脖子，告诉他，他是个大混蛋。"

15　"爸爸，我不能这样对老板说啊！"

16　"就这样说。那样你才能有结果。别太软弱。"几年前，一个家伙看不上我父亲和他的工友砌的挡土墙。他们把墙拆了，重新砌，可那家伙还是不依不饶。父亲的工友一把把那家伙推到新砌的墙上。"给钱。"爸爸说。后来他和工友拿上工钱走人。蓝领工人没有耐心忍受办公室的那一套和公司里的忍气吞声。给了钱，我就走人，就这么简单。最后，我换了一份工作，到克利夫兰一家爸爸听说过的报社工作。我认为他把那件事看作我的进步，因为很长一段时间他不再提广告的事情。

17　父亲在我这么大时，已经有了工作，娶了老婆，生了两个儿子，还在离他出生地不远的布鲁克林有了一栋房子。他平凡的、以家庭为中心的生活跟他移民至美国的父亲的生活轨迹极为相似。而我呢，就在克利夫兰郊区一栋像宿舍楼那样的出租公寓大楼里租了一个房地产业人士所说的年轻人的单室套。没有结婚，无牵无挂，依然过着无忧无虑的学生生活。每周租几部电影录像带，到了周六晚上会请单身女人到餐馆里吃上一顿。父亲问我约会的情况，但听到"女人"这个词时他大发雷霆。"是女孩"，他纠正道，"外出要带女孩，不是女人，那样说听起来像跟老太太约会。"

18　我常常认为蓝领工作是更为真实的生活，更接近原始的男子气概。只考虑基本的"吃、住、爱和传宗接代"，父亲确实为我们提供了一切，也保护了整个家庭。他这一代人更接近传统——距离我们赖以生存的篝火更近的一个更为温暖的处所。距离火源稍远的地方热量是否会消散，光亮是否会减弱？我为自己的事业而活着，经常感到失落和无奈，没有父亲成长过程中所伴随的蓝领规则。没有生育高峰的职业规划师为我指引道路，我一直自导自演自己的舞步，小心翼翼地穿梭在伟大的中产阶级身旁，在打着石蜡、油光闪亮的舞台上一起舞蹈，但舞池对我而言是那么新奇，而我的舞步也与众不同。

19　我相信父亲也不容易，因为我不大了解泥瓦匠的工作，只知道很辛苦，一天下来非常疲累。我感觉父亲就好似一位黎明即起的教父，兢兢业业，全身心投入神圣的仪式。每天清晨 5 点钟，父亲就像履行宗教责任那样准时起床。我的弟弟，在华尔街工作，懂得如何挣大钱。他常说，听到父亲的唠叨时，他感到安全，觉得那就像流行音乐一样可以让我们的每一天变得舒缓。父亲 55 岁了，总是幻想自己像 30 年前那样强壮，他轻轻穿上他那身可以机洗的卡其色棉质工作服，以便不吵醒睡梦中的母亲。他走进厨房，打开收音机，了解当天气温。当泥瓦匠需要随时了解天气情况。因为我是父亲的儿子，我也随时可以背出 5 天之内的天气预报。

20　父亲对自己的生活并不满意。年轻时，他想当歌唱家和演员，可他的意大利家庭等着钱用，屋里需要燃料以保证壁炉的火苗不熄。他当时的梦想也就太过轻佻。梦想毕竟不是省油的灯。爸爸就像家人期望的那样，学了一门手艺，过上了预先设计好的生活。他说他找不到自己曾经做的黑白相间的宣传板了。

21　我虽然不常见到爸爸，但我弟弟住在家里，天天和老爸在一起。克里斯虽然身为管理人员，却比我更像蓝领。有一段时间，他想当一名建筑工人，可父母还是让他去了哥伦比亚。他不时地会装上一袋午餐，穿着考究的毛料西装，在建筑工地上与父亲相会，跟他一起吃鸡蛋三明治和粗粮面包。

22　几个月前，父亲想改变一下自己的生活，是克里斯给了父亲最大的帮助。父亲想当行政部门砌砖工人的领班，这活儿对体力的要求不是太高。想做这份工作，要参加笔试，回答有关建筑工作的一些问题。父亲有 40 年没做过这样的事情了。为什么他们非要砌墙工写文章，我真弄不明白，可父亲还是想方设法学习了写作。每天太阳还没升起，睡眼惺忪的克里斯便开始熨烫衬衣，父亲则坐在厨房餐桌旁，大声朗读他练习写的怎么洗刷墙壁、怎么砌一个难砌的墙角的答案。克里斯则提出建议，用什么词，如何回答。

23　这真是难为了老父亲。一连 6 个星期，他下班后每周 3 个晚上得去一所初中上应试培训班。上课的时候，这些常年在外干活的人走进教室，25 个建筑工人，一个个挤坐在小小的桌椅里。干重活的蓝领工人握着 2 号铅笔，趴在桌子上费力地书写自己的习作，头发里沾着水泥，裤子上黏着沥青，工作靴又笨又重，小桌子下面都放不下。

24　我打长途电话问他学习情况时，父亲问我，"期末考试是不是都这样？""你以前也一直这么紧张吗？"我跟他说是的。我跟他说写文章向来不容易。他感谢我和克里斯辅导他，帮助他完成了学业。父亲觉得自己考得不错，不过他还在等待最终的考试成绩。与此同时，他继续他那一砖一瓦的蓝领生活。

25　如今，我俩见面时，父亲仍问我能挣多少钱。有时他会读我写的报道，一般情况下他还是喜欢我的作品的，不过最近他批评说我的一篇报道有点儿过度煽情。"太矫情了。"他说。有些心理学家说父子间白领和蓝领的鸿沟会让彼此相互疏远，不过我更赞同位于华盛顿人力中心主任、临床心理学家阿尔·白瑞福博士的观点。白瑞福认为："相互关系的核心是建立在情感和遗传特征的基础之上的，阶层（差别）只是附加条件。如果子女从小与父亲的关系健康，相互之间的尊重便会持续。"

26　医生解释得不错，但我觉得自己已经知道那个结果。不管父亲和我之间有什么隔阂，不管什么让我们有话可说，彼此亲近，但绝对与工作和经济阶层无关。

27　不久前我回布鲁克林，和父亲开车去买清洁用品。这是父亲每星期要干的事情。"我说，你是可以干得好一些的，"他又开始了，还是蓝领风格，直来直去，"你读书时挺卖力的。理应出入好一点的饭店，穿好一点的衣裳。"又来了，我心想，又是老一套。我敢肯定每家都有那么五六个类似的经常争论的大问题，就像反复回放多遍的老掉牙的录像带。我们在一个红灯前停下时，我心想赶快把这事快进一下吧。

28　就在那时，父亲转身看着我，满脸严肃认真。他膝盖酸疼，脊背上的肌肉每隔一会儿就会颤动一下，从他的眼睛里能看出来。那是周末，一周来，父亲又是整天把50磅重的砖块搬来搬去。"我羡慕你，"他轻声道，"一个人能做自己喜欢做的事，还能挣钱——真是好极了。"他对着我微笑，绿灯亮了，我们继续往前开。为了感谢他的理解，我冲上前去，买了除臭剂和香波，这一次父亲总算让我付了钱。

*译文参考《全新版大学英语综合教程3》（教师手册），李荫华编著，上海外语教育出版社（2014），译者不详，有改动。

● 内容分析

1. 作者对父亲所完成的工作有什么不公平的讽刺？

2. 父亲关于工作的两个原则是什么？作者在什么方面破坏了这两条规则？你觉得作者是否选择了正确的道路？解释自己的答案。

3. 听到自己当新闻记者的儿子被他所在城市的编辑"严厉责骂"时，父亲做出什么反应？在你看来，父亲的反应是否合适？为什么？

4. 你如何评价砌砖这个行当？他的儿子钦佩父亲蓝领生活的哪些方面？如果你觉得他对父亲蓝领生活的钦佩是有道理的，请解释原因。

5. 在文章末尾，父亲和儿子的关系如何？你如何预测自己的未来？设置一些可能的情景。

● 方法分析

1. 本文主要基于因果分析这一修辞策略。文中分析了什么原因和结果？作为读者，你从故事中学到了什么？

2. 父亲和儿子的一个明显的区别就是语言不同。你如何阐释这一区别？这样的区别在何种程度上难以避免？

3. 在回忆父亲时，作者求助于诗学意象，比如第 19 段中，作者将父亲描述为"好似一位黎明即起的教父，兢兢业业，全身心投入神圣的仪式"。这样的意象与砌砖工的实际生活形成什么样的对比？这一形象与现实如何得以相互调和？

4. 本文如何阐释一个行当和一个职业的不同？在你看来，哪一个更值得尊重？解释自己的答案。

5. 最后一段的效果如何？解释自己对该段落的反应。

● 问题讨论

1. 本文的主题是什么？用一句话陈述该主题。

2. 美国社会阶层移动性是一个神话，但真正的规则是"穷者穷，富者富"，这一观点常常被引用，你对这一引用有何看法？援引自己家庭背景或者从历史上找出否定这一神话的例子。

3. 作者在第 13 段描述了怎样的情感？他的情感看起来是真实的，还是只是做个样子？这样的情感是否是离家去上大学的学生所常有的？

4. 作者认为，老式的意大利家庭在多大程度上造成了父亲和儿子对彼此价值观的互不理解？一个关于中国家庭的故事是否会有相同的主题？换句话说，文化因素是否会影响父亲和儿子的关系？解释自己的答案。

5. 儿子立志要上大学，而父亲却认为是浪费时间。对这样一个孩子，你有什么建议？儿子如何能实现自己取得大学学位的梦想而不用待在父亲身边？试着给出具体建议。

● 写作建议

1. 写一篇文章，分析一些大学生与父母生活方式的不同而产生的可怕后果。考虑衣着、娱乐、音乐、发型和约会方式等方面，也考虑宗教和政治信仰差异的影响。

2. 讲讲你从父亲身上学到的重要的东西。就像卢布拉诺那样，使用形象的细节丰富自己的故事。

批判性思维与辩论图库：
妇女的地位

在美国，妇女比以前生活得更好。基于数据和自己的经历，我们可以清晰地得出上述结论。在 1900 年，妇女不能参加选举，不得拥有财产，能否获得法律地位取决于是否已为人妻。直到 1920 年，妇女才争取到选举权，现在参选的妇女比男性更多。在《今日美国》最近的民意调查中，81% 的抽样调查的女性预测在今后 25 年内将会有女性当选美国总统。

今天，妇女跟男人一样承担各种各样的工作。有些女士担任参议员、总裁、电视节目主持人、股票经纪人和大学校长。有些女性出去挣大钱，而丈夫则在家里带孩子。2008 年希拉里·克林顿证明，女性也可以拥有 8000 万选民的支持，竞选美国总统。就在几十年前，在大众眼中，妇女还是应该待在家里，她的工作就是照顾丈夫和家庭。而今天这样的成就在当时简直不可思议。

尽管取得了这些成就，在工作单位和整个社会中争取男女平等的战争还在继续。一个经常争论的焦点就是男女同工不同酬的问题。2005 年美国人口普查依然显示，在各个种族群体中男性和女性的收入差距很大，女性平均工资为 2.8 万美元，而男性的平均收入是 4 万美元。2000 年人口普查显示，1999 年男性收入统计中位数为 35922 美元，而女性收入统计中位数为 26292 美元。2010 年，FTYR 工人收入统计中位数为男性 42800 美元，女性 34700 美元。这一不均现象自从有记录以来一直存在。

任何对历史有点儿了解的美国人都必须承认妇女地位方面所取得的重要进步主要归功于女权主义运动。而现今，女权主义却已经失去了对下一代女性的吸引力，这确实很是矛盾。今天，女儿享有昨天斗士们赢得的权益，却将女性主义视为母亲那一辈的运动，并非她们的运动。极具讽刺意味的是，这种态度却是女权主义的胜利，因为女权主义的中心目标一直都是让个人有权按照他或她的感觉做事、说话和思考。

然而，女性地位的改变是有代价的。现在，妇女面临一个不再将其视为易受伤害、需要保护的群体的世界。如果泰坦尼克号的灾难发生在我们这个时代，甲板上能听到的喊声，就不再是当初登上那艘巨轮的男士们极具骑士风度的"先照顾女士和孩子！"，更可能出现的情况则是，"所有人要自己管好自己！"对于一些保守的妇女，这一代价就太大了。对其他的女性，这是一笔合算的买卖。第 336 页中的漫画就以略带幽默的方式处理了授权女性担任神职的问题。

我们图库部分的第一页呈现了一张黑白照片，照片中四位美国女性提出了不断鼓励女性参与竞争，并在先前只青睐男性的领导岗位上不断进取的思想和态度。第二页呈现了四位穆斯林妇女，她们从头到脚罩着长袍，正在行使自己那具有讽刺意味的选举权。最后一页中揭示了很多成功的职业女性所面临的诸多问题中的一个问题——上班时间孩子怎么办？

本章的学生习作提出女性必须学会珍惜自己，不要沦为某些对妇女形象鼠目寸光的骗子强加给妇女的那种长发无脑的刻板印象的奴隶。

"切题练习"部分将深入讨论这一议题。

研读下列涉及妇女地位的图片，选择最吸引你的某一幅图片，回答相关问题并完成写作作业。

"我看对女性授神职会让这地方变得更明亮一些。"

苏珊·安东尼
（Susan B. Anthony，1820—1906）

哈里特·塔布曼
（Harriet Tubman，1820—1913）

埃莉诺·罗斯福
（Eleanor Roosevelt，1884—1962）

罗莎·帕克斯
（Rosa Parks，1913—2005）

图片分析

1. 苏珊·安东尼是妇女选举权运动的领袖。选举权如何影响了美国女性的地位？

2. 哈里特·塔布曼是一位逃跑的奴隶，在美国南北战争期间，她领导 300 多名奴隶获得自由。废奴运动在多大程度上帮助了公民权利事业？

3. 美国总统富兰克林·德拉诺·罗斯福的妻子埃莉诺·罗斯福是一位社会活动家。在政府执政期间，第一夫人是应该身居后室还是"作为第一夫人"追求自己喜欢的事业？

4. 1955 年，罗莎·帕克斯拒绝按照阿拉巴马州法律要求在公交车上把座位让给一位白人男子，从而激发了黑人民权运动。这一举动需要多大的勇气？从最终成就来看，当时的反抗是否有价值？

写作练习

基于必要的研究调查，写一篇文章，描述一些女性领袖通过其身体力行使管理岗位向其他女性敞开了大门。遵循第三章的指导原则，援引外部资料丰富自己的文章。

图片分析

1. 看到这些妇女从头到脚罩着长袍参加选举，你有何反应？

2. 她们可能生活在哪个国家？为什么穿着长袍？通过阅读相关资料了解为什么某些文化要求妇女穿这样的衣装。

3. 想象这些妇女衣装之下有什么样的面部表情。是喜悦还是悲伤？坚定还是羞愧？胜利还是失落？

4. 对于一个强迫你即便在炎热的天气也要穿着这种长袍的政府你会作何反应？如果你发现这些妇女穿着长袍是因为她们的宗教信仰，而非被政府或宗教机构所逼迫，你的态度会改变吗？

写作练习

给照片中任意一位女性写一封信，告诉她，当得知她还得隐藏女性身份以避免男人对她不敬时，你有什么感受？

图片分析

1. 你认为在什么情况下，一位女性可以带着孩子上班？应该在多长时间内允许女性这样做？什么情况下女性应该找其他人看管孩子？

2. 如果图中是一位父亲带着孩子上班，你会作何反应？一张父亲带着孩子的照片是否或多或少比女性带着孩子上班的照片更为合适？解释自己的答案。

3. 这位妇女的外表让你对她有何了解？你觉得她是做什么工作的？

4. 必须工作的女性可以做什么其他规划，以确保孩子有人照看？

写作练习

写一篇文章，谈谈最近到处可以看到一些广告，宣传说可以在家中通过电脑远程上班。是否应该多为希望在家陪孩子的女性提供这样的工作机会？看看儿童心理学家对这一话题有何看法，引用他们的观点充实自己的文章。引用格式请参考第三章所讲述的方法。

还写不好文章的开头？
请参看第 394 页"编辑室"。

标点工作坊：感叹号

感叹号（！）

1. 表达强烈感情，如喜悦、惊讶、怀疑和气愤的词语或表达后使用感叹号：

Hooray! You beat the last record!

（太棒啦！你破纪录了！）

Amazing! The snake is still alive.

（太不可思议了！蛇还活着。）

How dark the sky has suddenly become!

（天色好暗啊！）

Get out of my sight, you monster!（滚开，丑八怪！）

"Stop that yelling immediately!" he shouted.

（"不要总打哈欠啦！"他大声喊着。）

当引用部分有感叹号时，直接引用后面的逗号或者句号通常省略。

2. 不要太多使用感叹号。过度使用感叹号会削弱其效果。通常，微弱的感叹句后一个逗号足够，微弱的感叹或命令后一个句号足够。

Oh, now I see the difference in their attitude.

（哇，现在我看出他们态度不同了。）

How desperately he tried to please his mother.

（他真是想尽办法讨好母亲啊。）

Please sit down and buckle your seat belt.

（请坐好并系紧安全带。）

"女性"是一个名词

保拉·雷瓦

东田纳西州立大学

在当地操场上，有人鼓起勇气，大喊一声："你是男孩还是女孩？"一群孩子咧着嘴，等着我的回答。他们觉得已经看出来了。"我是一个女孩。"我脸上挤出一丝善意的微笑。我想着自己在他们心中的形象……一头短发，厚实的黑框眼镜，鼓鼓囊囊的背包。一身标准的牛仔裤和素色T恤衫，我不是他们心中那个芭比般的大学女生。从他们身边走过，我是一个惹人好奇、怪里怪气的人——一个怪物。

在一家饭店，吧台里一个年长一些的男子问我："你是个啥？男的还是女的？"我没听懂，如果他觉得我是个男的，他会这样问吗？就在他上下打量我时，我脱口回答："我是女的。"离开时，我感觉他还盯着我看。

看着镜子，我问自己："我是谁？"我知道答案，我是一个女人。

无论现今社会中妇女取得何种进步，我们还是受到文化预期的限制。如果我们选择追求一个职业，我们就成了职业女性。如果我们有了家庭或一份工作，我们就成了职场妈妈。我们是女性银行家、女律师、女管道修理工。

今天，似乎"女性"一词被用作形容词。按照乐观的定义，"女性"指看着有女性特征，即便身着套装。一个女性生活在男性的世界，但依然保留着女性特征。就理想而言，她是某个人的妻子。她永远不是一个"人"。

按照负面的定义，"女性"意味着骨子里专横跋扈，过分热心，或者感情用事（"女律师"这个词现在意义更为丰富，不是吗？）。

"女性"这个形容词即便没有蕴含所有这些特征，但至少蕴含其中很多特征。那么，不符合这些特征的女士应该去哪里呢？她没有了女性的特征。她的性取向常常遭到质疑。也许人们会说她想变成男人。社会强迫她成为形容词性的"女性"。

职场女性的形象就是身着1950年代家庭主妇衣装的现代翻版。女性的穿衣规范规定了什么样的穿戴才适合。女性如果化妆则可以留短发。如果她不化妆，她就应该天生有张漂亮的脸蛋，或者穿戴女性的服装。如今，我们也许可以进入职场，但我们的身份地位并没有太多改变。我们的制服宣称我们彼此平等，但我们的裙装暗示了衣服之下我们还是女性。

形象规范不仅出现在美国公司当中，在整个社会也是如此。外表改变了，但人们还是希望我们遵守规范。今天，女士可以穿男士穿戴的任何衣服。事实上，很多时装店里只卖男人和女人都可以穿的衣服。然而，人们的期待仍然没有改变：穿上这样的衣服，女人必须还得有"女人"的味道。

我们的文化必须将"女性"一词变为名词，承认不管她们如何穿戴，做什么事情，她们依然是女人。如果她们是会计，就称她们为会计，没必要称之为"女会计"，而且这样的头衔有负面的隐含意义。如果一个女人留着短发，比起裙子更喜欢穿制服，不要觉得她是想变成男人，而是要考虑她觉得不按社会的期待穿衣打扮让她更加自在。

女人必须学会珍惜自我，而不是沦为女性特质的奴隶。很多女性喜欢穿裙子，对于她们这种自我表达的方式应该赞美。但裙装并非强制性的，长发、五颜六色的指甲和丰胸内衣也不是标配。真正的女人是内在的，而非其外在的形象。

我曾不止一次问自己，我到底是男性还是女性。孩子们问我，是出于好奇；男人质问，是有意嘲笑。我毫不犹豫地给出答案，因为我知道"女性"是一个名词。也许我头发很短，也许我只是偶尔化妆，但我为自己身为女性而骄傲，因为我就是我，我因此而自豪。

我的写作心得

坐定写作时，决定我能否写出东西的最为重要的因素是自己是否舒服自在。我的文章都是在电脑上完成，但我不会直接坐在电脑屏幕前，双脚踩在地上，或者诸如此类的动作。看到我窝在沙发里，键盘放在膝盖上，插板穿过客厅连在电脑上，也许我的高中打字课老师会大吃一惊。需要集中注意力时，我从来不会放音乐。以前我经常听自己最喜欢的音乐家的曲子以激发灵感，但那样我容易受到音乐的影响。这样一来，我写作的味道就会被音乐情感所左右。

我的作品全在电脑上完成，因为修改时会更加容易。我习惯边写边改，然后再多次修改，直至文章成型。我觉得这样做可以帮助我清晰表达，不偏离文章的中心。在我看来，一稿、二稿、三稿这样修改太过痛苦，原因是我得等到第二次"定稿"时才能把我不喜欢的东西改掉。为了提高写作效率，我必须允许自己随时改动文章。当然，写作时，我确实保存了不同的版本供自己参考，或者以备我又想改回先前的版本。我也会多次打印文章以便记录必要的改动。

我的写作小妙招

总之，不要一开始写作就茫然无措。我也会文思枯竭，但我还是努力继续写下去：写出自己头脑中闪现的任何想法。不用担心是否位置恰当。

有时在光标出现之前，我会想到三四个好句子，就等着看放在哪里合适。

一个小技巧就是继续写下去，最终你一定会产生想法，想到一个句子或者几个词汇，而它们正好就是你想说的，而其他的东西随后也会自然而然地接连出现。

祝君好运！

 切题练习

就本话题做相关研究和调查后写一篇推文，阐释美国宪法第十九条修正案（1919 年 7 月 4 日国会通过）给予妇女何种权利。你的推文应该表明自己对迄今为止取得的进步所持的满意或不满意的观点。

■ **本章写作练习**

1. 就下列某个具体条件写一篇因果分析的文章：

a. 当今学生不好的写作习惯

b. 缺少对博物馆、电影院或者其他艺术形式的公共资金支持

c. 最近即食饭菜越来越多

d. 监狱需要改革

e. 摇滚乐的全球流行

f. 儿童色情作品的增长

g. 在大多数大城市，快速运输系统并不完善

h. 保护海滩的必要性

i. 购买一次性商品的趋势

2. 写一篇文章，分析自己熟悉的某个关系破裂的实例的背后原因。

■ 进阶写作练习

　　1. 给自己曾经的某位老师写一封信（但不用寄出），分析你为什么喜欢或讨厌上他或她的课。

　　2. 给自己的一群朋友写一封电子邮件，提议组建一个阅读俱乐部，以鼓励大家阅读更多有益的书籍。信中请仔细分析阅读俱乐部的预期功能。

 专家支招

剔除副词和形容词

　　很多副词和形容词其实无须使用。如果你选择一个本身具有特定意义的动词或者名词，然后又添加了一个具有同样意义的副词或形容词，你的句子就会繁冗，令人生厌。不要告诉我们收音机"很吵地刺耳"或者"紧紧地咬紧牙关"，因为"刺耳"本身就是很吵，而"咬紧牙关"不用再加"紧紧地"。很多作者总是下意识地把形容词种到了散文的土壤里，以保证辞藻华丽。可是一旦加入"参天的榆树"，"粗壮的枝杈""活蹦乱跳的猫咪"和"昏昏欲睡的珊瑚礁"，句子就会越来越长。这就是习惯性形容词滥用，这一习惯应该戒除。

——威廉·津瑟

　　遵照津瑟的建议，你的文字会更加简练，这可是写作的另一亮点。

第十六章
论证与说理

■ 论证与说理指南

论证与说理的作用

论证与说理是两种犹如双胞胎兄弟似的修辞手段。二者的不同在于：论证的吸引力在于严格的推理和逻辑；说理则是靠逻辑和情感共同吸引读者。如果你呼吁加大对糖尿病研究的资助，而你所谈论的重点在于数字，那就是在论证。如果你为数字补充了被病痛折磨的糖尿病患者所说的证言，你就是在说理。论证出现的平台决定了你采取哪种修辞。心理学课程的正式论文应采取论证的言辞。学生自办报纸上的文章，根据话题不同，应逻辑严谨，令人信服。

与其他写作模式不同，论证是修辞意图的术语，而非关于形式的术语。它指任何旨在动摇或者说服读者或听众的文章或演讲。为了实现这一目的，作者往往使用多种技巧和方法，因此论证文章常常综合使用多种修辞形式。也就是说，你可能会发现，在论证过程中作者会综合使用下定义、描述、讲述，甚至类别划分。文章的语气可以是乔纳森·斯威夫特的文章《一个温和的建议》中犀利的讽刺，也可以是格里·加里巴尔迪的文章《怀孕的陷阱》中的实事求是的口吻；主题可以涵盖人们讨论的话题可能衍射的任何话题。

何时使用论证和说理？

有些人认为所有写作都是要说服别人。他们的理由是即便你在描写一个场景，你的真正目的却是努力说服读者通过你的眼睛进行观察。对两个朋友进行比较时，你希望让读者觉得你对他们的观察是真切的。在其他类型的写作中确实会使用一些说理技巧，但我们努力让别人接受自己的观点时才正式使用论证和说理的写作技巧。这可能发生在一场辩论中，或一篇要求你支持一方而非另一方的文章中。

如何使用论证和说理？

议论文中什么元素最易于动摇我们，让我们改变思想，接受作者的论证？研究给我们提供了一些线索。首先，我们会查验作者对某话题所持观点的资质。如果我们认为作者有能力、有资格就某一话题写作，比如一位医生对某个医学话题进行写作，我们更易于相信作者提出的观点。如果你有资格就某个话题进行写作，那么提及自己的资格则会有所帮助。不必大肆吹嘘自己的资质，你可以含蓄地表达。例如，在关于青少年怀孕的文章中，作者加里巴尔迪告诉我们他是一所城市中学的英语老师，而且他很熟悉青少年怀孕这个问题——透露这样的信息让我们更易于接受他对于那些人的观点。如果你自己并非专家，援引专家的观点势必可以提升自己观点的分量。

另一个容易让我们相信一篇议论文的因素是文章推理的质量。如果作者逻辑清晰，事实和支撑细节合理而有力，让我们眼前一亮，我们就容易动摇，从而接受文章的结论。醒目地呈现事实，同时保证自己论证的各个方面相互紧密联系，可以避免你的结论被别人轻易推翻。

最后，论点符合我们的个人利益时，也会更有说服力。我们更易于相信偏向于个人利益的某个论证。这个深刻的道理也解释了为什么提出论点的人会连哄带骗地把自己和自己的观点描绘成与读者的利益绝对吻合，即便有时未免过于牵强。例如，乔纳森·斯威夫特极富讽刺意味的建议背后的吸引力，就是斯威夫特知道统一的爱尔兰比遭受英国压榨的爱尔兰更能让爱尔兰公民生活幸福。

论证逻辑不清，其效果很可能也不够理想。论证中证据不足，论点就易于引发质疑。若所谈论问题较为实际，则逻辑推理和有力的证据这两大要素同时满足，才能确保论证的效果。

除此之外，为了增强论证的说服力，作者们还会采用一些其他的策略。增强说服力不仅需要严谨的逻辑，还需要综合运用各种写作技巧——文字简洁，表述明晰，还要展示作者鲜明的个人风格。写一篇说理性的议论文，你应该试试以下技巧：

1. 以争论点作为论证的开头。这意味着你文章的第一段应直击行将讨论的问题。请思考下面亨利·福特的孙子所写的一篇议论文的开头部分：

> 我们这里只能容纳一种语言，那就是英语，因为我们想要看到这个大熔炉把我们变成美国人，而非公寓楼里混居的南腔北调的房客。
>
> ——西奥多·罗斯福

> 今天的洛杉矶聚拢了全世界最有抱负的人们，在那里的商店橱窗上所贴的标识应该是："请讲英文！"然而，超市里的价签上常常写着朝鲜语，饭店的菜单是汉语的，职业介绍所的标识上写的又是西班牙语。在这个新的梦想之城，金钱是挣的而不是在路边捡的。在这个城市，有些工人和买卖人已经在美国生活了五年，十年，二十年，却不会讲英语。英语并不是这些新入籍的美国人的公约数；最令人不安的是，他们中有些人竟然坚持不讲英语。
>
> ——威廉·A.亨利三世，《拒绝南腔北调》

可以看到，这篇文章一开头引用了西奥多·罗斯福的说法，随后直击主题，以一段文字阐明了自己所要讨论的问题：拒绝学习英语的移民。他不浪费一分一秒在毫无意义的导入或者旁敲侧击上。

下面是学生习作的两个开头部分，文章反对海底钻探。其中，一篇文章开头部分漂移不定，影响效果；另一篇则直击主题。

缺乏焦点：我反对海底钻探。但在给出自己的解释之前，我想先回顾一下我国原油的各种来源……

焦点清晰：我反对海底钻探，因为这一项目打着获取能源的旗号破坏了我们数千平方英里的海洋，加剧了本已十分严重的全球污染……

在文章的开头句或者开头几个句子，你应该强调自己的态度和初步的推理分析。

2. 引用多种资源支撑论证。这一点显而易见。仅仅引用一本书或者某一位专家的观点，你的论证必然力度较弱。理想的情况是你所做研究的方向和力度引导你去搜寻各种不同的证据来源。不过，学生的论文常常是基于自己认真阅读某一本书或者某一位专家的观点，这一局限性影响了文章的水准，尤其是当你所引用的书或专家的观点是错误的。要想避免对某一种证据的过度依赖，就要找一个自己真正感兴趣的话题。

3. 用清晰的步骤调整论证的步调。切勿在论证中堆砌证据或无用的细节，否则会影响文章的效果。我们建议你想象读者对论说性文章或演讲的常见反应：

读者或听众	你的回应
嗯，哼	用刺激性的引入唤醒读者
为什么说这个？	以清晰、有力的语言阐释自己的论证
有什么例子呢？	提供证据和事实
那又怎样？	重述主题，阐明希望读者做什么

对上述四种想象中的读者／听众的反应做出回应，保证自己的论证步骤清晰。

4. 论证之初先假设该论证要么有证据支持，要么存有争议。切勿试图争论无懈可击的事实，或去证明无法证明的问题。如今神秘主义和不切实际的幻想肆意流行，可讨论的范围总是不断扩大，然而老师总能在论证性文章中发现下面这些完全无法接受的论题：

地狱是一个让犯罪的人通过接受惩罚以赎回其在人间犯下的罪过的地方。

20 世纪 30 年代大萧条是由金星和火星之间破坏性对抗所致。

猫和所有猫科动物都是卑劣的、令人讨厌的野兽。

神探福尔摩斯的创造者阿瑟·柯南·道尔是所有时代中最伟大的侦探小说家。

以上四个命题均基于个人想法，因此无法以严谨的逻辑思路去证明。

5. 预知反对观点。例如，要论证某种争议性的抗癌药物应该合法化，你在搜集证明药物有效性的证据的同时，还要思考如何就反对该药物合法化的争论做出回应。或许你可以这样引入这些观点：

> 反对该药物合法化的人认为它将阻止患者使用其他经证明对癌症有治疗效果的疗法。不过，这样的说法与我们所探讨的问题无关。

随后，可以回归我们要分析的论题。

论证中一个常见的策略就是不仅要总结对方观点，还要指出该观点内在的矛盾之处。下面是一个使用该写作策略的实例，其观点是支持医学研究中使用动物：

> 动物权利运动的极端分子认为与人类相比，动物拥有同等权利或者更大的权利。基于这一观点，即便人类从动物研究中受益，动物所付出的代价也太过高昂。极具讽刺意味的是尽管他们持有这一道德立场，却容忍甚至支持明显侵犯动物基本的生存和繁殖权利的活动。每年有 100 万只狗被公共认领处、动物收容所和动物保护协会所伤害。很多这样的项目都由动物保护组织支持和运作。当然，那些公开宣称支持动物权利的人剥夺动物生存权利时都会遭到强烈的反对。相似的情况还存在于诸如宠物节育的项目，这些项目剥夺动物繁殖和繁衍后代的权利，而其赞助者在很多情况下却是反对活体解剖动物者或者动物权利保护组织。显然，动物权利保护者有时也承认动物并不与人类享有平等权利。然而，面对这些小事或者让他们以相同标准看待动物研究时，他们的公众姿态却迫使他们不能做出丝毫的让步。
>
> ——弗雷德里克·A.金，《研究中的动物：以动物实验为例》

道德逻辑要求我们按照自己宣扬的道德理念行事；如果可以证明说着容易做起来很难，那便找到了证据去证明其所持观点并非真心实意。

6. 为自己的说理和证据补充情绪感染。不过，这个策略必须谨慎使用。正如之前所说，是否使用取决于话题和讨论范围。情绪感染并不能取代说理性论证或者可靠的证据。不过，作为补充，应用得当，情绪感染可以使结果或条件富于戏剧化。这种行文感染力很强，而仅仅依靠证据和事实无法达到同样的效果。请看下例：一个讲话者正在说服听众为血友病患者捐献血液。作为血友病患者，他在演讲的前半部分以事实为基础解释了什么是血友病——援引血友病发病率数据并分析血友病的症状。随后，为了戏剧化该病症的可怕程度，他使用了情绪感染，讲述了自己与血友病抗争的痛苦经历：

> 回忆儿时和青少年时期，那时候医学还不够发达，新鲜血液供应不足，我除了痛苦就是悲伤。我依然记得，当时我一连好几个礼拜，甚至好几个月都无法上学；我也记得自己曾经为一连四周没有请假而感到自豪。我记得有三年时间我甚至无法走路，当时身体频繁出血，我的脚踝和膝盖已经严重变形，像饼干一样脆弱不堪，那三年时间真是太漫长了。我记得其他孩子骑自行车上学，而我只能坐着四轮马车去学校，到了学校还得有人把我推到桌子跟前。我记得休息时间，黑

暗空旷的教室里，我独自一人，而其他孩子都到外面太阳底下奔跑嬉戏。我还记得在偌大的中学校园里那可怕的第一天。那天，我挂着双拐，穿着特制的鞋子，脖子上挂了一大包书。

不过，我记忆最为清晰的还是那极度的疼痛。医学权威专家一致认为血友病关节出血是人类所知的最难以忍受的痛苦。

将大量的血液压缩在一个狭小的地方，其压力之大，根本无法用语言表述。当时那持续的，好似敲击、挤压的疼痛令我至今记忆犹新。整个人好像要被自己的汗水所淹没，牙咬得太紧，牙齿都疼得厉害，舌头悬在嘴里，眼前火星四溅，好似眼球后面有炸弹爆炸。黑暗和光亮交杂成灰突突的颜色；白天变成了黑夜，黑夜又变成了白天，但自己的时间已经僵滞，你所知道的只有剧烈的疼痛。疼痛的伤痕是很难轻易抚平的。

——拉尔夫·齐默尔曼,《融合的血液》

上文的情绪感染很动人，很奏效，有助于增强讲话人所提请求的说服力。

7. 避免常见逻辑错误。当你得出的结论是错误的或是具有欺骗性的，那就你犯了逻辑错误。通常一个论证似乎朝着正确的方向，但细加审视，它已经脱离论证路线，结果只能是混乱不堪。下面是我们需要避免的最为常见的逻辑错误：

人身攻击 这时，作者在攻击某个人而非分析需要考虑的论点。

实例：

> 参议员 ×××关于降低通胀的提议是荒谬的；不过，这并不奇怪，因为该参议员上大学时经济学课程都不及格。

诉诸人群 作者诉诸较大群体的情感、情绪或者偏见。

实例：

> 进入我国边界的非法移民带入了帮派、吸毒以及邪恶的思想或习惯，所有这些将最终毁掉我们的国家。

这一逻辑错误忽略了很多进入我国的非法移民所提供的有价值的技能和所提供的劳动。

错误类比 作者错将两种有某些共同点的情况进行对比，将二者看作在各个方面均相同。

实例：

> 既然我们已经将烟草合法化，我们也应该将大麻合法化，毕竟大麻不像香烟那样会导致肺癌。

作者忽视了两者的一个显著区别：大麻破坏人的知觉和判断力，而香烟不会。

回避问题 一个"回避问题实质"的论证是绕来绕去而非指向单一方向的论证。

实例：

> 我反对卖淫因为卖淫让女性出卖自己从而失去人性。

作者对卖淫的说法是错误的，原因是他将其说成是卖淫女的个人问题。

忽略问题　（也称为"转移话题"）这种逻辑错误往往是将讨论的焦点转换到与基本论证毫无关系的点。

实例：

> 我们一定不能再选议员XXX，因为他不支持在干旱时期补贴农民。另外，那位议员还想取缔所有市政大楼大厅里的圣诞托管所。我们难道不希望一个无神论者进入国会，成为我们的代表吗？

要注意，最初的论证是有关农业补贴的问题，而非宗教问题。

非此即彼推理　这种情况下，作者把一个事件看作非黑即白，没有介于二者之间的灰色地带。

实例：

> 如果学校管理层为了平衡学校预算取消了我们的音乐鉴赏和德语课程，我们很快就会变成一所技术类学校而非均衡发展的本科院校。

很多名校在面临暂时财政危机时不得不取消一些非必修课程。

轻率归纳　人们易于在没有足够采样调查某一情况之前草率地下结论。在写论证文章时，一定要保证证据充分且具有代表性。

实例：

> 胚胎干细胞研究为数百万糖尿病、帕金森病和脊髓损伤患者带来了希望。在下次选举时，千万别选那些反对胚胎干细胞研究的心胸狭窄的盲目相信宗教的人。

不当推论　基于不当推论的论证往往有错误的前提。

实例：

> 所有黑皮肤和带着头巾的女性都痛恨美国人，因此支持异教徒就是毁灭我们自己。我们的荣誉学生顾问米里亚姆·侯赛因皮肤黝黑，总是带着头巾，因此她很可能对美国不忠诚。

本例中，大前提（所有黑皮肤和带着头巾的女性都痛恨美国人，因此支持异教徒就是毁灭我们自己）是错误的，因此所推出的结论也不正确。

当作者没有使用确凿的证据支持论证，而是依赖经不起推敲的道听途说、没有逻辑的联系或未经严格检测的假设来迫使读者赞同其观点时，文章中必然存在上述各种逻辑错误。

议论文写作热身

1.针对下列每一个命题写出至少三个反对观点：

a.军队应该招女性

b.联合国应该有自己的军队

c.欧元现在应该通行于世界各国

d. 国会的每一次正式会议开始时都应该祈祷

e. 我没有拯救世界的责任

2. 就下列每一个方面，列出三个你认为可以写出一篇有说服力的议论文的话题：

a. 你个人生活中某个你希望改变的方面

b. 一个需要解决的社会或政治问题

c. 你希望看到有所改进的教育的某个方面

3. 列出一些你会用来支持下列引用的想法：

a. 植根于偏见的主张总是靠最强大的暴力来维持。

——弗朗西斯·杰弗里

b. 我们这个时代最悲剧的悖论在于独立国家没有意识到国际化的迫切性。

——美国首席大法官厄尔·沃伦

c. 最大的谎言莫过于被误解的真理。

——威廉·詹姆斯

d. 复杂技术方面的成就的推动力提供了线索，帮助我们理解为什么美国擅长发明航空航天设备而不善于解决贫民窟的问题。

——约翰·肯尼思·加尔布雷思

写作实例

为什么我们不抱怨？

小威廉·法兰克·巴克利（William F. Buckley, Jr.）

> **修辞图解**
>
> **目的：** 质疑面对令人气愤的、差劲的服务人们竟然无动于衷
>
> **受众：** 受教育的读者
>
> **语言：** 标准英语，略显傲慢的语气
>
> **策略：** 叙述中加入丰富的实例

小威廉·法兰克·巴克利（1925—2008），美国编辑、作家、电视节目主持人。出生在富裕的上层家庭，曾在英国、法国、纽约米尔布鲁克学校和耶鲁大学读书。25 岁时出版专著《上帝和耶鲁人》（*God and Man at Yale*，1950），对时局进行了激烈控诉。他的作品一举成名，而他的控诉后来也被视为"针砭时弊"。他创办的杂志《国家评论》反映了他对政治和社会所持的保守的观点；他主持电视政论节目《火线》，与当时的自由主义者进行辩论，该节目让他成为罗纳德·里根执政时期美国的符号。

巴克利不仅分析了为什么我们不是一个喜欢抱怨的国家，而且找到了要为自己努力，要更加自信的正面意义。巴克利的文章（1960 年）写在微博、推特和公开争辩的时代之前，因此，在今天看来，他所描述的美国似乎比我们眼中的美国更少表达抱怨。

1　　这是整列火车最后一节车厢中唯一的空位子，所以也不必再掉头去找了。问题是这里让人透不过气来。外面的气温在冰点以下，而火车车厢里的温度一定有 85 华氏度左右。我脱掉了大衣，几分钟之后又脱了夹克。我注意到车厢里望去星星点点的都是乘客们的白衬衫。不久我已经不自觉地开始松领带了，在火车哐啷哐啷地行进在韦彻斯特郡的时候，从车厢的一头到另一头，我们个个汗水淋漓，但没有人吭声。

2　　我看到乘务员出现在了车厢的最前头。"查票了，请大家出示车票。"我想，若是在一个更有男子气概的时代，乘客们准会揪住乘务员，把他按在暖气片上方的座位上，让他也尝尝乘客们所遭受的痛苦。他慢吞吞地沿着过道走来，验看着人们的车票，在通勤车票上打着孔。没有一个人跟他说一句话。他来到了我的座位边。我暗下决心，深吸一口气。"乘务员。"我用显然不满的语气开口说道。我的同座立刻从报纸间懒懒地抬起阴沉的双眼，向我投来憎恨的目光：有什么问题那么重要，值得我切切嘈嘈搅扰了他的昏沉呢？他的目光动摇了我，搞得我连谨慎周到地抱怨几句也做不到。于是，我只好嘟囔着问了下什么时候能到斯坦福德郡（我甚至忘了问是在可能脱水之前还是之后）。得到回答后，我一边抹着额头的汗水，一边重新看我的报纸。

3　　乘务员漠不关心地走过他身边这 80 个汗水直淌的自由的美国人。乘客们竟然没有一个要求他解释为什么那节车厢的乘客得经受如此的折磨。如果外面温度是 85 华氏度，而里面的空调又坏了的话，那没办法；显然若发生那样的事情，人们也只能听天由命，顶多骂一骂自己生不逢时罢了。但当外面的温度在冰点以下，肯定得有人特地把室内的温度调到 85 度啊。哪儿有个阀门开得太大了；哪个炉子烧得太旺了；或是哪个调温器没调好。总之，只要把暖气关掉，或者把外面的空气放进车厢里就可以立刻解决这一问题。这一切都是如此明白易见，而美国人对自己的遭遇却视而不见。

4　　天天坐火车往返的通勤族也许在我们眼中有些消极冷漠，毕竟一天两次要在路上忍受铁路部门那濒死的节奏，他们已经习惯暂停身上的感觉器官了。可现在不光乘车往返的人放弃纠正这不合理的烦心事，全美国的人们都这样啊。

5　几周前，在一家大电影院里，我扭头对妻子说："影片没对好焦。""别说话。"妻子答道。我遵命了，但几分钟后越来越失去耐心的我再次提出了这一观点。"马上就好了。"她善解人意地说道。（她宁愿把眼睛看坏也不愿在我很难得地发一次脾气时把脸扭过来。）我等着。影片确实没对准焦——偏得不算太离谱，可确实偏了。我两眼视力都没问题，我想电影院里大多数观众的视力也是如此，包括矫正后的。因此，妻子整整忍受了第一卷片子的折磨之后，我终于让她承认片子没对准焦，而且看着非常难受。我们随后平静下来，期待出现以下的可能性：（1）影院的某个管理人员很快就会注意到画面的模糊并做出改正；（2）坐在电影院后排的某个人会帮我们这些坐在前面的人抱怨一下；或者（3）整个电影院突然爆发出倒彩声和跺脚声，以唤起影院对影片画面那可恶的变形的足够注意。

6　可什么都没有发生。直到结束时电影都跟开始时一样没对准焦。当我们这一大群人走出电影院时，我们做着各种面目扭曲的表情以适应正常的焦距对我们眼睛的冲击。

7　我觉得说人人都在那种场合里受苦受罪这绝对没错；说每个人都期待着别人先挺身跑到后面去跟经理说明问题也绝对没错。我也觉得就算我们一开始就料到影片会这么模模糊糊地一直放下去，也应该会有哪个人实在气不过，起身离座去发表他的怨言。

8　但请大家注意：没有一个人这样做。之所以没人这样做是因为在美国我们越来越急于收敛自控，我们不愿意让别人听见我们的声音，在要求获得自己的权益时我们犹豫不决；我们生怕自己的理由不够正当，或者即便理由并无不当，又怕提得不够明确；或者即使表达明确，又嫌它太过琐碎，不值得为之承受直面权威所引起的恐惧，在我们敢于正面地、用"我告诉你"这样的语气进行抱怨之前，我们会感到如坐针毡，头晕脑涨。我们易于消极地屈从或无所谓地忍受，对此我们必须注意，并予以深究。

9　有时候我会有足够的勇气去抱怨，但正如我明确说明的那样，我不会柔声细气地抱怨。我的直觉十分强烈，我不会让事情不了了之，将其抛之脑后——也不会在别人和我一同遭受委屈时指望别人来替我出头——只要刺激到了某一个特殊的点，由这一点引起的震动同时激起了我的勇气、感触和激情，我就会大发雷霆，鼓起我储备的勇气和自信开口抱怨。这种事发生时，我会有点不能自己。我会热血沸腾、额头冒汗，咄咄逼人，十分强势，让人难以忍受；与此同时，我也会摆出与人一争到底的架势。

10　为什么要那样呢？为什么我（或者其他某个人）在那节火车车厢中不直截了当地对乘务员说，"先生"——算了还是别这样说，这听上去有点讽刺——"乘务员，麻烦您把暖气开低一点，好吗？太热了。事实上，我每次在温度达到85华氏度时都会感觉到热。"——删去最后一句，就简简单单地说"太热了"就行了，让乘务员去推断个中原因。

11　每个新年前夜，我都下决心要对付藏在我体内的那个胆小鬼，并发誓在每个合适的场合要沉着地开口去说，既为了维护自己的权利，也为了改善社会。去年除夕夜我的决心更强了，因为那天早上在吃早餐的时候我为了要一杯牛奶不得不跟女服务员重复了三遍。她最终把牛奶拿来了——但那时我已经吃完鸡蛋了，也就是说我已经不想再喝牛奶了。我没有勇气让她把牛奶拿回去，而是代之以一种懦夫式的不快，并故作姿态地拒绝喝下牛奶——尽管我后来还是付了牛奶钱——而不是像我应该做的那样，简单明了地告诉女服务员我为什么不喝，而且拒付牛奶钱。

12　　辞旧迎新之际，我心里带着早上的怒气，在新年前夜大块朵颐时下定决心，然后立下誓言。自此以后我要战胜自己的羞怯和多一事不如少一事的可怜心态。对于我们这个时代里不该自己承受的可恶之事，我要像真正的男人那样大胆说出来。

13　　48小时之后，我在佛蒙特州皮科峰的滑雪用具修理店里排队。我只是要借一把小小的螺丝刀，把一个连接处的螺丝紧一紧，这样我就能滑雪了。修理店柜台后面有两位男士。一位正在忙着为队伍中排头的一位年轻女士服务，满足她提出的复杂要求。很明显，他一时半会儿脱不开身。另一位是他的同事。大家叫他"吉格斯"，是一位中年人。他正坐在椅子里拿着烟斗吞云吐雾，不时和他的伙伴聊上几句。我的脉搏加快了，好似在向我搬弄着是非。时间嘀嗒流逝。我瞪着无所事事的店主，希望能让他觉得不好意思而起身干活，但他对我用心灵感应发出的谴责无动于衷，继续和朋友闲聊，厚颜地无视六个急切想要滑雪的好人的焦躁不安的要求。

14　　猛然间，我想到了我的新年决心，此时不为，更待何时？我从队伍里走了出来，来到了柜台前，我把拳头攥得紧紧的，想要控制住自己。但我的努力只成功了一半。

15　　"如果你不太忙的话，"我冷冰冰地说道，"能否劳驾递给我一把螺丝刀？"

16　　忙着的活儿停了下来，所有人都把眼光转向我，我感受到了一种熟悉的屈辱，这是每次我成为人们好奇、怨恨和疑惑的焦点时，我都能感受到的。

17　　但更糟糕的还在后头呢，"对不起，先生，"吉格斯恭敬地说道，一边把烟斗从嘴里拿开，"我不能动的，刚才我心脏病犯了。"他的话音刚落，一阵什么东西旋转着发出的巨响便从天而降了。我们目瞪口呆地朝窗外望去，那架势就好像有一阵旋风突然出现在了修理店和滑雪缆车之间积雪的院子中。突然，一架庞大的军用直升机出现了，盘旋着降落了下来。两个男人抬着一副担架从直升机上跳了下来，拨开人群冲进修理店，把店老板抬到了担架上。吉格斯向他的伙伴道别，被迅速抬出了门，运上飞机，送上天，然后再回到地上——我们听说的——附近的一家军队医院里。我鼓足勇气抬起了眼睛——我看到的是20多道能把人给吃了的目光。我把这次经历当作反例给记了下来。

18　　在飞机上写这些文字的时候，我的纸用光了，得从放在我腿下的公文包里再拿一点出来。可如果我腿上的空餐盘不拿走的话，我就没办法拿纸。于是我在空姐路过过道的时候叫住了她，她正空着手往厨房走，准备拿上餐盘给前排还没吃饭的乘客送饭。"请帮我把餐盘拿走好吗？""请稍等片刻，先生。"她一边回答着，一边坚决地向前走去。我该不该告诉她，反正她也是朝厨房去的，收走我的餐盘不会超过两秒钟，耽误不了其他乘客吃饭。或者我是不是要提醒她，就在不到 15 分钟以前，她还在喇叭里假惺惺地说着那些显然是航空公司高薪请来的公关顾问设计的话："如果我或者弗兰奇小姐能为您做任何使您的旅行变得更愉快的事情，请尽管告知我们您的——"可我的纸用完了啊。

19 很明显，大多数美国人懒得在小事情上坚持自己的权利，我认为这与我们在一个技术发达、政治和经济权利高度集中的时代中日益增强的无助感有关。多少代以来，美国人要是觉得太热或者太冷，他们会自己想办法来解决。而现在我们打电话叫管道工、电气工或修炉子的人。自己动手满足自己需要的习惯显然与自信有关，这是美国家庭的特点，熟悉美国文学的读者对这样的家庭并不陌生。随着生活的技术化，我们对物质环境所承担的直接责任已不复存在了，我们不仅习惯了在空调坏了的时候陷入无助的状态，在暖气过热的火车车厢里也会同样不知所措。空调坏了要请专家来修，可后面一种情况却用不着等专家来。然而我们在遁入无助感时往往无暇顾及这些差别了。

20 我国国民对政治的普遍的冷漠也是与此相关的一个现象。每年，无论是共和党还是民主党当政，都有越来越多的权力从个人的手中流失，以供养偏远地区的大水库。而对于那些左右着我们未来的事件，我们的发言权却越来越少。从这种个人权力的偏差中产生了顺从，我们顺从地接受了一个对我们的控制力不断增强的强力政府的政治分配。

21 几年前，一家全国性新闻周刊的一位编辑告诉我，只要有十来封信抗议该杂志某篇文章中编辑的立场，就足以令他们召集全体编辑会议来重新审视编辑方针。"抱怨的人太少了，也没人想让自己的声音被人听见，"他对我解释道，"因此我们有理由认为十来封信代表的是几千名沉默的读者的意见。"他说在过去的 10 年里，该杂志的发行量不断上升，不过来信的数量明显减少了。

22 当我们的声音最终归于沉默，当我们最终压抑了抱怨的本能，无论令我们感到烦恼的事情是大是小，我们将变成没有感觉的机器人。1959 年下半年，苏联总理赫鲁晓夫第一次访问美国时，据说他已经做好准备，要面对美国人对他的暴政、迫害及导致众多美国人死于朝鲜、令美国国民每年付出数十亿税收且时时生活在灾难边缘的运动所表示的强烈愤慨。但赫鲁晓夫感受到的是意外的惊喜，他回去以后向俄国人民报告说，他遇到的绝大部分是热忱（应该为：默然），当然，也有"一小撮法西斯分子举着肮脏的标语到处跟着我，真该有人用马鞭子狠狠抽他们。"

23 我或许是疯了，不过我想说，寒冬的火车车厢里温度到 85 度也没人抱怨，在这样的社会中抗议的标语本该再多些才是。

*译文参考《英语自学》2000 年 06 期，晓雾译，有改动。

● 内容分析

1. 巴克利论证的背景是什么？用一句话总结。

2. 作者指责谁在面对令人恼火，本可以很容易解决的事情时表现得太过腼腆，不敢说话？

3. 总体而言，巴克利如何看待美国人？美国人怎么啦？

4. 根据作者观点，为什么很多人经历过明显令人不舒服的事情，甚至不公正的待遇，却没有人上前解决或制止？

5. 作者为什么没有抱怨社会群体遭受的不便？他提出的原因是否引起你的共鸣？为什么？

● 方法分析

1. 作者的语言如何反应他的知识水平？这篇文章能引起哪些人的兴趣？哪些人很难读完文章？

2. 本文的标题与文章的内容和目的之间如何相互联系？

3. 本文的论点在何处得以完美展示？该论点是要引起某种行动还是只是简单描述？

4. 作者使用什么意象描述他妻子是多么讨厌他偶然的大发雷霆？（见第5段）你对这一意象有何反应？

5. 为什么作者使用如此简短、模糊的段落结束自己的文章？他是在赞扬法西斯主义，还是有其他想法？解释自己的答案。

● 问题讨论

1. 你是否赞同巴克利的论点，也就是，美国人在面对需要改变的情况时的态度太过消极？如果你赞同他的观点，请补充几个自己的实例；如果你不同意他的观点，请给出具体实例，证明某个人或群体曾经大声呼吁，要求改变。

2. 为什么你认为公车上班族可能会被看作尤为"消极冷漠"？解释这一表述并解释自己的答案。

3. 作者如何将技术与他看到的美国人缺乏主动性联系在一起？你是否赞同他的观点？还有哪些其他因素可能会导致这一状况？

4. 自2004年巴克利的文章结集出版后，你是否发现美国人性格方面发生了变化？例如，你是否发现人们对人员庞杂的政府或者沦为机器的奴隶的抵制有所增加？

5. 遇到人们感到不悦却又没人抱怨的情况你通常会做何反应？像作者那样，是不是你也只是在怒不可遏时才会抱怨，或者你在还能保持平静和收敛的状态时也会积极指出问题？有没有什么情况本来不严重，你却提出自己的异议？请针对各种情况给出具体实例。

● **写作建议**

1. 写一篇反对巴克利的论点的文章，指出与世界上大多数其他地方相比，美国人更多会站出来维护自己的权益。遵照本章提出的议论文的写作原则。请务必考虑反对意见，避免逻辑错误。

2. 写一篇论证文章，支持"言论自由是一项巨大的特权，绝对不容滥用"这一论点。遵照本章所提出的议论文写作原则。请务必考虑反对意见，避免逻辑错误。

批判性思维与辩论图库：
无家可归

无家可归似乎是一个无可争辩的问题。每个人都会反对无家可归，至少从原则上是如此。本辩论的核心并非它是否很可怕——每个人都知道确实很可怕——而是它的原因。可以预见，观点的分歧在于政治方面：保守派整体认为无家可归是个人判断失误或放任自流；自由派易于将问题归结于经济原因。

引起争议的还有"无家可归"模糊的定义。一个住在政府资助的房子里的人，比如，住在专门接待穷人的、以政府发放的代金券支付住宿费的旅馆里的人，算是无家可归吗？还是没有固定住所，露宿街头，住在车里，或者住在车站里的人，才算是无家可归？大多数政府统计数据把两类人都算作无家可归者。不过，正如一些批评家所言，政府资助的住房可能会把一些曾经跟家庭成员同住一起的人算作无家可归的群体。其结果是政府为无家可归者出资修建的住房越多，无家可归者数似乎就越多。

在美国到底有多少无家可归者？没有人知道确切数字。"无家可归"问题的支持者说有300万人。其他的研究则认为数字大概在40万左右。一项最近的研究表明美国每晚大概有76万人无家可归。美国住房和城市规划部2008年提交给国会的报告显示，一晚上有56%无家可归的人有地方住宿，44%的人没有容身之地。在没有容身之地的无家可归者当中，大概30%的人家中有孩子。得益于该部在解决长期无家可归者的特殊需求方面所做的持续努力，这一人群的人数自报告提交之后已经减少。尽管有如此喜人的迹象，人们预测有将近1%的美国家庭，即便在经济快速发展时期，在一年之内还是会经历无家可归的时刻。大多数数字——不管高低——很难令人相信，因为其各自的计算方法并不相同。在这份数不清人数的花名册中，还有所谓的"隐形无家可归者"，那些人没有自己的住所，只是临时借宿在亲戚家中。

是什么导致了无家可归？有些人认为住在城市街道上的人精神有问题。还有些人认为无法预知的金融灾难和严格的租赁限制制度让一些人无家可归。当然，人们可以想象一个场景，也就是一个人或者某个家庭遇到困难，结果无家可归了。但一个生活在城市中的人简单观察一下，也可以发现确实有很多有功能障碍的、精神失常的人露宿街头。为什么在这样一个富有的国家还会有无家可归者呢？很难解释，但有一件事是肯定的：这件事不应存在。

在我们的图库的第一页，你可以看到一个可悲的场景，这在我们国家的大城市里随处可见——人蜷缩在毯子里，或者钻在纸箱子里，整个白天身旁都放着一个杯子或者一顶帽子，乞讨现金以免饿死。第二页是另外一种无家可归者——突然出现，充满仇恨——遭受像2013年11月8日菲律宾台风"海燕"那样的自然灾害后，灾区所有人都无家可归，毫无希望。最后一幅画描述了第三种无家可归的现象——常常可以在小城市看到，但往往得不到城市居民的支持——也就是夫妻领着宠物或者孩子坐在路边，手里拿着牌子讨要钱财以维持家庭生计。

学生习作呼吁读者不要仅限于判断到底什么人无家可归，而是要默默地传达感恩的信息："只是为了对家人的爱，我走了。"

"切题练习"部分将详细探讨这一议题。

研读下面三幅有关无家可归者的图片，选择一幅最吸引你的图片，回答相关问题并完成写作作业。

图片分析

1. 如果该图片出现在城市宣传海报上，你会给这张照片加一个什么标题？

2. 乞讨者和路人有什么明显不同？你如何描述第一个路过的女士的表情？

3. 在什么地区这样的场景最为典型？什么情况通常会导致这样的场景？

4. 这个无家可归的乞讨者是什么性别？知道其性别会不会影响你对图片的反应？如果会，会有何影响？如果不会，为什么？

写作练习

我们几乎所有人都曾经在路上偶遇无家可归者。写一篇文章，论证要为无家可归者提供更好的居住设施以避免其睡在人口密集的城市的大路上。要注意这些无家可归的乞丐中有不少人精神有问题或者吸毒上瘾。

图片分析

1. 图中一位日本妇女站在倒塌的房子前面，看到这幅图片，你觉得灾难最可怕的是哪个方面？

2. 你觉得这位灾民头脑中浮现着什么？她死死盯着周围的一切，此时她在想什么？用自己的话描述她的孤寂和忧伤？

3. 你如何定义自然和自然所具有的力量？这一力量是否服从于某个更为强大的事物的命令，或者它只是对气象事件的一种反应？

4. 需要采取什么步骤以重建受灾地区？谁需要对重新修复房屋、街道，重新恢复受灾地区社会秩序负责？这一恢复过程需要多长时间？

写作练习

写一篇文章，谈谈在台风、龙卷风、地震或者其他破坏性自然力量经常发生的地方，公民可以采取什么预防措施以抵抗随时可能发生的灾难。选择某一种自然力，给当地公民提出具体指导建议。

图片分析

1. 一个富于同情心的路人如何判断一个家庭是真正陷入经济困境还是仅仅挣点快钱？

2. 什么样的经济和社会问题可能导致一个家庭穷困潦倒，无力维持？

3. 你对照片中的孩子有何感觉？为什么有些管理者认为小男孩的出现不甚恰当或者是一种虐待？

4. 如果一个家庭并非完全丧失物质财富，你的同情心会因此降低吗？你会提出什么论点呼吁某人帮助这个家庭？你会提出什么论点，说服读者相信这个家庭不需要帮助？

写作练习

写一篇文章，提出一种除立法之外的方法，通过税收来确保没有家庭为了生存而被迫乞讨。可考虑个人慈善机构、教堂、社区、俱乐部等的支持。如果你不相信帮助穷人有益，请解释你的立场。

标点工作坊：引号

引号（""）

1. 在讲话者所说的话的两头添加引号：

He said, "I'll buy the house."

（他说，"我要买下这套房子。"）

2. 每一个完全引用的第一个词语的首字母大写。如果引用时进行了拆分，则第二部分无须首字母大写，除非是另一个句子。

"You are an angel," Guido whispered, "and I want to marry you."

（"你真是个天使，"吉多低声说道，"我想娶你为妻。"）

"Some people feel," said the woman. "Others think."

（"有些人靠个人感觉，"那位女士说，"其他人则靠思考。"）

除非需要问号或者感叹号，一般用逗号引出说话者。

"You need to learn how to use a computer," he told his grandfather.

（"你得学会使用电脑。"他告诉爷爷）。

"Are you satisfied with your life?" she asked.

（"你满意自己的生活吗？"她问道）。

3. 写对话时，讲话人改变时要重新开始一个段落。

"It never occurred to me that I might have a half-brother," he muttered.

"Why not? It seemed so obvious to us," she said.

（"我从来没有想过自己会有一个非同胞哥哥。"他嘟囔着。

"为什么呢？我们都知道啊！"她说。）

如果一个讲话人说了不止一段话，在每一个新的段落前加上引号。在最后一段话的末尾加上一组引号。

学生角

孤立无援的人

安托瓦内特·普特

福尔曼大学

无家可归是美国的一个流行病，但到底有多少人无家可归却不很清楚。有估算称有 60 万人长期无家可归，还有 70 万人有时无家可归。很多无家可归的人是黑人，其中大概 40% 的人是退伍老兵。无家可归者并非像一些人认为的那样懒惰。90% 的无家可归者曾经有过工作，15%—20% 现在就有工作，只是买不起房子。另一项令人心寒的统计发现 40% 的无家可归者是完整的家庭（"终极无家可归者"）。

那么是什么原因让人无家可归呢？有些人认为是经济原因，有些人认为是个人的具体情况导致。但流浪街头的一个原因当然就是公共管理缺失，即精神病院病人被放出来的结果。在 20 世纪 70 年代早期，随着精神药物的出现，将精神病人疏散成为一个节省钱财的好办法，这种方式还可以让他们免于被关在精神病院，重新获得自由。不幸的是，把他们流放街头，期望他们能像有自我行为能力的公民那样生活，最终只是白日做梦。他们中不少已经形成了"制度主义思想"，也就是已经习惯于被严加管束的生活。简言之，放归街头的人没能力照顾自己。

作为社会的成员，我们中很多人不清楚自己对无家可归有什么看法。典型的反应就是同情或者谴责。不过，如果我们生活在城市里，很可能我们生活中经常会在社区周边看到无家可归的人。例如，去年，一位明显精神不正常的老妇人就睡在我停车的地方附近的一个公共垃圾场。我的一些同事跟她很熟悉，他们常常叫她名字跟她打招呼。有人给她买吃的；有人给她钱。我晚上下班晚时常常见她蜷缩在地上放着的几块硬纸板上睡觉。一天上午，人们发现她在平时睡觉的地方离开了人世。

我所在城镇对于无家可归者的态度形形色色。很多无家可归的人由于居住在室外，身上又脏又臭，而且由于他们中很多人是攻击性很强的乞丐，市政厅常会指示警察将居无定所的无家可归者关进监狱，清除出行人的视线。警察自己对待无家可归者的做法也并不一致。例如，我工作单位附近一家邮局只有两间房子，里面塞满了邮筒。一个无家可归者在天气不好时就睡在其中一间房子里。一个年龄较大的警察户外巡查路过时往往对其熟视无睹，但他会确认那个人在天亮之前离开房间。不过，当那位年龄较大的警察下班后，其他警察会把他赶出他的临时住所。

不久之前，美国还有大家庭，这样的家庭网络可以避免有人无家可归。家里某个人生活不景气时，就会被邀请到姑姑、叔叔、堂兄家暂居，直到他或她能再次自食其力。那种大家庭的责任感如今已经很少会有。今天的大多数家庭只有妈妈、爸爸和孩子们。我们不觉得自己对家中其他任何人负有责任和抚养义务。这一改变已经使政府成为唯一的依靠。可是在过去 3 年中，政府福利减少的额度比过去 25 年减少得还要多。在过去两年里，房租也大幅上涨，这种情况对家庭的冲击超出人们的想象。大学生的收入低于贫困线，支付不起买房的费用，只能得到政府微薄的补贴或者根本得不到任何补贴。作为大学生我很同情无家可归者。要说无家可归这一现象，我觉得自己和无家可归者之间唯一的区别就是我有一个在乎我的家庭。

看到街边的"流浪汉"，我很容易做出判断。我会想他应该找一份工作，因为我不是他。他们面带失望，邋遢肮脏，所有的财产都胡乱塞在粗糙的袋子里。从这种人身边走过，我会喃喃自语："要不是上帝的仁慈，我也属于他们。"有时，我还会加一句世俗的感谢："要不是有家人的爱，我也属于他们。"

我的写作心得

写作一直都是我的难题，通常是开头非常难。不过，一旦写好了引子，后续的文字往往很顺利。写作之前，我会搜集话题的相关信息，而我的写作话题往往来自网络或者图书馆。随后，我会走到电脑前开始打字。我不是先用钢笔或铅笔写好然后再打到电脑上，而是直接打在电脑上。对我而言，这样更容易，写作过程中可以随时修改。写论文或文章时，我通常一开始先写一个故事、一个引用或者一个可以吸引读者的句子。然后，考虑到我的受众并基于我要写的文章类型，我会列出一个包含各个要点的提纲。如果文章是关于我的故事或者我熟悉的某个话题，我就不列提纲了。

写完初稿后，在电脑自动语法检查后，我会自己检查有无拼写错误。随后，我会把论文打印出来，至少做 3 到 5 次修改。一旦我认为文章没问题了，我会把它交给别人阅读。我觉得花几天不断修改出的文章比一天之内写好并完成修改的文章质量要高。把文章放一段时间后再次阅读时，我会进一步修改以提升文章质量。一旦修改完成，我会再通读文章，然后才上交老师。

我的写作小妙招

　　我想送给跟我一样学习写作的人一句箴言，就是要学会边写边在电脑上打字。作为大学生，需要写作时我不知道在哪里能找到时间，也就是没时间先用钢笔或者铅笔写好再打到电脑上。在电脑上修改要快得多，也简单得多，能节省很多时间，结果就是压力更小，写得更好。

　　另一个小妙招是不要学习饼干模型切割刀式的写作。找到自己的风格，慢慢适应，逐渐成熟，每次写作都使用自己的风格。不要因为老师不喜欢你的写作风格就失去信心。我们都有自己的风格，用自己的风格写作，你的文章将比你按照别人的方式写作写得更好。换句话说，就是要相信自己的个性。

 切题练习

　　你曾在推特上全力模仿知名歌手碧昂斯，可最近你对她很失望，因为她对社会问题尤其是无家可归的人漠不关心。给她写一篇推文，表达自己的观点，提出名人应该带头帮助那些露宿街头的赤贫者。

■ 本章写作练习

　　1. 写一篇文章，论证宗教是一种习惯性的条件反射。

　　2. 写一篇议论文，反对或支持美国政府刚刚实施的某项法令。

　　3. 写一篇议论文，指出美国政党两极化趋势的好处和问题。

　　4. 智力创新的思想是否应该与达尔文的进化论一起讲授？写一篇论文，回答这一问题。

　　5. 写一篇文章，提出实现男女平等的方法。

■ 学期论文写作建议

　　调查与下列某个话题相关的主要论断：

　　a. 教堂在美国的影响力

　　b. 动物实验

c. 为穷人提供更多关爱

d. 对身体健康日益重视

e. 对地球生态系统的密切监控

f. 妇女（或者其他群体）享有平等权利

g. 在多元环境中保持民族身份

h. 当地政府和联邦政府对自然灾害更高效的回应

i. 为长期医疗保健提供资助的国家卫生项目的需求

■ 进阶写作练习

1. 写一篇文章，支持无烟校园。你的受众包括你大学期间论文的读者。明确阐释自己的观点，以令人信服的、可以证明二手烟危害的证据支撑自己的观点。

2. 写一篇文章，论证电影经常对少数族群进行不准确的描述或者故意抹黑。注意事实和实例要具体。

💬 专家支招

会读才会写

回到 20 世纪 20 年代，喜欢看电影的人和喜欢读书的人并没有冲突。技术是一种艺术形式。我们看电影，但我们也读书。没有人监督我们是否阅读，我们自己会管好自己。我们自己让自己更加文明。我们寻找或者自己培养精神和想象力。因为我们会读书，我们也学会了写作。无论是观看《淘金热》中查理·卓别林的表演还是阅读杰克·伦敦的小说，我们都能很快学会写作。如果树林里全是迷失方向的读者，那么这些读者中也许也会有作家。

——索尔·贝娄

如今的科技世界是与现实世界平行的。如果你会看电视，看电脑、平板电脑或者其他现代化电子设备，随后从那里转向一本书或是一篇文章，也许你就成为会写文章的"知识分子"这一少数群体的一分子，因为研究历来证明，爱读书的人往往也会成为会写作的人。

第十七章
多种写作模式融合

模式融合指南

何为模式融合?

修辞模式只是理想化状态。在日常的随意的写作中,修辞只是歪打正着,无意为之。你的确有可能会看到一个段落或者整篇文章严格按照某一种模式进行写作,但更为常见的情况是你发现不少文章融合多种修辞模式,而非严格遵照某种模式写成。写作是一种创造性艺术,若一切均在意料之中,那也就谈不上是什么写作了。

下面两个实例阐释了我们所要表达的意思。第一个例子按照我们的归类属于描写文。该段落一开始就呈现了主题句(粗体部分),随后是支撑主题句的一系列实例。

说英文表述恰当或拙劣,在极大程度上是偏见和条件束缚的问题。直到 18 世纪之前,如果你指的是一个人,正确的说法是"you was"。在今天,这听起来有点儿别扭,但逻辑却是没有问题的。"was"是单数动词,而"were"是一个复数动词。为什么意义明显是单数而你却要用一个复数动词呢?答案令人吃惊,真的让人吃惊——因为罗伯特·洛思[1]不喜欢。"I'm hurrying, are I not?"这句话明显语法不对,可是"I'm hurrying, aren't I"只是将同样的词语缩写在一起却成了完美的英文。"many"一词几乎总是一个复数词语(就像"Many people were there."),可是当它后面加上"a"时就不是了,就像"Many a man was there."这些词为什么这样用,的确没有什么内在原因。按照语法,它们也并非无懈可击。它们这样用,因为它们就是这样用的。

——比尔·布莱森,《母语:英语它是如何变成了这个样子》

---

1. 罗伯特·洛思(Robert Lowth),一位业余语法家,其著作《简明英语语法》(1762)影响深远,其中提到了很多在今天依然可以看到的愚蠢的英语用法规则。—— 原注

下面是一个融合多种模式的段落的例子，这种例子在日常写作中更为常见：

因果分析　　　　英语语法复杂而令人费解，最简单的原因就在于它的规则和术语是基于拉丁文——一种跟自己几乎没有共性的语言。例如，在拉丁文中，不定式不可能分开使用。因而，早期的权威认定在英语中也不可能将不定式分开使用。但为什么不能使用却没有原因，这个逻辑就像因为罗马人没有咖啡，没有飞机，所以我们也要放弃速溶咖啡和乘飞机旅行一样。按照拉丁文语法来制定英文的语法就好似要求人们按照足球的规则打棒球。这显然很是荒谬。可是一旦这种愚蠢的想法确立为规则，语法学家就发现自己不得不

对比论证　　　　以更为复杂、啰唆的文字去解释这些不一致的语言现象。正如伯奇菲尔德（Burchfield）在其著作《英语语言》中所说，语法权威维瑟（F. Th. Visser）认为有必要用 200 页文字仅仅讨论现在分词某一个方面的用法。这听起来不可思议，不过好像也很疯狂。

　　　　　　　　　　　　——比尔·布莱森，《母语：英语它是如何变成了这个样子》

　　作者一开始先进行了因果分析，描述问题，进行比较，继而形成自己的论点。

　　这就是作家通常写作的方法。他们对待修辞模式就像烘焙师对待饼干模型切割刀一样。目的是做出曲奇饼干，不是提升切割的技能。修辞模式的作用也是如此——修辞模式是为了帮助初学者写好文章。当你已经不再是初学者后，就可以把它们扔在一边了。

何时融合多种模式？

　　融合多种修辞模式是很多作家经常使用的策略，尤其是在主题冗长复杂的情况下。只有感觉得心应手时，或者写作主题很复杂，要求融合多种修辞模式时再考虑使用多种修辞模式的融合。如果你正在尝试探讨一个不熟悉的话题，你可能不希望按照严格的写作模式，而是边写边自由发挥。这就是融合多种修辞模式的理想时机。

如何使用融合的写作模式？

　　写一篇融合多种修辞模式的文章的关键在于要切中主题，使用足够的过渡。融合多种修辞模式的文章易于偏离主题或者东拉西扯，佶屈聱牙。写作者可以通过使用第七章提供的段落写作技巧来克服这样的问题（现在可以先复习一下第七章内容）。如果你使用过渡语

引导读者从一个点转到另一个点，如果你忠实坚持自己提出的主题，你融合多种模式的文章就跟你基于某种模式所写的文章一样流畅自然。下面是一个切中主题的融合多种修辞模式的段落。作者正在讨论的是阿拉瓦克族印第安人在日常生活中所使用的工具，在哥伦布时代，阿拉瓦克人生活在牙买加。段落一开始，作者先进行了描述，继而进行过程分析，最后给出定义。他完成了所有这些任务却没有让读者迷失方向，原因在于他的焦点很明确，过渡技巧娴熟自然。

除了陶制的瓶瓶罐罐和其他器具，最重要的家具就是吊床和木头凳子。吊床是印第安人的发明（就连最初的名字 hamac 都是来自印第安语），在发现西印度群岛之前欧洲人还没见过吊床。这些吊床要么是"户外"用棉绳编织而成，要么是一条棉布，有时棉布会染成鲜艳的颜色。当时，牙买加人以种植棉花而知名，妇女的大多数时间都花费在纺纱织布上。事实上，占领西印度群岛的西班牙人的帆布便由牙买加生产，之后，牙买加人曾在一段时间内为古巴和海地供应吊床和棉布。由于上述原因，在诸多关于牙买加这个词的来历的说法中，有一个说法就是它与印第安语中吊床那个字有关系，意思就是"产棉之地"。牙买加这个名字引起人们极大的兴趣。有些早期的西班牙历史学家将"Jamaica"这个词的首字母换作"X"，这样名字也就成了"Xaymaca"，不过其现在的字形也出现在 1511年的作品当中。哥伦布把那个岛称作"St. Jago（圣地亚哥）"，但就像大安的列斯群岛的其他岛屿一样，这一印第安语的名字也存活在西班牙语中。人们通常认为阿拉瓦克语中"Xaymaca"一词意思是"甘泉之地"。不过，因为发现者没有解释名字的含义（就像海地很多地名一样），很可能印第安人自己也忘了它到底是什么意思。

——克林顿·V. 布莱克，《牙买加故事》

注意文中"吊床"和"牙买加"这一地名的不同变体的重复出现，以及作者所使用的过渡句"牙买加这个名字引起人们极大的兴趣"。作者精心安排这些细微的过渡表达，旨在指引读者依照作者的思路一路向前。

总而言之，即便现在你不这样做，最终你也一定会发现自己写作时更多情况下是融合使用多种修辞模式而非只是遵守某一个模式。修辞模式对写作初学者是有用的工具，但对于有经验的作者就不是如此。上学期间，随着学习的不断深入，你也会成为训练有素的作者，到时也就不再拘泥于某种修辞模式了。

写作实例

鼩鼱——最小的哺乳动物

艾伦·德沃（Alain Devoe）

修辞图解

目的： 帮助读者了解最小的哺乳动物的生活习性

读者： 受教育读者

语言： 学术英语

策略： 描述鼩鼱从出生到死亡的整个生命过程

艾伦·德沃（1909—1955）写了很多深受读者喜爱的自然散文。他也是很多杂志的供稿人，包括《美国信使》《奥杜邦》和《读者文摘》。另外，艾伦也出版了多部书籍，如《帕德山》（*Phudd Hill*，1937）、《脚踏实地》（*Down to Earth*，1940）和《这令人惊讶的动物世界》（*This Fascinating Animal World*，1951）。

德沃对鼩鼱这种最小的哺乳动物的描述告诉我们这个疯狂的小兽以凶猛而闻名。鼩鼱与老鼠的外形很相似，但却凶狠暴躁，孤注一掷，一心忙于搜寻食物。它敢于袭击比自己体型大一倍的动物。德沃使用数段不同修辞模式的文字描述这个天生大胃口的小动物的生命历程。

1　　我们人类所属的物种门类是哺乳纲。关于我们是否拥有不朽的灵魂，是否拥有特有的一种思考能力，争议很大，但我们毫无疑问确实拥有"4个腔构成的心脏，双循环系统，靠肌肉发达的隔膜隔开的胸腔与腹腔，生育并用乳房哺育幼崽的习惯"，这些特征确立了我们属于热血动物这一据猜测在一亿多年前就已经出现的群体。

2　　今天，哺乳动物是一个庞大而种类丰富的动物群体。我们不难发现自己与其他哺乳动物的关系：比如猩猩，或者关在宠物店笼子里的供我们消遣的满身跳蚤、目光悲伤的小猴子。但我们与其他群体之间的关系似乎不那么明显，究其缘由也很简单，往往是体型和长相的巨大差异。毫无疑问，正是这种差异，虽然潜入太平洋和大西洋深水水域的重达数百吨的蓝鲸也是热血动物，而且母鲸也长有乳头，但我们很难相信它们跟我们会是同一类型的动物；同样，也部分因为我们长有两条腿，个头差不多70英寸，当我们看到比乳草豆荚还小、比天蚕蛹还轻、个头很小的四条腿的动物，就像看着那种庞然大物一样，也会觉得不可能跟自己属于同一类别。

3　这种最小型的哺乳动物是一种小型的野兽，学名鼩鼱。观察这个小动物跟观鲸不一样，无须太费力气；你可以在最近的乡间林地看到它。尽管鼩鼱个头很小，但它还是可以算得上我们的亲戚；正因为如此，虽然我们对其他动物也不大了解，但还是应该稍微了解一下这个小动物。

4　老鼠或者鼹鼠在地上挖的狭窄洞穴，往往就是这种最小的哺乳动物的出生地。一胎往往有四五只，小家伙们缩在地下黑暗狭小的巢穴中，挤在一起也不过核桃那么大。作为鲸、大象和我们人类的亲戚，鼩鼱幼崽不过就是一些蠕动的、热血的、粉红色的活体小不点。它们完全没有防御能力，也没有任何生活能力，只能吮吸母亲的小乳头，挤在母亲身旁相互取暖，每天24小时中大多数时间都像微型胎儿一样头对着脚蜷缩着睡觉。

5　小鼩鼱在产房里要待好长时间。即便是成年鼩鼱也很可能是体型最小的哺乳动物，而在成年之前，小鼩鼱不敢随意外出，像成年鼩鼱那样随意活动。因此，成年之前，鼩鼱要一直待在温暖黑暗的洞里，它们只知道周围的世界就是同类的热乎乎的身体，一堆干草和草根，还有母亲觅食归来，带着食物进洞时，小家伙们轻轻的吱吱叫声。母亲常常带回来一些昆虫——小七星瓢虫、软体的毛毛虫、蚂蚁和蠕虫，七星瓢虫还得先去掉硬硬的翅壳才能喂给小家伙吃。断奶之后，幼年鼩鼱开始学习自己用脆弱的前爪捧着食物吃，在黑漆漆的地下，像松鼠去掉坚果的外壳一样，熟练地咬掉瓢虫的翅壳和甲壳。

6　等到小鼩鼱离开它的出生地时，已经长得跟母亲差不多大，也已经掌握成年鼩鼱所有的与生俱来的技能。现在，它看起来还是跟老鼠差不多，只是鬃毛竖起，像只缩小版的老鼠。它柔软的毛茸茸的小身子总长也就2英寸多一点儿，而林间长着白腿的最小的老鼠也要4英寸长。鼩鼱的尾巴还不到普通老鼠尾巴一半那么长。这种特殊的小家伙全身长着浓密的软毛，上面深褐色，下面是浅黄色的绒毛，绒毛很细很密，两只耳朵埋在绒毛底下几乎看不见，一双极小的眼睛也几乎看不到。鼩鼱的前爪和脚都是白色，比其他野兽更小更嫩；小家伙毛茸茸的尾巴下面的绒毛也是白色。鼩鼱的外衣柔软，色彩鲜艳，体型微小，与较大的体格强壮的哺乳动物似乎关系很远。但不管如何，它确实是其他哺乳动物的血亲，体内流淌着热血；鼩鼱跟狼一样也是哺乳动物。它用无与伦比的小巧身体构造宣告，自己也像那些体型较大的亲戚一样不畏冒险地生存。

7　人这种"中型哺乳动物"的生命历险包括各种不同的动机和本能，以至于我们很难说清到底哪种是最强大的驱动力。鼩鼱，这种最小的哺乳动物的生命历险的驱动力简单、单一——是它的饥饿。就像最小的鸟——蜂鸟一样，这个最小的哺乳动物生活在极度焦虑之中。表面上，鼩鼱那小小身躯的不起眼的颤动下蕴藏着生命的跃动；从到处嗅探的小小的鼻子到尾巴尖儿，鼩鼱总是在生存线上紧张着，挣扎着；像蜂鸟一样，由于小巧，鼩鼱的身影可谓无所不在；体内的新陈代谢以惊人的速度在运行；为了温暖而微小的身躯的存活，它必须想方设法不停进食。可能正因此，鼩鼱一生的故事几乎都是围绕觅食而展开。当然鼩鼱的生命中也有别的内容——寻找同样微小的配偶，交配、睡觉、排泄、休息等对于所有哺乳动物都极为普通的事情——但觅食仍是头等大事，是这个小型哺乳动物聚精会神、日以继夜做的事。

8　鼩鼱往往在潮湿、植被丰富的地方，如小溪边和潮湿森林的低矮灌木丛中觅食，通常在夜间觅食活动更加频繁。在落叶中，它们快步前行，在腐烂的叶子中疯狂地找寻可能的食物。它并非老鼠那样的啮齿动物，而是食虫动物，捕获的猎物主要是蟋蟀、蚂蚱、蛾子和蚂蚁之类的小生物。它会匆忙地大口吞下猎物，之后又颤动着身体，到处不停地探着鼻子，忙着寻找下一个猎物。

9　鼩鼱的消化速度极快，在夜间快速进攻所捕获的昆虫往往不够，它紧张兮兮，不停消耗能量。于是，鼩鼱就会扩大其猎食范围，种子、浆果、蚯蚓或是任何东西，只要是它那小小的、颤抖的前爪可以放进口中填饱肚子的都算数。它把肉类也纳入其中；此时，它成了一种凶猛的、肆无忌惮的肉食动物。它急速地沿着田鼠在草地上留下的踪迹，到处嗅着，战栗着，最后冲向鹿鼠的窝。找到鹿鼠或是田鼠后，它便开始疯狂地对"猎物"发动进攻，尽管对方的体形比自己大出一倍。鼩鼱的进攻几近疯狂，肆无忌惮；进攻中，你看到它变成了一个饥饿的疯狂的小黑点儿，它不停跳动，扭曲，吱吱叫唤。战斗通常总以鼩鼱获胜而结束。它32颗尖牙锋利而坚固，暴怒般的疯狂进攻使它出奇制胜。获胜之后，鼩鼱永不停歇的身体需求得到了片刻的安抚。片刻，仅仅只有片刻；紧接着，这个毛茸茸的小圆点儿必须再次冲进夜色之中寻找食物，它一路小跑，体内的需求令其全身颤抖。

10　这就是鼩鼱的生活方式：觅食和饥饿永不停息，永无止境地全身心满足新陈代谢的需求，这也是小型哺乳动物独特的需要。这个最小的哺乳动物在各个方面都是哺乳动物；就像其他哺乳动物一样，它呼吸、睡觉、交配，还有可能激动欢喜；但由于体型娇小，它必须付出的代价就是要一直不停地寻找食物。

11　鼩鼱的死亡方式有时也令人费解。当然，有时候，与它交手的体型较大的动物过于强壮，鼩鼱会死在战斗之中；有时，鼩鼱也会饿死，鼩鼱只能忍受饥饿几个小时。不过，更常见的情况是，鼩鼱会遭遇大型捕食者——像狐狸、猞猁或人的袭击。然而，在这种情况下，鼩鼱往往不是被人类弄死，也非死于肉食动物的口下。它们往往在那之前就已经死去。猞猁的第一次突袭、人类手掌触到它颤抖的身体的那一刻——鼩鼱的身体就会产生剧烈的抽搐，接着就倒地而亡。这种最小的哺乳动物往往仅因神经休克而一命呜呼。

——摘自《这令人惊讶的动物世界》

● **内容分析**

1. 作者对于哪些动物特性是确定的？哪些又是不确定的？是什么导致了他对有些事实确定，而对其他事实却又不确定呢？

2. 鼩鼱通常出生在哪里？从这点上我们知道有关其父母的什么信息？

3. 就其冲动而言，鼩鼱和其他哺乳动物有何不同？是什么导致了这种冲动？

4. 如果鼩鼱找不到足够多的昆虫以缓解饥饿，它会怎么办？

5. 如果找不到昆虫和蔬菜，为了活命，鼩鼱会做些什么以获取维持生命所急需的食物？鼩鼱传达了什么样的态度？你如何看待这种态度？

● **方法分析**

1. 这篇文章展示了不止一种修辞手法的使用。除了描写，还有什么？试着逐段列举这些手法。

2. 你从文章中获得的对于鼩鼱最为深刻的印象是什么？

3. 开篇第一段引用的目的是什么？若有某种效果，那它为整篇文章增添了什么效果？

4. 第 10 段对于你了解鼩鼱有什么帮助？

5. 为什么作者在文中不同地方零星使用了一些专业术语（比如天蚕蛹、硬壳）？这些术语是如何影响作者的风格的？

● **问题讨论**

1. 作者声称鲸、猴子、鼩鼱和人类之间有着某种亲属关系。对于非人类的哺乳动物，你觉得人类和哪种动物关系更加密切？对于所有的动物而言，你会把哪种动物作为宠物，为什么？

2. 作者认为因为鼩鼱和我们有联系，我们就应该知道有关这种哺乳动物的一些事情。你赞同作者这一观点吗？为什么？还有别的什么原因促使我们去了解各种动物吗？

3. 如果一个女性被称为 "shrew（鼩鼱，或泼妇）"，这样的标签意味着什么？你觉得这样的比喻和这个小哺乳动物之间有怎样的联系？

4. 在你看来，以人类利益为目的在哺乳动物鼩鼱身上所做的科学实验是否合理？

5. 最大的哺乳动物是什么？除了图片上的，你还在哪里见到过这种哺乳动物？看到这种动物后你有何反应？

● **写作建议**

1. 写一篇文章，描述一种你曾观察过的最有趣的动物。如果需要，写作中至少使用一种修辞方式。

2. 从下面列举的生物中选择一种生物写一篇文章，描述在哪个方面它优于人类：狮子、老虎、猫、狗、鹰、蛇或者蚂蚁。

重游缅湖

E. B. 怀特（E.B.White）

E.B. 怀特（1899—1985）是美国最为睿智、令人钦佩的观察家之一。作为《纽约客》的撰稿人，他为"城中话题"栏目撰写了大量的文章；其中一些文章被收录至《野旗》（*The Wild Flag*，1946）和《纽约客作品选》（*Writings from The New Yorker*，1991）。怀特与詹姆斯·塞柏合著了《性是否必要？》（*Is Sex Necessary?*，1929）一书。其他知名作品包括《人各有异》（*One Man's Meat*，1942），《这是纽约》（*Here Is New York*，1949），以及两本孩子们最喜爱的童书《精灵鼠小弟》（*Stuart Little*，1945）和《夏洛的网》（*Charlotte's Web*，1952）。

这篇文章结尾处一记响雷，而非一声呜咽。作者一开始让我们隐约中看到每年一度去往湖边的家庭之旅，这次旅行是那么平凡。之后作者运用生动的文字描写了曾经无忧无虑的假日里跟儿子一起远足、钓鱼的经历。随后，直到文末，文章的主旨才被揭开。

1941 年 8 月

1　　那年夏天，大概是 1904 年吧，父亲在缅因州的一个湖边租了间木屋。他带着我们到那儿去过 8 月。我们个个都被小猫传染了金钱癣，不得不在手臂和腿上日夜涂上旁氏浸膏；父亲则和衣睡在小划子里；但是除了这些，假期过得很愉快。自此之后，我们中没有人不觉得世上再没有比缅因州这个湖更好的去处了。我们在那儿度过了一个又一个夏天——总是 8 月 1 日去，接着待上一整月。这样一来，我竟成了个水手了。夏季里有时候湖里也会兴风作浪，湖水冰凉，阵阵冷风从下午刮到黄昏。那时，我真希望在林间能另有一处宁静的小湖。几周前，这种渴望搅得我不能自已。于是我买了几个鲈鱼吊钩，一个旋转诱鱼器，打算故地重游，再次造访我那魂牵梦萦的湖。

2　　去时，我带着儿子。他不曾见过齐颔深的淡水；睡莲的大叶盖儿，他也只是隔着火车窗子望过。在去往湖的途中，我开始估摸着那湖如今的模样儿，估摸着时间把这块无与伦比的、神圣的地方糟蹋成了什么样子——那一个个小海湾，那一条条溪流，还有那一座座落日依偎的山峰，林中那一间间木屋以及屋后的一条条小道。我缅想那条容易辨认的通往湖边的柏油路，又缅想其他已显荒凉的景色。也真怪，当你任思绪顺着一条条车辙回到往昔的那些地方，你对它们的记忆竟是如此真切。你想起了一桩事，那事儿马上又让你想起另一桩事。我想，最清晰地刻在我的记忆里的，是那一个个清晨；彼时，湖水清凉，水波不兴。我记得木屋的卧室可以嗅到圆木的香味，这味道和从纱门透进来的树木的潮味混为一气。隔板很薄，没有伸到屋顶。我总是最早起床，悄悄穿好衣服，蹑手蹑脚地溜到芬芳馥郁的野外。我登上小木船，挨着岸边，轻轻地向前划着。松树长长的影子挤在湖岸上。我不曾让桨擦着船沿，唯恐打搅了湖上大教堂似的宁静——那小心翼翼的情状，至今历历在目。

3　　那湖绝不是你想象的那种旷芜的湖。它坐落在耕种了的乡间，虽然周围有蓊蓊郁郁的树林环抱着。一间间木屋点缀在它的四周。有的屋子是邻近庄户人家的。人们住在湖边，到上边的农庄就餐。我们家就是这样。然而，这湖虽不算旷芜，倒也相当大，无车马之喧，亦无人声之闹。而且至少对一个孩子来说，有些去处看起来仿佛无穷遥远而原始。

4　　记忆中的柏油路，如今已经伸到了岸边，足有半英里呢。但是，当我带儿子回到那儿，在农庄附近的一间木屋里住了下来，沐浴着我熟悉的温馨的夏日时光时，我感觉此时与旧日了无差异——第一个清晨，躺在床上，闻着卧室特有的木头味儿，听到儿子蹑手蹑脚溜出屋子，沿岸划着小舟渐渐远去后，我开始产生了一种幻觉：儿子就是我，而我，自然也就成了我的父亲。我们在那儿逗留的那些天里，这种感觉时时袭上心头，怎么也挥不去。当然，这种幻觉以往并非从来都不曾有过，但在这种场景里，它是那么强烈。我好似生活在两个并存的世界里。我也许正干着某种极平凡的事，正拾起一只鱼饵盒，或是放下一只餐叉，或是正说着什么。猛然间，我又感觉是我的父亲，而不是我，在说着什么，在做着什么。那是一种令人毛骨悚然的感觉。

5　　第二天上午，我们去钓鱼。我抚摸着鱼饵罐里的青苔，感觉依旧是那样的湿润。我注视着蜻蜓在水面上方几英寸的空中低低地盘旋，落到钓竿梢上，亮闪闪的。蜻蜓的到来使我毫不犹豫地相信：一切就像从前，岁月不过是一段虚幻的蜃景，根本就不曾有过。我们把船泊在湖上垂钓。拍打着船舷的还是那轻波细浪。船还是那条船，碧绿的颜色依旧，破裂的船肋依旧。舱底上残留着的依旧是那样一些淡水中常见的残留和痕迹：死掉的翅虫蛹，一丛丛的枯苔，锈蚀了的废鱼钩，头一天溅上的鱼血。我们久久凝视着钓竿末梢，凝视着飞来飞去的蜻蜓。我把钓竿放低，让竿梢伸到水里，略带犹豫，小心谨慎地把蜻蜓赶下竿梢。蜻蜓急忙飞开两英尺，又回落到钓竿的梢端，又飞开两英尺，随后有落到钓竿稍端比先前稍远的位置。今日戏水的蜻蜓与昨日的并无年限的区别——只不过两者之一仅是回忆而已。我看着我的孩子，他正默默地注视着他的蜻蜓，而这就如我的手替他拿着钓竿，我的眼睛在注视一样。我不禁目眩起来，分不清自己握着的是哪根钓竿的末端。

6　　我们钓到了两条欧洲鲈鱼，轻捷地拽着鱼儿，像是拽鲭鱼似的，接着连抄网都没用就稳稳当当地把它们拖进了舱里，随后朝它们脑袋猛击一下，把它们敲昏。午饭前我们回到原处，游了一会泳。这时，湖上的光景与我们上一次离开的时候一模一样，还是离码头只有几英寸的距离。水面上依旧只有微风轻拂，湖水好似被魔法镇住的汪洋。你要是离开它，由着它去，若干小时以后你再回来，它依然是水波不兴，还是那一泓永恒而可靠的静水。浅水处，黑乎乎的树干和枝梢堆积在湖底透明的沙石上，浸在水里，纹丝不动。蛤贝爬过的轨迹清晰可见。成群的小鲦鱼悠悠游过，每一条都投下纤细的瘦影，形影相随，在阳光照映下，亮晃晃的，那么耀眼。一些度假者正沿着岸边游泳，其中一人拿着一块肥皂，水又变得清浅而又脱离现实了。多少年来，总有这样一个人，手里拿着一块肥皂，这个有洁癖的人，现在就在眼前。不，今昔之间并没有悠悠的岁月之隔。

7　　我们踏着一条两车道公路，穿过尘土飞扬的田野，到农庄去就餐。脚下的公路原来有三条道，你可以任意择一而行。如今只剩下两条道由你挑选。中间的那一道不见了，那是一条布满牛脚印和干粪块的土路。有一刹那光景，我深深地想念那条可供选择的中间道。我们正走着的这条路从网球场旁边经过。它静卧在阳光下，弥散着某种令人心安神定的氛围。网底边的绳子松了，球场周围的空地上长满了车前草和别的杂草，看上去一派葱绿。球网（6月装上，9月取下）在燥热的正午无精打采地垂着。整个地方被正午蒸腾的热浪、饥饿和空荡占据着。不吃甜食的人，可以馅饼代之：蓝莓馅饼和苹果馅饼。女服务员仍旧是农村的姑娘，还是年方十五，仿佛时光不曾流逝，只有宛若落下的帷幕似的时光消逝的幻念。姑娘们的秀发刚刚洗过，这是唯一的不同之处——她们一定看过电影，见过一头秀发的漂亮女郎。

8　　夏天啊夏天，生命的印痕难以磨灭。那永不衰颓的湖，那坚不可摧的树林，那生长着香蕨木和松柏的牧场，永远永远，岁岁依然。夏天无边无际，没有穷尽。也正是衬托着这样的背景，度假人编织着他们圣洁而闲适的生活；小小的码头的旗杆上，美国国旗在蔚蓝的天幕下迎风飘荡，映衬着朵朵白云。千回百转的小径绕过盘根错节的树根，从一栋小屋伸向又一栋小屋，最后折回到户外厕所和放置喷洒植物用的石灰水罐子的地方。店里的纪念品柜台上，摆放着白桦树皮雕成的微形小船；明信片上的景物看上去比它们原本的样子显得稍许好看些。闲暇中的这个美国家庭，逃避了闹市的暑热，到了这儿，弄不清小湖湾那头的新来者是"一般人"还是"有教养的人"，也拿不准星期天驱车来农庄吃饭的那些人因鸡肉不足而被拒之门外的传说是否真切。

9　　我一个劲儿地回忆着这往昔的一切。那些岁月，那些夏日，对我而言真是无限珍贵，值得永远珍藏。那是充满欢乐、宁静和美好的时光。8月初到达湖边本身就是桩了不得的事儿。农场的马车在火车站停了下来，你闻到了空气中厚重的松树味儿；你第一次瞥见了笑容满面的庄稼人；车上的行李箱是那么的重要；而父亲在所有这些事儿上有着绝对的权威。马车在你身底下颠颠晃晃十几英里的感受，是多么令人激动！在最后一座长长的山脊上，你一眼望见了阔别 11 个月的湖，望见了你梦牵魂绕的那泓湖水。别的度假者见到你时，在欢呼，在雀跃；行李箱等着卸下——车子要释去那重负。而如今，到达不再那么激动人心，你开着车来到屋前，把车子停在附近的一棵树下，拿出几个行李袋，不到 5 分钟，一切就完事了。不再有喧嚣笑闹，不再有看到大包小包时发出的赞叹之声。

10　宁静，美好，欢乐。如今，唯一不对劲的就是这地方的声响：艇外推进器那陌生的、令人紧张的声音。这声音是那么刺耳，每每砸碎你的幻念，让你感觉到岁月的流逝。往昔的那些夏天，所有游艇的推进器都装在艇内。它们在离你不远的地方行驶着。那声响不啻是一支催眠曲，融进夏日的睡梦之中。游艇发动机不论是单缸，还是双缸；不论是通断开关启动，还是跳搭接触点火，从湖上传来的声音总是那么催人入梦。单缸机啪啪地响着，双缸咕噜咕噜地哼着，那声响都是深沉的。可如今，所有度假人用的都是推进器装在艇外的游艇。白天，炎热的上午，这些游艇声音急促，令人恼怒；晚上，静谧的晚上，游艇的尾灯点亮了湖水，那声音蚊虫似的在耳际嗡来嗡去。我儿子倒偏爱我们租来的那种新式游艇。他最大的心愿，是要学会单手操纵的本领。很快，他便学会了把油门堵起来一会儿的鬼窍门，学会了针阀调节油门的方法。看着他，我就想起了自己捣弄那台有着笨重飞轮的老式单缸机的情形，那年月，汽艇上没有离合器，靠岸时，你得瞅准时机关闭发动机油门，仅凭着舵荡向岸边。不过即便你学到了那个窍门，还得掌握一种倒船靠岸的方法。你先关掉油门，就在飞轮转完最后一圈，就要停下来的当儿，再松开油门，飞轮就会被气压顶回来，开始反转。如果顺风，而且风很大时，停靠码头，用通常的法子，很难把船速减低得恰到好处。要是哪个小伙子觉得自己能娴熟地操纵汽艇，他就会让它朝码头多进几步，然后后退几英尺。这需要果断和胆识，因为你哪怕只是提早 1/20 秒放了油门，飞轮都还有足够的力量转过中线，此时你迫使飞轮继续顺转，汽艇则会像疯牛一般撞向码头。

11　我们在湖边度过了愉快的一周。鲈鱼很爱咬钩。太阳日复一日地照耀着。晚上，疲惫的我们躺在小小的卧室里，沐浴着漫长而炎热的白昼积聚起来的暑热。屋外，轻风徐拂，几乎见不着枝叶晃动。湿地的气味通过锈蚀的纱窗袅袅飘来，催人入梦。红色的松鼠一大早就跳上了屋顶，开始了自己忙碌而快乐一天。这样的清晨，我总爱躺在床上，回想一桩桩、一件件往事——那艘尾部又长又圆宛若乌班吉人嘴唇的小汽艇，在水上默默地行驶着，月光洒满了船帆。小伙子弹起了曼陀铃，姑娘们唱着歌儿，歌声与琴声在夜色皎皎的湖上飘荡，那么甜美。我们一边吃着蘸了糖的甜甜圈，一边想着姑娘们。那是什么样的感受！早饭后，我们去逛商店，所有的东西还摆在原来的位置上——小鲦鱼仍在瓶子里，瓶盖和塞子被少年营地的小家伙们不知搬弄到什么地方去了；无花果做成的糖条儿和比曼口香糖不曾有人动过。店外，公路上铺满了柏油，汽车就停在店前。店内，一切依旧，只是摆了更多的可口可乐，而莫克西和菠萝汽水这样的软饮料却不如先前那么多了。我们每人喝了一瓶汽水，走出商店，汽水味时而呛回鼻腔，火辣辣的，令人难受。我们静静地沿着小溪河搜寻着，甲鱼从溪边被太阳晒得滚烫的木头上滑下去，钻进了松软的河底。我们仰卧在小镇的码头边，把蠕虫喂给娴静的鲈鱼。不管在什么地方，我都分辨不清哪个是穿着我的衣装的我，哪个是与我形影不离的那个人。

12   我们在湖畔逗留的某个下午，突然电闪雷鸣，风雨大作。这仿佛是我在很久以前怀着幼稚的敬畏之情观看过的一场古老情节剧的重演，高潮还是在第二幕，与以前没多大的变化，依旧是雷电在一个美国的湖上乱劈。这曾经是最壮观的场面，如今壮观依旧。风暴的前前后后与从前是那么相似。从最初感受到的酷热、躁闷与压抑，到营地周围弥漫着的令谁都不想走远的气氛，一切都是那么熟悉。下午将近过半（总是在这个时候），奇怪的阴暗渐渐涂满了天空，一切都凝住不动，生命好像夹在一卷布里，接着从另一处吹来一阵风，系泊的船只掉转了头，接着，报警似的雷声从天际隆隆滚来，跟着是铜鼓，跟着是响弦，跟着是低音鼓，是沙钹。未了，电光撕扯着黑黝黝的天幕，诸神们在山间咧嘴而笑，舔着他们的腮帮子。之后是一片安静，过后，雨丝打在平静的湖面上沙沙作响。啊，回来了，光明，希望，兴致。度假人纷纷跑出屋子，到雨里去畅游，雨中沐浴的全新感受令孩子们痛快地欢叫起来，有关被雨水浸透的谈笑，仿佛一条坚不可摧的铁链，联系着几代人。那位手持雨伞蹚进浅水的不正是本剧的喜剧主角吗？

13   别人去游泳的时候，我儿子也要去。他从晾衣绳上拽下被刚才那场暴雨浇湿的短裤。我心里没有一丝想去的念头，只是无精打采地看着他，注视着他结实、瘦小、赤裸的身躯。他在穿那湿漉漉、凉冰冰的短裤时，身子微微缩了一下。他扣上松紧带的扣子时，我的腹股沟猛然感到了死亡的寒冷。

*译文参考晓风、晓燕译文，这篇译文原载于 1992 年第 1 期《译林》，有改动。

● 内容分析

1. 怀特多大时第一次和父亲去的湖边？他又是多大年纪时带儿子去的？

2. 听到儿子蹑手蹑脚地溜出去跑到湖面的船上，怀特产生了怎样的幻觉？

3. 作者发现从湖边通往农场的道路有怎样的变化？这些变化道出了哪些和时间流逝有关的事情？

4. 作者发现，他孩提时代客人们抵达湖边和现在抵达湖边有何不同？

5. 什么样的经历令怀特意识到时光飞逝，他不再年轻，终有一日会逝去？

● 方法分析

1. 除了描写，这篇文章中明显还有其他何种展开方式？文章直到最后一段才将真实的意图展示出来，这样做的目的是什么？

2. 在第 2 段中，怀特写到"我缅想那条容易辨认的通往湖边的柏油路"这句话措辞的奇特之处在哪里？你认为怀特这样处理的目的是什么？

3.仔细阅读作者孩提时代对于湖水的记忆（第2段）。这些细节描写和形象描写刺激并吸引了我们的哪些感官？

4.仔细阅读第5段中渔船的描写。怀特是如何形象地展示出这幅画卷的？

5.怀特身体中的哪个部位感到死亡的寒冷？在原文的语境下，为什么这个部位是比较合适的地方？

● 问题讨论

1.在第2段中，怀特为什么用"神圣的地方"指代湖水？假定这个地方不是一个宗教圣地，这个词的内涵是什么？在你的生命里，哪里会是类似的地方？给出你的理由。

2.从湖边去往农场就餐的道路中，作者说他想念"中间道"。想象一下40年后自己也身处类似的情境中。那时，哪种还没有广泛使用的交通工具会侵占你的道路？

3.第8段中"一般人"和"有教养的人"两个词的社会含义是什么？时代变了吗，或者是说这样的区别仍旧存在？

4.不是每一个人都会像作者在文中最后一段那样描写自己的反应。另一种可能的现实反应是什么？

5.你的生命中有什么迹象可以清晰地告诉你终究会走向死亡？对于这些迹象你的感觉是什么？

● 写作建议

1.综合各种写作修辞模式，就生活中令自己烦恼的事情写一篇文章。自由地运用描写、叙述、举例、引用，或是其他任何一种修辞方式支撑你的主要观点。

2.运用任何一种修辞模式，就生活中最令自己对前途充满希望的方面写一篇文章。写作时请考虑全球安全、文化进步、人际关系和有目标指引的人生。

批判性思维与辩论图库：
新技术

人类历史中每个时代都有其代表性的科技成果。即便是只有简单工具的原始人类也可以推动技术的发展，使之适应其所处的环境。以阿拉瓦克印地安人为例，作为石器时代的人类，他们曾生活在中美和西印度群岛。没有可以用于制造鱼钩的金属，但是他们仍旧可以想到独特的方法来钓鱼，使用印鱼（也叫吸盘鱼），这种鱼会用吸盘将自己紧紧地吸附在其他鱼身上，并吸取它们的营养。人们把䲟鱼抓住，饿着它们，然后把它们放到大海里，放的时候在它们的尾部系一条长线。一旦它吸附到别的鱼身上，就会被拉回到水面，把它从吸盘处撬起后便捕到了鱼，仍旧饥饿的捕食者则再次被扔到水中寻找更多的猎物。我们可以想象到，当第一次这种技术成功时，人们一定尖叫着喊着"我找到了！"

今天的技术是集数学、技术、电脑芯片和老式的精巧为一体的复杂网格。最为重要的是，今天的技术给我们提供吃和穿，让我们可以相对舒适地生活。但是很多技术也附带着不利的影响。比如，原子能的技术，在给上百万人产生电能的同时留下了辐射性废料，这些废料会在随后的几百年甚至是几千年里一直对我们的生命造成威胁。这些废料往往堆放在与世隔绝的山洞中，越堆越多，直到有一天我们用完了所有的空间，那时我们该怎么办？谁能忘记 1986 年 4 月 26 日发生在俄罗斯切尔诺贝利核电站里那次可怕的事故？事故源于一根细如发丝的核燃料棒的熔毁，随后就需要 6 万人撤离，他们中很多人不得不永远离开自己的家园。2011 年 3 月 18 日，日本 9.9 级地震（可怕海啸所引发的地震）过后，多个核电站机组爆炸，这些可怕爆炸又说明了什么呢？我们花费了几个月的时间来评估灾难可能造成的全球范围的影响。

内燃机车的发明给人类配备上了我们今天在路上看到的高速交通工具。但是我们却为空气污染和汽车事故带来的死亡而付出了沉重的代价。即便是 10 万匹马奔走于 19 世纪伦敦狭窄的街道上，每天会产生成吨的排泄物，那时的环境仍旧比今天的要好得多。

新技术的发展速度确实令人惊叹不已。有人警告说，攻读电子专业学位的学生在结束大学二年级的课程时，他们所学的知识中有一半已经过时了。根据索尼唱片 2011 年制作的一段视频资料显示，当时已有数万亿的网络设备在使用之中，而该数据正以指数的方式增长。未来如何，无法想象。这里有一些索尼提供的进一步的数据：

每个月有 700 万人使用"我的空间（MySpace）"。

1/8 的已婚夫妇通过网络见面。

每天有 1.74 亿用户访问脸书。

油管是世界上最受欢迎的视频网站。

每天发送的短信数量超过了地球上的总人数。未来如何，确实难以想象。

年轻人为新技术欢呼，而老年人却频频摇头，他们怀疑如此疯狂地欢迎新技术难道不是文化倒退的迹象吗，因为他们发现阅读能力和人际交往都在遭受不断的侵蚀破坏。

通信技术已经以一种特殊的方式在发展。一些人称之为社交网络；还有些人称其为 Apps——"应用"的缩略词。无论使用何种称谓，它都指代基于互联网络、手机，或其他电脑设备上运行的电脑软件。我们通过脸书、我的空间、推特、油管、iPhone、iPad、Kindle、GPS 和很多别的名称的设备认识了这种软件。

过去的几个世纪里，科技也曾遭遇自己的敌人，他们认为人类要为技术付出高昂的代价。可能历史上最好的例子就是 1811 年到 1816 年的卢德运动。卢德分子是当时英国工厂的一些工人，他们认为新型高速织布机威胁到了自己的生存，因此他们反对英国纺织厂的技术改进。大量的卢德分子集结起来，游走在英国的乡村，捣毁纺织设备和机器。英国政府派出了 1.2 万人的军队进行了残酷的镇压，其头目有些被捕入狱，有些被处以绞刑，还有些被驱逐到澳大利亚。然而，今天说起我们对待新技术的态度时，卢德精神仍旧依稀可见。看到我们眼前的事实，这些担心和疑虑是可以理解的。

为了鼓励学生们客观地、批判性地看待当下这个新技术的时代，我们为读者展示了三张图片，涉及时下最具影响力的三种应用设备。第一页的图片展示了 2013 年 7 月 23 日，剑桥公爵和公爵夫人站在伦敦圣玛丽医院前向公众展示刚出生的乔治王子，狂热的粉丝们正用 iPhone 和其他照相设备的镜头对准他们。这样的场景让我们想起，智能手机已经彻底改变了普通大众用拍照记录生活点滴的方式。第二页的图片是美国总统巴拉克·奥巴马在其脸书上发布的市政厅演讲的视频特写。美国从未有过哪个总统可以像他这样如此近距离地和选民进行互动，而正是这些选民把他们送到了总统之位。最后一页是一幅卡通漫画，图中的女士正洋洋得意地宣布自己已经给图中不断叨扰她的男士找到了终极报复——就把他交给那些不分白天黑夜地骚扰别人的电话销售员去处理吧。

学生习作出自一名哈佛学生之手，他赞扬了因特网，称其拥有无限的可能，能帮助他眨眼间找到那些自己不太有把握的信息。

"切题练习"部分将详细讨论这一议题。

研读下面三幅涉及新技术的图片，选择其中最吸引你的一幅。回答相关问题并完成写作作业。

图片分析

1. 今天公众捕获新闻的能力和 50 年前有什么区别？想一想上一次家庭聚会时你们是怎样拍照的，然后问问你的父母或是祖父母，他们年轻的时候家庭聚会时是怎样拍照的？

2. 剑桥公爵威廉和公爵夫人凯特是广受欢迎的引人注目的名人。基于上面的照片进行判断，他们的吸引力是什么？你认为他们是如何令英国公众和世界大众为之着迷的？

3. 如果英国国王或者女王按照伊丽莎白一世或其他皇室后代以同样炫耀招摇的方式行事的话，你认为英国皇家将会发生什么？为什么大多数国家曾反对英国皇室？

4. 如果有的话，新技术在约束独裁专政和集权政体方面扮演了何种角色？

写作练习

写一篇文章，赞美或批评智能手机、平板电脑和笔记本。如果你认为他们既有优点又有缺点的话，请在优缺点之间权衡分析。以清晰的议题作为文章的开头。

图片分析

1. 大多数脸书的使用者会在自己的主页上放一张自己的动作照片（他们会经常变换各种动作），但是巴拉克·奥巴马的白宫页面上显示的却是一张严肃的肖像。如果是一张打高尔夫或是打篮球的照片，会如何影响他作为总统的形象？那样的照片比一张严肃的肖像更具感染力还是稍逊一筹？

2. 如果你可以在脸书上跟任何人交朋友，你会选谁？为什么？

3. 在脸书上大量结交朋友后会呈现出什么问题？一个人沉溺于脸书后会怎样？你是如何避免被脸书所左右的？

4. 如何利用社交网络改善全球的状况？请列举某个特定的用途。

写作练习

研究相关主题后，就社交网络对埃及的"阿拉伯之春"（2011）的影响写一篇文章。如果你援引了外部资料支撑自己的文章，确保标明文章的出处。

"我把他未登记的电话号码卖给了一个电话销售员。"

图片分析

1. 这幅漫画中的讽刺幽默是什么？讲话者的自白表达了什么意思？按照你的思考解释一下。简单地说一说，你认为是什么使得说话者要整整"他"？

2. 电话推销技术对于这张漫画的讽刺效果的呈现有何重要性？

3. 针对如今筹集资金或售卖产品的咄咄逼人的电话销售，你的个人看法是什么？你觉得大部分人对待这种销售策略的态度如何？人们会觉得这样的推销方式侵犯了自己的隐私，那么如何有效控制，从而避免大众对其产生反感情绪？

4. 你认为在哪种情况下电话销售是一种有益且恰当的销售方式？

写作练习

假设某个公司接二连三地给你拨打自动语音电话劝你投资，令你烦恼。给该公司写一封投诉信，尽量保证语气礼貌但态度坚定。

为句式单调而烦恼？
请查阅第 403 页"编辑室"寻求帮助！

标点工作坊：其他标点和引号的搭配使用

其他标点和引号的搭配使用

1. 句号和逗号用于引号内；分号和冒号用于引号外。

"Gilberto，" she insisted, "let's do some rope climbing."

（"吉尔伯托，"她坚持说，"让我们爬爬绳子吧。"）

He lectured on "Terrorism in Spain"；I immediately thought of the story "Flight 66"：It seemed to follow the lecturer's claims.

（他就"西班牙的恐怖主义"做了演讲；我立刻就想到了"66号航班"的故事：这个故事看起来和演讲者的看法是一样的。）

2. 仅用于所引内容的问号、感叹号或破折号在使用时要置于引号内。否则，则置于引号外。

INSIDE: The Senator asked, "Who will pay for it?"

（引号内：议员问道，"谁会为它买单？"）

OUTSIDE: Which of the senators asked, "Who will pay for it"？

（引号外：议员中的哪一个问"谁会为它买单"？）

（Do not use double quotation marks for questions within questions.）

（不要在问句中再为问句使用双引号。）

INSIDE: The crowd shouted, "No more lies!"

（引号内：人群喊起来，"别骗人啦！"）

OUTSIDE: Stop playing Bob Marley's "Crazy Baldhead"！

（引号外：别再播放鲍勃·马力的"疯狂的秃头"了！）

INSIDE: "Materialism—the greed for things—" insists my father, "is bad."

（引号内："物欲主义——对物质的贪婪——"我父亲坚持认为，"是错的。"）

OUTSIDE: The article said, "You may be at risk for cancer"—something to think about.

（引号外：这篇文章说到，"你有得癌症的风险"——是该想想了。）

3. 引号用于小作品的题目，比如故事、文章、新闻或是杂志文章、诗歌、歌曲和书籍的章节。

"Design"（poem by Robert Frost）

（《设计》（罗伯特·弗罗斯特的诗歌）

"The Annihilation of Fish" is a short story that became a cult movie.

（《鱼的灭绝》是一个小故事，后来成为了小众电影。）

"My Brown-eyed Girl" was a big hit for Van Morrison.

（《我的灰色眼睛的女孩》是凡·莫里森的成名作。）

"The Rainbow Coalition" (Chapter 20) discusses blended families.

（《彩虹联盟》（第 20 章）讨论了重组家庭这一问题。）

4. 引号或是斜体都可用于定义之中：

The word "aquiline" means "related to eagles."

（单词 "aquiline" 的意思是 "和老鹰相关的。"）

或者

The word *aquiline* means *related to eagles*.

（单词 aquiline 的意思是和老鹰相关的。）

学生角

对网络的看法

查理·索伦森

哈佛大学

我很担心自己浪费了太多的时间。就像读到这篇文章的很多读者一样，我也是一名学生。准确地说我是一名大一学生，一开始也碰到了无力解决问题的烦恼。想要在学校表现优良而心有压力让我精神错乱。如果没有把不睡觉时每一秒钟都用在读书或写文章上，我便觉得自己是一个碌碌无为的学生。我感到自己在犯错，甚至是做坏事。我可以告诉自己说不该这样想。我也知道的确如此。但无论如何还是摆脱不了那样的想法。

事实上，我认识的每一个学生都有着同样的经历。换句话说，我们感到疲惫。一方面，我们从未像对自己所说的那样努力学习；然而，另一方面，我们又渴望着没有课业约束的时间——或者我们所谓的"自由时间"。我是这个矛盾群体中的一员，正因为如此，我尤其抵制不了网络的诱惑。直截了当地说，我 80% 的时间都浪费在了网络上。

关于我们这一代人精力不集中的各种说法比比皆是。我并不反对。我们中的很多人，包括我自己，注意力时不时会被各种事情所分散，但我认为上网不应被视为一个社会问题。网络是一个不可思议的工具，它所拥有巨大的能力可以帮助我们学习。在我的生活中它发挥着极大的作用。换句话说，它的好处多于坏处。

想一想我们现在能做的所有事情，在这一代人之前它们都是科幻小说。作为一名学生，网络是我首选的资料搜索工具。当然，时不时我会走神，但我无法想象 20 年前人们是如何做一名学生的。那些日子里做研究一定非常缓慢！如今，任何一个可想到的话题，在网上搜索针对其研究的问题，光真实来源的结果就有成百上千条。比如，这个学期我选了"爱因斯坦和 20 世纪物理学"这门课。除了课程名称之外，对于这个话题我是一无所知。阅读过程中，我发现了一个相关的叫作"维也纳学派"的小组。谷歌上一搜，只需几分钟我就找到很多资料，告诉我像莫里茨·石里克这样的哲学家是谁，为什么他们很重要。网络同样也是我用来和朋友们和家人保持联系的最佳工具，它让我轻松地离开家，去勇敢地面对一个崭新的世界。电子邮件和社交网络平台帮助我维系友谊，不然我恐怕就失去这些朋友了。

细细琢磨网络的作用时，很难不为它给我们带来的大量的信息所震撼，毕竟任何人只要有电脑，有网络连接，就可以随时找到信息。整个世界向我们开放。我可以和地球彼端的某个人分享我的经历，也能窥到我可能永远看不到的一种生活。当然在教室里我也会努力学习。没有什么能比得上良好的学校教育，在那里有启迪心灵的讲座，还有令人激动的课堂讨论。但我也发现，每天我通过网络搜索学到的知识跟我在教室里学到的不相上下。互联网上有世界上令人最为惊叹的各种社区。如果你了解相关的搜索渠道，在网络上比在其他任何地方学到的都要多。如果有所谓的"网瘾"的话，那么或许我就是一个网络沉溺者。网络正在为我提供我想要的最好的教育。

我的写作心得

一开始就搭建文章框架总是很有用的——即便是一个非常粗略的框架，我写文章时就经常如此。以前我写文章时就坐在那里，毫无框架地写作和设计。我的第一直觉还是要坐下，把进入大脑的第一想法写下来。但是我慢慢发现，花上几分钟组织想法，确定文章的中心并写下来，这些步骤帮助我提高了写作水平。

我的写作小妙招

结合自己的经历，我认为写作时最困难的是写出第一个句子。我学到的最重要的就是简简单单地开始写作。把文字写在纸上。写，除了写还是写！初稿完成后，文章的写作才真正开始了。但在此之前，最为重要的就是将自己的想法用文字写出来。一旦完成了这项工作，改写句子或者修改文章就会容易很多。

切题练习

你相信智能手机正在拯救人类，它可以有效解决公路上的紧急事件，帮助人们即时交流重要信息，方便人们随时进行谷歌搜索，将全世界的人联系在一起。推特上有人发帖暗示说，年轻人越来越沉溺于手机，这是非常危险的。假定你有推特账号，回复并反驳。将字数控制在140字以内。

■ **本章写作练习**

1. 就你最喜欢的网站写一篇文章。

2. 发挥你的想象力对还未发明出的一种工具进行预测和描述。

3. 哪个电影演员因为出演了电影中的反派角色而成为你最喜欢的演员？写一篇文章，形象地描述该演员是如何在银幕上塑造反派角色的。

4. 就你最不可能从事的工作写一篇文章。向读者呈现该工作的种种不好。

5. 写一篇文章，表达如下观点：最新的技术给我们打开了通往一个全新世界的门户，这样的世界恰如当年我们的祖先看到的外太空那样神秘。

6. 就你最喜欢的棋类游戏写一篇文章，强调它的吸引力和乐趣。

■ **进阶写作练习**

1. 给美国国内税务署写一封信，内容是你在学校里一个学期的开支，尽可能把你的开支描述成不可或缺的，证明对其不应征税。

2. 向一个从未听说过棒球的外国人解释该运动。

专家支招

避免使用名词串

绝对不要用一连串的名词修饰另一个名词。使用多个名词修饰一个名词，你的文章将会晦涩难懂。下面例句会令读者望而生畏：

药品维持水平评价程序

汽车轮胎耐久性指导原则

培训需求评估综述

——约瑟夫·P. 威廉斯

第三部分

重新修订自己的文章：
编辑室

在编辑室部分，你将会读到针对下面话题的内容：

修改

编辑

准则 1：确保标题具有描述性

准则 2：使用简单句开头

准则 3：修剪枯枝，去芜存菁

准则 4：切勿过度解释

准则 5：表述具体

准则 6：避免陈词滥调

准则 7：使用主动语态

准则 8：态度陈述正面化

准则 9：保持时态统一

准则 10：将关键词置于句首或句尾

准则 11：修剪过多的从属（of）结构

准则 12：打破名词词串

准则 13：慎用感叹号

准则 14：句子多样化

准则 15：视角保持一致

准则 16：使用标准词汇

准则 17：使用有力的结尾

修改是写作的一部分，鲜有作者可以一次性完成自己的作品。

—— 小威廉·斯特伦克和 E.B. 怀特

重新修订（rewriting）是写作中一个必要的部分。只有在极少数的情况下，作者一坐定，灵感便自然迸发。很多时候这些想法必须诉诸笔尖，一点一点地（或是在电脑上，一个字母键一个字母键）、费尽心思地写出来，然后再不辞辛劳地重读和修改。改写就是对自己所写的内容进行检查，然后进行修改的过程。这些步骤或许从广义上可以归为修改和编辑。

"修改"（revising）的字面意思是"再次阅读"。你需要再次仔细阅读所写的段落、句子和字词，然后进行修改，直到表达出你要表达的意思。对文章的结构、句子和段落，需要做出大的改动。你要尽量让文章的主题保持一致，用逻辑的顺序呈现例证，针对文章的读者群体采用恰当的语气。要完成上述三项中任何一项，你可能都需要调整或者添加段落，删减句子，增加过渡，修改文章的开头或结尾，甚至要做更多的调查研究。

"编辑"（editing）则意味着要把精力着重放在修改个别字词和句子上。这意味着对原文做小的调整，往往是着眼于改进句法，提升文章整体的流畅度。这就意味着要选择更贴切的近义词，修改拼写错误，塑造更为鲜明的形象，改动标点，统一格式，删减不必要的字词或短语。

"修改"和"编辑"是所有文字修改工作中最为重要的两大环节。尽管通常"修改"先于"编辑"，但二者的顺序也并不总是固定不变。你可能会发现自己在第一次回顾文章时会对个别字词和句子进行改动。然而第二次的时候，你可能又发现上次遗漏了一个明显的错误，这要求你不得不对内容进行更大的改动。实际写作中，很难将整个修改过程切分为完全独立的步骤。

■ 修改

对所有的修改而言最为重要的就是仔细且目的明确的重读。重读你的文章，要时刻考虑你假定的目标读者和文章的写作意图。重读文章时，问问自己你的读者是否能读懂你的文章；问问自己某个段落、句子或字词是否恰当；某个篇章是凸显还是弱化你的观点。重读时，手里拿一支笔，或是将手放在键盘上，涂涂改改，页边空白处随意书写，删除或改写某些句子。如此这般，经过一次次重读，你的文章也会越来越好。

不过，关键还是要一次次重读，这一点至关重要。想写好文章，就必须乐于不断地重读自己的作品，不仅是在完成之后必须重读，写作过程中更要一遍遍品读。如果你暂时被困住了——实际上几乎每一个作家偶尔都会如此——不要茫然地盯着周边或者天花板，把自己的文章从头再读一遍。如果脑海中还是没有新的想法，还是不知该如何处理，就再读一遍。迟早你会明白自己的文章在哪里转向了一个错误的方向，这样就可以将其改正了。

写和反复改写是写作中一个循环的过程。其实在动手写作之前，你也许已经想到要对初稿或者写作目的进行适当的调整。不过大多数情况下，还是在写作过程中或是写作完成之后，你才会想到要做某些即时的修订。你会在纸上写一两句话，反复阅读，想办法写得更好。或者，你会写一个段落，接着再写一段，接着又被困住了，随后又回到第一段再插入一些细节或者过渡性材料。无论你是如何进行写作的，一旦完成了初稿，你就应该通过重读文章开始正式的修改工作。下面是我们选取的一篇学生初稿，旨在借此解释修改文章的具体方法。按照要求，作者需以页边批注方式列出自己打算做的修订。由于此部分重点讲解"修改"过程，与"编辑"过程涉及的内容不同，我们已经改正了几个会在编辑过程中被发现的错误，保留了那些通过修改可以有所改进的地方。本章中下一个部分，我们将重点分析"编辑"过程。

猎杀濒危野生动物

世界上很多富裕国家对濒危野生动物的喜好为非法偷猎和出口野生动物制品提供了市场。野生动物是一个巨大的市场。珍贵鸟类的收集者会出高达一万美元的价格购买一只紫蓝金刚鹦鹉。在纽约的萨克斯第五大道精品百货店里，一双装饰有蜥蜴皮的牛仔靴可以卖到 900 美元。一件用 17 只猞猁猫肚子上的皮毛制成的克里斯汀·迪奥的大衣，竟卖到 10 万美元。然而，比起我们对全世界野生动物保护区偷猎而来的动物所做的一切，这些只是微乎其微的例子。

移到段末。

为了使文章开头更有力度，从这里开头。

当然，对于是否有人会花费上千美元购买没必要的物品，并不是每个人都会在乎。但是，徒为一己虚荣而滥杀无辜动物的行径，都是不可饶恕的，是卑劣的犯罪。比如，小海豹因那极其柔软的皮毛而倍显珍贵，于是人们用棍棒一次次猛击，直至它们躺在那里，失去知觉。对于那些视屠杀为家常便饭的偷盗者而言，死亡与这一丑恶行径并无关系，更不要说它们的死亡方式是多么的毫无人性。这些人所关心的就是从这些无助的动物身上剥下来的皮毛所换取的血淋淋的金钱。另一个例子就是从巴西和澳大利亚偷运而来的大批野生鸟类。由于这些国家的法律明令禁止鸟类出口，装有鸟的箱子会被偷运到走私者的船上，上面压着重物。担心被警察发现，装鸟的箱子会被随意地扔进船舱，避免留下蛛丝马迹。还有一个野生动物遭受滥杀的例子就是大象。调查人员曾发现近 20 头大象被自动枪支或者毒镖射杀，它们的尸体躺在一起，看上去就好像是残忍的种族屠杀的受害者。它们的象牙都被偷猎者从头上割下运走，只留下血淋淋的尸体被抛弃在大平原上任其腐烂。

删除：没有添加任何内容。过于非正式。

这里需要更多的评论。增加过渡。

是关于什么的例子？

这种事件的几率有多大？出于何种目的？哪里？增添细节。

这样的非法屠杀所造成的不可逆转的结果可能是很多珍贵的野生物种的灭绝。17 世纪，我们发现了有 13200 多种哺乳动物和鸟类，但是今天其中的有近 130 种已经消失了。预计有近 240 种被视为严重濒危。而

表达更直接一些。

增加过渡

且几乎所有这些归根结底都是由于人类的活动而造成的。

　　不是因为我们需要这些动物作为食物，不是因为他们的特性可以帮助我们治疗某些疾病，不是因为杀害它们能教会我们其他别的什么，只是可能我们知道它们永远不会回来了，随着它们消失的还有自然所赋予它们的神秘、美丽和优雅，那时我们或许会明白我们曾经是多么无知。

> 重写这部分，令其对读者的公正之心产生强烈的冲击。增强连贯性。

下面的文章是初稿的修订版：

　　野生动物是一个巨大的市场。奇珍异鸟的收集者会出高达一万美元购买一只紫蓝金刚鹦鹉。在纽约的萨克斯第五大道精品百货店，一双装饰有蜥蜴皮的牛仔靴会卖到 900 美元。一件用 17 只猞猁腹部的皮毛制成的克里斯汀·迪奥的大衣，竟卖到 10 万美元。在全世界的野生动物保护区很多动物被偷猎，以上只是微乎其微的例子。世界上很多富裕国家对濒危野生动物的喜好为非法偷猎和野生动物制品走私提供了市场。

　　仅为一己之虚荣滥杀可爱而无辜的动物，这是不可饶恕的，是卑劣的犯罪。有人说动物没有情感，因此如果是为了提高人类的生活质量，我们有权掠夺和杀戮这些下层社会的公民。比如，小海豹因那极其柔软的皮毛而倍显珍贵，于是人们用棍棒一次次猛击，直至它们躺在那里，失去知觉。对于那些视屠杀为家常便饭的偷盗者而言，死亡与这一丑恶行径似乎并无关系，更不要说它们的死亡方式是多么丧失人性。这些人所关心的就是从这些无助的动物身上剥下来的皮毛所换取的血淋淋的金钱。另一个野蛮掠夺的例子就是每年从巴西和澳大利亚偷运的大批野生鸟类，这些鸟的最终命运不是被关在笼子里，装点有钱人的豪宅，就是被做成装饰品，美化那些追求时尚的富婆的毛衣和帽子。由于这些国家的法律明令禁止走私鸟类，装有鸟的箱子会被偷运到走私者的船上，上面压着重物。由于担心被警察发现，装鸟的箱子会被随意地扔上船，以免留下蛛丝马迹。还有一个野生动物被猎杀的例子就是大象。西非的调查人员曾发现近 20 头大象被人用自动枪支或毒镖射杀，尸体堆在一起，看上去就像是残忍的种族大屠杀的受害者一样。它们的象牙都被人从头上割下运走了，只留下血淋淋的尸体被抛弃在大平原上任其腐烂。

　　这样的非法屠杀所造成的不可逆转的结果，就是最终导致很多珍贵野生物种的灭绝。时间已经目睹了很多珍贵动物的死亡。17 世纪，我们发现了有 13 200 多种哺乳动物和鸟类，但时至今天 130 余种已经消失了。据估计，有近 240 种生物已经严重濒危。而且，所有这些归根结底几乎都是由于人类贪婪的掠夺活动而造成的。令人悲哀的是，我们没有对这些掠夺者进行惩罚，因为我们需要这些动物作为食物，或因为他们的特性可以帮助我们治疗某些疾病，或因为杀害它们能教会我们其他别的什么。但是，当它们离开这个世界，随着它们消失的还有自然所赋予它们的神秘、美丽和优雅，那时的我们或许才会明白，我们为了蝇头小利最终出卖的是自己与生俱来的权利，可那时已经为时太晚。

■ 编辑

在很多情况下，"修改"过后紧接着就要"编辑"。现在你要关注文章的细枝末节——字词和句子——目的是改进它们。细致的编辑依然始于仔细的重读。记住你在给谁写，为什么而写，你的目标读者和写作目的就是用来判断文章中句法和用词的标准。

下面详单罗列的是最基本的编辑内容。阅读这份详单时，把你的文章放在旁边。如果你的文章在写作技巧上有问题，比如句子不完整、使用逗号连接简单句、悬垂结构，你应该随时翻阅语法书。

准则 1：确保标题具有描述性

文章的题目应该描述其所写内容。避免夸大、过于扎眼的题目，就像下面这篇探讨济慈诗歌中奇幻元素的使用的文章：

欠佳：济慈：诗歌的大主教

修改：济慈诗歌中奇幻元素的运用

准则 2：使用简单句开头

从文体上而言，以一个简短的句子开头会让人感到舒服。冗长烦琐的开头不但不会吸引读者，反而会令其望而生畏：

欠佳：一次次摆在社会科学工作者，尤其是社会学家和人类学家面前的，曾在全国范围内的学科期刊上和各大院校的教室里，广为热议的，答案五花八门，但却没有一个令人满意的问题就是：社会科学在政治上是中立的吗，或者说是仅基于研究本身的吗？

使用如此冗长复杂的句子开头，就好像强迫一个朋友从一个布满灰尘的窗户往外看。最好用一个容易理解的句子开头：

修改：问题就是：社会科学在政治上是中立的吗，或者说是仅基于研究本身的吗？

准则 3：修剪枯枝，去芜存菁

枯枝指的是没有意义却被添加到文章中的任何单词、短语或者句子。文章迂回反复，模糊不清的地方总有这样的枯枝。而有些写作风格冗余反复，根本无法把责任归于某一个字词或短语。

欠佳：很多原因导致我写作中的很多问题，最显著的就是我不愿意写。

修改：我写不好的主要原因是懒惰。

欠佳：人类学家深入马来西亚的热带雨林研究灵长类动物的行为，通过专家们潜心于专业兴趣的追求，他们终于让我们以更为宽泛的视野认识了人类。

修改：通过研究热带雨林地区灵长类动物的行为，社会学家让我们知道了更多有关人类自身的知识。

解决繁冗的办法就是要表述简洁，直接陈述观点，不要故弄玄虚。

除了繁冗，还有其他更为具体的"枯枝"：

a. 尽可能地删掉"there are"和"there is"（有），令句子更紧密。

欠佳：这里有一些为什么企业失败的原因。

修改：很多原因导致企业的失败。

欠佳：对于每一个结果这里都有一个原因。

修改：每个结果都有其原因。

b. 删掉"I think（我认为）""I believe（我相信）"和"in my opinion（在我看来）"。这样的短语让作者的语气听上去不坚定。

欠佳：我认为弗洛伊德研究心理学的方法过于偏重于性的方面了。

修改：弗洛伊德研究心理学的方法过于偏重于性的方面了。

欠佳：我相信女性和男性应该同工同酬。

修改：女性和男性应该同工同酬。

欠佳：在我看来，婚姻就是一个垂死的协议。

修改：婚姻就是一个垂死的协议。

c. 删掉所有委婉语表达。

欠佳：他去了越南，为之奉献了自己的生命。

修改：他死在越南。

欠佳：去年第一次在选举日我履行了身为公民的权力。

修改：去年我第一次参加投票选举。

d. 删掉以 wise，ly 和 type 结尾的单词。这类单词，由于容易由副词和形容词转化而成，在大学写作中非常普遍，但是添加此类字词除了让人感到笨重之外，没有任何意义。

欠佳：在金钱上（moneywise），她就是不知道如何仔细一些。

修改：她不知道如何仔细地花钱。

欠佳：（firstly）首先，让我指出一些经济问题。

修改：（first）首先，让我指出一些经济问题。

欠佳：嫉妒类型（jealous-type）的人会令我反感。

修改：爱嫉妒的人令我反感。

e. 省略所有冗赘的短语或表达。下面大家看几个经典的例子，后面是可能的替换词：

冗词	修改
bright in color（颜色明亮）	bright（明亮）

large in size（型号大）	large（大）
old in age（年纪老）	old（老）
shiny appearance（闪亮的外表）	shiny（闪亮）
in this day and age（在今天这个时代）	today（今天）
true and accurate（真实而准确）	accurate（or true）（准确 / 或真实）
important essentials（重要的要点）	essentials（要点）
end result（最终结果）	result（结果）
terrible tragedy（令人伤感的悲剧）	tragedy（悲剧）
free gift（免费的礼物）	gift（礼物）
unexpected surprise（没有预料到的惊喜）	surprise（惊喜）
each and every（一个个和每一个）	each（一个个 / 每一个）
beginning preparation（开始的准备）	preparation（准备）
basic and fundamental（基本的和根本的）	basic（or fundamental）（基本的 / 根本的）

上述例子中所做的修改是删除无益于意义表达的字词。

冗赘的另一种情况就是使用单独的词语替换固定短语：

固定短语：	改写后：
owing to the fact that	because（因为）
plus the fact that	and（和）
regardless of the fact that	although（尽管）
in the event that	if（如果）
in a situation in which	when（当）
concerning the matter of	about（关于）

现成短语：	修改后：
it is necessary that	must（必须）
has the capacity for	can（可以 / 可能）
it could happen that	may, can, could, might（也许）
prior to	before（之前）
at the present time	now（or today）（现今）
at this point in time	now（or today）（现在）
as of this date	today（今天）
in this day and age	nowadays（今天）
in an accurate manner	accurately（准确地）
in a satisfactory manner	satisfactorily（令人满意地）

subsequent to   after（之后）

along the lines of   like（像）

不幸的是，我们的列表无法穷尽所有的不必要的短语。因此你只有重新通读文章，才能发现此类冗赘结构。

但是，有些习惯性冗赘是因为一些字词所引起的，比如"process（过程）""field（领域）""area（区域）""system（系统）""subject（话题）"，通常使用介词"of"将这些词生硬而多余地与某个名词相关联。省略这些字词和介词绝不会给你要表达的意思造成任何损失，反而为你的写作风格增光。

请看下面的例子：

The process of law is not free of faults.

The field of education needs creative minds.

Some incompetence exists in the area of medicine.

People employed in systems of management make good salaries.

They know little about the subject of mathematics.

法律程序中并非全然没有问题。

教育领域中需要有创造力的头脑。

庸医在医学界还是存在的。

受雇于管理体系的人员薪酬丰厚。

他们对于数学学科知之甚少。

上面的例子中，如果你删掉"of"短语，冗赘就会消失：

The law is not free of faults.

Education needs creative minds.

Some incompetence exists in medicine.

People employed in management make good salaries.

They know little about mathematics.

法律并非没有缺陷。

教育需要有创造力的头脑。

庸医在医学界是存在的。

受雇于管理层的人员薪酬丰厚。

他们对于数学知之甚少。

同样，"context（情景）""activity（活动）""concept（概念）""factor（因素）""problem（问题）"这些让人不舒服的字词也存在类似的问题。

f. 删掉所有迂回的表达，比如"the reason why…is that"

欠佳：我想要说的是历史已经表明人类会成为社会性的掠夺者。

修改：历史已经表明人类会成为社会性的掠夺者。

欠佳：我一直想要说清的是，济慈的诗歌中有时现实和幻想是混淆在一起的。

修改：济慈的诗歌中有时现实和幻想是混淆在一起的。

这些例子中修改的原则是一样的：留下观点的核心内容，说清楚。

g. 删掉大多数问句。

欠佳：济慈诗歌中的幻想，尽管具有欺骗性，还是非常给人慰藉的，而且对人类的需求而言，不像现实那样充满了敌意，因此成为其诗歌的核心主题。为什么我们会这样认为呢？为什么济慈会这样想？可能是因为他得了肺结核，知道自己将不久于人世。

修改：济慈诗歌中的幻想，尽管具有欺骗性，还是非常给人慰藉的，而且对人类的需求而言，不像现实那样充满了敌意，因此成为其诗歌的核心主题。济慈这样想很有可能是因为他得了肺结核，知道自己将不久于人世。

准则 4：切勿过度解释

欠佳：很多评论家对济慈冷嘲热讽，因为他曾经要被培养成为一名药剂师。

修改：很多评论家对济慈药剂师的身份冷嘲热讽。

如果济慈是一名药剂师，那么显然他曾要被培养成为这样的人。

欠佳：作为公司的主席——一个行政类型的职务——4 月他从未为自己规划过任何工作。

修改：作为公司的主席，4 月他从未为自己规划过任何工作。

"president（主席）"已经让读者知道这个职位就是一个行政职位。

欠佳：这辆车的颜色是蓝色的，价格上花费了 1.8 万美元。

修改：这辆车是蓝色的，花了 1.8 万美元。

蓝色就是一种颜色，1.8 万美元就是价格，这些都是不证自明的。

准则 5：表达具体

缺乏具体细节会让你的文章苍白无力。

欠佳：背景的效果很棒，给表演增添了一抹色彩。

修改：4 个平面上绘出的乡村秋天景色延伸到了整个舞台，这样的背景给表演增添了一抹色彩。

具体化是指仅用事物的名称直接称呼。演讲中，人们很可能会用"某个东西""小东西"之类的称谓指代要说的东西。但是在写作中，任何这样因为作者不清楚如何称呼其所指内容而产生的模糊都会给人留下不好的印象。请看下面的例子：

欠佳：詹姆斯·鲍斯韦尔，著名作家，因生活不好而离世。

修改：詹姆斯·鲍斯韦尔，著名传记作家，死于尿毒症引发的淋球菌性感染。

写第二个句子的人，直接写明最终结束鲍斯韦尔生命的病症，就显得比写第一个句子的人更加专业。

欠佳：勃朗宁写的诗，里面的人物不是自白就是和别人对话。

修改：勃朗宁写的是戏剧独白诗。

第一个句子里，因为没有恰当的名称进行指代，作者不得不绕来绕去对勃朗宁所写的诗歌进行冗繁的描述。只需对勃朗宁稍做调查，就可以发现用以指代他的诗的术语是"独白诗"。

准则 6：避免陈词滥调

一些字词、短语或表达由于过度使用而让人感到过于平庸，这些我们均应该避免使用。下面所列举的是最令人无法忍受的表达：

in conclusion, I wish to say　最后，我想说

last, but by no means least　最后但并不意味着不重要的是

slowly but surely　缓慢地但是毫无疑问地

to the bitter end it goes without saying　到了最后不用说

by leaps and bounds　突飞猛进地

few and far between　罕见

in the final analysis　　最后分析

准则 7：使用主动语态

比起被动语态，主动语态更有活力，易于理解，因为主语处在一个让人更为熟悉的位置上，位于动词的前面：比如说，"I took a walk."主语"I"置于动词"took"之前。同样的句子，被动语态的使用就会否定大家所熟悉的这样主语位于动词之前的顺序。"A walk was taken by me."这个句子里，主语和动词处于句子的两端，中间插入了一个"by"。在一些被动结构中，主语甚至被省略了：

有关嫌犯的消息是无法得到的。

你可能会问，无法被谁得到？这句话里，答案并不明显。被动语态的使用容易产生令动作产生者消失的倾向，因此注重文体的作家们往往青睐主动语态。注意，将之前的句子转换成主动语态，不仅句子更具活力，而且某个机构或者某人成为句子的主语，随之就有了相应的责任。

警察们无法得到有关嫌犯的任何消息。

另外，使用主动语态而非被动语态最主要的原因是：主动语态易读易懂。下面是一些

被动语态的例子，后面是修改后的版本：

被动： 化妆品被她涂得厚厚的。

主动： 她把脸上涂得厚厚的，浓妆艳抹。

被动： 亲眼见到他们的英雄是这些粉丝梦寐以求的梦想。

主动： 粉丝们梦寐以求的梦想就是亲眼见到他们的英雄。

被动： 由委员会决定的是新的税法会使中等收入人群受益。

主动： 委员会决定新的税法要使中等收入人群受益。

被动： 我最后一次去牙买加的旅行会永远被记住的。

主动： 我会永远记住我最后一次去牙买加的旅行。

只有当动作或是动作的对象比主语更为重要的时候，文字形式上才应当使用被动语态：

那里，就在我们眼前，两个人被活生生地用汽油点着了。

这个句子里，动作的对象"人"比主语"汽油燃烧的火焰"更为重要，因此这里被动语态的使用是有效的。下面是另外两个恰当使用被动语态的例子：

建筑施工中，致癌颗粒被喷涂石棉的喷枪释放到大气中。

这个语境中，致癌颗粒比喷枪更重要一些。

大规模死伤是相当于两万吨 TNT 炸药的原子弹投向广岛所造成的。

很明显，人类的伤亡比起原子弹更重要。

准则 8：态度陈述正面化

陈述中的措辞闪烁其词，犹豫不决，左右摇摆会令你的话语态度摇摆不定。尽可能让自己的陈述正面化。

欠佳： 他根本不是一个有钱人。

修改： 他是一个穷人。

欠佳：《樱桃园》不是一部感染力很强的戏剧。它通常不能感染到所有的观众。

修改：《樱桃园》是一部不成功的戏剧，它常常令观众感到无聊。

欠佳： 今年并非不太正常的情况就是这个时候下雨。

修改： 通常每年这个时候都会下雨。

准则 9：保持时态统一

一旦你已经决定要用某个时态对一个行为或事件加以总结，随后就必须遵循这个时态。不要在文章一开头用过去时，后面又换成现在时，或是开头用现在时，随后又换成过去时。注意下面例子中改动的地方。

Here is what I saw: For two acts the ballerina pirouetted, leapt, and floated like a silver swallow; then suddenly, she falls（改为 fell）to the ground like a heavy boulder. Her leg is（改为 was）fractured. For years before I observed this spectacular drama, I（添加 had）often heard of this artist's brilliant career. Now I am（改为 was）watching her final performance.

这就是我看到的：接连两个动作，这位芭蕾舞女演员脚尖旋转，跳跃，翩翩起舞，就像一只银色的燕子；接着，突然她就像一块沉重的巨石倒在了地上。她的腿骨折了。看到这个精彩戏剧之前的很多年前，我曾经常听说这位演员辉煌的演艺事业。此时此刻，我目睹她的最后一次表演。

准则 10：将关键词置于句首或句尾

欠佳：今天的工人们已经忘了"质量"一词的含义，这就是大多数匠人告诉我们的。

修改：大多数匠人告诉我们说，今天的工人们已经忘记了"质量"一词的含义。

欠佳：总体而言，战争将文明国家变成野蛮部落。

修改：战争，总体而言，将文明国家变成野蛮部落。

准则 11：修剪过多的从属（of）结构

可以允许两个 of 结构，但三个 of 连用就不行了。

Poor: The opinions of the members of this panel of students are their own.

欠佳：学生小组的成员的想法是他们自己的。

Rewrite: The opinions expressed by this panel of students are their own.

修改：学生小组所表达的想法是他们自己的。

打破 of 结构的一个办法就是添加另一个动词。在上面的例子中动词 expressed 就是添加进去的。

准则 12：打破名词词串

名词词串就是任何一个由名词和形容词组合所形成的一串词，出现时往往结构很长，且相互之间没有动词连接。这样的词串通常前面会有冠词 the 或 a。这样的名词词串往往给文章带来一种无可争辩的客观语气，因此常见于教科书、政府文件以及社会科学文本中。注意下面例子中斜体的名词词串。

Poor: We therefore recommend *the use of local authorities* for the collection of information on this issue.

欠佳：我们因此建议让地方政府就这个问题进行信息的收集。

Poor: *The increased specialization and complexity* of multicellular organisms resulted from evolution according *to the principles of random variation and natural selection.*

欠佳： 多细胞机体的特殊化和复杂化的增加是源于进化，根据随机变异和自然选择的原则。

Poor: *The general lessening of the work role in our society* does not mean that we have abandoned the work basis for many of our values.

欠佳： 我们社会中工作角色的普遍弱化并不意味着为了很多个人利益我们已经放弃了我们很多价值观的基本理念。

Poor: One cannot doubt *the existence of polarized groups in America.*

欠佳： 没有人能够质疑美国社会中两极分化的存在。

检测名词词串的方法就是看是否能用一个指示代词将其替换。上面例子均可这样处理。

修改名词词串时，可以将一个或更多的名词转变成相应的动词形式：

Better: We therefore recommend *using* local authorities *to collect* information on this issue.

修改： 因此，在这个问题上我们建议让地方政府进行信息收集。

Better: Multicellular organisms *specialized and evolved* in complexity by the principles of random variation and natural selection.

修改： 基于随机变异和自然选择的原则，多细胞机体变得特殊化和复杂化。

Better: Because people today *work* less than they used to is no reason to believe that we have abandoned work as a basis for many of our values.

修改： 因为今天的人们比他们之前工作的时间减少了，就认为我们已经不把工作作为各种价值观的基础，这一观点是错误的。

Better: One cannot doubt that polarized groups *exist* in America.

修改： 美国存在两极化，这是毋庸置疑的。

名词词串会破坏句子的流畅性。要避免它，可以更加慷慨地使用动词。

准则 13：慎用感叹号

应尽量少用感叹号，只有事情紧急时或是要表达强烈的感情时再使用。下例中存在感叹号误用的问题：

这就是我们为何而战！

噢！他们发现了大奖！

若使用恰当，感叹号则可以使文章轻松而有力。

我们必须让城市恢复活力，现在我们已经做到了！

没有一个人可以依靠不可信的工具创建一门科学！

准则 14：句子多样化

不要让两个紧接的句子用同样的单词或短语开头，除非你是专门为了这样的效果。

欠佳：真正的济慈研究学者对济慈的诗歌和人生同样熟悉，并且可以做到随时将两者相结合。真正的济慈学者习惯于用济慈本人的诗歌来阐释他的人生，用他的人生来阐释他的诗歌。

修改：济慈学者对诗人生平就像对他的诗歌一样熟悉，且可以随时将二者相结合。他们用济慈的诗歌解读他的人生，用他的人生诠释其诗歌作品。

除了要调整字词，还可以改变句子的长度。

欠佳：这个人生气了并他想要回自己的钱。但是这位官员不同意把钱给他并叫他离开。这使得他更生气了，并威胁说要叫警察。

修改：这个人生气了，他想要回自己的钱。但是这位官员不想还钱，还叫他离开。这使得他更生气了，威胁说要叫警察。

改写后的句子在长度和风格方面更加富于变化，因而表达效果更佳。

准则 15：视角保持一致

如果你的句子一开始使用"I"／"我"指代自己，接着又换成"one"／"一个人"进行指代，你已经犯了视角转变的错误。这样的错误之所以会出现，可能是因为你可以用不同的方式来指代自己，指代你的读者和泛泛大众。你可以用"笔者"、"我"或者"我们"来指代你自己。你可以用"你们"、"我们"或者"我们大家"来指代读者。你还可以用"大家"、"一个人"和"他们"来指代泛泛大众。不过，原则是一旦你选择了自己的视角，就必须保持一致。

欠佳：不要在拍卖会上购买东方地毯，因为如果我们这样做了，我们就可能被骗。

修改：不要在拍卖会上购买东方地毯，因为如果你这样做了，你就可能被骗。

欠佳：我竭尽所能地保养好我的车，因为如果一个人不好好打理他的车的话，他们往往会付出大的代价。

修改：我竭尽所能地保养好我的车，因为不这样做的话，往往我就会付出大的代价。

欠佳：当我和他们说起这起事故时，每一个人都吓得目瞪口呆。

修改：当我和他们说起这起事故时，他们都吓得目瞪口呆。

准则 16：使用标准词汇

大学生非常热衷使用自己创造出来的新词，也往往因为新词的使用——使用新的或者创造的词语——而深受其害。时髦的词语来得快去得也快。在文章中你应该少用或者不用新词。你应该从几个世纪以来所创建的词汇中形成自己最基本的词汇库。同时切记，标准词汇必须以标准拼写进行书写。有单词不确定时，一定要勤查词典以确定其拼写方式。

我们奉劝大家避免使用如今常见的首字母缩略词。像 LOL（Laughing Out Loud，大声地笑），IMHO（In My Humble Opinion，不揣浅薄），OMG（Oh My God，哦，上帝），FYEO（For Your Eyes Only，最高机密），或是 JK（Just Kidding，只是玩笑）这些缩略词都是应该避免的，因为它们的意思时常变化，因此很快就会失去意义，影响读者阅读。首字母缩略词仅限于智能手机上的朋友圈内。平时写作请坚持使用标准英语。

准则 17：使用有力的结尾

文章的结尾应紧扣自己的论点，总结主要观点，重新陈述你的论题，敦促一种行为的产生，或是提出解决办法。避免文章的结尾处出现下面这些常见问题：

a. 结尾处老生常谈：

In conclusion I wish to say...

最后我想说……

And now to summarize...

总而言之……

这样的结尾过于明显。如果你的文章是正常地展开，结尾处就不必出现这样的宣布性文字。

b. 结尾引出新观点：

财富、地位和朋友使他变成了今天的样子，尽管他的父亲的死亡也有可能影响到他。

如果一个观点在之前没有被涵盖，就不要在最后的段落中节外生枝。

c. 冗余结尾

这些就是我针对这个问题的想法。

就像你们看到的，我的文章证明了碳水化合物对健康是有害的。

从这些想法中你们将清晰地看到迪亚吉列夫是现代芭蕾舞的灵魂人物。

——这些结尾无法反映作者缜密的思考，因此在文章中没有意义。

■ 编辑一篇文章

下面是一位学生文章的初稿，修改之处已标出。文章左侧的空白处标出了文章未遵循上述哪一条规则。

准则 1

准则 6

准则 5

准则 3g

准则 9/3e

准则 3d

准则 3e

准则 5

准则 8

准则 14

准则 16

准则 7

~~Goose pimples, Where Are You?~~
（改为：**The Loss of Horror in Horror Movies**）

~~For various and sundry reason~~（此句删除）, ~~audiences~~（改为 Audience）are no longer scared as they once were by the old-fashioned horror movies. Over the years, people have been exposed to so many ~~monsters~~（monsters 一词改为 vampires, werewolves, zombies, and mummies）that such creatures have lost their effectiveness as objects of terror. ~~Why do you think this happened?~~（整句删除）

Lack of novelty has produced indifference. Originally, a movie monster, such as the one created by Frankenstein, terrified audiences simply because the concept of a man creating a human life ~~is~~（改为 was）new. ~~Plus the fact that~~（此短语删除）Frankenstein's monster had a sinister plausibility that people of the 1930s had not experienced. But then the public was inundated by a deluge of other film monsters as studios tried to capitalize on the success of the original. Gradually audiences grew bored as these creations became trite and shopworn. Fearing loss of business, ambitious movie producers tried to invent fresh ~~type~~（删除该词）, grisly shapes that would lure moviegoers back into the theaters. But their attempts had no effect on a public surfeited with horror, so Frankenstein's monster, Wolfman, and Dracula eventually became comic creatures in Abbott and Costello films.

Most modern horror films fail ~~in the production of~~（in the production of 改为 to produce）genuine, goosepimply terror in their audiences. Of course, it may be argued that films like The Exorcist and Jaws scared many people even tothe point of ~~great fear~~（great fear 改为 hysterical screams）. But these films relied heavily on shock rather than on fear. Shock ~~and fear are not the same~~（改为 differs from fear）. Genuine fear involves the unknown or the unseen. ~~Genuine fear~~（改为 It）seduces the imagination into fantastic realms. ~~Genuine fear appeals~~（删除后添加 and）to our innate store of nightmares. But shock is merely synonymous with repulsion. People are shocked when they see something they don't want to see. For example, the scene of a man being devoured by a shark will shock. The flaw here is that the shock value of such a scene serves more to ~~give the creeps or the beebie jeebies~~（改为 repulse or offend）than to frighten.

Today, shock devices are used far too frequently inmotion pictures; yet, the sad truth is that these graphic displaysof blood and gore lack imagination. In older horror movies, the audience was not privy to the horrible details of murder. Scenes ~~which~~

准则 8

（删除）merely suggested evil ~~were used~~ instead, and ~~the details were supplied by the audience's imagination~~（改为：the audience's imagination supplied the details）. This approach is more effective than shock because it spurs the viewers to conjure up their own images of the unseen. The old movie formulas did not have to use shock devices, such as bloody murders, to achieve a pinnacle of horror. Unfortunately, today's

准则 5

audiences have become "shockproof" in the sense that it takes ~~more and more~~（改为：bigger and more bizarre doses of horror）to scare them. ~~In conclusion, horror movies~~

准则 17a

~~have truly lost their effect~~（整句改为：One wonders what the ultimate horror movie will be）.

鸡皮疙瘩，你在哪里？

（改为：恐怖电影中恐怖的迷失）

由于各种各样的原因（此句删除），观众们不再会像过去那样被老套的恐怖电影所吓着了。很多年过去了，人们已经看到太多的怪物形象（改为吸血鬼、狼人、僵尸和木乃伊），以至于它们已经失去了恐怖的效果。

缺乏新意已经导致木然。最初，电影中的怪兽，像弗兰肯斯坦创造的怪兽，着实吓着了观众，因为一个人创造出一个人类生命的题材是很新颖的。弗兰肯斯坦所创造的怪兽的邪恶广受好评的原因是 20 世纪 30 年代的人们还从未见过此类故事。但是因为制片方想尽量放大最初的成功，于是大众就被泛滥的电影怪兽所淹没。慢慢地，观众们感到无聊，因为这些作品变得老套陈旧。担心业务流失，进取的电影制作者们开始创造新鲜的、可怕的形象，可以吸引观影者回到影院。但是他们的努力对于已经对此类恐怖司空见惯、见怪不怪的观众没有起到作用，因此弗兰肯斯坦的怪兽、狼人和吸血僵尸最终沦为艾伯特和科斯特洛电影中的动画形象。

大多数的现代恐怖片没有能给观众们创造出独树一帜的、起鸡皮疙瘩的恐惧感。当然，有人可以反驳说像《驱魔人》这样的电影的确吓到了很多人，甚至到了令人惊叫的地步。但是这些电影更多依赖的是震惊而不是恐怖。震惊和恐怖是不同的。真正的恐怖是与未知的和看不到的相关联。它会诱发想象力，从而形成幻想，引发我们内心所固有的恐惧感。但是震惊仅仅是反感的同义词。当人们看到他们不想看到的事情时就会感到震惊。比如，看到一个人被一条鲨鱼吞噬掉的场景时会感到震惊。这里存在的漏洞是这一场景之所以令人震惊，更多的原因在于它让人长鸡皮疙瘩（改为：引发了反感，或是冒犯），而不是恐惧。

今天，震惊手段在动作片中的使用过于频繁；然而，悲哀的现实就是这些流血与创伤的画面展示缺乏想象力。在曾经的恐怖电影中，对于谋杀的恐怖细节观众是看不到的。所有的场景仅仅在暗示着邪恶，而观众的想象力则可以补充相关细节。比起震惊，这样的方法更加有效，因为这样的场景刺激着观影者努力去想象看不到的图像。曾经的电影模式不必使用震惊的手段，比如血腥谋杀，却可以达到恐怖的巅峰。不幸的是，今天的观众在某种程度上已经对震惊无所谓了，以至于需要更加强大的惊悚和恐怖才能吓到他们。人们不禁思索，终极的恐怖电影将会是什么样子。

下面是修改后的文章，准备提交给导师。

恐怖电影中恐怖的迷失

观众们不再像过去那样被老套的恐怖电影所吓着了。很多年过去了，人们已经看到太多的吸血鬼、狼人、僵尸和木乃伊，这样的形象已经失去了可以吓人的效果。

缺乏新意已经令观众木然。最早的时候，电影中的怪兽，像弗兰肯斯坦创造的怪兽，着实吓着了观众，因为一个人创造出一个人类生命的题材在当时确实很新颖。弗兰肯斯坦的怪兽的邪恶之所以广受好评，是因为20世纪30年代的人们还从未听过此类故事。但因为制片方想尽量放大最初的成功，于是随后大众们就被泛滥的电影怪兽所淹没。慢慢地，这些作品变得老套陈旧，观众们也感到无聊。担心业务流失，有进取意识的电影制作者们开始创造新鲜的可怕的形象，以吸引观影者回到影院。但是她们的努力对于对此类恐怖司空见惯、见怪不怪的观众没有起到作用，因此弗兰肯斯坦的怪兽、狼人和吸血僵尸最终成为了艾伯特和科斯特洛电影中的动画形象。

大多数的现代恐怖片没能给观众们创造出独树一帜的、令人起鸡皮疙瘩的恐惧感。当然，有人可以反驳说像《驱魔人》这样的电影的确吓到了很多人，甚至到了令人惊叫的地步。但是这些电影更多依赖的是震惊而非恐怖。震惊和恐怖是不同的。真正的恐怖是与未知的、看不到的事物相关联。它会诱使你想象，进而幻想，诱发人们内心所固有的恐惧感。但是震惊仅仅是反感的同义词。当人们看到不想看到的事情时就会感到震惊。比如，看到一个人被一条鲨鱼活活吞掉的场景时我们会感到震惊。这里存在的漏洞是这类场景的震惊值更多的是它引发了反感或是冒犯，而不是恐惧。

今天，震惊手段在动作片中的使用过于频繁；然而，悲哀的现实就是这些流血与创伤的画面的展示缺乏想象力。在曾经的恐怖电影中，谋杀的恐怖细节观众是看不到的。所有的场景仅仅在暗示着邪恶，而观众的想象力则可以补充相关细节。比起震惊，这样的方法更加有效，因为这样可以刺激观影者努力去想象看不到的图像。曾经的电影模式不必要使用震惊的手段，比如血腥谋杀，却可以达到恐怖的巅峰。不幸的是，今天的观众在某种程度上已经对震惊"见怪不怪了"，以至于需要更加强大的惊悚和恐怖才能吓到他们。人们不禁思索，终极的恐怖电影将会是什么样子。

● 方法分析

1. 下面的材料是一个学生习作的第一段。修改一下使其更加有效。切记文章第一句应吸引读者。

> 战争总是具有破坏性的，而且就它们所造成的毁坏性而言，没有几次战争是有意义的。今天，欧洲仍在经历从第二次世界大战中恢复的过程。没完没了的数据试图告诉我们，今天如果核战争爆发的话将会发生些什么；然而，没有人真正知道真实的结果。最近可以追溯的真实画面是发生在 1945 年广岛的原子弹爆炸。对于一种超级武器所拥有的杀伤力，这次可怕的历史性事件给我们提供了一个最为真实的证据。第一次，整个世界看到了人类所创造的巨大的灾难。爆炸的结果是令人难忘的恐怖和灾难。没有一个人会料到后续的噩梦。

2. 从下面成对的题目中选择更具表现力的题目。

a.（1）1945 年可怕的噩梦

（2）原子弹对广岛所造成的可怕影响

b.（1）我们从哪里来，我们为什么会在这里？

（2）哲学是什么？

c.（1）中国和欧洲两种不同的文化

（2）动态成长与静态社会原则

d.（1）穿着黑色软皮平底鞋的人

（2）印第安人黑脚人部落的中原文化

e.（1）秘鲁的征服者弗朗西斯科·皮萨罗

（2）新世界强大的征服者

3. 删除下面句子中没用的部分：

a. 有很多方式可以让光发生衍射。

b. 在我看来，没有人有权去决定别人崇拜哪个人。

c. 就受教育而言，威尔罗杰斯从来没上过大学。

d. 我们多次说过权力造就腐败。

e. 参加会议的老师达数千人。

f. 协调会将于下午 5 点开始，届时"没有主持人"。

4. 删除下面句子中所有冗余或含糊不清的短语。必要时可以改写句子。

a. 由于下雨的事实，拿破仑在滑铁卢被击败。

b. 我们索要所有客人们的完整的、全部的名单。

c. 一人一票制应该是任何政治制度的基础的和最重要的基本现实。

d. 在形状上这个房间是正方形，颜色上是淡紫色，外观上是令人愉悦的。

e. 管理人被开除的依据是他值班时睡觉。

f. 一个重大的庆典庆祝马丁·路德·金诞辰的日子。

g. 那些致力于专业写作的人们应该成为语法的守护者。

5. 用主动语态改写下面的句子：

a. 从很早开始，灰泥粉饰的方法就被罗马人用于重要建筑物的装饰。

b. 永生的信念不被耶路撒冷的撒都该教派（古代犹太教）所信奉。

c. 梵书，最初用梵文所写，是被印度教徒所创造的。

d. 咀嚼口器被白蚁用于啃食木头。

e. 好时光被我们所有的人所拥有。

f. 有时没有症状被旋毛虫病的受害者展现出来。

6. 修改下面的句子以打破名词串现象：

a. 避免不断恶化的未来燃料危机的一个方法就是大众交通体系的构建和在优质的绝缘材料上的投资。（The way to avoid a worsening future fuel crisis is the construction of a mass transportation system and the investing in quality insulation.）

b. 对化学处理工厂的检查从未完成过。（The inspecting of the chemical-disposal plant was never accomplished.）

c. 人可以盼望着来生的存在。（One can hope for the existence of an afterlife.）

d. 医疗技术大踏步的发展给患有不可治愈的心脏疾病的人们以希望。（The making of great strides by medical technology gives hope to people with incurable heart diseases.）

e. 善于聆听的耳朵的形成对于有效文章的写作是必要的。（The development of a good ear is necessary to the writing of effective prose.）

7. 改写下面的句子，修改其中角度不一致或者时态不一致的问题：

a. 他们早早出发去了大城市旧金山。刚到那里，他们就乘出租车去了诺布山的山顶。下午五点，他们在码头上一家饭店吃了饭。

b. 一个人必须对我们国家的国旗充满敬意。如果你没有的话，我们如何让别人去尊敬它？

c. 一大群蜜蜂袭击了他，因此他快速将自己的脸藏在他厚厚的羊毛夹克下。

d. 如果一个人曾经在海边生活过，你就总是会想念海浪的咆哮和海鸥的鸣叫。

第四部分

特殊的写作项目：论文

很少有学生会满心欢喜地接受研究论文写作任务，但它是大学作业中最为重要的一项内容。研究论文的写作过程包括对于一个主题的逻辑化的思考，为了内容的相关性和真实性而对事实所做的追踪和评价，为了支撑论题而组织相关材料，以及形成可读的文本格式。大学的成功在很大程度上取决于这些技巧的习得，而这些技巧对于事业的成功、主要职业，甚至个人生活也十分必要。销售人员常常为了走势而调查和分析市场；准备简短陈述或起草协议时，律师们也要追踪并整理事实；新闻记者依据调查研究为新闻搜集材料。工程师、护士、文秘、演员、建筑师、保险推销员，几乎从事所有职业的人员都需要掌握本章将要涉及的研究技巧。

如何选择你的研究话题？

文学专业导师们往往会给学生很大的自由去选择研究话题，这样可以促进他们的探索和自我发现。如果你有机会走进图书馆，我们建议你初步浏览一下图书馆里的书籍，直到找到引起你好奇心的题目—— 原始印第安人，中国最后一位女皇的统治，体育明星的影响，纽约证交所的复杂性，儿童心理问题，或是一位现代作家的小说或诗歌。下面我们就如何寻找合适的话题给大家一些小窍门：

1. 从熟悉的主题入手。比如说，你可能对美国历史上富豪们试图掌控美国经济的事件感兴趣，比如 1869 年企图垄断黄金市场的古尔德 - 菲斯克计划导致了灾难性的"黑色星期五"恐慌。后来杰伊·古尔德成为独裁商人的代表，为大多数的美国商界人士所诟病。现在你必须找到更多有关杰伊·古尔德的资料。研究将会为你提供必要的信息。

2. 如果对该话题不熟悉，尝试一个全新的领域。或许你一直想要了解有关列宁的施政理念，基因工程，干细胞技术，古生代时期的进化，罗马皇帝加拉·普拉奇迪亚，地震的成因，哥伦布发现美洲大陆之前的艺术形式，或是中东地区政局不稳的历史原因。研究论文最终给你一个尝试的机会。

3. 书籍、杂志、报纸和网络可以提供可能的话题。图书馆就是一座蕴藏信息的藏宝山。浏览书籍、杂志和报纸后，一些有趣的话题一定会进入你的脑海。看网络上二手信息来源也是今天获取研究材料的一种方式。不过，既然任何一个人，从一个知名的作者到一个聪明的小学生，他们都可以将材料放在网上，那么你的研究最好是基于一些专家所维护的数据库。这样的一些数据库可能甚至含有索引，并允许你免费下载感兴趣的材料。在网络上寻找信息的过程总是相同的：进入类似谷歌的搜索引擎，在搜索框中输入你的话题之后就会显示出一连串的匹配项。比如，我们在谷歌中搜索"非法移民"，不到一秒钟就会出现238万条匹配项。如果在电脑方面你是一个新手，那就向图书馆的管理员求助。

避免如下类型的话题：单一的来源就可以为其提供足够信息的话题；一开始便意味着结束，无须展开的话题；被人写滥、说滥的，大家都讨论的话题；争议性很强的话题，你的研究也只能是火上浇油；或是那些显然不适合读者的话题，比如一篇文章赞同对美国宪法做出巨大修改，而作者的导师却是一位共和党的保守者。

如何缩小话题？

一篇好的研究论文所涉猎的话题是适度的，可操作的。想要完成有关宇宙星系的文章或是二战的文章就意味着要做不可能完成的事情。一个简单而实用的，可以缩小题目的方法就是将其切分成逐级缩小的单位，直到你找到了一个足够具体的题目。下面有关击剑运动的图表解释了我们的主张：

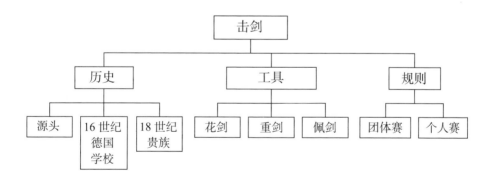

图表中最低层次的词条都是恰当的、缩小过的主题。比如，你可以写一篇针对16世纪德国学校向欧洲绅士们教授击剑的文章，一篇教授击剑中佩剑的文章，或是一篇有关现代团体击剑比赛规则的文章。而要写一篇文章大谈击剑运动就会有些不自量力，写起来也会很复杂。

还有一点须谨记在心：研究论文不同于平时在课堂上所写的文章。课堂中写文章时你必须先想好主题，然后再写；而写研究论文时，你要先收集材料，进行研究梳理，然后才会推出观点。组织起来的事实、数据、表格、图表、论证、专家证词可以引出某个话题，而这个话题就是你的主题。在研究论文写作的过程中，你学到的不仅是如何写作，还有如何从一大堆证据中推导出一个合理的结论。

论文写作过程

你已经缩小了文章的主题。此时，你仍然没有论题或者确定的话题，但已经有了一个可能的主题范围可以进行探索。你可以将其分为这样几个简单的步骤：

1. 寻找和评估资料

要找到并评估所需参考的资料，你必须在图书馆里花些时间，因为图书馆是你的系统性的检索系统。针对你所研究话题的材料很可能在电子数据库中找到，这些数据已经取代了卡片目录，并且电子数据库中的信息会与其他远在千里之外的信息相关联。绝大多数图书存储系统都很直观，便于使用——如果在学校里有些东西你不太明白，可以向友好的图书管理员求助。通过浏览题目、目录、章节标题或文章概述，你可以对每一项资料进行评估。核实出版时间以确保材料中的信息可用有效。一边做，一边在每一张文献卡片上写下有价值的资料的信息，列出易于检索的必要信息。一些学生喜欢在个人电脑上记录这些信息，但是我们仍然建议你使用文献卡片，就像下面这样：

813.409 　　　　　　　　　　　　　　　　　　　　　　　大学图书馆

Sch.（施氏）

Schneider, Robert W. <u>Five Novelists of the progressive Era.</u>

New York: Columbia University Press, 1965

第五章评价了温斯顿·丘吉尔的小说，讲述了为什么他的小说受到同时代人们的喜爱，却遭到后人的鄙视。

● 核查资料的可信度。由于互联网越来越大，日益复杂，其中的一些来源是伪造的。我们建议你浏览以 .org（非营利组织），.gov（官方），或是 .edu（教育）结尾的网站，这些网站通常是可信的。

● 核查资料的时间以确保信息没有过期。

● 登录互联网输入作者姓名查找相关资料。作者的生平将会告诉你他们的背景、贡献和声誉。比如，如果该作者是给《纽约时报》或是《华尔街日报》写报道的经验丰富的记者，你就可以确信他或她所说所著的是非常可信的。

2. 做笔记

用你的笔记本电脑或是文献卡片对书籍、杂志、小册子和其他类似的资料来源做检索，然后放到自己面前。快速浏览每一个资料来源以了解大致内容。确定资料是否含有相关性较高的材料，以确保后期写作更加翔实。一旦浏览完这些资料来源，你就可以开始做以下四种最基本的笔记：

a. 总结—— 记录篇章的重点

b. 转述—— 用自己的语言重述原资料内容

c. 直接引用—— 誊写原资料的每一个字词

d. 个人评论—— 就话题或原资料表达你自己的观点

把你的笔记写在卡片上或输入到电脑中，然后打印出来。这样，写作时，你可以随时打乱它们的顺序。为了更便于重新整理笔记，每张卡片或纸张只涉及某一个观点。为了防止无意间剽窃，将你所参考的资料一字不落地抄写下来，以直接引语形式引用，而其他的观点则需用自己的语言来表达。有时在这个阶段（视具体论文情况），你会产生自己的论题。有了论题就写下来，以便随时参考。随后，你就可以开始写论文了。

剽窃

剽窃是故意或无意间抄袭他人作品的一种行为。为了帮助你了解有关剽窃的细节，下面我们首先给大家展示一份有关美国诗人惠特曼的原始资料，随后再给大家看三篇根据原始资料所写的文章。三篇文章中，有两篇存在剽窃行为。

原始篇章

即便是惠特曼以报社记者的身份工作时，他的随性也危及他的个人发展。《纽约极光》的老板将他从编辑团队中辞退，白纸黑字地写着"游手好闲"，说他是"市级报纸编辑中最为懒惰的人"。惠特曼从未改变过。他依旧坚持着自己作为编辑的习惯—— 直到中午才把当天要印刷的报纸做好，然后离开去游泳、散步或是坐马车去百老汇。即便在最为清闲的地方工作，他也总是在《布鲁克林每日鹰》的专栏中抱怨说"大多数的编辑们有着太多太多的事情"。

剽窃（版本1）

在他身为报社工作人员的时候，华尔特·惠特曼被视为散漫的人，因为他的老板觉得他没有在办公室待足够长的时间。事实上，他也被《纽约极光》开除了，原因是他是"市级报纸编辑中最为懒惰的家伙"。被开除的事实并没有将其改变，惠特曼总觉得编辑们的工作过于辛苦。他依旧秉持着自己作为编辑的习惯——直到中午才把当天要印刷的报纸做好，然后离开去游泳、散步，或是坐马车去百老汇。

这是公开的剽窃。这个学生没有对针对惠特曼的评论加以证实，而是将其作为自己的想法，甚至连引用也没有标明文献出处。

剽窃（版本2）

曾经雇佣过惠特曼的《纽约极光》的雇主将其视为懒散的人。他们甚至将其从编辑队伍中开除出去，说他是"市级报纸编辑中最为懒惰的家伙"。惠特曼从未改变过。他继续着他身为编辑的一贯作风——直到中午才把当天要印刷的报纸做好，然后离开去游泳、散步，或是坐马车去百老汇。（Bridgman vii, viii）

以下是"参考文献"信息：

Bridgman, Richard. Introduction. *Leaves of Grass*. By Walt Whitman.

San Francisco: Chandler, 1968. Print.

尽管注明了参考文献，这个段落仍有剽窃行为，因为该学生保留了原文中过多的措辞表达，让读者认为他说的这些都是他自己的想法。

没有剽窃的版本

根据大多数沃尔特·惠特曼的传记作者所言，这位诗人就他担任新闻记者的工作而言，并没有吸引人的、有抱负的人格魅力。事实上，《纽约极光》的老板将他从编辑队伍中辞退，白纸黑字地写着'游手好闲'，说他是"市级报纸编辑中最为懒惰的人"（Bridgman vii, viii）。读惠特曼写给朋友们的信件或是研究他的诗歌，会让人意识到惠特曼的理念是有价值的人生应该是娱乐和工作二者兼有。

"参考文献"页包含：

Bridgman, Richard. Introduction. *Leaves of Grass*. By Walt Whitman.
San Francisco: Chandler, 1968. Print.

这个片段没有剽窃行为。文献正确，资料来源中的观点也恰当地进行了转述。记住，简单地引用资料是不够的。如果你是原文引用，应该使用双引号。如果是进行转述，就必须如实转述内容。无论你是在网站上还是图书馆找到的资料，均不应该剽窃。想要避免剽窃，请认真阅读下述规则：

● 从其他资料中获取的观点要标注清楚。

● 引用的原文内容置于引号内。

● 文章中所引用的每一个资料均需在文末列出参考文献条目。

不过，你无须标出所有参考内容的出处。一般常识性的事实是无须列出的（比如："亚伯拉罕·林肯被约翰·威尔克斯·布斯谋杀。"）一般而言，一个信息如果已经在五个标准资料中出现过，就被认为是常识性知识，无须标明出处。

3. 撰写初稿

桌子上堆着一大堆笔记时，你可能会困惑于写初稿时哪些需要保留，哪些不需要。这时就需要列出大纲，而后期视具体情况，你的大纲也可能需要做适当调整，或者你的论文也可能需要根据大纲做相应的调整。

在上述任何一种情况下，此时你应该已经对自己的话题了然于心了。接着，便是依照你的大纲，开始论文初稿的写作。写作时，你会一直运用你在研究中发掘的参考资料和笔记中记录的相关材料支撑自己的观点和看法。

4. 使用正确的参考文献格式

除了作为常识性知识的文字以外，所有源于资料的信息——无论是引用的还是转述，或是总结——都在括号中随即呈现资料出处，而且还要符合格式要求。本章中，我们提供两种论文格式——现代语言协会格式（MLA）和美国心理学会格式（APA）。如果导师告诉你这样做，或者如果你的论文是针对人文学科，比如文学、心理学、历史、宗教，或者艺术领域时，请使用 MLA 作者–作品格式。对于较具科学性的领域的论文，比如哲学、社会学或人类学，请使用 APA 作者–日期格式。请与导师随时交流，确保知晓他要求的，或者恰当的参考文献格式。切记：请勿混用两种引文格式。

本节展示的两篇隐去作者姓名的学生论文作为常见实例，解释了你可能遇到的文献引用格式的问题。对于更为复杂的引用，我们推荐您参考格式说明，或是研究论文写作手册。MLA 和 APA 引文格式均为说明性参考文献格式，括号里面给出具体引用内容的简要信息。MLA 格式引用标出作者的姓氏或者作品的题目，后面紧跟具体页码；APA 格式列出作者的姓氏，后面紧跟日期和具体页码。这两种格式中，如果作者的姓名、作品和日期等信息已经在文本中出现，则可以在括号中省略。推荐的做法：如果引用文字无法在论文中自然陈述，就需要在括号中将其列出。这种圆括号注引的方式显然比脚注或者尾注更为简单，因为按照这样引用格式，引用内容可以在论文写作过程中随时注明，而无须在文中、注释部分和参考文献中多次重复。

引用的灵活性是 MLA 和 APA 格式的共同特点。例如，你可能在论文中选择标明作者的姓名，而把页码（MLA），或者年份和页码（APA）置于括号内：

MLA 格式实例：

In her autobiography, Agatha Christie admits that often she felt the physical presence of Hercule Poirot（263）.

在她的自传中，阿加莎·克里斯蒂承认她经常感到大侦探波罗就在面前（263）。

APA 格式实例：

According to *800-Cocaine* by Mark S. Gold（1985, p. 21）, cocaine has exploded into a business with brand names.

根据马克·S. 戈尔德所著《800-可卡因》（1985，第21页）一书，可卡因已经迅速发展成为一种有品牌的交易。

或者你可能选择在括号中列出引文的题目或作者（们）：

MLA 格式实例：

The author began to realize how much she liked Poirot and how much a part of her life he had become（Christie 263）.

该作者意识到她是多么喜欢大侦探波罗，说他已成为她生活中的一个重要部分（Christie 263）。

APA 例子：

During the airing of ABC's *Good Morning*, America（Ross & Bronkowski, 1986）, case histories were analyzed in an extremely serious tone.

在美国广播公司《早上好，美国》（Ross & Bronkowski, 1986）栏目中，人们以极其严肃的语气分析了史实故事。

在上面的例子中，最重要的目标就是要引用必要的信息，但同时要避免影响论文的流畅性。无法在文内流畅自然地表现的内容作为引用出现在括号内。

限于篇幅，本教程没有罗列你在研究中可能遇到的所有问题。除了一般性的资料，比如期刊上的文章，或是某位作者的著作，调查研究中你可能还需要援引不同作家的期刊或专著，还有集刊、学术期刊、选集、翻译作品、政府文件、法律文本、机构内部文件、图表、邮件、博客、推文、匿名作品、公开出版的或个人采访，还有一大堆别的需要甄别并选择引用的资料。我们仅仅展示最常见的资料。下面的两本参考书对同学们就引用或者文献参考格式的大多数问题可以给出准确的答案，两本书均可以在网上或在大学书店里买到：

Tensen, Bonnie. *Research Strategies for a Digital Age*, 4th ed. Boston: Cengage, 2013.

Winkler, Anthony C., and Jo Ray McCuen-Metherell. *Writing the Research Paper: A Handbook*, 8th ed. Boston: Cengage, 2012.

你也可以在浏览器中输入"MLA 格式"或"APA 格式"，从网络资源中寻求免费的帮助。最实用的资料来源是普渡大学的在线写作实验室（Online Writing Lab），上面针对如何按照 MLA 格式或 APA 格式完整规范的大学研究论文提供了各种各样的建议。至今，普渡大学允许学生免费下载他们提供的各种指南。

准备"引用文献"或"参考文献"

你的论文中引用的文章必须在文末以字母表顺序进行排列。MLA 文献格式要求，列表题目为"引用文献"（"Works Cited"）；APA 格式为"参考文献"（"References"）。两种格式对于一般信息的要求是相同的，不过细微的区别在于大小写和顺序。比如，MLA 的文献条目需要以姓氏开头，紧跟作者的全名（或名字）；但是 APA 要求姓氏后面紧跟作者名字和中间名的首字母。MLA 文献条目要求作者的姓名后紧跟作品的名称，但是 APA 的条目要求作者的名字后紧跟日期。APA 和 MLA 文献条目都要求使用悬挂缩进（第二行和后继行缩进1.5 英寸）。其余的差别也很细微：MLA 要求期刊或书籍的名称要大写，文章或章节的题目应置于引号内，而且题目中所有主要词汇均要求大写（冠词、介词、并列连词、不定式中的"to"等词语出现在题目中间时无须大写）。而 APA 的要求则是，杂志和书籍的题目大写，但是对于篇幅较长的作品中的章节或文章的题目不使用引号。APA 要求大写的只有文章或书籍题目的第一个单词，副标题（如果有的话）的第一个单词和任何一个名词；其余的单词均为小写。对于期刊题目，MLA 要求大写所有的重要单词。请参看下面学生论文实例，看看如何恰当引用。从下面两个经典实例可以看出期刊文章 MLA 和 APA 文献引用格式的差异：

MLA: Leonard, Christopher. "The Ugly Economics of Chicken." The *Week* 18 Apr. 2014: 36-37. Print.

注意 MLA 格式现在要求所有的"参考文献"条目要包含出版物的具体介质。大部分条目会被列为印刷品或者网站资料；但是，其他可能性还包括电影、CD-ROM/ 只读光盘或者 DVD/ 数字化视频光盘。MLA 格式不再要求作者提供网站标题所对应的 URLs 网址信息。但是，如果你的导师坚持要求的话，在条目的末尾用尖括号列出网址信息，并以英文句号结尾，比如：

< http ://classics. mit. edu/>.

APA: Dixit, J. (2010, January). Heartbreak and home runs: The power of first experiences. *Psychology Today*, 43, 61-69.

下面，我们再通过两个实例说明 MLA 和 APA 在列出书籍时的差异：

MLA: Martel, Yann. *Beatrice and Virgil*. New York: Spiegel, 2011. Print.

APA: Moyers, W. C. (2006). *Broken: My story of addiction and redemption*. New York, NY: Viking.

网络资料引用要求特殊的格式。MLA 格式要求"参考文献"中参考网页应该包含下面的内容：如果有的话，要列出作者，或者项目或数据库的编辑的姓名；项目或是数据库的题目需要大写；电子出版信息，包含版本号（如果相关却不是题目中的一部分的话）；项目或数据库的出版商；电子出版日期或最近更新的时间；媒体（网页）；信息获得日期。MLA

不再要求在"参考文献"条目中列出网址信息。因为网址可以经常更改。另外，网上文献信息有时出现在很多地方，MLA 解释说大部分读者可以通过网络搜索引擎搜索到题目或是作者的信息。如果你的导师明确要求列出网址信息，则可以将其置于尖括号内置于信息获取日期后。

像维基中的信息那样，有些网络信息随时可能发生变化，APA 格式对于在线资料要求参考条目后有一个检索语句并附带日期——就像下例这样："http://www.apa.org/pubs/databases/psycarticles/index.aspx. 检索于 2014 年 1 月 23 日"。如果文章有 DOI（数字对象识别码），引用中要包含此识别码而非网址信息：doi:0000000/000111111101。

使用电子资料时，推荐的做法是要坚持自己转述信息内容。要养成习惯，把网页和文章打印出来，或是保存为 PDF 格式，以备日后参考之用。你也可以在浏览器上使用书签功能，方便日后追索文献。

写终稿

修改和编辑自己的论文是最后一步，不要懈怠。假想写好的论文是别人的文章，需要修改。检查逻辑主次关系、整体的完整性和文字的准确性。写出优秀论文的唯一途径就是逐段寻找不足和问题，反复修改。

认真地反复阅读和修改后，参照下面两份学生范文格式准备终稿。如果你使用的是 APA 格式，你将需要写一篇摘要，总结自己的发现（见学生范文第 432 至 444 页）。记住论文的呈现效果会给其质量加分或减分。下面给大家几个有关原稿呈现效果的重要提示：

1. 使用 8.5 英寸 ×11 英寸尺寸的白纸。整篇论文采用双倍行距。

2. 除了论文的页码，论文距顶端、底边和左右侧的页边距均为 1 英寸。（论文页码格式，见第 6 条。）

3. 避免花哨的字体，如手写体。推荐使用 Times New Roman 字体，字号 12 磅。

4. 如有必要，论文正文之前列出详略得当、整洁清晰的论文大纲。大纲中也采用双倍间距。

5. APA 格式论文要求标题单独一页呈现。MLA 论文不要求单独的标题页，除非导师有相关要求。不过，将自己的姓名、导师的姓名、课程名称和日期置于论文大纲部分的第一页内，并在论文正文第一页左上角的位置将这些信息内容重复列出。题目应居中，并以两倍行间距置于日期下方。（见学生范文第 420 至 431 页）

6. 页码在整篇论文中保持连续（见范文第 1 条，有关 MLA 论文的大纲），放置于右上角，距顶端边距 0.5 英寸的位置。页码中不要使用连字符、圆括号、句号或者其他文字。论文第一页用阿拉伯数字"1"标注页码，整篇文章依次对页码进行连续标注，包括"引用文献"或"参考文献"列表。

7. 再次检查文献引用和援引的格式（MLA 或 APA）。再次提醒，大家可以免费使用普渡大学在线写作实验室的资料找到所有可能的引用格式—— 文内引用和"引用文献"或"参考文献"。

8. 注意 APA 格式论文需要有摘要和前后一致的页眉。（见学生范文）

Annotated Student Research Paper
Modern Language Association（MLA）Style

附注释的学生科研论文：
现代语言协会（MLA）格式

① ⟶ Stephanie Hollingsworth

Professor Dekker

English 101

30 September 2014

② ⟶ Choosing Single Motherhood: A Sign of Modern Times?

Thesis: Increases in educational and career opportunities for women, advances in medical technology, and diminishing social stigma all contribute to the rising number of women who are choosing to become single mothers.

I. Women are waiting longer to start families.

　A. A CA shift in women's consciousness has occurred since the 1960s.

　　1. Marriage is no longer a necessary component to childbearing.

　　2. The use of birth control gave women more choices over when or even if to get pregnant.

　B. There are more opportunities for women today.

　　1. More women are taking advantage of higher education.

　　2. The number of career opportunities for women has increased.

　C. Women are more willing to wait for the right partner.

　　1. Personal fulfillment plays a higher role in the consciousness of today's woman.

　　2. Many of today's women are children of divorce and would like to avoid that situation in their own marriages.

① 你的读者看到的第一页通常是你论文的第一页，但有些老师要求论文正文的第一页前有一个论文的大纲。如有此要求，请以小写罗马数字给论文大纲标注页码。将你的姓名置于左上角位置，你的姓名后依次是导师姓名、课程编号和论文截至日期。

参看下页的论文大纲。如果你正在写大纲，就以论题开始，在论题后写一个陈述句。大纲剩余部分遵循句子大纲的规则。某些导师允许使用话题大纲，这样的大纲包含的是短语而非完整的句子。大纲不宜过长。一个有效的准则就是，每5页左右的写作内容可以制定一页篇幅的大纲。大纲不包含论文细节，仅提供要点。

② 题目居中（副标题亦是如此）。好的题目应该向读者展示论文的主要内容。整篇论文应保持两倍行间距。

Hollingsworth ii

    D. Waiting longer creates concern for some women who fear the biological clock's ticking.

II. Advances in fertility technology are providing women with more options as to when and how to have a child.

    A. Women can have children later in life.

    B. Single women have the option of conceiving a child through donor insemination.

III. The social stigma of a single woman having a child has diminished.

    A. More adults today are children of divorce and therefore more tolerant of single parenting.

    B. The formation of support groups for single mothers has given single parenting a boost.

IV. Although many critics argue that single mothering by choice represents a breakdown of traditional family values, some studies indicate otherwise.

    A. Critics fear that the traditional nuclear family is quickly becoming the exception.

    B. Some studies argue that a father is not necessary for the healthy upbringing of a child.

        1. These studies show that children do not necessarily fare better when a father is present.

        2. Many fathers spend less than two and a half hours a day with their children.

Penaranda 1

③ Nick Penaranda

Professor Burnham

English 302

2 December 2013

④ A Victory for Readers?

Copyright Law and Google Book Search

⑤

⑥ Imagine being able to do months of meticulous research in only a matter of

minutes. Actually, you don't have to imagine; a service already exists that allows a

⑦ person to perform a full-text search of over 7 million books from any Internet-enabled

⑧ computer (Google). An ambitious project by Internet giant Google is digitizing the

⑨ libraries of the world, using image scanners and optical character recognition software.

⑩ Entire books are being saved in Google's databases as both raw images and text data,

enabling users not only to search books, but also view, copy, paste, and print them.

The aptly named Google Book Search (GBS) project, which promises to provide an

unprecedented level of access to millions of books for millions of people worldwide,

⑪ sounds like great news to many students and researchers, but not everyone shares their

enthusiasm (Google; Wiese).

In late 2004, Google announced that it had entered into partnership with

several university libraries in the United States Io begin digitizing their collections.

In exchange for the right to save digital copies of books into its own databases,

⑫ Google would provide the libraries with one or more copies of each work for their

own use. Conspicuously unrepresented in this transaction were the rights holders

to the books still under copyright in those libraries. It wasn't long until publishers

and authors everywhere were accusing Google of blatant, large-scale theft

⑬ of their intellectual property. Google's 2004 announcement would spark one of the largest

copyright and fair-use debates that the Internet era has ever seen (Band; Bailey; Jeweler

95-96).

Sidney Verba, former director of the Harvard University Library, has a unique

⑭ perspective on GBS. In an interview for *The New York Times* in 2005, he discussed the

concerns of publishers regarding GBS: "Scanning the whole text makes publishers very

⑮ —→ nervous...They have to be assured that there will be security, that no one will hack in

⑯ —→ and steal contents, or sell it to someone" (qtd. in Hafner). In addition, because some of his books are still in print, he says that he understands writers' concerns that GBS may disrupt their books' markets. Despite this, he believes that GBS will ultimately do more good than harm, and eventually agreed to give Google access to Harvard University Library's seven million volumes (Hafner).

On the other hand, one publisher, Rowman & Littlefield, opted out of GBS entirely. Jed Lyons, president and CEO of the publishing company, called Google's

⑰ —→ project "an outrageous rip-off, " and added, "[Google is] flagrantly violating U.S. copyright law" (qtd. in Albanese).More specifically, Lyons was referring to Google's

⑱ —→ backwards method of obtaining permission. Traditionally, the burden of obtaining permission is the user's. Google, on the other hand, has assumed that it has permission and has given publishers and other rights holders a chance to opt out. He, like many other publishers and authors, felt that Google was going too far with GBS (Albanese).

And so, approximately one year after Google first announced its then-named Google Print project, two major lawsuits were filed against it. The first was a class

⑲ —→ action lawsuit filed by the Author's Guild and a handful of authors, representing individual rights holders. McGraw-Hill

① 　将你的姓氏和页码置于每页的右上角位置，距顶端边距 0.5 英寸。

② 　使用 Times New Roman 字体，字号 12 磅，或是类似的易于阅读的字体。

③ 　列出你的姓名、导师姓名、课程号和日期。

④ 　论文题目居中。

⑤ 　整篇文章保持双倍行距。

⑥ 　距离左、右和底部边距为 1 英寸。

⑦ 　距离左、右和底部边距为 1 英寸。

⑧ 　当你的论文中主要内容中数字很多时，你可以使用数字。特别大的数字可以用单词和数字组合的方式（11 million bricks）表达，但要保持一致。

⑨ 　文内引用在"引用文献"中要注明具体的资料来源。

⑩ 　论题陈述在传统的位置，即第一段的结尾部分。

⑪ 两个不同作品的文内引用格式。

⑫ 整个段落中，这名学生没有使用任何直接引用，但却简单地综合了班德（Band）、贝利（Bailey）和朱尔乐（Jeweler）的观点，用自己的语言将其复述，保持了修辞上的一致性。

⑬ 针对三个作品的文内引用。对 Jeweler 的引用注明了页码，因为这是一个公开出版文献。从不同的作品引用作者观点时，请提供充分的信息引导读者找到资料来源。

⑭ 书籍、戏剧、长篇诗歌、电视剧、报纸、杂志、网站、数据库、艺术作品，电影和唱片的名称需斜体。

⑮ 使用省略号（三个同等间距的句点）注明引用中的省略。

⑯ 从其他资料中转引某位作者观点时请使用短语"qtd. in"（引自……）。该范例中，Verba 被引自 Haffler 的作品中。

⑰ 使用括号表明引用中的插入的、改动的内容。

⑱ 注意这个学生在整个段落中是如何流畅地将引用、转述和个人评论相结合，以证明他已经综合了最初的资料并心领神会。

⑲ 留出距离底边 1 英寸的页边距。

and several other publishers filed a second lawsuit a month later to represent publishers' interests. Both lawsuits claimed that Google, in creating and retaining digital copies of works to which the plaintiffs held rights, infringed on their copyrights. The plaintiffs of these two lawsuits believed that Google was committed only to increasing its revenue, regardless of copyright laws. In addition, they claimed that GBS would devalue their product or otherwise harm their market. They wanted the courts to order Google to destroy its collection and to declare such activity illegal("Author's Guild"; "McGraw-Hill").

In response, Google claimed that their right to provide GBS is first and foremost protected under the First Amendment. Specifically, it claimed that its searchable digital library constitutes fair use and that no express permission was required from the rights holders. Further, it also claimed that only a portion of works are protected by copyright, and even that some works are unprotectable under U.S. copyright law. Google also fired back at some of the rights holders, claiming that some of them "have engaged in copyright misuse and have unclean hands"("Author's Guild"). It also felt that GBS, by providing links to places where book search results could be purchased, could only benefit book markets. Predictably, Google wanted the courts to reward the plaintiffs nothing and declare that GBS was within copyright laws("Author's Guild").

II should be noted that Google's defense relied almost exclusively on the notion of "fair use." According to copyright law, all manner of reproduction, distribution, or

⑳→ displaying of intellectual property are the exclusive rights of the owner, *except* when its use falls within a set of guidelines set forth in the United States Code. When a party is accused of copyright infringement, courts are specifically instructed to consider(1)"the

㉑→ purpose and character of the use"(USC 107);(2)what the copyrighted material is, e.g.,

㉒→ textbook or painting;(3)how much of the work was used; and(4)how the use will affect the copyrighted material's market or value. Beyond these four guidelines, courts have

---

⑳　单词 except 使用斜体是为了强调。

㉑　针对美国政府法典的文内引用。

㉒　此处这位学生在一段中同时使用了引用和转述，这需要对于法典的准确解读。为清晰起见，指导原则用数字编号加以标注，但只有第一条是直接引用，推测可能是因为第一条最为重要。

little else on which to base their decisions. One can quickly see how the charges brought against Google are difficult and highly subjective matters to arbitrate (USC 106-107; Jeweler, 97) .

    Should publishers and authors have to give up their copyrights for Google's and, by extension, students and researchers' benefit? Or should Google be required to compensate rights holders for its digital copies? To date, there is no clear-cut answer. Like many other issues, this one is subject to "case law" or legal precedents created by past court decisions which guide future rulings. Unfortunately, there have never been disputes of this type, scale, or scope until now (Kohler) . A few cases in the past have been only slightly similar for instance, *Kelly v. Arriba Soft Corp.*, in which the court ruled that "Internet search engines' indexing activities constitute a fair use" (Jeweler 97) . Thus, both the court and the litigants have a very limited historical guide to rely on. Perhaps this is the reason that, at the time of this writing, neither lawsuit has been settled in court ("Author's Guild"; "McGraw-Hill") . The case was not settled until 2053 when a judge sided with Google on the matter. (The New York Times, 15 Nov. 2013, Business) .

    The murky book settlement has caused hundreds of blogs, tweets, and other comments to be posted in cyberspace. One typical blogger's reaction is in the form of a question:

> Why can't the public just buy in-print books outside the Settlement, and buy out-of-print books from used booksellers or take them out of the library? The libraries who lent the books for scanning will also lend them for inter-library loan. Why is it that the creators of the works are not supposed to have any say in what is done "for the public good?" (Grimble)

Legal matters aside, Google states that one of its motivations behind GBS is to "ensure the ongoing accessibility of out-of-print books to protect mankind's cultural history" (Google) . At least to some extent, publishers and authors agree with this end, and their agreement has

㉓ 法律案件的名称需斜体。

㉔ 如果引用超过四行，除了引用中包含其他引用需使用引号，其余部分不使用引号，缩进0.5 英寸（注意文中 "for the public good?" ）。

㉕ 这个较长的段落很好地展示了如何在引用、转述和发表个人评论之间转换。通过详细总结背景信息并以自己的语言清晰表述，该生避免了文字的拖沓，保证了论文的完整性。

allowed the parties to negotiate a settlement out-of-court. This settlement includes, among other things, provisions for rights holders to exclude their work from CBS and for the establishment of a non-profit organization to guarantee the rights of authors, publishers, and others whose work is indexed. Perhaps most significantly, it outlines how rights holders will be able to profit from the inclusion of their works in GBS.The settlement distinguishes books into three categories: Books that are in print and under copyright,

㉖→ out-of-print but still under copyright, and those that are out-of-copyright (i.e., public domain) . The first two types of books will have limited previews, enabling users to flip through them "just like you'd browse them at a bookstore or library" (Google) . In addition, GBS will provide a means to purchase full versions of copyrighted books, while full versions of out-of-copyright books will be available free of charge. Lastly, GBS also intends to make physical copies of books more accessible, by pointing users to where they can get their hands on actual print versions of search results. Rights holders are poised to reach a bigger market for books that are in print and to rediscover markets for out-of-print books. Libraries and bookstores will enjoy greater patronage and advertisement, respectively. Lastly, Google will undoubtedly see increased traffic and thus increased revenue (Google; Kohler) .

But what does it all mean for those not immediately invested in GBS? For starters, it means that anyone in search of an old, out-of-print book won't have to dig through used book stores or dusty library shelves, provided, of course, that the author didn't opt to turn his or her book's listing off in GBS. It means that students who are lucky enough to attend a university that purchases a GBS subscription, or anyone who happens to live near a subscribing library, will have access to full versions of millions of books, new and old. It means that some books that,

㉖　使用括号列出论文中非必要或者补充信息。

Penaranda 6

until recently, could only be found in a handful of libraries in the world, are now accessible to anyone with an Internet connection (Google).

27 →　　Like the legal struggle that its inception sparked, GBS's contribution to the accessibility of knowledge is unprecedented. It's hard to imagine what the Internet would be like without search engines like Google, and soon it may be just as hard to imagine what doing research would be like without digital libraries like GBS. In sum, the GBS settlement stands to usher in a new era in publishing. In much the same way that iTunes changed the music industry for artists and record companies, GBS could potentially rock the literary world for publishers and authors. But perhaps most exciting of all, "the real victors are all the readers, " said Sergey Brin, co-founder of Google. "The tremendous wealth of knowledge that lies within the books of the world will now be at their fingertips" (qtd. in Google).

27　这篇论文以重申论题结尾。结尾中也含有引用，乍一眼看上去引用可能似乎会在一定程度上削弱学生作者的观点的分量；但是，这个引用正好来自谷歌的合作创始人，因此反而使得整篇论文有较强的权威性。

㉘㉙ ————————————————→   Works Cited

㉚㉛ →   Albanese, Andrew. "Publisher: No Thanks, Google," *Library Journal*.

㉜   Libraryjoumal.com, 1 Nov. 2005: n.p. Web. 21 Nov. 2013.

"Author's Guild et al. v. Google Inc." *Justia.com.* Justia, 2009. Web. 12 Nov. 2013.

Bailey, Charles W., Jr. "Google Book Search Bibliography." *Digital scholarship.*

org, Digital Scholarship. 14 Sep. 2009. Web. 6 Nov.2013.

Band, J. "The Google Library Project: Both Sides of the Story." Plagiary: Cross-

Disciplinary Studies in *Plagiarism, Fabrication, and Falsification*, 1 (2006): 1-17.

Web. 12 Nov. 2013.

Google, Inc. "Google Books Settlement Agreement." *Google.com.*Google, 2009.

Web. 12 Nov. 2013.

Grimble, Frances. Biog. *The Laboratorium* Web. 22 Nov. 2013.

Hafner, Katie. "At Harvard, a Man, a Plan, and a Scanner." *The New York Times*, 21

Nov. 2005: n.p. *Nytimes.com.* Web. 21 Nov. 2013.

Jeweler, Robin. "The Google Book Search Project: Is Online Indexing a Fair Use

Under Copyright Law?" *Focus on the Internet*. Ed. B. G. Kutais. New York:

Nova Science Publishers, 2006. 95-100. Print.

㉘   "引用文献"列表遵循 MLA 格式对于文献引用的格式要求。大多数文献源于数据库或
网站。"Web（网站）"一词后紧跟着的日期标明了该学生从网站上检索文章的时间。另
一个日期是发布日期。

㉙   "引用文献"居中。

㉚   作者的姓氏以字母表顺序进行排列，如果引用部分没有作者，则按照引用部分的第一个
单词排列。

㉛   每个条目距离左边距缩进 1 英寸，两倍行间距，第二行悬挂缩进 0.5 英寸。

㉜   标明每条资料的承载介质：印刷品、网页、CD、DVD、电视节目、广播、电影、电子
邮件、表演等。

Penaranda 8

Kohler, David. "This Town Ain't Big Enough for the Both of Us Or Is It? Reflections on Copyright, the First Amendment and Google's Use of Others' Content." *Duke Law & Technology Review* 5, (2007): n.p. *Social Science Research Network*. Web. 8 Nov. 2013.

"McGraw-Hill et al. v. Google Inc." *Justia.com*. Justia, 2009. Web. 12 Nov. 2013.

Peritz，Rudolph J.R. and Marc Miller. "GBS' An Introduction to Competition Concerns in the Google Books Settlement." *The Laboratorium*. Web. 21 Nov. 2013. <http://
laboratorium.net/archive/ 2010/03/21/gbs_an_introduction_to_com petition_concerns. >

United States Copyright Law，Section 106" Exclusive Rights in Copyrighted Works. Amended 1990.

United States Copyright Law，Section 107" Limitations on Exclusive Rights" Fair Use. Amended 1990.

Wiese，Katie. "The Pens and the Keys" Controversy over Google Books and Scholar." *Echoditto*. 31 July 2009" n.p. Web. 6 Nov. 2013.

㉝ →

㉝　只有导师要求时，或是缺少网址信息会导致资料很难找回时，才需要提供网址信息。

Annotated Student Research Paper
American Psychological Association（APA）Style

附注释的学生科研论文：
美国心理学会（APA）格式

Running Head: Development of a Scale 1

Development of a Scale to

Detect Sexual Harassers:

The Potential Harasser Scale（PHS）

Leanne M. Masden

and

Rebecca B. Winkler

DePaul University

DEVELOPMENT OF A SCALE 2

① —————————————————→　　　Abstract

The current study was an attempt to design a scale to detect one's propensity to sexually harass women. The Likelihood to Sexually Harass (LSH) scale designed by Pryor (1987) was used as a starting point in probing the characteristics held by men who sexually harass women. Using existing research, an initial scale was designed and tested on a pilot sample of men known to the authors. After the scale was completed by the participants, statistics were calculated and explored to determine which items needed to be retained and which needed to be dropped. Following these analyses, the Potential Harasser Scale (PHS) was determined to be statistically sound and ready for future use.

①　摘要部分不超过 120 个单词。摘要中的数字均以阿拉伯数字呈现（以数字开头的句子例外）。

DEVELOPMENT OF A SCALE 3

Development of a Scale to Detect Sexual Harassers: The Potential

Harasser Scale（PHS）

Our interest in the current topic was first sparked as a result of sexual harassment being the focus of one team member's master's thesis. Current estimates state that approximately one out of every two women will be sexually harassed at least once during

② → her working or educational life（Fitzgerald, Swan, & Magley, 1997）. But why do so many women experience sexual harassment? Researchers have found evidence to support a power threat motive for offenders, whereby women who possess certain characteristics that would put them in direct competition with men for resources are more likely to be harassed, apparently in an attempt to dissuade them from entering the male-dominated sphere of privilege and power. Some such female characteristics are having egalitarian sex-

③ → role attitudes（Dall'Ara & Maass, 1999）, being single, having more education and longer tenure within the organization（DeCoster, Estes, & Mueller, 1999）, and being young （Gruber, 1998）.However, there is not pure consensus in the field regarding the effect of age on the risk of being sexually harassed（O'Connell & Korabik, 2000）.Because men are more likely than women to be perpetrators of sexual harassment（Fitzgerald, Magley, Drasgow, & Waldo, 1999）, this particular population will be the focus of the present study.

During the initial research process, we discovered the Likelihood to Sexually Harass （LSH）scale, originally developed by Pryor（1987）. This scale was designed to measure one's propensity to sexually harass based on the possession of certain characteristics that perpetrators of sexual harassment tend to have.

② 这是一个经典的引用，出现在句子的结论中，随后紧跟英文句点。此文章有三位作者。

③ 因为这个句子中提到的信息源于三个不同的资料，论文的作者选择了将每一个引用紧挨着相应的文献信息排列。注意，第一处引用的文献信息涉及两位作者，第二处引用有三位作者，第三处引用有一位作者。

④→ This scale gave us the direction we needed to conduct further research in order to identify the relevant constructs this topic contained. Luckily, the LSH scale has generated a fair amount of research as a result of others attempting to find exactly what constructs this scale measures. For example, Driscoll, Kelly, and Henderson (1998) found that men who scored high on the LSH also held more traditional views toward women, more negative views toward women, and had a more masculine personality. Other researchers also found that aggression, acceptance of interpersonal violence, fraternity affiliation, and sex-role stereotyping were related to scoring high on the LSH (Lackie & de Man, 1997) . In addition, Pryor (1987) showed that men scoring high on the LSH found it more difficult to view things from another's perspective and had higher authoritarian beliefs. As a result of this research, we now knew what we needed to include when we started to develop our own Potential Harasser Scale (PHS) .

⑤ ————————————————→   **Method**

⑥ → **Item and Scale Development**

After reading the relevant research on our topic, we decided that our scale should include eight dimensions plus a few demographic questions. We also decided that each dimension should have four items. Our eight dimensions were as follows: aggression, sex role stereotyping (i.e., holding traditional views toward women), egalitarianism/ negative views toward women, masculinity, acceptance of interpersonal violence, lack of empathy, authoritarianism, and hostile environment behaviors.

---

④   因为这个句子中提到了作者，句子的结论中就没有必要再出现引用。

⑤   论文的一级文内标题居中，粗体，单词除首字母外其余均小写。

⑥   论文的二级文内标题与论文左侧对齐，粗体，单词除首字母外其余均小写。

DEVELOPMENT OF A SCALE 5

The first seven dimensions were derived from the current literature on the topic of sexual harassment and related concepts. However, the last dimension was developed to fill a gap in the existing LSH scale. The LSH scale is designed to detect sexual harassers who exhibit quid pro quo behaviors, meaning those who attempt to exchange sexual favors for work-related promotions or other advantages (Pryor, 1987) . However, this focus fails to address other forms of sexual harassment, such as hostile environment behaviors. This type of sexual harassment is considered to be less severe but even more pervasive (Fitzgerald, Gelfand, & Drasgow, 1995) . Therefore, we thought it would be important to attempt to capture this dimension in our PHS instrument.

We also included a few demographic questions to see if age, race, or marital status were related to one's potential to sexually harass. In addition, a short section about fraternity membership and extent of one's involvement were included as a result of this affiliation being significantly related in previous research (Lackie & de Man, 1997) . Therefore, our total scale had 37 items, 32 in the actual scale and 5 demographic questions. Furthermore, we renamed our instrument the Personal Beliefs Questionnaire so that those who completed our instrument would not be alerted to what it was attempting to measure.

Characteristics of the Pilot Sample

We recruited male classmates, co-workers, fathers, and significant others to complete our scale. As a result of our efforts, we had 14 respondents. All of them were Caucasian with the exception of one Hispanic. In addition, three individuals in our sample were married, five were single, and six currently lived with a partner.

Our respondents ranged in age from 23 to 60, with a mean age of 30.28. Concerning fraternity affiliation, 35.7 percent of our sample were members of a fraternity, and 40 percent reported being "very involved."

Results

Results of Preliminary Item Analyses

First, we cleaned the data by looking at the frequencies and descriptive statistics. All values were within the expected range, so we considered our data to be clean. By taking a closer look at our means and standard deviations, we immediately noticed some items had extremely low standard deviations. For example, item 11 asks about one's acceptance of domestic violence. Whether the answers reflected socially desirable responses due to lack of anonymity with only 14 respondents or true beliefs, everyone in our sample strongly disagreed with the appropriateness of hitting one's spouse.

We scanned the correlation matrix including all of our items, and with the exception of item 11, which had no correlations due to its lack of variance, every other item exhibited at least one theoretically meaningful correlation with another item. For example, two items relating to aggression were significantly correlated (i.e., "1 am an aggressive driver" and "1 enjoy playing sports with a lot of physical contact"). The only items that were not significantly correlated with anything else on the scale were those that tapped into fraternity affiliation and involvement.

We also ran an intraclass correlation analysis to determine our scale's internal consistency. As a result, our Cronbach's alpha was r=.8069, which shows that our scale had high internal consistency.

Final Scale Revision

Based on our initial item analyses, we determined that a few changes could be made that would improve our scale's psychometric properties. Therefore, we removed the items on fraternity affiliation and involvement. Although previous research has shown these constructs to be related to one's likelihood to sexually harass (Lackie & de Man, 1997), our analyses showed that these items were the only ones that were not significantly correlated to any other item in our scale. Since these items were in the demographics section, they were not included in the intraclass correlation analysis. Therefore, this analysis was not re-run, because no improvement would have been noted here.

Although traditional scale construction theory would normally guide us to remove a few other items due to their low standard deviations, we decided that the low variance on these items was most likely due to the restrictions placed on us by our small sample. If we were to administer our scale to a greater number of people in a more anonymous setting, perhaps we would not see the same restricted variance due to the greater chance of people answering truthfully. In our small and familiar sample, we found many answers that may have been driven by a socially desirable and appropriate manner of responding. See the

⑦ → Appendix for the final version of the PHS.

Discussion

This project taught us many valuable lessons. To begin with, we were pleased with the fact that we were able to construct a theoretically meaningful instrument that also displayed desirable psychometric properties, such as our high Cronbach's alpha. In addition, it was

⑦   作者让读者参看附录，附录位于论文的结论部分，随后紧跟参考文献。

an interesting experience to design items that fit into our proposed dimensions. We also had a fun time piloting it on our sample and gathering the reactions from our participants, in addition to analyzing their answers to draw the relevant conclusions on our new tool. However, there are also many things we would have done differently had this been a "real world" project.

First, merely masking our scale's true intent by designing a new label did not do much to mask the content and what we were trying to measure. Our participants (especially our classmates) could tell by the transparency of many of our items what we were aiming for. In addition, although we believe our sample to be well-educated and fairly liberal overall in their views toward women, they all still knew that we would be analyzing their responses and would probably be able to tell who was who if we really wanted to. Therefore, there may have been some socially desirable responding that caused many of our items to have low variances.

Some improvements in methodology could prevent this type of responding from occurring. For example, administering this scale in a more anonymous format with many other respondents (e.g., in an auditorium setting) would probably allow more truthful answers to emerge. Furthermore, if the scale items could be embedded within a larger instrument, the aim of the Potential Harasser Scale would also be less obvious. Overall, however, we were pleased with both the process and the results.

During the course of this project, we each also attempted to contact a publisher who had designed a relevant scale. One person contacted the company Risk and Needs Assessment, Inc., to obtain their Sexual Adjustment Inventory. The other person contacted Sigma Assessment Systems to obtain their Sex-Role Egalitarianism Scale.

DEVELOPMENT OF A SCALE 9

Both of us were successful in our endeavors and did not have to endure any trouble at all. One team member simply called the publisher and received a sample packet in a matter of days that included one test book, two answer sheets, one training manual, one example report, and a computer disk that provided the scoring key program. The other person emailed the publisher and received a sample brochure in the mail a few days later. Therefore, the ease in contacting the publishers was about equal between the two team members, but the amount of scale information given varied greatly.

In summary, working on this project allowed us to put into action much of the theory that we have spent the past ten weeks learning. It was interesting to us to experience the process of developing a scale as well as learning to deal with some of the pitfalls that inevitably occur with not having a large group of people we don't know to pilot our instrument on.

However, all in all, we think we will be better survey and test developers in the future as a result of constructing the Potential Harasser Scale.

⑧ ————————————→ 　　　　　References

Dall'Ara, E., & Maass, A. (1999). Studying sexual harassment in the laboratory: Are egalitarian women at higher risk? *Sex Roles*, *41* (9/10), 681-704. Retrieved December 9, 2011, from Proquest Education Complete database.

DeCoster, S., Estes, S. B., & Mueller, C.W. (1999). Routine activities and sexual harassment in the workplace. *Work and Occupations*, *26* (1), 21-49.

Driscoll, D. M., Kelly, J. R., & Henderson, W. L. (1998). Can perceivers identify likelihood to sexually harass? *Sex Roles*, *38* (7/8), 557-588.

⑨ ——➤ Fitzgerald, L. F., Gelfand, M. J., & Drasgow, F. (1995). Measuring sexual harassment" Theoretical and psychometric advances. *Basic and Applied Social Psychology*, 17, 425-427.

Fitzgerald, L. E, Magley, V. J., Drasgow, F., & Waldo, C. R. (1999). Measuring sexual harassment in the military: The sexual experiences questionnaire (SEQ-DoD). *Military Psychology*, *11* (3), 243-263. Retrieved December 9, 2011, from Academic Search Elite database.

Fitzgerald, L. F., Swan, S., & Magley, V. J. (1997). But was it really sexual harassment? Legal, behavioral, and psychological definitions of the workplace victimization of women. W. O'Donohue (Ed.), *Sexual harassment: Theory*, *research*, *and treatment* (pp. 5-28). Boston Allyn & Bacon.

Gruber, J. E. (1998). The impact of male work environments and organizational policies on women's experiences of sexual harassment. *Gender and Society*, *12* (3), 301-320.

⑧　参考文献以单独一页（或几页）呈现，题目 "References（参考文献）" 居中。论文中提到的所有参考文献必须出现在此处列表中；参考文献中的每个条目均须被论文所引用。注意 APA 格式倾向于将书籍、杂志和期刊的名称斜体，而非使用下划线。

⑨　第一作者相同，第二、三或四作者不同的文献，依照第二个作者（如果第二作者在这两个文献中也相同，则以第三个作者的姓氏）的姓氏以字母表顺序进行排列。

DEVELOPMENT OF A SCALE 11

Lackie, L., & de Man, A. F. (1997). Correlates of sexual aggression among male university students. *Sex Roles*, *37* (5/6), 451-457.

O'Connell, C. E., & Korabik, K. (2000). Sexual harassment: The relationship of personal vulnerability, work context, perpetrator status, and type of harassment to outcomes. *Journal of Vocational Behavior*, *56*, 299-329.

Pryor, J. B. (1987). Sexual harassment proclivities in men. *Sex Roles*, *17* (5/6), 269-290.

⑩ ————————————→ Appendix

Personal Beliefs Questionnaire

Please rate how strongly you agree or disagree with the following statements using the scale provided below. Please answer all questions honestly; note that all of your answers will remain anonymous.

1 = Strongly Disagree

2 = Disagree

3 = Neither Agree nor Disagree

4 = Agree

5 = Strongly Agree

1. Being around strong women makes me   1   2   3   4   5
   uncomfortable.

2. I am an aggressive driver (e.g., I cut   1   2   3   4   5
   people off, honk the horn often) .

3. I believe some women are to blame   1   2   3   4   5
   for being raped (e.g., by wearing sexy
   clothes, flirting, etc.) .

4. I believe that every citizen should have   1   2   3   4   5
   the right to carry a gun.

5. I believe that it is important for a woman   1   2   3   4   5
   to take care of her body so that she looks
   good for her man.

6. I believe that it is important to volunteer   1   2   3   4   5
   time or donate money to help others in
   need.

⑩   如果论文只有一个附录，以"Appendix（附录）"标注。如果你的论文中有不止一个附录，则需用大写字母为每一个附录标序，如"Appendix A（附录一）"，"Appendix B（附录二）"，并为每一个附录命名。下面的例子是论文附录问卷的开头部分。

● 练习：学会如何在自己的写作中综合融入他人的作品

　　下面的每一项练习均旨在帮助你流畅地在自己的写作中融入他人的表达。流畅并不那么容易做到，下面的练习可以帮助你提高水平。

　　1. 从网络上找一些有关贾瓦哈拉尔·尼赫鲁生平的信息。他是 1947 年印度摆脱英国统治后的第一位首相。读过尼赫鲁的一些公开讲话后，写一段话，用自己的语言阐明尼赫鲁对印度未来发展的主要观点。因为尼赫鲁的言论主要在公众场合，你无须为其言论列出二次文献引用。

　　2. 阅读约翰·霍尔特的《不同种类的纪律》（参见第 306 到 308 页），重述作者提出的三种纪律类型，他在文章的导入部分通过陈述三种不同纪律类型，阐释了如今儿童缺乏纪律的现象。认同霍尔特的分类，归纳并融入其观点，但不要直接引用。之后，用自己的证据支撑你的论点。

　　3. 通过网上搜索，找出在卡扎菲执政之前利比亚是什么状态。据此写一段文字，指出在他执政之前和他死后的动乱和暴力。引用一到两名利比亚问题专家的观点，总结他们的观点，将他们的话语自然地融入你的文章，而不仅是字面上引用。

　　4. 就"结巴"准备一篇研究论文，研读第 209 页丹·斯莱特的文章《我磕磕绊绊的演讲》中第 16 和 17 段。据此，对比现代和历史上对于结巴产生原因的阐释。你可以直接引用他的观点并在参考文献中列出，也可以用自己的语言陈述这些观点，但不管采用哪种方法，请确保清晰标明作者及出处。

　　5. 对于一篇对比高中生中运动员与非运动员成绩的论文，按照 APA 格式要求将下面的数据自然地融入句子当中，阐释你对这些数据的理解。请选择援引最具吸引力且最客观公正的数据。

　　● 参加运动的高中生平均 GPA 为 2.61，不参加运动的人的平均 GPA 为 2.39（来自爱荷华高中运动协会，日期不详。）

　　● 根据印第安纳大学一项最新研究显示，高中运动员的平均 GPA 为 3.05，而非运动员的高中生的平均 GPA 为 2.54。

　　● 高中运动员的成绩较高，辍学率较低，大学的入学率也高于非运动员的中学生（来自女性运动基金最新调查）。

　　● 1999 年科罗拉多大学针对 22,000 名学生所做的研究表明，参加运动的学生的 GPA 整体上明显高于不参加运动的学生。

　　6. 重新阅读 286 页的《格兰特和李的对比研究》中第 5 段和第 6 段，从中引用可以构建李的文化背景的信息。仅援引可以显示他贵族生活方式的单词或是短语。

　　7. 就网恋的前景的论文，上网找出电脑约会方面专家的某些不同观点。可以引用，也可以总结归纳，但要确保你已经透彻理解作者的观点，这样你才能用自己的话自然地表达。

写作中遵循第 3 章给出的合并外部资料的原则。

8. 准备关于欺凌的论文，上网搜索最新因欺凌造成的严重后果——包括欺凌致死的事件。用自己的语言总结每个事件中的核心问题。随后，写一个可以引出主题的引子。如果直接引用可以强化你的论题，那就使用直接引用，但不要把直接引用作为你自己的想法，或是脱离上下文使用直接引用。

9. 就我们的现代世界写一篇文章，把下面的引用综合于你的文章里，"我认为，很多现代艺术和文学作品的核心主题是描写一个毫无意义的世界，揭露毫无意义的人生"（W. T. Stace, p. 158）。你可以支持、反驳或者证明这一引用，但是要将其作为你文章的一个要点使其自然融入到你的写作当中。

10. 转述下面的引用，保留原文的语气和情感。在引号中保留原文中独特的字词或短语。转述的字数要接近原文，请确保注明作者及出处：

韵鼱往往在潮湿、植被丰富的地方，如小溪边和潮湿森林的低矮灌木丛中觅食，通常在夜间觅食活动更加频繁。在落叶中，它们快步前行，在腐烂的叶子中疯狂地找寻可能的食物。它并非老鼠那样的啮齿动物，而是食虫动物，捕获的猎物主要是蟋蟀、蚂蚱、蛾子和蚂蚁之类的小生物。它会匆忙地大口吞下猎物，之后又颤动着身体，到处不停地探着鼻子，忙着寻找下一个猎物。（转自"韵鼱——最小的哺乳动物"，《这令人惊讶的动物世界》，艾伦·德沃，麦格劳 - 希尔出版社，2005）

● 写作建议

下面的话题并非必须完成的练习，只是为了引发你的思考而设计。除非你或者你的导师对这些建议很感兴趣，并不一定要求必须使用。

1. 就下面的话题，使用 MLA 格式写一篇 5 至 8 页的论文：注意本章提出的建议。

a. 学习经典文学作品的重要性

b. 凯特尼斯·伊夫狄恩、哈利·波特及其他一些当代文学中的人物形象正在成为英雄。

c. 穆斯林国家对待女性的方式和态度

d. 强制性判决——公平与否？

e. 利他主义是如何塑造性格的？

f. 政府资助的干细胞研究的必要性

g. 分析你钟爱的小说中的人物和情节的关系

h. 社交网络的兴起（比如 Fackbook，YouTube）。

i. 宗教信仰和政治

j. 批判性地分析下面有影响力的女性作家中的一位：玛雅·安吉罗（Maya Angelou），赛珍珠（Pearl S. Buck），凯特·萧邦（Kate Chopin），桑德拉·希斯内罗丝（Sandra

Cisneros），薇拉·凯瑟（Willa Cather），伊萨克·迪内森（Isak Dinesen），雪莉·杰克逊（Shirley Jackson），哈珀·李（Harper Lee），多丽丝·莱辛（Doris Lessing），卡森·麦卡勒斯（Carson McCullers），弗兰纳里·奥康纳（Flannery O'Connor），蒂莉·奥尔森（Tillie Olson），凯瑟琳·安·波特（Katherine Anne Porter），格特鲁德·斯泰因（Gertrude Stein），艾丽斯·沃克（Alice Walker），尤多拉·韦尔蒂（Eudora Welty），弗吉尼亚·伍尔夫（Virginia Woolf）。

2. 就下面任一话题，使用 APA 格式写一篇 5 到 8 页的论文：注意本章提出的建议。

a. 青少年饮食不规律

b. 孤独无助和缺乏目标对老年人的影响

c. 我们社会中持续上升的离婚率

d. 美国或者某个其他国家中不同性别的角色定位

e. 气候实验

f. 克制发怒的必要性

g. 探索一个最新的人类学的发现（比如，卢旺达的荔枝，日本的阿伊努人，继续寻找喜马拉雅雪人，成吉思汗的坟墓，早期人类工具，人类学上的女性不忠，我找到的可以追溯祖先的化石）

h. 全民医疗体制下辅助安乐死

i. 戒除毒瘾

j. 漫画的心理特点

● **以论题为驱动的研究论文写作建议**

1. 依照导师建议的格式写一篇论文。首先，选择自己感兴趣的话题。下面列举的题目和限定的论题旨在帮助大家开展调研活动。

标题	主题
小识托马斯·沃尔夫	托马斯·沃尔夫写作中的不一致性可以追溯到不断的家庭冲突，他对于国家经济不稳定的质疑，以及他对读者不接受自己作品的担忧。
美国建筑的发展历程	由于交通不便，基础设施欠缺，以及城市生活还未形成，直到 18 世纪前美国建筑的发展规模都很不起眼。
华兹华斯和柯尔律治：截然不同的哲学观	尽管华兹华斯和柯尔律治都是浪漫主义诗人，他们对待自然的哲学观却不尽相同。
为何爵士乐是我们想要的	各种流行趋势促进了爵士乐的崛起、发展以及在 19 世纪和 20 世纪被社会认可为美国音乐文化中最为重要的部分。
意象派对 20 世纪诗歌的影响	意象派，一种自我约束的运动，已经深深地影响了 20 世纪的诗歌。
自动化和就业	目前对于人类正被机器取代的担心或是危言耸听者所称的"自动化恐怖"都是基于毫无事实依据的报道。
对精神失常的新的界定	我们的法庭需要对精神失常进行重新界定，因为无论是马克诺顿原则还是心理学定义都不够充分。

自豪的苏族人	印第安苏族人，尽管被限制在简陋的居留地，仍旧坚持和他们的对手——白人以及他们难以接受的维和条约作斗争。
战后女性的时尚	第一次世界大战和第二次世界大战对女性的时尚产生了巨大的影响。
查理·卓别林	各种因素使得查理·卓别林成为默片之父。
笑话	今天的笑话反应出了美国对待暴力、少数族群和生态的态度。
玛雅的陨落	用来进一步解释玛雅文明突然终结的四个广为接受的理论是，自然灾害，疾病，不利的社会变化和外来文化的影响。
古埃及墓室里的浮雕画	墓室里发现的浮雕画描绘了埃及人的日常生活。
雅典娜	女神雅典娜不仅将恩泽于那些崇拜她的人，还有那些为个人理想而战的人。
金鱼	最早源于中国的金鱼已经成为最漂亮、最有市场的鱼类。

2. 从本书中选择任意一首诗歌或者短篇小说，针对其主题、人物、行为或者形式写一篇文学分析。

术语表

抽象（abstract）表达存在但看不到的思想、质量及条件的词语和短语。例如，"爱"就是一个抽象词汇；相似的还有"幸福""美"和"爱国情怀"。与"抽象词汇"相对的是"具象词汇"——指称实体存在，看得见或者实实在在存在的事物。"饥饿"是一个抽象词汇，而汉堡包就是具象词汇。最佳的写作将抽象与具象相融合，只是具象词汇使用量更大，从而帮助解释抽象词汇。写作中过多使用抽象词汇或术语容易含糊笼统，不知所云。

谬误论证（ad hominem argument）攻击对手的人格或品格，而非某个问题的优点的错误论证方式（ad hominem 在拉丁文中指"针对某人"）。在非正式情况下也称为"诋毁性言辞"。

诉诸群情之谬误（ad populum argument）诉诸情绪或者某个群体的偏见而非具体缘由的错误论证方式（拉丁文 ad populum 指"针对大众"）。例如，因为某个事件"是美国人常见做法"而支持就属于诉诸群情之谬误。

引经据典（allusion）提及某些著名的文学作品，历史人物或者事件。例如，"一位朋友有约伯那样极度的耐心"意味着他与《圣经》中的约伯一样有耐力。引经据典必须注意，以免影响读者理解。

语义含糊（ambiguity）某个词语或者表达有两种或者更多可能的义项。语义含糊是某些优秀诗篇的一个共性特征，但并非说明文应有的特征，因为说明文应该明确表达作者要表达的意义。

类比（analogy）通过将某个观点或者事物比作与之相似的其他观点或事物来做出解释的方法。若使用得当，类比具有很好的效果；若相比较的项目之间本来就缺乏相似性，则会引起读者的困惑。

论证（argumentation）作者努力说服读者赞同其提出的某一观点。论证最根本的是要通过推理和具体证据证明某个观点，有时亦可诉诸情感。有些论证仅仅为了证明某个观点，则超脱简单证明过程，引发读者的具体行动。所有论证的核心是可争论的某一话题。

受众（audience）某项工作所针对的群体。对于作者，受众就是作者希望能接受自己观点、了解作品内容或者通过阅读获得愉悦感的读者。常识告诉我们，作者应该针对某个受众群体的水平和需求进行写作。例如，如果你的受众是未受教育的群体，那么就没有必要在文章中使用文学典故，因为这会造成理解困难。

句式平衡（balance）在某个句子中的短语之间，短句之间或其他语法成分之间的对称排列方式。例如，"我喜欢牙买加，因为我喜欢那里的天气，那里的美景，还有那里的居民。"这个句子就是平衡的句式。相比而言，"我喜欢牙买加，因为我喜欢那里的天气，那里的美景，而且那里的居民也十分友好。"这个句子就不是平衡的句式。另见平行结构。

因果分析（causal analysis）一种文章行文模式。作者的主要目标是分析原因并预测结果。

陈词滥调（cliché）陈旧的意象或表达。是说明性文字的硬伤。"像幽灵一样苍白"就是陈词滥调；"像蜜蜂一样忙碌"也是。有些作家可以通过偶尔在文中加入陈词滥调产生特殊效果，不过更简单的方式是创造一个新鲜的意象而非从大家都熟悉的陈词滥调中选择。

连贯（coherence）确保文中相互联系的各个部分之间意义清晰和逻辑连贯的原则。一篇连贯的文章中，句子之间、段落之间以及每一页之间逻辑关联，融为整体。反之则是整篇文章逻辑混乱，表述不清，毫无章法。

口语体（colloquialism）在非正式场合适用但在正式语境中不适用的字词或表达。某个词可能同时拥有标准释义和口语体意义。比如，bug 这个词指昆虫时就是标准表达，然而用作某种病症时则是口语体表达——比如，"She's at home recovering from a bug（她在家养病）"这个句子就是口语体了。

比较/对比（comparison/contrast）文章写作中使用的一种修辞模式，形式是将两个项目的异同点进行比较。参见第 13 章比较/对比样例分析。

结论（conclusion）一篇文章的最后一段或者最后几段用以总结全文、结束文章的文字。有效的总结部分相互差异较大，不过作者常用的结论写作方法有：总结前文所说内容，提议之后应该完成的事情，具体阐释可能导致的结果，重述开头部分或者以意想不到的结局给读者以意外之感。不过，最为重要的是要技巧性地、不露声息地为文章收尾，一方面强调了自己的主要观点，同时又没有故弄玄虚之意，这样才是考虑读者的、好的结尾。

具象（concrete）指称可以感知、可以看到的具体事物或情况的词汇或术语，或者说感官可以明显感知的事物的词汇。与具象相对的是抽象。二者的区别只是程度的问题。例如，病是抽象词汇，溃疡就是具象词汇。而肠胃不适就是介于二者之间的表述。最佳的写作往往以具象的语言表述抽象的观点或概念。

蕴含意义（connotation）某个词语暗含意义或者情感方面的弦外之音，而非字面意义。例如，"狮子"一词的字面意思就是一种野兽（见指称意义）。说温斯顿·丘吉尔有"狮子的心"就是使用了"狮子"一词的蕴含意义或者比喻意义。

批判性思维（或阅读）【critical thinking（or reading）】
理解并评价某个说法的核心意义的尝试。批判性思维涉及如下步骤：（1）分析——看某个说法的支撑点；（2）综合——将自己分析的支撑点相互融合，形成新的、创造性的说法；（3）评价——对某个说法进行评价和判断。

演绎（deduction）推断或者总结出的观点。演绎推理是从总体到局部的分析过程。

指称意义（denotation）某个词语的特定意义或者字面意义，也就是字典中的解释。与之相反的是蕴含意义。

描写（description）主要目的在于描述某个场景、某个人物、某个事件或者某种观点的文章所使用的修辞模式。描写性文章调动读者对事件、人物或者事物的观感、体感、声觉和感觉。参见第九章，学习如何写描写性文章。

选词（diction）　文章或其他写作中作者对词语的选择。这一术语的意义就是在一系列同义词中，即某种程度上意义相近的词语中进行选择。如果某个观点或者某种情况只有一个词可以使用，就不存在选词的问题。但是因为我们有很多在不同层面稍有差别的同义词的存在，作者在表达思想时可以也确实会对词汇进行选择。有经验的作者选词时会针对受众和写作的具体情境。

分类与归类（division and classification）主要目的在于明确阐释一个整体的各个部分的文章在写作时所采用的修辞模式。分类与归类的文章通常是对逻辑思维的训练。例如，第14章中约翰·霍尔特的《不同种类的纪律》就是这种模式。

文献引用（documentation）　在研究论文中，对于某个说法、理论或观点所给出的支撑观点，包括参考其他作家的相关文献。文献引用有多种不同的方式。很多学科采用括号注释的方式进行文献引用，具体参见第四部分中研究论文样例"Choosing Single Motherhood: A Sign of Modern Times"。该文所采用的便是文内引用，而非脚注或者尾注形式。

主导印象（dominant impression）一篇描述性文字所围绕的中心主题。例如，描述某个机场的候机厅的主导印象就是人来人往，而该印象的支撑就是具体细节，虽然该候机厅也有一些安静的地方。同样，描写那位"大鼻子情圣"时，则要聚焦在情圣的鼻子上而非他面部的其他部分。

情感，诉求（emotion，appeal to）诉诸情感而非严格的推理：只要不过分使用或者单独使用，是论证过程中的一个合规的策略。

强调（emphasis）要求特别突出文章中某些重要元素的修辞原则。可以强调一篇文章中的不同部分。在一个句子中，可以把某些词语放置在句首、句尾或者合理地将词语变成斜体。在段落中，可以通过重复或者细节的罗列来强调某些观点。

散文（essay）源于法语词，含义是"尝试"。散文诗以短小的文字探讨某一个简单的话题。散文有时可以划分为正式和非正式两类。正式散文类似格言警句，结构清晰，文字严肃。非正式散文具有个人风格，具有启示性，语言幽默，结构稍显松散。

证据（evidence）　某个论断或观点的逻辑基础或支撑。逻辑清晰的论断包括至少三个要素：命题、推理和证据。这些要素中的第一项指的是作者所提出或者反对的观点。论证借以推进的逻辑链条构成了第二项要素。数据、事实、事件和证明性支撑材料构成了证据要素。在研究论文中，证据包括引自其他作家作品的以脚注、尾注和文内括号标出的直接引用或者同义转述。亦可参见论证或者文献引用。

例证（example）代表某个观点或说法，或者描述某个观点或者说法的例子。例证写作模式应用于提出观点，随即通过相似实例或支撑性例子证明的文章中。可参看第11章中的文章。

阐释（exposition）主要目标在于解释的写作。很多大学写作课程作业都是阐释性的作文。

修辞性（figurative）指某个词语或表达以非字面意义的方式使用。例如，"走最后一英里"也许与地理距离没有任何关系，而只是表达要完成某项工作。

焦点（focus）在文章中，某个主题或话题的核心或者重点。

概括化（generalization）基于某些具体事例，总结而成的宽泛的结论。例如，"大型汽车就是油老虎"就是基于单个汽车所做的一个概括化表达。概括化的结论应该是对一定数量的，具有代表性的个体，经过归纳总结而形成的某一层面的特征。不过，应该警惕仓促概括或者错误概括，即基于不足经验或证据所做的概括。例如，坏血病病人一度被认为是佯装得病的，因此英国海军制定了鞭笞船上的坏血病病人的政策。后来，医学研究发现没精打采的状态是坏血病的一个症候而非引起该疾病的原因。而真正引起坏血病的原因是饮食中缺乏维生素 C。

意象（image）激发形象思维或者描述某个场景的短语或表达。意向可以是字面的，也就是描述某个事物是什么样子；也可以是比喻的，也就是把一个事物比作另外某个事物的表达。（比如："我的爱情好似红红的玫瑰。"）

归纳（induction）一种从具体事例逐步形成总体推论或者总结的推理形式。归纳推理是科学方法的基础，起始于代表性实例的分析，随后推测出规律或者可以对实例进行整体解释的理论。详见第 14 章。

段际（interparagraph）段落之间。例如，对比或者比较可以在几个段落之间进行而非在某一个段落内部进行。段落间对比 / 比较，详见第七章。

段内（intraparagraph）在某个独立的段落中。段落内对比 / 比较，详见第七章。

逆序（inversion）句子中词语正常顺序的倒置，从而实现某种预期的效果，通常是为了强调。倒置是诗歌中恒久使用的一种技巧，虽然现代诗人常认为做作，尽量避免使用。对于逆序，详见第 6 章莎士比亚的 "That Time of Year"（十四行诗 73）

反语（irony）字面意思与真实语义截然相反的语言使用方式。一个有名的例子就是莎士比亚《恺撒大帝》中，安东尼把布鲁特斯描述为"德高望重的先生"。因为布鲁特斯是恺撒的刺客之一，安东其实使用了完全相反的意义。反语是讽刺较为温和的形式，二者相同之处在于字面意义与真实语义的反差。

行话（jargon）某个行业、职业、社会阶层或者其他群体的人们所使用的专业的或者技术性语言。有时术语很有用，但如果不加思考随意使用，则可能会变成毫无意义的表达，杂乱无章，就像下面心理学文章中的句子："他的男性的兄弟极端的神经爆发最终导致的她的情绪失调。"相比而言，更为清晰的表达是："她兄弟的脾气最终使她精神崩溃。"

字面（literal）字面意义与比喻意义是语言的两个相反的特征。某个表达的字面意义是以普通的、事实性的词语表达的意义："好作者必须勇敢而有进取心"。比喻意义是隐含于某个意象的意义："好作家必须敢于出头"。详见比喻意义。

逻辑谬误（logical fallacies）讲话者或者作者推理中的错误，有时是为了愚弄读者。很多逻辑谬误是基于不充分证据（所有的褐发女郎都是激情四射的情妇），或者基于无关信息（不要让他做手术；他欺骗自己的妻子），或者是错误推理（如果你不戒烟，定会死于肺癌）而产生的。

暗喻（metaphor）一个暗指两个事物之间看似不同但有相似之处的比喻性意象，比如诗人罗伯特·弗罗斯特所说的"我与黑暗熟识"，意思是他承受着绝望之苦。

故事的情绪（mood of a story）故事留给读者情感方面的主体印象。例如，埃德加·爱伦·坡常常在其短篇小说中营造一种恐怖的气氛。情绪可以是阴郁、悲伤、愉悦、痛苦、惊恐，等等。

动词的语气（mood of verbs）表达行为或者动作态势的动词形式。动词的语气包括陈述语气（陈述或者发问），祈使语气（要求或者命令）或者虚拟语气（关于怀疑、希望、可能性或者与现实相反的情况的表述）。

记叙文（narrative）对发生过的事件的记录。记叙文基于时间顺序或模式展开，强调各个事件的顺序，根据事件的重要程度安排各个事件。记叙文往往与其他模式的写作相区别：议论文、描写文或者说明文。详见第8章"记叙"。

主观与客观（objective and subjective）写作的两种态度。在客观性写作中，作者试图客观公正地展示材料；在主观性写作中，作者强调个人反应和阐释。例如，新闻报道应该客观，而诗歌则可以主观。

写作步调（pacing）一篇文章发展的速度。写作步调取决于总结行为和详细表述行为的平衡。详见第八章"记叙"。

平行结构（parallelism）连贯性写作中要求并列要素按照相同的语法形式排列的原则，如丹尼尔·韦伯斯特的名言"我生在美国，活在美国，也将葬在美国"。

释义（paraphrase）以另一种形式或者用不同的话语表述某个语篇或篇章，往往旨在阐释意义。释义常用于研究论文中，以使研究融入某种写作样式，同时避免语言不统一的问题。另见剽窃。

拟人化（personification）将人的品质应用于事物、抽象意义或者动物，如："美貌呼唤，荣耀领航。"

剽窃（plagiarism）从文献中复制词语并当作自己的词语公开使用。剽窃被视为学术不端行为。在引用他人思想或别人提出的概念时，每个作者都必须注明来源。

写作视角（point of view）文章写作的角度。在非小说文学中，写作视角往往是作者所持的视角。在小说中，写作视角可以是第一人称或第三人称。第一人称视角下，作者成为叙述的一部分，把他或她称为"我"。在第三人称视角下，叙述者只是观察整个故事的进展。第三人称叙述要么无所不知（叙述者了解故事中各个人物的所有事情）或者所知有限（叙述者只了解对敏感的观察者而言显而易见的事情）。

预设（**premise**）　某一论点所基于的声明或者陈述。

过程写作（**process**）写作中一种推进方式，强调一连串步骤是如何具体产生某种效果的。比如，向读者解释平衡支票簿所涉及的所有步骤就是过程写作文章。过程写作具体实例详见第十章。

写作目的（**purpose**）　作者在解释自己写作计划方面所做的努力。写作目的是文章统一性和连贯性的核心部分。很多老师要求学生撰写写作目的陈述（也称为论题）："我想说我们联邦邮政局需要彻底改革。"

无关论点（**red herring**）　引入论证之中的与主题偏离的某个论点。这是政客常用的写作策略："堕胎也许是某个女士的个人权利，但您是否考虑过细菌滋生的堕胎诊所的危险？"此处，肮脏的诊所这一无关问题遮掩了堕胎所涉及的伦理问题。

重复（**repetition**）　文章结尾再次回顾全文的主要观点。在技巧性的写作中，重复是强调重要词汇或观点、汇聚文章中不同句子、产生有效结论的一个方法。其目的在于逐步推进，达到高潮，或者就所陈述内容进行新的阐释。

修辞（**rhetoric**）　使用说服性语言的艺术。修辞需要借助作者的选词和句子结构实现。

反问句（**rhetorical question**）　文中所提出的无须回答的问题。该写作策略往往用在公共演讲中，用以发起或推进讨论。例如，讲话者可能会说"活着到底有什么意义呢？"，不过这个问句只是要将对话推向关于道德伦理的讨论。

讽刺（**satire**）常常是对某个人的攻击。也包括使用幽默或智慧针砭时弊从而改正社会问题。在文学中，人们可以看到两种讽刺：贺拉斯式的温和而愉悦的讽刺与尤维纳利斯式的尖酸而刻薄的讽刺。

明喻（**simile**）与暗喻类似，明喻也是一种修辞手法，暗含了本来不同的两个事物之间的相似之处。不过，明喻总会使用诸如"like""as"或者"so"之类的词语来发起比较："我的话语好似钢铁铸成，永不更改"。

俚语（**slang**）某些群体或文化背景中所使用的随意性的词汇，尤其是在学生群体内——往往被视为不适用于正式写作。在今天电子文本信息技术文化的氛围中，聊天式的语言已经逐渐成为某种特殊的俚语。常见的例子有 LOL（大笑），IMHO（以我浅薄之见）或 OMG（我的老天）。

态度倾斜（**slanting**）选择具体事实、词汇或者强调性语言以实现预期目的：
赞成倾向："虽然参议员看着有点儿厌倦，但到了投票的时候，她站在了正确立场的一边。"
否认倾向："参议员也许投票时投给了正确的一方，但她看着有点儿厌倦。"

网络社交（**social networking**）使用为志趣相投的人创建的线上文字交流的网站或者应用软件。如今，最为常见的社交网站是脸书、推特、领英、品趣志（Pinterest）、谷歌加、轻博客（Tumblr）以及各种约会网站，比如 eHarmony.com。在网络社交平台交流的人们通过博客、电邮、文本信息、推文或者帖子进行交流。

具体性（specific）词语抽象的程度；相反的概念是概括性。

一个概括性的词语指称某个团体或阶层，而某个具体词汇指称某个团体或者阶层的成员。因此，"自然"就是一个笼统词汇，"树"就是一个具体性词汇，而"橡树"则是更为具体的词汇。文章的主旨是概括性的，然而支撑文章主题的细节则是具体词汇。另见抽象（abstract）与具体（concrete）。

标准英语（Standard English）受教育的讲话者或作者所使用的英语。关于标准英语的界定尚存争议，因为没有两个人会讲同样的英语。通常所谓"标准英语"指的是语法书中所要求的规范英语。

写作目的陈述（statement of purpose）作者试图告知读者的事情：即文章的主要观点。传统而言，目的陈述与文章主题的区别在于措辞而非内容。目的陈述包括诸如"本文旨在"，"本文中，笔者旨在"等字眼。目的陈述通常也是一篇文章的开头句。详见第五章。

偷换概念（straw man）提出一个很容易被反驳的反方观点。该策略常用于辩论之中。

风格（style）作者通过字词、句式和细节选择展示个性的过程。我们给经验欠缺的写作学习者的建议是形成一种风格，既融入真情实感，又表达清晰。

从属关系（subordination）以独立从句、短语或者单独字词表达不太重要，不适合在主句中或者以独立句子表达的某个观点：

缺乏从属关系："约翰写了一篇关于美国总统托马斯·杰斐逊的研究论文；他对这位伟大的政治家很感兴趣。"

包含从属关系："约翰对美国总统托马斯·杰斐逊很感兴趣，因而写了一篇关于这位伟大的政治家的研究论文。"

三段论（syllogism）按照正式逻辑，演绎性论述所应遵循的写作模式：

人必有一死，（大前提）

约翰·史密斯是个人，（小前提）

因此，约翰·史密斯终有一死。（推论）

象征（symbol）在某种具体语境中指称其他事物或行为的事物或者行为。

例如，在欧内斯特·海明威的小说《永别了，武器》中，雨代表了行将发生的灾难，因为下雨时，发生了可怕的事情。

同义词（synonym）与另外某个词语或者短语意思相同的词或短语。例如，imprisonment 和 incarceration 就是同义词（监禁）。fall short 和 miss the mark 是同义短语（缺乏）。

句法（syntax）句子中词语的顺序及词语之间的相互关系。恰当的句法要求语法正确，句型合理，前后一致，逻辑连贯，重点突出。

主题（theme）见论题（thesis）。

论题（thesis）一篇文章的基本观点，通常以单个句子表述。在说明文和论述文中，主题（或论题）是整篇文章中每一个词语、句子及段落必须支撑的统领全文的观点。

语气（tone）作者对文章主题或读者所持态度的反映。语气可以是个性的或者非个性的，正式的或者非正式的，主观的或者客观的，也可以以反语、讽刺、气愤、幽默、调侃、夸张或者轻描淡写的方式表达。

主题句（topic sentence）段落的主题句就好比整篇文章的主题或者论题——也就是说，主题句表达了段落的中心思想。

过渡（transition）展现作者思想之间相互关系的词汇、短语、句子，甚至段落。这些过渡标记为读者提供了路标，引导读者从一个思想走到另一个思想。下面是一些标准的过渡机制：

时间：不久，立即，后来，随后，同时。

地点：附近，对面，更靠后，远处。

结果：结果，因此，由此。

比较：类似的，相同的，也。

对比：另一方面，比较而言，然而，但是，可是。

补充：另外，也，第一，第二，第三，最后。

举例：如，例如，结果，总体而言，换言之。

轻描淡写（understatement）刻意把某个事物表达为不如其实际情况，从而强调其程度或量级。也称为反语。优秀的作者会尽量约束自己不要刻意强调，而是使用轻描淡写的手法。一个例子就是奥斯卡·王尔德的戏剧《认真的重要性》中的那句话："对于某先生来说，失去父亲或者母亲可以说是种不幸，都失去的话说明太粗心了。"

整体性（unity）写作中所有部分均服务于某种整体效果的呈现。当一篇文章或者一个段落中所有的句子均服务于展开某一中心思想时，该文章或者段落就可以描述为具有整体性。文章整体性的最可怕的敌人是无关材料。一个原则就是删除无益于主题推进的，无法证明论题的，或者无法支撑文章主题句的所有句子。

语气（voice）作者选择的，展示自我存在或者发出自己声音的方式。很多优秀的文章听起来好似某个人在发言。学生习作的目的是听起来自然。当然，语气会受到读者或者写作场合的影响。详见第四章"作者语气"。

图书在版编目(CIP)数据

写作全指南：从读者到作家 / (美)乔·雷·麦奎恩-麦修利尔，(美)安东尼·C.温克勒著；吉文凯，瞿慧译. -- 成都：四川人民出版社，2022.1
　ISBN 978-7-220-12028-2

　Ⅰ.①写… Ⅱ.①乔…②安…③吉…④瞿… Ⅲ.①文学创作—写作学 Ⅳ.①I04

中国版本图书馆CIP数据核字(2021)第044345号

四川省版权局
著作权合同登记号
图字：21-2021-159

Readings for Writers

by Jo Ray McCuen-Metherell(Author), Anthony C.Winkler(Author)

Copyright © 2016 by Wadsworth, a part of Cengage Learning.

XIEZUO QUANZHINAN: CONG DUZHE DAO ZUOJIA

写作全指南：从读者到作家

著　　者	[美]乔·雷·麦奎恩-麦修利尔　[美]安东尼·C.温克勒
译　　者	吉文凯　瞿慧
选题策划	后浪出版公司
出版统筹	吴兴元
特约编辑	张媛媛　周茜
责任编辑	张丹
装帧制造	墨白空间·杨阳
营销推广	ONEBOOK

出版发行	四川人民出版社（成都槐树街2号）
网　　址	http://www.scpph.com
E - mail	scrmcbs@sina.com
印　　刷	天津中印联印务有限公司
成品尺寸	172mm×240mm
印　　张	29
字　　数	550千
版　　次	2022年1月第1版
印　　次	2022年1月第1次
书　　号	978-7-220-12028-2
定　　价	79.80元

Supplements Request Form (教辅材料申请表)

Lecturer's Details（教师信息）

Name: (姓名)		Title: (职务)	
Department: (系科)		School/University: (学院/大学)	
Official E-mail: (学校邮箱) Tel: (电话)		Lecturer's Address / Post Code: (教师通讯地址/邮编)	
Mobile: (手机)			

Adoption Details（教材信息）   原版□   翻译版□   影印版 □

Title: (英文书名) Edition: (版次) Author: (作者)	
Local Publisher: (中国出版社)	

Enrolment: (学生人数)		Semester: (学期起止日期时间)	

Contact Person & Phone/E-Mail/Subject:
(系科/学院教学负责人电话/邮件/研究方向)
（我公司要求在此处标明系科/学院教学负责人电话/传真及电话和传真号码并在此加盖公章．)

教材购买由 我□ 我作为委员会的一部份□ 其他人□[姓名:] 决定。

Please fax or post the complete form to

（请将此表格传真至）：

CENGAGE LEARNING BEIJING
ATTN : Higher Education Division
TEL: (86) 10-83435000
FAX : (86) 10 82862089
EMAIL: asia.infochina@cengage.com
www. cengageasia.com
ADD: 北京市海淀区科学院南路 2 号
融科资讯中心 C 座南楼 707 室 100190

You can also scan the QR code,
您也可以扫描二维码,
Apply for teaching materials online through our public account
通过我们的公众号线上申请教辅资料

Note: Thomson Learning has changed its name to CENGAGE Learning

VERIFICATION FORM / CENGAGE LEARNING